COLLECTION FOLIO

Frédéric Verger

Arden

Gallimard

© *Éditions Gallimard*, 2013.

Frédéric Verger est né en 1959. Il enseigne le français dans un lycée de la banlieue parisienne. Arden a été couronné par sept prix littéraires dont le prix Goncourt du premier roman 2014.

Lorsque nous étions enfants, il arrivait souvent que nos parents nous confient, ma sœur et moi, à la garde d'une tante qui habitait à Montreuil au dernier étage d'une maison étroite et haute.

La bâtisse solitaire se découpait sur le ciel au sommet de la rue des Roulettes, raide côte pavée dont les virages en épingle semblables à ceux d'un col offraient à notre grande-tante un prétexte pour ne jamais sortir de chez elle. Son goût pour les charmes de la nature se satisfaisait de l'enchevêtrement d'orties et de ronces qui s'étendait à l'arrière de l'immeuble. Inépuisable réserve des rats les plus divers, où crépitaient l'été mille vies circonspectes à l'ombre d'un marronnier immense qu'on aurait cru jailli des entrailles de la cave, l'un de ces marronniers à l'écorce noire, au tronc penché, aux feuilles de dimension tropicale, qui semblent les frères sauvages des marronniers de nos parcs.

Qui aurait grimpé dans son feuillage obscur se serait retrouvé face à face avec ma tante car sa chambre s'ornait d'un balconnet minuscule, sorte de cage où elle aimait s'installer, assise sur une chaise dans le coulis du soir, le nez et la coiffe caressés des ramures.

Ses longs cheveux couleur de cendre, mal tenus par des épingles, s'ébouriffaient comme la paille d'un nid. Au sommet du crâne, elle portait, été comme hiver, parfois même pour dormir, une minuscule coiffe de satin noir dont les rembourrures matelassées faisaient penser à des carrés de chocolat, et qui tenait par deux rubans couleur d'azur noués sous le menton. D'ordinaire elle drapait sa carcasse d'un épais châle de laine à pompons, dont la couleur, sans doute sous l'action d'invisibles fluctuations de l'atmosphère, semblait explorer toutes les nuances de ce territoire mystérieux qui sépare le mauve du grenat.

Sa longue figure aux pommettes osseuses était comme fendue en deux par un nez si étroit que ses ailes avaient l'air collées et qui paraissait se contenter, par délicatesse, par bon goût, de deux piqûres d'épingles en guise de narines. Ce nez d'ivoire était si luisant, si frais, si tendre qu'il nous semblait déchirant que notre tante dût bientôt mourir. Lorsque nous levions la tête de nos jeux, souvent ses yeux nous fixaient mais ils semblaient regarder un autre monde, comme ceux des oiseaux. Sombres, du myosotis des Rocoule, tout à coup ils s'éveillaient et furetaient sur nous tandis que sur ses lèvres naissait le sourire de ceux qui surprennent quelqu'un dans sa cachette.

Souvent, en revenant de l'école, nous apercevions dans le feuillage du marronnier de petits éclairs jaunes. C'étaient les serins de notre tante échappés de leur cage toujours ouverte. Il leur arrivait de voleter ainsi autour de la fenêtre de sa chambre comme ils le faisaient d'ordinaire autour du grand lit où elle reposait le plus clair du temps, adossée à d'énormes oreillers maculés de taches brunes, semblables à celles du café ou du sang. La chambre était tout entière occupée par ce lit qui me semblait lorsque j'étais enfant si vaste, si enchevêtré de couvertures, d'édredons, de coussins d'oreillers et de châles que je ne pouvais m'y asseoir sans répugnance tant il me semblait vivant, empli d'objets oubliés qui avaient peut-être fini par acquérir leur vie propre, gorgé d'odeurs amères et parcouru de frissons, comme la mer. Nous étions pourtant obligés de nous y asseoir, ma sœur et moi, lorsque ma tante nous racontait des histoires. Elles nous plaisaient tant que nous oubliions bientôt les odeurs, les creux et les bosses du sommier défoncé qui nous avalait, et nous nous prélassions dans les édredons grenat.

Née russe, ayant vécu en Allemagne jusque dans les années cinquante, elle parlait un français étrange, farci de mots qui me semblaient n'être jamais sortis d'une autre bouche, d'expressions incongrues que ma sœur et moi prenions pour les étincelles d'un cerveau quelque peu grésillant. Son accent n'était pas moins bizarre. Elle roulait les r. Sur la pointe de sa langue les t et les d s'amollissaient, fondaient comme ces bonbons sucés jusqu'au seuil de la disparition qui laissent passer la lumière.

Seule dans sa cuisine, il lui arrivait en épluchant les légumes de se parler en russe. Peut-être parce que nous ne comprenions pas ce qu'elle disait, elle nous semblait alors plus jeune et plus raisonnable. Ou bien sa bizarrerie ne tenait-elle qu'à celle de son français, hérité d'ancêtres Rocoule qui avaient quitté la France plus de deux siècles auparavant, vieil instrument désaccordé par le temps qui rendait terrifiante la moindre chanson.

J'ignore à quelle nationalité elle pouvait encore prétendre. Son statut devait être compliqué car je me souviens des démarches sans fin que mon père entreprenait pour elle, qui me semblent avoir duré des années, et des conciliabules qu'ils tenaient toujours je ne sais pourquoi près de la porte d'entrée. Tous aboutissaient à la même conclusion, que mon père clamait dans son oreille en brandissant un formulaire : « Et là, il leur faut le papier, ce papier-là vous l'avez ? »

En dehors de ces conversations près de la porte, il s'adressait toujours à elle d'un ton moqueur. C'est qu'il semblait agacé par les mirobolantes histoires qu'elle racontait sur son passé ou ses innombrables aïeux. Il la soupçonnait de tout inventer, au point même qu'à table, lorsqu'elle annonçait que le rosbif venait de chez le père Barnac, il relevait brusquement la tête de son assiette et promenait sur les convives un sourire amer destiné à les informer que cette assertion relevait du stade délirant, ultime, de la mythomanie.

Mais très tôt j'avais senti qu'il existait une autre explication à l'ironie perpétuelle de mon père, plus secrète, et qu'il ignorait peut-être lui-même. Jeté par la milice à quinze ans dans une cellule du fort Saint-Jean, où il avait découvert son demi-frère pendu et le cousin Eustache allongé sur une paillasse l'estomac retourné par les coups, il prenait pourtant plaisir à raconter des anecdotes de guerre dont le cynisme faisait tout le charme, où l'héroïsme était moqué, où les méchants ne l'étaient jamais tout à fait et les bons introuvables. Mais je sentais que ce numéro d'ironie princière était gâché par la photo du défunt mari de ma tante, l'oncle Kleist-Krone en uniforme d'officier de la Werhmacht qui dans son cadre sur le buffet semblait attacher ses doux yeux gris sur la nuque de mon père. Ou pour dire les choses avec plus de justesse, qu'il était gêné d'être ainsi gêné par la photo d'un mort, s'en voulait de sentir lever en lui de vieilles haines que sa sagesse d'aujourd'hui jugeait naïves, indignes de lui, comme un vieux séducteur se méprise en sentant qu'il tombe amoureux.

L'oncle dans son cadre offrait pourtant la plus pathétique des figures avec son bandeau noir de borgne et son bras en moins. Bien qu'il ait sans doute été âgé à l'époque de la photo d'une bonne quarantaine d'années, il paraissait si jeune auprès de ma tante, avec son œil gris voilé de longs cils, ses cheveux noirs pommadés, que lorsqu'elle promenait comme une caresse son chiffon à poussière sur le verre du cadre elle semblait pleurer en même temps qu'un mari le fils qu'elle n'avait jamais eu.

L'oncle Kleist-Krone avait perdu l'œil devant Cambrai et le bras à Belgrade. À l'été de 1942, au début de la bataille de Stalingrad, son unité avait été décimée et lui-même porté disparu. On ne l'avait jamais retrouvé, ni mort ni vif.

Dernier rejeton d'une branche obscure de l'illustre famille, il semblait dans son cadre méditer avec mélancolie sur l'extinction de ce pauvre rameau. Ces Kleist-Krone, il faut l'avouer, tenaient un peu du junker de poche, « bottes à purin plus qu'à éperons » comme disait le vieux père Rocoule, père de ma tante, oubliant peut-être qu'ils n'eussent sans cela jamais accepté que leur fils épouse la fille d'un homme qui, avec toute la forfanterie et la vanité Rocoule, n'était jamais qu'un gérant d'hôtels, et rarement de première catégorie.

Ces repas se déroulaient dans la pièce principale de l'appartement qui faisait office de salle à manger et de cabinet de méditation. Elle se trouvait presque entièrement occupée par une énorme table recouverte d'une épaisse toile cirée bleu ciel qui y semblait collée et qu'on n'osait toucher tant elle poissait. Le malheureux dont la main s'était laissé prendre ne l'en décollait qu'avec effort et dans un bruit de succion tout craquant du feuilleté mystérieux qui en composait le molleton. Même les verres qu'on en levait l'abandonnaient à regret, avec un petit craquement. Lorsqu'elle n'était pas couchée, ma tante se tenait assise au bout de cette table, installée dans la gueule de l'oreiller gigantesque qui rembourrait son fauteuil, aux motifs de fleurettes bleu pâle presque entièrement disparues.

Ma sœur et moi étions assis à l'autre bout de la table ; dans mon souvenir, c'est un sombre après-midi d'hiver, obscurci par les branches nues du marronnier qui tremblent à la fenêtre. Le vent mugit dans les escaliers et elle nous raconte ces contes atroces que nous aimons tant, où la tête sanglante d'un cheval clouée sur une porte se met à parler, où des enfants sont transformés en corbeaux, où un gros garçon enfermé dans une maison pleine de fantômes siffle pour se donner du courage. Et d'autres histoires encore qui n'étaient plus des contes mais qui en semblaient à peine déprises, comme les serpents des monstres de la Préhistoire. Celle du chevalier empoisonné qui meurt sous sa tente, ou celle qui commençait sur cet homme qui se pend au clou d'un mur de son cachot au moment précis où un tremblement de terre abat la ville ; et, saisi de peur, il se cramponne au clou où il voulait se tuer. Comme j'aimais ce début, comme je ne me lassais pas d'entendre cette histoire où les plus grands bonheurs, les cruautés odieuses, ressemblent aux rêves.

Elle mêlait parfois à ces histoires des souvenirs de famille. Nous ne les distinguions pas toujours des contes puisqu'ils nous semblaient assaisonnés des mêmes épices d'atrocité et d'invraisemblance. Nous étions pris par l'ivresse de sa voix claire aux inflexions toujours semblables. Quoi qu'elle racontât, horreurs ou douceurs, sa ligne de chant restait la même, fauvette dans les branches qui se fout des rires et des sanglots de ceux qui passent sous l'arbre.

Elle sortait de son chapeau d'innombrables Rocoule, affublés de surnoms comme les paysans glorieux ou les rois obscurs : la Boiteuse, Persévérance, Rêve-aux-Dames, Coquelicot, Sourd-aux-Cris. Elle nous apprit qu'on distingue dans notre famille les Rocoule sombres et les Rocoule légers, et plus d'une fois dans ma vie je me suis demandé à laquelle de ces deux espèces j'appartenais, espérant sans cesse, à la façon d'un voyageur qui croit à chaque détour du chemin découvrir le pays où il se rend, que les aléas de la vie me l'apprendraient un jour. Et qui dit que je n'écris pas cette histoire pour le savoir enfin.

Ces histoires de famille remontaient fort loin, jusqu'à l'aïeule illustre. Gouvernante du futur Frédéric II et de sa sœur, qui apprirent le français de sa bouche, cette ancêtre était devenue la divinité tutélaire de la famille car ce fut elle qui, après la révocation de l'Édit de Nantes, fit venir à Berlin plusieurs de ses neveux Rocoule et Montbail restés fidèles à la vraie religion, les transplantant pour ainsi dire de l'Ardèche à l'Oder.

Au cours du XIXe siècle, Rocoule et Montbail se dispersèrent en Europe centrale et jusque dans l'Empire russe, où ils donnèrent naissance à une dynastie de directeurs d'hôtels.

Celui que mettait le plus souvent en scène ma tante était son frère Alexandre, propriétaire dans l'entre-deux-guerres d'un hôtel dans le grand-duché de Marsovie, le « Monaco des Carpates », fiché entre la Hongrie, la Roumanie et l'Ukraine comme le confetti d'une fête lointaine soufflé là par le vent. L'oncle Alex y avait possédé un hôtel, perdu dans une forêt que ma tante nous décrivait souvent. Les arbres, hêtres et chênes, y étaient plus grands que nulle part ailleurs et certains avaient des feuillages d'argent. De nombreuses sources bruissaient dans cette forêt, au goût délicat pour la plupart, même si d'autres fort amères pouvaient s'avérer mortelles. De vastes étangs où venaient nicher mille oiseaux parsemaient ces bois, que seuls quelques petits chemins à peine visibles permettaient de découvrir.

Une de ses histoires favorites racontait comment cet oncle Alex avait épousé en 1914 la femme qui lui avait offert la forêt d'Arden.

Lorsque nous étions enfants cette histoire nous terrifiait.

Nous frissonnions sur nos chaises en nous serrant l'un contre l'autre lorsque nous entendions dans la pénombre sa voix de fauvette en chuchoter les premiers mots :

« Mon frère était tout jeune, il avait à peine vingt ans en 14 et pendant tout l'été il avait travaillé à l'Hôtel Terminus à Cracovie. Quand l'armée russe s'approcha, il décida de rentrer à la maison, fit son baluchon et partit à pied sur les chemins. Il marcha ainsi pendant des jours et des jours sous la pluie et le vent car c'était le début de l'hiver. »

Et que mangeait-il ? où dormait-il ? demandions-nous en levant les bras. « Il ne mangeait pas ! » s'exclamait-elle en frappant du bout des doigts la table, sur un ton de réprimande dont nous ne savions pas s'il s'adressait à nous ou à l'ordre des choses. « Et il couchait dans les fossés ! Bien sûr de temps à autre il trouvait refuge dans une ferme où de braves paysans lui donnaient un bon bol de soupe ! » ajoutait-elle d'un ton aigre en plissant les yeux.

Puis elle nous racontait une histoire atroce et abraca-dabrante : son frère, pris dans l'offensive Broussilov, famélique et gazé, aveugle à demi nu, se perdait dans une forêt profonde qui se trouvait être la forêt d'Arden. Il manquait y mourir cent fois, de noyade ou d'égorgement, avant d'être recueilli dans un hôpital. Et là, tout à coup guéri et pimpant, vrai Rocoule léger, il épousait la fille du directeur.

Cette fin ravissait toujours ma tante, mais, le dernier mot prononcé, elle restait silencieuse un long moment et poussait un soupir. C'est qu'elle ignorait si son frère était encore de ce monde. La république socialiste de Marsovie se trouvant désormais de l'autre côté du rideau de fer, ma tante était sans nouvelles de lui depuis le début des années soixante. Alors, après ce récit, elle était toujours saisie par une sorte d'absence, une vapeur de nostalgie et nous l'entendions chantonner dans sa cuisine de vieux airs Rocoule, d'antiques chansons mêlées de français et d'allemand.

Elle n'écoutait pas d'autre musique que celle qui sortait de ses lèvres. Elle possédait pourtant un tourne-disque, dont je revois l'habillage du haut-parleur, percé de gros trous : un tissu écossais noir et bleu entouré, comme un champ magnétique, d'un remugle électrique et poussiéreux. Je crois encore sentir au bout de mon index le grattement morne du diamant qui, dès qu'on branchait l'électrophone, se transformait en rugissement rauque, entendre le délicieux crachotis du début du disque, ce grésillement où pétillait et haletait le Temps, comme si l'on roulait dans l'obscurité des astres.

J'y écoutais toujours les mêmes disques, les seuls que possédait ma tante. Rangés dans un coffret déchiré, ils s'en échappaient dès qu'on le saisissait, imprévisibles, fuyants, dans leurs grandes enveloppes blanches. J'essayais de les retenir en me contorsionnant, plaquant contre mes genoux le coffret sur lequel étaient représentées dans une lumière cendreuse les tours désertes et lointaines d'un château médiéval, le décor d'un rêve que personne ne réussirait jamais à faire. Et cette danse grotesque était une sorte de rite d'adieu à la vie avant de s'abandonner à l'hypnose.

Combien d'heures ai-je passées après la mort de ma sœur allongé sur la maigre carpette grise de la salle à manger ou même couché sous la table, dissimulé par les pans de la toile cirée bleu ciel, à écouter *Tristan*. Il me semblait que l'espace avait coulissé et que j'avais glissé dans un autre monde, intime et pourtant vaste et mystérieux comme une mer, qui roulait mon cœur dans les flots du désir et de la résignation. Cette ivresse me vidait de mes forces et cette faiblesse faisait naître le rêve de l'extase de la mort. L'horreur de la résurrection, qu'ont dû connaître les miraculés, combien de fois l'ai-je éprouvée dans mon caveau de toile cirée, une fois le disque achevé, dans le cloc-cloc atroce du va-et-vient du saphir, yeux grands ouverts, respirant à grands traits afin de retrouver des forces qui me permettraient de me hisser à nouveau sur le théâtre de la vie.

Un jour, je découvris un autre disque sous le lit de ma tante. Enveloppé dans un épais papier marron, il était plus lourd, plus épais que les disques ordinaires, ses sillons bien plus creux.

Le cercle noir du centre ne portait aucune étiquette.

Il fallait le passer en 78 tours. Il en sortait alors un air crachotant, d'une gaieté si étrange que je me mis à l'écouter sans relâche.

On entendait d'abord des roucoulements de clarinette, les glissades d'un violon, le pépiement fou d'un piano. Bientôt une voix de femme se mettait à chuchoter, puis à chantonner en allemand une valse dont je comprenais mal les paroles mais que ma tante me traduisit un jour :

> *Est-ce un rêve qui s'achève,*
> *Ou un souvenir qui ne veut pas mourir ?*

La voix était rauque mais dans les aigus d'une fragilité enfantine. Je trouvais la valse pleine d'allant et de mélancolie et me mis à la siffloter à tout bout de champ. Mais le charme naissait de cette voix étrange qui semblait l'inventer au fur et à mesure. Sa façon de chanter les dernières mesures me froissait le cœur. J'avais l'impression que la bouche qui prononçait ces mots, une fois qu'elle se serait tue, ne s'ouvrirait plus jamais. Et le disque pourtant faisait renaître à l'infini cet instant.

Un jour, je l'écoutai en présence de ma tante. Elle en fredonna les paroles, puis remua le bout du nez comme lorsqu'elle avait envie de raconter quelque chose. Je l'interrogeai et elle m'apprit que cet air était tiré d'une opérette composée par son frère Alexandre et qu'elle avait été enregistrée pendant la guerre. Elle me raconta l'histoire de ce disque et des voix qu'on y entend. C'est elle qui fournira avec des souvenirs d'Arden la matière de ce livre.

Car un soir d'hiver, il y a bien des années de cela, je décidai d'écrire cette histoire. J'enfilai mes plus beaux souliers, m'installai à mon bureau, saisis la plume et commençai à rédiger le récit qui va suivre.

Mon grand-oncle Alexandre de Rocoule, rêveur, valseur et fornicateur, dirigea de 1927 à 1944 le Grand Hôtel d'Arden.

Il l'avait baptisé ainsi parce qu'il se trouvait au milieu d'un parc immense, une véritable forêt. Et cela lui avait rappelé une vieille chanson que sa grand-mère Boishue, Boishue-Bamban, sifflait entre ses dents, à la fin de sa vie, sur son lit de douleur :

Il ne faut plus aller en la forêt d'Arden
Chercher l'eau, dont Regnaut était tant désireux :
Celui qui boit à jeun trois fois cette fontaine,
Soit passant, ou voisin, il devient amoureux.

C'était une grande bâtisse blanche, ou plutôt deux cubes blancs à hublots, qui évoquaient davantage une piscine, ou le paquebot d'une opérette futuriste, avec un toit-terrasse où courait une balustrade de nickel.

Il s'agissait à l'origine d'un sanatorium, que son beau-père, célébrité médicale, avait fait construire quelques années avant la Grande Guerre. À sa mort, l'oncle Alex entreprit de le transformer peu à peu en hôtel, au fur et à mesure que ses pensionnaires le quittaient pour un monde meilleur. Et l'on ne peut s'empêcher de se demander si dans leurs derniers moments les malheureux n'éprouvaient pas le sentiment que le monde n'attendait que ce départ pour s'abandonner enfin à la joie, à la façon de ces bals de cour dans les romans sentimentaux qu'ils lisaient sur leurs chaises longues, où l'on ne parle d'amour que lorsque les douairières sont couchées. Cela dut hâter le départ des plus indulgents, mais aussi retarder celui des plus acariâtres, et peut-être mon oncle saute-t-il ainsi léger de la balance des crimes.

Badigeonné de chaux à l'extérieur, laqué de blanc à l'intérieur, Arden était tendu de lourds rideaux noirs brodés de fil d'argent, meublé de tables et de chaises Biedermeier noires, non en hommage aux mânes de ses premiers occupants, mais parce que ce décor rappelait à mon oncle celui des opérettes de la Ufa ou de la Paramount dont il s'était gorgé dans tous les cinémas de Vienne ou de Budapest, lors de ses tournées de marchand de vin.

Telle avait été en effet sa première occupation, à laquelle il s'était livré avec stoïcisme et ironie, mais si longtemps que même lorsqu'il eut changé d'état, stoïcisme et ironie continuèrent à l'accompagner. Il semblait les promener partout avec lui, comme un pirate ses perroquets sur chaque épaule, et à force de lui chuchoter à l'oreille ils finirent par le convaincre que sa véritable vocation était non pas le vin ni l'hôtellerie mais la scène, et plus particulièrement l'écriture d'opérettes, de comédies musicales semblables à celles de la Ufa ou de la Paramount.

En collaboration avec son meilleur ami, Salomon Lengyel, il écrivit de 1917 à 1944 cinquante-deux opérettes plus ou moins achevées, musique et livrets, dont il ne doutait pas qu'elles seraient un jour représentées. L'attente même lui semblait une volupté et il faisait nonchalamment balancer dans la paume le verre de la patience, y humant de temps à autre le bouquet du triomphe à venir.

En attendant, son hôtel et son décor, les airs qu'on y jouait, ses clients en habits, son personnel vêtu lui aussi de noir et de blanc, se métamorphosaient en une sorte d'atelier. Y flottaient des fragments de scènes, comme dans le rêve d'un prophète.

D'ailleurs, semblable en cela aussi à un prophète, il ne douta jamais de sa vocation : depuis toujours en effet, dès qu'il entendait un air de valse, son imagination tendait dans les ténèbres de son crâne un écran où, au milieu d'un monumental décor noir et blanc, qui s'avérait être le hall du plus grand hôtel qui ait jamais existé, entourés d'une foule innombrable de figurants qui grouillaient de tous les côtés, un homme et une femme se rencontraient d'une façon ironique et incongrue.

Le marivaudage, dans son crâne, se tricotait toujours dans un recoin du pharaonique. À la façon des opérettes de la Ufa, ou du livre des Rois.

À l'imitation des gérants d'hôtel dans les films Paramount, l'oncle Alex portait un frac et un gilet rayé de diplomate. Mais cet habit était toujours plus ou moins froissé, parfois même sali, soit qu'il trouvât dans cette négligence le comble du détachement aristocratique, la touche finale à ce personnage de prince en exil qui semblait être son emploi, soit que ses rêveries fussent particulièrement profondes pendant les repas, au moment où, tandis qu'il avalait ses œufs mimosa dans la cuisine, l'orchestre se mettait à jouer ses morceaux favoris. Ce négligé dégoûtait le vieux père Rocoule, qui disait à sa femme que son fils avait l'air d'un homme qui se serait donné beaucoup de mal pour atteindre le niveau d'élégance du premier maître d'hôtel du Terminus de Cracovie.

Mais ces critiques faisaient sourire mon oncle, et même le rassuraient, puisque, comme Brummel, il était persuadé que la véritable élégance n'est pas faite pour tous les yeux.

(Âgé d'une dizaine d'années, Pierrot de Rocoule, le neveu d'Alex, qui croyait aux oracles de son grand-père mais admirait son oncle, l'imaginait en prince contraint par les aléas de l'Histoire à devenir premier maître d'hôtel au Terminus de Cracovie.)

Feuilletant *L'Illustration*, l'oncle Alex admirait beaucoup l'élégance de M. François-Poncet, l'ambassadeur de France à Berlin. Il disait souvent, dès qu'à table la conversation lui en offrait l'ombre d'une occasion : « François-Poncet sait ce que s'habiller veut dire », et il prononçait cette phrase à mi-voix d'un air discret, sans regarder personne, avec un sourire de légère mélancolie, comme si le seul François-Poncet eût été à même de comprendre toute la richesse de cette affirmation. Et, puisqu'il était peu probable qu'il pût l'entendre de si loin, elle n'était en quelque sorte destinée qu'à un usage privé, une prière, un petit bouquet discrètement déposé lors d'un hommage solitaire au bon goût.

Pourtant, quelqu'un portait sur lui le même regard admiratif et attendri qu'il réservait à François-Poncet.

C'était dans la chaleur des après-midi d'été. Dans tout l'hôtel, on avait tiré les immenses rideaux noirs. Géantes sentinelles assoupies traversées parfois, comme par le spasme d'un songe, du calme remuement d'un courant d'air. Les étoiles d'argent qui y étaient cousues et qui brillaient tant le soir à la lueur des chandelles luisaient tristement dans le demi-jour, ternes comme des agrafes, et l'on croyait voir, dans le grenier d'un théâtre, le ciel d'un drame cosmologique depuis longtemps passé de mode.

Le grand hall et la salle à manger d'Arden, avec leurs murs blancs, leurs tables et leurs chaises noires, plongés dans la pénombre, conservaient on ne sait quel relent de clinique et faisaient penser à ces dispensaires futuristes des bandes d'actualités soviétiques où, sous un lustre tchaïkovskien, un berger kirghize se fait vacciner avec une grimace exagérée de frayeur, parodie de vérité humaine caractéristique de la *Stalin's touch*.

À ces heures où l'hôtel semblait vide, l'orphelin Pierrot de Rocoule aimait à errer dans les couloirs. Regardons passer ce Pierrot, ombre légère que nous ne reverrons plus dans cette histoire car plusieurs années avant l'époque que nous évoquerons il était parti à l'aventure sur les routes de l'Europe. À dix-neuf ans, en 1939, il faisait partie du faux orchestre tzigane d'un café de Bordeaux et sans doute était-il déjà mort en 1944 sans que mon oncle et ma tante n'en sachent rien car ils étaient sans nouvelles de lui depuis juin 40. Peut-être flottait-il déjà à l'état de fantôme dans l'esprit de ma tante, qui les aimait tant.

Souvent, par la porte entrebâillée du petit bureau, il apercevait son oncle la nuque renversée sur le dossier du minuscule canapé vert où il s'était assis pour méditer sur l'acte III de l'une de ses opérettes, les pieds croisés dans de petits escarpins luisants au bout de jambes qu'il tendait pour ne pas glisser jusqu'au plancher. Baignant dans un rayon de soleil, une légère odeur d'ail et un discret bourdonnement de narines, il avait bien l'air aux yeux de son neveu d'un diplomate épuisé par la tâche au sortir de l'une de ces conférences où l'on sauve la paix en redécoupant l'Europe. C'est que l'allure de l'oncle Alex lors de ses innombrables siestes (paupières frémissantes, tête levée au ciel, bouche entrouverte comme au bord de chuchoter des visions) semblait l'effet d'une découverte métaphysique, spirituelle même, des plus grandioses. Parfois, un léger sourire apaisait ses traits, comme si quelqu'un soufflait doucement sur son visage, et ce sourire donnait l'impression que, depuis le fleuve du Temps où il faisait la planche, il apercevait ces terres de lait et de roses vers lesquelles depuis plus de trois siècles les Rocoule dérivent dans leur sommeil.

C'est en 1697 que Louis, le premier, rejoignit sa tante, Mme de Rocoule, notre fameuse aïeule. Évadé d'un pensionnat de convertisseurs, il fit le voyage jusqu'à Berlin à pied en sifflant des madrigaux et chantant des psaumes. Installé à Berlin, il s'y fit maître de musique, sans qu'on sache s'il fallait voir là une conséquence, peut-être miracu-

leuse, de son périple enchansonné. Il composa pour son plaisir une myriade d'opéras-comiques à sujets bibliques (*David et Bethsabée, Moïse et Aaron, Le Prophète et l'Oiseau,* etc.), qu'il interprétait lui-même au clavecin en chantant tous les rôles. Dans sa vieillesse, il fut même invité à plusieurs reprises par Frédéric à venir les jouer à Sans-Souci, dans le cercle de ses intimes. Mais il ne semble pas s'être bien rendu compte que la bonne humeur répandue par ses ouvrages tenait moins à leur charme musical qu'au ridicule de ses roulades et à la parodie blasphématoire de ses couplets. En témoigne ce passage d'une lettre de Voltaire où il paraît être question de lui :
« *[...] plaisant vieillard qui met en rigodons l'histoire sainte. Son duo de David et Bethsabée qu'il minaude lui-même à l'épinette en l'assaisonnant des mines les plus délicates a manqué faire crever de rire le roi, et il faut reconnaître que ses couplets composent le plus atroce galimatias de sacrilèges qui ait jamais fait rougir le front d'un philosophe. Au milieu de l'allégresse qu'il déchaîne, le vieil Orphée demeure impassible car le pauvre fou est bon croyant et paraît trouver dans le libertinage des rois de la Bible une preuve de leur élection. Pendant le souper il nous a longuement entretenu de Josué, David et Salomon en tapotant sa tabatière, les larmes aux yeux, comme de vieux parents dont la renommée n'aurait jamais franchi les bornes de leur village.* »

Le goût de l'oncle Louis s'avéra héréditaire car les épisodes de la vie de David exercèrent sur la plupart des Rocoule mâles un charme profond. Ils avaient tant de fois feuilleté la vieille Bible familiale (Genève, 1701) aux mêmes passages que lorsqu'ils l'ouvraient au hasard afin d'y trouver une consolation ou un avis sur la conduite à tenir, ils tombaient à la même page des amours de David et Bethsabée. Leurs yeux reconnaissaient les versets familiers 11, 12, et leurs sourcils se levaient et un sourire se posait sur leurs lèvres.

Dans les cas, assez fréquents semble-t-il, où, brûlés par le désir en même temps que déjà écartelés par le remords, ils avaient cherché un conseil avant d'entamer une nouvelle histoire d'amour, retrouver les deux ombres familières, David sur son toit, Bethsabée dans son baquet, leur semblait, sinon une autorisation du ciel, du moins le signe que le Seigneur contemplerait leurs étreintes avec la même fureur paternelle que celles de David et de Salomon.

À force de se prendre ainsi pour des rois de la Bible, les Rocoule en étaient venus à considérer les Juifs avec une sorte de condescendance affectueuse. De la même façon qu'ils voyaient dans leur vieille Bible en français le chant pur que les siècles avaient tiré des vagissements helléno-hébraïques, l'histoire du peuple d'Israël leur semblait une espèce d'esquisse, un brouillon confus du destin des Rocoule. Et peut-être était-ce à la famille que pensait le père de ma tante en croyant parler des Juifs : « Les pièces juives ne valent pas plus que les autres, disait-il souvent, mais la qualité et les défauts de la frappe y brillent davantage et, lorsqu'il veut se rappeler à quoi ressemble la face de ses créatures, c'est sur elles que Seigneur crache et essuie son mouchoir. »

Sans doute cette comparaison lui était-elle venue parce qu'en tant que directeur d'hôtel dans une ville d'eaux il transportait toujours dans ses poches une foule de piécettes de tous les pays. Car les Rocoule à partir des années 1830 devinrent une dynastie de gérants d'hôtels. L'amour de la musique y subsistait pourtant car le directeur d'hôtel était traditionnellement comparé dans la famille à un chef d'orchestre. Et les progrès de cette mégalomanie qui fit passer le statut du *Kapellmeister* de celui de gardeuse d'oies à celui de prophète apparaît nettement dans les vieilles photos des Rocoule hôteliers : l'arrière-arrière-grand-oncle Adolphe, directeur de l'Hôtel des Écossais à Carlbad vers 1840, dans son habit noir trop grand, avec son long crâne chauve garni de houppes blanches, y ressemble à un pianiste entré dans les ordres, l'organiste d'une cathédrale humide, tandis que son petit neveu Félix, gérant de l'Hôtel Roses de Perse à Graz dans les années 1880 en frac et pantalon rayé, crinière frisée et moustache si abondante qu'elle semble mousser, mains sur les hanches, regard gris clair chauffé à blanc, a l'air d'avoir contracté la syphilis en dirigeant *Parsifal* avec trop d'ardeur.

La branche de la famille d'où était issu mon oncle s'était installée vers 1890 dans le grand-duché de Marsovie, qu'ils appelaient souvent avec tendresse le « petit royaume », dénomination qui tire sans doute son origine de

— la bizarrerie géologico-climatique du lieu, où abondent sureaux, chênes, frênes et charmes, rigolets frais d'eau vive, pâtures vert pâle, mirobolantes fauvettes agitatrices de taillis, coulis d'aquilons, bouses champêtres, crépitants pissats de vaches blanches, grasses, errantes ;

— l'implantation de diverses hordes de Français. D'abord les huguenots du Brandebourg, soit que les promesses du nouveau souverain les attirassent comme mouches, soit que la gale de la Terre promise les démangeât encore. Puis une seconde vague, issue de l'émigration, la menue maille de la noblesse émigrée aux souliers troués, chassée par la misère de tous les trous à rats d'Allemagne, horde famélique où l'on trouvait selon le mot féroce d'un aïeul Boishue « les adeptes de toutes les paresses et les éperdus de toutes les bassesses ».

C'est là qu'en 1927 mon oncle ouvrit le Grand Hôtel d'Arden dont j'ai tant entendu parler par ma tante et tous les Rocoule.

La plupart pourtant n'y étaient jamais allés, et leurs récits trahissaient la propension Rocoule à bâtir des paradis avec les ruines des patries perdues.

Voilà pourquoi Pierrot s'imaginait que son oncle voyait en rêve les fontaines de Saint-Effre, patrie des Rocoule. Parfois, il soufflait sur le visage de son oncle pour le voir sourire et qu'elles renaissent dans son rêve.

Peut-être est-ce le souvenir de ces après-midi qui le fit partir un jour pour la France, d'où il ne revint jamais.

Cette nostalgie de la Terre promise expliquait peut-être pourquoi s'asseoir à une table dans la grande salle à manger d'Arden relevait de l'exploit.

La seule route qui y menait n'était qu'un large chemin de terre poussiéreux et défoncé qui montait en un interminable lacet jusqu'au milieu d'une forêt obscure. Le défilé des sapins immenses et noirs, si l'on s'arrêtait un moment pour les regarder, se transformait en une vision pathétique et solennelle, celle d'une armée endormie et si parfaitement égarée dans le songe de ses exploits qu'elle semble avoir quitté notre monde.

Plus la route s'élevait, plus les branches ruisselaient d'une verte écume de théâtre, molle comme de la cire, friselée de lichen, et qui conférait aux arbres un air vétuste, comme si le chemin remontait vers le temps des vieux contes.

Au sortir de cette forêt, le chemin descendait au flanc d'un coteau de prairies lumineuses, aux herbes agitées en tous sens par un vent furieux qu'on ne sentait pourtant jamais lorsqu'on marchait sur la route. Des taureaux, des vaches y paissaient, à demi enfouis dans des gerbes de roseaux, semblables aux souvenirs de mythes oubliés pointant leurs mufles dans le taillis d'un songe.

Au bout de ce vallon, la route s'engouffre dans une forêt de charmes tremblants, et tout à coup dans la voiture un miroitement de lumière court sur les visages comme au bord d'une piscine.

Un nuage de fumée blanche et âcre enveloppe le véhicule, se déchire et découvre un village de cahutes en rondins, le village des Tziganes d'Arden. Ils n'habitaient là qu'en passant, préférant leur campement dans la forêt. Mais mon oncle avait fait édifier ce hameau pour charmer les touristes et y organiser des soirées tziganes avec les habitués.

Et voilà justement que l'un d'eux, entendant la voiture mugir et cahoter, sort d'une cabane afin d'accueillir les visiteurs, un violon à la main, dans un gilet brodé un peu trop rutilant. Sous ses grosses moustaches noires apparaît le sourire féroce et servile du Tzigane des films Paramount.

Mais, tandis que résonnent les premiers accords de la czardas, la voiture quitte déjà le village le long d'un étang sombre. Un gamin est en train d'y pêcher, on aperçoit le dos d'un chandail noir où sont accrochés des pétales de glycine.

Le soir tombe, les charmes disparaissent, une nouvelle forêt de sapins, plus obscure que la précédente, engloutit la voiture. Dans l'air se meurent les aboiements enroués d'un chien qui semble se lamenter d'avoir manqué votre passage, comme s'il vous attendait depuis toujours.

Vous êtes arrivés à Arden.

Dans le noir, la voiture semble parfois prête à se renverser. Mais les fondrières de cette route plaisent aux habitués, clientèle plus ou moins aristocratique qui retrouve là cet inconfort qu'ils jugent de bon ton, peut-être parce qu'il satisfait une nostalgie du sacrifice.

« *A private road and joke* », disait Palfy.

Il arrivait que des femmes charmantes, un éclatant sourire aux lèvres, pénètrent dans le hall en découvrant leurs bras afin de montrer à mon oncle les bleus éclos pendant le trajet, à la façon de ces princesses des contes qui, pour attester de leur haute naissance, exhibent l'empreinte d'une fleur apparue sur leur peau.

Arrivés à Arden par une belle soirée d'été, débouchant de la forêt obscure, vous auriez d'abord aperçu, derrière la grande baie vitrée de la salle à manger, l'écarlate du soleil couchant où se découpaient les silhouettes des garçons se précipitant sur les tables pour allumer les chandelles.

Leur course semblait toujours affolée, comme si les flammes minuscules qu'ils faisaient naître étaient destinées à sauver des âmes en peine.

Puis, pénétrant dans l'hôtel par le côté du parc humide envahi par la nuit, poussant le grand battant d'une porte de bronze à demi recouverte par un lierre luisant où, chaque fois que l'on tend l'oreille, quelque chose crépite, vous auriez aperçu dans la pénombre du vaste hall blanc les cinq musiciens de l'orchestre sur une petite estrade.

Immobiles sur leurs chaises, silencieux, regardant droit devant eux, ils ressemblaient à des somnambules égarés assis dans une forêt obscure. De temps en temps, l'un d'eux, paupières mi-closes, glissait vers son voisin le regard que la vache couchée dans l'herbe coule à sa voisine.

Tout à coup, dans une union parfaite, sans s'être adressé le moindre signe, comme sous l'effet d'un phénomène naturel semblable à l'ébullition de l'eau, ils levaient leur violon et attaquaient *La valse du trésor*.

Alors, tandis que le hall s'illuminait peu à peu car les garçons, leurs longues allumettes à la main, continuaient leur cavalcade dans tous les sens, s'entrechoquant et s'injuriant (par contre, en allumant la mèche, regard fixe, bouche ouverte, ils s'immobilisaient, arrêtaient de respirer, contemplant la montée de la petite flamme comme celle d'un cierge où l'on aurait pu distinguer le visage du mort), dans l'odeur âcre et pourtant délicate, comme patinée, du cigare froid, vous auriez vu la silhouette de l'oncle Alex qui descendait lentement les marches du grand escalier en spirale Art déco (élevé sur l'ancien emplacement de la salle d'opération où son beau-père avait amputé quelques jambes) avant de traverser le hall de sa démarche calme et rêveuse, si rêveuse qu'il avait l'air de boiter.

La main gauche enfoncée dans la poche du pantalon d'un habit un peu trop grand, toujours plus ou moins fripé, ou taché d'un éclat de jaune d'œuf, la droite enserrant entre le majeur et l'annulaire une inconsumable cigarette, tous les soirs il entrait en scène aux accents de sa valse favorite, comme, dans une pièce charmante mais jusque-là un peu terne, une invention plaisante et bien venue de l'auteur.

Les yeux levés — l'oncle Alex n'était pas grand —, un léger sourire aux lèvres sous sa fine moustache, il semblait humer le sublime, flâner sous les voûtes de la Sixtine.

Tout ce qu'il avait créé au cours de ces années, fruits de l'obstination et des hasards, enfants du cynisme et de la naïveté, parc, meubles, orchestre, musiques et clientèle choisies, tout cela semblait à ce moment lui rendre la pareille, et, pour ainsi dire, lui donner naissance.

C'était en somme un Jupiter hôtelier qui ne concevait pas volupté plus grande que de se glisser dans l'enveloppe d'un personnage jailli de son imagination, chaque soir, à la troisième mesure des *Schatz-Walzer*.

Dieu bénit ces éternels renaissants, il suffisait de voir le sourire de l'oncle Alex pour en être convaincu, mais comme aucun de ses dons n'est exempt d'ironie, il les rend aussi souvent aveugles.

Dans sa jeunesse l'oncle Alex avait peu à peu acquis cette allure de flâneur de la vie, pieds en dehors et légère claudication, surtout dans les bals, où il semblait promener, comme l'œillet encore fermé à sa boutonnière, le secret d'un bonheur destiné à éclore on ne sait trop quand. Son regard errait çà et là, sans se poser nulle part, tel celui d'un homme qui fait son choix au marché des bonheurs de la vie.

Par la suite il avait continué à se promener dans l'existence comme dans un bal, un bal sans miroirs où l'on ne se voit pas vieillir, et il ne se rendait pas compte que sa démarche, un peu alourdie, ressemblait maintenant pour les autres convives à celle d'un homme qui cherche la trace d'un bonheur passé.

C'est sans doute pourquoi jeune homme il avait plu aux femmes mûres et pourquoi désormais il plaisait aux jeunes femmes. Mais ce changement même, n'était-ce pas une autre renaissance?

Les opérettes de l'oncle Alex et de son ami Salomon trahissaient d'ailleurs cette inconsciente métamorphose : désormais ils se disaient souvent que leurs histoires seraient meilleures si à la place du jeune lieutenant de la garde de plus en plus diaphane et démodé qu'ils utilisaient depuis près de vingt ans ils imaginaient un héros un peu plus âgé, un comte aux tempes grisonnantes. Comme cela enrichissait tout à coup les situations! Ils se reprochaient mutuellement de n'y avoir pas pensé plus tôt. La jeunesse désormais leur paraissait un cliché, et la maturité de leur personnage refléter celle de leur art.

Cette nouvelle période de leur œuvre donna naissance à plusieurs ouvrages remarquables qu'ils étaient certains de voir accepter, une fois achevés, à Vienne, Berlin ou Budapest. Car ils ne pouvaient sans rire envisager de les proposer au théâtre de S., la capitale de la Marsovie, avec, disait mon oncle, ses « ténors beuglants qui semblent asphyxier de leur haleine rance de rachitiques sopranos qui se tortillent et couinent dans leurs bras comme des souris coincées dans une tapette ». Salomon ajoutait : « l'antre reculée où s'incarnent les cauchemars nocturnes de tous les chanteurs d'Europe ». Au point qu'ils ne pouvaient passer ensemble devant sa façade sans se regarder en souriant.

Dans leurs moments de découragement absolu, ils se voyaient réduits à un triomphe sur la scène de l'Opéra-Comique de Bratislava.

Parfois, en relisant et corrigeant l'une de ses partitions assis à son petit bureau, mon oncle riait tout seul en s'imaginant telle ou telle scène (par exemple celle de la partie d'échecs sous le pommier en fleur dans *L'héritage de Maritzka*, ou bien celle de la baignoire bouchée dans *Un jupon, cent fantômes*) interprétée par des membres de la troupe du théâtre de S., disons Richard Krozalek ou Mimi Pfazengheim. (Vingt ans auparavant, il avait pourtant entretenu une brève liaison avec Mimi P., mais elle lui semblait tellement changée qu'il la trouvait aussi méconnaissable que l'un de ces personnages qu'un auteur, en récrivant un scénario, a fait passer d'un registre dramatique à un emploi comique.) Il riait, riait, au point d'être obligé de reculer la chaise du bureau.

Bientôt la parodie qu'il imaginait lui semblait charmante, il cessait de s'esclaffer. Les yeux encore mouillés de larmes, il rêvait à sa scène travestie. Les deux paumes posées sur ses genoux écartés, la bouche entrouverte, il avait l'air d'un père qui contemple avec tendresse les pirouettes de son enfant déguisé.

Pourtant ils n'envoyaient pas leurs merveilles à Vienne, ni à Berlin, ni à Budapest, ni même à Bratislava, car, semblables à de jeunes beautés qui se préparent avant leur premier bal, elles n'étaient jamais tout à fait prêtes.

À *La princesse aux trois manies*, il manquait un ou deux airs marquants, l'intrigue secondaire de *La fausse noyée* n'était encore qu'imparfaitement tricotée, la fin de *Loth s'amuse* demeurait incertaine.

Et au lieu d'en prendre une à bras-le-corps pour l'achever une fois pour toutes, ils ne pouvaient s'empêcher de rêver — mon oncle allongé sur le tapis de son bureau, Salomon sur un minuscule sofa vert — au canevas d'un nouvel ouvrage avant de se relever soudain pour en dresser le plan général, arpentant la pièce à grandes enjambées sans se voir ni se heurter, à la manière des chauves-souris.

Mais cette œuvre nouvelle finissait tôt ou tard comme les autres, semblable à ces villégiatures dont on a élevé rapidement les murs mais qu'on ne peut finir. On les voit du chemin, qui commencent à se délabrer, mausolées d'espérance devant lesquels les propriétaires préfèrent ne plus repasser alors qu'ils avaient choisi de les édifier à l'endroit le plus charmant de leur promenade favorite.

À combien de silhouettes cocasses ou pathétiques, encore mouvantes dans ces ruines d'ouvrages jamais terminés, n'osaient-ils plus repenser ! Parfois, au détour d'une rêverie, il leur semblait tout à coup entendre une voix plaintive qu'ils s'efforçaient de chasser, craignant de se rappeler l'enthousiasme qui les avait saisis jadis, et s'était enfui Dieu sait où.

Ainsi, mon oncle se rappelait souvent, avec plus de nostalgie que le regard des femmes qu'il avait aimées, la silhouette sans visage de Perdita, la fille timide du bourreau dans *La chance du pendu*, qui, la nuit, dans sa petite chambre au premier étage de la prison, chante à mi-voix de crainte de réveiller les prisonniers. Et ce murmure fait croire à chacun d'eux que c'est la voix de sa bienaimée qu'il entend.

Les imaginations de l'oncle Alex et de Salomon étaient deux sœurs ennemies. Le premier avait tendance à changer de sujet en cours de route comme un cosaque de cheval, sautant d'une histoire à l'autre avec un hurlement de joie en abandonnant sans un regard la première aux loups. L'autre en revanche, peut-être pour se racheter du dégoût que lui inspirait la boutique de confection dont il avait hérité, prenait un plaisir presque exalté à ramasser des lambeaux épars d'intrigues pour les ravauder, recoudre et tricoter jusqu'à ce qu'ils finissent par « prendre figure ».

Et tandis que Salomon reprochait à mon oncle de n'aimer, en homme à femmes, que les commencements, mon oncle accusait Salomon de ne jamais achever un scénario afin d'avoir le plaisir de le combiner avec le suivant et, pour ainsi dire, de ne pas abandonner une histoire avant que la mort vienne les séparer.

De fait, sa boutique n'étant guère fréquentée, Salomon passait son temps à rapetasser des intrigues, courbé sur des livres de comptes qui ne servaient désormais qu'à cela.

Leurs pages étaient recouvertes d'un enchevêtrement de flèches et de ronds. En surgissait parfois comme d'une haie d'épines le visage d'un personnage, esquissé en trois coups de porte-plume là où son père aurait autrefois griffonné subitement le nom d'un débiteur oublié.

Les plus microcospiques situations de départ (par exemple, le rideau se lève sur le capitaine de la garde Mandryka affalé sur son bureau, qui écrit une lettre d'amour en la copiant dans un livre) enflaient, enflaient dans ce registre, devenaient de véritables sagas jusqu'au moment où, abandonnées, elles y reposaient pour toujours. Parfois mon oncle ouvrait le registre et essayait de comprendre ces intrigues gigantesques, confuses, éparses, « ruines wagnériennes », disait-il, « dans un cauchemar de talmudiste ».

Comme aucune de leurs œuvres n'avait été représentée, ils en vinrent à considérer l'hôtel comme une espèce de scène de province où s'ébauchaient les répétitions de leurs succès futurs.

Mon oncle ajouta de nombreux airs de son cru à ceux de Strauss et de Lehar que jouait l'orchestre pendant les repas. Ils s'y fondirent d'autant mieux qu'ils s'en inspiraient, mais là où tout le monde n'entendait que variations mon oncle savourait des accomplissements : même cru, soit, mais dans une meilleure année.

Ils se mirent à repérer chez les garçons, les femmes de chambre, les maîtres d'hôtel et les sommeliers, des têtes qui évoquaient leurs personnages. Ainsi le père Gromek, le premier maître d'hôtel (ancien chef de rang au Kosmos de Prague, qui arrivait tous les matins la face luisante de pommade et les mains noires parce que la chaîne de sa motocyclette n'arrêtait pas de sauter sur le chemin d'Arden), ressemblait tout à fait au général Von Terschpitz-Klangheim, le barbon bouffe de *Dix années de fiançailles*. Tout était en place : les mâchoires si larges que la tête en devenait trapézoïdale et rappelait aux clients la forme de la terrine au brochet qu'il déposait dans leurs assiettes, le front étroit hérissé de sourcils blancs, antennes de la fureur qui semblaient chercher en tous sens une victime.

Ils ne l'appelèrent plus entre eux que le Général et lorsqu'il entendit ce surnom les sourcils broussailleux se couchèrent de contentement. Depuis, en donnant le matin ses ordres aux garçons, il fermait à demi les yeux, comme s'il craignait qu'on n'y lise un plan de bataille.

D'autres fois au contraire, ils embauchaient quelqu'un parce qu'il éveillait le souvenir de l'une de leurs créatures. Satisfaits de constater qu'ils avaient imaginé un être qui se trouvait exister dans ce qu'il est convenu d'appeler la réalité, ils se glissaient un coup d'œil léger qui disait : « Tout à fait ça ! »

Ignorant qu'il figurait la plupart du temps un personnage comique, voire grotesque, le nouveau s'imaginait incarner à leurs yeux l'idéal du garçon d'étage et il repartait dans les couloirs avec le dandinement particulier de qui croit avoir trouvé le rôle de sa vie.

Il leur arrivait aussi de chercher à créer un personnage en se servant de l'un des garçons. Un personnage qui les surprendrait eux-mêmes. Ils en convoquaient un dans la remise d'Arden où pendaient les salamis à l'acacia et, après lui avoir expliqué qu'il participait à l'élaboration artistique d'un projet destiné à paraître sur toutes les grandes scènes d'Europe, ils lui apprenaient un petit air choisi au hasard. Puis ils lui demandaient de le fredonner en endossant différents costumes qu'ils tiraient d'une malle. Non sans mélancolie puisque s'y trouvaient mêlés les vêtements de parents défunts et des oripeaux de spectacles d'amateurs du temps de leur jeunesse. Ils penchaient sur son crâne le shako du housard, le borsalino du souteneur, lui faisaient enfiler un costume de baron ou de pêcheur et lui demandaient de chantonner le petit couplet. Ils l'observaient en se reculant, se cognant la tête aux salamis à l'acacia. L'index sous les narines, ils contemplaient un gamin aux yeux chassieux qui se tortillait tant il avait envie de pisser, loin d'imaginer qu'il était en train de donner naissance au prince naufragé dans *Un requin mélancolique*.

Mais trop souvent ils se regardaient pour échanger une grimace de dégoût car rien ne venait. Et tandis que le malheureux susurrait sa romance, ils murmuraient : « Ce n'est pas ça, ce n'est pas ça », en regardant droit devant eux les poings sur les hanches.

Ces habitudes bizarres conféraient aux employés d'Arden un certain air de famille. Ils semblaient tous jouer le rôle principal d'une pièce où les clients n'auraient été que des figurants et les traiter avec une sorte de dévouement ironique. Quand deux garçons d'étage, accompagnant jusqu'à leur chambre de nouveaux arrivants, se croisaient dans les couloirs, leurs yeux échangeaient l'étincelle d'amusement des divinités travesties qui traînent derrière elles le mortel dont elles se sont amourachées.

D'ailleurs, et par un juste retour des choses, les personnages de valets abondaient dans les opérettes de Lengyel et Rocoule, toujours grouillantes d'une valetaille cachée sous tous les replis de l'intrigue, commentant sans cesse les événements, et qui donnait un peu l'impression d'un chœur antique métamorphosé en colonie de cafards.

Heinrich, le sommelier, était Maître Gothal, l'avocat véreux de *Loth s'amuse*. Originaire de Coblence, recommandé par la tante Mimi, c'était un géant à la peau mastic, aux cheveux noirs pommadés en arrière, dont la bouche, lorsqu'il versait dans les verres le Meursault 21, se froissait en un rictus de mauvais prêtre qui regrette l'absolution qu'il répand.

Maria, l'énorme dame du vestiaire aux yeux toujours humides, évoquait à s'y méprendre la douairière aveugle d'*Un spirite amoureux*.

Les menus, un peu avant la guerre, se mirent aussi à receler des allusions à leurs ouvrages. Apparurent sur la carte les escalopes à la Maréchale, la salade Anita, le soufflé des Deux Cavalières, le bœuf mode Aux Yeux Noirs.

De telle sorte que, même si les opérettes de Rocoule et Lengyel n'avaient pas encore vu le jour, un musée de citations vivantes leur était déjà consacré, où les deux auteurs, bras dessus, bras dessous, se promenaient avec satisfaction, amusement et respect.

Dès le retour du printemps Salomon venait souvent à l'hôtel travailler avec mon oncle à leur nouveau scénario.

De bon matin, sur le chemin d'Arden, on apercevait la haute silhouette d'un homme à la chevelure blanche, au nez en bec d'aigle, s'avancer à grands pas, un cahier sous le bras. De loin ses yeux, enfoncés dans leurs orbites, semblaient crevés. Il venait à pied de S., bien que cela représentât une marche de près de trois heures, car il aimait les promenades solitaires qui apprivoisaient sa mélancolie. Elle ne lui semblait plus alors qu'un chien gambadant à ses côtés. C'est que Salomon possédait de nombreux motifs de mélancolie. Du moins ceux qui le connaissaient le pensaient. Quant à lui, dans le secret de son cœur, il savait qu'aucune raison n'explique la mélancolie, pas plus qu'un mobile n'explique un crime. Et cette vérité, qu'il croyait être le seul à connaître, fournissait un motif supplémentaire, charmant, de mélancolie.

Sa boutique de tailleur n'étant plus hantée que de rares clients, Salomon végétait sur un patrimoine médiocre. Sa femme était morte en 1926 en donnant naissance à une petite fille. Cédant aux instances de sa belle-sœur, il lui avait confié l'enfant au bout de quelques mois et elle l'avait emmenée à Budapest où son mari dirigeait une institution scolaire réputée. Depuis toutes ces années Salomon n'arrivait pas à savoir si en agissant ainsi il avait fait preuve d'abnégation ou d'égoïsme.

Il lui rendait visite quatre fois par an, mais, après 1941, pour contrôler l'afflux d'immigrés et empêcher le marché noir, les autorités rendirent les voyages plus difficiles, l'obtention de visas presque impossible — en 1944 Salomon n'avait pas vu sa fille depuis bientôt trois ans.

Depuis qu'elle avait atteint l'âge de raison, il lui écrivait chaque semaine une longue lettre. Ses missives n'étaient qu'une cascade de questions sur son sommeil, la qualité de la nourriture, ses promenades, ses lectures, les noms et les caractères de ses camarades, les manies de la tante et de l'oncle, si bien qu'on aurait pu croire à les lire qu'elles provenaient d'un historien chargé de rédiger la chronique du pensionnat Mayer. Et l'enfant répondait non moins longuement et minutieusement.

Il avait pris goût à cette tendresse épistolaire et l'amour à distance qu'il éprouvait pour sa fille quand il composait ses deux lettres mensuelles lui semblait le sentiment le plus fort, le plus pur qu'il ait jamais éprouvé. Voilà pourquoi peut-être les retrouvailles avec l'Esther en chair et en os n'étaient jamais à la hauteur de ce qu'il ressentait quand, allongé sur l'édredon dans la chambre glacée et inondée d'une lumière brumeuse d'hiver, il traçait les lettres sur le papier. Il était déçu en ces occasions, trouvait que sa fille ressemblait à n'importe quelle autre petite fille inconnue, surpris que ses lettres ne l'aient pas transformée, façonnée en un être spécial. Elle faisait rarement allusion quand ils se retrouvaient aux histoires qu'il inventait pour elle dans ses lettres, et il en était froissé, blessé dans son amour à la façon d'un auteur qui ne trouve nulle part la moindre recension de ses ouvrages. Et la déception de ces rencontres, il la prenait pour l'amertume du sacrifice auquel il avait consenti pour son bien.

Esther, trop jeune, n'avait pas toujours compris les lettres de son père. Elle éprouvait en les lisant la même gêne, la même frayeur que devant ces vagabonds qu'on voit parfois dans la rue apostropher les passants. Quand elle le rencontrait, elle avait peur qu'il ne se mette à parler comme ses lettres. Heureusement cela n'arrivait jamais, il restait calme et gentil, un peu triste, et Esther ne savait jamais si c'était d'être venu ou de devoir repartir.

Pour se venger de tous ces mots, elle ornait ses

lettres de dessins, de portraits, qui avec le temps devinrent de plus en plus nombreux et foisonnants. L'écriture changea, perdit son caractère enfantin, et les textes devinrent de plus en plus concis, comme si les caractères amples, élancés, qu'elle traçait maintenant ne pouvaient exprimer que des pensées pleines de réserve.

Salomon appréciait beaucoup les dessins de sa fille et les traînait souvent dans ses poches pour les regarder de temps à autre en souriant car il s'agissait de caricatures du petit monde de la pension Mayer. Parfois, il en montrait un à l'oncle Alex et celui-ci, chaussant ses lunettes en un éclair, penchait la tête pour les observer avec la concentration et la déférence qu'il aurait consacrées à des portraits de famille.

Les dessins enfantins se muèrent peu à peu en caricatures minutieuses, puis en figures schématiques, abstraites, de sorte qu'on éprouvait l'impression que les membres du pensionnat, après s'être transformés en monstres, s'estompaient désormais dans une sorte de dissolution.

Ainsi M. Sabor le professeur de dessin avait-il fait son apparition dans une lettre de 1938 sous la forme d'un cercle fiché sur une tige. Dans le cercle, de petites lunettes cerclées sans yeux derrière et deux limaces en guise de moustaches. Deux ans plus tard, il avait fait son retour en couleurs vêtu d'un gilet rouge orné d'un colifichet rendu avec précision : un petit cheval aux courtes pattes et à la longue crinière. La face marron et jaune s'était émaciée, les moustaches pendaient d'un air mélancolique. Trois ans après, dans l'une des dernières lettres qu'elle devait envoyer, M. Sabor avait surgi au bas d'une page, apparition fantomatique, entrelacs abstrait jeté à la plume dans lequel on croyait distinguer d'abord entre deux nuages un ravin où gisaient deux sapins abattus par le vent avant d'y reconnaître tout à coup les moustaches et les lunettes saboréennes. Et pourtant, en les plaçant côte à côte, on voyait tout de suite que les trois dessins représentaient le même personnage.

Salomon avait épinglé sur les murs de sa chambre quelques-uns de ces dessins, de la même façon que ma tante Irena, la femme de l'oncle Alex, avait accroché au-dessus de son lit les quatre cartes postales que lui avait envoyées le neveu Pierrot, parti à l'aventure sur les routes d'Europe en 1937.

C'étaient des cartes postales démodées aux contours dentelés de biscuits : un Sacré-Cœur fluorescent sur un ciel crémeux, une tour Eiffel semblable à un bûcher carbonisé, les feuillages d'étain de tilleuls sur une place à Bordeaux, la carapace sépia du Grand Théâtre, devant laquelle, à peine visibles sur les pavés, trois silhouettes semblaient figées de circonspection, comme des fourmis après l'orage.

Après la défaite de la France en 40, ils ne reçurent plus aucune nouvelle de Pierrot, et ma tante les rangea dans un tiroir. À la même époque, elle ne sortit quasiment plus de sa chambre, prétextant sa difficulté à marcher.

Pourtant, certains dimanches, lorsqu'après le déjeuner les habitués s'égayaient sous les arbres, elle apparaissait au pied de l'escalier, tel un fantôme réfracté à heure fixe par quelque mécanisme des miroirs du temps. Elle se tenait toute droite dans une petite robe noire au milieu de la fumée stagnante des cigares. Sur ses mollets luisaient de vieux bas noirs, elle portait aux pieds des sortes de ballerines rose pâle, crevassées sur les côtés comme une peau trop sèche. C'était une femme grande et si maigre que les clavicules sous le tissu satiné saillaient comme des cintres. Elle frappait surtout les regards à cause de ses yeux d'un bleu très sombre et, surtout, de ses cheveux noirs recourbés au-dessus de son front comme une vague prête à s'abattre, avec en plein milieu une mèche blanche si bien délimitée qu'elle semblait née du pinceau de celui qui créa le plumage des oiseaux.

Génie du lieu d'antan où, aux côtés de son père, elle officiait en tant qu'infirmière auprès des tuberculeux et des amputés, elle avait toujours l'air d'attendre, disait l'oncle Alex, le retour des moribonds.

Elle regardait les clients et ses lèvres entrouvertes ébauchaient un sourire. Un mot d'esprit semblait lui traverser la cervelle sans qu'elle parvienne à distinguer son visage. Les habitués qui se retrouvaient soudain nez à nez avec elle la saluaient avec empressement, car les premiers à le faire pouvaient s'esquiver pour laisser la place aux autres. Elle leur tendait la main et quand ils se penchaient pour la lui baiser, elle avait l'air de chercher sur leur crâne le visage du bon mot.

Quand des hommes lui parlaient, elle portait la main à son cou et le massait entre le pouce et l'index. Quand une femme l'abordait, elle penchait la tête d'un petit mouvement brusque, comme un moineau.

Aux remarques sur le temps auxquelles se trouvaient contraints les derniers arrivés, elle répondait toujours, quelle que soit la saison : « Mais ne trouvez-vous pas que c'est en ce moment qu'Arden est le plus beau ? » Et elle semblait attendre une réponse.

Quand elle interrogeait les hommes, son visage prenait une expression qui donnait l'impression que leur réponse était nécessaire à sa survie. Quand elle s'adressait aux femmes, qu'elle déciderait de la leur.

Nuls caractères plus opposés que ceux de mon oncle et de ma tante. À croire qu'il l'avait épousée parce qu'il avait reconnu en elle l'un de ses personnages. Ou par souci du contraste, chacun le faire-valoir de l'autre. S'il y perdait en tant que mari, en tant que spectateur de sa propre vie il appréciait la couleur pathético-ironique de leur duo.

Au bout de trente ans de mariage, il se disait que le somnambulisme, la boiterie de sa femme, l'hypocondrie qui lui vint avec l'âge, conféraient à sa propre gaieté un éclat héroïque. Ils la rendaient méritante comme celle du gros garçon du conte de son enfance qui sifflote au milieu des spectres. En retour, sa légèreté, ses chansons perpétuelles lui semblaient transformer la silhouette hagarde de sa femme en celle d'une écuyère rêveuse et mélancolique qui sert de faire-valoir aux pitreries d'un clown génial. (Couple qui apparaît dans *Trapèze et coquetterie*, 1931.)

Il semblait même oublier que c'était grâce à elle qu'il était devenu le maître d'Arden.

L'histoire de leur rencontre avait quelque chose de romanesque et il l'avait si souvent racontée à Salomon qu'un jour celui-ci en tira un petit récit en yiddish. Il l'envoya à un journal de Varsovie et il fut accepté. Salomon tirait de cette unique publication sinon un sentiment de supériorité, du moins une sorte d'expérience d'auteur, amère puisqu'elle était condamnée à rester secrète. Jamais il ne put se targuer de ce succès devant mon oncle, qui aurait aussitôt demandé qu'il lui traduise son histoire.

Voici ce récit, tel que je l'ai retrouvé. (La transposition ne rend pas justice à l'original, intraduisible.)

Bien malin qui peut dire comment il sortira d'une guerre. On y est comme un dé dans un cornet. Je n'en veux pour preuve que cette aventure tout ce qu'il y a d'authentique survenue à une mienne connaissance. Si ce n'était le respect que je lui dois, je vous donnerais son nom et vous pourriez aller la trouver, la tâter pour vous assurer qu'elle existe avant de lui demander si tout s'est bien passé comme je vais vous le dire.

C'était l'hiver et la guerre faisait tant de morts qu'on ne pouvait pas tous les ramasser. On en trouvait souvent dans les champs ou les fossés, quel coup au cœur ça donnait quand on marchait dessus dans l'herbe, Dieu nous préserve de refaire de telles promenades.

Lui, le Sacha, avait à peine vingt ans, pimpant, gominé, un vrai schlemihl, et pendant tout l'été de l'année 1914 il avait travaillé comme apprenti à l'Hôtel Terminus de Cracovie.

Et voilà justement que l'armée russe approche de Cracovie. Le Sacha préféra éviter les visions pénibles et décida de rentrer chez lui en Marsovie. Il fit son baluchon et partit sur les chemins. Ce n'était pas un petit voyage, surtout en hiver, et ses escarpins de maître d'hôtel n'y résistèrent pas, il se retrouva vite pieds nus. Par-dessus le marché, au moment où il arrive en Marsovie, voilà qu'une canonnade éclate autour de lui, des obus soulèvent la terre à droite, à gauche, il se retrouve tout aspergé de cailloux.

Il voulut se mettre à l'abri dans une forêt. Il courut et s'y enfonça le plus qu'il put mais tout à coup une explosion retentit, des arbres s'écroulèrent, un gros nuage jaune sorti d'on ne sait où s'avança vers lui et l'enveloppa. Ses yeux se mirent à piquer, à brûler ; il mit les mains sur sa figure, se pressa les yeux, se les frotta, se les mouilla mais la douleur ne passait pas. Au bout d'un moment tout de même il eut un peu moins mal, il les rouvrit mais tout était noir. Il avait beau tourner la tête dans tous les sens il n'y voyait rien, il était devenu aveugle.

Il se mit à marcher dans la forêt les bras tendus devant lui. Il se cognait aux arbres, se prenait dans les ronces et s'arrêtait tous les dix pas pour lever la tête et guetter la lumière alors que la nuit était tombée depuis belle lurette. Enfin toujours est-il qu'il avança quand même assez pour sentir tout à coup qu'il avait mis les pieds dans une eau glacée. Il voulut en sortir mais il ne pouvait plus bouger. Et non seulement il ne pouvait plus bouger mais à chaque mouvement qu'il faisait il s'enfonçait dans une espèce de boue. Alors il remua les bras dans tous les sens pour s'accrocher à n'importe quoi.

Un Tzigane rempailleur de chaises dormait justement sur une branche.

On lui avait brûlé sa charrette et mangé son âne. Lui aussi s'était réfugié dans la forêt pour échapper aux cosaques. Puis dans l'arbre pour échapper aux bêtes. Une de ses jambes pendait au-dessus du marécage et Sacha la saisit. Le Tzigane serait tombé de l'arbre s'il ne s'était pas cramponné à la première branche qu'il put attraper.

Ils restèrent un bon moment comme ça, Sacha accroché au godillot, le Tzigane à la branche.

Sacha l'implorait de le tirer de là en allemand, en russe, en polonais, même en français, mais l'autre ne comprenait rien.

Même, il se mit à remuer la jambe dans tous les sens pour lui faire lâcher prise. Mais Sacha serrait le croquenot puant comme sa bien-aimée.

Le Tzigane arrêta de secouer la jambe, lâcha sa branche, trouva le moyen de craquer une allumette et la pencha vers le marais.

Il aperçut les yeux de Sacha levés vers lui, écarquillés comme des soucoupes, suintants de pus. Ils lui firent tellement peur qu'il lâcha l'allumette, serra sa branche et se dit qu'il avait la visite d'un esprit de la forêt.

Il réfléchissait à la situation tandis que l'autre continuait à baragouiner dans toutes les langues de la terre. Le Tzigane se dit qu'il pourrait essayer de lui couper les doigts avec son couteau mais la créature pouvait lui saisir la main et le précipiter dans les sables mouvants. Le temps passait et, comme Sacha ne disait plus rien, se contentant de pousser des soupirs de douleur, la bonté humaine gagna le Tzigane comme une paresse et il aida Sacha à grimper sur l'arbre.

Là ils tentèrent bien de se parler mais comme ils ne se comprenaient pas chacun se blottit comme il put contre le tronc et ils s'endormirent.

Le lendemain les oiseaux chantaient dans les arbres mais Sacha était toujours aveugle.

En le voyant cligner des yeux et faire signe qu'il n'y voyait plus, le Tzigane se dit : « Que tu es bête de t'être imaginé des contes de vieille! Ce n'est qu'un pauvre aveugle, encore plus misérable que toi! » et il le considéra avec tendresse comme l'un de ses frères humains, au point de chercher déjà quelque chose à lui voler. Il l'aida à descendre de l'arbre du côté de la terre ferme. Ils échangèrent quelques mots car Sacha avait compris qu'il s'agissait d'un Tzigane de Voïvodine et ils se mirent à baragouiner en hongrois. Sacha lui dit qu'il se rendait à S., capitale du grand-duché de Marsovie, et le Tzigane accepta de le guider sur la grand-route.

Les yeux de Sacha ne le faisaient plus souffrir. Il baignait dans un brouillard de plus en plus clair et cela lui faisait croire que la vue revenait.

Il cheminait la main posée sur l'épaule du rempailleur mais tout à coup il se mit à trembler, imaginant que l'autre allait l'égorger pour lui faire les poches.

Le Sacha-qui-se-méfiait-des-Tziganes s'était réveillé et lui murmurait ces paroles inquiétantes. Mais le Sacha-qui-aimait-les-Tziganes se réveilla aussi et se mit à se moquer de l'autre. Celui-là était confiant dans leur bon cœur. Il se sentait protégé par son amour de leur musique. L'affrontement des deux lui-mêmes troublait tellement Sacha qu'il arrivait à peine à marcher. Mais un troisième Sacha fit son apparition sur la scène et lui conseilla de se mettre à chanter. Car si on ne peut pas nier qu'il y a des égorgeurs chez les Tziganes, on n'en connaît pas qui ait égorgé un homme en train de chanter.

Voilà donc le Sacha qui se met à chanter toutes les chansons tziganes qui lui montaient aux lèvres : *Stenka Razin, Ballade sous les acacias, Éphémère bouderie, Je m'envole dans tes rêves, Moustique, Ah si tu m'avais dit*, etc. Il les enfilait en reprenant à peine son souffle, et même quand un orage éclata il continua sans se décourager pour si peu.

Ces chansons perpétuelles finirent par effrayer le rempailleur. Il regardait sa trouvaille, avec son frac de garçon de café, son gros paletot déchiré et taché, ses chaussures trouées entourées de chiffons, son baluchon attaché au poignet. Et il se disait : Ne faut-il pas être un démon pour chanter ainsi à pleine voix sous la pluie sans s'arrêter ? Je l'abandonnerais bien, mais qui dit qu'il n'attend pas ce moment pour me jeter un sort ?

La faim les tenaillait mais ils évitaient les fermes, craignant d'y tomber sur des soldats en quête de cibles amusantes. Et tandis que le Sacha-qui-aimait-les-Tziganes chantait à qui mieux mieux *Stenka Razin*, le Sacha-qui-se-méfiait-des-Tziganes se disait : Et si je lui faisais croire que j'y vois mieux ? L'impuissance appelle le crime.

Il lâcha un moment l'épaule du rempailleur et tenta de marcher d'un pas plus assuré, à grandes enjambées, en promenant sa tête de gauche à droite comme s'il voyait tout le charmant monde éclore autour de lui, éclaboussant de boue son pantalon et celui du compère.

Mais tout à coup il se dit qu'il était en train de creuser sa tombe. Qui sait si la cécité ne lui avait pas sauvé la vie, qui suscite la pitié même des plus féroces ?

Il se serra contre le Tzigane, passa le bras autour de son cou et se remit à marcher à petits pas d'aveugle.

Le Tzigane trouva qu'il avait l'air de jouer la comédie. Il plongea la main dans sa poche pour serrer le couteau.

Sacha le sentit et prit peur. Mieux vaut jouer les voyants !, se dit-il en lâchant le cou du Tzigane.

Il se remit à marcher d'un bon pas, mains dans les poches, beuglant *Moi aussi je peux attraper la lune*, *Joyeux bavardage*, tout son répertoire enfin, qui n'était pas mince, au point qu'à la fin de la journée il était si fatigué qu'il dormait en marchant et se réveillait en sursaut quand il ne s'entendait plus chanter.

Le soir, ils s'installèrent près d'une rivière et le Tzigane y pêcha un poisson. Il le vida, bâtit un feu, confectionna un petit gril avec des bouts de bois tandis que Sacha le cul dans l'herbe attendait à chaque instant le coup de la mort.

Lorsque le poisson fut à peu près cuit, le Tzigane le prit et le posa sur une feuille. Il appela Sacha et ils se mirent à le dévorer avec les doigts.

Sacha qui voulait donner l'impression qu'il voyait clair ne tâtouillait pas le poisson comme un aveugle mais y allait franchement, à pleines mains. Seulement il se piquait aux grosses arêtes et l'aspergeait de sang. Le Tzigane, pourtant pas bégueule, se mit à arracher de gros morceaux avant qu'ils soient assaisonnés si bien que du poisson il ne resta bientôt plus que l'arête. Le Sacha qui mourait de faim et n'y voyait rien continuait à farfouiller et se piquait de plus belle.

Un gras morceau, bien blanc, bien luisant, demeurait accroché près de l'ouïe et son fumet caressait les narines du rempailleur. La gourmandise le poussait à l'avaler. Mais il se dit : S'il fait semblant de ne pas le voir, c'est qu'il veut que je le mange. Peut-être y a-t-il versé du sang pour m'ensorceler...

Alors lui aussi voulut tendre un piège à Sacha et il dit : « Quel régal que ce poisson ! Dommage qu'on l'ait si vite nettoyé ! »

Le ton du Tzigane ne parut pas naturel à Sacha.

Il se dit : S'il reste du poisson et que je ne le prends pas, il saura que je suis aveugle. Mais s'il n'en reste pas et que j'essaie de le prendre, il le saura aussi !

La bouche ouverte, il roulait tout cela dans son esprit et s'émerveillait de la subtilité du Tzigane.

Pendant ce temps-là, l'autre, penché en avant, voyait avec horreur le blanc morceau devenir tout jaune et se mettre à fumer.

Sacha avait tellement faim qu'en sentant l'odeur de la chair grillée il se demanda si ce n'était pas une hallucination.

Je vais y mettre la main, se dit-il. Et si je ne trouve que des arêtes, j'en casserai une et ferai mine de me curer les dents avec.

Ah, la bonne odeur ! Seul un démon peut y résister ! se dit le rempailleur.

Ils se précipitèrent en même temps sur le poisson. Leurs crânes s'entrechoquèrent si fort qu'ils firent s'envoler les petits oiseaux.

Quand ils se relevèrent, le morceau avait brûlé. Le Tzigane chargea le feu de bois et ils s'allongèrent sous les arbres.

Quand il sentait s'abaisser ses paupières, Sacha avait l'impression de renoncer à la vie. Il se disait : Peut-être attend-il que je sois endormi pour me couper le cou.

Alors il se mit à raconter une histoire en hongrois. Une histoire de famille, celle d'un cousin qui un été dans une ville d'eaux avait fait le pari de séduire la femme la plus laide. Le Tzigane ne comprenait rien et il se demanda si l'autre n'était pas en train de lui jeter un sort. Il serra son couteau.

Au bout d'un moment, il n'en pouvait plus du bavassage ; il se recroquevilla sous les feuilles mortes et s'en alla chercher refuge dans le sommeil. Épuisé, il s'endormit et se mit à ronfler.

Comme Sacha trouvait ce ronflement suspect, il parla encore plus fort pour bien lui faire comprendre qu'il ne dormait pas.

Sa voix résonna dans la forêt et réveilla trois déserteurs de l'armée de Broussilov à demi morts de faim.

Ils se levèrent et marchèrent dans la direction de la voix, espérant trouver quelque chose à manger. Ils furent surpris de tomber sur le Tzigane ronflant sous les feuilles mortes et le Sacha qui pérorait les yeux ouverts. Ils s'approchèrent, se penchèrent sur lui, mais il ne les voyait pas et continuait son histoire comme si de rien n'était.

L'un des trois soldats voulut réveiller le Tzigane à petits coups de botte. Mais, peut-être dérangé en plein cauchemar, le Tzigane se redressa d'un bond et lui planta son grand couteau dans le mollet.

Le soldat poussa un hurlement et d'un coup de baïonnette le cloua sur son lit de feuilles mortes.

Sacha entendit remuer autour de lui et s'imagina que sa dernière heure était venue, le Tzigane s'était levé et allait lui trancher la gorge. Il regardait de tous côtés mais comme il ne voyait rien il se remit à son histoire. Il claquait des dents et en même temps essayait de simuler l'insouciance, s'efforçait de sourire aux passages cocasses, comme un quidam qui se perd dans les souvenirs. Il fouilla dans la poche de son habit, en sortit une vieille cigarette à moitié cassée, se la colla à la lèvre et réclama une allumette. Les Russes, tout occupés à dépouiller le Tzigane, ne le regardèrent même pas, avec son mégot tordu qui gigotait entre ses lèvres. Le soldat au couteau fiché dans le mollet s'approcha à cloche-pied et se mit à lui faire les poches. Sacha crut qu'il s'agissait du Tzigane, lui flanqua une claque sur la main et reçut un grand coup de poing qui l'étendit assommé dans les feuilles.

Lorsqu'il revint à lui il était couché dans un lit de la clinique d'A.

Mais il n'en savait rien et aurait tout aussi bien pu se croire au royaume des morts. Il n'y voyait toujours pas et n'entendait autour de lui que râles, toux et crachats. L'hôpital avait été réquisitionné par l'armée autrichienne et on y avait mêlé blessés et malades. Beaucoup de soldats étaient rongés par la gangrène et l'odeur dont je ne vous dis que ça manqua de le replonger dans l'évanouissement.

Au bout d'un moment il sentit quelque chose qui grattait sa main et en bougeant tout doucement la jambe il se rendit compte qu'il n'était pas seul dans le lit.

Il essaya de s'écarter le plus possible et se retrouva au bord du matelas. Mais il entendait toujours un bras qui s'agitait sur le drap et cherchait sa main.

On finit par lui apprendre qu'il s'agissait d'un soldat dont une main avait été emportée par une grenade. Son autre main la cherchait sur le drap et quand elle tombait sur celle de Sacha la grattait.

Toute la nuit elle chercha sa main et lui, de temps en temps, la lui abandonnait.

On lui banda les yeux avec de la gaze et on lui dit qu'il retrouverait peut-être bientôt la vue. Comme il avait vingt ans, il n'entendit que le bientôt et se sentit soulagé. Craignant de frôler les demi-cadavres qu'il sentait grouiller autour, il restait couché toute la journée et rêvait à ses aventures.

Il avait d'abord cru que c'était le rempailleur qui l'avait assommé, mais quand il apprit qu'on l'avait retrouvé dans la forêt d'A. aux côtés d'un Tzigane baignant dans une mare de sang, il se sentit envahi par le remords et le chagrin. Quelle tête avait son sauveur, il ne le saurait jamais. Quand cette pensée le frappait, des larmes lui montaient, qui lui brûlaient les yeux. Ah! malheureux, se disait-il alors, comme tu te venges de ma méchanceté!

La nuit, entouré de halètements glaireux, il ne pouvait trouver le sommeil. Il écoutait hurler des chiens au loin.

Tous les matins, à l'heure où il s'assoupissait, un bruit le réveillait. On aurait dit qu'on glissait quelque chose sur le parquet à petits coups. Quelques instants plus tard il sentait se poser sur son front une main fraîche qui sentait l'héliotrope.

Un beau matin, on lui annonça qu'on allait enlever son bandeau.

Il s'assit sur son lit.

Il entendit qu'on fermait des rideaux. Les toux et les gémissements s'arrêtèrent.

Des ciseaux couinèrent contre ses oreilles.

Le bandeau et la gaze disparurent.

Derrière les rideaux noirs, il sentit le soleil radieux. Dans le lit d'en face, une tête enrobée de bandages le regardait. On n'y voyait que les trous noirs des yeux et deux grosses lèvres mauves. Elle lui parut belle à voir. Ses yeux ne lui faisaient plus mal; tout lui semblait gai et joli : les murs blancs, les pots de chambre, les yeux énormes et doux d'un visage sans menton qui le fixait (Dieu nous préserve d'en voir une comme ça même en rêve), des pansements sanglants, de grosses seringues opaques posées sur les chariots, tout lui semblait bel et bon.

Il tourna la tête, ne vit personne.

On avait emporté son voisin le matin même, il n'en restait qu'un creux dans le matelas.

En face de lui se tenait une vieille infirmière ridée qui souriait en agitant le bandeau, et il eut peur que ce soit elle qui venait lui caresser le front le matin.

Alors il se précipita sur la pauvre vieille et lui couvrit les mains de baisers comme un homme éperdu de gratitude. Elles étaient rêches et sentaient le formol. De joie, il la baisa sur les deux joues.

Les jours suivants, il se mit à arpenter les couloirs à la recherche d'une main qui sentait l'héliotrope.

Dès qu'il entendait des talons claquer, il écarquillait les yeux et sortait les mains de ses poches. Les infirmières étaient nombreuses. Il en découvrait sans cesse de nouvelles qui filaient à toute allure avec leur coiffe à ailettes.

Il décida qu'à chaque fois qu'il en croiserait une, il ferait semblant de se trouver mal, car alors l'infirmière rapplique et la première chose qu'elle fait, c'est coller sa main sur le front du pâmé.

La première sentait bien l'héliotrope mais la peau n'était pas si douce, les doigts si fins.

La seconde infirmière était obèse ; sa main aussi fleurait l'héliotrope mais elle était chaude et moite.

À force d'errer, il tomba sur un réfectoire, une petite pièce qui sentait drôle, seulement éclairée par un soupirail opaque. Des infirmières étaient agglutinées autour d'une table où fumait la soupe. Au fond un colosse au crâne rasé, habillé d'une longue blouse noire, coupait des choux en deux avec un hachoir.

Il fut accueilli le plus gracieusement du monde par ces dames. Elles le prièrent de venir partager leur repas. Il ne se le fit pas dire deux fois, et en faisant des tas de courbettes se rendit près du coupeur de choux pour se laver les mains.

Il les frotta si fort que des bulles de savon s'envolèrent autour d'eux. La mousse sentait l'héliotrope.

La reniflant, il se sentit accablé. C'était sans doute une infirmière différente qui venait chaque matin. Il avait tout rêvé, douceur de peau, finesse de doigts. Qui sait si le monstre lui aussi n'était pas passé pour tâter son front puisqu'il savonnait à son tour ses grosses mains.

Il se retourna et scruta les visages autour de la table. La tête lui tourna devant ces figures de femmes sous leurs coiffes. Vieilles, jeunes, leurs figures ressemblaient à celles des statues ou des nonnes. Les plus jeunes baissaient les yeux parce qu'il fixait leurs yeux, leurs bouches, leurs mains.

Soudain il crut entendre le bruit de glissade qui le réveillait le matin. Il tourna la tête.

Une grande jeune femme vêtue d'un mackintosh noir luisant et coiffée d'un béret entra en boitant. Les mains enfoncées dans les poches, elle le fixait de ses yeux sombres.

Il s'avança vers elle et s'inclina en claquant des talons.

« Mes hommages, mademoiselle, Alexandre de... »

Elle ne bougea pas et lui ne se releva pas. Il restait courbé, se disant qu'elle finirait par avoir pitié et lui tendrait sa main à baiser.

Mais celle qu'elle lui colla finalement sous le nez était gantée et il eut beau la renifler il n'en tira qu'une odeur de cuir humide.

Elle ne se présenta pas mais s'approcha en boitant de la table. Elle chuchota quelque chose à l'oreille d'une infirmière qui tira d'une poche sur le devant de sa tunique une clef. La jeune femme la prit, remercia d'un petit mouvement de tête et sortit en boitant, sans jeter un coup d'œil à Sacha.

Il s'assit devant une assiette de soupe aux choux et demanda qui était cette jeune femme. On lui répondit qu'il s'agissait de la fille du propriétaire du sanatorium. Il lui arrivait de faire l'infirmière mais elle s'occupait aussi de son père, un homme affaibli par une maladie de cœur. On la plaignait pour sa boiterie mais on considérait qu'elle ne boitait pas tant que ça. Certaines se demandaient même si elle n'avait pas tendance à exagérer, histoire de se donner un genre. Chaque fois que l'une en disait du bien, une autre en disait du mal, comme dans un morceau de musique. Si l'une disait qu'elle était sage et solitaire et jouait bien du piano, une autre disait qu'elle avait toujours été un peu étrange et recluse. Si l'une racontait comment, malgré son infirmité, elle aimait se promener dans la forêt d'A., l'autre chuchotait que si elle boitait, c'est parce qu'elle était un peu dérangée, somnambule, et qu'une nuit, enfant, elle était tombée dans le grand escalier.

Ces histoires de somnambule rendaient Sacha encore plus amoureux, me demandez pas pourquoi. Alors, quand il apprit qu'elle venait souvent déjeuner avec les infirmières, il se promit de revenir tous les jours avec une ruse dans la tête.

Le troisième jour, elle réapparut en tenue d'infirmière. Elle s'assit à la table mais de son côté, si bien qu'il ne pouvait pas la voir.

Alors qu'on lapait la soupe sans rien dire, le voilà qui lance d'un ton badin : « Mesdames et mesdemoiselles, élevé par une nourrice tzigane, j'ai appris à lire dans les lignes de la main. Si l'une d'entre vous désire au dessert un peu de bonne aventure... » Les jeunes infirmières se regardèrent en pouffant. La boiteuse continuait de plonger la cuillère dans l'assiette.

La soupe finie, elles se levèrent mais aucune main ne se tendit.

Sauf celle du géant qui lui colla sous le nez sa grande paume qui sentait l'ail et l'héliotrope.

Sacha lança un coup d'œil vers la grosse tête, vers la grosse main et se mit à la palper du doigt comme un fromage.

Et le voilà qui déverse un tel océan de fadaises sur l'avenir du colosse que les demoiselles encore présentes commencèrent à glousser et ricaner. Mais, comprenant qu'il se fichait de lui, le monstre retira sa main et lui en assena un coup qui l'envoya à la renverse donner de la tête contre les dalles.

Un voile noir lui tomba sur les yeux. Il se crut replongé dans la nuit.

Les infirmières s'agitaient, houspillant le colosse impassible, bras croisés sur la poitrine et yeux au ciel. Entrouvrant les yeux, Sacha vit la jeune femme se lever et s'approcher de lui en boitant.

Il ferma les paupières et sentit les doigts frais se poser sur son front.

Il sourit et garda les yeux fermés encore un bon petit moment, savourant son bonheur, comme un acteur se recueille dans les coulisses. Quand il les rouvrit, il se lança dans le rôle d'amoureux passionné qui les mena au mariage six mois plus tard.

Attendez, ce n'est pas fini car, le jour où il lui demanda sa main, elle sourit, en sortit une de sa poche et lui demanda de lui dire la bonne aventure comme il l'avait promis ce fameux jour.

Le Sacha se retrouva un peu embarrassé. Il prit la main mais ne savait pas trop quoi raconter.

Alors, comme ils s'étaient déjà souvent promenés dans la forêt d'A., il regarda la paume un long moment, puis planta son regard dans le sien et lui chuchota qu'il la voyait dans une forêt.

Elle marchait dans cette forêt et s'y perdait. Elle prenait peur mais tout à coup entendait une voix. Et il chuchota les premiers vers d'un poème qui parle d'amour et d'arbres embaumés.

S. L.

Trente ans plus tard, ma tante Irena, misanthrope et maladive (sans qu'on parvînt à dire lequel de ces états était la ruse qui lui permettait de s'échapper de l'autre), ne quittait guère sa grande chambre sous le toit-terrasse. Chambre obscure, car percée d'un unique œil-de-bœuf, ou plutôt d'une espèce de hublot verrouillé de gros écrous. En face de ce hublot s'étendait un lit immense, à la courtepointe d'un satin jaune crasseux. Contre le mur se déployait comme un gigantesque éventail une tête de lit Biedermeier en bois de poirier. À son sommet on distinguait un macaron où celui qui serait allé coller son nez aurait reconnu un petit amour d'ivoire méditant, ailes déployées, jambes croisées.

Cette pièce, peu large, tout en longueur puisqu'elle courait le long de la façade principale d'Arden, et dont le plafond bas écrasait et étirait la perspective, faisait penser à la chambre-coursive d'un sous-marin ou d'une fusée à la Jules Verne, où la fonte et le piston se mêlent à la peluche et au brocart, et qui vogue au travers d'on ne sait quel abîme blanc. La lumière, filtrée par l'unique hublot, n'éclairait que son grand lit toujours défait, et le reste de la pièce était, selon le temps ou la saison, plus ou moins livré aux ténèbres, à des jeux de lumière voluptueux, délicats et gratuits, comme ceux qui se jouent dans le recoin d'un bois où personne ne va. De temps en temps y étincelaient l'éclat d'un miroir, la craquelure vernie d'un tableau de famille, exilés en ces terres lointaines par le caprice de la maîtresse des lieux, et qui trouvaient parfois, au hasard des reflets de la lumière, le moyen de se rappeler, comme dans un éclair neuronal, à la mémoire des vivants.

Des journaux jaunis, dont on n'osait lire les titres de crainte d'être saisi de mélancolie, des gravures aux sous-verre tous ornés d'une fêlure différente comme pour figurer l'inépuisable variété des catastrophes, étaient enroulés dans de vieux châles et posés contre les murs ou dans des fauteuils; l'on y trouvait parfois aussi, collées sous les coussins, des grappes de petits bonbons, essaims roses ou bleus à demi écrasés sous les fesses d'un visiteur.

En entrant, si près de la porte qu'ils forçaient le visiteur à les enjamber, trois petits fauteuils en rotin jaunâtre, aux tiges cassées et aux attaches brandillantes, étaient disposés autour de deux énormes bergères rouge sang qui se faisaient face de si près qu'elles évoquaient un couple de disputeurs rubiconds prêts à se dévorer gueule grande ouverte entourés par un groupe d'amis pâles et chétifs.

Entre le hublot et le lit, on avait déposé semble-t-il au hasard, à la façon d'un déménageur épuisé, une commode gondolée comme une réchappée du déluge. Sur un panneau, les loupes de bouleau, fondues, ressemblaient à des taches sur la peau d'un vieillard. Sur l'autre, les motifs encore intacts avaient l'air de tatouages mystérieux et entrecroisés de soleils levants sur celle d'un sauvage. La plupart des poignées des tiroirs avaient disparu et il fallait donc ne jamais les fermer tout à fait, mais les laisser entrouverts à des degrés légèrement différents. Une étrange odeur en émanait, un parfum opulent de cannelle relevé d'une touche aigre d'urine, qui se répandait, imprégnait pour ainsi dire la pièce entière, et jusqu'au souvenir qu'on s'en faisait. Une autre commode de bois brun avait celle-là perdu ses pieds, et, déposée ainsi à même le sol, ornée aux angles supérieurs de deux grosses têtes anthracite de sphinx, elle avait l'air d'un comptoir des mystères, placé tout contre le lit de ma tante comme le reliquat ou le dépositaire de ses rêves. Sur ses deux portes massives se déployait une large auréole pourpre d'origine inconnue qui ressemblait à une aurore boréale.

Entre les deux commodes, on trouvait encore une plante verte, aux fines et longues feuilles enchevêtrées, si broussailleuse qu'on n'en distinguait pas le tronc, et dont toutes les feuilles sans exception se trouvaient à moitié jaunies. L'une de ces interminables feuilles poussait sur le sol sa pointe noire et délicate comme une patte de cousin jusqu'à une double page jaunie, aux caractères à demi effacés du *Magyar Szo* (26 octobre 1935), dépliée en manière de descente de lit. On y distinguait encore la photographie obscure d'un grand cheval noir et de son jockey recroquevillé, mais l'on ne pouvait dire s'ils s'envolaient vers la victoire ou cherchaient désespérément à revenir dans la course car le reste de la photo était caché par un pot de chambre bleu, dont le couvercle, ébréché de plaques noires, était coiffé par une petite anse de fer entourée d'une rondelle de bois gris. Il trônait là, au chevet de ma tante, solennel et assoupi comme un confesseur.

C'est dans cette chambre, et plus précisément sur ce lit, que ma tante passait ses journées, assise au milieu des sachets de tisane qu'elle remuait et brassait sans arrêt comme une bonne fée affolée à la recherche du secret de charmes égarés.

De temps à autre, elle suivait avec des jumelles de théâtre les allées et venues des clients dans le domaine d'Arden. Sans malice ni curiosité, avec le même amusement un peu las qu'un gardien qui assiste au repas des otaries. Même lorsque l'oncle Alex s'éloignait sous les frondaisons en compagnie féminine, son intérêt était à peine piqué : elle s'étonnait surtout que la dame ressemblât si peu à la précédente, comme si cela trahissait chez son mari une absence totale de jugement, ou de la myopie. L'idée de la myopie la faisait sourire. Mais elle fermait la fenêtre quand elle l'entendait roucouler en allemand, en français ou en anglais. Car tel un Charles Quint mineur mon oncle consacrait diverses langues à divers usages mais le cercle de ses préoccupations étant moins étendu que celui de l'illustre monarque, il se contentait d'utiliser le russe pour inviter à la baignade les ouvrières agricoles de Bukovine, le français pour faire la cour aux femmes de ses amis, l'anglais pour flirter avec les touristes sur le court de tennis de l'hôtel et l'allemand pour adresser des missives aux bien-aimées lointaines.

Quant à sa maîtresse de cœur en titre, il se servait pour lui parler d'amour d'une mixture romanesque et mondaine des quatre, le russe lors de promenades nocturnes sur les bords de la Vlina, le français pour prendre un café avant ou après les baisades, l'anglais pour les reproches cinglants ou les questions angoissées sur des menstrues à éclipses, l'allemand afin d'évoquer son image lorsque la maîtresse s'était transformée à son tour en bien-aimée lointaine. De même, l'instinct le poussait à utiliser le français quand ses doigts glissaient sous le satin chaud pour effleurer un délicat buisson, l'anglais pour implorer des marques de tendresse ou diriger les mouvements des étreintes. Et, quand ses lèvres remontant vers le visage adoré embrassaient le large ventre d'ivoire qui se figeait, baisaient les seins, les paupières closes et vibrantes, et, avant de se fermer en s'écrasant dans la chair du cou, le russe.

Lors de ses accès de neurasthénie, bonbons et tisanes étaient remplacés sur le lit de ma tante par un tapis de lettres. Délacées de leur ruban bleu pâle mais toujours pliées, elles gisaient répandues sur tous les plis et replis du dessus-de-lit de satin pisseux, vaisseaux fantômes battus par la houle noire des jambages d'un autre temps.

C'étaient les lettres d'un jeune Polonais nommé Jerzy Onufry, petit hobereau des environs de Sosnowiec, un ami d'enfance de ma tante tué d'une balle dans la tête en 1920 à la bataille de Radzymin. Sa photo en uniforme de cadet traînait dans un tiroir de la commode en bouleau, tachée de potion et gluante de sirop rose. S'agissait-il du grand amour de jeunesse de la tante Irena ? Ou bien le temps, ce grand chuchoteur, avait-il fini par l'en persuader ? Sans doute ne s'agissait-il que d'un éphémère Céladon, qui avait voltigé un moment autour d'elle avant de lui préférer la flamme de la guerre, mais dont le souvenir avait acquis avec le temps une propriété curative, comme les plantes qu'elle faisait sécher pour en tirer des décoctions.

Le charmant spectacle de ces lettres éparpillées s'adressait aussi à mon oncle, chacune d'elles une sorte d'équivalent désincarné, romantique, des dames qu'il emmenait promener dans les sous-bois d'Arden. Ce goût pour les « adultères a posteriori », comme il disait, amusait mon oncle qui disait souvent à Salomon : « La chère femme est obligée de descendre chez les morts pour se trouver un amant, mais aucun n'est assez bête pour remonter avec elle. »

Chaque matin, il prenait la peine de venir saluer sa femme dans sa chambre, où il nouait sa cravate devant une vieille psyché à la glace piquetée qui grésillait dans la pénombre. Les jours où, à son arrivée, les lettres étaient répandues sur le couvre-lit et ma tante apparemment plongée dans la lecture de l'une d'entre elles, il ne disait rien mais en mignotant sa cravate chantonnait un bout-rimé en français qu'il avait jadis composé :

Jurek bouffait du Juif, trouvant ça romantique.
Et la moitié des notes, en massacrant Chopin.
Grand claqueur de talons, même en foutant les
  dames,
Il plut à Irena, le petit calotin.

Ne te réjouis pas trop : ton plomb cherchait une âme
Mais troua le néant, malheureux bolchevique !

Alors ma tante cachait son visage derrière un vieux mouchoir sale qu'elle tenait préparé sous ses draps et mon oncle s'en allait en sifflotant et brossant son habit comme pour chasser l'odeur de la chambre. Est-il bon ? est-il méchant ? se demandait parfois Salomon. Ou ne jouait-il qu'une comédie de plus, comédie charitable destinée à alimenter celle de sa femme ?

Salomon n'était jamais arrivé à démêler si l'oncle Alex était un fanfaron de cruauté ou de bonhomie, tant ces deux aspects jaillissaient tour à tour sous ses yeux, parfois aussi rapidement que les figures au bonneteau. Et, sachant qu'on s'y fait souvent attraper, Salomon n'avait jamais choisi.

En revanche, le manège de ce couple bizarre lui avait inspiré une idée d'opérette, la seule qu'il n'avait jamais soumise à l'oncle Alex parce qu'il craignait qu'il ne s'y reconnaisse. Et comme cela m'amuse de vous la donner, je vous la donne :

CHEVALIER FANTÔME

Acte I. À la fin du XVIIIe siècle, une troupe de chanteurs itinérants se produit de château en château. Elle est dirigée par Portio, chanteur, metteur en scène, impresario, et à l'occasion maquereau des beautés de la troupe. Il a pour maîtresse Zerbinette (ils excellent tous deux dans un duo bouffe entre un barbon et une servante). Son épouse, Anna, spécialiste des grands airs tragiques de l'opera seria, se morfond dans le souvenir de ses succès passés (le goût pour ses airs de bravoure est mort) et d'un jeune comte Ottokar, qui l'aima passionnément avant de partir se faire décapiter dans une campagne contre les Turcs.

Alors qu'ils se produisent dans une auberge, un jeune seigneur libertin, Paly, prince des bons à rien, émergeant d'une nuit de beuverie, tombe inexplicablement et follement amoureux de la pauvre Anna en l'entendant chanter.

Il lui écrit des billets passionnés. Elle les lit en bâillant sans jamais accepter de le recevoir. Il invite alors la troupe à se produire dans son château.

Acte II. Le château. Malgré l'immense fortune de Paly, c'est une véritable pétaudière, le rendez-vous de tous les gens de mauvaise vie de la région. Les valets s'y prélassent sous les tables ou dans la paille des écuries. Les poules crottées et les chiens courants ont leurs entrées dans les appartements. Portio, qui a compris que le jeune homme est tombé amoureux de sa femme, aimerait qu'elle lui cède afin de profiter des largesses de l'amant. Mais, connaissant le caractère ombrageux et mélancolique de sa femme, il sait que le malheureux ivrogne n'arrivera jamais à ses fins. Il décide alors de le transformer en une espèce de double du défunt Ottokar. Il le convainc de jouer le rôle d'un jeune homme tendre et rêveur qui aurait participé à la campagne contre les Turcs, où il aurait côtoyé l'amant infortuné. Paly suit les conseils de Portio. Jouant plus ou moins bien son rôle avec l'aide de Zerbinette, il parvient à faire naître chez Anna un tendre intérêt. Mais, alors qu'il semble près d'arriver à ses fins, Zerbinette décide d'essayer de le séduire pour devenir comtesse.

Acte III.   (Vide qui prouve que le problème du couple Lengyel-Rocoule avec les troisièmes actes n'était pas résolu quand chacun travaillait de son côté.)

L'inspiration de Salomon avait peut-être trouvé sa source dans le goût de l'oncle Alex et de la tante Irena pour la musique.

Mais là aussi, rien de commun. Chacun emplissait Arden de ses airs favoris à différents moments de la journée, à la façon d'armées campant dans la même forêt qui ne se voient jamais, mais se rappellent parfois au souvenir l'une de l'autre par une sonnerie de fanfare.

Le matin, le pianotage lugubre de ma tante hantait les couloirs déserts.

Le soir, dans la salle illuminée du restaurant, mon oncle chantait des airs d'opérette au milieu des convives.

Sa voix de ténor léger, un peu tremblante, semblait extraire avec délicatesse les mots du papier de soie de la mélodie, comme s'il craignait de les briser. Et chacun dans l'assistance, même les industriels les moins rêveurs ou les plus austères magistrats, se perdait dans une douce rêverie, sourire aux lèvres, soudain persuadé que la vérité ultime de la vie résidait dans cette apologie ironique du vin, des pommiers en fleur, de l'amour frivole, ou plutôt pressentant que la niaiserie des couplets voilait une révélation secrète, une vérité cachée, plus subtile, qu'on semblait pourtant sur le point de reconnaître. Comme lorsqu'on plonge la tête dans un vieux buffet l'odeur fruitée, aussi légère et profonde que celle des vents près de la mer, semble rappeler une autre vie pleine de douceur — mais laquelle ?

Les joues couperosées qui se coloraient dès qu'il se mettait à chanter, les pouces cherchant à tâtons à s'accrocher aux goussets, lui donnaient un petit air pathétique. Comme si les péripéties de sa chanson s'étaient déroulées dans un pays qu'il avait bien connu, d'où il venait peut-être mais qui n'existait plus.

Les goûts musicaux de la tante Irena étaient plus sublimes. Mais son jeu au piano si maladroit que sous ses doigts les œuvres les plus austères se transformaient en couplets grotesques.

Tous les matins, vers 6 heures, quand le jour commençait à poindre dans les couloirs de l'hôtel où les épais tapis d'Orient ressemblaient à des jardins qui émergent de la nuit, à l'heure où les garçons d'étage se précipitaient à petits pas, le dos encore voûté, comme si les habits noirs qu'ils venaient d'enfiler n'avaient pas encore eu le temps de les redresser, ma tante se mettait à égrener sur son vieux piano désaccordé les premières mesures d'un lied de Wagner. Les notes cascadaient dans la lumière de cendre, tellement acides qu'elles agaçaient les dents des grooms et des soubrettes. Tout ce petit monde filait par le grand escalier mâchoires serrées, poursuivi par l'averse de grêlons chromatiques. Les clients s'agitaient dans leur sommeil, parfois même s'éveillaient en sursaut, persuadés qu'un désastre de plomberie venait d'éclater dans la salle de bains. Glacés d'effroi, les amants adultères se serraient convulsivement l'un contre l'autre aux accents de cette musique qui avait l'air d'une page de *Tristan* résonnant sur un piano de bordel. D'autres, dans un demi-cauchemar, s'imaginaient que la mort les avait saisis dans leur sommeil et qu'ils entendaient déjà les accents des harpes séraphiques, déformés par ce qu'il leur collait encore de dépouille terrestre.

Dans les placards obscurs des cuisines, les

sauces tournaient et les marmitons, en frissonnant, fermaient d'un coup de pied les grilles des poêles afin de ne plus entendre la petite voix aigrelette qui venait de surgir du grelottis d'arpèges :

Sag' welch wunderbare Traüme

Seul mon oncle debout au bas du grand escalier, yeux clos, pouces accrochés aux fentes du gilet, fin sourire aux lèvres, semblait rêver, peut-être parce qu'avec l'habitude il ne l'entendait plus, ou parce que cette contribution journalière à l'atmosphère musicale d'Arden l'amusait. À moins que cet air n'éveillât en lui l'idée d'une scène pour l'une de ses opérettes.

Le soir, quand il entonnait dans la salle de restaurant *La chanson de Vilja*, ou *Le postillon d'amour*, la musique suivait le chemin inverse, envahissant d'abord la cuisine, où les marmitons, sifflant en chœur pour accompagner le patron, nappaient de sauce les mets en cadence. Puis elle s'élevait le long du grand escalier, se répandait dans les couloirs déserts, doucement éclairés par la lumière d'ambre des appliques dont le halo faisait ressortir sur les murs les fines stries qu'y avaient laissées les poils des pinceaux, enroulements voluptueux comme de la crème, délicats comme un fossile. Parfois elle submergeait un couple d'amants remontés avant les autres, qui avançaient enlacés sur les tapis épais d'un pas traînant, comme dans une prairie d'herbe épaisse au printemps, puis se répandait au dernier étage, jusqu'au fin fond du moindre trou à rats, avant de pénétrer dans la chambre de ma tante, qui, assoupie depuis longtemps, se mettait alors à s'agiter dans ses draps froissés, valsant en songe peut-être aux bras du bel Onufry.

La seule véritable occupation de la tante Irena consistait, au début de chaque mois, à rédiger des horoscopes, qui paraissaient dans l'unique quotidien de Marsovie sous la signature de Marfa la Blanchisseuse.

Avant la Grande Guerre en effet, une blanchisseuse des faubourgs avait connu une certaine célébrité à cause de ses dons de voyance. On prétendait qu'en 1917 le prince héritier Karol était allé la trouver dans son petit rez-de-chaussée afin d'apprendre comment les astres envisageaient l'avenir de la dynastie. La blanchisseuse n'avait rien dit, se contentant de couvrir de baisers brûlants la main du prince et d'y répandre un flot de larmes, attitude qui laissait place à une certaine marge interprétative, d'ailleurs à l'origine d'une vigoureuse controverse lors du conseil des ministres du lendemain.

Ma tante, malgré ses airs de sibylle et ses antécédents de somnambule, ne croyait nullement posséder le moindre don. Elle était même dénuée de toute connaissance astrologique et se contentait de recopier les horoscopes des journaux de Prague et de Budapest mais en transposant leurs sages conseils dans la langue de sa vieille nourrice Marfa.

Quand les prédictions divergeaient, c'était l'occasion de faire preuve d'une sagesse supérieure. Si l'horoscope de Budapest annonçait d'« heureuses perspectives en affaires » alors que celui de Prague, toujours plus circonspect, mettait en garde contre des « opportunités trop faciles », ma tante, elle (son esprit dialectique tournant les formules dans sa tête aussi rapidement que son index faisait tourner dans sa bouche le crayon), concluait qu'« avant de vouloir humer la rose cachée dans le purin, le sage apprend à humer le purin sous les roses ».

Dans les cas où cette agilité était mise en défaut, elle se contentait sans vergogne d'accrocher les prédictions les unes aux autres. Ainsi, quand Prague susurrait aux Scorpion : « Ne cherchez pas l'impossible, sachez découvrir autour de vous l'amour véritable », que Bratislava les décourageait : « La période ne semble guère propice aux émois sentimentaux » et que Buda les affolait : « Ouvrez les yeux, ne laissez pas s'enfuir l'âme sœur qu'on croise et qui disparaît à jamais », Marfa la Blanchisseuse savait tirer de cette rhapsodie un petit air bien à elle : « Ne cherche pas l'amour les yeux fermés ! Tu risques de te cogner contre le crâne dégarni du mauvais numéro. Mieux vaut profiter d'une période où on a la tête froide pour repérer sur le palier l'âme sœur et lui mettre le grappin dessus avant de se le faire souffler par la traînée du troisième. »

Ainsi coulaient les jours de ma tante, chaque mois s'ouvrant sur deux ou trois journées de fantaisie durant lesquelles elle composait les horoscopes de Marfa, avant de s'étirer en une décomposition mélancolique de trois semaines ponctuée de fumigations wagnériennes.

De temps à autre, la vraie Marfa, son ancienne nourrice, dont le prénom et le langage avaient donné naissance au personnage, venait passer quelques jours avec elle. C'était une vieille femme au visage si hâlé qu'il en était presque noir, grêlé comme une pierre ponce. Elle portait sur la tête un fichu qui dissimulait ses cheveux et aux pieds d'énormes croquenots qui ne l'empêchaient pas pourtant d'arriver par surprise. Engoncée dans un long manteau d'homme brunâtre, elle en sortait de temps en temps une pipe de paysan au tuyau recourbé pour en aspirer quelques bouffées, retroussant les lèvres et découvrant des dents bordées de noir, aussi carrées et solides que les trois en métal qui ornaient sa mâchoire supérieure et donnaient l'impression d'être non pas des prothèses mais les vestiges d'une race disparue qui avait jadis possédé de telles dents. La vieille avait toujours l'air préoccupé, on ne la voyait jamais sourire. Elle semblait rouler dans sa bouche comme une chique des prémonitions, des soucis. Elle crachait de temps en temps celui dont elle voulait alléger son âme en un long jet précis qui claquait dans les coins. D'origine tzigane, elle vivait désormais la plupart du temps chez son fils qui travaillait comme garçon boucher aux abattoirs. Il émanait de son manteau une odeur de fer.

Depuis un demi-siècle, la vieille Marfa lisait les lignes de la main à ma tante, ajustant sa prophétie au cours de sa vie, comme une habile couturière retouche une robe pour l'adapter à l'évolution des formes de la cliente. Cela donna à ma tante l'idée d'ajouter à son horoscope une rubrique de lignes de la main. Elle y répondait à d'anonymes correspondants qui lui envoyaient des dessins de leurs paumes. Ils les avaient représentées avec le plus grand soin, même si c'était souvent avec maladresse, et à l'échelle exacte. Certains prenaient même le soin d'indiquer le nom des différentes lignes, estimant sans doute que le don de voyance n'exclut pas la distraction.

Quelle variété de types d'humanité se mêlaient dans les boîtes à chaussures où ma tante conservait tous ces dessins! On y trouvait des artistes, qui réalisaient parfois de véritables chefs-d'œuvre au fusain ou à la plume. Ceux-là n'avaient peur de rien et représentaient toute la main, jusqu'aux moindres annelures de phalanges, tantôt dans des dessins à la Rembrandt où les mains avaient l'air de paysages, tantôt à la Dürer où l'on croyait voir s'entremêler le réseau de veines et de nerfs d'animaux fabuleux. On y trouvait aussi des prosaïques, qui se contentaient d'un simple schéma ovoïde de la paume, et, espérant peut-être conférer à la prédiction une rigueur géométrique, traçaient les lignes à la règle, au millimètre près. Les craintifs se reconnaissaient au tracé de la ligne de vie, estompé dans un coup de crayon de plus en plus aérien, dont on ne pouvait dire où il s'était arrêté. Tandis que les lucides, les braves, les désespérés l'interrompaient tout net, avec une honnêteté si brusque qu'ils y avaient cassé leurs mines, comme l'indiquaient les taches noirâtres de graphite qu'on avait dispersées en soufflant autour du point fatal.

Avec la guerre, les demandes se firent plus nombreuses et les dessins furent peu à peu remplacés par des photographies de mains. Souvent, elles avaient été prises à la lumière d'une lampe, au-dessus d'un bureau, et les nœuds du bois semblaient proposer une autre énigme que les lignes de la main. D'autres l'avaient été en plein air, dans un champ ensoleillé où l'on distinguait parfois la tache floue d'un papillon blanc posé dans l'herbe, et ce détail conférait à l'envoi un air d'idylle. En ouvrant l'enveloppe et en voyant tomber ces photos champêtres, on aurait cru découvrir une proposition de fiançailles, car désormais les mains étaient souvent jeunes, mains de soldats dont parfois une manche d'uniforme apparaissait au bout du poignet. Dans ce cas, et même quand leurs lignes de vie s'avéraient particulièrement courtes, il n'était pas trop embarrassant de répondre par la formule habituelle de Marfa en ce genre d'occasion, « Je vois la Mort. La Mort partout autour de toi qui bourdonne comme un tas de mouches », puisque, si effrayante en temps de paix, elle n'était plus en temps de guerre qu'une lapalissade pas plus émouvante que la lecture du journal.

La mansuétude dans la prophétie dont la bonne Marfa faisait preuve d'ordinaire dut encourager les vocations car, après l'hiver 42, les photos envahirent la chambre de ma tante. Elles ne tenaient plus dans ses boîtes, et traînaient à même le sol.

Une des rares personnes, en dehors de Marfa, à venir voir ma tante dans son repaire était la baronne Hillberg, une ancienne condisciple de pensionnat, d'un statut social bien supérieur au sien, qui la traitait avec une familiarité autoritaire et inquiète : à la voir s'agiter en tous sens autour du lit de ma tante sans jamais s'asseoir, inspecter le désordre de la chambre comme si elle y avait perdu quelque chose, à entendre gronder sa voix de contralto qui donnait toujours l'impression qu'elle cherchait à se donner du courage avant de se jeter dans un acte héroïque, on avait l'impression d'une magicienne venue visiter une pauvre sœur misérable, mais qu'elle ne doit pas regarder dans les yeux si elle ne veut pas perdre ses charmes.

Elle lui apportait souvent une boîte de chocolats, dont le couvercle était toujours le même : on y voyait, imprimés sur un tissu satiné, un cerf tête levée, bramant d'un air plus neurasthénique que souffrant, et trois ou quatre chiens pommelés qui plantaient leurs mâchoires dans ses cuissots d'un air circonspect tandis qu'émergeaient de la forêt profonde, emportés sur deux chevaux d'apocalypse dont aucune des huit pattes ne touchait terre, un cavalier et une cavalière aux joues roses qui échangeaient un bécot en se penchant l'un vers l'autre. Ces boîtes contenaient tout un capharnaüm de petites crottes chantournées et blasonnées, dont aucune ne semblait avoir la même forme (au point qu'en les regardant on croyait survoler, comme Faust et Méphisto, les toits d'une cité fabuleuse) et qui pourtant avaient toutes exactement le même goût.

Elles jouaient du piano ensemble, comme au bon vieux temps, en se gavant de chocolats au point d'en laisser des traces sur les touches. La baronne Hillberg conseillait à ma tante des morceaux qui « dissipent le chagrin », du Mozart, du Haydn. Selon elle, leurs effets bénéfiques sur le psychisme étaient avérés par certains neurologues en renom à Berlin et à Vienne, qui obtenaient de meilleurs résultats contre la mélancolie avec ces cures musicales que toute la clique psychanalytique qui avait heureusement débarrassé le plancher.

Elle lui avait spécialement recommandé de jouer chaque matin le presto d'une sonate de Haydn, qui « à la manière d'un rayon de soleil levant chasse les brumes des mauvais songes » (les phrases de la baronne évoquaient souvent un pastiche combiné de rêverie et de réclame, comme si elle avait voulu montrer par ce chatoiement subtil qu'il est possible à une femme sensible de vivre avec son temps).

Elle-même considérait que Haydn était le meilleur remède qu'elle ait pu trouver à ses propres accès de mélancolie. En prononçant ce mot, elle éclatait d'un sourire radieux, un sourire plein de tendresse pour elle-même, pour cette largeur d'esprit qui l'amenait parfois à recevoir chez elle la pauvre Mélancolie.

Elle lui apporta un jour la partition, agrémentée d'une dédicace élégiaco-publicitaire en français : « Pour Irène, en souvenir des rires passés, ce remède à des chagrins qui passeront. »

Ma tante était en réalité passablement exaspérée par la baronne actuelle, ses voilettes et son parfum oriental (dont elle abusait peut-être les jours où elle venait lui rendre visite afin de se protéger de l'odeur spéciale de la chambre). Mais elle en aimait d'autant plus la petite baronne de sa jeunesse. Alors elle traitait celle d'aujourd'hui comme la mère insupportable d'une amie morte qu'elle aurait passionnément aimée, avec une sorte d'agacement perpétuel traversé d'éclairs de soumission.

Suivant ses conseils, chaque matin elle attaquait avec détermination le délicat presto. Mais très vite l'allant de la musique faiblissait, fondait en débâcle lugubre, soit que sa neurasthénie etranglât avec l'efficacité d'un tueur à gages le moindre remuement de joie, soit au contraire qu'elle fît lever ces vapeurs de mélancolie qui stagnent toujours dans quelque repli des musiques les plus gaies. Ou peut-être, sentant qu'elle et son vieux piano désaccordé se trouvaient incapables de jouer correctement autre chose que sa marotte wagnérienne, faiblissait-elle peu à peu, désespérée de sentir sous ses doigts crever l'allégresse. Alors, elle se remettait au lit et attaquait les chocolats.

La sollicitude de la baronne s'expliquait peut-être par d'autres motifs que le souvenir d'une jeunesse commune. Sa liaison avec l'oncle Alex n'était en effet un secret pour personne, ou plutôt, comme c'est souvent le cas dans ce genre de situation, un secret pour tout le monde que chacun savourait en cachette, comme une pelure du fruit défendu ramassé dans la poussière. Les regards, les sourires entendus n'étaient pas de mise entre habitués. Et que le patron des lieux pratiquât ce que bon nombre d'entre eux venaient commettre à Arden leur semblait plutôt de bon augure, comme lorsque le cuisinier mange les plats de la carte.

Les hommes étaient d'ailleurs plutôt des admirateurs de la baronne Hillberg, très grande femme tourbillonnante qui semblait toujours chercher dans la troupe des messieurs qui l'entouraient et avaient du mal à la suivre (fragments d'astres à la trajectoire incertaine qui ne connaîtraient pas tous le privilège de devenir des satellites) une épaule ou un crâne où écraser l'éternelle cigarette avec laquelle elle paraissait tracer dans l'air la transcription idéogrammatique de ses propos.

Quant aux femmes, même celles qui proclamaient que l'oncle était peu séduisant, voire ridicule, elles s'accordaient pour le trouver touchant.

Mais ce simple mot lui suffisait, il savait en faire grand usage.

Lorsqu'il venait accueillir la baronne dans le hall, et se courbait pour le baisemain, ce n'était pas le maître d'hôtel qu'on voyait, mais Alexandre de Rocoule, arrière-arrière-arrière-petit-neveu de la gouvernante du Grand Frédéric, si leste qu'on doutait d'avoir bien vu car déjà le maître d'hôtel s'était redressé dans un craquement de lombaires pour l'inviter à le suivre, yeux brûlants fichés dans ceux de la femme aimée agrémentés du sourire pincé du larbin de classe internationale, tête légèrement inclinée marquant à la fois, et pour ainsi dire au choix de l'assistance, la déférence et l'ironie. Il la guidait alors vers sa table au travers de la salle à manger illuminée par les chandelles et les reflets pourpres du couchant, la précédant légèrement à gauche comme il convient au maître d'hôtel, mais promenant alentour un regard farouche et vigilant, comme si, dressé à la proue d'une barque, il conduisait sa maîtresse sur une mer de crânes et de chapeaux.

Arrivé à la table Hillberg (près de la baie donnant sur la forêt, à un endroit où les petites mains d'un chêne s'agitaient devant la vitre), il tirait la chaise avec la précipitation et la dextérité du maître d'hôtel, puis la ramenait sous la baronne avec une inclinaison du buste si profonde que les dîneurs, les garçons (tous, cessant de mâcher ou de marcher, se figeaient, la curiosité sexuelle unissant tout à coup les classes mieux que la guerre) étaient chaque fois persuadés qu'il n'allait pouvoir se retenir d'effleurer de ses lèvres, entre un pli de la robe et les rets de la voilette, l'épaule nue tachée de son.

Mais déjà il s'était redressé (et tous reprenaient vie, jurant en vain de ne plus se laisser prendre); un peu en retrait, attendant de prendre la commande, il contemplait le reflet de la baronne dans la vitre, ou caressait du regard sa voilette dans laquelle, régulièrement, ses cils se prenaient.

Ce soir-là (3.09.38, 19 h 34), elle était venue en compagnie de son mari, un gros homme immense, un vrai géant, auprès duquel l'oncle Alex avait l'air d'un écuyer nain trottinant (bien qu'à son esprit Rocoule le reflet qu'il entrevoyait dans les vitres de la salle à manger rappelât les silhouettes de David et Goliath marchant sur le champ de bataille). L'énorme tête du baron, non dénuée d'une certaine noblesse quand il était debout, car elle en imposait par sa largeur, sa hauteur, la blancheur de son cou, tout cela relevé par une houppe de cheveux noirs qui sur cette face terrifiante rappelait l'aigrette d'un casque, semblait quand il s'asseyait s'affaisser sur son cou en volets de chair flasque, s'y replier comme un accordéon crevé. Son regard non plus n'était plus le même; quand il était debout, on voyait à peine ses yeux, deux petits grains noirs cachés sous des paupières mi-closes, comme s'il était avare du fin rayon de mépris qu'il n'eût voulu darder que sur des objets choisis. Quand il s'asseyait, ces yeux semblaient s'agrandir, saillir de leurs orbites, et il se mettait à regarder fixement les choses, comme s'il découvrait le monde. Parfaitement au courant des relations de sa femme et de l'oncle Alex, il les ignorait tous les deux la plupart du temps, mais parfois les fixait tout à coup de ses yeux ronds qui clignaient, sans gêne ni mépris, plutôt avec une espèce d'insistance ennuyée. Affalé sur une chaise, son bras énorme suspendu au dossier, il avait l'air d'une divinité obscure, un remplaçant du dieu de l'amour chargé de favoriser des passions dont le spectacle le fatigue.

L'oncle Alex, en retrait, le carnet de commandes dans le dos, contemplait toujours la baronne avec un étrange demi-sourire, ce demi-sourire Rocoule où se mêlent sarcasme et tendresse sans qu'on sache trop si c'est pour un mariage ou un duel à mort.

Descendu de son nuage, le baron s'était enfoui, bien qu'il le connût par cœur, dans l'étude du menu d'un air maussade et concentré, comme un homme qui relit pour la centième fois son horoscope, espérant y découvrir, dissimulée dans un maquis de prévisions peu engageantes, la tête renversée d'une promesse de bonheur.

La baronne, sans le regarder, s'adressait à mon oncle en français. Elle s'appliquait, prenait son temps afin de trouver le mot juste et la prononciation parfaite, si bien que leur dialogue tenait à la fois du complot adultère et du cours particulier.

Les phrases de la baronne, où roulaient les nuages noirs de son accent germanique, s'illuminaient parfois de l'éclat radieux d'une prononciation parfaite. Mais ce rayon éphémère était vite chassé par une ombre de plus en plus épaisse, qui pénétrait, envahissait les moindres mots. Elle leur conférait une beauté étrange, mélancolique, un peu inquiétante, semblable à celle d'un bosquet blanc d'églantiers qui, le soleil disparaissant, se métamorphose en un buisson sauvage et funèbre.

Elle interrogeait à mi-voix mon oncle à propos des habitués dont elle distinguait les visages sur la vitre, se reflétant dans les feuillages obscurs des grands chênes d'Arden comme dans un arbre de Jessé vivant.

Selon les jours, les saisons, la clientèle était plus ou moins mêlée, mais la plupart du temps on y venait en voisins : propriétaires terriens hongrois, Viennois de la bonne société en goguette, les mêmes gens se retrouvaient, mais sans savoir exactement sur qui ils tomberaient ce soir-là. Ce qui faisait dire à Tommy Esterhazy : « Je m'assois à une table à Arden comme pour faire une réussite. La soirée tire les figures pour moi, et fait plus ou moins bien les choses. » Le hasard ne rassemblait certains soirs que de modestes notabilités marsoviennes, le président du tribunal de commerce, le chauve Kalopek qui semblait manger au ralenti et laisser le temps à sa bouchée de pintade aux airelles de procéder à tous les recours prévus par la loi avant de se la caler précautionneusement dans la bouche pour le verdict final, l'avocat d'assises Jagormisky (une vedette du barreau de Bratislava qui avait accaparé toutes les affaires criminelles de Marsovie, si bien que, dès que le journal relatait un assassinat, chacun s'empressait de prévenir ses connaissances qu'on venait d'annoncer une prochaine création de Jagormisky), ou même de simples petits bourgeois, des couples de vieux retraités qui commandaient toujours les mêmes plats, mangeaient sans se regarder, comme des espions qui craindraient d'échanger leurs impressions avant d'être rentrés chez eux, des familles au grand complet, avec un grand-père aux paupières closes, dont la tête bringuebalante semble éviter des branches sur le chemin d'un autre monde, et des petits enfants aux visages entourés de serviettes blanches.

« Qu'a pris le docteur Csarnady ce soir ? » demanda la baronne, tandis que le baron, caché derrière les grandes pages de son menu, conservait une immobilité si parfaite qu'il semblait s'y être assoupi.

Le docteur en question, un radiesthésiste connu pour des guérisons plus ou moins miraculeuses, était un homme assez âgé, ou plutôt une espèce de bizarre imitation de vieillard, car si ses lunettes rondes et sa barbiche à la Trostki semblaient le vieillir, son complet léger, son foulard à pois négligemment enroulé autour du cou lui donnaient un air de juvénilité exagéré. Il faisait penser à l'un de ces hommes qui, ayant voulu se vieillir dans leur jeunesse afin de s'imposer socialement, ne peuvent se résoudre, quand ils vieillissent et veulent se rajeunir, à changer complètement une apparence à laquelle ils croient devoir leur réussite, et se contentent alors d'y accrocher quelques oripeaux de jeunesse, cumulant pour ainsi dire les comédies.

Il s'adressait à la jeune femme trop maquillée en face de lui en la regardant si fixement qu'il avait l'air de vouloir l'hypnotiser tandis que ses petites mains s'agitaient au-dessus de son assiette en zigzags prestes et compliqués comme si elles confectionnaient à toute allure une pâtisserie qu'il s'apprêtait à lui faire déguster.

Elle, dans sa petite robe bon marché, les lèvres légèrement entrouvertes laissant apparaître sur ses dents de délicats grains roses, le regardait attentivement, comme si elle ne s'était jamais doutée qu'une bouche pût contenir tant de mots.

« Turbot au champagne », répondit l'oncle Alex.

« Quel accès de fantaisie! La forme multicolore que je distingue en face de lui ne doit pas être la pauvre Mme Csarnady! » chuchota la baronne de sa voix sombre et grave, en un phrasé parodique de conspirateur.

« En effet. Le poisson n'apparaît sur la table du docteur — comme sur celles des premiers chrétiens — qu'aux moments où il semble, dans son être le plus intime, faire l'expérience de la résurrection », lâcha l'oncle Alex d'un ton négligent, en se balançant imperceptiblement sur la pointe des pieds, semblable à un moniteur de tennis qui doit non seulement bien retourner la balle de son élève, mais encore lui montrer que cela ne nécessite pas d'effort particulier.

« Il doit se dire que le poisson n'alourdit pas et que le champagne transforme l'effort en ivresse.

— Et pourtant il chipote. Il a l'air de se méfier du turbot. Ses mains tremblent.

— Il est trop nerveux. Craignons pour la suite. Et elle, comment est-elle, Alex? Je ne la vois pas d'ici..., implora-t-elle en relevant sa voilette et plissant les yeux vers la nuit.

— Majeure depuis peu. Blonde depuis moins encore.

— Ce doit être une vendeuse des galeries Matuschek. Il paraît qu'il en fait collection. Je suis sûre qu'une étiquette pend encore sur sa robe! s'exclama-t-elle avec un beau sourire tendre, comme si elle découvrait là une touchante coutume folklorique, et pensant désamorcer ainsi ce que sa remarque pouvait avoir de mesquin.

— Et le comte Santzau? »

De l'autre côté de la salle, où la baie donnait sur

le ciel, se tenait un vieil homme aux cheveux de neige, au visage osseux, au regard lugubre, entouré comme dans une allégorie par une jeune fille, une femme mûre et une vieillarde.

« Bœuf en croûte.

— Décidément, cher Alex, beaucoup de nos connaissances semblent en vieillissant devenir anthropophages... Oh, Alexandre, Alexandre, que me servirez-vous dans dix ans ? soupira-t-elle, et sa voix implorante et rauque troubla l'oncle Alex en lui rappelant d'autres moments.

— Rien que du Salon 27, répondit-il platement, avec une galanterie de sommelier, en s'inclinant et claquant presque des talons.

— Et notre pauvre Mimi ? »

Frêle silhouette solitaire et rêveuse, serrée dans une petite robe enfantine d'un blanc éclatant, Mimi Pfazengheim, une plus toute jeune actrice et chanteuse de l'Opéra de S., était assise à une table au milieu de la salle à manger, ce qui donnait l'impression à tous les clients, qui l'avaient tant de fois vue sur scène, que son humble sourire de veuve solitaire n'était qu'un leurre, une composition, et que le rideau allait bientôt se lever sur une histoire dont elle serait l'héroïne et eux les figurants.

« Elle minaude à chaque bouchée. Regardez-la, elle mange encore plus lentement que Kalopek. Que regarde-t-elle d'un air si attendri dans sa grande assiette ? Quelle vieille coquette ! On croirait qu'elle cherche à plaire aux restes d'animaux avant de les avaler ! Qu'a-t-elle pris ?

— Brochettes de cœurs de canard.

— Oh, cela sonne comme une pénitence ! Elle croit peut-être être condamnée à croquer ceux de tous ses amants ! Cher Alex, il n'y a pas un plat de votre carte qui ne lui rappelle un dîner avec un amant différent.

— C'est peut-être pour cela qu'elle mange avec tant de précaution. Elle fouille sa mémoire en même temps que son assiette », ajouta mon oncle, d'un ton mélancolique, en regardant le reflet de Mimi sur la baie vitrée où, la nuit venue, les visages des dîneurs ressortaient désormais avec une netteté étrange, inquiétante, comme une foule de Jugement dernier.

Assise à sa petite table au milieu de la grande salle bruyante traversée par le vol rapide des garçons, Mimi avait l'air d'une créature abandonnée sur un rocher au milieu de l'océan. Mon oncle se demandait si son cœur à lui aussi était empalé sur la petite brochette de fer, ou s'il faisait partie de la cohorte fantomatique des oubliés. Ou si elle était là pour qu'il vienne la sauver des flots.

La pauvre Mimi avait conservé la figure de sa jeunesse, avec ses petites lèvres peintes de personnage en porcelaine, ses grands yeux clairs globuleux, mais elle semblait en proposer maintenant une version éteinte, réduite, comme ces astres qui s'effondrent sur eux-mêmes. Sa peau, si laiteuse et si douce dans le souvenir de l'oncle Alex, désormais empâtée de fond de teint, rappelait la texture argileuse des figures de femmes sur les couvertures de romans de gare, dont on ne sait trop si elles sont photographiées ou dessinées, ni si elles représentent une sainte ou une putain.

« Elle a l'air d'une amazone..., continua la baronne, dont la voix se haussait, gonflée par une verve débordante qui montait au fur et à mesure que son accent s'épaississait, à la façon d'un prophète qu'on comprend de moins à moins à mesure qu'il s'enfonce dans sa vision. Une vieille amazone qui... Max, *what's the word for "picken"* », demanda-t-elle tout à coup à son mari sans bouger la tête, dans un souffle rauque, craignant, si elle relâchait trop longtemps sa belle phrase, de la retrouver toute dégonflée.

Le baron qui un moment auparavant avait laissé tomber le menu dans son assiette pour observer dans la vitre les entrechats de Vadim, le jeune serveur russe, chuchota (comme s'il avait peur de voir s'envoler cette ombre dans les feuillages) :

« *Klievat*.

— *Pa franssouski, you blunt fool*, siffla sa femme, les yeux fermés.

— *Pi co rer* », chantonna le baron, en trois petites notes pathétiques, comme si c'était là le nom magique qui apprivoiserait Vadim toujours virevoltant dans la salle. Long et mince, au point que ses avant-bras dépassaient les manches de sa veste, il tentait de les faire disparaître par des moulinets incessants. De même, ses pantalons trop courts, qui donnent toujours l'impression que celui qui les porte vient de grandir subitement, victime grotesque d'un sortilège, il croyait les cacher par une course perpétuelle, agrémentée de pas chassés et de croisements de jambes qui pétillaient aux yeux du baron. Sous ses boucles blondes, son visage, échauffé par sa course, s'empourprait, et, en une révérence de patineur, il retoucha légèrement les verres sur la table de Mimi qui leva les yeux vers lui avec un sourire d'extase, comme si elle découvrait la figure de celui dont elle cherchait depuis longtemps le nom dans son assiette.

« ... qui picore avec tendresse les restes de son amant déchiqueté », acheva la baronne avec une colère sourde. Son élan avait été brisé, le cœur n'y était plus et sa voix sombre semblait conclure une oraison funèbre.

Elle commanda une Carpe à la Magicienne d'un ton pincé, comme si elle trouvait là une façon d'entretenir son mécontentement. Quant au baron, après le soupir de recueillement du suicidaire au bord de la falaise, il choisit des Gélinottes à la Bismarck.

L'oncle Alex sortait toujours un peu épuisé de ces dialogues, où la baronne s'efforçait de faire monter en elle l'« esprit Rocoule » avec la même ardeur militaire, le même mélange de fureur et d'application qu'elle mettait à faire monter le plaisir quand elle le chevauchait. Il s'y livrait néanmoins avec complaisance, subir cet effort étant en quelque sorte le prix à payer pour jouir de l'autre.

La commande rapidement notée, il s'empressa de fuir vers la porte qui menait aux cuisines, soufflant au passage deux ou trois cierges dans sa course hâtive. Cette porte donnait sur un escalier obscur et humide qui descendait en raide colimaçon vers le sous-sol aveugle où grouillait une mêlée informe. Palek, le chef, et ses deux marmitons s'y agitaient autour des fourneaux, confectionnant à eux trois une demi-douzaine de plats différents.

Quand l'oncle Alex fit irruption dans la cuisine, Janos laissait tomber de la main gauche une pincée de paprika dans une casserole fumante tout en expédiant d'une légère pression de la main droite une giclée de citron sur une panade de veau. Le gros Sandor retournait d'un coup de pique une paupiette grésillante tandis que Janos nappait maintenant d'un mouvement ample et lent d'une épaisse sauce jaune sur un brochet à l'œil furieux. Il fixait cet œil sans respirer, comme s'il craignait de ressusciter la bête.

Immobile au milieu de leur agitation, Palek, coiffé d'une toque gigantesque, parait un faisan rôti de plumes et de rondelles d'orange. Immobile, la tête penchée, regard fixe et bouche entrouverte, il avait l'air d'un assassin déjà torturé par le remords du crime qu'il est en train de commettre. De grosses gouttes de sueur ruisselaient sur sa figure, restaient suspendues sur ses lèvres en tremblotant, ou tombaient sur la peau dorée de la bête, y roulaient, s'immobilisant parfois en une sorte de frisson voluptueux avant de s'abandonner dans le jus. L'une des plumes ne voulait pas tenir droit et retombait doucement sur le bout de son nez. Palek jurait et, craignant sans doute de bouger, flanquait des coups de pied à gauche et à droite. Visiblement habitués, les deux marmitons poussaient un hurlement sans se détourner un instant de leur tâche ni même bouger la tête.

Au bas de l'escalier, chuchotant dans un recoin, Vaclav et Franci, deux garçons, réglaient une querelle de pourboire. De temps à autre, le premier assenait au second un petit coup de tête avant de relancer la négociation. En passant près d'eux, sans se retourner, l'oncle Alex interrompit ce duel d'un claquement de doigts, et ils remontèrent à toute allure. Puis, glissant sur les semelles de ses escarpins, il vint coincer sa commande à côté des autres dans le cadre noir d'une vieille photographie de l'empereur François-Joseph, tout embuée des vapeurs du fourneau (comme si celui qui avait surveillé si longtemps la marmite où clapotaient tant de peuples pouvait trouver une consolation posthume à humer ces volutes mêlées d'airelles, de tomates, de paprika et de cumin).

S'envolant à nouveau dans l'escalier, l'oncle Alex lança à la cantonade :

« Médoc 29 pour les Hillberg ! »

Heinrich, le sommelier sinistre, à l'abri derrière la porte ouverte d'un placard, était en train de lamper le fond de la bouteille de Pommard du président Kalopek. Après l'avoir vidée, il médita un instant, tournant et mâchant le petit reste de vin dans sa bouche grimaçante, semblant à la fois regretter qu'il eût été si bon et maudire le salaud qui l'avait bu.

La salle à manger était maintenant pleine et frémissait du brouhaha des voix, du tintement des assiettes et des verres. L'allégresse qui montait chez les dîneurs, les manœuvres et l'agitation des garçons rappelaient celles d'un navire en partance, et le repas un voyage, ou plutôt la comédie d'un voyage, que se donnaient des gens qui auraient renoncé à trouver des pays dignes de leurs désirs.

Même Kalopek avait fini son plat et, souriant doucement, les yeux clos, semblait avoir largué les amarres avec sa dernière bouchée, et entrer dans la digestion comme dans l'océan d'une nouvelle vie.

La salle, plongée dans la pénombre puisqu'elle n'était éclairée que par les chandelles des tables, resplendissait pourtant du blanc éclatant des nappes, des murs laqués et du halo d'un amas de cierges incandescents posé sur une grande table près de la porte des cuisines, qui fondait, ruisselait avec opulence en une espèce de catastrophe radieuse, semblable à une ville maudite de la Bible. Le noir de goudron d'une tenture qu'on avait jetée sur l'estrade où se tenaient les musiciens, parsemé de fils et d'étoiles d'argent, trouvait un écho dans l'échiquier noir et blanc des dalles du sol, dans les vestes blanches et les pantalons noirs des garçons, si bien qu'ils avaient l'air de porter non pas l'uniforme éternel de leur état mais la livrée des Rocoule, que tous les autres garçons du monde ne faisaient que copier.

Pour sortir un instant la tête de l'ivresse du repas, échapper au brouhaha qui les entourait ou jaillissait de leurs lèvres, les dîneurs, parfois, levaient les yeux vers les grandes baies vitrées où, sur le ciel mauve du crépuscule, s'agitait l'âpre et calme colloque des chênes. Près de la table Hillberg, un bosquet d'arbres s'avançait tout près de la façade. Lorsqu'il faisait nuit, le feuillage agité par le vent, dans un murmure effervescent, surgissait des ténèbres pour venir balayer l'air en demi-cercle, comme l'effort ultime de la vague sur le sable, et touchait presque la vitre avant de refluer dans le noir.

Au printemps, les baies s'entrouvraient, et, balayant le fumet de la sauce Clérambault et des rognons à la noire, soufflant quelques cierges foudroyés et fumants, le souffle et l'odeur de la forêt envahissaient la salle à manger, l'odeur d'humus sèche et douce comme un tabac d'oubli.

Quand il la sentait, l'oncle Alex fermait les yeux et se rappelait sa jeunesse, l'époque où il passait son temps à arpenter, seul ou main dans la main avec la tante Irena, les forêts d'Arden.

Devant l'hôtel, une pente herbue montait vers les grands bosquets de chênes et de hêtres. Ils trônaient, sages, lointains, semblables à des guerriers contemplant au sommet d'une crête des exilés errants au fond d'un ravin.

Sous leurs voûtes obscures un chemin où papillonnaient en été les mille reflets d'une loupe folle s'enfonçait dans l'inconnu. Il se faufilait entre d'énormes blocs de grès qui ressemblaient à des forteresses ou des grottes et donnaient l'impression au promeneur d'être aspiré par un piège théâtral de la nature. Parfois il disparaissait sous des racines énormes, noircies et mouillées comme les morceaux de bois que rejette la mer.

Les branches basses de certains hêtres rabougris et difformes forçaient le marcheur à se pencher, à ne plus voir que ses genoux et ses pieds qui s'enfonçaient en craquant dans le tapis des feuilles mortes et se relevaient dans un ruisselis de cascade. Cet effort et ce bruissement sans cesse recommencés accablaient, car le promeneur aurait aimé marcher librement sous la voûte immense, dans les éclaboussures de lumière, mais il était condamné à garder la tête baissée (et pourtant le bec mauvais d'une branche vient régulièrement lui écorcher le crâne). Sur sa figure glissent des fils invisibles, l'odeur des bois l'enveloppe, imprègne ses vêtements, ses mains, ses cheveux, cette odeur qu'il gardera quelques heures sur son corps quand il sera sorti de la forêt, comme pour lui rappeler que cette marche sans fin n'a pas été qu'un songe.

Aucun animal ne semblait hanter ce sous-bois,

et dès qu'on s'arrêtait, on n'entendait aucun craquement, aucun tremblement ; le silence le plus profond s'installait lorsque le vent ne soufflait pas.

Le moindre frôlement du bras contre un tronc résonne si profondément que bientôt on ne bouge plus pour s'enivrer du silence.

L'obscurité venue, seuls les cris de la chouette se font entendre dans la ouate des ténèbres. Chacun d'eux serre un peu plus sur le monde le manteau de la nuit.

Mais revenons en plein jour sur le chemin. Voilà maintenant que la forêt disparaît comme l'un de ces rêves trop longs et compliqués qui s'effilochent avec l'aube.

On entre dans une vaste combe emplie de fougères aux dentelles enchevêtrées. Exil oublié de créatures délicates et monstrueuses. Sur le versant opposé frissonnent les cimes dentelées des chênes d'Arden, cette étrange variété de rouvres énormes aux troncs gris, aux feuilles granuleuses, qui de loin semblent virevolter en violents remous verts et argent.

Ce miroitement a l'air d'attirer les oiseaux, dont les chants les matins d'été peuplent les feuillages d'un chœur invisible, confus et furieux. On dirait qu'ils retissent le monde dans une improvisation affolée avant de se laisser tomber des branches un à un, comme foudroyés, pour aller découvrir ce que la nuit n'a pas emporté.

Celui qui, après avoir manqué étouffer dans l'océan de fougères, parvenait aux chênes d'Arden pouvait à bon droit se croire arrivé au bout du monde. Il se couchait dans leur ombre, le ventre, les mains ocellés des éclats tournoyants de la lumière de midi, et rêvait à ce qui pouvait l'attendre de l'autre côté.

Mais alors, derrière le bruissement des feuillages et le grincement des lourdes branches, il croyait entendre une musique lointaine d'accordéon.

De l'autre côté du bois, une pente d'herbe jaune et rase descendait vers une large rivière immobile dont le ciel le plus radieux ne tirait jamais que des reflets plombés. Sur ses rives piquées çà et là de bouquets de saules jaunâtres, les habitants des faubourgs de S. venaient pique-niquer ou se baigner et le son de leurs accordéons montait jusqu'à la forêt d'Arden, avec des cris où l'on ne distinguait plus la joie de la colère, comme la distance fait apparaître la ressemblance des visages de deux sœurs. On apercevait les taches noires des pantalons accrochés aux barbelés, les petites formes étendues ou dansantes, et même l'accordéon pendu au cou d'une silhouette qui gambadait et gigotait comme si elle était poursuivie par un essaim d'abeilles.

Au bout d'une large route de terre qui longeait la rivière, un immense nuage de poussière blanche s'élevait dans le ciel. Il provenait de la carrière de T. et, tandis qu'on le regardait monter, si haut qu'il semblait devoir l'envahir tout entier, on sentait une fine pluie sèche tomber sur les mains, sur les cils, sur les lèvres soudain collantes, on voyait tout autour de soi la poussière blanche qui se pulvérisait sur la rivière, les saules, les herbes rases de la colline. C'était elle qui blanchissait les feuilles des chênes d'Arden.

Suivant le flanc de la colline, on glissait respectueusement entre de hauts chardons secs et immobiles, sentinelles cliquetant au vent dans leur ferronnerie fragile et donquichottesque, on croisait parfois (comme si c'était toujours le même qui revenait en se contorsionnant de façon différente) un chêne rabougri et tordu, qui avait l'air de l'ombre maléfique d'un conte qu'on ne se rappelle plus, et l'on découvrait partout des traces d'incursion sur le domaine d'Arden : sibyllins tortillons noirs d'étron, taillis aplatis de bardanes et de panais en une litière ouverte et palpitante qui semble conserver la chaleur et l'odeur de l'étreinte (avec une boîte de conserve rouillée pliée en deux enfoncée dans la terre) ; petit campement de mégots secs, étroits et jaunâtres comme des anches de hautbois qui ont l'air de continuer le colloque que tenaient les lèvres où ils s'agitèrent ; charpies mystérieuses, bleu pâle, enroulées autour d'une souche ; bouteille d'un vert clair et opaque, qui semble pleine de la fumée d'une cigarette et fragile comme une plaque de sucre ; godillot solitaire, masse goudronneuse, presque végétale, soulier de Gomorrhe où subsiste un fragment rouillé de boucle.

Cette longue errance finissait par mener (la colline disparaissant avec douceur dans une dernière descente comme dans un élégant geste d'introduction) sur une plaine marécageuse où apparaissaient quelques bouleaux. Rares d'abord, ils se faisaient de plus en plus nombreux, à la façon d'une peuplade accourue pour entourer le voyageur qui pénètre sur son territoire. Leurs fines ramures balancées par le vent semblaient se pencher pour le toucher, comme des sauvages aux terreurs calmes.

Le sol devenait de plus en plus spongieux et de l'eau noire jaillissait parfois sous le pas.

D'autres arbres apparaissaient, les peupliers et les saules qui transforment le vent qui les agite en messager de la mélancolie du monde, leur doux crécelis murmurant à l'homme couché à leurs pieds que ses désirs ne trouveront que des objets insaisissables. Il se souvient alors comment sous les grands chênes blancs d'Arden il entendait dans le mugissement de leurs feuillages l'écho fomidables de terres lointaines, et d'océans profonds, inconnus, qui attendent pourtant quelque part celui qui aura le courage de se remettre en marche.

Puis venait la contrée où tous les arbres disparaissaient, où le ciel gris d'automne (les Rocoule n'allaient sur ces bords qu'en automne) déployait son empire au-dessus des marais de Vseralysa, étendue noire et miroitante hérissée de petites tiges comme si l'on avait, au bas de l'immense feuille tendue du ciel, essuyé mille fois la fine pointe d'un pinceau.

Des échassiers arpentaient ces marécages, et leurs pattes doublées de hauteur par leur reflet dans l'eau semblaient, quand ils les soulevaient, se plier puis s'allonger en un prodige télescopique, dans le calme et le silence du rêve. Leur reflet trouble sur la surface des marais, semblable à celui qu'on aperçoit dans les miroirs très anciens, avait l'air d'une image du passé sur laquelle ils venaient se poser afin de mettre fin à un sort.

Renonçant à traverser ces marais qui marquaient au nord la limite du domaine d'Arden, on repartait vers l'ouest à l'assaut d'une pente raide, dans un concert de clapotements pierreux.

Quelque part dans ces solitudes, sur la route de Piestana à Novencin, se trouvait un asile de fous, invisible mais d'où l'on entendait parfois monter des hurlements, surtout en été. On croisait l'un des pensionnaires, sans trop savoir s'il s'était échappé ou profitait d'une promenade autorisée. C'étaient des hommes aux faces étranges, à la fois diverses et toujours bizarrement écrasées, aplaties. Ils semblaient pressés, en route vers la Terre promise avec réservation, même lorsqu'ils se traînaient avec force contorsions, raclant sur les cailloux leurs vieilles chaussures béantes d'où sortaient des orteils mauves.

Au sommet, on retrouvait une forêt de sapins, sombre et pleine d'une odeur camphrée de résine, si forte qu'elle semblait un masque derrière lequel se cachait la forêt.

Un large chemin de terre descendait vers le sud. Et là, au bout d'un interminable lacet, au moment même où l'on se croyait définitivement perdu, loin du paradis d'Arden, on découvrait en contrebas le toit d'un chalet de bois, ce même chalet de bois dont on apercevait la façade cachée dans les hauteurs de la forêt en face de l'hôtel. Et sa reconnaissance progressive faisait naître ce mélange de soulagement et de mélancolie qu'éprouve soudain celui qui, revenant d'un long voyage, reconnaît sur le quai d'une gare le visage des siens. (Personne n'allait jamais dans cette cabane de planches, et pourtant on y trouvait toujours dans la cuve des toilettes un mégot flottant sur une mare d'or, vestige du passage de quelque visiteur mystérieux, allégorie de l'incognito.)

Mais depuis longtemps ni l'oncle Alex ni la tante Irena ne se promenaient plus sur les chemins d'Arden. Ils n'existaient plus pour eux que dans leurs souvenirs, ou leurs rêves, aussi fantomatiques, aussi déchirants, que les voix des amis de jeunesse. Savoir qu'ils étaient là, derrière la colline aux grands chênes, qu'il pouvait y retourner, la certitude même qu'avant de mourir il les arpenterait à nouveau offrait toutefois à l'oncle Alex plus qu'une consolation, une sorte de promesse. Et dans son imagination il confondait cette promesse avec celle d'un dernier amour, d'une dernière étreinte avec le corps pâle et brûlant d'une jeune femme sans visage. L'hiver, quand la neige recouvrait la forêt d'Arden, il avait l'étrange impression que cette promesse gisait là, enfouie sous le manteau radieux de la mort, et que dans les profondeurs de la terre coulait un sang qui un jour embraserait à nouveau le sien. Alors, rêveur, il tirait en poussant un soupir léger les lourds rideaux noirs, car l'hiver le froid entraînait la fermeture de l'hôtel. Et c'était pourquoi à cette époque l'oncle Alex se rendait presque chaque jour à S., dans la boutique de Salomon, rue Tomashek, pour travailler à l'une de leurs opérettes.

Il se rendait d'abord en auto jusqu'à M., puis en tramway jusqu'au quartier solitaire de Pizstina où résidait Salomon. Il goûtait dans le tramway les délices de l'anonymat. Et il aurait trouvé aussi indécent d'arriver en auto dans la morne et déserte rue Tomashek que sur le dos d'un éléphant caparaçonné d'or.

Le tramway pour Pizstina traversait la place centrale de M. et mon oncle trouvait toujours dans ce décor qui n'avait pas changé depuis son enfance une preuve discrète de l'éternité des choses. L'âge, la vieillesse qui venait, messagère de la mort, lui semblaient les illusions d'un cauchemar universel. (Mais, bizarrement, ce vague sentiment d'immortalité n'avait rien d'exaltant et suscitait même en lui un léger malaise.)

Cette grande place faisait penser à l'une de ces microscopiques villes d'eaux où l'on trouve rassemblés au même endroit tous les bâtiments d'importance. La salle de bal, le sanatorium, l'église, la poste et le salon de thé se pressent les uns contre les autres, comme si l'on avait replié la carte trop vaste de la vie.

La gare, les banques, la villa princière, l'Opéra, le petit casino et le Grand Café Nicolaï entouraient un vaste square envahi de frênes, de peupliers et même de quelques cèdres, arbres sauvages et agités qui donnaient l'impression d'une insurrection de la forêt à qui l'on aurait abandonné le square. Leurs troncs et leurs branches grinçaient dans le vent et dès qu'il soufflait un peu fort le mugissement de leurs feuillages prenait une telle force que les vieillards attablés à la terrasse du Nicolaï (de vieux négociants qui passaient leur temps à expliquer à leur compère comment avec un peu d'intelligence il aurait pu faire fortune sur les sucres en 1898 ou le café en 1912) se trouvaient obligés d'interrompre leur conversation et d'attendre, un sourire amer aux lèvres, que s'apaisent les protestations incohérentes, passionnées, des arbres.

La gare, antre obscur surmonté d'un immense pétale de verre semblable à la visière d'une casquette rejetée en arrière, avait l'air d'un monstre marin échoué la gueule béante. Ou d'un Moloch désaffecté, tant étaient rares les silhouettes qui s'y engouffraient. (On apercevait seulement au fond de la gueule noire les chemises blanches des trafiquants de devises et de cigarettes, tenue destinée à la fois à les reconnaître et à les dissimuler, puisqu'elle imitait celle des humbles voyageurs venus de la campagne.)

Le casino était une bâtisse des plus discrètes, une petite villa blanche aux tuiles orange posée au bout d'un jardinet de buis. On n'y jouait que l'après-midi, à la lumière naturelle. Les deux salles (roulette, chemin de fer) ressemblaient à des salles à manger. Il y flottait une odeur froide et humide de maison abandonnée et les moulures des plafonds blancs étaient délicates et discrètes comme les fleurs ensevelies d'un jardin sous la neige. Et l'on se disait que la malchance, comme les salles, ne devait jamais excéder ici une dimension raisonnable, qu'on ne devait y faire que des pertes de père de famille et la crainte de la ruine s'évaporait des cœurs — source de catastrophes légendaires.

Les croupiers de S., une écharpe de satin canari autour de la taille, veste du smoking toujours déboutonnée, avec leurs paupières à demi baissées, leurs gestes qui semblaient se déployer dans un air doux comme de la soie, faisaient penser à des gardiens montrant à des visiteurs le précieux mobilier d'une maison illustre. Créatures bizarres, tenant à la fois du valet et de l'historien, ils mettaient la roulette en branle du même air respectueux et mélancolique qu'ils auraient actionné le mouvement d'un rouet médiéval et à la table de chemin de fer retournaient les figures comme s'ils exhibaient les portraits d'ancêtres vénérables. Les pertes et les gains qu'ils annonçaient ne suscitaient pas le remous habituel, on les accueillait avec le même flegme recueilli qu'eût suscité l'évocation de deuils dynastiques vieux de deux ou trois siècles. Parfois une mouche tourbillonnait autour des têtes, venait se poser sur un jeton où elle faisait quelques pas, paisible et sacrilège.

Cette atmosphère si particulière du casino de S. était fameuse dans toute l'Europe centrale, et on disait qu'à Paris certains établissements de jeu très sélects cherchaient à imiter la nonchalance, le dépouillement et les parquets grinçants du mythique établissement de Marsovie. (Cette célébrité se trouvait sans doute renforcée par une aura de mystères et de rumeurs qui voulaient que certains après-midi le jeu ait servi de paravent à des opérations de blanchiment ou de trafic de devises organisées par le roi.)

Mon oncle, passant devant l'Opéra, ne put s'empêcher de ricaner. C'était un lingot sombre et lugubre, avec un toit-terrasse orné d'une balustrade en marbre. Sur la façade, un volet vert amande légèrement de guingois était particulièrement déprimant ; le crépi noir, moisi, gonflé par endroits, donnait toujours à mon oncle l'envie d'être un géant pour le soulever et l'arracher tout à fait, comme l'on fait, enfant, d'une croûte au genou.

Il se souvenait avec ironie de toutes les soirées qu'il y avait passées dans sa jeunesse, à l'époque où l'on donnait rarement des opéras complets mais des morceaux choisis, ceux que préféraient les habitués, un quignon de *Walkyrie*, un consommé de *Turandot*, une valse du *Chevalier à la rose* en guise d'entremets, deux ou trois tranches du *Pays du sourire*, et, dessert délicieux, le *Voyage de Sieg-fried sur le Rhin*. Tous ces airs, séparés de leur histoire originelle, ne sonnaient plus aux oreilles des habitués, qui les écoutaient en fermant les yeux, souriant avec indulgence devant la montée de leur plaisir, que comme des échos de leurs propres vies. Des buissons foisonnants de toutes les rêveries que leur imagination avait enfantées en les entendant, et dont le souvenir confondu à celui de leur jeunesse frémissait à la façon de la vieille toile peinte du décor.

    L'oncle Alex se souvenait comment, pénétrant après le début du spectacle dans la salle obscure, pleine d'une odeur de poussière et d'oignon qui pour les habitués évoquait dès qu'ils la humaient le *Voyage de Siegfried sur le Rhin*, il se cognait contre les poufs en velours rouge semblables à des anémones de mer, distinguant à peine autour de lui les coques verdâtres des loges avec leurs ornements fantomatiques de vieux voiliers encalminés. Immobiles et droits, les oiseaux qui y nichaient coulissaient la tête afin de considérer le nouvel arrivant et voir s'il appartenait à leur tribu. Certains venaient plusieurs fois par semaine, assistaient à tous les opéras, ne semblant pas sentir de différence majeure entre le *Mikado* et *Tristan*, comme s'ils constituaient autant d'épisodes d'une même épopée, familière et infinie. À l'entracte, ils ne parlaient qu'entre eux, d'un air sérieux et affairé. Et comme, même bien avant le lever du rideau, ils étaient toujours déjà là quand on arrivait, ils donnaient l'impression, surtout la grosse madame Lavaty et le docteur Bartay avec lequel, malgré ses petites lunettes fumées, elle échangeait sans cesse des regards modestes et entendus, de détenir un secret de famille concernant les pouvoirs de Siegfried ou le passé de Senta que les autres ne connaîtraient jamais.

Non loin de l'Opéra, un grand portail de pierre blanche se prolongeait en une voûte qui paraissait taillée dans la coquille d'un mollusque mythologique. Dans son ombre profonde se tenaient deux sentinelles en uniforme blanc (en été, à l'entrée du portail on pouvait voir aussi la carriole de Romano, le marchand de cacahuètes, où était attachée la laisse de son petit chien, tout blanc lui aussi).

Cette arche dissimulait aux regards la villa Tatiana, modeste résidence du roi Karol. On racontait que depuis les caves de l'invisible villa des souterrains se déployaient dans toutes les directions et les piétons en passant sur le trottoir s'imaginaient les sentir sous leurs semelles. On disait également qu'ils abritaient les coffres-forts où Karol avait entassé ses lingots et les Rembrandt du musée Hohenzollern, où n'étaient plus accrochées que des copies.

Cachée aux regards, la villa Tatiana n'était connue que par sa photographie sur les cartes postales où elle apparaissait entièrement enveloppée d'un lierre noir luisant, et cette image avait fini par devenir pour les Marsoviens l'allégorie de l'âme inquiétante et secrète de leur roi.

Tout au long des ruelles en pente qui montaient de la place, on trouvait de petits cafés slovaques, hongrois, roumains, où, derrière des carreaux embués, on distinguait à toute heure du jour ou de la nuit, appuyés au comptoir le dos voûté, deux ou trois habitués aux figures menaçantes. La plupart du temps il s'agissait d'agents de la police secrète en train de se creuser la tête pour inventer des blagues contre le régime qu'ils rapporteraient ensuite à leur chef afin de pouvoir rester affectés à leur comptoir favori. Sur les pavés disjoints de ces ruelles, on croisait souvent des mendiants aveugles, nombreux à S., et qui effrayaient mon oncle dans son enfance. La plupart du temps ils allaient par deux (l'un serre un violon contre sa poitrine, une main posée sur l'épaule de l'autre qui les guide en remuant un bâton). Ils descendaient chanter à la terrasse du Café Nicolaï de vieux airs de la vallée de la Volbrina où les aveugles sont légion.

Quant à la rue Tomashek où se rendait l'oncle Alex, elle se trouvait tout au bout de la ligne du tramway, pratiquement en dehors de la ville et était sans conteste la plus étrange des rues de S.

Au milieu d'un terrain vague parsemé de maisons basses entourées de plantations de choux et de tournesols deux rangées d'immeubles se faisaient face.

En été, le soleil écrasait le quartier, et les chiens se couchaient à l'ombre d'acacias squelettiques. Des tourbillons de poussière jaune, des cavalcades de pétales calcinés se levaient de temps à autre, enveloppant les rares passants.

Entre deux planches de palissade surgissait parfois la tête d'une vieille en fichu. Ses petits yeux fixaient longuement, sans ciller, le promeneur égaré qui éprouvait alors l'impression que la race humaine avait disparu, que le monde était abandonné aux vieilles de Pizstina.

Dans les années 1890, un certain Hugo Tomashek, inspiré par les spéculations immobilières qui fleurissaient alors à Berlin, s'était imaginé que la vague de constructions qui se levait dans le centre de S. s'abattrait bientôt sur Pizstina, submergeant ses chaumières et ses tournesols.

Il parvint à édifier deux rangées d'immeubles bourgeois aux façades anthracite. Bombonnés de pierres dodues et grêlées semblables à des éponges noirâtres pétrifiées, ces immeubles exhalaient la prospérité ventripotente et la cruauté militaire. Les fenêtres étaient encadrées de motifs sculptés, tresses de lauriers, fleurs d'acanthe charbonneuses qui conféraient à la rue Tomashek un petit air de mausolée wagnérien.

Ces immeubles farouches se faisaient face, séparés par une étroite bande de terre battue toujours plongée dans l'obscurité. L'heureux entrepreneur, au cours d'une cérémonie émouvante qui rassembla quelques édiles honteux et quelques spéculateurs soucieux, la baptisa de son nom, les larmes aux yeux, comme si, nouveau Magellan, il venait de la découvrir dans l'océan des terrains vagues.

Hélas, les caprices d'une ville sont plus incertains encore que ceux de l'océan et l'essor immobilier de S. ne dura guère. (C'est d'ailleurs une caractéristique marsovienne que toutes les modes importées d'Europe, du fixe-moustache au socialisme révolutionnaire, y prennent une étrange tournure, tantôt démentielle, tantôt rabougrie. Elles finissent par y expirer misérables et ridicules, à la façon de ces enfants tirés de jungles lointaines pour être exhibés dans des foires, et qui meurent de consomption au milieu des accents d'orgues de Barbarie.) Le départ de la comtesse Pogolitch entraîna le fameux krach de 1905, puis vinrent la Grande Guerre, la crise dynastique de 1922 qui fit tant rire l'Europe, et la vague spéculative n'atteignit jamais les rivages de Pizstina. La rue Tomashek resta seule sous le soleil, enveloppée de poussière, gardée par les silhouettes des vieilles et des chiens.

Quand le vent soufflait de l'ouest, les bruits de S. parvenaient jusqu'à la rue Tomashek, rumeur délicate feuilletée de merveilles invisibles. Cliquetis de tramway. Braiments de klaxons. Crépitements légers d'applaudissements après chaque morceau de la fanfare qui jouait dans le kiosque du parc Nicolaï (mais la musique, elle, on ne l'entendait jamais). Comme si, par bouffées, les rêves déçus des habitants de la rue Tomashek tourbillonnaient dans les courants d'air.

En revanche, quand le vent d'est soufflait, il charriait les vraies odeurs de Pizstina : l'oignon frit, le beignet huileux, la vidange de la tannerie Kolowitz.

Au fil des années, plusieurs appartements avaient été abandonnés, et leurs stores d'un jaune pisseux se gonflaient et se déchiraient au vent d'hiver.

Des portes cochères s'échappaient des odeurs de salpêtre, de carton mouillé et, parfois, un locataire qui rasait les murs en baissant les yeux.

L'échec de la colonisation urbaine avait abandonné là une peuplade qui s'était forgé un nationalisme de rue, la plupart croyant fermement que l'humeur dominante de la rue Tomashek représentait le dernier mot de la sagesse humaine. La rancœur colorant toutes leurs pensées, ils la confondirent avec la vérité.

En un demi-siècle, les habitants, pourtant, avaient changé, mais la rancœur demeurait, tenace comme l'odeur d'escalier. Même les vagabonds qui échouaient rue Tomashek et se couchaient sous ses porches avec une résignation pleine de bonhomie se réveillaient le lendemain une grimace sur le visage.

Après la Grande Guerre, des petits bourgeois, des employés de condition de plus en plus modeste s'étaient installés dans les appartements. Même sur les boulevards de S. ou dans les tramways on reconnaissait de loin leurs figures aux sourcils froncés, aux lèvres tordues. Elles avaient le même air farouche que les immeubles, crispation particulière de tronche qui évoquait les murailles noirâtres où séchaient les larmes blanches des fientes de pigeons. Innombrables, nichés en essaims palpitants sous les toits, ils semblaient surveillés avec mépris par une rangée de corneilles perchées au-dessus d'eux. Immobiles, muettes, elles frissonnaient de temps à autre, dépliant et repliant leurs ailes avec l'arrogance de cette espèce, qui semble attendre qu'on lui rende justice. Ce petit air de réserve ornithologique se trouvait renforcé les matins d'été quand les locataires sortaient sur leur balcon pour observer le ciel en tricot de corps, bretelles descendues, le bol et le blaireau à la main, colonie d'oiseaux de mer juchés sur leur falaise noire.

Dans cette rue déserte, on trouvait pourtant un havre de légèreté et de rêverie. C'était une boutique, la seule de la rue Tomashek, et la peinture verte écaillée de sa façade laissait encore deviner l'inscription *Lengyel et Fils* au-dessus d'une vitrine aux carreaux si opaques qu'on semblait y avoir fait bouillir pendant des siècles d'énormes chaudrons de soupe.

Dans cette vitrine, où sur un fin tapis de poussière gisait le cadavre d'une mouche, toujours sur le dos mais jamais tout à fait à la même place, trônaient deux mannequins.

Ils étaient vêtus à la mode d'avant-guerre, ayant été confectionnés par le père Lengyel vers 1910 : l'homme, dont la tête ronde aux fines moustaches s'écaillait de petites taches blanches comme la coquille percée d'un œuf à la coque, portait un frac aux revers étroits et luisants comme du mica. La femme une longue robe aux dentelles recouvertes de filaments de poussière semblables aux ruines des toiles d'araignées. Coiffée d'un large chapeau de feutre vert, avec son nez de bois pointu et ses yeux de porcelaine blanche, elle contemplait ses mains levées qui semblaient offrir au ciel un enfant invisible, mais qui jadis fermaient avec délicatesse une ombrelle.

Vers 1935 Salomon s'était décidé à les affubler de costumes contemporains. Mon oncle lui avait donné un complet et une robe noire que lui et la tante Irena s'étaient fait faire lors de leur voyage à Paris en 29. Mais sa vitrine n'en était pas devenue plus moderne pour autant. Les deux personnages avaient désormais l'air de sortir d'un récit d'anticipation 1900.

Parfois, sur le seuil de la boutique, le propriétaire apparaissait. Les mains enfoncées dans les poches de son pantalon, les yeux à demi fermés, souriant, il avait l'air d'écouter un ange lui chuchoter à l'oreille une plaisanterie.

C'était un grand homme au front large et dégarni, à la chevelure d'un blanc éclatant et aux larges oreilles. La clarté de ses yeux bleus, les mèches de cheveux que le courant d'air faisait doucement trembler sur son crâne comme la brise joue avec l'écume sur un rocher, lui donnaient un air très doux. Il ressemblait à l'un de ces vieux marins qu'on trouve sur les quais des ports, qui ne voient personne tant ils sont à leur place dans ce monde. Quand il y avait du vent, son pantalon marron trop large claquait sur ses jambes comme un pavillon au milieu de la tempête. Derrière lui, la porte de sa boutique était grande ouverte, mais on n'y distinguait jamais rien et elle semblait donner sur le néant.

C'était là pourtant que l'oncle Alex passait tous les après-midi d'hiver, assis dans un vaste fauteuil de cuir qui trônait au milieu de la boutique, à égale distance du comptoir et de trois cabines d'essayage aux rideaux noirs. Celui de la cabine centrale pendait misérablement, à moitié arraché de ses anneaux, peut-être victime de la réaction d'un client lorsqu'il s'était découvert dans la glace. Mon oncle adoptait sa pose favorite, les escarpins luisants croisés comme pour l'empêcher de glisser, la tête levée, les yeux clos, le fin sourire sous la fine moustache, comme s'il voyait en imagination une bien-aimée s'avancer vers lui. Salomon se mettait à tournoyer autour du fauteuil en cercles de plus excentrés, marque d'une rêverie de plus en plus profonde, à peine troublée parfois par un rapide coup d'œil vers la vitrine, car il redoutait l'apparition d'un client comme celle d'un mauvais esprit.

C'était là, jour après jour, qu'ils échafaudaient en hiver un nouveau scénario dans la chaleur étouffante du vieux poêle dont le ronflement évoquait le ronronnement de plaisir d'un spectateur idéal jamais rassasié. Le poêle tirait si bien que leurs figures devenaient vite cramoisies. Deux suffoqués des Muses.

Sur le mur le plus long de cette pièce en forme de botte, un vieux comptoir de bois courait jusqu'au fin fond obscur de la boutique. Derrière ce comptoir, dans un mur de casiers grimpant jusqu'au plafond, moisissaient ou se pulvérisaient d'antiques échantillons de tissu, toute une nécropole de tweeds, de flanelles et de laines. Au fond des ténèbres, on distinguait une petite fenêtre donnant sur une cour humide où pendait un drap blanc. L'oncle Alex se demandait si c'était toujours le même, et cette interrogation lui avait donné l'idée d'une opérette, *Attention à la blanchisseuse !*.

Sur les murs, un papier peint bleuâtre à motifs de plumes d'autruche caca d'oie avait été récemment rénové parce que Salomon en avait retrouvé trois rouleaux dans la cave de son oncle de Budapest lorsqu'il s'était rendu à son enterrement en 1940 (car les Lengyel ayant jadis caressé le rêve de couvrir le globe de leurs boutiques de tailleur, ils les avaient tapissées du même papier, marque discrète, encore secrète, de leur empire). Mais les trois rouleaux n'ayant permis de rafraîchir que le pan de mur proche de la vitrine et des cabines, le reste avait conservé le papier d'origine, si bien que mon oncle, les rares fois où il jetait un coup d'œil vers ces ténèbres, avait l'impression d'effectuer un voyage dans le temps, un voyage étrange puisque la tenture neuve ressuscitait la jeunesse et la fraîcheur d'autrefois alors que le vieux papier crasseux, moisi et déchiré du fond ne faisait en somme que présager le destin qui attendait le pan rénové.

C'est d'ailleurs sur ces pans anciens qu'étaient encadrés de vieux portraits de famille, des photographies sous verre remontant parfois aux années 1870 où, dans une lumière d'atelier, diverses tribus de Lengyel, toujours attablées au-dessus d'un campement de couverts et de soupières en argent, vous regardaient d'un air lugubre, comme si vous les surpreniez en train de digérer leur dernier repas. Ils étaient vêtus à l'européenne, mais parfois la figure chapeautée d'un rabbin à la barbe noire, aux yeux protubérants, se trouvait plantée au milieu des convives, tel l'Ange de la Mort tombé en captivité.

Du côté de la vitrine en revanche, Salomon avait encadré les photos découpées dans des magazines de ses chanteuses préférées, non en costume de scène, mais saisies en costume de ville au sortir d'une auto, d'un wagon, souriantes, radieuses, faisant signe de leur main gantée en descendant la passerelle d'un paquebot; Jarmila Novotna, Vera Schwarz, Esther Réthy, Lotte Lehman, en provenance des quatre coins du monde, avaient l'air de débarquer dans la boutique comme au pays natal. De sorte que c'étaient elles qui paraissaient de vieilles connaissances, et la cohorte des Lengyel disparus les personnages fictifs de vieux romans compliqués.

Parfois, tandis qu'ils composaient le livret de *Mandryka et la violette cachée* ou de *Loth s'amuse*, l'inspiration tombait. Alors ils se plantaient devant la vitrine et regardaient dans la rue, attendant que le destin leur envoie quelque passant. Ils en feraient un personnage qui relancerait l'intrigue, fournirait même peut-être une idée pour la fin. Hélas, la rue Tomashek étant ce qu'elle était, ils ne voyaient la plupart du temps que leurs propres reflets dans la vitrine, le grand homme aux cheveux blancs dans un complet flottant, le petit homme à la fine moustache serré dans une veste rayée de diplomate, une cigarette fumante coincée entre l'annulaire et le médium.

Les rares passants de la rue Tomashek, selon mon oncle, appartenaient toujours aux deux mêmes espèces, celle-qui-s'enfuit-col-relevé et celle-qui traîne-savate-gueule-ouverte. Ils ne pouvaient guère se rabattre sur les clients, encore moins nombreux que les passants. Salomon, qui vivait chichement de ses rentes en attendant de faire fortune dans l'opérette, avait tout fait depuis vingt ans pour les décourager et y était presque parvenu. S'obstinaient encore une demi-douzaine de vieilles connaissances qui avaient connu le père Lengyel, de véritables souvenirs d'enfance ambulants. Des gens qui appartenaient à cette race si farouchement fidèle à ses habitudes qu'elle semble assouvir une vengeance. Placés par le destin dans d'autres circonstances, on le sent bien, ils auraient été capables d'une obstination à la Monte-Cristo, auraient volontiers sacrifié leur existence à venger le souvenir d'un vieil oncle, ou même d'une vieille insulte, pourchassant et croissant sans relâche leurs misérables victimes, aussi indélébiles sur leurs rétines que les taches du crime sur les mains de Lady Macbeth. Ayant raté leur vocation, ils se contentent de hanter les mêmes commerces pendant des décennies, et rien, ni les guerres, ni les épidémies, ni les révolutions, ni les infirmités, ni la décrépitude du commerce, ni même la mort du commerçant, ne peut les empêcher de revenir s'approvisionner aux mêmes endroits leur vie durant. Et l'apparition de leur silhouette sur le seuil de la boutique a quelque chose de terrifiant, comme celle d'un vengeur.

De temps à autre, réapparaissait ainsi la figure bénigne de Mme Novak, sourcils froncés, front plissé, car il fallait pousser fort pour que la vieille coulisse Westinghouse mal graissée consentît à céder quelques centimètres. C'était la veuve d'un ancien client de Salomon, une petite dame grassouillette, au visage rond et poudré, coiffée d'un petit chapeau cloche enfoncé sur le front, d'où s'échappaient deux mèches recourbées de cheveux roux si bien laqués qu'elles faisaient penser à des flammes miniatures. Pourquoi Mme Novak venait-elle se faire habiller chez Lengyel et Fils, voilà une question à laquelle il n'était pas facile de répondre, même pour deux auteurs dramatiques expérimentés comme l'oncle Alex et Salomon. Peut-être était-ce la seule façon qu'il lui restait de se montrer fidèle à son mari, ou bien au contraire, comme le disait mon oncle, avait-elle des vues sur Salomon.

Quoi qu'il en soit, Mme Novak venait régulièrement depuis plus de six mois pour les essayages d'un manteau en laine noire, agrémenté d'un col en peau de lapin, que Salomon retouchait sans cesse, comme un scénario. La malheureuse se montrait d'ailleurs de plus en plus docile et résignée. La confection d'un manteau Lengyel s'apparentant sans doute pour elle au long et fastidieux traitement d'une maladie incurable, elle avait même l'air de trouver une espèce de soulagement à ce qu'il ne soit jamais achevé.

Peut-être Salomon faisait-il volontairement durer le plaisir car Mme Novak était devenue le modèle de la mère de *Loth s'amuse* (la coquette baronne Schpütz) : sa timidité, ses petits pas, ses sourires sans raison qui lui faisaient pencher la tête et papillonner des yeux, leur servaient à bâtir leur personnage. Ils avaient remarqué que les jours où elle ne s'était pas fardé les yeux Mme Novak arrivait avec un sourire enjoué, minaudante, roucoulant les bonjours, tandis que lorsqu'elle s'était fait les cils elle prenait un air austère, et se contentait de les saluer d'un tremblement de paupières.

Cette particularité novakienne avait offert aux deux compères l'idée d'une série d'effets tout au long de l'acte II qu'ils jugeaient irrésistibles, et à cause desquels ils éprouvaient pour la veuve une certaine tendresse, qui les conduisait même à une familiarité tendre et brutale, comme avec une sœur. Quand elle arrivait, l'oncle Alex se levait avec nonchalance du grand fauteuil de cuir, l'aidait à ôter son manteau en lui adressant un petit clin d'œil. Pendant les essayages, Salomon piquait et repiquait les épingles, se reculait, se précipitait pour retoucher et triturer un pli, impassible et concentré, avant de la prendre par la main pour la faire tournoyer sur elle-même comme s'il venait de la tirer d'un gâteau factice. Et Mme Novak, qui ne savait trop comment interpréter ces attitudes, baissait les yeux, ses paupières tremblaient, sa petite bouche se tortillait en cul de poule.

Venait aussi parfois Victor Karpisky, le chauffeur du baron Mottrowski, petit homme qui avançait à toute allure en courbant l'échine comme s'il venait d'échapper à une volée de coups de bâton. Il tournoyait d'abord quelques instants dans la boutique, comme s'il craignait de s'être trompé de porte. Puis il saluait mon oncle et Salomon d'une petite tape sur l'épaule avant de se précipiter vers la cabine au rideau déchiré. Là, il essayait une série de casquettes. Pour son patron, disait-il. Mais cela semblait étrange à nos deux compères, vu que le baron, âgé de quatre-vingt-trois ans, ne roulait sa chaise d'infirme que dans la salle à manger du palais Mottrowski. Victor faisait défiler les casquettes sur sa tête. À chaque fois, il se figeait, se considérait un instant dans la glace en plissant les yeux, comme si chacune lui renvoyait l'image d'une vie antérieure. Puis il jetait la dernière sur la chaise où s'empilaient déjà toutes les autres, se mettait à papoter un moment (c'est-à-dire la plupart du temps se lançait dans un monologue où il décrivait par le menu, avec force précisions et distinctions, l'un de ses derniers repas, sans qu'on sache très bien s'il le considérait comme un supplice ou un délice). Et tout à coup s'enfuyait aussi prestement qu'il était apparu.

Mais le dernier des « réguliers », le plus fidèle, le plus assidu à la belle saison, était sans conteste le vieux M. Ebenweiller qui venait une fois par semaine du centre de S. en traînant des pieds, si bien que dans le silence sépulcral de la rue Tomashek son arrivée était annoncée par les soupirs réguliers, solennels, des semelles sur l'asphalte.

En les entendant, Salomon et l'oncle Alex se regardaient d'un air terrifié, tournaient lentement leurs regards vers la porte où, au bout d'interminables minutes, apparaissait une silhouette perdue dans un costume blanc d'été un peu défraîchi et coiffée d'un chapeau noir aux larges bords. Puis se tournait lentement vers eux la figure blême d'un vieillard aux grosses moustaches grises dont la couleur rappelait celle des dentelles du mannequin. Arrivé devant la boutique, il se laissait littéralement tomber sur la porte qui cédait en grinçant, et du même élan venait s'écrouler sur le fauteuil que mon oncle abandonnait d'un bond.

Vautré là, il soufflait un long moment, les yeux fermés, les mains pressées contre la poitrine, la droite s'agitant dans un petit battement ecclésiastique de bénédiction, à la fois salut, signe de survie et annonce du caractère exceptionnel de ce qu'il s'apprêtait à raconter. Souvent dans ces moments il penchait la tête en arrière pour mieux respirer et le chapeau trop grand pour son crâne tombait sur le plancher.

Parfois cet instant de récupération dégénérait en sieste surprise, agitée de ronflements si terribles qu'on avait l'impression qu'elle était mise à profit par le corps de M. Ebenweiller pour se livrer à un considérable travail de réparation mécanique.

Il se réveillait brusquement, comme la sibylle, les yeux écarquillés, et se lançait aussitôt dans une série de considérations à caractère apocalyptique sur la situation diplomatique européenne. Ce tableau, où la guerre mondiale finissait par apparaître comme le moindre mal, ne semblait guère troubler M. Ebenweiller. De temps à autre en effet, il tirait de sa vaste poche, cachées dans son poing, quelques amandes grillées qu'il expédiait d'un coup sec et négligent au fond de son gosier, symboles peut-être de ces peuples que le Moloch engloutirait.

Ces gestes brusques déclenchaient le cliquetis de ses manchettes en celluloïd toutes jaunies sur lesquelles on distinguait parfois, presque entièrement effacée, la trace de chiffres qu'il y avait notés un jour.

Puis, les yeux levés au plafond, rêveur, il caressait l'idée de se faire faire un complet, sans qu'on puisse deviner toutefois si c'était bien dans cette vie. Le fantôme du costume, sa coupe, sa matière, sa couleur, se métamorphosaient chaque semaine, si bien qu'il semblait flotter au-dessus de leur tête comme le rêve familier du poète, ni tout à fait le même ni tout à fait un autre.

Au bout d'un long quart d'heure, rasséréné semble-t-il par la contemplation de ce mirage, il se redressait vigoureusement, se relevait, les yeux ronds, branlant, comme d'entre les morts, et, après avoir ramassé son chapeau, plongeait vers la porte, comme s'il craignait qu'on lui présente la note de ses rêves.

En hiver, quand la chaleur du poêle devenait étouffante, il s'accordait une seconde sieste, cette fois silencieuse, tête renversée, la bouche si démesurément béante qu'il semblait avoir donné congé à son âme pour un essayage au paradis des complets.

En dehors de ces trois habitués, la quiétude de leur inspiration, leur dialogue solitaire n'étaient troublés que par l'attaque surprise de l'un des membres de cette tribu maudite que l'oncle Alex appelait dans son français Rocoule les « ravaudeux ».

Ils arrivaient généralement au moment où mon oncle et Salomon commençaient à entrevoir, au travers de la brume qui jusqu'à présent le leur avait caché, le paysage d'une intrigue. Pantalon à la main, veste roulée sous le bras, ils venaient implorer « une petite retouche », « une simple reprise ». Ils dépliaient alors une veste immense, héritage d'un oncle à peine refroidi, apparemment un tel géant que de son vivant ils n'avaient jamais dû parler qu'à ses manches ou son gilet, ou bien un pantalon qui semblait arraché de la dépouille d'un saint martyr de la première Église. Accusateurs ou reconnaissants, Job tristes, Job gais, ils dévidaient toujours les deux mêmes plaidoiries. Puisque le vêtement venait de chez Salomon (même si beaucoup rapportaient des pièces confectionnées par le père Lengyel ou même par l'oncle David de Bratislava), il demeurait en quelque sorte responsable du sort de ses créatures. Ou bien le costume était une telle merveille qu'ils voulaient continuer à le porter, malgré sa décrépitude, en manière pour ainsi dire d'hommage à son génie (c'est tout juste si certains ne laissaient pas entendre qu'ils s'attendaient même à un petit défraiement).

Il est vrai que la maison Lengyel tenait en quelque sorte du musée car tous les tissus qui dormaient sur les étagères étaient vieux au moins d'un demi-siècle. Certain *velvet* écossais (« à carreaux verts », disait Salomon, répétant la tradition familiale, car depuis longtemps on n'osait plus le sortir de son casier, de crainte qu'il ne se dissipe en poudre) avait même été acquis par Nathan Lengyel (fondateur de la dynastie dont la branche marsovienne était un rameau perdu) en 1856. Au sommet des étagères, si proche du plafond que l'obscurité le dissimulait aux regards, enveloppée selon la légende dans un papier de soie mauve, gisait à l'intérieur d'un vieux carton crevassé une petite pièce de nankin achetée par Nathan en 1825, au début de sa carrière. Comme il s'agissait de la seule pièce subsistant d'un lot acheté aux enchères après la faillite d'un tailleur de Hambourg, Salomon disait qu'elle provenait de la boutique de Heine, et que les doigts du génie l'avaient sans doute caressée.

Ce morceau de tissu avait décidé de leur amitié. À dix-sept ans, après s'être rencontrés au lycée de S., ils s'étaient découvert une passion commune pour la poésie de Heine. Salomon avait alors emmené mon oncle à la boutique pour lui montrer le carton qui contenait l'étoffe légendaire. L'oncle Alex se rappelait encore la belle matinée de printemps, la boutique Lengyel active et pimpante, une jeune veuve en voilette qui tournait à la recherche d'on ne sait quoi dans une grande robe de deuil qui balançait ; et dans son souvenir tous les détails de cette matinée, la lumière du soleil sur le papier peint azur des murs, la figure méfiante du père Lengyel, la jeune veuve, tout dégageait une impression d'innocence et de gaieté, comme si à cette époque toutes choses, même la mort, avaient été plus légères. Salomon avait montré du doigt le plafond et raconté l'histoire du nankin. Il avait grimpé en haut d'une échelle pour sortir à moitié de sa case le carton noir. Mon oncle le revoyait, le Salomon de 1907 au visage rieur sous une masse de cheveux noirs, debout sur l'échelle dans un costume gris tourterelle, qui agitait le carton afin de montrer qu'il ne s'agissait pas d'un mirage.

Depuis cette matinée, chaque fois que mon oncle se rendait à la boutique (le père Lengyel dès qu'il l'apercevait levait les bras et poussait un petit cri de satisfaction où perçait une touche de condescendance, comme pour un messie qui arriverait tout de même un peu tard, et où l'on ne savait pas bien si l'on entendait le mélange de familiarité forcée et de méfiance du Juif pour le goy ou des pères pour les amis des fils), il lui semblait que près du plafond, dans le casier secret, gisait une belle endormie, odorante et blanche dans les ténèbres, que ses caresses et ses murmures auraient pu réveiller.

Il se disait que l'origine française des Rocoule, leur émigration en Allemagne, et maintenant cet ami juif qui lui tombait du ciel, dessinaient un destin qui rappelait celui de son poète préféré : Heine n'était-il pas un Juif allemand qui avait écrit en français ?

Salomon, sur son échelle, se disait la même chose : le morceau de nankin que personne n'avait jamais osé regarder lui paraissait la vieille peau que le génie avait abandonnée pour se glisser dans une nouvelle enveloppe. Et cette nouvelle peau, il avait bien l'impression que c'était la sienne (lorsqu'il se disait cela, il la sentait d'ailleurs frissonner). Ce pressentiment de métempsycose se trouvait renforcé par ce petit Rocoule, dont il avait l'intention de faire son meilleur ami puisqu'il parlait la langue que Heine avait tant aimée. (De la même façon, plus tard, la faillite du tailleur lui parut annoncer l'éclosion du poète.)

Et chacun voyant pour ainsi dire en l'autre la confirmation vivante de son génie, ils s'aimaient et, sortant bras dessus bras dessous de la boutique, se rendaient à pied jusqu'à S., au Café Nicolaï.

Là, assis côte à côte, les yeux aux trois quarts fermés pour se protéger du fil à plomb de la fumée des cigarettes qui pendaient à leurs lèvres, de longues heures durant ils guettaient dans leur épigastre l'éclosion délicate du génie poétique. (Mon oncle songeait à une épopée sarcastique qui retracerait les errances des Rocoule, Salomon à un long poème lyrique et maritime où son âme secrète emprunterait les traits du Hollandais volant.)

C'est au cours de l'une de ses rêveries qu'ils conçurent, à défaut de ces deux chefs-d'œuvre qui semblaient rester coincés au fond de leurs entrailles, l'idée de leur première opérette *Harry et Cie* (1910). Cette œuvre de jeunesse, ils y repensaient avec les années de plus en plus souvent, mais sans jamais se le dire, tantôt saisis d'un tendre chagrin comme s'ils revoyaient une enfant morte, tantôt d'une tendre gaieté comme la putain qui les dépucela :

HARRY ET CIE

Acte I.
Premier tableau. Harry, dans la boutique de son oncle, écrit des poèmes allongé dans les casiers à tissus. Quand un client survient, il se cache. Son oncle fait l'article au client tandis que lui relit un poème d'amour qu'il vient de composer (duo irrésistible).

Un jour qu'il est seul, une belle dame mystérieuse pénètre dans la boutique. Elle porte au doigt une étrange bague d'argent avec un motif à têtes de serpents entrecroisées. Elle fait prendre ses mesures et invite Harry dans sa propriété afin de préciser certains détails de la robe qu'elle désire. Mais il doit venir sans en parler à personne, de nuit, conduit dans une voiture aux rideaux tirés.

Second tableau. La nuit, Harry est introduit par un mystérieux valet dans un château désert et plongé dans l'obscurité. On le conduit à la chambre de la dame mystérieuse. Elle est alitée et se prétend fort malade. Elle lui avoue qu'elle est une princesse italienne qui doit bientôt retourner dans son pays. Puis elle lui fait signe de sortir d'un tiroir une cassette. Il l'ouvre et y découvre des bijoux, des perles. La princesse lui dit qu'ils doivent être cousus sur la robe. Elle les lui confie en lui demandant de lui apporter la robe en Italie lorsqu'elle sera achevée. Ne sachant trop s'il rêve ou s'il est éveillé, Harry échange un long baiser d'adieu avec la dame avant d'être raccompagné.

Acte II.
Premier tableau. Un chemin de montagne en Italie. Harry est arrêté en pleine forêt par deux douaniers impériaux à cheval. On défait son bagage, on déploie la robe sur l'herbe du talus et il apprend que les bijoux qui parent la robe ont été volés deux ans auparavant à Vienne, qu'il a sans doute été le jouet d'un stratagème destiné à les faire passer en Italie. Un complice, arrêté, a vendu la mèche et livré le nom de Harry aux autorités. Celui-ci, traîné derrière le cheval d'un douanier et enchaîné à un brigand pittoresque, clame le désespoir de l'amour trahi tandis que son compagnon de chaînes décrit tous les cachots qu'il a connus (duo irrésistible). Mais une troupe de brigands survient et libère les prisonniers. Harry récupère la robe et suit les brigands dans la forêt.

Second tableau. Harry est contraint de se joindre aux brigands. Troupe pittoresque. Il leur écrit des chansons à boire, rédige leurs lettres d'amour. La robe est pendue à un arbre, Harry leur a fait croire que les bijoux ne sont que de la pacotille mais un nain, membre de la bande, semble soupçonner leur valeur. Une caravane de bohémiens vient camper à proximité et Harry se fait lire les lignes de la main par une jeune Gitane qui n'est pas indifférente à son charme. Elle lui dit que la demeure où Harry devait livrer la robe n'est guère éloignée et que les bohémiens comptent s'y rendre afin de divertir par leurs chants et leurs danses les maîtres des lieux et leurs invités. Harry décide de se déguiser et de se joindre à la troupe afin de se venger. Il quitte le camp des brigands, emmenant avec lui la robe, et suivi en cachette par le nain.

Acte III.

?

À la dernière scène, Harry pleure la belle dame mystérieuse dont il a causé la mort sans le vouloir, et s'en retourne plein de mélancolie après avoir donné la robe à la petite Gitane (version Lengyel).

À la dernière scène, la belle dame mystérieuse s'échappe en tuant la jeune bohémienne que Harry, la mort dans l'âme, enterre dans la forêt, revêtue de la robe aux diamants (version Rocoule).

Les années effacèrent peu à peu jusqu'au souvenir de l'espoir d'être un jour les Heine de Marsovie et ils oublièrent le nankin dans son casier obscur. Jusqu'à ce que, à l'hiver 1935, un événement imprévu vienne le rappeler à la mémoire de Salomon.

À cette époque une horde de rats se mit à attaquer la réserve de tissus. Invisibles et silencieux, ils opéraient de nuit, leur existence n'était avérée que par les ravages que Salomon constatait quand il se sentait le cœur de monter à l'échelle et plonger sa tête dans les casiers. Ces retors ne se contentaient pas de grignoter les rames mais y foraient un trou, un véritable puits où ils s'enfonçaient, poussés par une rage et un élan hystériques, au point qu'ils semblaient à la recherche, comme le père Ebenweiller, de la flanelle idéale.

Pendant près de trois ans Salomon prépara une série de décoctions raticides : petites boulettes de poison qui parsemaient la cour intérieure de taches bleues semblables à des larmes de fée ; pâtes de fromages puants dissimulées dans les recoins les plus obscurs que les rats ignoraient au point qu'elles se transformaient en pourritures aux barbes cotonneuses, qui leur donnaient un air si vénérable que Salomon, saisi d'une terreur respectueuse, n'osait s'en débarrasser.

Pendant l'été 1938, au moment des accords de Munich, il crut trouver le remède final (comme Chamberlain), mais si terrible qu'il se demanda bientôt si la médecine ne s'avérerait pas plus terrible que le mal (comme Daladier). Il découvrit en effet que les rats, si rusés et difficiles, s'abandonnaient à la goinfrerie quand ils tombaient devant un salami à la fleur d'acacia.

Or il se trouvait que Salomon, pourtant peu porté sur la bonne chère (parcourant le menu d'Arden, ses yeux, attentifs et prestes comme une libellule au-dessus d'un cours d'eau, tentaient toujours d'éviter de se poser sur les mots « rognons à la Clérambault »), raffolait du salami à la fleur d'acacia, spécialité marsovienne si fameuse que le salami hongrois d'importation ne semblait être autorisé à pénétrer en Marsovie que pour fournir à ses habitants un sujet supplémentaire de commisération. Dans sa jeunesse, accoudé au comptoir du Café Nicolaï, bercé par les airs de *La veuve joyeuse*, il aimait à en déguster de fines rondelles. Les effluves sucrés, fleuris, qui remontaient dans ses narines lui semblaient l'arôme de la liberté, d'une terre lointaine dont il sentait déjà les parfums. À cette époque d'ailleurs, il n'appréciait pas véritablement le salami à la fleur d'acacia ; sa fadeur suintante, le gras de suif qui emplissait sa bouche et coulait le long de sa gorge, l'écœuraient même un peu. Dans son imagination maritime, chaque bouchée avalée avec effort lui semblait toutefois un coup d'aviron qui l'éloignait un peu plus du morne îlot de la boutique Lengyel. Et il aurait même aimé qu'en passant sur le boulevard Karoly son père l'aperçoive déposer lentement sur sa langue la dernière rondelle et la savourer les yeux fermés, telle une hostie.

Mais près de quarante années s'étaient écoulées et Salomon n'avait pas quitté S., pas même la boutique Lengyel. Et s'il ne respectait toujours pas les interdits mosaïques, il en éprouvait maintenant une culpabilité résignée, doucereuse comme une tranche de salami à l'acacia. Désormais il en engloutissait d'énormes morceaux en jetant des regards effarés à gauche et à droite car c'était depuis que son père était mort qu'il avait peur qu'il ne le voie. La honte de manger du salami à la fleur d'acacia lui était venue en même temps qu'il s'était mis à l'apprécier. Il lui arrivait de s'en repaître comme un animal, dans des crises secrètes de gourmandise dont personne n'aurait pu soupçonner un homme si frugal et maigre, et qui l'effrayaient lui-même.

Lors de ces crises, il avalait rondelle sur rondelle, persuadé chaque fois qu'il en avalait une que ce serait la prochaine qui lui révélerait enfin la plénitude de l'arôme du salami à l'acacia. Au bout de cinq ou six cents grammes, il lui semblait que c'était non plus le salami qu'il ingurgitait mais la boutique Lengyel et tous ses tissus. Il croyait engloutir la rue Tomashek, le ciel qui la surplombait, et se sentait enfler, enfler, au point d'imaginer faire chanter les étoiles en se caressant le ventre.

Un soir, bercé dans une rêverie scénaristique par la voix d'Esther Rety chantant sur le phono les airs de *Casanova*, il expédia la moitié d'un salami sans vraiment s'en apercevoir. Saisi par la honte au sortir du songe, le cœur retourné, il ramassa avec dégoût la rondelle qui restait sur l'assiette et, en remontant dans sa chambre, la coinça dans la tapette à souris cachée sous l'escalier.

Le lendemain, deux rats gisaient près du piège, le poil encore hérissé sous des plaques de sang caillé. Ils paraissaient s'être affrontés en un duel sans merci pour la conquête de la rondelle. Entre les babines retroussées du vainqueur le petit morceau restait accroché à deux petites dents blanches. Les têtes d'épingles des yeux exprimaient encore la rage d'être mort avant d'avoir pu le déguster.

Aussitôt Salomon se précipita à l'étage où officiait Hannah, la femme de ménage. C'était leur ancienne bonne, qui avait vécu avec eux vingt ans auparavant, avant la mort d'Ottla. Une ou deux fois par semaine elle passait faire une petite visite, disait-elle. Mais il semblait à Salomon que, plus qu'à lui, c'était à d'anciennes habitudes. Furetant des yeux, narines écartées, elle avait l'air de les flairer. Sans traîner, elle grimpait à l'étage et dans la chambre à coucher racontait les potins de la rue Tomashek à la photographie d'Ottla encadrée au-dessus du lit conjugal. Elle époussetait la table de chevet avec son tablier, tapotait le duvet, recentrait l'oreiller, avec de petits gestes, comme on nettoie une tombe. Une tête large au visage couvert de taches de rousseur, un nez épais lui donnaient l'air d'un lion. Elle rappelait à Salomon une grande actrice allemande dont le génie venait peut-être du fait qu'on se demandait toujours si elle n'était pas un travesti. Le malaise qu'elle lui inspirait était accentué par sa coiffure bizarre, composée au-dessus des oreilles de deux larges macarons lovés comme des serpents.

Salomon, sans un mot, la saisit par le bras et lui fit dévaler les escaliers. Depuis des années, elle doutait de l'existence des rats et il allait lui faire constater la preuve de sa stupidité. Arrivant en dandinant, elle leva les bras au ciel devant l'horreur du spectacle, qui de plus annonçait un supplément de ménage.

Salomon, les bras croisés sur la poitrine, stupéfait d'avoir trouvé l'arme absolue contre les destructeurs du fonds Lengyel et qu'elle fût précisément son mets favori.

Alors commença l'hécatombe des rats. Macérées dans une soupe de strichnine, les rondelles de salami à l'acacia les affolaient. La nuit, on entendait des épopées autour des tranches. Un long cri aigu quand une canine transperçait une veine d'un cou. Les yeux ne savaient comment échapper à leurs remuements soyeux dans l'ombre, ni les oreilles à leurs cavalcades soudaines. La nuit, Salomon ne descendait plus jamais dans la boutique, et se bourrait les oreilles de coton pour ne pas être éveillé par le brouhaha des massacres.

Quand la guerre arriva, ils semblaient tous exterminés. À peine si de temps à autre une vieille flanelle paraissait avoir été vaguement grignotée, sans doute par quelque moribond nostalgique.

Il était temps car, dès l'hiver 42, les restrictions alimentaires firent du salami à la fleur d'acacia une denrée introuvable, et Salomon ne parvint plus à s'en procurer, même par l'intermédiaire de l'oncle Alex.

Il ne lui en restait plus qu'une moitié, mais farcie à la strichnine. Il alla la cacher dans le placard de la cuisine, derrière une passoire, et de temps en temps allait y jeter un coup d'œil, car désormais, en reniflant le doux parfum de miel et de fumée, il croyait respirer la promesse de jours meilleurs.

Il se disait alors qu'il ressemblait au vieux baron von F., le héros de leur opérette *Loth s'amuse*, quand, à la fin du premier acte, il ouvre une armoire et, en respirant l'odeur de linge frais du trousseau de sa fille, se souvient de ses premières amours.

Il s'agissait de leur dernier ouvrage, qu'ils avaient achevé un peu avant le déclenchement de la guerre. Dès sa conception, sans qu'ils sachent pourquoi, ils y avaient senti l'œuvre qui les révélerait enfin au public stupéfait. Le livret plaisait tellement à l'oncle Alex qu'il avait décidé de l'envoyer à Richard Strauss, dont la rumeur disait qu'il ne trouvait pas de librettiste. Il rédigea même une dédicace qui devait orner l'envoi, un épais cahier de feuilles dactylographiées en caractères mauves protégé par une couverture de carton azur.

LOTH S'AMUSE

Acte I. Le baron von F., vieux Don Juan ruiné et fatigué par tous ses voyages, revient à Vienne après une absence de plus de vingt ans.

La guerre vient de finir, l'ancienne société a bien

changé dans ses vastes salons sans chauffage. Tous ses contemporains sont morts ou devenus comme lui des demi-vieillards.

L'état lamentable de ses affaires le conduit à mener une vie de pique-assiette mondain. Il joue le rôle de l'amuseur, d'oncle Franzie, réservoir inépuisable d'anecdotes cocasses sur le bon vieux temps.

Dans la petite chambre d'hôtel où il est contraint de vivre lorsqu'il n'est invité nulle part, il invente des anecdotes et répète les gestes et les intonations dont il se servira pour les raconter.

Il a du mal à se renouveler et de plus en plus souvent ses interlocuteurs achèvent ses histoires avant lui! Sa vue baisse, il arrive difficilement à relire ses notes.

Heureusement, son imagination est aidée par la musique que joue au piano le pensionnaire de la chambre voisine, un jeune compositeur sans le sou.

Un jour, inquiet de ne plus l'entendre, il regarde par une petite fente dans le mur et se rend compte que le jeune homme est en train de se pendre au lustre. Il se précipite dans la chambre, le décroche, le ranime et tente de le réconforter.

Le jeune homme, qui s'appelle Mandryka, lui apprend qu'il a voulu se tuer parce qu'il est passionnément épris d'une jeune fille de l'aristocratie avec laquelle il a échangé des regards tout en jouant du violon dans un orchestre lors d'un bal mondain. Toutes les nuits, en rentrant du café où il joue pour gagner sa vie, il passe sous ses fenêtres sans jamais l'apercevoir. Une fois, il a même sifflé un air pour l'attirer, mais le rideau n'a pas bougé : elle doit dormir à cette heure tardive. Il désespère de jamais la revoir. Ce brave jeune homme s'exprime difficilement car il est affligé d'un léger bégaiement (air irrésistible). Et les brouillons de lettres d'amour qu'il montre à l'oncle Franzie témoignent d'une égale maladresse littéraire : ses déclarations sont brutales, ou bien si chantournées qu'on n'y comprend rien.

Franzie lui promet de lui apprendre « à parler, à écrire, et même à faire des vers », puis de l'introduire dans le monde. En échange, il lui demande de composer pour lui des valses qu'il pourrait faire semblant d'improviser dans les salons. Ce nouveau talent rafraîchirait l'intérêt qu'on lui porte. Il ne serait plus obligé de répéter à tout bout de champ les mêmes anecdotes, si usées qu'il est obligé d'en gonfler les péripéties « comme en ce temps d'inflation les chiffres sur les billets ». Le jeune homme accepte ; il méprise d'ailleurs les valses qu'il improvise au piano dans les cafés.

Acte II. L'oncle Franzie a réussi à se faire inviter chez l'une de ses anciennes maîtresses, la baronne Schpütz, une grosse dame à demi impotente, veuve d'un riche banquier. Avant l'arrivée des invités, ils échangent des propos parfois aigres, parfois tendres, tandis qu'il la pousse dans son fauteuil roulant. On apprend que, jadis, il l'a abandonnée pour une autre.

La soirée commence. Le baron, particulièrement en forme, charme l'assemblée en jouant au piano une petite valse de sa composition. Lisa, la fille de la baronne, fait alors son apparition au bras de son fiancé et semble fascinée par Franzie. Plus tard, elle s'assoit à ses côtés, l'interroge sur sa vie et lui demande de rejouer pour elle la valse. Elle la chantonne en fermant les yeux. Puis ils échangent un regard, un sourire, et voilà notre vieux amoureux !

Dans toutes les soirées qu'il fréquente, il recherche maintenant Lisa, qui essaie d'échapper à son fiancé officiel, un bellâtre coureur de dot qui semble l'exaspérer. Un soir, elle avoue au vieux baron qu'elle l'aime (« J'ai cru en aimer un autre, lui dit-elle, mais maintenant je sais que c'est vous que j'attendais »).

Se rendant compte de son manège, la baronne Schpütz invite Franzie un matin et lui apprend que Lisa est sans doute sa fille (« sa fille » version Rocoule, « peut-être sa fille » version Lengyel). Il comprend maintenant pourquoi naguère « la baronne s'est vite consolée avec le premier banquier venu » !

Le soir, dans sa chambre d'hôtel, Franzie est en proie aux plus cruels tourments. L'incrédulité, la passion, le remords, la honte l'empêchent d'y voir clair.

D'ailleurs, il y voit de moins en moins et se cogne à tous les meubles.

Cela lui semble un signe du Destin : « Elle sera mon Antigone ! »

Il décide de s'enfuir avec Lisa avant qu'elle n'épouse l'imbécile de fiancé. Plein d'allant, il frappe chez son jeune voisin : il le fera inviter demain pour jouer lors de la réception donnée lors des fiançailles de Lisa : tout Vienne sera présent, et il retrouvera sans doute celle qu'il aime.

Acte III. La réception de fiançailles chez la baronne Schpütz.

Dans la confusion du bal, tout le monde se court après : la mère après Franzie, le fiancé après Lisa, Lisa après Franzie. Parvenant à s'isoler, les amoureux préparent leur fuite : elle se réfugiera à minuit dans la bibliothèque et quand elle entendra dans le jardin siffler la valse elle le rejoindra en descendant par une échelle et ils s'enfuiront pour Paris.

Franzie retourne dans la salle, où il retrouve

Mandryka. Quand il lui demande s'il a aperçu sa bien-aimée, celui-ci, le visage enflammé, lui apprend qu'il s'agit de Lisa (« ce que j'espère que le dernier des abrutis avachi au poulailler aura compris au premier acte » version Salomon).

Franzie comprend tout : si Lisa avait l'impression de connaître la valse, c'est qu'elle l'avait entendu siffler sous ses fenêtres dans son sommeil.

Franzie ne dit rien. Mais il emmène le jeune homme avec lui dans le jardin, et là lui demande de chanter sa valse pour voir apparaître sa bien-aimée. Mais sur quelles paroles? Celles justement que le vieux baron va lui souffler. Mandryka s'exécute et Lisa paraît.

Elle est troublée quand elle reconnaît le jeune homme, celui-ci balbutie, ne sait que dire. Franzie lui souffle alors une déclaration d'amour passionnée (duo particulièrement chromatique).

Bouleversée, Lisa lui dit qu'avant de le rejoindre elle doit absolument retourner un moment à la réception.

Franzie y retourne aussi, se doutant qu'elle veut lui parler.

Scène finale entre le père et la fille : ?

Ce fut par un lourd après-midi de juillet 1939, dans la boutique Lengyel (où, le soir même, ils devaient écouter la retransmission par la radio allemande de la première d'un opéra de Strauss), qu'ils achevèrent le scénario définitif.

Bien sûr, la fin manquait encore, mais cela ne les dérangeait guère, ils avaient pris l'habitude de ne jamais conclure. C'est dans les conclusions, avaient-ils cru remarquer, que la plupart des auteurs trahissent leur lamentable amateurisme. Eux ne concluaient pas. Non par manque d'inspiration, mais au contraire écœurés par son abondance, qui leur proposait chaque fois une série presque inépuisable de fins différentes. Alors, ne sachant jamais s'il valait mieux finir dans les rires ou dans les sanglots, sur un sourire ému (tendance Rocoule) ou par une larme gorgée d'ironie (tendance Lengyel), ils jouaient sans fin avec leur fin, retardaient la petite mort du dernier mot comme, disait l'oncle Alex, « un condamné à mort qui fout pour la dernière fois ».

Mon oncle apporta pour fêter l'occasion, drapée dans un papier de soie rose, une bouteille de vieux Pommard. Il fit jaillir des poches profondes de son grand manteau bleu deux verres qu'il déposa sur un escabeau de bois installé devant le grand fauteuil de cuir tandis que, sans un mot, conformément au rituel, Salomon allait chercher dans sa cuisine un minuscule tire-bouchon. L'étiquette de la bouteille, presque entièrement rongée par l'humidité, s'ornait de motifs irisés ressemblant à des lamelles de champignons. On y distinguait seulement deux grandes lettres calligraphiées à l'anglaise, un P majuscule et deux m minuscules.

Ces vieilles étiquettes évoquaient toujours pour Salomon un personnage fabuleusement riche et heureux dont il ne serait resté de la fortune qu'une bouteille, concentré mystérieux de volupté.

Mon oncle fit couler deux fines cascades dans chaque verre de l'air impavide, presque absent, du sommelier de classe internationale qui semble considérer que les petits glouglous du vin chantonnent des secrets qu'il est convenable de ne pas écouter. Puis, saisissant son verre d'un air sévère, il y ficha le nez.

« J'ai préparé la dédicace à Strauss, lâcha-t-il et sa voix résonna dans le verre. J'espère que tu n'y trouveras rien à redire », ajouta-t-il en relevant brusquement la tête, comme revigoré par les effluves pommardiers.

Salomon, toujours debout et immobile, ne disait rien. Cette histoire d'envoi à Strauss ne lui plaisait pas. À l'idée qu'on allait céder son œuvre à des mains étrangères, deux ombres se levaient en lui : le père qui refuse d'abandonner son enfant et le tailleur qui craint de n'avoir pas tiré le meilleur prix.

Tandis que mon oncle dépliait solennellement le feuillet minuscule qui contenait la dédicace à Strauss, Salomon, pour se donner une contenance, se dirigea vers le manteau de Mme Novak, qui semblait l'attendre avec résignation sur les épaules du mannequin. Il serra autour de son avant-bras un cercle de fer-blanc orné d'un coussinet sale (pourtant rose comme la chair fraîche sous une croûte qu'on vient d'arracher) et où étaient plantées des aiguilles. Il se mit à retirer une à une les aiguilles du manteau qu'à chaque fois il remplaçait par une autre, tirée du coussinet.

« J'ai tenté d'être simple et, pour ainsi dire, sobre dans le dithyrambe », précisa l'oncle Alex en chaussant ses lunettes et plissant les yeux avec une sorte de curiosité avide, bien qu'il connût son texte par cœur. Puis il s'éclaircit la gorge, comme si la dédicace devait être chantée dans une certaine tonalité. « Au plus grand compositeur de notre temps, à Richard Strauss, maître incontesté de la musique allemande, héritier de Mozart... »

Il modula sa lecture avec un art consommé : commençant dans l'éclat de l'apostrophe, elle s'achevait sur un murmure d'une délicatesse amoureuse interrompu par un brusque arrachage de lunettes et relevé de tête. Il fixait Salomon, son petit museau de renard dressé au plafond.

Salomon abandonna son repiquage, s'approcha du tabouret d'un air absent et saisit le verre de Pommard. Il le renifla et d'un geste brusque s'en lança un mince filet dans le gosier. (Salomon avait toujours entretenu un rapport étrange et difficile avec le vin. Quand il le lampait, il n'aimait pas sa souplesse acide, instable, fuyante, et quand il le dégustait comme le lui avait appris l'oncle Alex au Café Nicolaï en 1915, il avait l'impression que des ruisseaux de sueur et de terre jaillissaient sur sa langue.)

Il garda un instant le vin dans la bouche, gonfla les joues et finit par l'avaler avec un bruit de glotte sec et bref semblable à celui d'un loquet qu'on claque.

Cet exercice parut lui décoller la langue car aussitôt après il demanda :

« Pourquoi "allemande"? Pourquoi "musique allemande"? Le vieux salaud est tellement mégalomane qu'il risque de prendre ça pour une restriction. "Musique" serait préférable. »

Un large sourire illuminait la figure de l'oncle Alex. Il se renversa dans le fauteuil de cuir et croisa les jambes d'un mouvement sec, comme pour décapiter l'objection. Il s'était bien douté que, défavorable à son projet, il ne manquerait pas d'attaquer la dédicace d'une volée de pinailleries rabbiniques. S'il avait utilisé l'expression « musique allemande », c'était comme d'un piège auquel il devinait que Salomon se laisserait prendre.

« Tu ne comprends pas la finesse de la chose, susurra-t-il en fermant les yeux. "Musique allemande" est un clin d'œil que je lui adresse. Je lui fais comprendre que nous nous comprenons. Si je mettais "musique" tout court, j'aurais l'air de laisser entendre qu'il existe quelque part dans l'univers, en Patagonie ou à Monte-Carlo, en tout cas ailleurs qu'en Allemagne, quelque chose qui mérite l'appellation "musique". Et laisser entendre cela, pour le vieux, c'est déjà une faute de goût. »

Mais l'oncle Alex ne savoura pas longtemps son triomphe. À peine avait-il terminé que Salomon lâcha d'un ton lugubre :

« Il y a encore une chose qui me chiffonne. »

Un silence de mort tomba sur la boutique.

Le ciel devait s'être couvert de nuées car la rue Tomashek était devenue sombre.

Quand Salomon utilisait cette expression, mon oncle fermait les yeux et rameutait en lui l'énergie.

« Quoi ? » finit-il par demander. Car Salomon joignait à la cruauté de toujours présenter une objection le sadisme de ne jamais la développer avant d'en être prié.

« C'est le "de notre temps", consentit-il à révéler.

— Tu trouves ça "restrictif" aussi !? répliqua mon oncle en se frappant les cuisses, outré de la grossièreté de l'attaque. Je ne peux tout de même pas mettre "de tous les temps" ! Je tomberais dans la flagornerie ! Sans compter que tu serais alors fichu de me dire que "de tous les temps" ne renvoie finalement qu'au passé et que je laisse ainsi entendre que peut-être dans l'avenir il sera égalé !

— Ce n'est pas cela, dit doucement Salomon. Mais le "de notre temps" a l'air de dire : Oui, bien sûr, à notre époque, Richard Strauss est le plus grand compositeur, mais à celle de Mozart peut-être n'aurait-il été que *Kapellmeister* à Brno.

— C'est une remarque tout à fait déplacée », laissa tomber mon oncle d'une voix morne, par réflexe. Mais sa tête s'allongea, ses narines et ses lèvres se pincèrent, tout son visage semblait crier : « C'est une remarque tout à fait excellente que j'aurais dû me faire plus tôt. »

« Alors contentons-nous de l'"héritier de Mozart". C'est finalement ce qu'il y a de plus fort, ajouta-t-il d'un ton mélancolique mais réconcilié, comme un philosophe tout étonné de se retrouver après une longue errance de la pensée dans l'enclos des vérités premières.

— Peut-être », murmura Salomon.

Un silence s'installa, qui semblait définitif. Mon oncle n'osait pas bouger. Salomon, les mains sur les hanches, une moue résignée aux lèvres, paraissait disposé à faire grâce.

« Encore que c'est aussi ambigu », reprit-il tout à coup. Et mon oncle sut que désormais plus rien ne pourrait l'arrêter.

« L'"héritier de Mozart" c'est bien joli, mais la richesse de l'héritage ne présage en rien de l'opulence de l'héritier. Regarde-moi. L'oncle Lengyel de Budapest était riche, mais quand on a eu fini de partager le gâteau entre ses cinquante-six neveux et nièces répertoriés, il ne m'est pas resté de quoi retapisser tous les murs de la boutique. C'est facile d'être héritier. Où est le mérite ? Pourquoi les héritiers de Mozart ne ressembleraient-ils pas aux héritiers de Lengyel avec leurs vieilles boutiques moisies à demi retapissées ? »

Mon oncle jeta un coup d'œil affolé autour de

lui, terrifié à l'idée que Richard Strauss puisse s'imaginer qu'on comparait ses opéras aux murs couverts de chiures de mouches des établissements Lengyel.

« Non, vraiment, tu m'excuseras, mais cette expression éculée "héritier de Mozart" ne vaut pas grand-chose. Ou alors, ajouta-t-il avec un fin sourire, il faudrait dire "héritier unique, en ligne directe, et exempt de droits de succession, de Mozart". »

Il était lancé, et rien ne résisterait à son pouvoir de destruction. Maintenant, à chaque nouvel argument, il retirait une épingle et la piquait sur le revers de sa veste, comme pour marquer un point, oubliant qu'il détruisait ainsi non seulement la dédicace à Strauss mais aussi le bâti du manteau de Mme Novak. Il lui faudrait une fois encore le reprendre demain matin.

« Sans compter que "maître incontesté" peut aussi prêter à discussion. Pourquoi "incontesté"? C'est un adjectif de réclame pour le badaud, le schlemihl qui se balade dans la rue la tête en l'air et les mains croisées dans le dos. On a l'air de chercher à le rassurer, car personne ne prend la peine d'utiliser à propos de quoi que ce soit l'adjectif "incontesté" si cette chose n'est pas contestée en quelque façon. L'adjectif "incontesté" ne signifie rien d'autre que "contesté par d'autres, bien sûr, mais pas par moi". C'est l'adjectif favori de tous les politiciens auxquels la révolution vient tirer les pieds la nuit dans leurs cauchemars. Tu crois que Goebbels va s'amuser à présenter sur les ondes "Adolph Hitler, le Führer *incontesté* du peuple allemand" ? ou que Radio Moscou va annoncer une allocution du "camarade Joseph

Staline, l'*incontesté* premier secrétaire du Parti communiste d'Union soviétique"? Et en plus tu ajoutes "maître"!!! C'est vraiment le coup de grâce académique! Regardez le vieux père Strauss, le vieux maître de chapelle, le brave vieux concierge du génie allemand qui bringueballe sur ses cuisses son gros trousseau de clefs chromatiques!

— Tu peux t'arrêter? » gémit l'oncle Alex, d'une voix d'outre-tombe. Renversant la tête en arrière, il l'avait recouverte du livret ouvert de *Loth s'amuse*.

Ce qui ne l'empêcha pas de l'expédier tout de même quelques jours plus tard à Garmisch, amputé de sa dédicace. Il l'avait remplacée par une simple carte de visite où il avait trouvé la place de préciser que son aïeule, la fameuse Mme de Rocoule, avait appris le français à Frédéric et à Wilhelmine.

Mais il ne reçut aucune réponse jusqu'à ce jour de l'hiver 42 où un petit mot dactylographié (une seule phrase!) arriva à Arden. On y lisait, en français : « *Le maître Richard Strauss ne saurait prendre en considération des ébauches inspirées par la débauche.* » Un P.-S. étrange, tracé à la main, d'une écriture emportée, à peine lisible, ajoutait en allemand : « Surtout au prix demandé! »

« *Must be the wife* » fut le seul commentaire de mon oncle, qu'il proféra d'un ton calme en refermant d'un brusque relevé d'index le livret où il venait de glisser la lettre.

Le Pommard descendu (l'oncle Alex y trouva une consolation, Salomon l'apaisement de sa verve), ils décidèrent de changer de controverse : quelle fin choisir pour *Loth s'amuse*?

Chacun reprit la pose qui convenait le mieux à son inspiration. Mon oncle tendit et croisa les jambes, ferma les yeux, appuya les bouts des doigts de la main gauche contre ceux de la main droite, formant ainsi sous son nez une petite tente où se dissimulait sa bouche, peut-être par crainte, si l'inspiration venait à jaillir, de laisser disparaître dans les airs la fin idéale.

Salomon s'était remis à arpenter lentement les planches de sa boutique, les mains dans les poches, le dos de plus en plus courbé. Et bientôt une torpeur les envahit, effet du Pommard, de la lourde chaleur de cet après-midi d'été, et peut-être de la pitié ou de l'ironie des Muses.

Au travers de la vitrine, dans la lumière écrasante de ces après-midi d'été qui, sans crier gare, semblent avoir accouché de l'éternité, ils n'apercevaient que la façade noire de l'immeuble d'en face, semblable à la coque d'un énorme navire aperçue d'une petite barque. Un rayon de lumière y tombait à l'oblique, éclairant avec netteté les bosses et les trous de la pierre grêlée. Chaque trou contenait du côté droit un petit croissant d'ombre plus noir que la pierre.

De temps à autre, un nuage de poussière jaune s'engouffrait dans la rue en faisant cliqueter un tapis de feuilles de tournesol sèches et racornies. Et ce bruit, peut-être parce qu'il faisait penser à la cascade sans fin d'un rideau de perles qu'une silhouette vient de traverser, donnait l'impression que quelqu'un allait entrer dans la boutique.

Mon oncle, craignant de s'endormir, rouvrit les yeux et aperçut Salomon qui, tête renversée, finissait son verre de Pommard. *Reine de tragédie qui s'empoisonne quand le rideau tombe*, songea-t-il dans un de ces accès de français qui lui montaient parfois. Le Pommard lui faisait battre les tempes et enflammait ses joues, son regard embrumé croyait distinguer dans la vitre de la cabine d'essayage une trogne enflammée. Un délicat chatouillis se promenait sur les ailes de son nez. *Couperose te voilà*, se dit-il. *Stigmates de Bacchus. Aussi nobles que les autres. Chaque culte a ses martyrs. Rare de voir un Juif couperosé. Pas lui en tout cas. Cheveux de patriarche, douce peau de Jésus. Il doit pourtant bien y en avoir qui boivent. En cachette. Comme ils forniquent. Allez donc, encore une goutte. On croirait qu'il s'envoie le calice. Le garde dans la bouche comme une bolée de pisse. Certains Juifs pourtant amateurs de vinailles. Rothschild. David. Canaa. Le Sauveur lui-même. Patron des sommeliers. Peut-être les amateurs sont-ils tous devenus chrétiens. « Et mes yeux verront d'étranges choses ». Ottla ne crachait pas dessus. Me souriait toujours quand elle portait le verre à ses lèvres. Sage et lascive. Plus gaie que lui. Pauvre Ottla, dans quel état es-tu maintenant ? Les pourritures nobles. Leurs fosses à Zemlinska. Chacun sa fin du monde. Jamais foutu de me rappeler s'ils croient à la résurrection des corps. Vu l'usage qu'ils en font. Ce soir-là. Son regard qui brillait.* Et mon oncle ferma à nouveau les yeux. *Face grassette mais pas désagréable. Le pli dans le cou sous sa boucle d'oreille quand elle tournait la tête. La ligne de duvet noir. Voix grave, voix rauque. Lourde poitrine. A remonté sa photo dans sa chambre. Peut-être discutent-ils le soir. Bien le genre de Salomon. Doit tourniquer autour du lit. L'abreuver de dilemmes. Inlassable patience des morts. Son doux sourire. L'indulgence des femmes, la tendresse, le sacrifice et tout à coup on se demande si elles ne nous prennent pas pour le dernier des couillons. Les amoureuses. Le ciel nous préserve des amoureuses. Confusion du braquemart et de l'hostie. Ce type au café qui disait : « J'aime les femmes, j'aime l'amour, mais je me demande parfois si les deux vont bien ensemble. » Pas mal, ça. À replacer dans une scène. « Hélas, que veux-tu, pour nous l'amour c'est les femmes. » Très bon. Je me demande si je ne l'ai pas lu quelque part. Il vaudrait peut-être mieux transformer. « Hélas, que veux-tu, pour nous, les femmes, c'est toujours plus ou moins l'amour. » Moins bon. Plus subtil pourtant en un sens. Pas à la portée du premier couillon venu.*

Satisfait, mon oncle ouvrit les yeux et lorsqu'il aperçut la bouteille de Pommard une idée de scénario fondit sur lui.

Une bouteille de vin. La vie d'une bouteille de vin. À la *Schnitzler*. On n'arrive jamais à la boire.

Le rideau se lève. Vaste cave. On met le vin en bouteilles. Tokay 1898. On colle la belle étiquette en enviant ceux qui vont déguster un tel nectar.

Un étudiant sacrifie ses économies pour l'acheter, la rapporte à petits pas dans sa garçonnière. Il l'ouvre lentement, dispose autour deux verres de cristal. Sa maîtresse, une femme mariée, doit venir le rejoindre. Il espère dire adieu à son pucelage.

Mais les choses se passent mal. Dispute. La belle s'en va en claquant la porte. Accablé, il reste seul avec les deux verres remplis auxquels ils n'ont pas touché. Il reverse le vin dans la bouteille. Avale tout de même les gouttes au fond des verres. Rebouche la bouteille à la cire et la revend trois jours plus tard à un acteur célèbre.

L'acteur est frappé par une attaque en pleine représentation. Chez lui, sur son lit d'agonie, il demande à goûter au fameux tokay. On redébouche la bouteille, on lui en apporte un verre, il y trempe les lèvres, et expire. Tandis que défilent camarades et admirateurs, son valet de chambre remporte le plateau où trône encore le verre. Arrivé à l'office, il se l'enfile sans y faire attention et rebouche la bouteille à la cire.

Le niveau de la bouteille a un peu baissé. Cela ne lui donne que plus de valeur quand elle est vendue aux enchères avec d'autres souvenirs du grand comédien.

Des années passent, la bouteille change plusieurs fois de propriétaire au hasard des héritages, des guerres et des révolutions.

Un riche banquier l'achète. Peu de temps après, il donne un grand dîner et fièrement la présente à ses invités. Sous prétexte d'aller l'ouvrir, il la remporte dans les cuisines. Il l'ouvre, remplit son verre, transvase le restant dans une bouteille vide. Il remplit ensuite la précieuse bouteille d'un vin ordinaire avant de la rapporter à table.

Pendant le repas, il s'aperçoit que sa jeune femme échange des regards avec un officier. Furieux, le banquier boit de plus en plus. À la fin du repas, au moment du toast, il jette le contenu de son verre à la face de l'officier. Duel. Mort du banquier.

À l'office, les domestiques ont trouvé la vieille bouteille. Ils s'en sont servi une petite tournée qu'ils ont lampée cul sec avant de reboucher la bouteille à la cire et de la descendre à la cave.

Elle y reste des années, se couvrant de poussière et de toiles d'araignées. Par une nuit d'hiver, un cambrioleur pénètre dans la maison et, après avoir dérobé l'argenterie et les bijoux, s'enfuit par la cave. Au passage, il enlève la bouteille. Dans le froid de la rue, il la débouche et se réchauffe en descendant de longues rasades. Il pénètre dans un quartier de ruelles obscures et par une porte dérobée dans une bâtisse aux volets clos. À l'intérieur, chaleur, odeurs, musiques, c'est un bordel où il vient fourguer sa marchandise. Pour conclure l'affaire avec Madame, ils trinquent avec le vin de la bouteille. Le voleur parti, elle se rend dans le grand salon où ces messieurs folâtrent avec les pensionnaires à moitié dévêtues. Elle sert le restant de la bouteille aux habitués. L'un d'eux, qui s'apprêtait à monter avec une des filles, semble charmé par son goût. On reconnaît l'étudiant du début, vieilli de trente ans. Et tandis que la fille qu'il avait choisie l'aguiche sans succès, lui, rêveur, déguste son tokay.

L'oncle Alex, les yeux toujours fermés, esquissa un petit sourire, comme chaque fois qu'il parvenait à tirer doucement le fil d'un récit sans qu'il rompe. Il poussa un soupir de satisfaction, car il éprouvait alors le soulagement du capitaine qui vient d'acheminer une cargaison à bon port.

Les idées de scénario jaillissaient ainsi de ses moindres rêveries comme des confettis de la poche d'un fêtard quand il tire son mouchoir. Hélas, le premier émerveillement devant leur papillotis coloré dissipé, en les voyant gésir sur le parquet, il leur trouvait souvent l'air un peu défraîchi.

Il ouvrit les yeux. Une mouche avançait précautionneusement, méthodiquement, le long du goulot de la bouteille de Pommard, s'arrêtait un instant, puis reprenait sa marche, tête en bas. Le vent était tombé, et dans le goulet obscur de la rue Tomashek, sur le pan de mur éclairé par le soleil, la lumière du soir était d'un miel si brun qu'elle en devenait écœurante. Salomon n'arpentait plus les larges lattes du plancher, peut-être s'était-il assis derrière le comptoir et s'y était-il assoupi.

Mon oncle cherchait un titre pour sa nouvelle idée. *Le sommelier amoureux* lui vint à l'esprit, un titre malheureusement sans rapport avec son histoire, et qui le laissa un instant perplexe. Était-ce celui d'un autre récit encore tapi dans les profondeurs, une nasse vide remontée trop tôt ? Au lieu de la rejeter à l'eau, il essaya de trouver de quoi la remplir. Un sommelier amoureux, qu'est-ce que cela voulait dire ?

Un sommelier goûte un vin, il le reconnaît et cela lui permet de retrouver la femme qu'il aime ?

Mon oncle ferma les yeux et l'accablante lumière de fin d'après-midi disparut.

Un sommelier mène l'enquête pour retrouver une femme dont il ne se rappelle plus rien sinon le goût du vin qu'il a bu chez elle un soir de carnaval ?

Dissous dans la rêverie, il s'endormit.

Salomon, assis sur une chaise derrière le comptoir, sentait lui aussi le sommeil l'envahir.

Depuis quelques minutes, il caressait, tournait et retournait dans son esprit une idée pour la fin de *Loth* : finalement le vieux Franzie, se faisant passer pour un coureur de dot, explique à Lisa qu'il renonce à partir avec elle puisque sa mère la déshéritera. Jolie scène où il joue les cyniques alors qu'il est en train de devenir aveugle. Idée à introduire par touches légères dès le premier acte. Explique pourquoi il est si sensible aux odeurs. Sa façon de marcher, de regarder les gens. Il veut disparaître de sa vie. Touchante scène finale entre eux deux. Ton badin mais le public sait qu'il ne voit presque plus. Valse à écrire.

Sentant ses paupières s'alourdir, Salomon apercevait, au rez-de-chaussée de l'immeuble d'en face, un store de toile pourpre. Il remuait parfois au souffle d'un courant d'air, et Salomon croyait voir trembler le cœur de leur unique spectateur.

Il s'assoupissait, embaumé dans le charme de son idée, mais craignait qu'elle ne s'efface. S'il s'endormait, peut-être disparaîtrait-elle pour toujours de ce monde.

Un gargouillis de narines, un spasme de noyé, le tirèrent du gouffre où il sombrait. Il ne savait même plus de quel corps surgissait le ronflement, le sien ou celui de l'oncle Alex, et il se laissa à nouveau rouler au flanc de la douce pente obscure.

De plus en plus souvent, dans les premières ébauches du songe, il voyait Ottla s'avancer vers lui, un sourire indulgent et douloureux aux lèvres, un bouquet de fleurs à la main, telle qu'elle était sur la photo encadrée au-dessus de son lit. Derrière elle, il reconnaît la longue tête chauve du père Lengyel, dans le complet gris rayé qu'il n'avait pas confectionné lui-même mais acheté chez un tailleur chic de Bratislava où il avait tout passé en revue avec ce mélange d'ironie et d'indulgence des commerçants qui vont se fournir ailleurs. Un peu plus loin s'avance sa mère, une grande femme pâle dont le visage ressemble au sien. Elle porte une robe blanche et, à l'ombre d'un chapeau qu'il ne lui a jamais vu, son visage arbore l'air songeur qui était le sien à la fin de sa vie.

Le sourire d'Ottla semble demander pardon d'être remontée d'entre les morts. S'excuse-t-elle d'avoir osé accompagner ses parents ou au contraire de n'être pas parvenue à les semer en route ?

Les voilà dans la boutique et son père plaisante avec l'oncle Alex, lui tape sur l'épaule ; en l'écoutant raconter la scène d'une opérette il rit la bouche grande ouverte, rejetant la tête en arrière comme s'il en voyait des scènes au plafond. Tout à coup, le voilà faufilé près de Salomon, il a réduit de taille, on dirait un nain, un rictus déforme sa bouche. Il chuchote à son fils une malédiction pleine de haine, lui reproche cette activité ridicule, écrire des opérettes représente le comble du grotesque et de l'ignoble, c'est comme si son fils se vautrait dans la boue aux yeux de tous. Puis, accablé peut-être parce qu'il vient de retrouver sa taille normale, il soupire et lui annonce que sa mère est là et qu'elle doit interpréter le rôle principal de l'opérette qui va se donner ce soir même. Car on se trouve maintenant dans une pièce plus vaste que la boutique, une lumière laiteuse se répand au travers de longs voilages, et Salomon sait qu'on se trouve dans les bureaux d'un théâtre. « Tu feras bien ça pour ta mère, non ? » lâche son père, puis il va rejoindre sa femme dans une petite pièce qui se trouve à côté. Elle ressemble tellement à la salle à manger des Lengyel que le regard qui dirige le rêve semble effrayé d'y pénétrer. Salomon aperçoit pourtant sa mère assise à la table dans la pénombre. Sa tête est levée vers le plafond. Elle a l'air de souffrir et sa longue main pétrit sans fin son avant-bras. Puis il se retrouve agenouillé devant un mannequin. Ses mains piquent des épingles sur une grande robe grisâtre, couverte de plis. Elle est brodée de fils d'argent, parsemée d'une multitude de camées qui ressemblent à des coquillages et qui bougent, bruissent sans qu'on les touche. Salomon sait tout à coup qu'il doit confectionner à sa mère une robe pour la première. Le rideau se lèvera dans une demi-heure. Dans la pièce d'à côté sa mère, tache livide dans l'obscurité, est en train de mourir, depuis tout à l'heure un filet de voix de plus en plus ténu monte de sa chaise, elle est en train de chantonner la valse d'*Amour à louer* (« Serait-ce l'amour qui revient ? Ou bien un souvenir qui meurt ? »). Salomon doit finir la robe avant que la voix ne s'éteigne complètement car si elle parvient à chanter l'air sur scène sa mère sera sauvée. De temps à autre, son père apparaît dans l'embrasure de la porte, le regard d'un air morne, consulte sa montre et retourne dans le salon. Ses doigts sentent que le mannequin est tiède, palpitant, qu'il est devenu un corps vivant. Il lève la tête et découvre le visage d'Ottla. Elle sourit avec courage, les yeux à demi fermés. Il comprend que la confection de la robe représente pour elle un véritable supplice. Quelle affaire que cette robe ! se dit-il ; ses mains se perdent dans les plis, s'accrochent à des rivières de perles grises, s'enfouissent sous les coques qui bruissent et cliquettent. La robe a l'air d'être vivante, c'est elle qui respire. Ottla baisse les paupières, son visage se ferme comme certaines fleurs à l'approche de la nuit. Sa mère chantonne encore, mais sa voix est éraillée, et les paroles pleines de sarcasme. Son père apparaît une dernière fois dans l'embrasure de la porte, jette un coup d'œil à sa montre, se retourne en secouant la tête. Salomon relève la tête et voit l'oncle Alex debout auprès d'Ottla. Avec lui a fait irruption le bruit de la salle, le brouhaha des conversations, des instruments qui s'accordent. Souriant, une cigarette fichée entre les dents, mon oncle caresse l'épaule d'Ottla, puis, entre le pouce et l'index, tâte un morceau de la robe. Se penchant vers Salomon qui coud sans relâche, il lui murmure : « La fameuse étoffe » et Salomon se réveille.

Il redresse la tête. Comme l'eau sur le visage d'un plongeur qui surgit de la mer, les accents d'un orchestre ruissellent sur sa face. L'oncle Alex, debout devant le comptoir, souriant, lui secoue l'épaule avec douceur. Le halo ambré de la radio éclaire à peine la boutique plongée dans la pénombre de la nuit.

« Ça commence. Le vieux vient de faire son entrée dans la salle au bras du caporal de Bohême. Ça m'a donné l'idée d'un scénario... »

Mon oncle, enflammé parfois par l'étincelle de fantaisie sadique qui le poussait à parler du loup quand il se promenait avec son neveu Pierrot dans la forêt d'Arden, tirait de temps à autre un plaisir pervers à agiter la marionnette du Führer devant les yeux de Salomon. Le ton condescendant, ironique, mais non dénué d'une certaine affection avec lequel il prononçait les mots « le caporal de Bohême » offusquait Salomon, et c'est d'ailleurs pour cela que mon oncle utilisait l'expression. Il faisait partie de ces gens qui n'avaient jamais pu prendre Hitler au sérieux, riaient quand il apparaissait aux actualités et se moquaient de la frayeur et de la colère des Juifs. Et quand on leur opposait les lois raciales, la Nuit de Cristal, ils haussaient les épaules comme s'il était agi là d'événements déplorables et certes condamnables, mais qui relevaient de forces immuables, de calamités naturelles en quelque sorte, qui avaient malheureusement toujours poursuivi les Juifs et qu'ils étaient bien naïfs de croire destinées à s'arrêter un jour, calamités dont Hitler n'était pas plus responsable qu'un charlatan qui ferait croire aux badauds qu'il gouverne la course des nuages. Les succès de 1940 ne le firent pas changer d'avis puisque à ses yeux c'était l'armée allemande qui était à l'origine de la victoire du Reich, la « noblesse de Prusse », disait-il d'un air entendu, détournant le regard en homme qui connaît le dessous des cartes et ne veut pas se donner le ridicule de s'expliquer davantage. Quand en 1939 les réfugiés s'abattirent sur la Marsovie, lorsqu'en 1942 le rationnement alimentaire fut instauré, au moment où en 1944 la perspective d'être occupé par la Werhmacht ou par l'Armée rouge, ou par les deux à la fois, apparut inévitable, mon oncle s'en trouva même conforté dans ses opinions, ne regrettant nullement de n'avoir pas pris Hitler au sérieux puisque tout le mal justement venait de la bêtise de ceux qui l'avaient fait. (D'ailleurs, que Richard Strauss ait pris au sérieux Hitler et pas le livret de *Loth s'amuse* lui semblait significatif, un symptôme de la décadence du goût européen.)

L'insouciance des Marsoviens, dont mon oncle

offrait un bel exemple, dura longtemps, la plupart se trouvant convaincus que le roi Karol avait su rendre son royaume inviolable. (On répétait souvent en Marsovie ce mot, attribué au roi : « La Hongrie et la Marsovie sont deux loges d'où l'on peut contempler les folies de l'Europe. Et dans celle de Marsovie on peut même tirer les rideaux. »)

Il faut dire que, dès les années vingt, le roi Karol était parvenu à transformer son pays en une sorte de Suisse des Carpates, une petite place bancaire où des opérations plus ou moins licites s'effectuaient dans le plus grand secret. (Ainsi, lors de l'offensive victorieuse de l'Armée rouge en 1920, les habitués du Café Nicolaï se rassuraient en répandant la rumeur que Lénine n'envahirait jamais la Marsovie car il y disposait d'un compte secret depuis 1916.) L'arrivée au pouvoir des nazis ne perturba en rien ces activités, au contraire : le docteur Schacht accorda à la Marsovie un rôle capital dans ses plans d'organisation économique de l'Europe centrale, les niches financières qu'offrait son système bancaire permettant de régler bien des différends. Il jouait sur tous les jeux des traités de commerce en organiste méphistophélique, tirant ou enfonçant les droits de douane et se servant de la pédale marsovienne pour amplifier ou atténuer ses effets. « Schacht et moi sommes les maîtres du quadrille », disait volontiers le roi à ses visiteurs étrangers et à M. Batupa, le président de la chambre de commerce de S.

En 1936 cependant, après le départ de Schacht, un vent de terreur se mit à souffler dans le crâne du roi. Les menaces d'annexion, les rumeurs de partage résonnaient dans toute l'Europe, échos réverbérés de telle ou telle remarque du Führer. (En réalité, la seule occurrence de la Marsovie dans les *table talks* de Hitler date de juillet 1940, et renvoie à une simple parenthèse : « ... en Marsovie, ce nid de Juifs et de faux Tziganes, véritable chancre de l'Europe, auquel même les Roumains ne veulent pas toucher... »)

En 1938, le partage de la Marsovie entre la Hongrie et la Slovaquie semblait imminent, de même qu'en 1939 son rattachement au protectorat de Bohème-Moravie n'être qu'une question de jours. Mais ces menaces n'étaient que des leurres, des os que Hitler faisait semblant de jeter à ses alliés pour les voir se précipiter à la curée du néant, car tout le monde trouvait son compte à la conservation de la Marsovie, de ses jeux d'écriture, de ses contacts discrets pour transactions et renégociations d'emprunts, à la perpétuation quasi éternelle de ces discussions de banquiers dans la coulisse, dont les étripailleries de fin du monde qui secouent la scène ne viennent jamais interrompre le calme murmure. Au point que, selon Wilhelm Höttl (*The Secret Front*, Weindefeld et Nicolson, 1953, chap. vii, *The Marsovian Maze*), l'assassinat en 1937 du leader séparatiste roumain Calmescu et en 1938 du Sudète Höllering, loin d'être l'œuvre du machiavélique Karol comme le proclama à l'époque la presse allemande (« La marionnette sanglante des banquiers juifs de la City est encore sortie de son antre sinistre »), furent en réalité organisés par Heydrich, qui craignait que des troubles irrédentistes ne fassent éclater le royaume.

Néanmoins cet état de tension perpétuelle

plongea pendant toutes ces années le roi Karol dans une inquiétude atroce. Années d'insomnie où, couché les yeux ouverts dans l'obscurité de sa chambre glaciale (il n'allumait pas le radiateur pour ne pas éprouver un sentiment fallacieux de sécurité), il guettait la rumeur des passants qui montait de la place et derrière le mugissement des feuillages agités par la tempête croyait percevoir les premiers remous d'une émeute. Il lui semblait alors entendre un tourbillon d'insultes, tantôt en hongrois (les plus impitoyables), tantôt en slovaque (les plus cruelles et les plus enfantines), en roumain (les plus terrifiantes), en polonais (les plus flatteusement emphatiques), ou même en un affreux mélange des quatre qui se transformait peu à peu en un cliquetis de chenilles de panzer.

Ces frayeurs s'apaisèrent lorsqu'il décida de raser le parc anglais de la villa Tatiana pour y installer un petit aérodrome. À tout instant désormais, il pourrait s'envoler, assis entre les lingots et les Rembrandt, si les hordes délirantes de l'Europe se ruaient vers sa demeure. (Quel plaisir même de les survoler, en sifflotant *Tannhaüser*, battre des ailes en signe d'adieu et leur lancer à poignées quelques piécettes d'argent à son effigie !)

C'est à cette époque (automne 36) qu'il nomma Premier ministre le maréchal Barkaly, ancien as de l'aviation austro-hongroise et seul Marsovien capable de piloter le Heinkel noir du roi. (Göring racontait méchamment que Barkaly était surtout célèbre pour avoir été le premier aviateur combattant à avoir utilisé un parachute lorsqu'il fut abattu au-dessus de Caporetto, ce qui suscita une telle hilarité chez les soldats italiens que pas un ne réussit à l'ajuster avec son fusil. En Marsovie, les opposants rapportaient cette anecdote parce qu'elle leur semblait symboliser la veulerie du régime, et ses soutiens parce qu'ils y voyaient un exemple remarquable d'audace puisque personne avant Barkaly, surtout personne d'aussi gros, n'ayant ainsi osé se précipiter dans le vide.)

Tous les 1er août, jour de fête nationale, le maréchal Barkaly se trouvait obligé à la fois d'assister aux cérémonies dans un grand uniforme blanc qui lui donnait l'air d'un ours polaire apprivoisé et d'ouvrir et clôturer la parade aux commandes du seul appareil de l'armée de l'air marsovienne. À 10 heures, il décollait pour ouvrir le défilé, survolait la foule à basse altitude selon les recommandations du roi (« La foule sentait dans le vrombissement du moteur comme une réconfortante menace paternelle », ainsi que l'écrit Karol dans son livre d'aphorismes *Le métier de roi*, Plon, 1951), atterrissait sur l'aérodrome Tatiana, réenfilait son costume blanc, allait rejoindre le roi à la tribune, participait ensuite au buffet au champagne sous ce qui restait des ombrages du parc, mais s'éclipsait bientôt discrètement pour se changer et décoller à nouveau afin de clore la journée par un numéro d'acrobatie aérienne (« Car ce qui inspire crainte au peuple doit être aussi source de son ravissement », commente sobrement le roi Karol).

Le 1er août 1938 (après avoir, selon certains, englouti au buffet près d'une demi-bouteille de champagne en vue de noyer la mélancolie née d'une inclination sexuelle aux perspectives obscures), le maréchal ne redressa pas son appareil à l'issue de son piqué final, et acheva sa carrière dans un magnifique champignon de flammes cascadantes qui se métamorphosèrent bientôt en mousseuses volutes de fumée noire devant les faces ébahies de la foule, surprise et gênée par ce cadeau d'adieu trop somptueux. L'accident parut suspect à plus d'un observateur et fit, sinon les unes de la presse, du moins l'objet de considérations pathétiques ou paranoïaques assez universelles (« La fin d'un homme brisé par la dureté de l'époque », *Le Temps*, 7.08.38 ; « Messerschmitt Technical Failure Prompts Cabinet Reshuffling in Marsovia », *The Times*, 3.08.38 ; « Nazi Thugs Behind Ace's Crash ? », *New York Daily News*, 25.08.37).

Ce déplorable événement faisait à la fois disparaître la puissance aérienne de la Marsovie et l'unique remède aux angoisses du prince.

De plus en plus méfiant, celui-ci ne pouvait en effet se résoudre à engager un pilote tchèque, roumain, autrichien ou hongrois, tant il craignait de le voir soudoyé par ses ennemis ou même dissimuler un agent secret. Choisir un Anglais ou un Français aurait été interprété à Berlin comme une véritable déclaration de guerre. Il eut alors l'idée de faire venir un Américain, et c'est ainsi que Jack P. « Breezy » Nugent, ancien de la Grande Guerre recyclé dans l'extinction de derricks en flammes par largage aérien de dynamite, débarqua à M. au début de l'hiver 1938. (Sa vie en Marsovie, sa découverte des mœurs de la villa Tatiana, ses relations avec le roi, son pseudo-internement après 1941, ses missions secrètes, et pour finir sa fuite en avion en compagnie du roi après le coup d'État communiste de 1947, ont fourni la matière d'un amusant livre de souvenirs, *Flying Karol*, Random Press, 1962.)

Les Marsoviens considéraient leur souverain avec une admiration légèrement méprisante, celle qu'on accorderait à un prestidigitateur mondain assoupi, négligé, arrogant, mais qui réussit tous ses tours et dont personne ne peut découvrir les secrets.

Ils crurent longtemps que le conflit les avait oubliés, comme si au moment où les peuples européens avaient jeté autour d'eux leurs habits avant de s'entre-tuer un paletot était tombé sur la Marsovie pour la dissimuler aux regards.

Le petit peuple juif du quartier de R. ou des bourgades proches de la frontière hongroise se répétait souvent la célèbre formule du roi Karol sur la loge et les rideaux. Chacun la psalmodiait pour lui-même en hochant la tête comme l'une de ces phrases dont la vérité naîtra peut-être de la répétition, puis souriait mélancoliquement. À force de l'entendre, ils avaient fini par la croire au point qu'elle suscitait chez certains une tristesse pleine de honte lorsqu'ils pensaient à leurs frères des autres nations.

Pourtant, à partir de 1941, ils ne sortirent plus guère de chez eux les jours de fête et renoncèrent à revêtir leurs beaux costumes. Dans la rue et même au fond de leurs échoppes obscures leurs gestes devinrent furtifs et silencieux, comme lorsqu'un malade est couché dans le recoin de la pièce.

Quant aux banquiers, aux négociants, aux professeurs juifs qui constituaient une bonne part de la bourgeoisie marsovienne, ils ne s'étaient jamais considérés comme des Juifs ou des Marsoviens, mais comme des sujets émigrés de l'Empire austro-hongrois, et la Marsovie leur semblait une version réduite, par là même plus moderne et pratique, de l'Empire disparu — ce que la montre-bracelet était à l'oignon d'argent de leurs pères.

Et Salomon qui, de la terrasse du Café Nicolaï, les observait en spécialiste remarquait que de la même façon que les pères après la guerre précédente avaient souvent affecté la mise et le maintien des temps passés en signe d'allégeance au monde disparu, ce monde qui n'avait fait d'eux ni des Juifs, ni des Autrichiens, ni des Hongrois, mais une distillation supérieure à toutes ces essences, l'huile du paradis perdu, de telle sorte que certains venaient chez le père Lengyel pour se refaire faire des habits semblables à ceux qu'on taillait à Vienne chez Körner ou Löwenstein en 1905, les fils, depuis 1941, 1942, avaient adopté une allure plus moderne, plus « américaine » que les autres bourgeois marsoviens. Ils ne boutonnaient plus leurs vestons, se passaient de gilet, exhibaient leur bracelet-montre, mettaient les mains dans leurs poches quand on les photographiait, et leurs femmes l'été dans les vastes jardins portaient des shorts et des turbans. La Marsovie leur semblait non plus un abrégé nostalgique de l'Éden mais la préfiguration du monde à venir, ce monde qui n'attendait que la fin du cauchemar pour sortir de l'œuf. Alors leur coquetterie, comme celle de leurs pères vingt-cinq ans plus tôt, prenait quelque chose d'héroïque, et Salomon, avec un sourire tendre ou mauvais selon les jours, regardait comme les oripeaux d'un rêve messianique les souliers « anglais », les foulards noués à la Douglas Fairbanks Jr, les clairs costumes d'été à la Tyrone Power (ces jeunes acteurs dont on n'avait jamais vu les films mais qu'on découvrait en feuilletant des revues importées de Suisse sur les photographies de films inconnus qui suscitaient le même sentiment d'étrangeté et d'espérance que les métaphores obscures d'un prophète), dans tous ces vêtements de l'été 43 dont certains sont encore entassés dans les vitrines du musée d'Auschwitz.

D'ailleurs, du printemps 42 à l'automne 43, la bourgeoisie marsovienne fut prise d'une sorte d'euphorie un peu folle, un début d'ivresse perpétuelle. On arrivait à Arden comme au bout d'un pèlerinage. On se précipitait sur le court de tennis comme si chaque set gagné fournissait une année de vie supplémentaire. À S., on organisait des pique-niques dans les grands jardins des villas où l'on recevait en polos et en shorts, on servait de plus en plus souvent des cocktails et à mesure que la nourriture se faisait rare l'ivresse devenait plus âpre, le cœur amer et exalté. Pendant les réceptions de l'été 43, l'avalanche de nouvelles effroyables et extravagantes, le bombardement de Hambourg, de Wiener Neustadt, la mort mystérieuse du roi Boris, une titanesque bataille en Ukraine dont mon oncle dans la roseraie d'Arden croyait entendre les échos dans le ciel lorsqu'il s'arrêtait de mâcher ses œufs mayonnaise, résonnait, bourdonnait aux oreilles des habitués qui se promenaient au soleil en fermant les yeux. Mais ils se disaient que ces grondements terrifiants annonçaient sans doute la fin du cauchemar, comme sur le grand huit des fêtes foraines le vacarme atroce des crémaillères précède la douce coulée le long du quai.

Ce sentiment un peu exalté de confiance dans l'avenir s'estompa lorsque les rumeurs sur les massacres de Novi Sad, qui avaient eu lieu plus de dix-huit mois auparavant, commencèrent à se préciser : on disait qu'ils avaient été perpétrés par des Hongrois, assistés de quelques oustachis et de Roumains, sur le territoire de la Yougoslavie occupée par les Allemands. Cet évanouissement des frontières dans l'enthousiasme du pogrom ne sembla pas de bon augure.

En avril 1942, le roi Karol, craignant un coup de force fasciste, autorisa la création d'un corps de volontaires contre le bolchevisme. S'il ne réunit jamais plus de quatre cents membres, ils ne partirent pas pour Stalingrad comme l'avait espéré le souverain mais dégénérèrent en un groupement paramilitaire, les Gardes noirs, qui, à partir du printemps 43, organisa des défilés tous les vendredis soir place Tatiana.

Ils marchaient bras dessus bras dessous en hurlant : « Mort aux Juifs ! Fermez vos volets ! Fermez vos volets ! » Mais les volets restaient ouverts parce que si tout le monde les trouvait effrayants personne n'arrivait à les prendre au sérieux. Même les antisémites trouvaient leur long manteau noir qui balayait le trottoir, leur toque géante à fourrure bouclée grise, parfaitement ridicules, au point d'y flairer une nouvelle manipulation de la juiverie. Il faut dire que la plupart des meneurs étaient des têtes connues, n'importe qui au premier coup d'œil reconnaissait au-dessus du col la figure ronde de Mandor, le quincaillier de la rue Karoly (lors de ces défilés ses sourcils étaient toujours froncés, comme si marcher au pas faisait remonter en lui des pensées oubliées), ou sous la toque le nez pointu de Tadeo Opavy dont les dents de lapin comme posées sur sa lèvre inférieure donnaient l'impression qu'il était toujours à la recherche d'un objet égaré. Comment aurait-on pu le prendre au sérieux, ce Tadeo, un jeune bon à rien, un désœuvré qui avait déjà arboré bien d'autres costumes pour choquer le bourgeois, et semblait n'avoir endossé celui-là que par épuisement d'inspiration ou pris au piège de la mode ? D'ailleurs, dans leurs cauchemars, les Juifs paraient leurs bourreaux de têtes inconnues puisque l'on juge toujours celles que l'on connaît indignes de l'emploi.

Mais les choses changèrent après la soirée du 28 mars 44. Une averse était tombée à la fin de l'après-midi et au crépuscule de grosses gouttes brillaient encore sur l'auvent du Café Nicolaï, sur les feuilles des lauriers du square Tatiana. Une troupe de Gardes noirs défilait sur le boulevard. Cette fois elle se composait surtout de gars inconnus, venus de la campagne, de paysans hongrois et slovaques. Certains arboraient un air farouche, d'autres levaient le nez et promenaient leurs yeux sur les fenêtres ouvertes des immeubles, un sourire narquois aux lèvres. Parfois ils se regardaient, ouvraient grandes leurs bouches édentées en un rire silencieux. Ils étaient encadrés par des Gardes plus jeunes, tout pâles, des habitants de S., qui regardaient droit devant eux, comme s'ils avaient vu au loin la mer. Sur les trottoirs ou les balcons, les hommes les regardaient, poings sur les hanches, jambes écartées.

Et les Gardes noirs de S. se sentaient humiliés que leur ville leur jette le regard qu'on assène aux enfants mal élevés des autres.

Le père Molodine, un vendeur ambulant de pâtisseries rangées sur un plateau qui tressautait sur son ventre, rentrait à ce moment chez lui. Il aimait traverser le parc désert à cette heure, juste avant la fermeture, pour se rendre à l'arrêt du tramway qui se trouvait en face du Café Nicolaï. Sorti de la gare où il vendait ses gâteaux, il avait honte de sa démarche dandinante, craignait la moquerie des passants. Beaucoup de ceux qui se montraient débonnaires, presque affectueux avec lui lorsqu'ils lui achetaient des gâteaux dans la gare, le regardaient en effet d'un air sarcastique et moqueur quand ils le croisaient sur les trottoirs de la ville. C'était un vieux Juif en uniforme et képi des chemins de fer, avec des joues rouges qui faisaient ressembler sa figure à l'une de ces petites pommes plates à la base et au sommet qu'on trouve toujours dans l'herbe et qu'on ne voit jamais sur l'arbre. Il marchait la tête baissée, les yeux sur son plateau. De temps à autre, il les levait brusquement, comme un chien couché alerté par un bruit qu'il est le seul à entendre.

Il s'était arrêté derrière la grille du square et contemplait le défilé sans respirer, comme s'il craignait de faire bouger le plateau sur son ventre.

Tadeo Opavy l'aperçut, quitta le cortège et s'avança à pas pressés vers lui. En le voyant s'approcher, le vieux posa la main sur son képi parce qu'il s'imagina que l'autre allait le faire s'envoler d'une claque. Mais Tadeo sortit son revolver de l'étui, s'arrêta en face de lui, leva l'arme et, promenant l'orifice du canon à quelques millimètres de son front, sembla longuement chercher un endroit où le poser. Finalement, il le colla avec précaution au-dessus de l'œil, à côté de la main toujours accrochée au képi, et tira. Il pivota sur ses talons et sans se retourner rejoignit le cortège qui s'était arrêté. Au bout d'un moment les édentés se mirent à crier et à applaudir, et les gars de S. les imitèrent. Molodine s'était effondré dans le massif de lauriers mais il était si dru qu'il restait encore à moitié debout, ne s'y enfonçait que peu à peu et un par un les beignets couverts de farine roulaient sur lui avant de disparaître sous les branches.

Dans le silence de la rue, on entendait les claquements des fenêtres qui se fermaient l'une après l'autre. Sur les trottoirs les passants filaient en regardant droit devant eux, comme tirés par une ficelle. Tadeo respirait fort, ses avant-bras tremblaient. Quand le défilé se remit en marche, il avait l'impression que la ville était une fille à qui il venait d'arracher la chemise.

Ce crime suscita la révolte pendant toute la soirée. Mais on avait fermé les volets. Et même si l'on semblait convaincu que le meurtrier serait arrêté, le roi Karol note dans ses mémoires que « ce soir-là la véhémence de l'indignation était le maquillage trop chargé avec lequel on tentait de replâtrer la face de la terreur » (*Le métier de roi, op. cit.*).

Le lendemain au réveil, beaucoup, assis sur leur lit, constatèrent avec surprise que la nuit les avait convaincus que les événements de la veille étaient inévitables. Et certains y voyaient même le châtiment somme toute mérité de l'incrédulité stupide et arrogante des Juifs marsoviens qui semblaient croire appartenir à une espèce différente de Juifs. Croire qu'on ne pouvait pas être massacré méritait qu'on le soit, voilà la loi qu'ils découvraient, le cul sur l'édredon, et trouvaient juste. Certains crachaient même sur leur pantoufle, furieux d'être à cause des Juifs forcés d'assister à toutes ces horreurs.

L'assassinat de Molodine eut lieu le 28 mars 1944. Une série de pogroms éclatèrent la semaine suivante sur la frontière nord. Quinze jours plus tard, le roi fut contraint de prendre pour Premier ministre Petrescu, le chef des Gardes noirs, et un régiment blindé de la Werhmacht prélevé sur les troupes qui venaient d'occuper la Hongrie pénétra en Marsovie (5.04.44).

Cette intervention accabla la population. S'évanouissait le rêve que nourrissaient les Marsoviens depuis quelques mois : celui d'une entente secrète entre le roi et les Russes, un petit tour de passe-passe Hohenzollern. Mais maintenant il apparaissait clairement que la principauté serait défendue par les Allemands et que les horreurs de la guerre viendraient se vautrer dans les draps blancs de Marsovie. Alors, en plus de la peur, parfois même davantage qu'elle, beaucoup de Marsoviens éprouvaient un sentiment de rage et d'humiliation comparable à celui d'un homme qu'on force à endosser un costume grotesque et trop large pour lui, et des larmes de fureur leur montaient aux yeux.

Mais bien avant ces événements, au temps où l'on pouvait encore croire que le calme durerait toujours, une autre forme de mélancolie avait peu à peu envahi l'âme de mon oncle et celle de Salomon.

C'était l'époque où l'oncle Alex attendait de plus en plus désespérément un signe de Richard Strauss, et, tout en composant sur le piano d'Arden de petites valses pour *Loth s'amuse*, il sentait bien que l'amour de l'opérette se révélait inversement proportionnel aux capacités de perforation de l'Armée rouge. Depuis Stalingrad le public semblait fatigué de l'opérette. Il suffisait d'allumer la radio pour se rendre compte que son goût, comme un pendule devenu fou, oscillait désormais de la chansonnette hongroise jazzée aux ruissellements de *Parsifal*. Désabusé, mon oncle en vint même à envisager d'envoyer *Loth* à un théâtre de Bratislava, mais il craignit que l'austérité des temps ne le fasse refuser, même en Slovaquie. Et ce n'était pas la seule cause de morosité. Il devenait de plus en plus difficile de se procurer de la nourriture de qualité pour le restaurant. Les clients eux-mêmes apportaient ce qu'ils avaient pu récolter au marché noir ou sur leurs terres, lièvres, faisans, chevreuils, qui faisaient ressembler les voitures qui débouchaient à Arden à des arches funèbres. Pepi, le garçon d'étage, celui qui avait été engagé parce qu'il leur avait rappelé le groom d'*Amour à louer*, posait des collets dans les bosquets et partait les relever avec Salomon. Celui-ci, à partir du printemps 42, se mit à marcher sans arrêt, sur tous les sentiers crotteux qu'il pouvait trouver à arpenter, déchirant et maculant son vieux complet marron, au point que mon oncle lui reprochait de « courir fagoté comme le Juif errant ». Et il secouait la tête en le regardant grimper sur des chemins où le vent faisait claquer son pantalon.

Mon oncle, lui, au contraire, paraissait, sinon éteint, du moins estompé, et se contentait de promenades dans la roseraie d'Arden, les mains dans les poches, le regard perdu dans les brumes. Sa démarche calme et hésitante semblait prendre pitié du gravier qui crissait sous ses semelles. La baronne H. ne venait plus que rarement à Arden, retenue à Berlin par les soins qu'elle prodiguait à son frère qui avait perdu une jambe à Smolensk. C'est aussi à cette époque que le mari Kleist de la sœur de l'oncle Alex disparut à Stalingrad, nouvelle que mon oncle annonçait à tous les habitués avec tristesse, une tristesse quelque peu adoucie par le baume délicieux du snobisme quand il entendait dans sa bouche claquer et fondre le diamant de glace du nom Kleist.

Pour dissiper sa morosité, mon oncle entretint au mois d'août 1943 une brève liaison avec une petite blonde toute maigre, poudrée à faire tousser, aux pieds pas toujours propres, mais dont les lobes d'oreilles s'empourpraient quand il lui faisait des avances et que ses doigts cherchaient les siens. Leurs extrémités charnues viraient alors au bordeaux, et cela l'excitait prodigieusement. Cette jeune femme se faisait appeler Karlotta Karlopinsky, c'était une petite actrice viennoise, la maîtresse d'un sucrier, et son nom tintinnabulant ornait de moins en moins souvent les génériques de comédies qui, d'ailleurs, semblaient disparaître des écrans. Mais cette liaison, la première qu'il eût avec une femme de quinze ans plus jeune que lui, mettait l'oncle Alex mal à l'aise. Il se disait en français (avec cette façon qu'il avait désormais de se raconter de temps à autre ses ébats amoureux avec une précision pornographique du détail, comme s'il restait encore un filet de jouissance à presser des mots) : *Elle a une façon d'écarter les cuisses pour la gamahuche et après la décharge de retourner prestement ses fesses potelées, tout ça les yeux fermés, que j'ai l'impression de foutre comme un maître d'hôtel. On dirait qu'elle essaie avec moi tout ce qui pourrait plaire à un autre.* Et cette triste réflexion n'était pas faite pour dissiper la mélancolie des temps.

Pendant ce temps, Salomon apaisait ses crises d'angoisse par de longues promenades. Mais, de plus en plus souvent, au lieu de prendre le chemin d'Arden, il allait sur ceux de Zemlika, où, à l'orée d'un bois de chênes, se trouvait le cimetière juif de S.

Il se rendait sur la tombe d'Ottla, et se demandait s'il finirait à ses côtés comme prévu, ou si le sort lui réservait quelque part un autre lopin. Il levait la tête vers les nuages comme si une réponse y roulait. Nez levé, oreille tendue, il en profitait pour tenter de surprendre dans le lointain l'écho d'un grondement de canon. Mais on n'entendait dans la chênaie que les trilles des rossignols et sur les chemins de Zemlika que les pépiements des moineaux et leurs remuements dans les taillis, à croire qu'ils en étaient gorgés. Tout à coup, l'un d'eux jaillissait, volant à tire-d'aile au ras du sol comme le font d'ordinaire ces oiseaux, qui paraissent prendre plaisir à se faire peur par ce rase-mottes, semblables à des enfants qui jouent à la guerre. La guerre, se disait Salomon (cette guerre dont on parlait depuis si longtemps, et dont les images terrifiantes, aux actualités, donnaient aux Marsoviens le sentiment qu'il n'y avait plus que chez eux que les maisons tenaient encore debout), qu'elle se fait donc attendre! Des millions d'êtres crevaient aux quatre coins de l'univers, mais sur les chemins de Zemlika rien n'avait changé. Ni les fétus de paille dans le crottin quand on baissait la tête, ni quand on la relevait les mûres noires des buissons, couvertes de poussière comme des joyaux jetés d'un carrosse. Les mûres fragiles et éternelles, semblables à ce qu'elles avaient toujours été, avant la guerre, du temps où Salomon se promenait sur ces chemins au bras d'Ottla. Et même avant cela encore, du temps où gamin il venait jouer sur ces chemins, un temps si lointain qu'il n'arrivait plus à revoir le visage qui était alors le sien, comme si toute son existence n'avait été qu'un songe, et que sans le souvenir des moineaux bondissants, des mûres abandonnées et du frémissement des chênes, il aurait pu à bon droit douter d'avoir vécu.

Mais peut-être était-ce bon signe, le signe que rien n'arrivait jamais sur les chemins de Zemlika, et que les plus atroces cauchemars, telles les histoires rêvées par Lengyel et Rocoule, ne prendraient jamais corps.

Et pourtant, les après-midi de septembre, les hautes falaises de nuages blancs qui montaient dans le ciel à l'est avaient l'air d'être soulevées par l'avant-garde de l'apocalypse. La bouche ouverte, il les regardait s'élever dans le ciel, comme un signe de délivrance qui s'édifiait lentement. Mais plus l'après-midi mûrissait, plus leurs masses devenaient bleuâtres et vaporeuses. Elles finissaient par couvrir le ciel entier d'une brume sale avant de s'évaporer avec la nuit, et dans le crépuscule Vorochilov, Koniev, von Kleist, 1re armée Panzer, front d'Ukraine, tous ces noms chuchotés à Arden par les bien-informés, sonnaient comme ceux de personnages tirés d'une histoire de plus qu'il aurait imaginée sur les chemins de Zemlika.

Souvent, alors, il songea à faire revenir sa fille

auprès de lui. Il avait reçu une photo d'elle peu de temps auparavant, et ne l'avait pas reconnue. Sur une « photo d'art » éclatante et glycérinée comme celles des chanteuses qui ornaient la boutique Lengyel, Salomon avait découvert une jeune femme moderne dans un pull gris trop large, avec de longs doigts effilés délicatement posés sur un violon qu'elle serrait contre son épaule. Ses yeux gris ressemblaient à des amandes dont les pointes se touchaient. Ce regard semblait ironique, à moins que cette impression ne vînt du demi-sourire des lèvres fines, un peu pincées (et peintes aussi, lui semblait-il). Un visage railleur, d'une pâleur que faisaient ressortir les cheveux noirs tirés en arrière et retenus par un serre-tête de satin lustré, qui semblait doux comme le poil d'une bête. Elle venait d'avoir dix-sept ans et puisque son rêve était d'entrer un jour à l'académie Franz-Liszt, Salomon estima que lui proposer de revenir eût été stupide ou égoïste.

Cette mélancolie de l'été 43, presque voluptueuse car le temps y sembla suspendu, tourna en angoisse avec l'automne.

Une nuit, au début de l'hiver, Salomon s'éveilla en sursaut, couvert d'une sueur glacée. C'était à cette heure parfaitement obscure où nous croyons éprouver avec une lucidité absolue l'horreur de notre sort.

Assis sur son lit, le cœur battant, Salomon éprouva tout à coup la certitude absolue qu'il ne verrait jamais la fin de cette guerre et qu'une nuit semblable à celle-ci on viendrait le chercher pour le faire mourir.

Respirant bruyamment, il sentait encore sur lui l'odeur douce et fade de l'édredon de plume, parfum léger, insaisissable, crémeux, qui donne la sensation, lorsqu'on vient de se lever, d'être encore enduit de l'onguent des rêves. Cette odeur familière lui semblait revenir de la nuit des temps, de l'enfance, comme pour un adieu. Il se rappela tout à coup, avec cette précision trompeuse, vide et abstraite, avec laquelle nous nous rappelons une odeur (semblable peut-être à cette fausse richesse de détails que nous croyons remarquer dans l'architecture des bâtisses de nos songes), l'odeur aigre et chaude du corps d'Ottla, voilà longtemps disparue, et qu'aucun hasard ne lui ferait jamais retrouver.

Il sentit également en lui, aussi subitement poussée dans son cœur et aussi indéracinable que la certitude de la mort, la résolution de se tuer, totale, froide comme la sueur qui le recouvrait et qui n'était peut-être que le suint de l'épouvante car un calme absolu s'était posé sur lui, seul son cœur battait à tout rompre dans sa poitrine creuse comme un roi abandonné clame dans un palais désert.

Le froid glacial de la nuit l'envahissait peu à peu. Ses yeux s'habituant à l'obscurité reconnaissaient au plafond et sur les murs les ombres qu'y projetait toutes les nuits la clarté de la lune, intangibles et familières comme les vies des personnages d'un roman lu cent fois qu'on ouvre au hasard.

Il distinguait également la pâle aura du pot de chambre, qui, suivant un mystérieux caprice de l'obscurité, exhalait certaines nuits un parfum animal, et d'autres végétal.

Salomon se demanda alors comment il se tuerait lorsqu'il serait tiré de son sommeil non par les battements de son cœur mais par ceux qu'on assénerait sur sa porte. Pouvait-il se procurer un revolver? Ou peut-être une dose de poison? Il avait entendu dire qu'il était devenu difficile d'en trouver. Il repensa alors au salami farci de strychnine et comprit pourquoi le destin le lui avait fait conserver. Il pouvait placer le morceau sous son oreiller, ou du moins dans le tiroir de sa table de nuit, et l'engloutir avant qu'on pénètre dans sa chambre. Mais, s'imaginant la scène, il trouva le tableau ridicule et fut aussitôt inondé d'amertume. Le destin lui-même était antisémite, qui, comme un Garde noir, lui réservait une humiliation jusque dans l'agonie.

Il saisit le verre d'eau sur sa table de nuit et son raclement sableux sur la plaque de marbre lui apparut tout à coup comme un cadeau ironique de la vie, cette sensation désagréable, cent fois éprouvée, devenant l'écho d'un passé heureux.

Puis, grelottant, fatigué de cette fin du monde qui ne venait pas, il se recroquevilla sous son édredon.

Le lendemain matin, le temps était radieux. Et bien que le souvenir de la nuit fût vivace en lui, dès qu'il se leva Salomon sentit une allégresse frémir dans ses veines. Sa raison, encore imbibée de désespoir, s'efforça pendant une heure ou deux de refroidir cette alacrité. Mais tandis qu'il dormait un nouveau corps semblait avoir pris la place de celui qui cette nuit était prêt à mourir. Vers 10 heures, il s'abandonna à l'allégresse, au point de ne pouvoir rester en place et de vouloir partir à pied jusqu'à Arden. Et c'est au moment où il s'apprêtait à sortir qu'il aperçut sur le plancher une enveloppe qui portait une écriture inconnue.

Il la ramassa. Sa texture était pulpeuse et exhalait une odeur douceâtre de farine.

En marchant à grands pas dans la rue Tomashek où tourbillonnait un vent glacial, Salomon lut la lettre deux fois sans parvenir à saisir le sens des mots qui s'y précipitaient, si bien qu'il s'arrêta pour la relire encore. Il finit par comprendre qu'elle avait été écrite par une lointaine cousine, une certaine Augusta, qui vivait en Hongrie, à Szeged. Elle était la fille d'un de ses nombreux oncles, l'oncle Max de Szeged, qu'il n'avait vu qu'une fois, en 1915, à l'occasion du fameux mariage de l'oncle Lengyel de Budapest. Il ne se souvenait pas de la cousine Augusta mais revoyait très bien l'oncle Max, un homme corpulent, à moustaches et favoris blancs, dont la figure, comme celle d'un personnage de jeu de quilles, se retrouvait un peu partout dans l'Empire, une de ces innombrables copies de la figure de l'empereur qui finissaient par donner l'impression que c'était le souverain qui s'était fait la tête de ses sujets les plus méritants (unique mais sublime concession à la démocratie).

Dans le souvenir de Salomon, cet oncle Max, debout sur le gravier d'une allée, le cigare à la bouche, regardait tout le monde d'un air bonhomme, un peu condescendant. Ses paupières roses, saupoudrées de petits grains de chair, étaient presque entièrement closes, deux vannes qui lui servaient à contenir les torrents d'indulgence que déversait son regard sur la tribu des Lengyel, et qui auraient pu les noyer. Converti, il regardait les membres de sa parentèle qui « n'avaient pas encore franchi le pas » comme les meubles anciens et vermoulus d'une maison d'enfance qu'on retrouve après de longues années, plein d'une tendresse née du dégoût que leur vieillerie inspire. En bon géant olympien, il s'approchait majestueusement de la tante Sarah ou de l'oncle Melchior et, tout en leur parlant, posait délicatement sa large main sur leur épaule, comme s'il les tâtait avec discrétion afin de s'assurer de leur solidité, craignant qu'ils ne s'écroulent en poussière sous le poids de ses conseils.

Mais la cousine Augusta ? Dans le vent glacial, appuyé contre un réverbère, la lettre vibrant entre ses doigts comme un oiseau qui cherche à s'enfuir, Salomon s'efforçait en vain de retrouver son image dans sa mémoire. En dehors de l'oncle, du nez pointu et de la bouche ouverte de la mariée, il n'apercevait que des ombres.

Mais tout à coup il crut voir pointer derrière la silhouette massive de l'oncle Max une figure blonde, douce et pensive. Et, bien qu'elle n'ait sans doute été rien d'autre qu'une allégorie de sa propre méditation, ou peut-être parce qu'elle l'était, cette figure ne lui parut pas dénuée d'un certain charme érotique. Et si bien préservée des atteintes du temps que les caractères tracés sur la lettre semblaient rajeunir !

Rêveur, Salomon retourna dans la boutique et s'assit dans le fauteuil de cuir, à côté du manteau en lapin de Mme Novak. Il relut la lettre une quatrième fois pour s'assurer qu'il avait bien compris, que le vent n'avait pas fait changer les mots de place. Le style était charmant, empreint d'une ironie légère qu'il trouva admirable dans les circonstances actuelles (il ne savait pas que c'était ainsi jadis qu'on avait appris à écrire à la cousine Augusta, et qu'elle couchait par automatisme tous les sentiments sur ce lit de légèreté qui, au contraire de celui de Procuste, les rétrécissait tous, même ceux que les tragédies de la vie avaient démesurément agrandis). Associé à l'image de la jeune fille pensive sur les graviers, ce ton lui donna l'impression de renifler tout à coup comme un vieux parfum d'amour.

Elle lui racontait comment une série de nouvelles dispositions législatives prises en Hongrie allait la contraindre à céder le négoce d'oignons en gros qu'elle avait hérité de son défunt mari, le gouvernement hongrois ayant en effet décidé de déjudaïser le commerce d'oignons. Malgré les protestations de l'évêque, cette mesure devait en effet s'appliquer bientôt aux convertis. La rumeur voulait d'ailleurs que les choses iraient en empirant pour les Juifs de Hongrie. Isolée, sans enfants, elle se trouvait dans une situation morale des plus pénibles, et aurait souhaité émigrer en Marsovie. Puisque le gouvernement marsovien avait longtemps auparavant déjà fermé ses frontières, elle lui demandait sans ambages s'il accepterait d'engager des formalités en vue d'un mariage blanc qui permettrait à sa future épouse de se voir autorisée à pénétrer en principauté. Tout cela était exprimé *cum grano salis* quand elle remarquait que « puisque nous nous sommes rencontrés pour la première et dernière fois lors d'un mariage, il est sans doute naturel qu'il faille en organiser un second afin de nous revoir » (phrase qui comme tant d'autres dans cette lettre pouvait être prononcée avec un sourire mutin ou dans un soupir mélancolique. Ou mieux encore en mêlant les deux, comme dans une opérette de Lengyel et Rocoule!).

Salomon n'hésita pas un instant, se précipita sur un papier et un stylo et, debout au comptoir, rédigea avec enthousiasme une réponse où il lui assurait qu'il se lançait immédiatement dans les démarches nécessaires. Ce sentiment de sécurité, qui le jour rongeait les Juifs de Marsovie parce qu'il leur semblait coupable et la nuit parce qu'il leur semblait illusoire, il allait enfin le troquer pour l'ardeur insouciante de l'altruisme! Sa lettre, emportée par ce zèle qu'il trouvait héroïque, mêlait les réminiscences familiales à des accents sacrificiels si passionnés qu'en les relisant il leur trouva une sorte d'élan gênant, presque érotique. Mais, rougissant, courbé sur sa lettre, il hésitait à les corriger, sa plume s'avançait puis s'éloignait de la phrase comme le couteau d'une Parque débutante, répugnant à trancher le fil brûlant qui filait dans son ventre quand il la relisait.

Après tout, se montrer trop sec, avoir l'air de ne céder qu'au sens du devoir, n'aurait-ce pas été de la muflerie? Brutalement, comme s'il se prenait pour le Destin, il fourra la feuille dans une enveloppe.

L'enveloppe à peine fermée, la terreur le saisit: les rumeurs dont faisait état la cousine ne menaçaient-elles pas sa belle-sœur et sa fille? L'institution Mayer était catholique, mais l'on se montrerait peut-être bientôt curieux du pedigree exact de ses pensionnaires. Ne fallait-il pas également les faire venir en Marsovie?

Il rumina cette question tout l'après-midi. Il crut découvrir que ce qui l'avait empêché de demander à sa fille de le rejoindre n'était peut-être pas l'abnégation paternelle mais la terreur de se retrouver face à face avec la jeune fille de la photo.

Il alla la regarder. Et l'ironie des yeux gris, la chaleur de la lourde chevelure, la poitrine qu'on devinait même sous le pull trop large, l'effrayèrent, il avait l'impression de voir une ogresse qui eût avalé sa petite fille avec une telle gloutonnerie que ses traits s'étaient mêlés à ceux de l'enfant.

La perspective de se retrouver entouré de trois femmes (le beau-frère Mayer avait disparu de ses plans car dans son imagination, comme le capitaine d'un navire, il ne pouvait abandonner son pensionnat) le rassura. Peut-être parce que sans le savoir il avait en tête un des apophtegmes favoris de l'oncle Alex : « Une femme, pitoyable. Trois femmes, idéal. Deux femmes, infernal. » Et monté dans sa chambre pour faire le point avec Ottla, il fut heureux de constater après avoir discuté avec la photo au-dessus du lit que, puisqu'elle participait à ses décisions, cela lui faisait une femme de plus.

Pendant près de deux mois, Salomon entretint une correspondance avec la cousine Augusta. Il lui faisait part des progrès de ses démarches administratives, évoquant la perspective de plus en plus rapprochée de leur mariage avec une ironie légère qu'il trouvait de « bon ton » et néanmoins galante. Il n'osait cependant lui demander une photographie, et en était réduit à se figurer la tête qu'elle pourrait avoir, vieillissant en imagination la jeune fille de son souvenir. Manquant de l'audace créatrice du temps, qui surprend toujours par le caractère imprévisible de son coup de crayon, il se contentait avec la sagesse de l'académisme d'ajouter à la figure qu'il avait inventée quelques ridelettes, de discrets empâtements, et il s'étonnait de la voir si bien conservée.

Au début de mars 44, la cousine Augusta obtint son visa pour la Marsovie et Salomon proposa de venir la chercher à Zaked, un petit village frontière réputé pour ses chants d'oiseaux et les chapelles médiévales des bords de la Zladka qui portent au sommet de leurs piliers des chapiteaux d'oiseaux sculptés.

Alors qu'il s'apprêtait à décrire comment il serait habillé (« complet marron de bonne coupe, un peu ample, trench-coat et chapeau brun ») et cherchait un détail qui lui permît de la reconnaître sans risque d'erreur mais qui eût quelque chose de romanesque, il eut l'idée de lui envoyer une petite bague qui reposait depuis des années dans le tiroir de sa table de chevet.

C'était un anneau en métal anthracite, d'une finesse extrême et orné d'un motif délicat et étrange, deux serpents noirs entrecroisés.

L'histoire de cette bague était peu commune : elle figurait dans l'une des opérettes récentes de Lengyel et Rocoule, *Marushka et le trapéziste*, 1934 (au moment où il va s'élancer dans le vide, le héros reconnaît une mystérieuse inconnue grâce à une bague au motif de serpents entrecroisés qui orne une main posée sur le velours d'une loge). Or le lecteur se souviendra peut-être que cet anneau était déjà apparu au doigt de l'inconnue du premier acte de *Harry et Co*. C'est pourquoi, quand mon oncle avait eu l'idée de cette scène de reconnaissance au cirque, Salomon lui avait fait remarquer qu'il ne faisait que se servir d'un truc que lui-même avait imaginé en 1917 lorsqu'ils élaboraient le scénario de leur premier opus. Il s'était ensuivi une légère dispute, chacun prétendant que c'était lui, en 1917, à la table du Café

Nicolaï, qui avait eu l'idée de la bague aux serpents entrecroisés. Mon oncle affirma qu'une de ses tantes possédait une telle bague, qu'il s'en souvenait parfaitement car, enfant, il lui fallait chaque soir embrasser la longue main noueuse qui la portait. Salomon répondit en ricanant que, plutôt que de sa vieille tante, il se souvenait d'une scène « rigoureusement identique à cette prétendue réminiscence » au deuxième acte d'*Amour à louer*, quand la vieille comtesse installée dans son grand lit fait défiler ses petits-enfants qui s'agenouillent pour lui baiser la main tandis qu'elle chantonne *Garnements, puissiez-vous ne plus peupler mes rêves!*.

Au sortir de cette dispute, sans savoir exactement pourquoi, peut-être prouver à mon oncle qu'elle n'avait rien de réel, Salomon avait eu l'idée de faire confectionner par un petit artisan de S. une bague à bon marché qui fût la reproduction de cette bague aux serpents entrecroisés. Mais quand elle fut terminée, un peu honteux, il n'en parla à personne, surtout pas à l'oncle Alex, et depuis dix ans elle gisait dans le tiroir vide de sa table de chevet où, quand il l'ouvrait, elle roulait en tournant sur elle-même, semblable à la trace hiéroglyphique d'un rêve.

La dernière lettre que reçut Salomon, le 12 mars 1944, l'informait que la cousine Augusta arriverait à Zaked le 19 dans la matinée, et qu'elle ferait le voyage en compagnie d'un groupe de Juifs marsoviens résidant en Hongrie qui, après l'entrée de la Werhmacht, avaient décidé de retourner précipitamment dans leur pays avant qu'on leur interdise tout déplacement.

Mais lorsque, à 10 heures du matin, Salomon

arriva sur la terrasse du Café Fortuna de Zaked, il la trouva déserte.

La matinée était si radieuse qu'elle faisait tourner la tête. Les rues de la ville étaient vides, les gens semblaient s'être claquemurés dans les grandes maisons blanches comme si ce beau jour était un animal merveilleux qu'ils craignaient de faire fuir.

Sur la place, en face du Fortuna, les grands platanes balançaient leurs frondaisons avec le calme de vieux augures assoupis semblant approuver sans fin le silence et la paix des choses. Dans leur ombre mouvante, la terrasse du café était aussi déserte que la rue. Sur la place ensoleillée un gros chat fauve se tordait dans la poussière. Assis à une table verte, Salomon, au bout de quelques instants, comprit qu'il jouait avec un papillon.

Vers 10 heures et demie, un homme en costume blanc sortit sur le perron de pierre humide et posa une main sur sa hanche, une seule main car il n'avait qu'un bras — l'autre manche de sa veste était rattachée à l'épaule par une épingle à nourrice dorée. Après avoir vérifié que l'univers était en ordre, il retourna dans le hall obscur.

À 11 heures, Salomon essaya de téléphoner de l'hôtel chez la cousine Augusta. À la troisième tentative, une voix de femme, dans laquelle il crut discerner le filet d'insolence de la bonne qui répond au téléphone cigarette aux lèvres, lui confirma qu'Augusta était bien partie la veille pour la Marsovie.

Salomon se rassit sur sa chaise de bois et se demanda par quelle formule il accueillerait la cousine. Et comme il n'en trouvait aucune qui le satisfasse, il essaya de se rappeler les phrases de retrouvailles de leurs opérettes. Il songea à celle d'*Attention à la blanchisseuse*, « Sur le fleuve, je vois remonter les voiles d'autrefois... », mais sans musique elle sonnait de façon étrange, comme la phrase d'un fou. Ou bien celle de *Marushka*, « Mon cœur bat et je crois entendre rouler le tambour », mais elle n'avait de sens que si c'était un trapéziste qui la prononçait.

Vers 13 heures, d'un air décidé, il bascula la tête en arrière pour faire couler l'ultime ruisselet de sa troisième bière, et, plus pour apaiser son angoisse que dans l'espoir de tomber sur sa cousine, quitta Zaked pour arpenter les grandes routes poussiéreuses qui menaient vers la frontière hongroise.

Elles lui semblèrent étrangement désertes elles aussi, même pour un dimanche. Un vent violent s'était levé, soulevant de grands tourbillons d'une poussière jaune qui lui rentrait dans les yeux. De temps à autre, brusquement, son imper claquait. Son feutre frissonnant sur ses tempes l'avertissait qu'il ne pourrait bientôt plus résister à l'appel du vent. Mais, même s'il était obligé d'avancer la main posée sur le chapeau, l'angoisse de Salomon s'évaporait dans la marche. Toujours il croyait y retrouver le cours de sa véritable existence.

Il marchait donc, au milieu d'un chemin pierreux qui surplombait une vaste plaine sablonneuse couverte de petites herbes folles agitées par le vent, et ce spectacle lui faisait penser à la surface écrasée de soleil d'un océan quand on la contemple du sommet d'une falaise, où les vagues minuscules, innombrables, semblent les échos apaisés d'une fête lointaine. Cette rêverie lui fit repenser à son poème sur *Le Hollandais volant*, dont des épisodes oubliés remontaient parfois à sa mémoire tels les souvenirs d'une vie antérieure.

L'après-midi touchait à sa fin et Salomon décida de rebrousser chemin en se disant qu'il retrouverait peut-être la cousine installée à la terrasse du Café Fortuna. Mais son regard fut alors attiré par ce qui ressemblait à un tourbillonnement de grands oiseaux blancs, comme si des oiseaux marins étaient nés de sa rêverie.

Au bout de quelques instants, il se rendit compte qu'il s'agissait de chemises, de jupons, de combinaisons de femmes, que le vent dispersait dans les herbes et sur la route et qui parfois s'accrochaient aux buissons. Un peu plus loin, dans un champ, il aperçut des rangées soigneusement disposées de vestes, de pantalons, de robes, de manteaux. De temps en temps, le vent soulevait une pièce, ou même en emportait une dans le ciel. Au milieu des vêtements, un couple de silhouettes à chapeau et fichu cassées en deux comme si elles glanaient des pommes de terre ramassaient et roulaient en boule sous leurs bras tout ce qu'elles pouvaient y fourrer.

Salomon pressa le pas pour empêcher un pressentiment de s'épanouir. Il trotta ainsi plus d'une demi-heure et, alors que le soir tombait, il aperçut une charrette qui avançait à sa rencontre. Un gendarme à pied l'accompagnait, enveloppé dans un long manteau gris, et parce qu'avec ses bottes il marchait avec difficulté sur les gros cailloux du chemin, son képi luisant tremblait sur sa tête.

En s'approchant de la charrette, Salomon vit qu'elle était remplie de cadavres nus empilés les uns sur les autres.

Il se pétrifia. Son cœur sautait dans sa poitrine

comme la nuit où il s'était senti prêt à mourir. Il fixait les membres livides tachés de terre et n'éprouvait ni terreur ni pitié. Il cherchait à reprendre sa respiration, comme un homme qui vient d'être figé par un fracas épouvantable. Puis il éprouva aussi la sensation qu'une immense toile peinte s'était effondrée et qu'un nouveau décor venait d'apparaître, inconnu, terrifiant, et où pourtant — il le sentait, comme s'il l'avait su depuis toujours — il était appelé à tenir un rôle.

Son regard n'osait pénétrer l'enchevêtrement des corps mais en y jetant un coup d'œil il aperçut des yeux entrouverts derrière une touffe de cheveux noirs semblable à du crin.

Le gendarme, un jeune homme tout pâle, regardait Salomon d'un air soupçonneux, inquiet, comme si cheminait à ses côtés un homme qui ne croyait pas à l'existence de la gendarmerie. Un de ces badauds qui ne voient dans les gendarmes que les figurants factices des drames.

Des mouches, les premières de l'année, jaillissaient de la charrette. Prestes et silencieuses, elles zigzaguaient dans le vent frais avant de replonger dans l'obscurité.

Des pieds, des bras étaient tendus au travers des claires-voies et Salomon sans savoir pourquoi se forçait à regarder un pied noueux. L'orteil s'ornait d'un énorme ongle bulbeux, jaunâtre et trouble comme de la corne. Et ce pied en forme de cep qui, si on l'avait vu sur un corps vivant, aurait donné le sentiment d'annoncer la décrépitude et la mort, semblait conserver maintenant, plus que la chair et les cheveux, une connivence avec la vie.

Le conducteur de la charrette dont le visage

très mat ressemblait à un morceau de bois noir gonflé par les pluies se tenait penché en avant, légèrement soulevé de la planche qui lui servait de siège. Ses yeux restaient rivés sans ciller sur la croupe du cheval, comme s'il y avait là une tâche qu'on avait confiée à un homme entre tous digne de confiance.

Salomon détourna son regard du pied et ne regarda même plus la charrette. Il gardait le silence, non sous le coup de la peur ou de l'impuissance, mais parce qu'il avait l'impression que l'horreur était un piège. Et que s'il manifestait le moindre sentiment, il perdrait la partie.

Le petit gendarme se mit tout à coup à lui expliquer qu'on avait trouvé à midi les cadavres dans un bois près de la frontière. Il s'agissait d'un groupe de réfugiés venus de Hongrie la veille pour échapper aux Allemands, et le fait qu'ils aient été regroupés avant d'être exécutés indiquait qu'on avait dû les attendre à la gare. Comme les dents en or avaient été arrachées des bouches, certains attribuaient ce massacre aux Tziganes. C'est ainsi que s'exprima le petit gendarme en regardant Salomon dans les yeux, et il semblait vouloir lui montrer que lui aussi connaissait la vérité, qui étaient les auteurs véritables de ce crime, et que s'il répétait les paroles qu'il avait entendues, ce n'était pas par bêtise, mais au contraire parce qu'il appartenait, malgré son jeune âge, à la race des hommes sages qui savent ce qu'il convient de dire.

Dès le premier coup d'œil, Salomon avait reconnu la bague ornée de deux serpents entrecroisés au doigt d'une des mains qui dépassaient de la charrette. Les cahots des roues roulant sur les grosses pierres plates faisaient tressauter les bras et les jambes tendus au-dessus du chemin. Salomon ferma les yeux car il craignait que l'un d'eux ne fasse apparaître le visage. Il s'approcha de la charrette et saisit la main. Elle était froide comme un marbre posé sur la neige. Il essaya de défaire la bague en déformant le mince fil de métal et, pour dissimuler son geste, voulut plier le bras vers l'intérieur de la charrette. Mais il ne put le faire bouger, sa raideur rendait dérisoire la force des hommes. Il se tourna vers le jeune gendarme qui le regardait faire, la bouche entrouverte. Il brandit alors sous son nez le fil de laiton en fronçant les sourcils, comme s'il trouvait scandaleux qu'un cadavre soit affublé d'un tel ornement, et fit mine de le lancer dans le vent glacé. Mais il le conserva serré au creux de sa paume.

La nuit tombait et, avant que l'obscurité soit complète, Salomon regarda la main de la cousine Augusta. Des ongles rouges luisaient encore dans la pénombre.

Il faisait nuit noire quand ils arrivèrent à Zaked. La ville était toujours déserte et silencieuse. Ils firent entrer la charrette par le porche de la gendarmerie. Salomon la suivit le plus longtemps possible, poussé par on ne sait quelle voix du devoir et par la crainte que s'il s'éclipsait trop tôt le jeune gendarme ne l'interpelle en l'accusant d'avoir volé la bague.

Mais dès que les larges portes se refermèrent, il fila et se mit à courir dans les rues obscures. Arrivé à la gare, il se rua dans le dernier train pour S. Il se précipita dans un compartiment à peine éclairé, s'effondra dans un coin, se cognant le front contre une vitre qui trembla.

En face, son unique compagnon de voyage dormait déjà. Le lampadaire du quai éclairait le visage jaune, le nez osseux, un complet et un nœud papillon. Sa chevelure gominée rappelait celle des pianistes virtuoses, d'un côté ondoiement océanique, de l'autre abrupte falaise. (Deux mondes séparés par une raie profonde et si nette qu'on y apercevait la pulpe blanche du crâne.) À en juger par les inscriptions rouges sur la grosse malle au-dessus de sa tête et les valisettes posées à côté de lui, il s'agissait d'un représentant en Sirop de la reine Élisabeth, Potion sédative et rajeunissante, dont les fioles se mirent à cliqueter dès que le train s'ébranla. Au fur et à mesure qu'il prenait de la vitesse, la bouche de l'homme, comme reliée au mécanisme des roues, s'ouvrait. Il se mit à ronfler. Accompagné par la basse continue des rails, il se lança bientôt dans une cadence de virtuose, faisant admirer les ressources de couleur et de rythme d'un stradivarius qui jamais ne lançait deux ronflements identiques.

Salomon, dans l'odeur de pied et de zeste d'orange du compartiment, et malgré la chaleur étouffante qui montait du plancher et chauffait ses semelles, se mit à trembler. Il ferma les yeux et sentit qu'il glissait le long d'une pente sans fin, versait dans un fossé qui se creusait sous son poids, s'élargissait en gouffre. Le gouffre se transforma en vision : il se voyait arpenter les couloirs d'Arden, ou plutôt un couloir sans fin où il ouvrait l'une après l'autre la porte de toutes les chambres. Chaque fois, c'était pour découvrir une scène de cauchemar qui rappelait une de leurs opérettes.

Dans la première, il trouvait le décor en toile

peinte d'une forêt immense. Sur la scène, Harry se tenait agenouillé au bord d'une fosse. Salomon devinait qu'il s'apprêtait à y descendre.

La deuxième porte donnait sur le bureau d'Arden tout ensoleillé. Le capitaine Danilo, assis de dos à la petite table, écrivait une lettre d'amour. Salomon pressentait qu'elle était adressée à une morte.

La troisième découvrait la piste d'un cirque où Hermann Göring habillé en Monsieur Loyal paradait avec son fouet. Il inspectait les dents des trapézistes et des clowns qui entraient en scène.

Dans la quatrième chambre, le vieux Franzie valsait avec sa fille en souriant. Jusqu'au moment où ses doigts touchaient la bague aux serpents.

Dans la cinquième, il se voyait lui-même, comme le héros d'*Attention à la blanchisseuse!* dans l'avant-dernière scène, allongé sur un lit où il se trémoussait les jambes en l'air pour enfiler un pantalon. Mais les jambes de ce pantalon n'avaient pas de fin.

Dans la sixième, il pénétrait dans la salle de musique du château de *Chevalier fantôme*. Elle ressemblait à la salle à manger d'Arden et les habitués installés à leurs tables, devant leurs assiettes où trônaient encore quelques ossements, écoutaient d'un air grave le petit orchestre jouer la marche funèbre de *Siegfried*. Tout à coup, au premier rang, un homme en frac se levait, se tournait lentement vers lui. C'était l'oncle Alex. Il tendait le bras dans sa direction et lâchait tristement : « Messieurs, voici justement celui qui a tué Siegfried. »

Toutes ces visions n'étaient pas véritablement des rêves car il n'était qu'assoupi. Elles avaient plutôt l'air de bandes-annonces de cauchemars à venir, mises en scène par la main infatigable et preste d'un croupier qui retourne les cartes.

Le lendemain matin, en descendant du train, Salomon se rendit compte qu'il tenait toujours serrée dans son poing la petite bague au double motif de serpents. Il ne savait qu'en faire, répugnant à la jeter, craignant de la garder.

Attablé au buffet, l'ersatz de café au goût de pois cassés qu'il essayait d'avaler lui fit penser à une autre scène de *Marushka et le trapéziste* : afin de faire comprendre à son amoureux Igor le trapéziste qu'elle se trouve parmi les spectateurs du cirque alors qu'il n'est plus qu'un petit point tout en haut du chapiteau, Marushka plonge dans le verre de thé brûlant qu'on va lui monter avant qu'il s'élance sa bague à motif de serpents.

Et après tout quelle meilleure fin trouver pour un objet si peu réel qu'un reste de faux café au fond d'une tasse en imitation de porcelaine ? En se levant, il laissa discrètement tomber la bague dans la tasse, où elle disparut sous le restant bourbeux.

Le plongeur, un Ukrainien aux mains écarlates comme deux homards cachés sous la mousse, la trouva en lavant la tasse. Il la rinça, et quand Xénia la serveuse repassa dans la cuisine, il la saisit par la hanche et lui entortilla la bague au doigt avant de la soulever en appliquant ses deux grandes mains rouges sur sa croupe tandis que Xénia louchait sur sa main. Ils profitaient de l'absence du patron, un jaloux féroce qui d'ordinaire quand elle virevoltait entre les tables surveillait Xénia en fronçant les sourcils comme s'il découvrait une étrangère qui s'était mise à servir ses clients.

En sortant de la gare, Salomon se rendit à la poste et télégraphia à sa fille de revenir immédiatement à S., même sans sa tante. Il viendrait l'attendre le lendemain soir au train de Budapest.

Fatigué et frissonnant, il flâna par les rues. Il guettait avec avidité sur les visages des traces de terreur. Mais personne sur les trottoirs, pas un journal, ne parlait du massacre. Il passa le reste de la journée à la terrasse du Nicolaï à laper lentement de grandes tasses d'ersatz de café. C'était un endroit où l'on semblait se rendre afin de régénérer son insouciance, car les groupes d'hommes venaient s'y asseoir de plus en plus nombreux et plus ils y restaient longtemps plus ils parlaient fort et se mettaient à rire. Avec le crépuscule, comme la terrasse se remplissait, que le bruissement effervescent des arbres du parc Nicolaï s'estompait, l'insouciance s'épanouissait telle une fleur de nuit, une journée de plus s'était écoulée, une journée merveilleusement ordinaire, confirmant la sagesse du roi Karol, au point que la pleine lune qui s'était levée au-dessus du parc ténébreux avait l'air de l'œil monoclé, prévoyant et doux du souverain.

En traversant le terrain vague de Pizstina pour rentrer chez lui, Salomon fut frappé par l'odeur de tannerie, une odeur âcre portée par un vent acide dans la nuit éclaboussée d'étoiles. Un chien marcha à ses côtés et, quand il voulut le caresser, ses mâchoires claquèrent et il disparut. Rue Tomashek, quelques fenêtres étaient encore éclairées et il aperçut des silhouettes : une femme desservant une pile d'assiettes qui éclatait de rire ; une famille dont chacun des membres venait s'accouder quelques instants au-dessus du poste radio allumé et leur air de famille donnait l'impression d'assister à un numéro de transformiste : le père se penchant avec solennité comme pour faire oblation de sa calvitie puis disparaissant pour laisser place à sa femme qui lui ressemblait tout à fait. Avec l'exagération des acteurs amateurs, elle jetait les poings sur ses hanches avant de repartir pour réapparaître sous les traits du fils qui venait s'appuyer nonchalamment sur le poste avant de s'éloigner d'un air insouciant pour donner le change puisque après une séance de transformisme express il resurgissait travesti en sa sœur, trottinant aux accents de la radio en mordillant l'ongle de son index. Salomon fut soudain envahi de tendresse pour ces gens, ces voisins, qu'il ne connaissait pas.

Un réverbère jetait un halo de lumière sur la façade grêlée de l'immeuble noir et il resta un long moment à contempler les fleurs d'acanthe qui couraient sur la frise au-dessus du premier étage. Les pétales de pierre étaient écaillés de blanc ou polis d'un gris noble et lustré, ou recouverts d'une suie granuleuse, comme si le Temps avait bâti son jardin avec un souci de variété et de délicatesse. Même l'odeur qui se dégageait de l'immeuble, le mélange tomashekien de salpêtre et de pisse de chat, lui semblait receler un secret, un doux mystère de la vie offert depuis toujours et qu'il n'avait pas su saisir.

C'était comme s'il voyait sa rue pour la première fois, après toutes ces années où il ne l'avait regardée que comme un décor de théâtre, le décor d'une vieille pièce sans intérêt qui serait démonté bientôt. Mais il savait maintenant que ce décor ne serait jamais démonté, pas du moins avant que lui-même ne disparaisse de la scène, que ces murs sales étaient la carapace de son existence immobile. Il crut comprendre alors combien son existence avait été vide, seulement consacrée en fin de compte à des dizaines de valses plus ou moins ébauchées, à près de soixante-dix histoires échafaudées avec une tendresse et une sollicitude absolues, une existence de vingt ans aussi inconsistante que celle d'un fumeur d'opium, semblable à celle du prince Zao-Ki dans *Automne à Canton*, qui ignore s'il s'agite sur sa couche dans la fumerie obscure depuis une heure ou depuis un mois.

Il songea brusquement à la photographie de sa fille. Le visage qu'il revoyait n'était plus que l'allégorie du remords. Il s'imagina qu'une brume de mensonges venait de se dissiper et qu'il découvrirait le paysage de sa vie. Derrière toutes les excuses qu'il s'était inventées, il ne voyait plus que l'égoïsme farouche du rêveur qui désire que rien ne vienne troubler ses songes et l'illusion qu'ils procurent que le Temps n'existe pas, qu'il n'est qu'un songe réservé aux imbéciles.

Arrivé dans la boutique, il tâtonna un moment sur le comptoir, cherchant le pied en cuivre recouvert d'un duvet poisseux d'une vieille lampe à pétrole qu'il n'utilisait jamais. Il l'alluma et découvrit dans un halo ambré la scène ordinaire de son existence éclairée d'une façon inhabituelle. Les tissus sommeillaient dans leur sépulcre, les rats cavalcadaient à nouveau dans les combles, près du fauteuil de cuir le manteau de Mme Novak recouvrait le mannequin, hérissé d'aiguilles, et la manche droite, presque détachée, pendait lamentablement. Tout à coup, dans la glace d'une cabine d'essayage, Salomon aperçut sa silhouette. Il fut frappé de stupeur : avec ses cheveux blancs ébouriffés et son costume marron tout froissé, on aurait dit la figure en cire d'une foire, un barbon d'opéra ou de jeu de massacre. Même les larmes qui coulaient sur ses joues avaient l'aspect luisant et figé de larmes peintes.

Cette même nuit, l'oncle Alex, de retour à S. par l'express de Vienne, vit en rêve un film musical dont il ne devait jamais se souvenir.

L'action se déroulait dans un train qui roulait dans la nuit et transportait un cirque.

Chaque wagon renfermait une piste pour un numéro.

Dans le wagon des jongleurs le rêveur avançait au milieu de quilles virevoltantes.

Traversait celui des clowns, où l'on entendait des cris et des sanglots.

Puis celui des fauves, enchevêtrement de cages au sommet duquel, couché dans un hamac, dormait le dompteur.

Celui des trapézistes, dont on ne distinguait pas le toit, plus haut que les autres. On voyait dans la pénombre se balancer des trapèzes. Trois acrobates semblaient sommeiller sur leur barre, suspendus dans les airs, bercés par leurs balancements. Leurs yeux étaient grands ouverts. Deux hommes entouraient une jeune femme blonde. Le rêveur sentait éclore, comme une fleur derrière un rideau, toute une histoire de rivalité amoureuse.

L'histoire apparaissait : on les voyait s'agripper en plein vol, se poser sur leur minuscule plate-forme, où ils échangeaient des regards farouches.

Puis la jeune femme seule assise sur son trapèze se balançant doucement dans la nuit.

Son beau visage s'approchait, s'approchait, comme si le rêveur était un oiseau qui allait se poser sur son épaule et l'on voyait que les yeux étaient fermés. Il comprenait alors que cela voulait dire qu'elle était somnambule. Et mon oncle se réveilla, bave aux lèvres, bandaison au pantalon, tout aussi incapable de se souvenir de l'endroit où il se trouvait que du rêve qu'il venait de faire (suffoqué par la chaleur du compartiment, il avait avant de s'endormir bu la moitié d'une fiole dérobée dans le sac ouvert et cliquetant d'un compagnon de voyage assoupi et ronflant, un liquide fade et tiède dont le goût bizarre rappelait celui de la violette).

S'il se trouvait dans ce train, c'est que la même semaine (12-19.03.44) où Salomon s'était rendu à Zaked, mon oncle, cédant aux prières de la tante Irena et à l'appel du snobisme, s'était rendu à Vienne pour assister à une série d'enterrements.

Le premier fut celui d'une amie d'enfance de ma tante, Olga R. (et dans la petite chapelle orthodoxe obscure où, de temps à autre, les cierges grésillaient comme des chats qui crachent, mon oncle éprouvait le sentiment, la défunte portant le nom illustre d'une série de quatuors dont on était en train d'interpréter l'un des adagios, de bien faire partie, comme il s'en était d'ailleurs toujours douté, des happy few pour lesquels Beethoven les avait composés). Là, ils rencontrèrent le vieux prince V., un habitué des chasses d'Arden du début des années trente, qui les convia à la messe donnée en la mémoire de sa tante T., événement mondain où la générale von S., veuve d'un grand amateur du Pommard d'Arden, les pria d'assister aux obsèques de son neveu F., mort sur le front de l'Est, cérémonie lugubre où bon nombre d'habitués, surpris d'y apercevoir la silhouette de l'oncle Alex, espérèrent un instant qu'en ces temps de pénurie elle annonçait qu'un buffet les attendait après l'office.

Il faut dire que dans ce milieu l'oncle Alex était toujours traité à la façon de la chauve-souris de la fable, tantôt comme un aimable amphitryon, l'échanson qui avait conquis par son esprit le droit de siéger à la table des maîtres (et on lui adressait alors la parole d'un ton léger, même lors de ces enterrements, comme si l'on anticipait l'un de ses bons mots), tantôt comme une relique sortie précautionneusement de son étui après un dîner pour être montrée aux invités. Lors de la messe d'anniversaire, le vieux prince V. le conduisit ainsi avec douceur, d'une légère pression de la main sur le coude, comme s'il craignait de sentir se pulvériser sous ses doigts la précieuse matière des siècles, et le présenta en chuchotant : «Permettez-moi de vous présenter Alexandre de Rocoule. Son aïeule apprit à parler français au Grand Frédéric. » Et ce chuchotis frémissait du respect adressé à l'ombre du feu roi, qui planait peut-être dans les airs en ces temps guerriers. Le vieux prince ne regardait jamais mon oncle en face, et les messieurs aussi qui lui tendaient la main l'examinaient des pieds à la tête sans croiser son regard, comme si on leur avait confié pour un instant un éventail rococo aux couleurs chatoyantes mais estompées dont il fallait examiner rapidement tous les détails avant de le faire passer au voisin, de crainte que la lumière ne l'endommage.

La tante Irena, quant à elle, prenait dans ces

circonstances un air de noblesse rarement égalé par les autres participants. Elle qui avait tendance à se promener dans Arden dos voûté, semelles traînantes, comme elle se redressait aux enterrements ! Comme le parfum d'encens et le fumet de cadavre la ravigotaient ! Comme la poudre l'avait rajeunie ! Et ses beaux atours grandie ! Elle ressemblait à une statue d'elle-même et mon oncle croyait se retrouver, comme cela lui arrivait souvent dans ses rêveries, aux côtés du souvenir idéal d'une des femmes qui avaient disparu de sa vie. « Si je ne me surveillais pas, je crois que je me laisserais aller à avoir envie d'elle », se disait-il, et il ne pouvait s'empêcher de l'examiner : la main gantée de noir tenant fermé sur sa poitrine son manteau comme pour empêcher son cœur de s'envoler, la peau blanche granuleuse de poudre, elle observait le spectacle d'un regard brillant, les commissures de ses lèvres pâles esquissant un sourire à peine perceptible, subtil mélange de compassion et d'une ironie dont on sentait qu'elle s'adressait à elle-même, destinée à montrer à la famille combien elle savait que sa propre tristesse, immonde et dérisoire, ne pouvait prétendre égaler la leur.

Entre deux cimetières, ils se rendirent à l'Opéra pour assister à une représentation de *Turandot*. Mais une alerte aérienne interrompit la représentation au milieu du deuxième acte et lorsque les spectateurs revinrent des abris on reprit au début du troisième acte. Ce détail froissa mon oncle et lui sembla de mauvais augure. « Du temps du Vieux, glissa-t-il tristement à ma tante, on aurait repris là où on s'était arrêté. » C'était comme s'il s'était rendu ce soir-là aussi à un enterrement, celui de sa jeunesse et de l'impavidité héroïque de l'ancien temps, qu'il soupçonnait depuis longtemps moribondes, mais dont il comprit ce soir-là qu'elles étaient bien mortes et enterrées.

Chaque matin dans la salle de bains, mon oncle se demandait si l'on enterrait ce jour-là une douairière antique, un jeune soldat mort au combat, une amie d'enfance de sa femme ou la cousine éloignée d'un habitué d'Arden, afin de remonter son mécanisme intérieur de compassion, délicat certes, mais également quelque peu rouillé, et qui selon l'identité du défunt demandait à être plus ou moins longuement actionné.

Lui qui en bon Rocoule aimait tant les psaumes, s'en récitait même des extraits dans son petit bureau d'Arden, s'enfilant à longs traits leur eau-de-vie mélancolique et martiale, voilà qu'il ne les aimait plus lors de ces enterrements. La bouche des prêtres en gâchait les mots. Ils étaient pourtant prononcés en situation : le cadavre était là, dans son cercueil luisant, livré à l'imagination de tous en un défi ultime, la famille éplorée s'offrait toujours aux regards avec la même franchise, le curé ou le pasteur officiaient avec les mêmes mille petites façons lugubres sous la figure du Crucifié, et pourtant rien ne fonctionnait pour mon oncle, tout devenait fade, écœurant, un peu comme lorsque Mimi Pfazengheim et Richard Krozalek attaquaient le troisième acte de *Tristan*.

Et lorsque tout le monde, en écoutant le prêtre clamer le psaume, semblait submergé par l'émotion, mon oncle sentait monter en lui une sorte d'agacement de proportion métaphysique, au point qu'il était obligé de retenir ses doigts de pianoter, ses semelles de battre la mesure précipitée de l'exaspération. D'ailleurs, la tristesse qu'il éprouvait en entrant dans l'église à la vue de la famille abattue (cette tristesse intime et mécanique qui dès qu'on arrive à des obsèques renaît comme la bandaison avant l'amour, et qui comme elle semble la reprise, la continuation, de la seule histoire qui vaille, et qu'on a pour un temps, comme des fous, oubliée) s'évanouissait dès que l'organiste se mettait à jouer. (À la façon des clowns, l'organiste appartenait toujours à l'une de ces deux races immuables : le pompeux féroce, le suicidaire clapotant.) Et surtout, le curé à pérorer. La compassion de mon oncle se transformait alors en une ivresse de colère qui ne le quittait pas, même au moment des condoléances, et l'empêchait de voir les figures des gens.

Mais dans les demi-cauchemars du train de nuit qui le ramenait en Marsovie les figures lui revinrent de ces corps engoncés dans leur peine qui lorsqu'ils se réveillent tout à coup passent de la prostration à un empressement mécanique, le chagrin semblant les avoir transformés pendant leur torpeur en braves domestiques dont l'unique souci est de ne faire attendre personne. Il reconnut sous leurs voiles la belle-mère et la bru W., la mère avec son nez pointu et ses yeux ronds, son air féroce de poule suffoquée, la bru, jolie blonde au regard mauvais dont le souffle faisait trembler la gaze, appuyées l'une contre l'autre, dans la haine mutuelle et le chagrin partagé. Le vieux prince V. glabre et chauve, la mâchoire remuant pendant les condoléances comme s'il cherchait à déloger bouche fermée un morceau de viande entre deux dents.

À peine sorti de l'église, arpentant les vastes

trottoirs au bras de la tante Irena, mon oncle sentait sa fureur sourde se transformer, pour dire les choses sans les farder, en une envie de foutre si puissante qu'il se croyait retombé en adolescence et se mettait à regarder les formes des femmes qu'il croisait avec la même avidité qu'il humait l'encens pendant la messe. Juste retour des choses puisqu'en respirant l'encens il éprouvait la même ivresse que lorsqu'il promenait ses narines dans le cou, sous le bras, entre les seins d'une femme. Mais cette jouvence conservait quelque chose de l'odeur des funérailles, un goût amer, capiteux, féroce, donnant à mon oncle le sentiment d'être investi de la mission d'aimer par procuration à la place de tous ces jeunes hommes morts à la guerre qui faisandaient dans les steppes.

Encore tout agité par son rêve oublié, mon oncle, en descendant du train à S., laissa la tante Irena rentrer seule à Arden et alla s'affaler à la buvette de la gare.

Son complet noir était froissé, des épis se dressaient sur son crâne, herbes vivaces du songe que le jour n'avait pas encore couchées, sa cravate tire-bouchonnait, même sa petite moustache avait l'air d'être posée de travers. Il commanda un café à Xénia, la petite serveuse blonde (en jetant quand elle s'éloigna un coup d'œil froid comme le devoir pour vérifier le galbe des mollets). Au même moment, le patron du buffet, revenu par le même train que l'oncle Alex, s'installait à l'une de ses tables. De sa voix de pope il réclama une bière à Xénia. La malheureuse, surprise par le retour du jaloux, voulut aussitôt se débarrasser de la petite bague qui ornait sa main depuis quelques jours pour éviter les questions et les coups. La détachant de son doigt, elle la fit tomber dans la tasse de café destinée à mon oncle.

Celui-ci se mit à siroter son ersatz, rêvant à vide, cherchant comme un mot qui ne veut pas revenir une image qui ferait remonter le rêve. Car il en sentait un qui flottait dans son crâne comme un fantôme dans un manoir.

En arrivant à la fin de sa tasse, il sentit contre ses lèvres quelque chose de dur. Il reposa la tasse sur la table et en y plongeant le nez découvrit la bague baignant dans le liquide brunâtre. Il la pêcha entre deux doigts et l'examina. Cet anneau minuscule lui rappelait bien quelque chose mais quoi ? Sur quelle main l'avait-il déjà vue ? Et dans son imagination, comme les fleurs d'un bouquet tombant une à une sur le sol, apparurent des mains de femmes. Elles surgissaient si vite qu'elles semblaient se caresser, se chevaucher jusqu'à ce qu'il croie sentir sur son front la main de sa femme. Mais des bagues, il n'en avait pas vu.

Tout à coup sa bouche s'ouvrit toute grande. Il se souvenait que cette bague, avec son motif de têtes de serpents entrecroisées, ressemblait exactement à celle de Marushka dans *Marushka et le trapéziste* ! Il la fourra dans sa bouche, la suça pour la nettoyer, l'examina à nouveau. C'était un petit anneau de laiton ou de fer-blanc qui ressemblait à un accessoire de théâtre.

Alors il sentit se lever en lui d'étranges pressentiments.

Et si, à la suite de quelque mystérieuse trahison, on était en train de jouer leur opérette quelque part ?

Ou si, faute de trouver à s'incarner, leurs idées

s'étaient mises à émigrer vers d'autres imaginations ?

Troublé par ses interrogations qui faisaient prendre à son esprit un pli métaphysique qui n'était pas le sien, mon oncle préféra penser qu'il n'y avait là qu'un simple hasard, peut-être un signe du destin. Tournant cette idée dans sa tête comme la bague entre ses doigts, il finit par y voir, comme Igor le trapéziste, la promesse d'une histoire d'amour. Rasséréné, il se leva tout guilleret et partit en glissant la bague dans sa poche.

La veille, la fille de Salomon avait elle aussi pris l'express de Vienne et il était venu au petit matin l'attendre à la gare.

Il arriva une heure à l'avance. Le jour n'était pas encore levé. Il claquait des dents. Il avait revêtu un nouveau complet gris perle, bâti longtemps auparavant pour un client envolé Dieu sait où, et jamais tout à fait terminé. La veille, il était allé le chercher au fond d'un placard et avait passé sa journée à le coudre. Il avait plaqué ses longues mèches blanches avec de la pommade et portait un œillet à la boutonnière.

Il déambula sur les quais déserts, s'arrêtant de temps à autre et prenant de petites poses nonchalantes comme s'il voulait donner le change à un œil espion caché quelque part. La gare était obscure, presque vide, seulement éclairée par la lueur blanchâtre de trois ou quatre réverbères. On n'entendait que le souffle d'une locomotive à l'arrêt, ses expirations sans fin, puissantes, qui semblent les râles d'un être bruissant de vitalité jusque dans l'agonie. Parfois résonnaient ces coups paisibles qu'on entend dans les gares, prophéties incompréhensibles, fatidiques et rêveuses.

L'anxiété qui le rongeait était si forte qu'entre deux tremblements de la grande aiguille il croyait sentir ruisseler en lui le sable d'une existence entière.

Il aperçut le père Molodine qui du bout du quai s'avançait en dandinant, sa grosse lanière en cuir autour du cou, le plateau de pâtisseries battant contre son ventre. Aussi loin que Salomon pouvait se souvenir, sa tête de petite pomme rouge (ces pommes, souvenez-vous, qu'on trouve toujours dans l'herbe et jamais sur l'arbre), coiffée du képi des chemins de fer, avait toujours flotté sur les quais de la gare de S., au-dessus de son panier à gâteaux. Il aperçut Salomon et, comme cela arrivait chaque fois qu'il croisait quelqu'un, son œil devint humide et sa figure arbora le sourire timide et incrédule de celui que les hasards de la vie jettent tout à coup en face d'une célébrité mondiale. (Il lui restait neuf jours à vivre.)

« Molodine, montre-moi tes pâtisseries de guerre », dit Salomon.

Le petit homme ne répondit pas, mais ses paupières papillonnèrent, son sourire s'épanouit comme si les paroles de Salomon dissimulaient un délicat compliment. Son plateau contenait dans des cornets de papier tachés d'auréoles des *diévochciédniki*, spécialité marsovienne (bogues de pâte frite recouvertes d'épines de miel d'acacia. Trop dures d'abord, trop tendres ensuite, détail qui peut-être expliquait leur nom, « cœurs-de-filles »).

Salomon en acheta un pour sa fille. Il avait bien pensé lui offrir des fleurs mais une espèce de honte l'avait retenu.

Molodine le regardait, attendri, la tête penchée,

comme dans le recoin d'une gravure le valet lorgne le retour de l'enfant prodigue.

« Vous m'en achetiez souvent avec une dame qui les aimait beaucoup. Elle les croquait et puis levait les yeux au ciel comme ça. »

Et, fermant la bouche en cul de poule, il leva la tête vers les poutres de métal en roulant des yeux.

Salomon crut d'abord qu'il le prenait pour quelqu'un d'autre. Puis il éprouva un léger malaise en se demandant si ce n'était pas lui qui perdait la mémoire. Gêné, il s'éloigna avec son cornet en fourrant un billet entre les beignets.

Arrivé au bout du quai, il s'appuya contre un large pilier de fonte. Les rivets s'enfonçaient dans ses omoplates d'une façon bizarrement agréable. Maintenant, il était impatient que sa fille arrive. C'était de la solitude qu'il avait peur.

Tout à coup, un grondement résonna sous la voûte, annonçant l'arrivée de l'express de Vienne. Il devint bientôt assourdissant et la locomotive apparut, exhalant d'énormes bouillonnements de fumée noire qui disparaissaient mystérieusement en montant sous la voûte. Sa lenteur majestueuse donnait le sentiment que déjà l'express se reposait de sa longue course, à la façon d'un pur-sang après la course, puis, en un frisson capricieux, il changea de voie et s'immobilisa sur le quai voisin.

Affolé, Salomon se précipita dans les escaliers souterrains, ralenti par les *diévochciédniki* qui tressautaient dans le cornet. Deux ou trois en jaillirent et roulèrent en rebondissant sur le sol.

Il restait peu de voyageurs dans le train et, quand Salomon surgit de l'escalier, il l'aperçut, seule debout au fond du quai.

Elle portait un imperméable transparent, un

chapeau posé sur l'arrière du crâne. Sa figure pâle, comme poudrée, semblait plus émaciée que sur la photo. Elle était chaussée de petits escarpins à talons plats. Leur mauvais cuir gondolé par la pluie avait déteint sur la peau blanche de ses pieds qui semblaient maculés d'encre.

Sa timidité envolée, Salomon se précipita vers elle, il l'aurait bien serrée dans ses bras de toutes ses forces mais, embarrassé par le cornet de *diévochciédniki*, il se contenta de lui baiser les joues, posant ses paumes sur ses épaules et les secouant maladroitement, tandis que les pâtisseries racornies raclaient dans le cornet pincé entre ses doigts. Elle lui rendit son baiser et, sentant que ses lèvres étaient sèches, il se recula pour les regarder. Leur pulpe était rouge, écorchée, mordillée, semblable aux quartiers d'une orange sanguine.

« Tu as fait bon voyage ? Tu n'es pas trop fatiguée ? demanda-t-il d'un ton inquiet et enjoué, comme si elle sortait du grand huit.

— Mon cher papa, ta petite fille est rentrée au pays. »

Sa voix grave semblait se moquer des paroles qu'elle prononçait. Puis elle regarda son père dans les yeux et lui caressa la joue.

« Tu ressembles de plus en plus à ta sœur », dit-elle enfin. Elle sourit, ses iris gris se dilatèrent, comme si elle venait d'arranger un bouquet. Et puis tout à coup elle se mit à lui donner à toute allure des nouvelles de sa tante et de Buda, sans que Salomon sache toujours bien de qui elle parlait, toutes ses phrases semblant évoquer la même vieille à l'affection acariâtre.

Une grande valise noire était posée à ses pieds,

et un sac de toile aux raies bleues et blanches où reposait son violon. Salomon s'y pencha avec crainte, comme s'il s'était attendu à y découvrir son petit-fils.

« Tu te souviens des *diévochciédniki* ? » lui demanda-t-il en agitant le cornet sous son nez. Il en saisit un et se l'envoya dans la bouche. Puis il leva les yeux au ciel en mimant des lèvres un baiser. Elle le regardait, impassible. Salomon croqua hardiment le beignet, s'égratignant le palais sur les arêtes de miel durci, puis, mâchonnant la pâte spongieuse au goût de suif, il grimaça, remuant la bouche dans tous les sens comme quand on a avalé un marron trop chaud. Elle sourit à nouveau. Comme si le goût détestable du *diévochciédnok* était une punition suffisante de la vie et qu'elle lui pardonnait.

Elle en prit un, mais ne le porta pas à la bouche. Elle le gardait entre le pouce et l'index tandis qu'ils s'avançaient tous les deux sur le quai. Salomon remarqua qu'elle marchait à petits pas, sans poser le talon sur le sol, comme sur un fil. Peut-être à cause de ses souliers détrempés qui semblaient en carton.

Comme elle lui expliquait pourquoi sa tante avait refusé de quitter la Hongrie, il remarqua combien sa voix était grave, voilée, au point qu'il crut qu'elle avait peut-être une angine et, d'un geste timide, il serra le foulard transparent à pois verts autour de son cou. En l'effleurant il se rendit compte qu'il était tendre et laiteux comme celui d'Ottla. Le foulard dégagea une odeur d'eau de Cologne bon marché, mais rien ne semblait vraiment bon marché sur sa fille et il trouvait que même le petit chapeau de feutre, l'imper qui se froissait et frissonnait à chacun de ses pas, les escarpins gondolés, apparaissaient sur elle tels que les avaient sans doute rêvés ceux qui les avaient confectionnés.

Le jour s'était levé. Dans le parc le brouillard noyait les grands arbres encore immobiles. Les rues étaient sèches mais les tables des bistrots, les chaises, les automobiles ruisselaient de rosée, et ces pleurs semblaient la trace d'un roman nocturne disparu avec le jour. Quelques balayeurs et garçons de café occupaient les trottoirs, nonchalante avant-garde de l'humanité, qui chaque matin semble contempler le décor avant la représentation, et l'époussette d'un claquement de chiffon.

« Veux-tu prendre un taxi ? demanda Salomon. Cela te permettra de te reposer et d'arriver plus vite à la maison. »

Il posa le sac et la valise, et, les mains sur les hanches, la tête d'un aigle sur un rocher, chercha des yeux un taxi.

« D'un autre côté, on pourrait se payer le trajet en calèche jusqu'à la place Tatiana. Comme cela, tu retrouverais la ville, peut-être de vieux souvenirs d'enfance. »

Il ne cherchait plus un taxi sur la place mais regardait le ciel au-dessus des immeubles.

« À condition bien sûr que ces retrouvailles te plaisent. Car quelquefois les souvenirs d'enfance créent un certain malaise. D'un autre côté, ce genre de malaise peut être une bonne chose. Mieux vaut regarder en face les fantômes du passé que d'en être hanté sans le savoir. »

Il s'arrêta brusquement, stupéfait tout à coup de ne pas savoir lui-même dans quel cas il se trouvait.

« Prenons une calèche », dit-elle en respirant profondément au moment où Salomon levait la main pour héler un taxi.

Ils se mirent alors à parcourir S. en calèche. Les rues étaient encore désertes et Salomon avait l'air du roi d'un conte montrant à sa fille la ville qu'il vient de faire bâtir pour elle. Il lui indiquait les monuments, les maisons où ils s'étaient rendus ensemble dans son enfance quand elle venait passer quelques semaines à S., et lui demandait si elle s'en souvenait. Mais elle ne répondait ni oui ni non, se contentant de sourire et d'abaisser lentement les paupières avant de fermer les yeux un bref instant, peut-être par accablement ou bien au contraire — qui sait ? — pour revoir avec plus de netteté les couleurs de ce merveilleux passé. Les rares fois où elle répondait, elle lui faisait penser à une actrice qui continuerait à jouer le rôle d'une pièce qu'on donne loin d'ici, et imagine les partenaires invisibles avec lesquels son cœur converse encore. Le petit sourire ironique qu'elle arborait continuellement semblait à Salomon l'ambassadeur aimable, indifférent, de ce cœur qui parlait à d'autres.

Quand la calèche se mit à rouler sur les pavés du boulevard des Cent-Vierges, les cahots rappelèrent tout à coup à Salomon la charrette du chemin de Zaked. Aussitôt la sueur perla et coula sur ses hanches, sa poitrine. Les paumes de ses mains qui depuis cette journée ne cessaient jamais tout à fait de trembler devinrent toutes moites. Les ornements de la charrette, les plumets verts et roses plantés sur la tête du cheval, les peintures naïves aux couleurs vives qui représentaient de vieilles légendes marsoviennes (le roi

Igor dressé sur son destrier au milieu d'un champ de têtes coupées, Marina la belle pleurant seule sur son île au milieu du Danube, l'étoile filante, semblable à un gros poisson de feu, qui vient sécher ses larmes et lui montrer le bon chemin), prirent tout à coup l'aspect de décorations funèbres, moqueuses.

Au même instant le cocher, serré dans une redingote verte et coiffé d'un shako à plumet rouge, se dressa sur ses bottes et se pencha en avant pour assener un coup violent de sa baguette de jonc entre les oreilles du cheval.

Esther se recroquevilla sur son coussin rose, la bouche pincée, les paupières alourdies, et siffla (du moins ce sont les mots que comprit son père) :

« La mesquinerie comme partout. »

Sa moue méprisante donnait l'impression qu'elle allait cracher et Salomon fut effrayé par ce personnage qui venait de prendre place dans sa vie.

Trois semaines plus tard, un dimanche, les troupes allemandes pénétraient en Hongrie.

La nouvelle ne fut connue à S. que le soir lorsque la radio interrompit son programme pour laisser la place au speaker officiel.

Il l'annonça d'un air calme, presque assoupi, d'abord en slavon-marsovien (ce qui eut pour effet, comme toujours, de jeter la suspicion sur le sérieux de l'information), puis en allemand, ce qui lui conféra au contraire non seulement une crédibilité absolue mais même un petit air de bulletin de victoire qui fit courir un frisson involontaire de fierté sur l'échine de ceux dont l'allemand était la langue maternelle, même s'ils avaient tout à craindre de l'événement. Le roi Karol présidait en ce moment même un conseil des ministres exceptionnel et s'adresserait à ses sujets dans la soirée.

À Arden, tous les dimanches, déjeuner et dîner étaient réservés aux habitués. Au début de l'après-midi, un coup de fil de Budapest avait déjà annoncé que des chars de la Werhmacht circulaient dans les rues et que des arrestations étaient en cours. La nouvelle suscita un bizarre mélange de panique et d'exaltation, personne ne sachant trop si l'invasion allemande de la Marsovie, désormais certaine, empêcherait ou précipiterait celle des Russes.

Tandis que clients et employés tournicotaient dans la salle à manger et le hall obscur, des flocons de neige se mirent à tournoyer autour des arbres dans la nuit. Assis sur leur estrade, les musiciens ne savaient trop s'il fallait attaquer la *Valse du trésor*, ranger leurs instruments ou bien peut-être, des larmes dans les yeux, jouer l'hymne de la Marsovie. Certains s'étaient levés et discutaient avec des habitués qu'ils connaissaient depuis des années mais auxquels ils n'avaient jamais parlé. Tout le monde trouvait un réconfort dans le plaisir enfantin que font naître les fraternités de catastrophe.

D'autres clients, debout mains dans les poches, se déplaçaient de temps en temps d'un cabochon noir à l'autre, comme des grenouilles sautent de nénuphar en nénuphar, semblant regretter de ne pas disposer comme elles d'une mare où se précipiter. Entre deux mouvements, ils se pétrifiaient, se regardaient dans les yeux sans se voir, poings enfoncés dans les poches, avant de repartir tout à coup, comme tirés d'un rêve. Pepi, le garçon d'étage, et le père Gromek se tenaient près de l'escalier, jambes écartées et mains sur les hanches. Les yeux fixés sur le sol, ils paraissaient y contempler la configuration politique de l'Europe centrale à la façon d'une malle si énorme qu'ils n'auraient pas su de quel côté la soulever pour la monter à l'étage.

Vers 22 heures, Tommy Esterhazy téléphona pour annoncer que la rumeur courait à Budapest que le général Sztojay serait sans doute nommé Premier ministre. Mon oncle, qui venait d'écluser à lui tout seul dans la cuisine une demi-bouteille de champagne pour s'aider à faire le point sur la situation géopolitique, se précipita dans l'escalier qu'il grimpa quatre à quatre jusqu'à la chambre de ma tante. « Irène ! » hurla-t-il en claquant la porte derrière lui, ce qui ne fit pas même frissonner ma tante qui était en train de faire une réussite sur son couvre-lit pisseux. C'est qu'elle avait bouché ses oreilles avec des boulettes de cire en prévision du moment où d'ordinaire, un peu après 22 heures, les habitués se mettaient à tournoyer aux accents des valses de Lengyel et Rocoule. « Moment grotesque où le monde se met à ressembler à une opérette d'Alex », comme elle le disait parfois à la baronne Hillberg pour s'excuser de se les enfoncer dans les oreilles en pleine conversation. « Irène, cria-t-il donc à nouveau, Sztojay va être nommé Premier ministre, celui qu'on a rencontré souvent chez les petits Arenberg, qui est venu à la réception du père Croy. » (De fait, au début de la guerre, mon oncle avait vendu du vin au duc de Croy et, après avoir lui-même transporté en auto les précieuses caisses jusqu'à Nordkirchen, avait trouvé le moyen de rencontrer le duc, de placer l'histoire de notre fameuse aïeule et de se faire inviter à une réception. Cependant, comme le maître de maison était trop grand seigneur à l'ancienne pour promener mon oncle parmi ses invités en leur faisant admirer cette curiosité historique, il préféra jouir de sa compagnie en connaisseur, sans révéler le secret à personne. Et comme le duc avait toujours l'air, même en sortant des cabinets, de revenir d'un entretien avec Louis XIV et répandait une lumière princière sur tout ce qu'il approchait, ne fût-ce qu'une tranche de pain grillé, on aurait dit que ce n'était pas mon oncle qu'il promenait sans dire un mot dans ses jardins, l'entourant de la déférence un peu froide avec laquelle on traitait d'ordinaire dans son milieu les vieilles dames, mais Mme de Rocoule elle-même, avec laquelle ses quartiers de noblesse lui permettaient sans doute d'entrer en contact télépathique direct au travers du frac d'un marchand de vin.) « Irène, cria-t-il donc, c'est Sztojay qui va être nommé Premier ministre de Hongrie » (et comme beaucoup d'hommes de sa génération, souvent nés sujets austro-hongrois, l'expression « Premier ministre de Hongrie » passait mal dans sa bouche, lui donnait l'impression qu'on venait de lui enlever la moitié des dents). « Celui avec qui vous avez valsé chez le père Croy en 39 et qui paraît-il vous serrait les doigts. » Il s'agenouilla sur le lit, déclenchant une cascade de trèfles noirs sur le satin jaunâtre, plongea les index dans les oreilles de ma tante afin d'en extirper les bouchons de cire.

Mais elle avait entendu car, levant les yeux au ciel, elle soupira : « L'ambassadeur aux mains moites ! »

Cette remarque désarçonna mon oncle, son enthousiasme s'écroula comme la réussite. Soudain dégrisé, il se trouva ridicule. Sans bien s'en rendre compte il avait brodé un scénario express où, après avoir invité le Premier ministre à Arden, il manœuvrait habilement, entre la fine et la valse, afin d'influencer discrètement la politique du gouvernement hongrois (même s'il fallait pour cela offrir en holocauste ma tante, nouvelle Judith, à la lubricité du général).

À genoux, les yeux écarquillés, il contemplait le couvre-lit jonché de photos et de dessins de mains. On y voyait aussi traîner des lettres qui imploraient Marfa de dresser l'horoscope « d'un ami qui traverse une passe difficile et dont je vous communique ci-dessous la date de naissance ainsi que celle de ses deux parents ». C'étaient souvent des lettres anonymes auxquelles il fallait répondre poste restante et qui contenaient la plupart du temps un billet de 500 karolÿy, ou un petit bijou, voire une pièce d'or ou une icône miniature de saint Stanislas.

Tout à coup, mon oncle remarqua une photo atroce. On y voyait une main entaillée d'une cicatrice aussi large et profonde qu'un fossé. Elle lacérait la paume en diagonale, du poignet à l'index, tranchant toutes les lignes de la main. Épaisse, aux doigts courts, elle avait été éclairée avec un soin quasi scientifique qui faisait ressortir les moindres ridules et callosités. À l'arrière-plan, on distinguait sur le parquet les ombres de deux petits projecteurs.

La violence, la superstition, le souci technique formaient un mélange qui fascinait mon oncle. Ma tante y avait épinglé un bout de papier où elle avait gribouillé la question du malheureux : « Comment dans cette période terrible redonner espoir au peuple ? » et en dessous la réponse de Marfa : « Il faut trouver la source d'où monte le chant qui gonflera d'espoir son cœur. »

Cette phrase compliquée frappa l'imagination de mon oncle. Il essaya de la comprendre mais bientôt elle le charma comme un souvenir, qu'il cherchait à retrouver, bouche ouverte. Un délicat fumet de tabac le tira de cette rêverie. Tournant la tête, il aperçut au fond de la chambre quelque chose qui scintillait. C'était la mâchoire en métal de Marfa qui se tenait assise là, fichu noué et pipe au bec. Elle triait un enchevêtrement de colliers, de chaînes dorées, de bagues et de pièces qui reposait sur ses cuisses. De temps à autre, se penchant d'un côté du fauteuil avec un grand soupir, elle glissait celles qui lui semblaient précieuses dans la vaste poche de son manteau. D'autres fois, retirant la pipe de sa bouche, elle plaçait une pièce entre ses dents de métal et tentait de la tordre entre le pouce et l'index. Mon oncle retourna la tête vers ma tante et, voyant qu'elle avait pris son bloc et tournait un crayon dans sa bouche, il comprit qu'elles s'apprêtaient à se lancer dans une séance de prédictions et s'enfuit sans demander son reste. C'est qu'il se méfiait de Marfa, trouvant, quand elle fixait sur lui ses gros yeux glauques, qu'elle avait l'air de lui jeter un sort. Et la toux glaireuse qui la saisissait parfois ne disait rien qui vaille à mon oncle, qui n'oubliait jamais que la maladie avait un compte à régler avec lui.

Quand il redescendit, beaucoup d'habitués avaient disparu, préférant attendre la suite des événements à S. Ceux qui étaient restés, une horde d'hommes seuls, les célibataires ou les veufs, s'étaient rassemblés dans la cuisine pour déguster une soupe et faire un bridge en attendant le discours du roi. Palek et ses marmitons officiaient avec un calme inaccoutumé et les habitués, l'un après l'autre, se levaient pour aller faire remplir leur assiette.

Enfin, à 22 heures, le roi parla.

Il s'adressa à ses sujets en allemand, mais avec cet accent viennois prononcé que prennent les acteurs qui jouent les majordomes dans les opérettes de Strauss. Personne en Marsovie ne songea à sourire. Les cœurs au contraire se froissèrent car cet accent levait une nostalgie si forte qu'elle semblait déjà un mouvement de résistance. Salomon, qui l'écoutait avec Esther sur la grosse radio de la boutique, sentait bien la signification de ce numéro. Et lorsqu'il comprit que le vieux renard avait prévu qu'on le comprendrait, son cœur fut submergé de tendresse. Il sentit les larmes lui monter aux yeux, et bientôt — ce qui n'était pas arrivé depuis près de vingt ans — il se mit à verser des larmes abondantes, intarissables, qui résonnaient dans la porcelaine de l'assiette. Esther gardait les yeux baissés car elle y voyait des signes avant-coureurs du gâtisme.

Le roi Karol déclara que les récents événements de Hongrie, qui pouvaient s'expliquer par l'incontestable danger que représentait l'avancée bolchevique vers les Carpates, ne concernaient néanmoins en rien le royaume de Marsovie. Il avait fait savoir au chancelier Hitler qu'il se tenait à sa disposition pour discuter avec lui d'éventuels aménagements de la politique de neutralité du pays qui permettraient à des unités allemandes de prendre position sur la frontière orientale afin de verrouiller le passage des Carpates. Enfin, et le ton du roi donnait l'impression que cette réflexion venait à l'instant de lui traverser l'esprit alors qu'il s'agissait du sujet que tous attendaient qu'il aborde, il ajoutait qu'il était totalement exclu qu'il nomme un nouveau Premier ministre. En hommage au sacrifice héroïque du défunt général Barkaly, il continuerait à s'en passer. Cette annonce causa un grand soulagement chez la plupart des Marsoviens qui redoutaient que la menace allemande n'ait contraint le roi à nommer Petrescu, le leader des Gardes noirs, chef du gouvernement.

Pourtant, dès le lendemain, les milices fascistes, grossies d'éléments croates, slovaques et hongrois, organisèrent des défilés dans toutes les bourgades du royaume. Des pogroms extrêmement violents éclatèrent dans les villages juifs proches des frontières hongroise et slovaque. Quelques jours plus tard, Petrescu fut convoqué villa Tatiana.

Le roi, en frac et pantalon rayé, avait sorti son monocle d'un tiroir. Il l'ajusta avec précaution et, appelant son aide de camp, l'avertit que s'il ne le portait plus à la fin de l'entretien avec Petrescu, celui-ci devait être immédiatement arrêté et exécuté dans les sous-sols de la villa. Il comptait demander au chef des Gardes noirs de faire cesser les pogroms et de livrer à la police l'assassin de Molodine. Si l'autre n'acceptait pas, il avait pris la décision de le faire disparaître mystérieusement, à la Karol (*Karolym'*).

L'aide de camp introduisit Petrescu dans le bureau du roi, ce fameux bureau immense et glacé où le visiteur qui entrait distinguait au loin la table de travail du monarque. Elle ressemblait à la maquette géante d'un pont reposant sur deux grandes arches. Elle était toujours recouverte d'un fouillis de plans d'architecte, jonchée de crayons de couleur mordillés, de ciseaux de toutes les dimensions, d'articles découpés dans des journaux, de listes manuscrites de noms dont certains étaient cochés d'une croix, de boules de gomme vertes piquées de minuscules têtes d'épingles en sucre, de cartes à jouer, de colonnes comptables, et de caricatures qu'il griffonnait de temps à autre en rêvant et qui représentaient des membres de la vieille cour de sa mère depuis longtemps décomposés dans leurs tombes. Derrière le bureau trônait un énorme globe terrestre où la Marsovie était représentée par un point rose infime et pourtant démesuré, car il devait bien la grossir cinquante fois.

Quand Petrescu entra, en uniforme noir, crâne rasé et toque à la main, le roi se leva avec un air rêveur. Puis il se rassit et, sourire aux lèvres, tendit une main molle à Petrescu tout en désignant de l'autre une chaise (plutôt une sorte de prie-Dieu) devant son bureau. Petrescu à peine assis, le roi se mit à égrener ses exigences, les yeux demi-clos, lissant ses moustaches, tel un homme qui se souvient à haute voix de moments heureux. À la fin de son exposé, d'un léger haussement de sourcils, il fit tomber son monocle dans sa paume ouverte.

Mais Petrescu, après s'être trémoussé un bref instant sur son siège comme on s'éclaircit la gorge, fit comprendre au roi qu'il était effectivement le seul à pouvoir arrêter les massacres mais qu'il ne le ferait que si toute espèce de poursuite contre les Gardes noirs était abandonnée. Il ajouta qu'à moins que le roi ne consentît à former un gouvernement d'union nationale de défense contre le bolchevisme où les Gardes noirs seraient représentés, il n'était pas certain d'être en mesure de contrôler longtemps la tendance insurrectionnelle de ses troupes, que seules sa présence et son autorité empêchaient de marcher sur la villa royale comme ils en avaient plus d'une fois manifesté la volonté.

Le roi Karol, comprenant que le rapport de forces ne lui était pas favorable et surtout au ton de son interlocuteur que Berlin téléguidait sans doute la manœuvre, rajusta son monocle, changea d'emploi et, ouvrant tout grands les yeux, se mit à faire preuve d'une amabilité exquise et à tisser autour de Petrescu ces rets gluants de courtoisie presque obséquieuse dans lesquels depuis plus de cinq siècles ses semblables étouffaient les plus menaçants roturiers. Il l'assura qu'il pensait depuis longtemps qu'un gouvernement d'union nationale s'imposait et qu'il était le meilleur candidat à sa direction. Mais cela exigeait bien sûr que cessent immédiatement toutes les violences incontrôlées.

Petrescu, surpris d'un revirement si rapide, se mit à bafouiller qu'il comprenait les demandes du roi et ferait tout pour qu'elles soient exaucées le plus vite possible. Alors Karol lui demanda de veiller au bon ordre et de revenir le voir le lendemain en costume civil. Il se leva et raccompagna son hôte jusqu'à la porte, qu'il ouvrit lui-même (en vérifiant tout à coup d'un geste brusque, l'œil écarquillé, que le monocle était toujours à sa place). Petrescu n'osa pas saluer à la romaine et, prenant la main que le roi lui tendait, inclina le cou, claqua des talons et faillit y déposer un baiser.

La réaction du roi, si elle étonna Petrescu, avait été prévue par les Allemands, qui désiraient que la prise du pouvoir par leurs partisans apparût à la population, et surtout aux Juifs, comme un retour à l'ordre réconfortant. Veesenmeyer, leur envoyé en Hongrie, avait mis au point cette tactique. Un plan méthodique, fondé sur un découpage en zones géographiques de regroupement, exigeait que jamais ses victimes ne pressentent que la mort les attendait.

Pendant ce temps Salomon et sa fille vivaient en reclus dans la boutique. Il ne répondait pas au téléphone (un vieil appareil au boîtier en bois qui grésillait de temps à autre dans la cuisine comme sous l'effet d'une lointaine séance de spiritisme). Il se doutait qu'il devait s'agir de l'oncle Alex et répugnait sans trop savoir pourquoi à lui avouer que sa fille était revenue. Ils vivaient pourtant en grande partie sur des réserves alimentaires qui provenaient d'Arden (cinq kilos de macaronis confectionnés par Palek gisaient sur la table de la cuisine. Ils étaient enveloppés dans des torchons humides et leurs extrémités en dépassaient comme des tentacules de calamars). Elles s'épuiseraient bien vite. En ville, la nourriture commençait à être rationnée et de toute façon Salomon répugnait à sortir. Le 25 mars, le roi avait formé un gouvernement d'union nationale de lutte contre le bolchevisme. Une semaine plus tard, à son appel, des unités allemandes pénétraient en Marsovie.

Pendant plus d'une semaine, le temps fut tous les jours le même : le matin le ciel était radieux et même à Pizstina on entendait chanter les oiseaux. L'après-midi des nuages envahissaient le ciel et à la tombée du jour survenaient des chutes de neige fondue. L'obscurité grandissait dans la boutique, Salomon allumait le poêle et il jouissait de la montée de la nuit. L'angoisse qui ne le quittait plus depuis près d'un mois lui rappelait la nausée qui accompagnait ses passions amoureuses lorsqu'il était jeune, comme si la peur de la mort était une sorte de parodie de ces jours lointains, ou, peut-être, leur accomplissement atroce et incompréhensible. Mais, le soir venu, ce malaise se recouvrait peu à peu d'un enduit de bien-être. Il lui semblait que, terré dans le noir, il demeurerait introuvable.

Tous les jours Esther écrivait une lettre à Budapest que Salomon allait déposer à la boîte car il ne voulait pas qu'elle se montre dans la rue. Pendant le trajet, la caressant entre ses doigts, il se demandait qui la décachetterait. Elle était expédiée poste restante : selon Esther l'amie à qui elle était adressée ne vivait plus chez elle mais passait d'un appartement à l'autre.

Il aurait voulu savoir ce qu'elle contenait, la soupesant, l'agitant légèrement pour entendre tinter les mots d'amour. En la glissant dans la boîte qui l'avalait avec un petit battement moqueur, il se disait qu'il venait peut-être d'expédier à un inconnu une caricature qui le représentait enfoncé dans le grand fauteuil de cuir, surplombé par le manteau de Mme Novak.

Salomon avait abandonné à sa fille la grande chambre du premier et il dormait sur un vieux lit de camp derrière le comptoir. Ils passaient leurs matinées à discuter et l'échange se prolongeait pendant le déjeuner. Elle portait tous les jours le même chandail noir troué et le même collier de fausses perles. Son visage pâle et ses yeux gris en amande étaient rehaussés par ses cheveux tirés en arrière et retenus par le même serre-tête en satin que sur la photo. Volubile, pleine d'énergie, elle se montrait lors de leurs débats sur l'avenir d'un pessimisme absolu : pour elle, leur seule chance résidait dans l'arrivée rapide des Russes. Sinon, ils seraient bientôt recensés, concentrés avant d'être déportés Dieu sait où. Mais ces propos définitifs ne lui coupaient nullement l'appétit et, ses yeux gris luisants fixés sur le fond de la casserole, les lèvres entrouvertes, elle raclait le restant des macaronis. Ou bien, évoquant les pires horreurs, elle mangeait, dévorait plutôt, à petits mouvements vifs de couvert; les gestes légers, dansants, de ses mains aux doigts effilés, sa bouche agitée de mille petits frissons (on ne savait si elle mâchait ou souriait) évoquaient à Salomon le ramage assourdissant d'oiseaux sur des tombes. Lui au contraire, mélancolique et plein d'angoisse, n'arrivait pas à croire au pire, du moins tant qu'ils restaient ensevelis dans la boutique, dont il comptait bientôt baisser le rideau pour faire croire à leur départ. Néanmoins, il chipotait, maigrissait à vue d'œil, au point que son fameux complet marron prenait de plus en plus les allures flottantes d'un suaire.

Après le déjeuner, elle remontait dans sa chambre pour lire, travailler son violon ou fumer en cachette. Salomon restait en bas, installé dans le vaste fauteuil de cuir. Parfois elle mettait un disque sur le phono et dansait. Salomon entendait le bruit de ses pieds déchaussés qui frappaient le parquet. Chaque coup le berçait et en même temps ce battement d'un deuxième cœur le revigorait. Il la laissait ainsi tranquille la plus grande part du temps, mais il remarqua bientôt qu'il aimait à passer dans les endroits qu'elle venait de quitter. Dans le cabinet de toilette, il respirait à fond jusqu'à sentir dans ses narines le chatouillement de la poudre de riz ; dans la chambre, avant qu'elle ne fasse son lit, une odeur chaude, agrémentée d'une pointe de miel rance, qu'il estimait prudemment être celle de ses cheveux. Quand elle fumait (en cachette, croyait-elle), il ouvrait la vieille porte vitrée au fond du comptoir et humait les effluves du tabac. Il regardait la cendre qui tombait et que le vent parfois emportait sur le drap séchant dans la cour, y faisant éclore une petite étoile noire.

Les premiers jours, quand une connaissance passait l'après-midi à la boutique (les ravaudeux firent un retour en force à cette époque), et lui demandait à qui appartenait ce tricot qui traînait sur une chaise, cette voix qu'ils entendaient chantonner à l'étage, Salomon, à sa grande surprise, inventait un nouveau mensonge. Il jaillissait chaque fois tout frais de sa bouche et ses interlocuteurs l'avalaient d'un air gourmand, ravi, comme s'il leur avait servi leur mets préféré.

Pourquoi mentait-il, lui qui toute sa vie avait méprisé les menteurs ? Il était incapable de le dire, tout juste lui semblait-il, comme dans l'obscurité de la boutique, que rien ne pourrait arriver tant qu'il serait capable d'improviser ces minuscules comédies avec tant de naturel.

Puis les passants se firent rares. Le gouvernement Petrescu avait ordonné le recensement de tous les Juifs. Le téléphone grésilla souvent le jour où la nouvelle fut connue mais Salomon ne décrocha pas.

Il se produisit alors un phénomène étrange : les vieilles connaissances juives de Salomon passèrent à la boutique pour lui demander s'il fallait obéir aux ordres de recensement ou pas. Salomon fut surpris de constater à quel point son avis leur semblait crucial, comme s'il eût été un sage particulièrement éclairé.

M. Ebenweiller arriva un matin dans l'ombre fraîche de la rue tandis que les moineaux pépiaient sur les corniches inondées de soleil. Il était coiffé d'une toque de fourrure, enveloppé d'un manteau de peau chocolat si long qu'on ne voyait que la pointe de ses souliers et qu'il avait l'air d'avancer tiré sur une planche invisible.

Lui qui avait si souvent joué le prophète de malheur dans la boutique, étonné par le vrai de ses prédictions, s'en remettait désormais à Salomon. Ce Salomon qui pendant toutes ces années l'avait écouté sans rien dire, ne répondant aux rares questions que le vieil homme lui posait que par une autre question. Et maintenant le vieillard le regardait bouche ouverte, tête penchée, avec un regard douloureux, comme s'il attendait le jugement d'un rabbin.

Et bizarrement, les conseils, comme les mensonges, montaient désormais spontanément à la bouche de Salomon, à croire que le rôle qu'on voulait lui faire jouer avait déclenché une vocation, qu'il s'était réveillé, tel Chomi Hamagol, après une longue torpeur.

Posant la main sur l'épaule du vieillard et le regardant droit dans les yeux, il lui dit : « Monsieur Ebenweiller, enfermez-vous dans votre cave avec des conserves jusqu'à ce que vous entendiez parler russe au-dessus de votre tête. »

Le vieil homme sursauta, les sourcils gris se hérissèrent et il tourna le dos à Salomon. Il s'en fut sans se retourner, aussi vite que lui permettait sa démarche glissée. Qu'est-ce qui l'a vexé ? se demanda Salomon. La cave, les conserves ou les Russes ?

Quelques jours plus tard, ce fut Mme Novak qui passa pour poser la même question. Salomon, ému par l'air de la pauvre femme qui n'avait sans doute personne d'autre à qui confier ses doutes, et échaudé par l'effet de sa première prophétie, lui dit doucement : « Oh, madame Novak, ne vous faites pas recenser, ne vous faites pas recenser. » Les yeux toujours baissés de Mme Novak se levèrent un instant comme pour s'assurer qu'il ne plaisantait pas. Ils étaient dans la boutique ; à côté d'eux se dressait le manteau à col de lapin, tel un chaperon veillant aux convenances. Salomon se sentit gêné, il ne savait quoi faire. « Madame Novak, dit-il finalement en apercevant le manteau, je n'ai pas eu le temps de le terminer mais il est presque achevé. Il ne manque plus que le col et les parements à coudre. On peut tout de même le porter. Prenez-le, prenez-le car je dois m'absenter quelque temps. Si tout va bien et que je reviens, vous me le rapporterez et je vous le fixerai. »

Elle soupira, et Salomon comprit qu'elle se ferait recenser. Puis, sur un ton calme et plein de douceur, elle lui dit : « Je ne sais pas si nous nous reverrons, monsieur Lengyel. » Et ses yeux un peu globuleux regardaient dans le vide, échouant à distinguer sur le cadran de l'avenir l'heure à laquelle ils se retrouveraient.

Elle lui tendit sa petite main et il la serra, une petite main moite et chaude qui devait avoir la même odeur que les mouchoirs qu'elle y serrait, un parfum d'autrefois. Puis il la regarda s'éloigner à petits pas le long de la rue Tomashek, son manteau sous le bras. (Il avait peur qu'un morceau s'en détache.)

Un matin, Salomon aperçut de l'autre côté de la vitrine Victor, le chauffeur du vieux comte X., accompagné d'un barbu, le patron du café situé en face des tanneries. Ils regardaient à l'intérieur de la boutique, hilares, les yeux écarquillés, ressemblant aux badauds arrêtés devant la cage des singes.

Salomon leur fit un signe de tête, sortit pour aller les voir. Il leur tendit la main et ils la lui serrèrent mais en regardant ailleurs. Ils ne disaient rien, tournaient de temps en temps la tête l'un vers l'autre en roulant des yeux. Tout à coup, Victor, prenant un air sérieux, lui demanda : « Alors, Salomon, vous vous êtes fait recenser ? » Salomon ricana, comme s'il s'agissait d'une plaisanterie. Là-dessus ils s'avancèrent et, le bousculant légèrement, entrèrent dans la boutique, où Victor exprima le désir d'essayer des casquettes.

Esther était dans sa chambre, occupée à écrire sa lettre, et Salomon redoutait qu'elle ne descende ou mette un disque.

Victor, campé devant le miroir de la cabine au rideau déchiré, essaya une pile de casquettes. Il plissait les yeux et les faisait se succéder à toute vitesse sur son crâne, comme un policier tentant de retrouver le visage d'un criminel. Le barbu s'était adossé au mur et en se raclant la gorge contemplait les photos encadrées. Un rictus de sarcasme tenait en laisse ses yeux enfiévrés de curiosité. Quand son regard croisait celui de Salomon, son sourire mauvais s'élargissait. « Celles-là me plairaient bien finalement », dit tout à coup Victor et il serra trois casquettes sous son bras, tapa sur l'épaule de Salomon et s'en fut tranquillement avec son comparse.

Salomon n'avait pas réagi, et il resta longtemps immobile, se demandant ce qu'il aurait dû faire et ne trouvant rien, ni geste ni mot.

Les jours suivants, Victor repassa devant la boutique. Il ne s'arrêtait pas, lançant simplement quand il apercevait Salomon de l'autre côté de la vitrine : « Pas encore recensé, Salomon ? » Son ton n'était pas agressif, rappelait plutôt celui d'un courtier en assurances qui relance un client sans vouloir trop l'importuner. Un beau matin, il passa coiffé d'une grande casquette à carreaux, l'une de celles qu'il avait emportées. Avec un grand sourire il la montra du doigt à Salomon en criant : « On vous la paiera quand vous serez recensé » et Salomon comprit qu'ils ne pouvaient plus rester dans la boutique.

D'ailleurs les provisions se faisaient rares. Il savait qu'il ne pouvait se réfugier autre part qu'à Arden. Mais, s'il ne doutait pas de l'hospitalité de l'oncle Alex, il se méfiait de l'histoire qu'il irait inventer pour justifier leur présence. Salomon se sentait fatigué des inventions de mon oncle, mais à lui plus aucune idée de scénario ne venait.

Surtout, il répugnait à se rendre à Arden avec sa fille parce qu'il craignait que l'oncle Alex n'en tombe amoureux.

Plus il rêvait d'aller se cacher à Arden, plus cette crainte, au début une simple lubie, s'accentuait. Pendant les repas, il restait désormais silencieux, méditant sa crainte.

Mon oncle avait bien essayé de joindre Salomon par téléphone mais il ne s'était jamais rendu à la boutique parce que des officiers allemands venaient parfois déjeuner à l'hôtel. Certains habitués préféraient ne plus venir, tandis que de nouvelles silhouettes, Gardes noirs ou fonctionnaires des Affaires étrangères, faisaient aussi leur apparition à l'heure des repas. Les bruits de bottes (mal cirées, elles laissaient des traces noires sur les cabochons blancs), les conciliabules dans le hall ou une tendance à s'interpeller de table à table tendaient à transformer la salle à manger en une sorte de mess.

Mon oncle, ne sachant trop comment reprendre le contrôle des choses, avait préféré congédier l'orchestre et réduire ses apparitions. Il s'enfermait dans son petit bureau, faisait les cent pas à la recherche d'une idée, s'arrêtant tout à coup pour épier les conversations. Ce qu'il trouvait surtout accablant, plus que d'accueillir des officiers allemands, c'était de ne pas y trouver la moindre petite relation, même au quarante-cinquième degré, pas le plus petit von Machinchose à se mettre sous la dent, pour lequel il aurait pu ouvrir le tiroir où gisait la gravure piquée de rouille qui représentait l'aïeule. Deux officiers en uniforme noir, au col orné de petits carrés blancs, levaient en lui un malaise chaque fois qu'il les croisait; il avait l'impression qu'Arden et son décor noir et blanc les avait pour ainsi dire sécrétés.

Comme c'était son habitude dans ses moments

de découragement, plutôt que de tuer le temps en se curant le nez yeux au plafond, il fouilla dans ses tiroirs afin de relire de vieilles lettres d'amour.

Depuis sa jeunesse, il conservait celles de ses maîtresses, mais l'âge venant il gardait également une copie des siennes car il s'était rendu compte que c'était tout compte fait celles qu'il préférait relire. Elles lui rappelaient le corps de ces femmes mieux que leurs mots à elles. Sans trop se l'avouer, il trouvait que les lettres de ses amoureuses avaient quelque chose de mesquin, même, et peut-être surtout, quand elles étaient exaltées. Des rapports de comptables ivres. En les relisant, il croyait voir un enfant tenter de gonfler un ballon de baudruche. Il arrivait souvent que le ballon éclate dès la première page sans que l'auteur s'en rende compte et cesse pour autant de souffler et d'enfler les joues. Mon oncle, lui, à partir d'un certain âge, s'était contenté de décrire à ses correspondantes leur corps, soit qu'il eût remarqué qu'il était ainsi toujours certain de faire plaisir, soit qu'il n'eût trouvé que ce moyen pour ne pas s'endormir au murmure des mêmes fadaises. Et ce procédé, adopté jadis par sensualité et paresse, s'était métamorphosé en un cadeau magique, un miroir trouble où défilaient plus ou moins distinctement les corps des femmes du passé. Les lettres ressemblaient à ces descriptions de tableaux, insipides quand on les consulte en face de l'œuvre, mais qui, lorsque ce tableau a disparu dans un incendie, deviennent des buissons pleins d'ombres mystérieuses. Par un curieux mécanisme de la mémoire, quand il relisait ces pages il ne retrouvait pas tant les vertèbres saillantes à la base du cou de M. quand elle le penchait, ni le fin paraphe du poil sur le tétin de L., ni, entre l'aisselle et l'épaule du bras d'H. étendu sur le lit, un petit muscle laiteux comme une seiche, que l'ivresse du moment où la plume à la main il s'était rappelé ces détails.

C'est en fouillant dans ses tiroirs que mon oncle retrouva une photo prise une dizaine d'années auparavant qui lui fit entrevoir la possibilité d'une riposte contre l'occupation d'Arden.

Après une nuit de cogitations, il lança sa contre-attaque : il rappela les musiciens et leur demanda de jouer plus fort. Il fit transporter son petit piano dans la salle à manger et se mit à jouer pendant les repas, poussant même parfois la chansonnette. Afin de faire reculer la marée montante des Gardes noirs, il invita la troupe du théâtre de S. à venir manger gratis.

Et pour montrer aux officiers allemands qui était le maître, il fit agrandir et accrocher dans la salle à manger la photo retrouvée.

Elle le montrait sur le perron d'Arden bras dessus, bras dessous entre Göring et Vlasta, l'homme-canon de réputation internationale.

Ils étaient ce jour-là venus tous les deux déjeuner à Arden, et mon oncle s'était fait prendre en photo entre ces deux célébrités. Göring, pas bégueule, avait d'ailleurs tout apprécié, le repas, les souvenirs de Vlasta (ils avaient échangé des autographes), jusqu'à l'histoire de notre aïeule Rocoule, même si mon oncle avait été légèrement froissé, après qu'il lui eut confié que notre tante avait appris le français au Grand Frédéric, que le Reichmarschal se soit exclamé en lui assenant un grand coup de paume dans le dos « Et nous, nous apprendrons à chanter allemand au gros

Gaston ». (Doumergues était alors président du Conseil).

Sur la photo, le Reichsmarschall, en cape et uniforme blancs, tête nue, arborait son sourire de dogue joueur et féroce, tout prêt à vous arracher un bout de mollet pour entretenir sa gaieté. (Eût-on d'ailleurs traîné devant la photo quelque paysan du Danube en lui demandant de désigner de son doigt crevassé le ministre de l'Armement du Reich, il eût sans doute désigné Vlasta, avec sa jaquette noire, ses cheveux gominés plaqués en arrière, son regard grave, s'imaginant que le sourire carnassier de Göring, ses mains posées sur les hanches et sa cape blanche appartenaient à l'homme-canon de réputation internationale.)

Mon oncle fit donc agrandir et encadrer de quatre petites baguettes dorées cette photo avant de l'accrocher dans l'entrée, là même où il avait souvent rêvé de pendre un tableau de l'aïeule. Ainsi chacun devait-il comprendre que l'hôtel était placé sous le patronage du Reichsmarschall Hermann Göring. Dès que les officiers allemands entraient, ils se trouvaient accueillis par le Reichsmarschall en super maître d'hôtel dans son beau costume blanc, de telle sorte qu'ils franchirent bientôt le seuil avec timidité, à la façon des petits apprentis loufiats de Slovaquie.

Car s'il est indéniable que mon oncle avait en quelque sorte göringuisé l'hôtel, il avait également maitredhôtellisé Göring, et en voie de conséquence loufiatisé les officiers allemands qui s'approchaient désormais de lui en ruisselant de respect. Il les considérait d'un œil bienveillant, les mains croisées derrière le dos. D'un petit mouvement de tête il indiquait la table où ils devaient aller se placer. Et même en mangeant il leur arrivait de chercher son regard approbateur comme si la dégustation du canard à la Clérambault était une mission de la plus haute importance dont mon oncle rendrait compte au Reichsmarschall.

Ayant appris que les Juifs devaient se faire recenser, mon oncle s'était inquiété du sort de Salomon qui ne répondait plus à ses coups de téléphone. Il en était venu à s'imaginer qu'il avait peut-être trouvé le moyen de rejoindre sa sœur et sa fille à Budapest. Mais, un matin, il reçut une lettre dont l'enveloppe portait l'écriture de Salomon. Il la porta à ses narines car il s'en dégageait un léger parfum, pas désagréable. Salomon l'avait portée à la boîte en pleine nuit en la serrant avec la lettre d'Esther et l'enveloppe conservait l'odeur, prise dans la valise, de son foulard.

Salomon expliquait qu'il avait baissé le rideau de fer de la boutique et ne sortait presque plus. Il laissait même le téléphone sonner pour qu'on le crût parti. Il annonçait qu'il ne se ferait pas recenser mais resterait caché chez lui en attendant l'arrivée des Russes. Il demandait à mon oncle d'apporter une nuit un peu de ravitaillement : qu'il frappe au rideau et laisse le paquet que Salomon récupérerait sans le faire entrer de crainte qu'un voisin ne les voie.

Salomon ne savait trop s'il accepterait la proposition d'aller se réfugier à Arden que lui ferait tôt ou tard mon oncle. Dans l'hôtel les recoins ne manquaient pas et ils y seraient mieux que dans l'obscurité et le froid de la boutique. Il tentait de repousser la crainte qui l'envahissait lorsqu'il se voyait en train de présenter Esther à l'oncle Alex mais elle devenait chaque matin plus vive et c'est à contrecœur qu'il avoua à la fin de sa lettre que sa fille l'avait rejoint.

Une nuit, mon oncle apporta rue Tomashek un grand sac rempli de macaronis, gratta au rideau de fer et attendit, tournant sur lui-même pour s'assurer qu'aucune ombre ne les observait. Mais on n'entendait dans l'obscurité que le bruit du vent. Égaré dans les cages d'escaliers, il hululait avec une sorte de tendresse, comme enivré par la douceur de ce printemps 44 qui s'était fait longtemps attendre mais qui commençait à flotter dans l'air, bruissement de feuillage et d'herbe, odeurs de soupe et de glaise. Une ampoule suspendue à un fil entre deux façades éclairait à peine le décor en feuilles d'acanthe des façades noirâtres. Des touffes d'herbe follette poussées çà et là sur les murs tremblaient sous le souffle du doux vent de la nuit.

Dans un grincement épouvantable, le rideau de fer se leva de quelques centimètres. La longue main blanche de Salomon apparut dans le noir, battant l'air pour saisir le sac. Mon oncle s'accroupit, l'attrapa et avec un ricanement démoniaque y déposa un baiser. Secouant la main, il chuchota : « Je t'ai glissé un mot entre les macaronis. Ne le bouffe pas et réponds-moi vite. » Il se redressa et s'éclipsa, souriant de toutes ses dents, enchanté de l'effet.

Le mot disait :

Ne crois pas que tu vas me faire jouer au fantôme longtemps. Ta fille et toi serez bien mieux cachés chez moi. On vous casera dans le grenier à côté de chez Irena ou dans la cave avec le margaux. Deux Allemands, des sous-fifres qui ne dépassent pas le grade de commandant, viennent de temps en temps mais plus pour longtemps. Dommage d'ailleurs, car si tu réfléchis un peu tu comprendras que se cacher où personne ne songerait que l'on songe à se cacher est un gage de sécurité (comme Gavrilo dans Caresses et précipices). *Écris-moi vite pour me dire si tu veux que je vienne vous chercher une nuit avec l'auto.*

P.S. : Et dire que quand tout cela sera fini, nous n'oserons pas en tirer une opérette!

Salomon soupira devant l'alacrité Rocoule qui dans les circonstances actuelles confinait à une sorte de folie et la lettre qu'il alla poster la nuit suivante, une casquette noire enfoncée sur le crâne, ne contenait que ces quelques mots :

Je verrai... Ne bouge pas avant que je t'appelle.

Le lendemain survint l'événement qui décida du sort de tous.

Si mon oncle n'avait pas éprouvé ce matin-là le besoin d'aller se promener dans la forêt d'Arden, rien de tout ce qui va suivre ne serait arrivé, ni le charme des chansons ni l'horreur du sang versé.

Ce matin-là, malgré la grisaille du ciel, l'oncle Alex décida d'entreprendre une longue randonnée jusqu'aux confins d'Arden.

Il enfila un épais blouson, chaussa de gros souliers et se mit en marche d'un bon pas, le bâton à la main.

Il traversa la forêt de hêtres aux branches dépouillées, s'enfonçant parfois jusqu'aux genoux dans des puits de feuilles mortes. Puis il traversa la combe de fougères roussies abattues les unes sur les autres comme des vagues pétrifiées. Il apercevait sur le ciel gris le halo mauve de la chênaie lointaine et parvint sur la lande qui surplombait la rivière.

Là, il erra au flanc de la crête, humant le vent à pleines narines. Tant d'années après il retrouvait le paysage familier. Les arbres morts au bord des chemins pierreux avec leurs bras tordus semblaient pétrifiés par la surprise des retrouvailles. La permanence de tout ce qu'il reconnaissait, herbe, nuages et vent, faisait monter en lui un sentiment de tristesse et de consolation semblable à celui qui monte des anciennes berceuses.

Alors qu'il s'abandonnait à cette ivresse, il découvrit à ses pieds, dans un carré d'herbe, une guitare au manche brisé.

Il se pencha, les mains dans le dos, et l'examina un long moment. La caisse était défoncée, comme si on avait sauté dessus à pieds joints.

Que pouvait bien faire ici cette guitare ? *Qui avait martyrisé un instrument dans ce désert ?* se demanda-t-il en français.

Après quelques instants d'hésitation, comme s'il avait craint de s'y couper, mon oncle la ramassa. C'était une jolie guitare en bois brut et sombre, aux dimensions étranges, trop grande pour un jouet, trop petite pour un instrument, et qui semblait avoir été fabriquée par celui qui en jouait. Un endroit luisait, poli par le frottement du coude. Sur les chevilles de métal étaient noués trois petits rubans effilochés, un rouge, un blanc et un vert. Mon oncle, porté aux reniflades, les colla à ses narines et sentit une odeur de tabac froid. Hésitant, il lâcha finalement la guitare dans l'herbe et reprit son chemin, frappé par cette étrange découverte.

Il marcha une demi-heure encore, puis, passant devant un arbre mort gris et lisse, il s'assit à ses pieds et s'adossa au tronc afin de croquer un morceau de pain qu'il avait emporté dans sa poche. Comme il reposait sa tête contre l'arbre en portant le quignon à sa bouche, il sentit que son crâne enfonçait quelque chose dans le tronc. Surpris, saisi d'un mouvement de frayeur car un instant il s'imagina qu'il s'agissait d'un serpent, il se retourna vivement et aperçut, enfoncé dans un trou noir de l'arbre, le O parfait d'une bouche en argent. Il y posa délicatement le pouce et l'index et tira de l'arbre une clarinette.

Il éclata de rire, puis se leva, regardant autour de lui pour chercher dans la caillasse le cadavre de quelque autre instrument.

Mais il ne vit rien et se remit en route, rangeant son quignon dans sa poche. Il se dirigea vers le sommet de la crête pour rentrer par la forêt de pins.

En marchant sur les grosses pierres du chemin, il se demanda ce que devenaient les fous de l'asile, si on les trouvait encore parfois sur les chemins comme avant la guerre ou si elle les avait mystérieusement effacés comme tant d'êtres, d'habitudes ou d'objets que la guerre précédente avait fait disparaître sans qu'on s'en aperçoive.

Soudain, il vit une sorte de tertre caillouteux au sommet duquel on avait fiché une large pierre plate. On dirait une petite tombe, se dit mon oncle en souriant. Peut-être contient-elle les restes d'un instrument. Avec son croquenot, il remua les cailloux et mit au jour un petit tas de terre meuble. Il ramassa une pierre plate, se mit à creuser la terre et rencontra bientôt quelque chose de dur qui paraissait enveloppé dans un linge blanc.

Il dégagea le reste de terre avec ses mains, ouvrit le linge et y trouva un violon.

Il le sortit, le tourna en tous sens. Il semblait en parfait état mais, quand on le secouait, quelque chose remuait à l'intérieur. En le tournant et le retournant il finit par faire tomber d'une des ouïes une mince chaîne d'or où était prise une bague.

Mon oncle les serra dans sa poche et, stupéfait et rêveur, reprit son chemin en tenant le violon contre lui, comme une mandoline, et en en pinçant les cordes.

Ainsi pizzicatant, égrenant *Stenka Razin et la princesse*, il pénétra dans la forêt de pins. Le bruit du vent dans les hautes ramures, leurs craquements, lui rappelaient toujours son voyage nocturne au bras du Tzigane en 1914. Un jour, reconnaissant ces bruits lors d'une promenade sous les pins, il avait compris que c'était dans cette forêt qu'on l'avait retrouvé aveugle. Par jeu, ou par superstition, ou par hommage au passé, il ferma les yeux et marcha près d'une minute entière dans le noir, sourire aux lèvres, avant de les rouvrir brusquement, terrorisé à l'idée de se retrouver aveugle, victime de la vengeance du destin.

Puis il les referma, pour se montrer au-dessus de la superstition. Mais sa tête heurta quelque chose de dur et, en rouvrant les yeux, il vit un pantalon. C'était celui d'un homme pendu à un arbre.

La tête, penchée d'un côté, était ronde et donnait l'impression d'avoir rétréci, comme une pomme de grenier. Le jeune visage était celui d'un dormeur. On aurait dit que ses paupières, entrouvertes, allaient se soulever. Mais, avant de les ouvrir, il avait l'air de vouloir achever un rêve où une chose de la plus grande importance était en train d'apparaître dont les lèvres à peine écartées cherchaient à épeler le nom. La peau jaunâtre était marbrée de mauve à l'endroit où sa barbe avait poussé, une barbe aux poils noirs et larges comme des épines de rose dont on a coupé les pointes. Il pendait à une ficelle en partie détressée qui casserait bientôt.

Mon oncle restait hébété devant le pantalon de velours noir à l'odeur nauséabonde et son cœur battait à tout rompre. Des feuilles craquèrent, il sursauta et, tournant la tête, vit dans l'ombre du sous-bois une longue silhouette qui dévalait une pente couverte de buissons et de ronces. Elle bondissait dans les fougères en dépliant des jambes maigres, s'arrêtant après chaque bond pour lever la tête et scruter l'air, à la façon d'un écureuil. Tout à coup, l'ombre aperçut l'oncle Alex, et resta un long moment figée. Un nuage fondit dans le ciel, le soleil éclaira la silhouette et mon oncle découvrit un long type très maigre avec un petit bec de nez et des friselures de cheveux noirs qui dépassaient, comme deux tortillons de vigne, d'une casquette de cuir bleue. Il portait un long trench couleur cacahuète déchiré et taché en maints endroits. Ses pieds posés sur un rocher étaient chaussés d'élégants souliers framboise. (Le lecteur peut tout de suite noter que pas une fois ce personnage ne changera d'habits dans la suite de cette histoire. À peine, à certains moments, conviendra-t-il de se l'imaginer sans sa casquette car il lui arrivait parfois de la retirer et alors sa chevelure bouclée en jaillissait comme une forêt de ressorts soudain relâchés qui s'agitaient en tous sens avant peu à peu de s'apaiser et s'immobiliser.) L'homme finit par se remettre en marche, cette fois nonchalamment, au travers des ronces et des fougères, comme s'il se promenait sur un boulevard, et mon oncle vit qu'il sortait de sa ceinture un pistolet luisant.

Arrivé près de mon oncle, il lui adressa un clin d'œil puis leva la tête en direction du pendu. Ses yeux étaient rouges, son menton et ses joues creuses couvertes d'une barbe de plusieurs jours.

À ce moment, la ficelle cassa et le pendu tomba comme une planche dans un buisson de ronces.

« *Der shtrik funem shlumiel tserayst zikh, ven er iz shoyn toyt* » (la corde du schlemihl casse une fois qu'il est mort), dit l'homme en yiddish.

Il s'approcha du buisson, se pencha sur le mort, poussa un grand soupir de pitié qui s'acheva en sifflement de mépris. Puis il se redressa et considéra longuement mon oncle les yeux dans les yeux. Son menton remuait comme s'il était en train d'attraper un cheveu sur sa langue.

Mon oncle se dit que si un bon mot ne lui venait pas quelque chose de terrible risquait d'arriver. Il pensa à Salomon comme on invoque une Muse et, levant l'index, lâcha en allemand : « Mais la corde du schlimazl casse avant, afin qu'il connaisse une dernière fois la honte. » L'homme le regarda encore un moment puis leva les yeux au ciel.

« Cher monsieur, susurra-t-il cette fois en allemand, peut-on vous demander ce que vous faites dans ces parages ? »

Mon oncle, rassuré (et c'est alors qu'il se rendit compte que ses genoux tremblaient de la façon la plus grotesque), lui raconta qu'il possédait un hôtel un peu plus bas, sur le site le plus pittoresque du domaine d'Arden.

« Patron, si vous êtes dans l'hôtellerie, vous devez avoir de quoi manger. »

Mon oncle comprit que les yeux brouillés de l'homme, le jaunâtre de sa peau étaient ceux d'un homme affamé. Il sortit de sa poche le quignon et le lui tendit. L'homme s'en empara vivement sans dire un mot, le porta à sa bouche où il sembla le flairer, le lécher. En fait il le grignotait à petits coups de dents sans bruit, ses yeux écarquillés fixés sur mon oncle. Bientôt il s'interrompit, comme écœuré, et tandis que ses mâchoires continuaient à mastiquer dans le vide, il serra le quignon dans une vaste poche de son imper cacahuète.

« Il y en a d'autres là-bas », dit-il enfin, en se retournant et repartant à l'assaut de la pente. Il semblait trouver évident que mon oncle le suivrait, et il le suivit en effet, le violon à la main.

Après avoir escaladé tant bien que mal la pente en s'agrippant aux fougères mortes et aux ronciers, ils descendirent dans une gorge étroite aux parois de roches rougeâtres, goulet humide et visqueux qui déboucha bientôt dans une petite clairière. Là, prostrés, une demi-douzaine d'hommes se tenaient serrés les uns contre les autres. Tous étaient vêtus de chemises légères aux couleurs vives. Et mon oncle se rappela que le pendu aussi portait une chemise vert pomme. Plusieurs tremblaient, leurs bras et leurs genoux s'entrechoquaient, agités sans cesse de petits mouvements convulsifs peut-être dus au froid et à la faim. Leurs visages étaient hérissés de poils de barbe noirs ou roux et quand ils levèrent en même temps leurs têtes vers mon oncle, il vit que leurs yeux étaient tout rougis. Certains semblaient très jeunes, les autres très âgés.

L'homme au trench cacahuète s'avança parmi eux à grandes enjambées comme un berger au milieu de son troupeau, les forçant à s'écarter en distribuant des coups de pied (mon oncle s'aperçut que ses lacets tachés de boue étaient couleur canari).

« Vadim a succombé au désespoir et au chagrin. Le patron ici présent (il désigna mon oncle du pouce) va nous rapporter non seulement à manger mais aussi une pelle afin que nous l'enterrions dans les règles de l'art. Il aura même droit au kaddish, ce qui par les temps qui courent est un luxe réservé aux élus », et il montra d'un coup de tête un homme à l'écart que mon oncle n'avait pas encore vu. Couché sur le tronc d'un arbre abattu, il était pourtant coiffé jusqu'aux oreilles d'un grand chapeau et enveloppé dans un long manteau noir sur lequel une longue barbe crêpelée s'élevait et s'abaissait au rythme de sa respiration. Ses grands yeux écarquillés contemplaient les branches encore dépouillées que le vent agitait au-dessus de sa tête. Au bout d'un bras qui pendait jusqu'à terre, une main décharnée agrippait la poignée d'une valise en carton d'où jaillissaient des images colorées d'animaux.

Les hommes contemplaient tous le violon que mon oncle serrait dans son poing.

Ils se regardèrent. Un homme dont les pupilles tournaient comme des billes au fond d'un gobelet se tourna vers son voisin, un type à la longue figure osseuse, et lâcha : « Herschl, tu es ressuscité ! » Les autres se mirent à trembler de plus belle et les larmes à couler de leurs yeux, leurs bouches s'ouvrirent, et mon oncle comprit qu'ils riaient, qu'ils étaient agités, secoués, tordus par un fou rire inextinguible et douloureux. Ils s'entre-regardaient, comme si l'hilarité était un fardeau dont on pouvait se décharger sur le voisin. Seul l'homme à la longue figure gardait les lèvres closes. Les yeux baissés, il semblait mâchouiller quelque chose. De temps à autre, il levait la tête et jetait un coup d'œil sur le violon.

« Voilà la troupe des élus, patron. À l'asticot et à l'ortie depuis près d'une semaine. »

Sa voix en allemand claironnait, aussi métallique que celle du Monsieur Loyal des cirques. Il faisait craquer les mots comme pour y trouver quelque chose à sucer. Son visage osseux, ses yeux rougis, les boucles jaillissant de sa casquette bleue ajoutaient à l'impression d'ivresse qui se dégageait de ses paroles et de son attitude. Il avait l'air d'un homme tout juste retombé d'immenses hauteurs où il aurait avalé trop d'air, un air différent d'ici-bas qui rendait un peu fou.

Les autres semblaient ignorer ses paroles et ses entrechats. On aurait dit qu'ils n'osaient même pas le regarder. Dès qu'il ouvrait la bouche, leurs yeux fixaient le bout de leurs galoches terreuses.

« Maintenant on va chercher à manger. Ne bougez pas d'un pouce, ne partez pas à la cueillette aux champignons, n'allez pas non plus vous pendre aux branches et forcer ce malheureux à revenir glaner le youpin. »

Il adressa un petit signe de tête à mon oncle et

repartit vers le ravin de pierres rougeâtres. Mon oncle le suivit, le violon à la main, ce personnage à casquette bleue et imper cacahuète étant tout à fait le genre d'homme que les Rocoule suivent, ou ramènent chez eux, peut-être parce qu'ils les transforment en spectateurs de la vie.

Comme il ne perdait pas pour autant l'instinct de la prudence, il indiqua à l'homme qu'il existait non loin de l'hôtel un pavillon abandonné où ils pourraient trouver refuge. Il était en effet plus facile et plus discret de leur apporter là de temps à autre un peu de ravitaillement que de se lancer dans de grandes randonnées. Plus rassurant de les enfermer que de les savoir rôder.

Apparemment ravi de cet arrangement, l'homme aux fins lacets canari se présenta et lui fit le récit de ce qui leur était arrivé depuis près d'une semaine.

Mais plein d'une honnête pudeur, il ne lui raconta pas tout. Il omit en donnant son nom (Léon Abramowicz) d'y ajouter le surnom Louchka sous lequel il était connu de tous les services de police de Berlin à Cracovie. Mais comme ce Louchka était un des personnages favoris des récits de famille bien que personne ne l'ait jamais connu, je ne puis m'empêcher de vous en livrer un aperçu.

Braqueur réputé, Louchka Abramowicz avait notamment participé au fameux casse de la Caisse d'épargne de Brno en 28, d'où il sortit défiguré pour six mois à la suite de l'utilisation de gaz hilarants de mauvaise qualité. Il fut également mêlé à l'incendie du fourgon postal en gare de Bratislava (un indic démasqué, qui n'avait trouvé que cette idée pour sauver sa peau au moment où l'on s'apprêtait à le jeter dans l'Ostrov, avait hurlé que si on le liquidait une lettre partirait pour les dénoncer à la police). L'incendie aboutit à la réduction en cendres de six cents kilos de courrier et des trois quarts de la salle d'attente. C'est lui qui organisa à Vienne en 1936 l'enlèvement des deux caniches de la comtesse Pogolitch (le blanc ayant malheureusement été étouffé lors du kidnapping, afin de le remplacer Louchka arpenta toute une journée les rues de Vienne pour ne trouver finalement qu'un pauvre caniche noir qu'il fallut teindre, subterfuge vite découvert lorsque, la comtesse posant pour la presse dans les jardins de sa villa avec ses chéris retrouvés dans les bras, il se mit à pleuvoir), ainsi que le braquage de la bijouterie Meyer sur la Nettelbeckstrasse en 32 qui dégénéra en un véritable siège et se termina par un assaut des gendarmes où six d'entre eux trouvèrent la mort tandis que sept des braqueurs finissaient hachés à la Hotchkiss. Seuls trois voleurs, dont Louchka, réussirent à s'échapper en s'enfuyant par les égouts, puis parvinrent à quitter Berlin en se fondant dans une manifestation du KPD, où ils hurlaient plus fort que les autres « Du travail et du pain ! » afin de soulager leur épigastre chatouillé par les poignées de diamants qu'ils avaient avalées avant de se faire la belle.

Louchka, se contentant de dire à mon oncle qu'il possédait « une affaire de spiritueux », lui raconta qu'il avait loué un orchestre fameux dans les villages juifs de la frontière pour venir jouer à la noce de son associé Ivanek, « propriétaire d'une brasserie en Slovaquie et d'un restaurant en Marsovie dans la montagne juste à la frontière ». Il avait lui-même amené les dix musiciens en les tassant dans la bétaillère qui lui servait habituellement à livrer les caisses de brandy. Quand ils étaient arrivés, la fête battait déjà son plein, la salle était bourrée à craquer et la mariée « si cramoisie qu'elle avait bien fait de mettre une robe blanche sinon même son jules l'aurait pas reconnue ». C'est que le champagne coulait à flots, Ivanek et Louchka s'étant au début du conflit mondial prudemment reconvertis dans le marché noir de vodka et de brandy (« La seule façon pour un type comme moi de boire du vrai champagne, c'est de fabriquer de la fausse vodka » : telle était la philosophie de la vie d'Ivanek. Et selon le ton sur lequel il la prononçait, cynique ou débonnaire, résignée ou volontaire, la phrase faisait éclore une vision du monde tout à fait différente). Au petit matin les musiciens avaient secoué les chaussures de Louchka qui gisait sous une banquette (d'ailleurs, tout au long des semaines qui suivirent mon oncle se demanda si Louchka avait tout à fait dessaoulé) pour qu'il les ramène dans leurs villages. Ils avaient redescendu les contreforts de la montagne, tremblant dans le vent glacé car un convive indélicat avait subtilisé leurs manteaux pendant la noce et ils n'avaient sur le dos que les chemises aux couleurs éclatantes, rouges, bleues, jaunes ou vertes, qu'ils portaient quand ils jouaient. Comme ils avaient bu eux aussi, la bétaillère répandait sur les coteaux les accents de la clarinette ou des violons.

Mais quand ils se retrouvèrent à Zatyn dans la grisaille de l'aube, les portes des maisons battaient, des draps d'un blanc phosphorescent pendaient aux fenêtres. Ils s'étaient arrêtés en plein milieu de la rue et regardaient bouche bée les plumes des édredons remonter vers le ciel, comme dans un film projeté à l'envers. Le guitariste, originaire de ce village, se précipita sans un mot chez lui et quand il revint, livide, sa guitare toujours à la main, il leur apprit que tout l'immeuble était vide mais que dans l'escalier on ne pouvait pas trouver un coin qui ne soit taché de sang. Ils regrimpèrent dans la bétaillère et se rendirent à toute allure au village voisin, un village goy, où un grand échalas ramasseur de betteraves qu'ils croisèrent sur la route leur raconta que les Gardes noirs étaient arrivés dans les villages juifs à 3 heures du matin, avaient dévasté les maisons avant d'emmener les habitants en troupeau sur la route. Le paysan ne rapportait que des faits, mais avec véhémence, à la manière du commentateur d'une course à pied ou d'un match de football. De la salive grise s'accrochait aux coins de ses lèvres. Quand il en eut fini, il les regarda, posant les mains sur les hanches comme s'il venait de leur exposer un problème et était curieux de voir quelle solution ils allaient proposer. Ils reprirent la route et se rendirent à Matiszla, un autre village juif où le même spectacle les attendait, mais cette fois ils aperçurent au milieu de la rue un groupe de Gardes noirs. Le guitariste voulait descendre et leur demander où étaient conduits les Juifs, mais Louchka l'agrippa par le col et le jeta sur le siège à côté de lui avant de faire demi-tour en défonçant une clôture.

Sur la route, quand il se mit enfin à réfléchir, Louchka se dit qu'il ferait mieux de laisser les musiciens aller où ils voudraient et de retourner se cacher chez Ivanek. Il voyait même Ivanek assis sur le siège à côté de lui, jambes croisées, les yeux fixés sur les pointes de ses chaussures vernies qu'il remuait de temps en temps pour les faire miroiter, tentant de le convaincre en lui donnant, comme il en avait l'habitude, de petits coups sur la manche avec deux doigts tendus : « Dans ce bas monde, y a les loups et les moutons, les lions et les gazelles. Choisis ton camp. On l'a choisi voilà longtemps, non ? » Et il s'entendait répondre : « Ivanek, c'est de la sagesse toute cuite qui tombe de ta bouche. » Pourtant peu de temps après il bifurqua sur un chemin de terre qui montait vers son village natal, dont son père avait été le rabbin et où il n'avait pas mis les pieds depuis vingt ans.

Dans la montagne tout était calme, le village dormait encore bien que le soleil fût levé. Louchka savait que son père et sa mère étaient morts longtemps auparavant, mais il se dirigea vers l'échoppe du boucher. Rien n'avait changé dans le village. En s'y promenant ses yeux croyaient tout retrouver, même les nids d'hirondelles dégoulinant de fiente, même les branchages des fissures sur les crépis bleus, et cela lui gonflait le cœur, il aurait préféré ne rien reconnaître. C'est chez le boucher que vivait son frère cadet, un simple d'esprit ou plutôt un illuminé qui passait son temps plongé dans *La grâce d'Elmelech* ou *La sainteté de Lévi*, gribouillait des idées de sermon pour deux ou trois rabbins des environs mais avait pour le reste les réactions et la simplicité d'un enfant. Protégé et recommandé par les rabbins dont ses phrases hantaient les bouches, il vivait de l'hospitalité et de la charité de Mendl le boucher.

Quand Louchka pénétra dans la boutique, le soleil resplendissait sur les carreaux blancs et les crocs vides. La viande se faisait rare et Mendl le boucher, un gros homme au crâne luisant, se tenait derrière son étal les yeux perdus dans le vide, les mains croisées sur le ventre avec l'air d'un acheteur qui se demande s'il ne vient pas de se faire avoir. Dans la boutique déserte deux mouches virevoltaient l'une autour de l'autre. « Fais ton bagage, Mendl, lança Louchka sans même s'arrêter ni le regarder. Partez tous dans la montagne car on vient vous chercher. » Et il descendit le petit escalier qui menait au sous-sol où on lui avait dit que vivait son frère.

Dans une remise obscure, assis en tailleur sur un petit lit de fer, un long manteau noir sur les épaules, il était en train de découper soigneusement dans un magazine illustré l'image coloriée d'un chien. Sous un soupirail, meuble unique, une petite table en pin couverte d'un fouillis de manuscrits et de papiers colorés soutenait un grand chapeau noir.

Le cadet leva les yeux vers l'aîné. L'aîné se demanda si le cadet le reconnaissait puisque depuis toujours le simplet regardait les gens qu'il croisait comme des frères venus le sauver. Ils ne s'étaient pas vus depuis plus de dix ans mais Louchka ne le trouva guère changé : ses cheveux et sa barbe avaient buissonné, mais ses yeux bruns luisaient toujours comme s'ils roulaient dans l'huile. « Élie » dit le simplet, et il se leva avec un grand sourire, faisant tomber à terre découpages et ciseaux. Les dalles visqueuses de pierre rouge sang étaient jonchées de papiers aux couleurs éclatantes. Louchka embrassa son frère, alla prendre son chapeau sur la table et le lui posa sur la tête.

« Je suis venu te chercher car les ennemis de Dieu nous cherchent pour nous tuer », lui dit-il. Pendant toute la montée vers le village, il avait préparé cette phrase dont il était très content car, à la façon d'une escroquerie bien montée, elle épousait les fantasmagories de celui à qui on l'adressait sans faire violence à la réalité. Contrairement à ce qu'il craignait, son frère n'opposa aucune résistance, ne manifesta aucune surprise, mais alla tirer de sous son lit une valise en carton. Il se mit à y entasser deux énormes volumes à la couverture de cuir noir râpé et un amas de découpages, de collages coloriés qui traînaient un peu partout sur le sol. L'on y voyait des animaux, surtout des chiens de toutes les espèces. Louchka l'aida à ramasser ses éléphants, ses dogues et ses caniches, boucla sa valise et le poussa dans l'escalier. Dans la boutique, Mendl avait disparu. Mais dans la rue un attroupement commençait à se former autour du camion où, debout sur le capot, le clarinettiste, un petit homme âgé aux longues moustaches grises du nom de Prokosh, expliquait ce qu'ils avaient découvert à Zatyn.

On voyait la peur s'installer sur les visages. Les bouches s'ouvraient, les yeux s'agrandissaient, toutes les figures prenaient un air de famille. On aurait dit que le Créateur n'était plus capable de préserver la diversité des visages. Quand Louchka parut, les plus vieux le reconnurent. Des cris fusèrent comme si en même temps qu'ils apprenaient leur malheur, ils en voyaient paraître la cause en imper cacahuète et chaussures framboise. « C'est Élie, le fils indigne du rabbin », « Le voyou, l'assassin, le voleur », « L'étrangleur de chiens », « Ne viens pas gâcher notre malheur », siffla un homme et il cracha sur son pantalon. Des fenêtres claquaient, des cris retentissaient, de petits moineaux jaillissaient du crottin.

Louchka, impavide, après avoir fourré son frère et sa valise dans le camion, grimpa sur le capot et se mit à beugler.

« Les fascistes vont rappliquer pour vous faire faire une petite promenade en forêt ou vous embarquer Dieu sait où. Ne restez pas là, allez vous cacher dans la montagne. »

Puis il sauta à terre, s'installa au volant et partit en trombe avant de tomber en panne d'essence vingt-cinq kilomètres plus loin, sur un chemin creux de la forêt d'Arden.

Il décida de faire le point avec sa troupe. Certains voulaient redescendre dans la plaine retrouver les leurs et subir le sort commun. D'autres hésitaient, les plus âgés ou les plus jeunes. Deux hommes mariés partirent en courant. Tandis qu'il regardait leurs silhouettes dévaler la pente, s'amenuiser et disparaître, Louchka les haranguait en allemand et en yiddish, rabattant de temps à autre les pans de son imper que soulevait le vent glacé : « Les gars, pourquoi aller se fourrer dans le troupeau direction l'abattoir ? Les pères de familles nous ont quittés pour retrouver qui quoi où ? Entre nous soit dit je préfère même pas l'imaginer. Ils vont vous faire ce qu'ils ont fait partout ailleurs, vous coller l'étoile de David et vous transformer en mendigots derrière des barbelés. Je ne vous parle même pas des histoires de savonnettes qu'on a tous entendues. Pas de ça avec Louchka. Bientôt les Russes seront là. Deux ou trois mois dans la forêt façon Robin des Bois et quand on redescendra dans la plaine j'aime autant vous dire que la caillasse du chemin sonnera l'heure des comptes. » Et il en entraîna une dizaine dans la forêt d'Arden. Depuis près d'une semaine ils y tournaient en rond, à la recherche d'un asile et de nourriture.

Louchka, inspiré par une vision quelque peu abstraite de la nature, s'était imaginé que dans cette forêt devaient bien se trouver quelques habitations où l'on pouvait se procurer à manger en ayant recours à la pitié et à la terreur. (Il avait pris soin de s'armer avant de se rendre au mariage d'Ivanek car les noces de village sont toujours prisées pour les règlements de comptes au petit matin.) Mais ils n'avaient rien trouvé, pas la moindre hutte de charbonnier, et s'étaient bientôt retrouvés à bouffer des champignons et des escargots. Ils seraient morts de faim si Louchka, après avoir dégainé trop tard et loupé un faisan, n'était pas redescendu une nuit dans la plaine pour rapporter deux poules qu'il avait croisées sur la route, caquetant dans la lumière de l'aube. Au bout de deux semaines de jeûne et de froid nocturne (ils buvaient l'eau des ruisselets, des mares et des rochers, et plusieurs étaient travaillés par la fièvre), l'attitude de certains musiciens devint étrange : le clarinettiste, un homme aux longues moustaches grises, au dos voûté de vieillard, cacha son instrument dans un tronc d'arbre qu'il marqua d'une croix « afin de pouvoir le retrouver quand tout cela sera fini ». Cette initiative le ragaillardit, il s'en frottait les mains. Le lendemain, Vadim, le jeune guitariste qui ne parlait plus depuis le premier jour, brisa soudain sa guitare (les trois rubans qui y pendaient avaient été noués par chacun de ses enfants et il semblait incapable de l'abandonner ou de la regarder) et s'enfuit dans la forêt.

Au bout de trois semaines, ils renoncèrent à la marche. Les plus jeunes ne pouvaient s'empêcher de penser sans cesse au sort de leurs femmes et de leurs enfants. Peut-être au moment où leurs visages leur revenaient à la mémoire étaient-ils en train de se faire massacrer, ou peut-être leurs têtes gisaient-elles encore sur le carreau de leur maison au milieu d'une flaque de sang, et ces imaginations en poussèrent deux à fuir dans la forêt et à s'y donner la mort.

Un matin, un violoniste nommé Herschl, un veuf à longue figure de cheval, s'éveilla le visage recouvert de rosée et de fils d'argent. À partir de ce moment, il fut convaincu qu'il était mort. Qu'eux tous étaient morts mais ne s'en rendaient pas compte et erraient encore dans le monde. Une nuit, en se roulant une dernière cigarette avec son reste de tabac, il se confia à Prokosh le clarinettiste : « Moi je me considère comme mort. Considère donc que tu parles à un fantôme », lui dit-il d'un ton décidé. Il retira sa bague, enleva une chaîne d'or qui pendait à son cou, les glissa à l'intérieur du violon et partit l'enterrer sous un tas de grosses pierres auquel il donna l'aspect d'une tombe. Puis, toussant et crachant, il partit fumer un peu plus loin en regardant les étoiles à la façon de ces hommes qui, avant de partir en voyage, paraissent vérifier que le firmament est bien en place. Les jours suivants, il suivit les autres à la recherche d'un peu de nourriture mais ne prononça plus un mot. Ils l'appelaient le fantôme mais il ne le prenait pas mal. Yeux baissés, bouche pincée, il semblait même y prendre plaisir.

Peu à peu, tous les musiciens se débarrassèrent de leurs instruments, qui les gênaient pour marcher. Et comme ils répugnaient à les jeter dans les buissons, ils les enterrèrent ou les cachèrent entre des rochers et dans les troncs des arbres creux.

Louchka et l'oncle Alex revinrent avec la pelle et un peu de pain. Ils enterrèrent le guitariste. Le frère de Louchka récita le kaddish et sa voix profonde fit tomber d'un chêne, l'une après l'autre, les cinq ou six feuilles mortes qui y tenaient encore. Puis ils grignotèrent quelques croûtons mais ils s'arrêtèrent vite, se balançant d'avant en arrière comme pour la prière tant le ventre leur faisait mal. Ils finirent par se lever et s'engagèrent en claudiquant sur le grand chemin de terre qui menait au pavillon. Pendant la descente, mon oncle s'approcha du violoniste, qui marchait les yeux baissés, sortit de sa poche la bague et la chaîne et les lui tendit. L'autre y coula un regard rapide, comme à une photo obscène. Il n'y toucha pas, continua sa route et l'oncle Alex les remit dans sa poche (le violon, lui, reposait sur le sofa vert, dans son petit bureau).

Et c'est ainsi que naquit ce qui devint plus tard la légende familiale de « l'orchestre juif d'Alex », qui dans sa version la plus mégalomaniaque voulait que mon oncle eût caché dans sa cave durant toute la guerre un orchestre philharmonique (tantôt celui de Lvov, tantôt celui de la radio de Bucarest), qui donnait la nuit de magnifiques concerts auxquels se rendait clandestinement, des bougies à la main, un public choisi. Selon une autre version, ce n'était qu'un ramassis de violoneux klezmers recueillis çà et là, parqués dans la cave d'où parfois la nuit ils remontaient pour prendre l'air quelques instants dans la roseraie obscure. Dans cette variante, si l'oncle avait consenti à donner abri à des musiciens juifs, c'était pour s'offrir à l'œil un véritable orchestre. « Sans Auschwitz, disait-on à ma mère, jamais personne n'aurait entendu les opérettes de ton oncle. »

Deux jours après l'installation de l'orchestre dans le pavillon, Salomon se dit que le temps était venu de partir pour Arden. On approchait de la fin avril et, après le recensement et l'obligation de porter l'étoile, on parlait d'un projet de rassemblement des Juifs dans certains quartiers afin d'organiser un service de travail obligatoire. Petrescu prenait tous les matins par téléphone ses ordres d'un certain Vesenmeyer, et les effectifs de la Werhmacht augmentaient chaque jour. Le roi Karol, isolé dans la villa Tatiana, ne voyait plus personne, prétextant une indisposition d'entrailles (les agents de la police secrète avaient pour mission de répandre dans les cafés la rumeur que les fascistes étaient en train d'empoisonner le roi). Il voulut rencontrer son cousin de Roumanie, songea même à se réfugier en Turquie, mais, ne pouvant utiliser son avion puisque son pilote, américain, était assigné à résidence, il se contentait d'expédier de douteux émissaires à de fantomatiques correspondants.

Une nuit, pendant qu'Esther dormait, Salomon prépara son sac de voyage.

Outre ses affaires de toilette, des chemises

blanches et une paire de caleçons fourrés, on y trouvait un service complet d'argenterie totalement vert-de-grisé, un exemplaire du *Romancero* de Heine, un portefeuille de titres divers, pétroles de Ploiesti, sels de Salzbourg, deux alliances en or, la photo d'Ottla décrochée d'au-dessus du lit conjugal, un stylo-plume hors d'usage au fourreau en loupe de bouleau, la collection complète des dessins dépeignant la pension Mayer entre 1937 et 1944, un minuscule chandelier à sept branches en étain rapporté de Jérusalem en 1904 par l'oncle Charles et dévolu en héritage au père Lengyel dans un esprit où la piété se mêlait au sarcasme et empaqueté de même par Salomon, un dé à coudre, une photographie où l'on voyait sa mère assise dans l'herbe (et les mains, la chemise et la cravate de son père), le restant de salami à l'acacia empoisonné enveloppé dans un mouchoir où l'on reconnaissait le pont suspendu de Budapest brodé en fils rouges et jaunes, deux lettres d'Ottla envoyées de Carlsbad où elle était allée visiter une tante peu après leur mariage en 1924. Malgré un instant d'hésitation, Salomon renonça à emporter la vénérable pièce de nankin qui gisait toujours dans son carton (peut-être de peur de la découvrir totalement pulvérisée ou rongée, et d'y voir un mauvais présage), mais il décida d'emporter trois vestons presque terminés depuis des années, encore cousus de fil blanc (un gris d'été, une flanelle bleue à rayures, une laine anthracite coupe droite). Puis il éteignit la lampe et s'assit dans le fauteuil de cuir.

Le menton dans le creux de la main, il se demandait comment il pourrait soustraire sa fille aux regards, et, pis encore, aux rêveries de l'oncle Alex. Si seulement il avait pu la grimer et l'enlaidir, à la façon du comte Ottokar dans *Le corset des mélancolies* qui maquille sa bonne en vieillarde avant de l'envoyer espionner au camp tzigane. Hélas, il n'était pas le comte Ottokar, constatation qui fit monter sur ses lèvres une grimace amère.

Mais alors, de la même façon que naguère, au moment où il désespérait le plus de son talent, une idée brillante de scénario se levait tout à coup d'une situation plate et banale, Salomon eut l'idée de faire croire à l'oncle Alex que sa fille était malade. Il savait bien que mon oncle était possédé comme il le disait lui-même par « une crainte maladive de la maladie », qu'il attribuait au souvenir de ces nuits de l'hiver 1914 qu'il avait passées « au milieu de catarrheux à l'agonie ».

Un éventail de diverses maladies (grippe, typhus, polio, rougeole) se déplia aussitôt dans son esprit, l'invitant à en tirer une. Mais la solution la plus classique s'imposa, évidente comme un bon dénouement : dans la lettre qu'il enverrait à l'oncle Alex pour le prévenir qu'ils allaient tenter de gagner Arden de nuit, il lui confierait que sa fille paraissait atteinte d'un début de tuberculose. Il préciserait à mon oncle qu'afin de ne pas être remarqués, ils arriveraient à Arden vers 3 heures du matin et viendraient frapper au volet du petit bureau. Les formalités de présentation seraient ainsi réduites au minimum, et dans l'obscurité.

Salomon, droit sur son fauteuil, riait sans bruit de son ingéniosité.

Une pensée l'accabla tout à coup. Que dirait-il à sa fille ? Comment mettre quelqu'un dans la confidence d'une comédie dont on ne peut invoquer la raison ?

Il recouvrit aussitôt cette fissure dans l'édifice d'un feuillage discret qui l'embellissait : il dirait à Esther que son ami acceptait de les abriter mais tenait à les voir le moins possible, de peur d'attirer les soupçons et afin de pouvoir prétendre qu'il ignorait leur présence. Cette invention présentait sur le plan de l'intrigue l'avantage de faciliter l'isolement d'Esther et sur celui des caractères de rendre moins héroïque l'oncle Alex. Il s'en claqua les cuisses de satisfaction.

Allongé sur le canapé, il ne put trouver le sommeil. La perfection du scénario vibrait sous sa peau.

Au petit matin, il écrivit la lettre à mon oncle, précisant qu'ils comptaient arriver le surlendemain dans la nuit. Puis, après un petit déjeuner frugal, et tout en expliquant la marche des événements à Esther qui était en train d'essayer la tenue qu'elle porterait pour leur voyage nocturne (elle enfila trois pulls l'un sur l'autre, par trois fois son visage aux paupières closes surgit de l'encolure, par trois fois elle s'ébroua pour remettre en place ses cheveux), Salomon broda sur son scénario. Il agitait la marionnette de l'oncle Alex qu'il avait confectionnée pendant la nuit.

« Comprends-moi, Alex est pour moi comme un frère. C'est un homme charmant, mais en vieillissant hélas toutes nos qualités tournent en sauce amère. Il est de ces hommes qui ne se voient pas vieillir, ce qui lui donne un air de jeune premier sur le retour. Pathétique... »

S'écoutant parler, Salomon se disait avec étonnement que les mots qui jaillissaient tout seuls de sa bouche étaient la vérité même sur mon oncle, et il la découvrait comme une pépite qu'il aurait crachée tout à coup sans savoir d'où. Cela confirmait le pressentiment assez triste qui l'avait effleuré plus d'une fois que la malveillance est le chemin le plus sûr vers la vérité. L'oncle Alex, sur lequel, après toutes ces années, il ne pensait pas plus à porter un jugement moral que sur le temps qu'il fait, lui apparaissait tout à coup comme un personnage tombé de l'une de leurs opérettes. Mais ce personnage jeté sur la scène lui sembla tout à coup si fragile, si touchant, qu'un torrent d'affection le submergea.

« Ne crois pas que je vaux mieux que lui, ajouta-t-il, avec ma gueule d'épouvantail.

— Un joli couple ! » lâcha Esther d'un ton qui lui parut sarcastique. Mais peut-être était-ce parce qu'elle tenait une épingle à cheveux entre ses lèvres. Néanmoins Salomon s'alarma. Il se demandait s'il n'avait pas suscité la curiosité de sa fille en présentant le duo qu'il formait avec mon oncle comme un bon spectacle.

« Hélas, comme les vieux couples, nous n'avons plus grand-chose à nous dire », soupira-t-il, espérant désamorcer cette promesse.

Quand Esther eut fini de s'habiller (elle enfila trois chemises, trois pulls, un manteau de laine pied-de-poule et se coiffa d'un fichu, endossant sans le savoir le costume international des réfugiés), Salomon se rendit compte qu'il fallait à sa fille des chaussures pour affronter de nuit les chemins empierrés qui menaient à Arden. Il se souvint que dans l'armoire de la chambre qu'il n'ouvrait plus jamais et où dormaient les affaires d'Ottla se trouvait une paire de galoches qui ferait l'affaire si Esther enveloppait ses pieds de plusieurs couches de grosses chaussettes.

Monté dans la chambre, il tourna la clef de l'armoire pour la première fois depuis quinze ans. La porte grinça, pivota (son visage dans la glace glissa, disparut comme dans un roman une allusion à un personnage secondaire), et il découvrit les robes endormies, qui prirent au bout d'un moment cet air un peu accusateur des choses qu'on surprend dans leur solitude. Il reconnut au premier coup d'œil un manteau noir à boutons dorés, où l'on voyait la silhouette d'un lion dressé sur ses pattes arrière. Tant d'années s'étaient écoulées que les vêtements serrés les uns contre les autres évoquaient non plus le passé, mais la garde-robe d'une pièce longuement rêvée, préparée, et qui n'avait finalement jamais vu le jour. Et dans les images vagues qui lui venaient de répétitions de cette pièce flottaient des visions d'Ottla : son visage y prenait l'air doux de ceux qu'à la fête foraine on voit glissés dans le trou d'une silhouette peinte, le visage qui venait le hanter dans ses rêves.

Une mite voleta et en l'attrapant il se baissa pour chercher les galoches. Plongeant la tête dans l'armoire, il frôla des narines le tissu jauni d'une robe à volants verts mais aucun parfum ne s'en dégageait, seulement une odeur de poussière si concentrée qu'elle semblait évoquer, mieux que les parfums d'Arabie, un pays lointain. Et tandis qu'à la recherche du caoutchouc des galoches ses mains fouillaient à l'aveuglette dans les chaussures (elles, il craignait de les regarder), et qu'il sentait sous ses doigts les éraflures du cuir ou le poli d'escarpins laqués qu'elle n'avait jamais mis, un phénomène étrange se produisit, une image déchirante d'Ottla l'assaillit dans le noir : souriante, elle posait doucement son visage sur son poing, vêtue d'un pull rose orné de motifs d'éclairs noirs, un pull qui ne se trouvait pas dans l'armoire, qui n'avait jamais existé.

Il sentit le caoutchouc des galoches, y enfila vite le pouce et l'index et les tira en se redressant brusquement et poussant violemment la porte.

Cette nuit-là, à 2 heures, ils se glissèrent hors de la boutique et s'en furent à travers les ruelles de Pizstina pour gagner l'endroit où elles se transformaient en chemins de terre à peine visibles, dont l'un montait à Arden.

Arrivés sur le chemin, ils ralentirent leur marche pour souffler un peu. Esther portait les galoches, un long manteau, sa tête était couverte d'un foulard crème que la clarté de la lune rendait phosphorescent. L'air était doux, et cela rendait la marche agréable, seulement gâchée pour Salomon par les trois vestons pendant à son bras. Ils s'enfoncèrent dans la forêt obscure mais les craquements, les courses furtives dans les taillis qu'ils entendaient ne les effrayaient pas. Ils retrouvaient souvent au détour d'un virage ou au sommet d'une côte le ciel étoilé et le halo de la pleine lune. Sa lumière enivre le marcheur de nuit et bientôt les noirs chevrons des branches de sapins sur le ciel, les ombres des rochers où çà et là scintille un sel d'argent, lui semblent les ornements d'un labyrinthe qu'invente l'imagination d'un rêveur.

En parlant de rêveur, à quoi l'oncle rêvait-il, assoupi sur la chaise du petit bureau ? Peut-être qu'il marchait lui aussi sur les chemins d'Arden dans le ruissellement du clair de lune, se perdant dans leurs méandres comme il l'avait déjà fait tant de fois en rêve. Dans l'obscurité, le menton fiché sur la poitrine, il avait l'air de se recueillir sur la tache d'œuf qui ornait son plastron blanc. Devant lui, sur le bureau, étaient alignés un bougeoir à la chandelle éteinte, une grosse boîte d'allumettes et deux verres au fond desquels un doigt de rhum épaissi de sucre fondu attendait d'être ressuscité en grog. Il avait laissé ouverte la fenêtre pour être certain d'entendre frapper au volet et le battement régulier d'une branche du rosier qui y cognait l'avait doucement bercé et protégeait désormais son sommeil de son sortilège.

Le matin, lorsqu'il avait découvert dans la lettre de Salomon l'allusion à la tuberculose d'Esther, il avait senti son épigastre se rétrécir. Ainsi les guerres mondiales le poursuivaient-elles comme une malédiction personnelle qui le condamnait à affronter les glaireux, les racleux! Le cellier de la cave où il avait prévu de les installer ne pourrait convenir, trop froid et trop humide pour une malade. Il devrait donc faire coucher l'enfant dans la chambre bleue du premier étage. Désaffectée à cause de son exiguïté elle donnait sur un débarras séparé du couloir par une lourde porte coulissante. Peut-être étoufferait-elle l'écho des quintes de toux.

Dans cette chambre mon oncle avait entassé toutes ses vieilleries, manuels scolaires, cahiers d'écolier, photos de famille, esquisses de scénarios et partitions (tandis que les versions « définitives », si l'on peut dire puisque aucune ne comportait encore de fin, étaient soigneusement classées et rangées dans le petit bureau). Dans une grosse armoire pendaient tous ses anciens costumes, même ceux à culotte courte, et jusqu'aux déguisements des bals masqués de sa jeunesse, qu'il ne pouvait se résoudre à jeter comme s'il n'était pas tout à fait sûr de n'être pas amené un jour à rejouer toute la comédie.

La chambre présentait l'inconvénient d'être si petite qu'elle ne pouvait contenir qu'un lit (Salomon devrait coucher dans le cellier) mais l'avantage que personne ne risquait d'y pénétrer à l'improviste. Elle ne communiquait avec l'extérieur que par une trappe dissimulée sous le lit, donnant sur un petit escalier en colimaçon qui descendait dans le bureau de mon oncle. Sa crainte apaisée, le bon cœur de l'oncle Alex put entrer en scène pour s'attendrir à la pensée de cette petite fille malade — n'y ayant jamais véritablement pensé, il se faisait une idée assez abstraite de l'âge d'Esther. Il alla même jusqu'à déposer sur le petit lit avec la paire de draps frais deux peluches dénichées dans le fouillis de l'armoire (l'ours borgne et pelé de son enfance et, vestige de celle de la tante Irena, une girafe aux poils rares et hérissés comme ceux d'une vieille brosse à dents).

Ces peluches apparurent dans un rêve qu'il était en train de faire. Elles étaient posées sur le couvre-lit jaune de ma tante et il lui semblait l'entendre sangloter.

Il fut tiré de son sommeil par le bruit d'un volet qui battait. Il bondit et alla pousser les deux persiennes. Comme un génie libéré de sa bouteille, le clair de lune jaillit sur les murs en maître. Passant la tête par la fenêtre, mon oncle eut l'impression que sur le chemin qui descendait vers S. les sommets des feuillages avaient été minutieusement vernissés d'argent. Les grands arbres d'Arden semblaient avoir rapetissé. Mais la blancheur étincelante répandue sur leurs cimes épousait les moindres remous de la forêt et les creusait ou les enflait en vagues profondes, semblables aux remuements calmes de l'océan. Au moment où il comprit que cette blancheur était la lumière de la lune, les trois notes ouatées d'une toux montèrent du chemin. Une main agrippa la sienne et, baissant les yeux, il vit le blanc des yeux et des dents de Salomon.

« Où est la petite ? demanda mon oncle.

— Là-bas, sur le chemin. Elle est assez fatiguée. Montre-nous vite où nous devons nous cacher.

— Venez dans le petit bureau. La porte de la salle à manger est ouverte. »

Il se retourna, courut au bureau, prit la boîte d'allumettes et alluma la bougie, puis le gaz du petit réchaud pour faire bouillir l'eau des grogs.

Salomon apparut le premier et mon oncle lui chuchota que cette nuit il dormirait dans le bureau et que sa fille irait s'installer au-dessus, dans la petite chambre bleue. Il ferma les volets, reprit le bougeoir et en le levant découvrit Esther qui entrait dans la pièce. Pour mieux la voir, il leva plus haut le bougeoir, éclairant sa propre figure aux sourcils dressés, aux yeux écarquillés, et il aperçut des yeux gris au-dessus d'un cache-col. Il la considéra un instant, se recula dans l'ombre, passant la main sur ses cheveux pour en aplatir les épis.

L'eau frémissant dans la casserole, il reposa le bougeoir sur le bureau pour aller remplir les verres. Dans la clarté tremblotante, il en tendit un à la jeune fille. Il était brûlant, et pour l'en avertir il lui montra en souriant, d'un petit mouvement de tête, ses doigts qui pianotaient sur le verre. Mais il dut continuer à pianoter car Esther, pliant son index en crochet, abaissa tranquillement son cache-col, découvrant d'étroites narines roses, des lèvres gercées qui grimaçaient un demi-sourire, puis elle tendit ses mains en coupe pour recevoir le verre. Il l'y déposa avec douceur, mais le visage d'Esther disparut car Salomon s'était emparé du bougeoir et, courbé en deux, grimpait l'escalier qui montait à la chambre bleue.

Mon oncle l'y rejoignit et, tandis que Salomon essayait de soulever la trappe, il lui chuchota à l'oreille : « J'avais prévu de vous installer tous les deux à la cave, mais il vaut mieux que tu y ailles seul car c'est beaucoup trop humide pour une malade. » Salomon resta un moment immobile et silencieux. En bas, dans la pénombre, on entendait Esther lamper le rhum à petites gorgées.

La première semaine, Salomon passa toutes ses journées avec sa fille dans la chambre bleue. Mon oncle déposait en haut de l'escalier un panier de nourriture, frappait à la trappe et filait, terrifié par la maladie. Il n'osait même plus rester trop longtemps dans son bureau, par crainte de la contagion, bien que, tendant sans cesse l'oreille, il n'entendît ni toux ni râle.

Mais la chambre était si exiguë que Salomon dut bientôt se résoudre à s'installer à la cave, dans un cellier où mon oncle avait aménagé une alcôve : un matelas garni de trois gros oreillers et d'une couverture de laine mauve dont les moutons remués par les courants d'air flottaient près du sol comme des flocons d'empyrée, une petite table où reposaient une rame de feuilles blanches et un énorme stylo-plume qui ressemblait à une seringue de vétérinaire hippique, attention qui semblait destinée à encourager Salomon à oublier les malheurs du temps dans les vapeurs de l'imagination, mais qui lui parut aussi lugubre que le bloc qu'on laisse à un condamné pour qu'il y inscrive ses dernières volontés. De l'autre côté du lit, se dressaient quelques étagères branlantes où ne reposaient plus que trois grosses boîtes de conserve qui semblaient exposées là à titre de reliques de l'harmonie d'avant-guerre (crabe bolchevique, confit républicain, hareng national-socialiste) ainsi que quatre ouvrages destinés à la distraction (le *Romancero*, *Emil et les détectives*, *Errements et tourments*, *La dixième perle de la comtesse Choka*). Avant de quitter sa fille, Salomon l'avait persuadée de déplacer le lit au-dessus de la trappe afin d'éviter toute intrusion : qui sait si un Allemand ne demanderait pas un jour à s'installer dans le bureau ? Mon oncle, terrorisé soudain par cette idée à laquelle il n'avait pas songé, trouva l'initiative excellente. Elle lui permettrait d'apporter sa nourriture à Esther de façon plus discrète que s'il lui fallait pénétrer dans son bureau un plateau à la main. Il déposerait chaque nuit un panier à l'étage, dans la buanderie désaffectée. Il demanda même à Salomon d'informer sa fille que lorsque ce serait lui qui occuperait le bureau, il l'avertirait qu'elle pouvait bouger et tousser à sa guise en sifflant les neuf notes du leitmotiv de *Siegfried*. Et il les sifflota au nez de Salomon d'un air vainqueur, car il n'avait jamais pu les siffler sans que lève en lui un sentiment express de victoire.

Même s'ils étaient rarement présents, les Allemands pouvaient remonter de S. à tout moment et cela rendait les sorties dangereuses. Salomon passait donc de longues heures assis sur son lit à méditer sur le néant des choses humaines comme on triture avec la langue une dent qui ne tient plus qu'à un fil. Il cherchait une chose sur cette terre qui ne lui parût pas dérisoire et ne trouvait rien. Depuis que l'accès à la chambre d'Esther avait été condamné, sa crainte s'était apaisée ; il la trouvait désormais déraisonnable, aussi ridicule que la phobie des microbes qui travaillait mon oncle. Au-dessus de sa tête, pendus à une solive, les fourreaux mauves de deux gros salamis à l'acacia luisaient comme des pièces d'orfèvrerie, mais le seul qui éveillât en lui l'ombre d'un désir était celui qui gisait enveloppé dans son sac de voyage, le doux poison de la délivrance. (D'ailleurs les deux gros salamis disparurent bientôt, emportés par les Allemands.)

Il prenait plaisir pourtant à des choses étranges, par exemple à l'odeur de vieille cave qui régnait dans le cellier : parfum humide de terre, élixir de pelure de patate, qui le faisait rêver aux tombeaux profonds des pharaons, à la caverne de Barberousse. Ces odeurs, comme celle de la pisse de chat de la rue Tomashek, lui semblaient l'effluve de grands drames mystérieux qui mettent en scène des mers et des vents, la vraie grande pièce du monde auprès de laquelle les agitations grotesques de sa vie ressemblent à des levers de rideau.

Une nuit, saisi d'un accès de désespoir particulièrement aigu, il alla fouiller au fond de son sac de voyage et en tira le salami à la strychnine enveloppé dans un torchon. Ce n'était pas pour l'ingurgiter, mais au contraire pour s'en débarrasser. Un morceau de charcuterie transformé en salut lui paraissait grotesque et dérisoire, un procédé de vaudeville. Lui qui en avait tant inventé se sentait le droit de n'en pas vouloir pour sa mort.

Mais comment le faire disparaître ? S'il le jetait dans un recoin, il ne s'évanouirait pas pour autant de son esprit, risquait même de s'y installer en obsession. Ou d'attirer des rats. S'il le confiait à l'oncle Alex pour qu'il le jette aux ordures, il serait obligé de le prévenir qu'il était empoisonné et cela lui semblait ridicule. Alors il se rendit à tâtons, traînant une chaise, au fond de la cave où luisait tristement en haut du mur une vitre poussiéreuse. Il monta sur la chaise, poussa à grand-peine le soupirail grinçant et lança, le plus loin qu'il put, le torchon dans les herbes.

Parfois l'oncle Alex venait avec un jeu d'échecs et ils faisaient une partie. Mais comme depuis toujours Salomon était un bien meilleur joueur, l'affrontement se réduisait à un exercice hystérique de défense de la part de mon oncle, asphyxié par ses efforts pour retrouver l'enchaînement d'anciennes parties qui, lui semblait-il, avaient suivi un cours semblable. Les mouvements affolés des pièces, tentatives pathétiques du souvenir pour ressusciter ces parties oubliées, augmentaient la mélancolie de Salomon. Elles firent même naître en lui l'idée d'un scénario qu'il laissa crever sur la branche sans le cueillir, de fatigue et de dégoût. Mon oncle, lorgnant la tronche lugubre de son adversaire, songea également à une histoire mais n'osa en parler, estimant que les circonstances ne se prêtaient pas aux jeux de l'imagination. Et, entre deux coups, chacun d'eux, assis en tailleur sur le matelas dans la pénombre, Salomon en chemise verte et chaussons fourrés, mon oncle en costume noir et souliers luisants, gêné ou désabusé, s'imprégnant de l'odeur de patate, rêvassait à son histoire.

L'orchestre se terrait toujours dans le vieux chalet mais mon oncle n'avait pas osé en parler à Salomon, craignant de l'effrayer et de s'effrayer lui-même en exposant une situation qu'il valait mieux ne pas considérer avec lucidité.

La nuit, couché sur le matelas les yeux grands ouverts, Salomon enviait ceux qui, cachés comme lui au fond d'un trou, éprouvent la terreur ou la rage que suscitent les drames. Mais, au bout de trente ans d'opérette, Salomon ne croyait plus à la tragédie. Même la violence des massacres, l'ombre de la mort, lui semblaient participer de l'ironie de la vie. Qu'il eût été réconfortant de se croire pourchassé par l'incarnation terrestre du Mal, et non par les bâtards de la brutalité et du mauvais goût. Quelle consolation de s'imaginer dans la peau, même tremblante, d'un personnage de tragédie. Quel accablement de savoir que ce n'est pas Nabuchodonosor qui donne la chasse, mais une troupe de petits bourgeois vulgaires et cruels. Des personnages de Nestroy, bave aux lèvres.

Mon oncle se trouvait justement aux prises avec l'un d'eux, un certain capitaine Schleiermeyer, officier SS. Le samedi et le dimanche, il montait prendre l'air à Arden et travaillait dans le petit bureau, à la terreur de mon oncle, qui craignait qu'Esther ne se mette à tousser. La veille, le capitaine avait annoncé à mon oncle qu'on allait lâcher dans la forêt deux ou trois molosses car on pensait qu'y trouvaient refuge des groupes de Tziganes ou de Juifs qui avaient échappé aux mesures de regroupement. L'oncle Alex, affolé, ne sachant quoi inventer, l'avait mis en garde en disant que les sous-bois étaient jonchés de boulettes de poison qu'on avait semées pour éliminer les renards. Mais cette remarque avait déclenché un fou rire chez le capitaine Schleiermeyer, comme si on lui avait annoncé que des panzers risquaient de sauter sur des champignons.

Ce matin-là, ils se tenaient tous les deux dans le grand hall d'Arden. La porte d'entrée en bronze était grande ouverte et une douce brise de printemps les caressait. Les ombres des premières feuilles du marronnier dansaient sur leurs visages. Schleiermeyer, tête nue, expliquait à mon oncle la recette du rôti de porc aux pruneaux que sa femme préparait chaque fois qu'il retournait chez lui, à Linz, incomparablement meilleur selon lui que celui qu'on lui avait servi la veille à Arden, auquel il avait trouvé un « petit goût suret » (détail qui inquiéta mon oncle car il se demanda si Palek, le cuistot aux sympathies russes, n'avait pas pissé dans la marmite, comme il menaçait toujours de le faire). Ce Schleiermeyer avait une petite tête ronde de chat tondu, de minuscules yeux noirs luisants comme des grains de genièvre. C'était un homme de taille moyenne, de corpulence moyenne, et même ses mains, qui s'agitaient devant le nez de mon oncle pendant son interminable explication, n'étaient ni grandes ni petites, ni fines ni épaisses. Hypnotisé par leur agitation, l'oncle Alex cherchait en vain un détail sur ses doigts qui aurait pu leur conférer un caractère particulier. Leur couleur rose tendre peut-être, qui contrastait avec le teint bistre du crâne rasé. Et mon oncle se disait que les deux petites têtes de mort blanches qui ornaient les revers noirs de son col avaient été posées là pour donner un peu de consistance à ce corps banal. Mais le corps était le plus fort et sur lui les têtes de mort aussi prenaient un air banal, à la façon de ces emblèmes commerciaux sur les paquets de sel ou les bouteilles de bière qui ont perdu toute signification tant nous sommes habitués à les voir et dont on réalise un jour qu'ils représentent la nef de Jason ou le Léviathan. Cet aspect rassurait mon oncle, le confortant dans sa conviction ancienne du caractère clownesque des nazis que quatre ans de guerre n'avaient guère entamée. Les culottes bouffantes de Schleiermeyer, les bottes hautes qu'il entrechoquait de temps à autre pendant la conversation comme pour éviter qu'elles ne s'assoupissent, lui paraissaient également grotesques. Le capitaine lui rappelait ces figurants de l'opéra de S., instituteurs ou marchands de parapluies, qu'en souriant on reconnaissait sur la scène accoutrés en janissaires.

Schleiermeyer était en train d'expliquer à mon oncle comment il avait dirigé la construction d'une rampe en béton dans son garage de Linz et les problèmes techniques qu'il avait su résoudre. Ses mains dessinaient dans l'air la courbe de la rampe, sa main droite tranchait l'air à l'horizontale afin d'exposer l'étendue des difficultés, puis à la verticale pour figurer la décision qu'il avait imposée. Ce langage de mains en trois temps revenait souvent quand on parlait avec lui, puisqu'il avait tendance à ramener tout sujet de conversation à un exposé technique, même lorsqu'il avait expliqué à mon oncle comment sa femme et sa belle-mère s'y prenaient pour confectionner le ragoût de porc aux pruneaux. Ces considérations techniques s'interrompaient pourtant un instant lorsque mon oncle, s'enhardissant avant de mourir d'ennui, essayait de l'orienter sur des sujets stratégiques ou politiques, notamment sur le sort réservé aux Juifs qu'on avait rassemblés pour qu'ils « participent à l'effort de guerre ». Alors le corps de Schleiermeyer se métamorphosait. Les mains sur les hanches, le menton dressé, il lançait du bout des lèvres quelques apophtegmes qu'il avait l'air de voir scintiller dans le ciel, des slogans de la Providence : « Le Juif doit être mis au travail » ou « Le Juif ne paiera jamais assez cher pour avoir porté atteinte au sang allemand » ou encore « Les bolcheviques jettent dans la bataille leurs dernières réserves asiates qui disparaissent chaque jour par milliers ». Ces révélations lâchées, il se taisait, baissait les paupières en même temps qu'éclosait sur ses lèvres un sourire bouddhiste, puis rouvrait les yeux, et, à la façon d'un aviateur heureux de revenir sur terre, regardait mon oncle d'un air bienveillant comme s'il venait de lui communiquer un secret que le malheureux n'était pas tout à fait en mesure de comprendre. On aurait dit que sa bouche, son corps étaient habités par deux langages, le technique et l'historico-délirant, qui jamais ne se croisaient dans l'escalier. Il rappelait à mon oncle ces journaux allemands où des prophéties apocalyptiques sur la guerre étaient parsemées d'encarts illustrés pour des pilules anticonstipatoires ou des fils dentaires dernier cri, si ce n'est que dans la conversation du capitaine Schleiermeyer, c'étaient les considérations politico-historiques qui faisaient office de parenthèses récréatives. Puis, avec un petit signe de tête, sourire toujours flottant sur les lèvres en résidu de prophétie, il saisit la serviette à ses pieds, abandonna mon oncle et entra dans le bureau (où il procédait au recensement des wagons de voyageurs et de marchandises).

Après avoir collé quelques instants l'oreille à la porte du bureau où, derrière les soupirs et raclements divers de Schleiermeyer, il n'entendit aucun bruit de toux suspect, mon oncle remonta se changer et enfila sa parka : ce jour-là il devait apporter du ravitaillement à Louchka et à l'orchestre. Deux fois par semaine, il prétextait une promenade dans le domaine d'Arden, où il allait, proclamait-il à la cantonade dans le hall désert, « effectuer quelques travaux de replantation », et partait avec un havresac gonflé de bouteilles d'eau, de pain, de carottes, de macaronis (il leur avait fourni un réchaud pour qu'ils puissent faire chauffer de l'eau).

Il quittait le grand chemin en regardant de tous côtés pour voir si personne ne le remarquait et grimpait jusqu'au pavillon. Là, après avoir vérifié encore une fois que personne ne le suivait, il se rendait à l'arrière. Il cognait à la vitre d'une fenêtre opaque, elle s'ouvrait, une main saisissait le sac. Deux heures plus tard, au retour de sa promenade, il venait le reprendre.

Parfois Louchka sautait par la fenêtre et l'accompagnait sur les chemins. Mon oncle jugeait cette initiative fort imprudente, mais quand il le lui avait fait remarquer, « Patron, avait répondu Louchka, faut que je change d'air avant de décharger mon flingue dans le chalet ! Dans quoi me suis-je lancé en sauvant ces clochards musicaux d'une mort certaine! Le mort-vivant se balade jour et nuit en remuant les lèvres. Le trompettiste se réveille et regarde autour de lui comme s'il cherchait quelqu'un à qui casser la gueule. Il fait cette tête-là jusqu'à ce que la nuit nous la cache. Le clarinettiste se lamente sur le malheur des autres. Un autre chiale en dormant. C'est encore mon frère le plus vivable (quoiqu'un peu difficile au plan nourriture), il s'est mis à coller ses animaux coloriés et à dessiner sur les papiers peints moisis du chalet sauf votre respect, patron, ça améliore plutôt le décor, mais quand il se met à marmonner les prières les autres se bouchent les oreilles pour pas que les Allemands l'entendent. »

Or, ce matin-là, en quittant l'hôtel, mon oncle aperçut, dans les hautes herbes qui en bordaient la façade nord, un corbeau. Il piquait et repiquait du bec un objet blanc avec cette assurance de magistrat cruel typique de l'espèce. Quand mon oncle s'approcha, l'oiseau tourna la tête, la rentra dans son corps en ouvrant le bec d'un air menaçant, puis s'éloigna en trois bonds lestés de mépris.

Mon oncle se pencha et aperçut alors un linge blanc à moitié déchiré. Il le ramassa, le déplia, et sous une broderie du pont suspendu de Budapest découvrit un morceau de salami. Et même, à voir la peau d'un beau pourpre marbré, du Kartoszek Acacia Premium, celui-là même qu'il servait à ses clients. Il le flaira. Pas de doute, il s'agissait bien de salami à l'acacia, dont les senteurs semblaient d'ailleurs rehaussées d'un fumet épicé, peut-être la rosée des orties. Il le fourra dans son havresac, pensant qu'il pourrait faire plaisir à Louchka.

Celui-ci l'empocha dès que mon oncle le lui montra.

Mais le déguster avec le recueillement qu'il méritait n'était pas chose facile. Partager ce résidu lui semblait ridicule; se l'envoyer en cachette l'embarrassait. Cet égoïsme était indigne d'un chef. Et Louchka, qui de sa vie ne s'était jamais mis à la place de personne et avait ingurgité tant de charcuterie qu'il aurait dû arborer la médaille des éleveurs, se demandait ce qu'aurait fait un vrai chef, un roi : l'aurait-il avalé ou y aurait-il renoncé ? Privilège ou sacrifice ? Mais peut-être ce dilemme constitue-t-il justement le calvaire des monarques.

Sans compter que chaque fois qu'il voulait en croquer un morceau, il imaginait la figure apitoyée de son frère qui le regardait. Alors, plein d'hésitation, il déambulait dans l'étroit chalet en méditant, écrasant quelques mains au passage. Ses doigts s'enfonçaient de temps à autre dans la poche de son imper et tripotaient le salami afin de s'assurer qu'il n'avait pas disparu. Et il regardait tout autour de lui, craignant que le parfum épicé n'effleure quelque narine.

Son frère, assis à l'écart près des toilettes, le quittait rarement des yeux et Louchka craignait qu'en le voyant manger un morceau de cochon il ne perde la confiance qu'il lui témoignait.

Déchiré par la gourmandise, il chercha un endroit tranquille. Il renonça à sortir, préféra s'isoler dans les cabinets, dont la porte ne fermait plus.

Il tendit l'oreille un long moment puis sortit le salami de sa poche et ouvrit la bouche.

Au moment où il s'apprêtait à refermer les mâchoires en levant les yeux pour ne pas loucher, l'ombre de son frère surgit dans l'entrebâillement. Il rempocha le salami et s'enfuit.

Et par la suite, chaque fois qu'il tentait de s'isoler pour se taper le morceau, son frère parti à sa recherche le découvrait avant qu'il n'ait pu ne serait-ce qu'en lécher la peau.

La nuit venue, couché au milieu des corps endormis, il tenta de profiter des ronflements du trompettiste, si féroces, gras, vibrants qu'ils semblaient se repaître de leur propre ignominie, pour engloutir le salami. Mais, au moment où il le portait à la bouche, les ronflements cessèrent et il entendit la voix fragile de son frère qui psalmodiait. Les mots s'insinuaient sous la couverture de Louchka et tournoyaient autour de sa tête comme ces bandelettes recouvertes d'écriture qui dans de vieilles images festonnent les visages.

Le lendemain après-midi, il ouvrit sans faire de bruit la fenêtre des cabinets, sortit le moignon de salami qui commençait à suinter, lui donna un baiser d'adieu et le lâcha dans les hautes herbes. Puis il courut se laver les mains dans le tonneau d'eau de pluie pour éviter que la délicieuse odeur ne torture son appétit quand il appuierait son menton sur sa main pour s'abandonner aux méditations.

Le soir même, alors que couchés sur leurs couvertures les membres de l'orchestre jouaient aux cartes, rêvassaient ou désespéraient, le frère de Louchka fut attiré dans le petit renfoncement des cabinets par un bruit étrange.

Le bruit semblait monter de la fenêtre et lorsqu'il s'en approcha il découvrit, dans la lumière du crépuscule, un corbeau perché sur l'appui extérieur de la fenêtre. Il tenait coincé dans son bec un bon paquet de chair. Élie ouvrit la fenêtre et le corbeau s'envola en laissant tomber le morceau. Il le saisit entre le pouce et l'index, le flaira. Il s'apprêtait à le jeter quand il entendit une phrase dont les mots tombèrent, nets et mats, comme des fruits dans l'herbe. « Et j'ai ordonné aux corbeaux de te nourrir en ces lieux. » Il glissa le morceau dans sa poche, posa le front sur la vitre en fermant les yeux.

Lorsque les battements se furent calmés, il se promena dans le pavillon, tournant et retournant entre les musiciens couchés ou assis en tailleur. Agacés, ils lui firent bientôt signe de s'asseoir et il s'installa, serrant ses jambes sur sa poitrine, à côté du trompettiste qui déjà entamait le prélude aux ronflements. La poche où gisait le morceau de salami béait près des narines du ronfleur. Elles se mirent à frissonner, la ronflade se dispersa en sautillements affolés. Réveillé en sursaut, il se redressa, hagard, la lèvre pendante. Il regardait autour de lui d'un air farouche. Au fur et à mesure qu'il reconnaissait ses compagnons, il semblait leur en vouloir d'être autre chose que des figures de cauchemar. Il restait là, hébété, flairant l'odeur du rêve.

Alors Élie entendit une autre phrase, chuchotée entre ses tempes.

« Ils dorment et se prélassent dans leurs songes. »

Il se leva et s'approcha de son frère qui, les yeux mi-clos et un mégot éteint au coin des lèvres, jouait au poker avec le petit violoniste. Louchka crut sentir le parfum du salami à l'acacia. Pour oublier l'hallucination, il alluma le mégot (tandis que le jeune, après une longue hésitation, abattait violemment en hurlant : « Fleisch ! » sept, huit, roi de carreau, as et dix de cœur).

La nuit enveloppa la forêt d'Arden. Comme il

était hors de question d'allumer une bougie, chacun s'étendit et, comme tous les soirs, fermant les yeux, partit à la recherche du sommeil en écartant sur son chemin les herbes entremêlées de la terreur et du remords.

Seul le frère de Louchka restait debout à regarder la nuit par la fenêtre. Il oscillait comme le mât d'un bateau à quai.

D'autres paroles passaient dans son crâne.

« Allez disposer un guetteur et qu'il clame ce qu'il voit. »

Des heures s'écoulèrent et il somnolait debout quand des bruits sur le chemin le tirèrent de sa torpeur. Il ouvrit les yeux et crut voir passer des ombres.

Tout le monde dormait. Il s'approcha de la porte, l'ouvrit avec précaution et sortit dans la nuit douce et humide comme on pénètre dans la mer. En levant la tête on distinguait des branches plus noires que le ciel noir. Il escalada le talus. Dans l'obscurité les épines des ronces piquaient ses mains, étincelles surnaturelles d'un châtiment plein de mystère. D'autres paroles fleurissaient. « Et il vit un chariot et deux hommes à cheval. » Il se mit à arpenter d'un bon pas le chemin. Il entendit un bruit de cavalcade dans les taillis, puis une galopade plus mate sur le chemin.

Il fut peu à peu entouré d'un grésillement soyeux de griffes. Et soudain une cascade d'aboiements le pétrifia, rauques, précipités, chacun une insulte plus atroce que la précédente. La lune, sortie d'un nuage, éclaira un moment des échines hérissées, des oreilles pointues, et il s'enfuit dans la direction d'un arbre mort qu'il entraperçut au bord du chemin. Il y grimpa tant bien que mal, tirant son mollet d'une mâchoire qui s'y était plantée.

Il se leva sur une branche. Haletant, il regardait fixement les nuages qui se déchiraient devant la lune. Il arrêta de respirer pour mieux sentir sur son mollet le sang qui battait, perlait à chaque morsure et il n'osait remuer la jambe, craignant de répandre le petit collier rouge qu'il imaginait posé sur la chair blanche.

Les chiens n'aboyaient plus. Parfois il entendait comme un clapotis de chapelet, le bruit de leurs griffes contre l'écorce, comme s'ils venaient vérifier que l'arbre n'avait pas changé de place. La terreur se dissipant, il entendit à nouveau les phrases.

« Vous toutes, bêtes des champs, accourez pour le carnage, et vous toutes, bêtes de la forêt. »

Il se mit à psalmodier et, fouillant dans sa poche, tendant le bras, il jeta aux chiens le morceau de viande.

« Oui, ce sont des chiens pleins de rapacité que rien ne rassasie. »

Louchka, réveillé en sursaut par les aboiements, s'aperçut que son frère avait disparu et se précipita dehors.

Quand il le retrouva, perché et psalmodiant sur la branche d'un arbre du chemin, trois dogues mourants râlaient au pied de l'arbre.

Louchka parvint à le faire descendre de l'arbre, après bien des efforts car il ne semblait pas l'entendre. Il boitait et ils retournèrent lentement au chalet. Quand il le coucha, à la clarté d'une bougie il se rendit compte que son visage était inondé de larmes, ses lèvres pincées en un sourire figé, effrayant.

(Qui en un éclair lui rappela celui d'un cambrioleur dans les couloirs du commissariat de Dresde, un type qui après un coup sensationnel s'était fait arrêter par hasard.)

Le lendemain, les musiciens, serrés les uns contre les autres, passèrent la journée à tendre l'oreille pour guetter l'arrivée des Allemands. S'ils découvraient les chiens morts, ils organiseraient sans doute une battue dans la forêt.

Mais rien ne vint. À Arden, Schleiermeyer annonça à l'oncle Alex qu'on avait trouvé les chiens morts et qu'ils avaient dû s'empoisonner aux boulettes antirenards. Mon oncle, la bouche grande ouverte, le fixa sans rien trouver à dire. Puisqu'il n'y avait jamais eu de boulettes antirenards, il crut qu'il se moquait de lui avant de le faire fusiller.

Dans le chalet, l'angoisse diminuant, Louchka se demandait comment étaient morts les chiens. Il cherchait une autre explication que le miracle mais n'en trouvait aucune.

Accroupi, les sourcils froncés, soufflant la fumée d'une cigarette de foin sur ses souliers framboise crottés, Louchka se demanda quelle opinion Dieu, au cas où il existerait, pouvait bien se faire de lui. D'un côté il fallait bien reconnaître qu'il l'avait renié et avait violé l'intégralité de ses commandements. Mais d'un autre côté, il lui semblait se souvenir qu'il avait toujours manifesté une espèce de faiblesse pour les grandes gueules, les énergiques, les sauveurs de peuple. Qu'à ceux-là il passe beaucoup de choses.

Quelques jours plus tard, mon oncle apporta son chargement de nouilles et Louchka lui raconta toute l'histoire. L'oncle Alex, la bouche ouverte, le fixait sans rien trouver à dire. Il trouva tout cela si extravagant que l'idée lui traversa l'esprit que Louchka à son tour se moquait de lui avant de l'arrêter en lui révélant qu'il était un agent de la Gestapo.

Comprenant qu'il était sérieux, il coupa court à la conversation en lui recommandant d'un ton sec de mieux surveiller sa troupe et de ne plus sortir. Puis il redescendit à Arden au pas de gymnastique, ses lèvres s'agitant comme s'il tournait et retournait les calembredaines de Louchka dans sa bouche. Mon oncle était de ces hommes qui détestent qu'on les force à prendre au sérieux les questions sans réponse. Ainsi le problème de l'existence de Dieu n'avait-il jamais été autre chose pour lui qu'un sujet de spéculation amusante, qui suscitait une excitation un peu futile, comme lorsqu'on se demande en croisant une passante dans la rue s'il s'agit d'une vraie blonde. Peut-être le frère de Louchka, comme ces illuminés dont certains finissent dans les cirques, était-il doté de mystérieux pouvoirs médiumniques. Mais cette explication ne le rassurait guère. Il aimait le surnaturel dans les contes mais son irruption dans la vie réelle lui paraissait une faute de goût, une fugue défigurant une valse.

Le lendemain matin, mon oncle se rendit dans son bureau. Il s'enferma à clef. Debout au milieu de la pièce, il leva la tête et sifflota à trois reprises son petit motif wagnérien. Puis il s'installa à sa table de travail et se mit à rêvasser. Depuis quelque temps déjà, il n'éprouvait plus le désir de peaufiner quelque scénario ancien, ni de pianoter quelque valsette. Les événements récents avaient fait naître chez lui une sorte d'impatience perpétuelle, le monde était devenu une gare où l'on attend un train sans savoir quand il arrivera.

Les rayons du soleil pénétraient par la fenêtre ouverte, et la lumière vive faisait ressortir l'exiguïté du bureau, la fatigue du mobilier. Il regardait en face de lui les moulures écaillées des pieds du divan vert, les renflements d'humidité sur le bois noir du piano, dont certains se craquelaient comme sous la poussée de quelque grouillante vermine. Mais ce délabrement poussiéreux baignait dans l'éclatante lumière du matin qui emplissait son cœur d'énergie, de confiance dans la vie, si bien qu'il contemplait ce décor miteux avec une pitié pleine de tendresse, comme si sur cette terre c'étaient les objets qui étaient à plaindre, rongés par la mortalité sous le regard d'hommes baignant dans la lumière d'or de l'éternité.

De temps à autre, dans un rayon de soleil où des myriades de grains de poussière tournoyaient avec la solennité et le silence des nébuleuses, une petite mouche zigzaguait à toute allure, vieille connaissance soudain réapparue qui venait se barbouiller de chaleur et de lumière.

Au-dessus de lui, dans la chambre bleue, une autre mouche soudain éclose sortit de l'armoire dans un bourdonnement délicat et se mit à grésiller lorsqu'elle s'emprisonna dans l'abat-jour. Avec le printemps, derrière les tentures tirées qui dégageaient en fin de matinée un halo pourpre d'une telle intensité qu'on avait l'impression que le soleil était en train de subir une extraordinaire métamorphose, la pièce se mettait à exhaler une odeur profonde de moisi qui donnait à Esther, couchée sur le petit lit, l'envie d'ouvrir la fenêtre pour respirer l'air de la forêt ensoleillée. La tête glissée entre les rideaux, elle apercevait un petit coin de ciel, bleu acide. Respectant les consignes paternelles, elle n'osait même pas passer devant la fenêtre de crainte que quelqu'un dehors ne vît une ombre glisser derrière les tentures. Alors, à genoux, elle entrouvrait la fenêtre et, la tête posée sur l'oreiller, aspirait l'air du printemps qui remuait les rideaux et caressait sur ses tempes des friselis noirs.

Quand elle fermait les yeux, les personnages des opérettes de son père et de son ami surgissaient dans son esprit, comme des acteurs hagards dans une coulisse obscure. Pendant toute la semaine, pour tromper l'ennui, elle avait fouillé l'armoire et parcouru les brouillons qui y gisaient pêle-mêle. Elle avait déchiffré les partitions, tenté de suivre les histoires sur de grands feuillets où les récits s'entremêlaient. Elle avait sifflé les airs et trouvé qu'ils se ressemblaient tous, emportant sans fin des personnages un peu ridicules dans le même flonflon ironique et sentimental comme s'ils étaient juchés sur des chevaux de bois. Combien cette musique lui semblait rance auprès des pièces qu'elle avait travaillées un mois auparavant avec ses amis au Conservatoire ! Comme son père et son ami lui semblaient vieux, et leur goût d'un autre temps, d'un autre monde ! Un temps où l'on n'écoutait Wagner qu'en morceaux choisis, réduits en clichés pour musique de kiosque, à la façon de ce motif de *Siegfried* que l'ami de son père sifflait de façon si pathétique chaque fois qu'il entrait dans son bureau. Parcourant les opérettes, elle sentait sur sa langue le goût de ces parfums sans nom que de vieilles tantes conservent dans des flacons où la poussière s'est collée et qui semblent les résidus poisseux de leurs rêves.

Ce matin-là, elle avait reconnu sur l'un des feuillets l'écriture de son père et en lisant les paroles (« Est-ce l'amour qui renaît? Ou un souvenir qui meurt? ») elle s'était demandé s'il avait pensé à sa mère en les écrivant. Chaque fois qu'elle pensait à sa mère, son cœur se mettait à battre plus fort, comme lorsqu'on sent que quelqu'un vient de coller l'oreille à la porte.

Dans le bureau, mon oncle toujours rêvassant comprit soudain que s'il ne parvenait pas à fixer ses pensées, c'était parce qu'il tendait sans relâche l'oreille, à l'affût du moindre froissement au-dessus de sa tête. Il fut tout à coup frappé par l'idée qu'il n'avait jamais entendu la voix de la fille de Salomon. Il en fut si surpris qu'il arrêta de respirer. Il se souvint des yeux gris, des lèvres mordillées, qu'il avait entrevus à la lueur de la bougie et fut saisi de l'envie irrépressible d'entendre la voix qui animait ces yeux, qui sortait de ces lèvres.

Il était près de 11 heures. Dehors, derrière la remise, Pepi et le père Gromek aidaient un paysan à préparer la table où il allait égorger le dernier cochon d'Arden. Mon oncle l'avait croisé tout à l'heure, un grand gaillard moustachu en long tablier taché, aux yeux mi-clos, l'air un peu ivre, qui aiguisait ses couteaux sous la remise en souriant.

Bientôt les hurlements du porc éclatèrent et aussitôt les enfants que l'homme avait amenés avec lui du village se mirent à chanter une comptine, selon la coutume marsovienne. Mais sous leurs voix acides, tremblantes, mon oncle entendait toujours la gueulade désespérée qui lui pétrifiait le cœur. Un artiste de la pitié et de la terreur, se dit-il, si expressif et puissant qu'on dirait qu'ils ne l'égorgent que pour étouffer en gargouillis de sang la pitié et la terreur qu'il déverse sur le monde.

À ce moment, il entendit au-dessus de sa tête une voix sourde, sombre, qui, peut-être pour couvrir le bruit atroce, chantonnait un air familier. Mais il ne savait pas lequel, comme s'il venait de jaillir de son esprit, encore sans nom.

Rauque, chuchotante, la voix attaquait toutes les phrases avec intensité comme si chaque syllabe méritait qu'on y sacrifie le dernier souffle. Elle respirait mal et s'essoufflait souvent en plein milieu d'une phrase, mais cet essoufflement même prenait un caractère musical, les mots s'en échappaient comme d'une volière renversée. Elle chantonnait le refrain de Lisa dans *Amour à louer*, « Est-ce l'amour qui renaît ? Ou un souvenir qui meurt ? » et mon oncle avait l'impression qu'elle parlait tout bas à quelqu'un, au point qu'il se demanda un instant qui avait pu venir la rejoindre. Et à mesure que la valse se déroulait, le personnage de Lisa qu'ils avaient imaginé s'évanouissait et la véritable Lisa semblait surgir de ses cendres. La Lisa réelle dont Lengyel et Rocoule n'avaient aperçu qu'une ombre. Toute la vieille histoire à moitié oubliée de l'opérette se recomposait dans son esprit en fraîches et vivantes couleurs et il éprouvait le sentiment d'un explorateur dont les yeux découvrent enfin la terre dont toute sa vie il n'a fait que dresser des cartes. Assis droit sur sa chaise, sans même s'en rendre compte il accompagnait la mélodie en remuant les lèvres.

Maintenant qu'il entendait la voix, mon oncle était pressé de revoir le visage. Il aurait aimé s'inviter dans la chambre mais au bout de dix jours elle était sans doute devenue un bouillon de culture tuberculinique!

Ou plutôt non, se dit-il. Il s'était levé et arpentait maintenant le petit bureau, ses mains croisées dans le dos faisaient voler les basques de son habit. Cherchant à se convaincre qu'il n'était pas retenu par la crainte de la maladie, il finit par se dire que sa gêne venait plutôt de la peur de ne rien trouver à dire. Ou de se tromper de personne lorsqu'elle ouvrirait la porte et qu'il la verrait en chair et en os, comme lorsqu'on comprend qu'on s'est trompé d'étage.

Quand il alla le soir rendre visite à Salomon dans sa cave, il ne lui dit rien. Pourtant Salomon se trouvait être à la fois le père de la voix et le coauteur de l'air. Mais le fait qu'Esther fût la fille de Salomon n'apparaissait déjà plus à mon oncle que comme un accident, une contingence négligeable. L'apport de Salomon à la valse prenait dans son souvenir quelque chose d'anecdotique, comme celui de l'encadreur au tableau.

En jouant aux échecs, mon oncle voyait se superposer sur le visage du père les yeux gris et les lèvres gercées de la fille. Et quand il secouait la tête pour retrouver le visage familier, il trouvait en face de lui un personnage vague et irréel, comme si la vie avait transformé Salomon en mannequin.

Mon oncle passa les jours suivants à se demander comment il pourrait faire pour revoir Esther sans qu'elle le sache. La porte de la chambre bleue ne comportant pas de serrure, il ne pouvait rêver y coller un œil. Et la fenêtre, visible de la roseraie, ne découvrait que les tentures rouges.

Une nuit il se promenait dans la roseraie, les étoiles scintillaient au firmament, torches palpitantes fichées dans la prairie noire du paradis, se dit-il car à cette époque des phrases, des presque vers, se mirent ainsi à éclore dans sa tête. Il marchait avec précaution, la tête courbée, semblant écouter ce que crissaient les graviers.

Et tout à coup il se mit à courir vers le mur, bondit sur l'espalier où s'accrochaient encore quelques têtes fanées de roses et l'escalada. Comme les planchettes ne lui offraient pas un appui suffisant, il se hissait en s'agrippant aux branches des rosiers, déchirant sa veste et ses mains à leurs épines, agité d'une telle excitation qu'il sentait à peine la douleur. Il essayait d'aller le plus vite possible, non pas de crainte qu'on le voie, mais parce que l'intuition subite qui nous fait croire à la chance nous chuchote aussi qu'elle se dissipe comme fumée.

Arrivé au niveau de la fenêtre d'Esther, il parvint à se mettre à genoux sur le rebord. Les rideaux étaient légèrement entrouverts et en se dévissant la tête il finit par l'apercevoir, à la lumière d'une bougie posée sur la table de nuit.

Enveloppée dans un peignoir grisâtre, elle se tenait lovée dans un grand fauteuil en cuir qui occupait presque tout l'espace de la chambre. Ses cuisses nues étaient posées sur l'accoudoir, ses jambes blanches tendues vers le mur. Les fines chevilles reposaient l'une contre l'autre, la partie du pied appuyé contre une étagère s'auréolait de rose. Entrouvert sur la poitrine, le peignoir laissait apparaître la peau blanche comme de la craie, le remous de vaguelettes osseuses du sternum, et, de chaque côté, la naissance de l'orbe des seins. Elle tenait un livre ouvert sur le haut de ses cuisses et parfois les ailes de son nez frissonnaient comme si elle lisait la révélation d'une trahison. Les sourcils froncés noirs de fusain faisaient ressortir ses yeux gris, qui semblaient pleins d'eau et brillaient. Un peu au-dessous de l'œil droit, à la naissance de la pommette, pointait un bouton rouge que mon oncle eut soudain envie d'embrasser. Et lorsqu'il imagina qu'elle était peut-être en ce moment même dévorée par la fièvre, il sentit le désir pointer.

Mais tout d'un coup il fut saisi d'une quinte de toux. Il tenta de l'étouffer, enfouit son visage dans ses mains, rentra la tête dans les épaules. En essayant de ravaler la toux, il fut agité de brusques trémulations, qui dégénérèrent en contorsions si violentes qu'il finit par perdre l'équilibre et tomba.

Sa chute fut amortie par les rosiers : il s'écorcha la peau des mains, des cuisses et du cul.

Tout le reste de la nuit, tournant et retournant sur sa couche, il fut assailli de visions de la jeune fille. L'injuste punition enflammait l'espérance du péché.

La cuisse tendue, laiteuse, où le muscle saillait. La cheville blanche, si lisse qu'elle semblait palpiter autour de l'os. Le pied cambré et l'orteil appuyé contre l'étagère. Le genou comme saupoudré de petits grains, orné d'une cicatrice luisante en forme de bernard-l'ermite. Un sein respirant dont il entrevoyait sous l'étoffe l'aréole mauve. Le visage d'Esther dans ces visions semblait apaisé sous la large courbe des sourcils. Sur les lèvres flottait un sourire calme comme si elle avait senti qu'on l'observait. Il croyait voir sur ses joues pâles les marbrures de la maladie. Mais elles ne faisaient qu'enflammer le désir, rien ne lui aurait semblé plus voluptueux que d'y frotter ses lèvres.

Pour rafraîchir l'ardeur, il se leva et alla respirer à la fenêtre. On était au beau milieu de la nuit, à cette heure lourde où tous les songes semblent enfin morts. L'air était doux, l'odeur spermatique des marronniers invisibles lui fit tourner la tête. Il gardait les yeux grands ouverts et éprouvait pourtant l'impression d'être entraîné de plus en plus vite dans un tourbillon. Passé un certain âge, l'être qui désire est une tombe que la tornade disperse. Balayant les cendres du temps, les ossements des amours mortes, elle ramenait à l'air le cadavre du jeune homme de 1914, qui se mettait à respirer. L'oncle Alex, depuis longtemps, pensait que l'élan qui le poussait entre les bras des femmes n'était pas tant l'amour ou le désir que leur nostalgie, et lui qui semblait rechercher dans l'odeur et la sueur des cous, du creux entre les seins le parfum perdu de sa jeunesse à la façon d'un exilé qui dans un marché aux fleurs cherche les odeurs de celles du pays natal, voilà qu'accoudé à sa fenêtre il était saisi par le rire, et il riait sans bruit la bouche grande ouverte, parce qu'il découvrait qu'il n'est pas de plus grande naïveté que d'imaginer que les fantômes de nos corps d'autrefois ne réapparaîtront jamais sur la scène, et il croyait partager dans la nuit le point de vue des dieux moqueurs.

Il se recoucha, attendit un instant et bientôt

d'autres images vinrent le visiter : vue de dos, Esther enlevait son imperméable et découvrait des épaules nues tachées de son ; puis elle enlevait un pull noir et découvrait un autre dos, large et mat ; puis un corsage fleuri qui en glissant découvrait une épaule ronde à la blancheur opaque, comme polie.

Le caractère délicat de cette rêverie lui sembla une révélation. Il éprouvait le sentiment que tous les corps de femmes qu'il avait étreints n'avaient été que des prophéties et que celui qu'il avait entrevu avant de tomber dans les rosiers était la Terre promise.

Cette impression n'avait rien de sentimental. Son appétit sensuel envisageait l'amour avec ironie, à la façon d'un homme allongé sur un rocher qui contemple en souriant la mer où, si l'envie lui en prend, il peut à tout moment se laisser glisser.

Il repensa tout à coup à Salomon, à l'orchestre terré dans le pavillon, à la guerre, aux dogues de Schleiermeyer, mais tous les événements, même tragiques, lui paraissaient tout à coup lointains. Ils flottaient autour de lui comme des aromates de l'amour. Ainsi, à rebours, dans une pyramide les odeurs du monde portées par un courant d'air se transforment-elles en aromates de la mort.

Le lendemain matin, il demanda à Palek de lui confectionner quelques *dievochciédniki* (« sans suif, beaucoup de miel ! »). Quand ils furent prêts, il les déposa encore brûlants sur un napperon blanc, au fond d'une corbeille d'osier. Il voulait la laisser devant la porte d'Esther après y avoir coincé un petit mot.

Il passa le restant de la matinée à se demander

ce qu'il écrirait sur ce petit mot. Rien ne lui venait. Cette hébétude était-elle un effet de l'âge ? Ou une nouvelle jeunesse l'inondait-elle de niaiserie ?

Toujours est-il qu'il ne trouvait rien, lui qui d'habitude débitait au mètre d'ironiques galanteries sans même y penser au point que les doigts qui guidaient la plume avaient l'air d'agiles créatures du dieu de l'amour. Mais là, rien. Il mordillait son porte-plume, louchant au plafond, une tache d'encre myosotis sur le bout du nez. De temps à autre, un soupir aigu, enfantin, s'échappait de sa poitrine comme d'une chambre à air crevée, sans que ses yeux toujours fichés au plafond ne cillent. Il cherchait quelque chose qui fût à la fois digne de son désir, de la beauté d'Esther et de la guerre mondiale, et s'hypnotisait à la tâche.

Tout à coup des mots lui vinrent, la main se mit à les tracer. « Que ne suis-je rossignol pour t'envoyer de nuit mes chansons ! Reçois à leur place les modestes croissants de ton pauvre amphitryon ! »

Ces deux phrases provenaient de l'acte II d'*Attention à la blanchisseuse !* (lorsque Fritz, le geôlier, chantant cet air aux accents de la balalaïka, envoie à la femme de chambre de la comtesse Rosa emprisonnée par son mari des pâtisseries dans un seau au moyen d'une poulie d'échafaudage), une de leurs premières opérettes (1919), mais il l'avait totalement oubliée. Le naturel avec lequel cette phrase naïve et amusante coula de sa plume lui sembla un effet de la résurrection du corps d'antan.

Comme tous les midis, il monta le plateau à l'étage. Le manège pour nourrir Esther et Salomon sans éveiller les soupçons n'était pas des plus simples : prétendant qu'il déjeunait avec ma tante dans sa chambre, mon oncle emportait deux plateaux, un sur chaque paume, qu'il enlevait avec dextérité comme du temps de l'Hôtel Terminus de Cracovie. Avant de monter celui de ma tante, il en déposait un devant la porte de la chambre bleue, suffisant pour les deux repas de la journée. Le soir, il demandait, comme s'il dînait dans son bureau, un plateau copieux qu'il apportait en réalité à Salomon pour son dîner du soir et le déjeuner du lendemain (de sorte que la fille déjeunait chaud et dînait froid et que le père déjeunait froid et dînait chaud). À cause de cet arrangement dont il était très fier, mon oncle se trouvait réduit à picorer en cachette dans les placards de la cuisine ou à racler les marmites où durcissaient les reliefs des clients.

Arrivé à la hauteur de la buanderie qui menait à la chambre bleue, il tourna la tête à gauche et à droite, une fois lentement, une fois à toute vitesse, puis se glissa derrière le paravent et déposa sans bruit un plateau devant la porte. Il frappa deux ou trois coups légers et disparut en jetant un dernier coup d'œil au petit papier blanc plié en deux entre la purée de pois et le poulet pané.

Esther, allongée sur le lit, lut le mot en engloutissant le poulet et y reconnut tout de suite le couplet d'une des opérettes du placard. Elle s'imagina que l'oncle Alex voulait plaisanter, à la manière de ces auteurs qui passent leur temps à commenter les événements de la vie par des citations de leurs œuvres. Personne ne les reconnaît mais eux les dégustent avec tendresse, baissant les paupières comme s'ils voyaient trottiner sur le parquet de petites fées.

Elle rota, repoussa le plateau, se leva et alla fouiller dans l'armoire, d'où elle sortit le cahier qui contenait les partitions d'*Attention à la blanchisseuse!*. Elle le feuilleta un moment, puis griffonna au dos du papier la réponse que chante Lizl (la femme de chambre) à Fritz (le geôlier).

La nuit tombée, elle entrouvrit sa porte et replaça le plateau sur le plancher. Le petit mot y trônait dans un restant de purée, plié dans l'autre sens, couvert d'une écriture différente.

Mon oncle, quand il revint chercher le plateau, le remarqua tout de suite mais, à cause de l'obscurité, il ne put le lire avant d'être redescendu dans la cuisine. Pendant tout le trajet dans la pénombre de l'escalier, il vit trembler ce papillon blanc.

Arrivé dans la cuisine obscure, il posa le plateau sur la table, s'empara du billet, alla tourner le commutateur électrique, prit ses lunettes dans la pochette de son veston, sortit le papier et, retenant sa respiration, le lut.

Il était très court : commencer à le lire, c'était déjà l'avoir lu. Comme s'il s'agissait d'un passage de l'Ecclésiaste ou de Job, mon oncle laissa les mots résonner en lui, guettant dans sa poitrine quelque glissement de terrain, à moins qu'il n'attendît que leur suc caché, amer ou délicieux, se répande dans ses entrailles. « Du haut d'un donjon, comment distinguer le chevalier du cuisinier ? » avait-elle écrit à l'encre rouge, de cette écriture où les lettres avaient l'air de se tenir sur la pointe des pieds et qui effrayait toujours un peu Salomon. Elle avait dessiné en quelques traits la tour et le geôlier joueur de balalaïka. Mon oncle le prit pour un troubadour et y vit un signe encourageant.

La phrase, elle, le décontenança. Il ne la reconnaissait pas plus que celle qu'il lui avait envoyée. Mais il lui trouva un charme mystérieux. Il s'assit sur une chaise, posa les mains sur les genoux, les lunettes glissèrent au bout de son nez et il médita sur cette étrangeté.

Il lui sembla qu'il avait toujours attendu qu'on lui adresse une lettre dans cet esprit, à la fois sentimental et ironique, qui lui plaisait tant. De là à s'imaginer que celle qu'il l'avait écrite n'attendait que lui, il n'y avait qu'un funeste pas. Et ce pas franchi, le désir de mon oncle devint tout à fait amoureux, là, sur sa chaise, dans l'obscurité de la cuisine et les relents de paprika, il versa dans les flots de l'amour, s'imaginant que de sa vie il n'avait connu plus grande volupté. C'était donc celle-là qu'il attendait depuis toujours! Qui dans sa phrase montrait qu'elle l'attendait. Et il se trouvait que depuis toujours il en attendait une qui lui semblât l'attendre, ou plus précisément une qui eût l'air d'attendre celui qui l'attendait. C'est-à-dire celui qui en attendait une qui eût l'air d'en attendre un. Qui en eût attendu une qui en attendît un qui eût l'air d'attendre celle qui en attendît un qui. Et comme ça jusqu'à crever d'asphyxie, ou à assécher le plus sanglotant Werther.

Chaque soir, il lui adressa un petit mot. Le matin, il le composait dans son antre, s'exténuant comme une dentellière à y entrelacer délicatesse et ironie. Le cinquième jour, il l'écrivit mais ne le déposa pas sur le plateau. Il s'agenouilla dans l'obscurité et, après lui avoir demandé à voix basse de ses nouvelles, il lui en chuchota la teneur, la joue collée à la porte. Il essayait de donner à sa voix des inflexions calmes, graves, relevées parfois d'un ton léger d'ironie, mélange qu'il jugeait propre à susciter la passion. Charmé par sa voix qui, dans le noir, lui semblait celle d'un étranger, un étranger qu'il eût toujours été contraint de cacher aux regards des autres, il parlait pour le seul plaisir de s'entendre. Il lui décrivait les habitués, essayant de la faire rire par des portraits et des anecdotes qu'il prétendait s'être déroulées le soir même alors qu'elles faisaient partie de son répertoire depuis de nombreuses années et que la salle de restaurant d'Arden ne contenait plus la plupart du temps que le même quatuor d'officiers serrés comme des comploteurs autour de la soupière. Ses anciennes maîtresses, Mimi Pfazengheim, même la baronne Hillberg, étaient elles aussi convoquées en silhouettes grotesques, vieilles idoles jetées au foyer d'une nouvelle divinité.

Comme il l'en avait priée en postillonnant contre sa porte, chaque matin à 10 heures précises, quand les rares clients qui venaient coucher à Arden étaient partis, elle chantonnait une valse dans sa chambre et lui, dans son bureau, se mettait au piano pour l'accompagner.

Il crevait d'envie de la voir chanter devant lui. Mais la crainte qu'on ne la découvre le retenait.

Celle de la maladie aussi peut-être. Même si désormais lorsqu'il y pensait sa peau de craie luisante de sueur, brûlante de fièvre, lui faisait tourner la tête de désir, et jusqu'à l'imagination de baisers empoisonnés où il aspirait avec avidité sa salive.

Esther s'amusa au début de cette comédie de billets et de chuchotis comme on s'amuse à cet âge des grotesques de la vie. En l'entendant murmurer derrière sa porte, elle étouffait un rire dans l'oreiller. Un rire qui ne lui ressemblait pas, dont elle avait honte quand il l'envahissait, le gloussement qui jaillit de l'ivresse de se sentir l'objet d'un culte, l'ironie grotesque qui fait du plus délirant des prêtres le meilleur serviteur de la dévotion qu'on mérite.

Elle avait trouvé au-dessus des partitions une vieille robe de soirée qui avait appartenu à ma tante et le soir elle la passait et se regardait dans la glace de l'armoire. Dans la pénombre, à la lueur jaunâtre de la bougie, elle plissait les yeux et tournait lentement son long cou blanc. Sa figure, dont elle tirait les cheveux en arrière, pivotait à droite, à gauche, et elle se trouvait admirable; le haut de ses bras nus dans le courant d'air nocturne de la fenêtre entrouverte se couvrait de chair de poule et elle frissonnait.

Loin de penser aux héroïnes des opérettes ridicules de Lengyel et Rocoule, elle se rappelait une actrice qu'elle aimait, la femme fatale de mélodrames exotiques qui souvent dans ses films jetait par une fenêtre ouverte sa cigarette allumée comme un conquérant brûle ses vaisseaux. Elle s'amusait à le faire parfois quand les rideaux étaient tirés, la fenêtre ouverte et la lumière éteinte, et un soir l'oncle Alex, qui rêvait en bas dans la roseraie assis sur un banc, sursauta, entrapercevant sur son épaule un poudroiement rouge happé par la nuit.

Il cherchait alors une idée pour la sortir de sa chambre.

Et une nuit il en conçut une qui l'effraya d'abord. Puis lui parut séduisante. Raisonnable ensuite. Géniale enfin.

Dans la journée, il écrivait des lettres d'amour qu'il réservait pour plus tard. Mais le soir, dans le silence du couloir seulement troublé par les ronflements du lieutenant SS Schabolwsky et les spasmes des canalisations, la bouche collée à la porte il lui récitait ses petits billets farcis de ruse et d'ironie qui expliquaient le moyen de la libérer de son « galetas » et comment l'on n'est jamais si bien caché qu'exposé aux regards de tous.

Son plan consistait à la faire passer pour une jeune chanteuse invitée à donner des récitals pendant les dîners d'Arden. Cette attraction serait censée remplacer l'orchestre, qui avait disparu de son estrade depuis que les trois quarts de ses membres, recensés comme Juifs, étaient assignés à résidence. Au lieu de la cacher, ne valait-il pas mieux au contraire l'exhiber ? Qui oserait lui demander des comptes ? Certainement pas les Allemands qui même à table ne pouvaient s'empêcher de jeter de petits coups d'œil inquiets vers la photo du Göring épanoui.

Ivre de son idée, il se mit à lui faire passer chaque soir des partitions, rédigea de longues missives où il lui expliquait la subtilité des rôles, l'avertissait de la nature du public qu'elle aurait à affronter. Croyant lui plaire, il dessinait dans les marges des caricatures de quelques habitués.

Les chuchotis d'Esther se faisaient rares. Elle préférait glisser sous la porte des feuillets où elle soulevait des objections diverses, demandant par exemple ce qu'en disait son père, ou comment elle serait habillée pour paraître devant ces gens. Pour ne pas le décourager tout à fait, elle accompagnait ses mots d'un petit dessin représentant l'une des scènes de leurs opérettes et poussait l'attention jusqu'à y représenter le personnage principal sous les traits de l'oncle Alex tel qu'elle l'avait entrevu lors de leur arrivée à Arden : un petit homme à la fine moustache, aux yeux écarquillés, les mains enfoncées dans les poches. Mais lui ne se reconnaissait pas, voyant dans cette esquisse quelque réminiscence d'un vieux pédant de la pension Mayer. Il préférait admirer les décors qu'elle avait levés en quelques coups de crayon : un croissant de lune éclairant sur un guéridon un sabre brisé et un chapeau orné d'oiseaux, une vieille femme dans son fauteuil roulant sur les bras duquel étaient fixés d'un côté une corne de caoutchouc et de l'autre un cornet rempli de bonbons.

Entre les épanchements du matin et les chuchotis du soir, comment se manifesta l'amour chez mon oncle dans les deux premières semaines de mai 1944?

— Promenades enivrées dans le domaine d'Arden sous les bourrasques du plus horrible printemps qu'on ait vu depuis longtemps.

— Crises d'exaltation lyrico-suicidaires après quelques heures de marche, où même les silhouettes noires des SS qui tenaient au loin un barrage sur la route lui paraissaient ces taches minuscules qui flottent un moment sur nos yeux lorsqu'on vient de s'éveiller.

— Valses solitaires et nocturnes dans la cuisine d'Arden où il imaginait tenir Esther dans ses bras au milieu d'une foule invisible et néanmoins vaguement et délicieusement hostile.

— Coïts forcenés dans un bordel de S., la Prorajka Roja, au creux de chambrettes humides où, une fois calmé, enfoncé jusqu'au nez dans le matelas, il voyait grouiller sur le plancher les cafards qu'il n'avait pas aperçus auparavant.

— Accès de remords et de chasteté languides pendant lesquels, allongé sur la carpette élimée du petit bureau, il regardait sans cligner le plafond, y guettant les pas de son amour.

— Comptages obsessionnels du nombre de marches de divers escaliers tant publics que privés, agrémentés de paris sur le pied d'arrivée à leur sommet, activités à caractère prophétique censées confirmer la réciprocité de la passion.

— Rêveries de marques vagues et sublimes de complicité entre lui et son amour dans divers décors tels que paquebot, salle de bal, plage à vastes perspectives océaniques.

— Longues stations devant tout miroir se présentant à lui en vue d'évaluer avec une objectivité scientifique les ravages du temps sur sa face débouchant selon l'éclairage du lieu sur l'euphorie ou le désespoir.

— Insomnies immobiles et chagrines où, les yeux exorbités, il avait l'impression d'être un castré dans un tombeau.

— Visions brumeuses de divers pavillons forestiers où ils se retrouvaient et se livraient avec la solennité d'un rite à de glorieuses baisades.

— Précautionneux et fulgurants arrachages de poils issant des narines ou des pavillons auriculaires.

— Imagination de divers romans-minutes à caractère nettement mélodramatique où, après avoir tenté en vain de sauver la Marsovie, la tante Irena et Salomon, il se trouvait contraint de les abandonner à leur triste sort, et se retrouvait seul avec Esther dans le compartiment d'un train qui, tandis qu'elle se blottissait dans ses bras, s'ébranlait pour quitter lentement le pays des féroces et des assassinés.

Parfois dans ses rêveries amoureuses mon oncle songeait à son âge et au fait que sa bien-aimée fût la fille de son meilleur ami, ou pour dire plus exactement les choses, du seul ami qu'il eût. Mais ces lointains échos de moralité, il les percevait à peine, comme un promeneur solitaire entend au loin des cris d'enfants qui jouent dans la cour d'une école.

Pendant ce temps Salomon, sur son grabat, s'enfonçait peu à peu dans une alternance hallucinatoire d'endormissements et de réveils, de sorte qu'il ne faisait qu'entrevoir mon oncle quand il déposait près de lui le plateau de nourriture et remontait le pot de chambre.

Salomon vivait dans cet état de torpeur perpétuelle, magique, où l'on est assuré en replongeant dans le sommeil de retrouver le rêve qu'on vient de quitter. Et les humeurs, les gestes du monde éveillé se dissipent dans l'oubli.

Aucune souris, aucune araignée ne venait distraire sa solitude, les briques noires des murs, humides au point d'étinceler parfois dans la nuit, ne s'ornaient pas de la moindre toile. Seul au fond de la cave, derrière le vasistas trouble de poussière, il n'était distrait que par le dandinement solennel d'une ombre, la promenade d'un corbeau dont il se demandait s'il était toujours le même.

Dans ses périodes de veille, torturé par une faim d'images du passé, il cherchait à retrouver des souvenirs de sa mère et d'Ottla, comme si dans un recoin des tableaux de la mémoire gisait un détail qu'il eût fallu voir.

Il avait beau fouiller dans ce trou obscur, il en sortait toujours les mêmes images, des images vagues, comme fanées, ou bien précises, immobiles, celles de visages dont les yeux le fixaient, implorant peut-être qu'il les rejoigne.

Une nuit pourtant, il revit avec une netteté extraordinaire celles d'une promenade qu'il avait faite avec Ottla au début de leur mariage sur les chemins de Zemlinka.

C'était l'époque où il comptait encore achever son *Poème maritime*, et quand il regardait les champs autour de lui agités par le vent il s'efforçait d'y voir l'océan.

Il tenait Ottla par la taille et la pressait contre lui sur le chemin pierreux entre les haies. Parfois, quand personne n'était en vue, il l'embrassait dans le cou. Et pourtant il rêvait toujours au lendemain, à cette époque, comme si sa vie n'avait pas encore commencé.

Ce jour-là, en sortant des faubourgs, ils avaient croisé un vieil homme vigoureux, à la barbe poivre et sel, vêtu d'une veste de toile bleue, qui tenait plaqué contre sa poitrine un minuscule chien noir et blanc, aux yeux globuleux, au corps agité d'un perpétuel tremblement. Plus loin, un peu avant d'arriver au cimetière juif, deux femmes en robes noires et chignons gris qui se donnaient la main, s'appuyant l'une sur l'autre pour progresser sur le chemin caillouteux. Elles ne se parlaient pas, ni ne se regardaient, mais soufflaient, soupiraient, le dos courbé. La plus jeune portait un cabas d'où émergeait la brosse d'une balayette. Ses crins d'un rose diaphane devenaient de plus en plus grisâtres à mesure qu'ils s'approchaient de l'extrémité où restaient accrochés la torsade bronze d'une feuille morte et quatre pétales noirs. Au bout de la promenade, au bord du lac Ozek où un vent perpétuel piquait la surface bleue de mille petites touches blanches, un couple en maillots de bain était assis dans les herbes hautes. La jeune femme, le dos rond, les joues écarlates et ruisselantes de larmes, tirait avec avidité sur une cigarette en regardant le ciel. De temps à autre, elle secouait d'un petit mouvement de la tête les boucles trempées de ses cheveux tandis que lui, allongé, les sourcils froncés, lançait de petits tessons orange qu'il déterrait sur un chardon dont la tête décapitée pendait encore à la tige.

Salomon revit aussi les insectes, mouches ou papillons, tout à coup collés dans le dos du manteau blanc d'Ottla, trop chaud pour la saison, et ses doigts qui les décollaient d'une pichenette hésitante car il ne voulait pas tacher la laine. Il revit aussi le visage d'Ottla, rieur de le voir arraisonné à son insu par une guêpe qui tournoyait autour de sa tête, sans doute attirée par l'odeur de la lotion dont il avait abondamment aspergé ses cheveux pour que le vent ne les redresse pas. Ses yeux noisette, moqueurs, suivaient le vol de la guêpe et au-dessus de ses lèvres entrouvertes de la sueur perlait. Il la revit enfin qui à chaque instant quittait son bras pour courir dans le fossé ramasser des mûres. Elle lui en glissait quelques-unes dans la bouche et, avant qu'elle ne reparte dans le fossé, il lui prenait le poignet et nettoyait de la pointe de la langue le creux de sa paume bleutée par les fruits.

Le souvenir s'arrêta brusquement. Salomon se demanda s'il retournerait un jour se promener sur les chemins de Zemlinka.

Mon oncle, lui, arpentait chaque jour les chemins d'Arden en se demandant quand il pourrait les parcourir avec Esther à son bras.

Lors d'une de ces promenades, sa rêverie fut tout à coup suffoquée par une odeur de pourriture. En reniflant, il découvrit dans un buisson le cadavre décomposé d'un chien, ou peut-être de plusieurs, tant la viande, les os, les poils et les boyaux gonflés s'entremêlaient avec opulence. À ses pieds, il reconnut une tête. Elle n'avait plus d'yeux mais la mâchoire était entièrement découverte et d'une blancheur de craie.

Furieux, il saisit une des pattes et, soulevant une houle de mouches, traîna la panse luisante et mauve, grouillante de vers, jusqu'à une crevasse qui se trouvait non loin de là, dans l'un de ces amas rocheux qui parsèment la forêt d'Arden et la rendent si romantique. Il y fit glisser la charogne et en entendit avec satisfaction l'éclatement flasque au fond des ténèbres.

Au fond de cette crevasse suintait un filet d'eau qui alimentait l'une des nombreuses sources d'Arden. Celle précisément que Louchka avait découverte sous les arbres non loin du pavillon, une petite source pure où il se rendait souvent pour remplir les bouteilles. L'eau y était plus fraîche que celle que leur apportait l'oncle Alex, moins saumâtre que l'eau de pluie du tonneau. Ils prirent l'habitude d'en boire abondamment, sans se soucier de la faire bouillir.

Un matin ils se réveillèrent saisis de crampes et de vomissements. Puis ils furent accablés de diarrhées et vers midi leurs langues et leurs lèvres se mirent à enfler. Le soir ils ne pouvaient plus parler. Ils s'entre-regardaient en ouvrant grands les yeux et finirent par se coucher en espérant que la nuit les guérirait. Seul le frère de Louchka, toujours à l'écart ou assis sur les toilettes, continuait son grand collage d'animaux découpés sans être atteint par le mal. C'est qu'il buvait très peu, préférant l'eau trouble de la pluie.

Le lendemain, leurs bouches n'avaient pas désenflé et à la fin de la matinée un violent orage éclata.

L'obscurité envahit le pavillon, les feuilles arrachées aux arbres se collaient aux fenêtres où elles ressemblaient à des chauves-souris aux ailes déployées. Des filets d'eau se mirent à dégouliner du plafond et les musiciens s'y précipitèrent en ouvrant la bouche afin d'apaiser leur soif et rafraîchir leurs lèvres.

Tout à coup, derrière le grincement des arbres et les roulements du tonnerre, il leur sembla entendre des cris. Le clarinettiste courut à la fenêtre et poussa des grognements. Il alla tirer Louchka par la manche, le doigt tendu vers la fenêtre. Et Louchka aperçut, derrière les vagues de pluie, des uniformes allemands courant sur le chemin en terre battue qui menait au pavillon, sans doute pour s'y abriter.

Les musiciens se mirent à courir dans tous les sens, saisis par la panique, mais dans les gémissements confus qui sortaient des bouches déformées on ne pouvait distinguer les avis des lamentations. Louchka sortit à tout hasard son Luger de sa ceinture. Les jambes du clarinettiste se mirent à trembler. Pleskine, un jeune guitariste, saisit une chaise et la brandit en l'air. Le frère de Louchka continuait ses découpages. Herschl regardait autour de lui avec un sourire amer.

Les Allemands se rapprochaient mais ils ne couraient plus, ralentis par la pente et la tornade, gênés dans leurs mouvements par leurs fusils qu'ils avaient retournés pour que l'eau n'y pénètre pas.

Dans le pavillon, ceux qui étaient décidés à se battre s'étaient approchés de l'entrée ; les autres, réfugiés près de la fenêtre, s'apprêtaient à y sauter si les soldats poussaient la porte. L'eau qui continuait à dégouliner du toit ruisselait sur le plancher.

Louchka remarqua qu'au milieu de la pièce elle s'écoulait par une large fente entre deux planches. Il rempocha le Luger et se précipita, plongea les doigts dans la fente et tira de toutes ses forces sur les lattes.

Tous le regardaient bouche ouverte, même lorsqu'il roula cul par-dessus tête, tenant encore dans la main un morceau de bois qui venait de céder. Sans dire un mot, la casquette bleue enfoncée jusqu'aux yeux, il se releva et alla fourrer la tête dans l'ouverture. Ils l'entendirent cracher. Il ressortit la tête, descella une seconde planche puis, d'un signe de l'index, leur fit signe de se glisser dans le trou. Les musiciens se regardèrent mais dehors les éclats de voix se rapprochaient. On entendait même, entre les coups de tonnerre, crisser les bottes sur les cailloux.

Ils se précipitèrent vers l'ouverture. L'un après l'autre, à toute vitesse, ils y disparurent, basculant dans un vide obscur où ils se sentirent tomber de plus en plus vite, au point que les pans de leurs chemises se soulevaient.

Le pavillon avait été construit au-dessus de l'un de ces réseaux d'anfractuosités et de grottes qui abondent dans le sous-sol d'Arden. Cette cavité était si profonde que plusieurs se tordirent la cheville ou se blessèrent lorsqu'ils finirent par atterrir, les uns par-dessus les autres, sur un sol de pierraille et de boue. Louchka, qui descendit le dernier, eut du mal à trouver un appui sur les parois de terre meuble pour remettre en place les deux planches. Il y parvint tant bien que mal avant de glisser à son tour dans le trou noir. La chute dans l'obscurité lui coupa le souffle, elle semblait ne pas finir, les pans de son large imper cacahuète se déployaient en parachute, mais, au moment où il lui semblait disparaitre dans un précipice, il atterrit violemment sur un entremêlement houleux de membres et de crânes.

Quand ils se furent redressés (et cela prit un certain temps car ils ne voyaient plus leurs bras ni leurs jambes, ne reconnaissaient plus le haut du bas), ils se rendirent compte qu'ils étaient tombés au fond de ténèbres si épaisses que plusieurs s'imaginèrent avoir perdu la vue. Et, comme des aveugles, ils se cognaient en tournant en rond, le cou tordu, cherchant à entrevoir quelque trait de lumière. Seul un minuscule rai se devinait à peine bien au-dessus de leurs têtes, sans doute la fente du plancher. Le bruit de l'orage leur parvenait vaguement. Il leur semblait maintenant aussi dérisoire que, lorsqu'on passe devant un théâtre, les échos d'un spectacle invisible. Même les craquements du piétinement des soldats allemands entrés dans le pavillon les laissaient aussi indifférents que s'ils s'étaient trouvés sur une autre planète.

Ils caressaient de leurs paumes la paroi de glaise, cherchant une aspérité, un replat par où ils auraient pu espérer escalader le puits mais ils ne trouvaient rien. Lorsque Pleskine essayait de grimper sur la boue gluante, il la sentait glisser lentement vers le sol et là se mettre à l'aspirer avec douceur. Ils étaient prisonniers, et n'avaient échappé aux Allemands que pour mourir de faim et de soif au fond de cette tombe molle.

Le filet d'eau qui tout à l'heure avait semblé à Louchka un signe de délivrance coulait maintenant sur son front comme un jet de pisse.

Un coup de tonnerre éclata, si formidable qu'il leur fit rentrer la tête dans les épaules.

Il réveilla en sursaut Salomon sur son grabat.

Depuis quelques jours il avait renoncé à se raser, ôté sa cravate, et la chemise verte toute froissée ne quittait jamais ses épaules. Il dormait de plus en plus longtemps, mais d'un sommeil fiévreux, qui ressemblait davantage à une épreuve qu'au repos : ses paupières s'alourdissaient et il pénétrait dans une mêlée mystérieuse d'où il ressortait de temps à autre quelques instants pour reprendre haleine. Bouche ouverte, baveux, le souffle court, il aspirait avec difficulté l'air humide, comme un voyageur arrêté dans une oasis au milieu d'un voyage atroce.

Une nuit cependant un rêve lui vint qu'il se rappela, et retrouva ensuite chaque fois qu'il replongeait dans le sommeil. Un rêve qui lui semblait un écho du temps lointain où de ses songes jaillissaient des opérettes.

Dans ce rêve, sorte d'adaptation du *Vaisseau fantôme*, Salomon était bien le Hollandais volant. Mais transformé avec tout son équipage en une brigade de serveurs sur un paquebot de luxe.

Le Hollandais volant était devenu le maître

d'hôtel de la salle à manger des premières. Il servait la soupe d'un air mélancolique en cherchant des yeux dans la salle celle qui le sauverait de la malédiction.

Un soir, il remarque une femme brune aux cheveux tirés en un chignon impeccable, aux bras nus, qui, seule à sa table, fume une cigarette en rêvant (et parfois elle rejette la fumée par le O de ses lèvres en un flot si puis-sant qu'elle semble effacer les images que lui propose sa rêverie).

Certain que c'est elle qu'il attend depuis toujours, car ainsi procèdent les rêves, il dépose sur son assiette un petit mot qui contient une déclaration passionnée mais anonyme. Elle le découvre alors qu'il est en train de lui servir du poisson et tandis qu'elle le déplie pour le lire, il observe sa réaction d'un air impassible.

Chaque soir, un nouveau billet attend sur l'assiette et chaque fois elle sourit un peu plus en les lisant tandis que lui s'affaire autour d'elle avec des gestes de plus en plus rapides et précis. Elle finit par lui demander de l'aider à trouver l'auteur de ces billets puisqu'en tant que maître d'hôtel il doit connaître tout le monde à bord.

N'osant lui avouer la vérité, il devient son confident, pris au piège de sa propre machination.

Un problème se pose, compliqué à exposer mais que dans le rêve on comprend sans effort : puisqu'une femme est d'une certaine façon tombée amoureuse de lui sans le connaître, la malédiction n'est-elle pas brisée? Mais, s'il ne se déclare pas, ne risque-t-il pas de perdre le bénéfice de cet amour, qui ne se représentera peut-être pas avant cent cinquante ans, et encore? En revanche, s'il se déclare, l'amour pour le mystérieux inconnu ne s'évanouira-t-il pas quand elle découvrira qu'il ne s'agit que du maître d'hôtel de la salle à manger des premières?

Et le *pilpol* qui envahit tout à coup son rêve devient atroce. Il se réveille en sursaut dans sa cave en poussant un cri qui résonne si fort qu'assis sur son lit, hébété, il a l'impression qu'une voix vient d'appeler.

Mais cette fois ce fut le coup de tonnerre qui l'éveilla et quand il eut repris ses esprits il se souvint que dans son rêve le bruit s'était transformé en un choc énorme qui avait fait trembler le navire alors qu'il raccompagnait la femme à sa cabine.

Il se dit que ce choc annonçait peut-être une rencontre avec un iceberg, toute une palpitante titanicade qui débloquerait peut-être la situation. Il s'empressa de se rallonger et de replonger dans le sommeil.

Ce même coup de tonnerre fit sursauter mon oncle alors qu'il versait dans la salle à manger humide d'Arden un cognac au capitaine Schleiermeyer qui fumait pensivement un cigare, le cerveau agité de calculs ferroviaires. Il en répandit même un peu sur la nappe, mais se reprit bien vite et essuya en souriant avec le mouchoir de sa pochette la goutte qu'il avait laissée s'enfuir le long du goulot. Le tonnerre le faisait sourire car, depuis qu'il pensait sans cesse à Esther, les déchaînements de la nature et les bouleversements politiques déclenchaient en lui un frisson de plaisir, il trouvait motif à madrigal dans les écroulements de l'univers. Et, d'après les conversations qu'il surprenait à table, les nouvelles du front étaient extrêmement mauvaises : Lvov était tombé, l'Armée rouge aurait franchi le Dniestr et pénétré en Hongrie. Les nouvelles qui allongeaient les figures autour des tables d'Arden enivraient mon oncle. Peut-être l'altruiste en lui se réjouissait-il de la libération prochaine de ses hôtes, ou bien le bouleversement général qui allait fondre sur toutes choses confortait-il l'égoïste dans son pressentiment qu'une nouvelle page de sa vie allait bientôt apparaître (et le Temps, par jeu, suspendait son cours, à la façon d'un lecteur qui pour savourer son plaisir lève les yeux de son livre, tient un instant suspendue entre ses doigts la page qu'il s'apprête à tourner et derrière laquelle il sait que l'attend un épisode délectable).

En attendant, il préparait le récital où il comptait présenter Esther comme sa nièce, jeune actrice d'une troupe d'un théâtre de Buda qui se trouvait en villégiature pour l'été à Arden. La frontière étant fermée, il ne manquerait pas de laisser entendre à Schleiermeyer, en glissant un coup d'œil vers la photo encadrée de baguettes dorées du Reichsmarschall, que sa nièce avait pu se rendre en Marsovie « grâce à certaines relations haut placées ». La facilité avec laquelle les difficultés que rencontraient ses plans finissaient par les consolider lui semblait la marque de leur perfection.

Sans autre prétexte que celui de lui dire bonsoir, il lui demandait d'apparaître chaque soir à sa fenêtre. Dans la roseraie, les bras croisés sur la poitrine, il attendait son apparition, même quand la pluie ou la brume lui gâchaient la vue.

Esther s'amusait toujours de cette comédie car pour elle l'oncle Alex était un personnage aussi grotesque que celui d'une opérette. À 11 heures, elle se préparait dans l'obscurité, brossait ses cheveux noirs assise sur son lit, croisait les pans du vieux peignoir gris élimé de façon à cacher ses seins mais à laisser paraître dans la nuit un large V de peau blanche. Parfois, nue, à la clarté incertaine de la lune, elle se regardait dans la glace intérieure de l'armoire (la porte en s'ouvrant grinçait comme le mécanisme d'un limonaire) jusqu'à ce que le courant d'air de la nuit fasse frissonner ses hanches.

Sur le plateau, l'oncle Alex déposait maintenant des partitions, de petits billets où il lui expliquait le caractère des personnages, les petits gestes qu'on pouvait avec profit placer au moment choisi dans tel ou tel air.

Un soir, il vit que ses cheveux lui tombaient maintenant sur les épaules. Aussitôt, il l'imagina vêtue d'une robe de soirée en satin noir qui appartenait à ma tante. Mais le plaisir qu'il éprouvait à l'imaginer dans cette robe se trouvait gâché par la difficulté de l'en revêtir. Comment aller la demander à la tante Irena? *Quel mensonge agiter qui n'exhale pas le fumet d'adultère?* se demandait mon oncle dans son français Rocoule en tournicotant sur sa carpette élimée, claquant des doigts pour faire fuser les idées.

Une nuit, alors qu'il se tenait dans la roseraie les mains dans les poches, attendant qu'Esther allume sa lampe et ouvre sa fenêtre, il sentit quelque chose de dur glisser sous le satin de la doublure.

Enfonçant le doigt dans le trou par où l'objet avait dû glisser, il parvint à extirper la petite bague en laiton au motif de serpents entrecroisés, celle qu'il avait trouvée dans sa tasse au buffet de la gare et fourrée dans sa poche où elle avait disparu aussi complètement que de sa mémoire. Il l'examina un instant, la tournant entre le pouce et l'index à la lumière de la lune.

Quelques minutes plus tard, il frappa à la porte de ma tante. Sans attendre de réponse, il pénétra dans la chambre et l'aperçut qui faisait une réussite dans son lit. Marfa, installée dans une grande chaise, comptait des pièces et démêlait de fines chaînes de médailles.

Sur le couvre-lit jaunâtre, une pile d'enveloppes fraîchement cachetées indiquait qu'elles venaient d'achever une séance de prophéties épistolaires. Après avoir lancé un bonjour tonitruant et craignant de s'approcher trop près de Marfa dont la gorge graillonnait à chaque inspiration, mon oncle alla s'asseoir près de la porte, sur un fauteuil en osier qui craqua de toutes ses fibres avant de laisser échapper un fourmillement de crépitations, une sorte de pétillement sans fin. Malgré sa petite taille, il se retrouvait, sur ce siège, le menton posé sur le genou. Il étendit une jambe et essaya de croiser l'autre dessus en posant sa cheville sur l'accoudoir. Il se perdait en contorsions de fakir qui ne suscitaient aucune réaction de la part des deux femmes. La tante Irena n'avait pas levé les yeux de sa réussite et Marfa, mâchoire serrée, yeux fixes, triturait ses petits bijoux en regardant devant elle comme une aveugle trie des lentilles.

Tante Irena se mit à siffloter. Puis retourna à toute allure une rangée de cartes.

« Bonjour, Alexandre, dit-elle enfin sans lever la tête. Cela fait longtemps que nous n'avons pas eu l'honneur d'une visite assise. Doit-on s'en réjouir ou s'en inquiéter ? — C'est à vous que je devrais le demander, Irène, la sibylle d'Arden. »

Ma tante fit la grimace, et mon oncle se demanda si c'était à cause de sa réplique ou de ce qu'elle découvrait dans les cartes. Elle portait une chemise de nuit vert pomme, ses cheveux, bien brossés, avec leur mèche blanche dressée au-dessus de son vaste front, luisaient dans la lumière, ce qui donnait à sa figure quelque chose de sacerdotal auquel mon oncle trouva un attrait érotique, celui d'une prêtresse farouche, peut-être parce qu'il était plein d'ardeur amoureuse et sa femme pour ainsi dire éclaboussée du désir qu'il éprouvait pour une autre.

Coincé dans son petit fauteuil, il contemplait son épouse de trente ans. Il voyait le muscle de son bras clapoter chaque fois qu'elle retournait une carte et, sans qu'il sût trop pourquoi, ce tremblement l'attendrissait. Sur ses mains amaigries ressortaient des veines mauves. Leurs sinuosités ainsi que la nuance délicate de la couleur du sang le troublaient. Ses mains, qui dansaient en jouant prestement avec les cartes, lui rappelèrent leur rencontre, la main qu'elle passait sur son front quand il était aveugle, et il resta stupéfait en constatant qu'il avait déjà aimé à la folie. Ma tante, gênée par son silence et ce regard qui s'attardait sur ses mains, crut qu'il était surpris de les trouver vieillies et les rentra sous les draps.

« Et que devient ce pauvre Salomon ? lança-t-elle en regardant le plafond.

— Plus de nouvelles, répondit mon oncle du tac au tac en montrant ses paumes. Je crois qu'ils ont été rassemblés dans le quartier de Gorszympa. »

Ma tante sortit ses mains et se remit à la réussite.

« Tout cela est déplorable. Et pourquoi ne pas l'avoir caché dans la cave ou le petit pavillon ? »

Mon oncle ne trouva rien à répondre. Que savait-elle au juste ? Peut-être les dons de voyance finissaient-ils par venir.

« Avec tous ces Allemands qui vont et viennent, vous auriez été la première à me le reprocher.

— C'est que vous n'auriez pas été obligé de me le dire », dit-elle d'un ton rêveur en retournant une carte avec un bruit sec.

Entraîné par l'instinct mécanique du dialoguiste professionnel, mon oncle faillit répondre : Comment savoir alors que je ne l'ai pas fait ?, mais il retint la phrase, se contentant de la pianoter des doigts sur sa cheville.

« Ils ont bouclé le quartier, reprit-il sur un ton résigné. Il est très difficile d'y pénétrer ou d'en sortir.

— Et votre ami SS, comment s'appelle-t-il déjà ?, aurait peut-être pu arranger cela...

— Je crains, ma chère amie, que votre vie de recluse ne vous permette pas d'envisager avec le réalisme souhaitable la nature de la situation présente », lâcha mon oncle en un chuchotement rapide plein d'ironie digne de ses meilleures interprétations de l'un de ses rôles favoris, le sarcastique et sagace diplomate de classe internationale.

Au-dessus des paupières toujours baissées sur sa réussite, les sourcils noirs de ma tante se cabrèrent. La remarque de mon oncle était particulièrement stupide : ne s'adressait-elle pas à celle que des dizaines de malheureux consultaient chaque semaine afin de connaître l'avenir ? Car si elle ne croyait absolument pas à son don de voyance, la confiance des autres lui semblait tout de même le signe d'une supériorité, même si elle ne savait pas très bien laquelle.

De l'autre côté du lit, dans la pénombre, la chaise de Marfa craqua car elle dandina majestueusement ses larges fesses afin de s'y recaler. Ayant fini de ranger les pièces et les petits bijoux dans ses poches, elle se mit à regarder mon oncle d'un air placide, comme si la contemplation de son front dégarni, de ses yeux brillants, de ses joues légèrement couperosées la délassait des misères de la vie.

Jugeant que le temps était venu de se lancer, mon oncle toussota malgré lui et lâcha :

« Tout cela est d'autant plus pathétique qu'on va monter cet été à Budapest une de nos œuvres. »

Un long silence accueillit cette déclaration, comme si les mots qu'il venait de prononcer, à cause de quelque bizarrerie ondulatoire, ne pouvaient pénétrer aucune oreille.

« Et qu'est-ce qui a pu occasionner ce petit miracle ? dit enfin ma tante, dont les yeux passaient en revue avec tendresse le régiment maintenant bien rangé de ses petites figures. Les ravages de la guerre sont-ils tels que l'on se trouve obligé d'aller racler les fonds de tiroir des compositeurs amateurs de Marsovie ?

— L'an dernier, Salomon avait finalement décidé d'envoyer une pièce à un théâtre de Buda. Ils viennent de me prévenir qu'ils vont la monter, qu'elle va même déjà entrer en répétitions.

— Et laquelle est-ce ? S'agit-il de l'immortelle *Attention à la blanchisseuse !* ou de la drôlatique *Amour à louer* ?

— Non, non, celle qui se passait dans un cirque, vous vous souvenez ? On a dû écrire ça en 34 ou 35. *Marushka et le trapéziste*, ça vous rappelle quelque chose ? Le sextuor du trapèze ? La bague dans le verre ?

— Mais mon pauvre Alex, on a dû se moquer de vous ! C'est injouable, comme la plupart de vos histoires : comment voulez-vous présenter six trapézistes chantant et virevoltant en l'air sur la scène d'un théâtre ?

— Les détails de la mise en scène ne m'ont pas été communiqués, lâcha mon oncle d'un ton pincé, comme si, effectivement, il y avait là motif à inquiétude. Mais les chanteurs ont été choisis. D'aucuns vont même passer cet été à l'hôtel pour qu'on travaille à adapter certains airs à leurs tessitures. »

Mon oncle se racla la gorge, fit semblant de s'égarer dans une rêverie puis ajouta comme si le fait venait de lui revenir en tête :

« D'ailleurs une jeune chanteuse de la troupe est déjà arrivée. Celle qui tient le rôle de Nina. Dans deux ou trois jours, si vous ouvrez la trappe de votre poêle, vous l'entendrez peut-être chanter des extraits de la pièce devant les clients. À ce propos, n'auriez-vous pas une robe noire à lui prêter ? »

Ma tante leva lentement la tête et fixa mon oncle, un étrange sourire aux lèvres. Elle éclata d'un fou rire énorme, projetant des postillons dans l'œil de son mari avant de se cacher la figure derrière les mains. Ses épaules tressautaient, la chair de ses bras tremblotait. Marfa riait elle aussi, sans bruit, la tête droite, les dents en métal miroitant dans sa bouche grande ouverte et, à intervalles réguliers, elle laissait tomber d'un petit geste sec le bout de ses doigts sur ses cuisses, à la façon d'un pianiste qui jette un accord.

« Alex, Alex, parvint enfin à articuler ma tante, si vous voulez offrir une robe à l'une de vos petites catins, ne vous donnez pas tant de mal ! Quel gâchis d'imagination !

— Pas du tout. Vous êtes ridicule, s'indigna mon oncle en fixant Marfa, qui le regardait en roulant les yeux de façon grotesque. Elle jouera le rôle de la Princesse Nina, ajouta-t-il, comme s'il s'agissait d'un argument.

— Celle qui sème ses bagues partout ? La femme fatale aux serpents ? demanda ma tante d'un ton faussement mystérieux, plissant les yeux, tandis que Marfa déployait son sourire d'acier en hochant la tête comme un cheval.

— En attendant la femme, voici la bague », dit mon oncle en la sortant de sa poche.

Il la tenait entre le pouce et l'index et, d'un mouvement tournant de l'avant-bras, la montrait tour à tour aux deux femmes.

« Chère Marfa, *Marfa darogaïa* », reprit-il en s'adressant à la vieille femme en russe, et elle se renfrogna aussitôt, humiliée qu'on sache qu'elle comprenait une langue humaine), « l'objet ne vaut pas grand-chose et ne mérite pas de finir dans votre poche. Ce n'est qu'un accessoire de théâtre en fer-blanc ». Se tournant vers ma tante et passant à l'allemand : « Ils viennent de la faire confectionner et elle a trouvé amusant de me l'apporter », dit-il, et il jeta la bague dans le giron de ma tante qui la regarda sans la toucher d'un air apitoyé, comme le seul reste d'un être cher. « Remarquez la délicatesse avec laquelle on a rendu le dessin des écailles », conseilla mon oncle. Puis il se leva avec difficulté, emportant le petit fauteuil avec lui, auquel il dut s'arracher en poussant sur les accoudoirs. Une fois libéré, il remua les jambes afin de remettre en place les plis de son pantalon puis se pencha vers les replis du couvre-lit jaune où il alla cueillir avec délicatesse la bague. Il déposa un baiser sur les cheveux de ma tante qui roula comiquement des yeux, adressa un petit signe de la main à Marfa et sortit en fermant doucement la porte de la main droite tandis que les doigts de la gauche s'ouvraient pour faire tomber la bague dans sa poche.

Pendant que se déroulait cette petite comédie, Louchka et les musiciens tentaient d'échapper à la mare de boue gluante qui les entourait. Mais dès qu'ils avancèrent dans le souterrain, la clarté qui tombait de la fente du plancher disparut. Ils ne se voyaient plus et, à cause de leurs langues gonflées, ne pouvaient comprendre les vagissements qui sortaient de leurs bouches. Ils parvinrent tout de même à se ranger en file indienne, sous la houlette de Louchka qui distribuait au hasard des claques sur les crânes.

Chacun pinça entre le pouce et l'index la chemise de celui qui le précédait et ainsi ordonnés ils demeurèrent un instant immobiles. Louchka hésitait à prendre la première ou la dernière place de la file. Le chef ne doit-il pas montrer le chemin ? se disait-il. Mais là où il n'y a qu'un chemin, ne vaut-il pas mieux qu'il se mette à l'arrière, histoire de ravigoter le désespéré d'un bon coup de pied au cul ? D'un autre côté, si un obstacle se présente, c'est au chef de sentir le coup, d'arrêter le troupeau et de prendre une décision judicieuse sans se bouffer les ongles toute la nuit comme Prokosh ni entraîner joyeusement tout le monde au fond du gouffre comme Pleskine.

Finalement il se plaça en tête et se mit à avancer lentement, les bras tendus, en levant très haut le genou à chaque pas. Mais à peine en avait-il fait trois que Prokosh se mit à pousser des grognements. Il vint trouver Louchka en remontant la file à tâtons, chercha sa main où il glissa un objet doux et froid. D'un craquement jaillit une étincelle, une odeur de soufre piqua le nez de Louchka, fleurit dans sa gorge. La main décharnée de Prokosh apparut. Elle protégeait la flamme d'une allumette des énormes gouttes qui s'écrasaient sur leurs crânes. Il venait de retrouver dans la poche de son manteau un morceau de bougie et une grosse boîte avec trois allumettes dedans. Du temps du pavillon la bougie lui servait à s'éclairer la nuit dans la forêt lorsqu'une envie pressante l'y appelait (habitude d'entrailles et manie de l'âme, lorsque tout le monde dormait, il allait s'isoler dans la forêt où le relâchement sphinctéral s'épanouissait en méditations apaisantes, l'angoisse de la journée se répandant sur les feuilles mortes en tiédasse, fluviale et odoriférante merdaille).

Prokosh reprit la bougie et l'alluma. Lui et Louchka se regardèrent. Leurs faces étaient mal rasées, leurs lèvres gonflées. Autour d'eux, chacun s'effrayait de la tête du voisin et se demandait si sa figure était comme celle-là, voire pire. La cause peut-être de tout cet effroi. Seul le regard d'Élie demeurait invisible à cause de sa haute taille. On ne voyait, entre les poils de la barbe, que des lèvres mauves qui s'agitaient sans bruit. Dans la boue ils aperçurent des images colorées d'animaux et se rendirent compte qu'il avait trouvé le moyen d'emporter sa valise. Trop pleine, elle fermait mal et parfois s'en échappait quelque découpage.

Ils se mirent en marche. Louchka éclairait tant bien que mal le goulet étroit où ils s'enfonçaient. L'eau suintante des sources gonflées par l'orage ruisselait sur les têtes. Ils glissaient sur les pierres, pataugeaient dans la boue, les dents claquaient, les langues et les palais brûlaient.

Ils avançaient à la queue leu leu, chacun pinçant la chemise de celui qui le précédait. Mais dans le noir, glissant ou butant contre des cailloux, ils lâchaient le bout de tissu et, se précipitant pour le rattraper, glissaient par terre ou s'écroulaient sur celui qui les précédait. Toute la file en était agitée et ondulait jusqu'à Louchka qui dérapait sur les pierres. Pour reprendre son équilibre il agitait les bras dans tous les sens et à la troisième bousculade la bougie s'éteignit.

Il se releva, cracha au hasard dans le noir, ralluma difficilement la mèche et décida de réorganiser la file : chacun désormais, au lieu de s'accrocher à la chemise de l'autre, appuierait fermement ses mains sur ses épaules. Cela lui permettrait à la fois de trouver un soutien sur l'autre et de le rattraper s'il venait à glisser. Pour éviter aux petits de se faire ratatiner par la poigne des grands, il les plaça en queue de file.

Mais au moment où ils se mirent en route, Prokosh, que Louchka avait placé derrière lui et qui le dépassait de plus d'une tête, rassuré par l'esprit de décision du chef, poussa un soupir de soulagement qui éteignit la bougie. S'éleva alors le murmure qui naît quand le courant est coupé, qui éveilla tant de souvenirs familiers qu'ils crurent un instant être redevenus des humains comme les autres. Louchka, en apnée, resta un long moment hébété, comme un homme qui vient d'assister à une manifestation inédite des pouvoirs de la nature. Bouche ouverte, bougie brandie, yeux fermés, il respirait à s'en déchirer les poumons, comme pour s'emplir de magnanimité. Lorsqu'il y fut parvenu, il se retourna et se contenta de cracher sur Prokosh en lui assenant un coup de poing sur l'oreille.

Il hésitait à rallumer la bougie. Il ne restait plus qu'une allumette, ne valait-il pas mieux la garder pour un pire quelconque ?

Ils se remirent donc en marche dans l'obscurité mais, comme le terrain devenait de plus en plus rocheux et glissant, Louchka ralluma la bougie. En la promenant au-dessus de sa tête, il découvrit que la grotte s'élargissait et que le sol se mettait à descendre en une pente si raide qu'ils ne pouvaient plus avancer comme ils le faisaient, les bras sur les épaules.

Il leur demanda de défaire le lacet de leur chaussure gauche. D'en saisir une extrémité et de donner l'autre à celui qui les suivait : ainsi chacun ne se collait plus contre son voisin mais le suivait au bout d'une petite laisse, comme aux actualités on le voit faire aux conquérants des cimes, leur dit-il. Il retourna à la tête de la colonne, saisit entre les doigts le lacet de Prokosh et se remit en marche. Il observait les tremblements de la bougie comme la mère du trapéziste ses balancements.

Ils descendirent en s'appuyant de leur main libre aux rochers qu'ils entrevoyaient à la lueur de la bougie. Sur les parois tournoyaient des ombres qui s'enfuyaient ou, se ravisant tout à coup, plongeaient vers eux.

Pleskine progressait difficilement car sans lacet sa chaussure ne tenait pas à son pied. Il était obligé de crisper les orteils pour la retenir. Il enfonça le pied dans une mare de boue si profonde que sa chaussure y fut aspirée et il n'en tira que le pied nu. Il lâcha le lacet, meugla pour appeler à l'aide en s'agenouillant pour fouailler la vase. Louchka arriva, la bougie à la main. Pleskine lui montra son pied puis la mare brunâtre et Louchka voulut éclairer le trou. Il se pencha, un peu de cire brûlante coula sur sa main, il cria, lâcha la bougie dans la mare où elle s'éteignit avant de disparaître avec un petit bruit de succion.

Ils durent continuer à progresser dans l'obscurité la plus profonde. La notion du temps s'évanouissait dans le noir et tantôt ils éprouvaient l'impression de marcher depuis une éternité, tantôt de s'être à peine mis en route. Des larmes coulaient sur les joues de Herschl parce qu'il croyait s'apprêter à atteindre l'endroit où se rassemblent les morts. Il se l'imaginait comme ça : une vaste grotte illuminée où ils se tiennent tous comme sur un quai de gare, les mains dans les poches, attendant un train pour on ne sait où. Et malgré la foule infinie des corps il était sûr qu'il allait tomber sur les siens et qu'ils l'accableraient de questions. Il craignait surtout de rencontrer son père qui avait demandé qu'on l'enterre dans son meilleur manteau (confectionné dans les ateliers Lengyel et Fils), celui-là même que Herschl portait en ce moment.

Devant lui cheminait Prokosh. Frissonnant de

froid, il se demandait si Herschl n'avait pas raison, s'ils n'étaient pas tous morts depuis longtemps, errant encore vaguement dans le monde comme le croient les Russes. Peut-être étaient-ils arrivés à la fin du quarantième jour, quand les âmes flottantes quittent définitivement leur enveloppe. Et cette pensée que son intelligence trouvait ridicule, il lui semblait que tout son corps y croyait. Pour en avoir le cœur net, il fourrait la main sous sa manche et se pinçait. Il ressentait bien une douleur, mais à force de se pincer il ne sentit bientôt plus rien.

Les narines se mirent à frissonner car peu à peu un fumet nauséabond recouvrait l'odeur de glaise. La puanteur devint bientôt atroce et ils commencèrent à avoir des haut-le-cœur. Louchka s'arrêta et, à tâtons, tenta de trouver un autre chemin.

Mais devant eux, du côté de l'odeur, il distingua un halo.

Alors ils continuèrent leur route, les pieds glacés car ils pataugeaient désormais dans un ruisseau d'eau vive invisible mais si froid que de temps en temps Pleskine était obligé de sauter à cloche-pied pour soulager son pied nu. La lueur devint bientôt assez forte pour qu'ils distinguent les parois de la caverne et les rochers sur lesquels ils cheminaient.

Le ruisseau devenait torrent car la pente était de plus en plus forte. De nombreuses galeries s'ouvraient de tous côtés qu'ils auraient pu explorer pour échapper à la pestilence. Mais puanteur et lumière provenaient du même endroit.

Des blocs de roche de plus en plus massifs rendaient leur progression difficile, exténuante. Mais ils aperçurent tout à coup un rayon de lumière, qui tombait sans doute d'une ouverture dans la voûte. Ils lâchèrent les lacets et se précipitèrent en avant.

Ils glissaient, tombaient, se blessaient, semaient leurs chaussures, mais se relevaient. Arrivés dans le rayon de lumière, ils levèrent la tête et aperçurent un morceau de ciel bleu. Un petit nuage transparent était en train de s'y recroqueviller et disparut. De violents haut-le-cœur les secouèrent et, baissant la tête, ils découvrirent à leurs pieds une charogne presque entièrement décomposée où grouillaient des vers d'un blanc aussi éclatant que les os qu'ils avaient nettoyés. Écarquillant les yeux, ils se couvrirent la bouche et le nez de leurs mains.

Ils remarquèrent un suint brunâtre, maintenant asséché, qui avait coulé de la charogne. Creusant le sable, il s'était jeté dans les filets d'eau, les ruisseaux qui coulaient de toutes parts. Tous se dirent que c'était cette charogne qui avait empoisonné les sources. Ils éclatèrent en imprécations que le gonflement de leurs bouches rendait incompréhensibles. Alors ils montrèrent le poing à la charogne, aux vers qui dansaient. Pendant ce temps, Louchka, lui, observait les parois, et il constata qu'elles étaient trop lisses et trop raides pour qu'ils puissent espérer les escalader.

Ils se remirent en marche. La faim, la soif les accablaient. Devant eux, la caverne s'élargissait toujours, plus vaste, moins humide, et le terrain devenait praticable. Mais comme ils devaient replonger dans le noir, ils revinrent sur leurs pas pour récupérer les lacets.

Après une marche facile sur un sable doux et

sec mais qui semblait ne jamais devoir finir, Louchka, toujours à la tête de la troupe les bras tendus, heurta du bout des doigts une paroi. Il y passa la main mais n'y découvrit aucune ouverture. Tous se mirent à palper la roche. Personne n'y trouva le moindre passage.

Ils se rendirent compte que la paroi formait un cercle, qu'ils étaient parvenus dans une sorte de salle ronde qui n'offrait aucune issue. Quand on le prenait dans la main, le sable était fluide et silencieux comme de la farine. Épuisés, affamés, découragés, ils s'y allongèrent et s'endormirent aussitôt.

Quelques heures plus tard, Prokosh fut tiré de son sommeil par les accents d'une voix lointaine.

Il la prit d'abord pour les échos d'un rêve ou les plaintes du vent. Mais plus il s'éveillait et tendait l'oreille, plus il distinguait dans la tornade le chant d'une voix de femme comme dans ces dessins de feuillage où l'on distingue une chevelure.

Bientôt ils furent tous debout, se heurtant dans le noir, la tête levée comme s'ils voulaient renifler d'où venait la chanson.

Elle semblait tomber de la voûte et le petit Pleskine se dit qu'il existait peut-être là-haut une ouverture. Levant les bras, il sentit sur ses mains un courant d'air glacé. Il s'agrippa aux saillies de la roche, escalada la paroi et découvrit un large trou dans le mur de pierre. Il parvint à s'y accrocher et à se hisser sur une plate-forme sablonneuse. Il s'y allongea, écarta les bras des deux côtés pour mesurer son étendue. Ne rencontrant aucun obstacle, il se releva. En avançant à petits pas, il comprit qu'il se trouvait non dans une simple anfractuosité de la muraille mais à l'intérieur d'une vaste caverne, au moins aussi vaste que celle qu'il venait de quitter. Le courant d'air violent qui soufflait semblait indiquer qu'un passage s'ouvrait à l'autre extrémité. Il retourna sur la plate-forme et par ses grognements réussit à attirer ses compagnons, dont il attrapait les cheveux quand ils passaient au-dessous de lui. Encouragés par les bourrades de Louchka, ils parvinrent tous à escalader et à le rejoindre.

La voix sonnait plus fort, semblait les appeler. Parfois elle s'interrompait, mais elle reprenait toujours. Ils se mirent les uns à côté des autres, se donnèrent le bras et commencèrent à marcher dans sa direction. Malgré l'obscurité, ils avançaient de plus en plus vite et Louchka, placé au milieu de la ligne qu'ils formaient, tentait de ralentir l'allure. Il craignait qu'un précipice invisible ne s'ouvre tout à coup sous leurs pieds. Mais le sol était sableux et se transforma en une pente si rapide que Louchka devait parfois s'arrêter, faire le dos rond en serrant les deux bras à sa droite et à sa gauche afin de les empêcher de courir et de tomber.

Tout à coup, au moment où la voix semblait si proche qu'ils reconnaissaient parfois des mots d'amour, un fracas terrible pétrifia leur cœur et leurs jambes.

Il réverbéra, se transforma en bouillonnement qui roulait dans les cavernes.

Ils se remirent en marche lentement, se demandant si la guerre s'abattait sur eux avant de comprendre, lorsque l'eau se mit à crépiter autour d'eux et à ruisseler sur leurs visages, qu'un nouvel orage venait d'éclater. Pourtant, entre deux coups de tonnerre, ils entendaient encore des bribes de voix et de piano.

Louchka, qui avait repris la tête de la troupe les bras tendus, sentit encore une paroi. Il la palpa et la trouva moins dure, plus friable que la roche. Sentant ce qui ressemblait à des lignes de ciment, il se dit qu'il devait s'agir d'un mur de briques. Mais ils eurent beau l'ausculter de toutes parts, ils n'y trouvèrent là non plus aucune ouverture. Pourtant, plaquant l'oreille contre les briques, ils entendaient la musique et la voix. Et parfois un vague remuement comme si quelqu'un se tenait derrière le mur.

Ils ne savaient trop que faire. S'ils cognaient ou criaient, qui viendrait les secourir ? Sans doute des gens qui les livreraient aux Gardes noirs ou aux Allemands. Mais s'ils continuaient d'errer dans les grottes, ils finiraient par y mourir de faim et de soif, et leurs os blanchis par les vers rejoindraient ceux des animaux stupides qui tombent dans les crevasses. Chacun sentait ses poings se lever pour frapper le mur et craignait que les autres ne le fassent.

Louchka, se disant que le Luger lui permettait d'envisager sinon avec confiance du moins sans désespoir la négociation avec ce qui l'attendait de l'autre côté, se mit à cogner au mur en hurlant de toutes ses forces.

Tous aussitôt l'imitèrent. Ils se bousculaient comme s'il avait fallu toucher le mur pour être délivré.

Comme toujours, leurs grognements les effrayèrent. Ils se turent afin d'écouter ce qui se passait de l'autre côté du mur. Mais ils n'entendaient autour d'eux que les échos de la tempête.

Incapables d'articuler la moindre parole, réduits aux hululements, ils comprirent que rien ne distinguait leurs cris de ceux du vent.

Mais quittons ces ténèbres pour revenir aux amours de mon oncle et à ce fameux dimanche où Esther devait chanter devant les convives de la grande salle à manger d'Arden.

Vers midi, les invités commencèrent à affluer, plus nombreux que mon oncle ne s'y était attendu. Il avait convié des gens perdus de vue depuis longtemps, des chanteurs et des musiciens de l'opéra de S. qu'il fut surpris de voir arriver serrés à cinq ou six dans la même voiture, débarquant en frac et plastron, instrument à la main, comme si leur concert venait de faire naufrage.

Les invités arrivaient peu à peu en une file de véhicules maculés de boue car ce début de printemps était agité d'orages furieux. Ils étaient si fréquents qu'on avait l'impression qu'il s'agissait toujours du même, qui, après quelques heures de repos, reprenait son rôle dans une interprétation pleine de force mais à la longue légèrement fastidieuse. Comme un vent violent couchait les herbes, chaque voiture ralentissait le plus près possible du perron et les invités en jaillissaient, les hommes écrasant à deux mains les chapeaux sur leurs têtes, les femmes relevant leurs robes en les pinçant entre leurs doigts gantés pour éviter qu'elles ne claquent ou se soulèvent, *as untamed sails*, se dit mon oncle, rêveur, caché derrière une fenêtre.

Exaltés par la perspective d'un bon repas, ou par le désir que la tournure inquiétante des événements ne les empêche pas de vivre, beaucoup de visages étaient enflammés d'une sorte de couperose d'exaltation. Dans le hall où ils cherchaient mon oncle, leur respiration profonde, leurs yeux leur donnaient l'air de gens qui s'apprêtent à passer un examen. Mon oncle, renonçant à les accueillir, se glissa de plante verte en plante verte et, volant vers la cuisine, délégua au père Gromek et à Pepi le soin de les introduire dans la salle à manger.

Ils y découvrirent, parmi des plats de zakouskis marsoviens (crêpes tièdes farcies au paprika qui semblaient palpiter, soupe froide de poisson et de faisan aux teintes de lac d'automne), une quantité impressionnante de seaux à champagne car mon oncle, craignant que sa réserve ne soit bientôt vidée par la soldatesque bolchevique et désireux de forcer un peu l'enthousiasme du public, avait remonté de la cave presque toutes ses bouteilles.

La salle était plongée dans une lumière grise d'étain, les plastrons blancs resplendissaient en lueurs phosphorescentes et par les grandes baies vitrées on voyait la charge des nuages surgis de l'horizon rouler sur elle-même en s'assombrissant jusqu'au mauve.

Les invités se pressaient devant le buffet, piétinaient, hésitaient, semblaient gênés, tandis que Gromek et Pepi saisissaient les bouteilles dégoulinantes dans un cliquetis de glaçons et, sérieux comme des aruspices décapitant un poulet, faisaient sauter les bouchons.

Les invités, regroupés en différents essaims qui paraissaient répugner à se mêler, ne parlaient guère. De temps à autre, l'un d'eux regardait tout autour de lui, un fin sourire ironique aux lèvres, comme s'il se retrouvait dans le décor d'un rôle passé qu'il lui était désormais, pour une raison ou pour une autre, impossible d'interpréter.

D'un essaim l'autre, les vieilles connaissances se saluaient en abaissant les paupières avec bienveillance, comme si le bonjour s'agrémentait d'un pardon. Puis les échanges s'engagèrent entre les différents essaims, les répliques passant d'un groupe à l'autre sans que pour autant leurs membres se rapprochent, à la façon des affrontements rituels auxquels se livrent certaines peuplades primitives.

La conversation roula bientôt sur l'achat par un habitué d'Arden, membre de la haute société hongroise, d'une terre en Marsovie, opération dont les ramifications financières, agronomiques, politiciennes et amoureuses fournissaient depuis plus d'un mois matière aux conversations mondaines de S. Ces conversations prenaient d'ailleurs depuis le début de l'année un tour de plus en plus indiscret, mais d'une indiscrétion étrangement denuée de malveillance, le ragot transformé en un terrier où il faisait bon se blottir à plusieurs.

« C'est une pièce de forêt magnifique », commentait Pierre Vassiliev, un petit homme à l'air juvénile, presque enfantin. Sa participation amusée à d'innombrables conseils d'administration avait fini par lui conférer une aura de sagesse financière supérieure, à la façon de ces explorateurs qui même s'ils avouent ne rien comprendre aux sauvages qu'ils fréquentent semblent aux yeux du monde tirer de ce commerce une transmutation secrète.

Pièce de forêt magnifique. Il tenait sa coupe de champagne contre ses lèvres et en tirait à intervalles irréguliers de petites lampées, comme s'il brûlait.

Mais peu exploitable.

Entre chaque remarque, il respirait le vin dans sa coupe et l'on avait l'impression que les vapeurs du vin se transformaient en phrases.

Meilleure pour la chasse.

« Tommy ne chasse plus. Il a toujours détesté la chasse », lâcha d'une voix blanche une femme au visage ovale et brun comme une olive. Un ton rêveur, un regard perdu semblaient vouloir donner l'impression qu'elle parlait d'ailleurs, de l'autre rive d'un fleuve de souvenirs. C'était Sophie Dashek, auteur à demi-succès de romans mondains et scabreux qu'on lisait en cachette pour y trouver de fines allusions à des gens qu'on connaissait. Sa réputation faisant qu'on finissait toujours par en trouver, cette découverte rassurait le lecteur sur son propre statut social et c'était là le secret de son succès. Comme le méli-mélo des relations érotiques entre ses personnages se trouvait toujours plâtré d'une épaisse couche de pseudo-idéalisme, on ne craignait pas de l'inviter afin de se retrouver un jour peut-être dans l'un de ses livres. Cet espoir lui fournissait tant d'invitations dans le monde qu'elle était en train de passer du statut de romancière qui tente de pénétrer la haute société, le sien avant la guerre, à celui de femme du monde qui écrit, mécanisme évolutionniste dont on ignorait encore si le stade amphibie auquel elle était parvenue conduirait finalement la créature à la mutation ou à l'extinction.

« Sa nouvelle femme en raffole, paraît-il », lança d'un autre essaim une femme en chapeau et voilette en se retournant pour prendre un canapé sur le buffet. Mais tout le monde savait que lorsque Mathilde Weïszacker paraissait occupée à autre chose en parlant, c'était pour cacher le petit frisson de médisance qui crispait ses lèvres luisantes.

« Alors c'est peut-être un *peutiècadôôdamourreu* », susurra la voix de basse du baron Hillberg, qui, la bouche fendue d'un large sourire, regardait le sol aux dalles noires et blanches en haussant les sourcils et roulant des yeux comme s'il y contemplait les ébats forestiers de Tommy. (Son accent français était si particulier que personne ne le comprit sauf la baronne, qui trouvait horripilant tout ce que disait son mari.)

Les lourds nuages d'orage s'épaississaient, s'amoncelaient, comme si le ciel était devenu trop petit pour eux, la salle s'assombrissait et le vent qui faisait trembler les vitres des fenêtres s'infiltrait dans la pièce, agitant parfois les flammes des bougies. Leurs lueurs tremblaient sur le visage de la baronne et comme elle fermait les yeux dès que quelqu'un parlait trop longtemps elle donnait l'impression de vouloir jouir de la caresse des ombres. Derrière elle, le président Kalopek écoutait chaque parleur avec un sourire de curiosité narquoise, préventivement moqueur, qui guettait la moindre bourde pour se déployer. Au bout du buffet, observant tous ces échanges, revêtus de leur grand uniforme à fourragère blanche, les corps de Schleiermeyer et de Karpinsky, les deux SS, semblaient le théâtre d'une lutte féroce. Ne sachant trop s'ils devaient figurer la morgue ou la débonnaireté mondaine, leurs bras se croisaient, se décroisaient, leurs bustes, en une série de contorsions de reins, se balançaient en avant, en arrière. Cette agitation était assaisonnée de sourires figés, tout en dents, qui, dans leur tentative pour marier mépris et amabilité, finissaient par ressembler aux grimaces des têtes de mort qui ornaient leur col.

Pendant ce temps, mon oncle, qui ne voulait pas voir ses invités avant le début du récital, était coincé dans la cuisine. Il fut obligé, sous les yeux ébahis de Palek et des marmitons, de se faufiler par un soupirail pour se glisser dans la roseraie. Courant sous la pluie, il bondit dans le hall avant de grimper les escaliers quatre à quatre pour rejoindre l'étage. Là, guettant l'ouverture de la porte de la chambre où Esther achevait de se préparer, il se mit à faire les cent pas, passant et repassant devant le paravent, les mains croisées dans le dos, agitant les basques de son habit. De temps en temps, en deux ou trois entrechats, il courait jusqu'à la porte pour y faire résonner un léger clapotis de jointures (mais, la timidité de l'amoureux adoucissant l'impatience de l'organisateur, il chuchotait : « Ils attendent » dans un petit ricanement qui laissait entendre que c'était une chose très amusante).

Craignant d'être surpris, il courut voir si personne ne montait l'escalier. Les mains enfoncées dans les poches, il se soulevait sur la pointe des pieds d'un mouvement mécanique quand tout à coup un crépitement le fit sursauter, il crut qu'une giclée de grêle venait de fouetter un tapis.

Dans la pénombre du couloir, il aperçut sa silhouette glisser vers lui, enveloppée dans la robe de ma tante dont le froissement donnait l'impression qu'elle marchait sur un tapis de feuilles mortes. Il trouva étrange le châle de laine blanche dont elle avait recouvert ses épaules avant de comprendre qu'il s'agissait de ses épaules nues.

Les cheveux noirs cascadaient sur ses épaules et leurs fourches et leurs torsades se découpaient sur la peau comme l'ombre de rameaux enchevêtrés sur la neige d'un chemin. Puis il distingua son visage, les yeux brillants, les lèvres entrouvertes en un sourire étrange, le sourire cruel des gens qui paraissent toujours se moquer des efforts qu'on fait pour les amuser. Il aperçut un détail qu'il n'avait pas remarqué, un grain de beauté noir posé sur sa tempe, qu'on s'attendait à voir trembler comme une goutte de café tombée sur une table. Elle se tenait maintenant devant lui, paumes ouvertes, la peau douce et laiteuse des avant-bras se détachant sur l'ample corolle de la robe en crêpe. Il lui sembla que les efforts qu'elle avait faits pour se vieillir en se fardant les yeux aboutissaient à un effet presque inverse, car elle avait plutôt l'air d'une femme mûre saisie par quelque effrayant processus de rajeunissement. Et il se surprit à chercher passionnément sur son visage les traces des rougeurs de la maladie qui avaient enflammé ses rêveries nocturnes.

Mon oncle s'approcha pour lui baiser la main mais, saisi par la crainte d'exposer sa calvitie, il bloqua son mouvement de reins et, recueillant la main d'Esther, la leva jusqu'à ses lèvres. Il baisa des phalanges recroquevillées et froides et cela la fit rire, d'un rire éclatant mais silencieux, qui rappela à mon oncle les éclats de rire des femmes naguère dans les films muets, violents comme ces explosions qui soulèvent la terre. Il se recula de quelques pas, parodiant d'un sourire l'inspection à laquelle il se livrait (car avec elle il ne pouvait s'empêcher de donner un tour parodique à tous ses gestes et à toutes ses paroles). Agitant nerveusement les doigts dans ses poches, il sentit dans la droite un petit objet et se souvint qu'il s'agissait de la bague aux serpents. Et comme elle devait chanter l'air de la princesse dans *Amour à louer*, et qu'il ne trouvait rien d'autre à dire ou à faire, il sortit la bague de sa poche, saisit la main qui reposait sur la corolle de la robe noire et la glissa à son doigt. Elle était abîmée, il dut resserrer avec le pouce le petit cercle de laiton pour qu'il tienne au doigt, mais les serpents dressaient encore leurs têtes. « Une princesse n'entre jamais en scène sans sa bague », dit-il en clignant de l'œil. Une phrase sans doute tirée d'une de leurs opérettes, pensa-t-elle en frissonnant de dégoût, comme chaque fois qu'elle repensait à toutes ces partitions entassées dans l'armoire à l'odeur de moisi. Elle hocha lentement la tête comme on salue quelqu'un qu'on ne veut pas reconnaître.

Il lui tendit le bras et ils descendirent dans l'étrange lumière grise le grand escalier d'Arden. « Il n'y a pas trop de monde ? » demanda-t-elle d'une voix enrouée, mais un coup de tonnerre retentit au même moment et mon oncle ne remarqua même pas qu'elle avait parlé. Tant mieux, se dit-elle, ils m'entendront à peine. Mon oncle sentit qu'elle était tendue et, tournant la tête, il aperçut son long cou aux veines saillantes, et dans l'échancrure de la robe le dos cambré, où luisait dans le creux de la colonne un léger duvet noir. Elle évitait de le regarder car la vision de sa figure un peu couperosée, de ses fines moustaches l'empêchait de déglutir. Elle frissonnait de froid. Une fois arrivés au bas de l'escalier, ils s'arrêtèrent un instant et écoutèrent un long moment, d'un air rêveur, le brouhaha des voix dans la salle à manger.

Mon oncle, voyant que le bras d'Esther se couvrait de chair de poule, le caressa doucement de l'index et du majeur jusqu'à ce que les grains disparaissent et que la peau rosisse. Puis, d'un geste plus paternel, il lui tapota le bras en chuchotant : « Attendez que je vous appelle », et il s'avança d'un pas décidé dans la salle à manger.

Les invités avaient maintenant pris place à leurs tables. Les viandes froides et les tièdes potages ne réchauffant guère, le champagne avait coulé à flots. Les têtes tournaient, les oreilles s'empourpraient, au creux des poitrines des amarres semblaient avoir lâché, et les yeux cherchaient avidement en tous sens la moindre occasion, gaieté ou colère, de donner pâture au cœur qui bat.

Mon oncle, tête baissée et sourire aux lèvres, s'avança à toute allure sans regarder personne jusqu'au bout de la salle où brûlait la Babel de bougies. Là, il pivota brusquement sur ses talons (ses basques voletantes éteignirent d'un coup trois bougies). Puis, se frottant les mains, son regard rebondissant sur les crânes, il entama le petit discours suivant :

« Chers amis, permettez-moi d'interrompre ce pauvre repas pour vous présenter la jeune femme qui nous fait le plaisir de venir chanter pour nous ce soir. Dans quelques semaines elle montera sur les planches du théâtre K. à Budapest pour interpréter le rôle principal d'une opérette charmante » et en prononçant ces mots mon oncle se rappela avec douleur qu'elles étaient un mensonge, et un sentiment de mélancolie l'envahit tout à coup qui colora le reste de son discours. « Elle va vous offrir quelques extraits de cette œuvre ainsi que d'autres des mêmes compositeurs, airs d'un autre temps qui vous rappelleront peut-être des jours meilleurs » (réduire tout à coup leurs opérettes à de nostalgiques vieilleries, idée qui ne lui était jamais venue jusqu'à présent, lui fit monter les larmes aux yeux). « Mesdames et messieurs, permettez-moi de vous présenter mademoiselle... » et il s'interrompit, s'éclaircit la gorge, se rendant compte avec terreur qu'il n'avait pensé à aucun nom... « mademoiselle Catherine de Rocoule », lança-t-il finalement en même temps que retentissait le coup de gong pompeux du tonnerre.

Esther, bien qu'elle n'ait pas distingué le nom dont il venait de l'affubler, comprit qu'il était temps de pénétrer dans la salle. Elle s'avança doucement et le froissement de la robe fit tourner les têtes ; les regards la suivirent tandis qu'elle allait se placer à côté du piano.

Les longs cheveux noirs et les arabesques qu'ils dessinaient sur les épaules blanches, les yeux clairs et brillants mais dont on ne distinguait pas dans la pénombre la couleur exacte, tout cela éveilla l'attention de l'auditoire et chacun l'examinait à part soi sans oser regarder les autres.

Dès que mon oncle attaqua le premier air, Esther, qui avait jusque-là tenu la tête baissée au point que sa chevelure dissimulait son visage, la releva brusquement et attaqua l'air d'une voix puissante, peut-être pour combattre le bruit de l'orage.

Elle chantait avec violence les valses que Rocoule et Lengyel avaient voulues pleines de tendresse et d'ironie. Parfois, redoutant peut-être la fausse note, elle parlait plus qu'elle ne chantait dans une sorte de chuchotement rauque.

Mon oncle, décontenancé au début — c'était la première fois qu'il l'entendait sans la séparation du plancher —, tenta d'adapter son jeu à cette dureté. Il éprouva la même impression que lorsqu'il l'avait entendue pour la première fois, qui rendait dérisoires toutes les indications dont il l'abreuvait depuis plus de deux semaines : l'impression qu'il n'avait jamais rien compris à ce qu'il composait, qui devenait clair et vivant quand elle le chantait. (Comme un papier qu'il aurait gribouillé et qu'une main aurait tourné dans un sens où serait apparu le dessin d'un visage. Ou un morceau de métal qu'il aurait tordu entre ses doigts en rêvant, et qu'une main aurait pris pour aller ouvrir une porte donnant sur un jardin.)

La baronne H. souriait bizarrement : la commissure droite des lèvres s'étirait en grimace tandis que s'abaissaient les paupières. Lorsque les yeux se fermèrent tout à fait, elle sembla perdue dans un songe sarcastique. Le baron, hilare, son plastron saillant comme le bréchet d'un pigeon, sa chevelure coiffée en arrière tanguant à chaque mouvement de tête, à peine sauvée de l'effondrement par une épaisse couche de pommade, semblait apprécier les couplets et lançait des regards tout autour de lui, à la recherche d'un sourire, d'une marque de cette complicité tendre dont certaines musiques légères, étrangement, donnent l'illusion.

Le dos rond, les bras posés en pinces de crabe autour de son assiette comme pour la protéger, le président Kalopek, les lèvres serrées, fixait Esther de ses yeux globuleux comme s'il voyait le fantôme d'un assassin qu'il aurait fait pendre. Ou peut-être sa mémoire se livrait-elle à un effort compliqué de jurisprudence érotique.

À la table où se tenaient les acteurs et les chanteurs du théâtre de S., Mimi Pfazengheim, le regard vague et le sourire bienveillant, levait parfois les mains pour se toucher délicatement du bout des doigts les joues ou le cou afin de s'assurer peut-être qu'ils étaient bien en place. Rosissante sous le fard, elle donnait l'impression de croire que les airs, d'une façon allusive mais sans doute évidente pour tous ceux qui les écoutaient, racontaient sa vie.

Dans un coin, un petit barbichu courbé en deux sur sa chaise était agité d'un rire silencieux qui découvrait des dents noirâtres (peut-être un membre de cette race que le chant humain fait rire). Derrière lui, dressé sur la pointe des pieds, un jeune homme blond, dont le petit nez retroussé semblait posé sur sa face molle comme un ornement amusant et amovible, déshabillait Esther en imagination de mouvements d'yeux intenses et rapides, sans cesse recommencés, petit Sisyphe de lubricité.

Les deux SS, gagnés par la tendance débonnaire et mondaine, paraissaient désormais gênés de se retrouver assis l'un à côté de l'autre comme deux femmes du monde qui auraient porté la même robe. Ils ne savaient comment se distinguer et, lorsque Karpinsky se redressait sur sa chaise en croisant les bras sur la poitrine, Schleiermeyer s'abîmait dans la sienne en passant négligemment un bras autour du dossier. Quand Schleiermeyer souriait, Karpinsky fermait les yeux. Lorsque Karpinsky croisait les jambes, la cuisse de Schleiermeyer se mettait à battre au rythme de la musique. Ils faisaient penser à ces animaux des contes qui, courant l'un après l'autre pour se dévorer, sauvent leur vie par de perpétuelles métamorphoses.

Caressée par tous ces regards, Esther s'enhardissait et les visages qu'elle osait regarder en face lui faisaient penser à ceux des figurants dans les films de Zarah Leander, dont la caméra montre les visages tandis qu'elle chante, créatures disparates (prostituée, nabab mexicain, comtesse ruinée, manchot prussien à monocle), dont l'existence pleine de vicissitudes semble n'avoir eu d'autre but que de venir mourir d'enthousiasme pour une chanson dans un cabaret. Entre les airs, réapparaissait son sourire moqueur, cruel, qui donna l'impression à plus d'un auditeur qu'elle appartenait à une espèce plus franche, plus féroce que la sienne.

Après une valse d'*Attention à la blanchisseuse!*, la salle éclata en applaudissements et Esther dut la bisser.

Mon oncle se dit alors que personne n'avait jamais applaudi ni même entendu ces airs, et que peut-être personne ne le ferait jamais plus.

Cette vérité d'évidence (mais il semblait ce jour-là la victime effarée d'une série de vérités d'évidence) ne lui avait jamais effleuré l'esprit auparavant tant ses musiques lui étaient familières, semblables à ces airs qui, nous ayant accompagnés toute notre vie, se sont pour ainsi dire fondus, comme des chants d'oiseaux, dans le règne de la nature. Elle lui serra le cœur, le perça d'une pointe de terreur. Mais qu'ils soient chantés par Esther lui parut confirmer que leur amour était écrit.

Malgré le bruit de l'orage, la musique se

répandit dans les couloirs glacés, les chambres désertes d'Arden, jusqu'à celle de ma tante qui, calée contre ses deux oreillers, roulait entre ses doigts les petites boulettes de cire qu'elle s'apprêtait à s'enfoncer dans les oreilles comme chaque fois que mon oncle chantait dans la salle à manger. Cette fois elle les tourna et retourna entre ses doigts, et la voix qu'elle entendait par bribes derrière le crépitement de la pluie la plongea dans une douce rêverie. Elle entreprit alors une réussite pour savoir si l'opérette rencontrerait le succès à Buda (les yeux baissés sur ses cartes elle réprimait sans cesse un sourire qui sans cesse renaissait sur ses lèvres).

L'air parvint jusque dans la cave où Salomon, de plus en plus fiévreux, se retournait en sueur sur son matelas, agité par ses songes. Il était humide, on croyait percevoir une odeur de vase et la fraîcheur d'une rivière brumeuse.

Sur les murs noirs ruisselaient des filets d'eau. Sur la voûte du plafond des gouttes perlaient, s'allongeaient, s'étiraient en ébauches tremblantes de stalactites qui disparaissaient tout à coup tandis que résonnait dans l'obscurité un ploc rond et délicat.

Comme toujours, Salomon rêve qu'il est le Hollandais volant. Mais le décor de son rêve a changé. Enfermé dans le noir d'une cale, il voit l'eau de l'océan ruisseler sans bruit entre les planches de la coque. Allongé parmi les caisses, il entend une voix lointaine, celle de la femme qui doit lever la malédiction qui pèse sur lui.

Il se lève pour trouver d'où elle vient. Mais il est difficile de se diriger dans le noir, d'escalader les énormes caisses qui l'encombrent.

Il découvre, éclairées comme par un projecteur, des cordes tendues qui traversent de part en part la cale en s'entrecroisant à une hauteur gigantesque.

Il grimpe à l'une de ces cordes qui l'amène sur un palier plongé dans le noir. Les rayons du jour passent sous une porte. La voix derrière semble très proche. Chaque phrase est souple, veloutée, un chat qui se frotte contre sa jambe.

Mais elle parle dans une langue inconnue. Il se dit alors qu'il a entendu des mots qui n'ont jamais été prononcés. Il redescend dans la cale, se laisse glisser le long des cordes dans les ténèbres. Mais plus il s'enfonce, plus il regrette d'avoir cédé au découragement.

Il arrive près de son grabat, il tend l'oreille. Il comprend à nouveau ce que dit la voix. Tout à l'heure c'est la fatigue, l'émotion qui sans doute l'ont empêché de bien entendre. Le cœur battant, il se jette sur sa couverture, se bouche les oreilles pour ne plus entendre la voix, même s'il sait que dans quelques instants il ne pourra s'empêcher de remonter.

Ce rêve recommence sans fin jusqu'à ce qu'il en soit tiré par les applaudissements qui dans la salle à manger saluent le dernier air d'Esther.

Sa chemise est collée par une sueur qui le glace dès qu'il bouge. Il se redresse en frissonnant et dans sa tête flottent les accents de la valse d'*Amour à louer*. Il s'étonne car il ne lui semble pas que la voix du rêve chantait. Il entend le tonnerre, la pluie, et voit l'eau qui coule partout sur les murs de la cave. Il se lève, fait quelques pas en titubant, se recroqueville sur le pot de chambre où il pisse sombre et dru en tremblant et claquant des dents, faisant bégayer le jet qui pétille dans le pot. Puis il se recouche et se blottit sous la couverture. Il entend les rugissements des vents, et ils lui semblent plaintifs, comme si eux aussi étaient perdus dans l'univers.

Les cris de la tornade augmentent. Ils ont l'air de faire le siège de la cave. Salomon se pelotonne sur lui-même, secoué d'un rire de fièvre qu'il ne peut arrêter, sa mâchoire qui claque paraît comprendre une plaisanterie qui lui échappe.

Il sursaute. Le bruit lointain de la tempête lui fait comprendre qu'il a dormi. Et comme il sort la tête de sous la couverture pour voir si mon oncle lui a apporté à manger et surtout à boire, car il crève de soif, il reconnaît une musique familière. Il se redresse tout à fait et, pétrifié, entend le vent siffler lentement les six notes de la valse d'*Amour à louer*.

Il se lève et s'approche du mur où il colle l'oreille. Il reconnaît bien le thème de la valse, sans cesse répété, qui semble jaillir, tronqué, confus, d'une sorte de pipeau primitif. Il se laisse retomber sur sa couche en se bouchant les oreilles, terrifié d'en être arrivé au point d'entendre les valses de Rocoule et Lengyel dans le déchaînement des orages.

À ce moment mon oncle entra dans la cave, portant sur un plateau une assiette de soupe de faisan aux macaronis et une bouteille de bière. Apercevant le corps de Salomon recroquevillé sous la couverture, il posa le plateau et se précipita vers le matelas, tremblant de découvrir son ami mort comme dans ses rêveries. Relevant brusquement la couverture, il découvrit un œil grand ouvert et deux mains couvrant les oreilles.

« Qu'est-ce qui t'arrive ? » demanda-t-il d'une voix tremblante, effrayé par l'œil.

Puis, tâtant la chemise trempée de Salomon, il fut pris de remords. Il alla chercher sur l'étagère la serviette et une chemise propre et, à genoux sur le matelas, entreprit de l'aider à se changer. Salomon se laissait faire en silence, levant les bras quand nécessaire, guettant derrière le bruit du vent et de la pluie les six notes de la valse. Mon oncle, occupé à frictionner le torse squelettique, n'y prêta d'abord aucune attention, mais, alerté par l'expression du visage de Salomon, il tendit l'oreille. Au bout de quelques instants lui aussi reconnut le thème de la valse. Ils se regardèrent en silence, chacun cherchant à comprendre le mystère dans les yeux de l'autre.

Salomon s'agrippant au bras de mon oncle, ils se levèrent et s'approchèrent lentement du mur, y collèrent l'oreille. On reconnaissait si bien le thème que mon oncle en chuchota les paroles.

Il se mit à gratter le mur, enfonçant ses doigts, arrachant ses ongles au mortier disjoint, aux menus morceaux d'une brique effritée. Lorsqu'il en eut descellé quelques-uns, il poussa une brique cassée qui finit par tomber de l'autre côté.

Par ce trou, on entendait encore plus distinctement l'air de la valse, repris sans cesse comme sur une flûte lugubre.

S'aidant d'un vieux parapluie rouillé qui traînait là, mon oncle attaqua la brique voisine, toute lézardée. Il la disloqua presque entièrement, puis, jetant le parapluie, plongea sa main dans le trou.

Ses doigts, papillonnant dans l'invisible, touchèrent quelque chose de dur et reculèrent comme s'ils s'étaient brûlés. Mon oncle lança à

Salomon un regard accusateur : était-ce lui qui avait organisé cette mystification alors que de l'autre côté du mur montait une vague de grognements ? Reprenant ses esprits, il repassa la main dans le trou d'un air calme et digne et la remua lentement dans tous les sens.

Une autre main saisit la sienne et se mit à la palper. Mon oncle palpa cette main et ils se palpèrent ainsi un certain temps jusqu'à ce qu'il la tire violemment de son côté et qu'à la faible lumière de la cave il reconnaisse les poils roux, les longs ongles cassés, de la main de Louchka.

Pendant les heures qui suivirent, ils s'efforcèrent d'élargir l'ouverture. De temps en temps, l'oncle Alex s'adressait à Louchka, mais, celui-ci ne lui répondant que par des borborygmes, mon oncle se mit à craindre que, frappés par on ne sait quelle épreuve, ils ne soient devenus fous. Lorsque le passage se trouva assez grand, les musiciens, un par un, s'y glissèrent. Mon oncle d'un côté les tirait par les mains, Louchka de l'autre les poussait par les pieds, et, raides et bras tendus comme des pêcheurs de perles, ils tombaient un à un dans la cave, sous le regard stupéfait de Salomon qui claquait des dents, drapé dans sa couverture.

Bientôt les musiciens au complet se réfugièrent dans un coin obscur en se pressant les uns contre les autres (le frère de Louchka toujours derrière eux, son grand chapeau bosselé et taché de boue sur le crâne, ses dessins et collages d'animaux serrés entre les bras). De temps en temps on les sentait remuer comme on sent remuer un buisson dans la nuit.

Mon oncle essaya de parler avec Louchka. Mais il ne pouvait que grogner et leur dialogue s'acheva en un fou rire nerveux interrompu tout à coup quand mon oncle aperçut ses lèvres gonflées et sanglantes.

Louchka alla chercher le petit Pleskine. Celui-ci sortit de la poche de son pantalon un long os blanc. Il était tout percé de trous. Il le plaça entre ses lèvres enflées, baissa les paupières, et y souffla avec suavité les six notes de la valse d'*Amour à louer*.

Louchka, cherchant comment se faire entendre dans le vacarme de la tempête, avait été saisi d'une inspiration subite. Il avait fait signe à Pleskine de l'accompagner, et pendant près d'une heure ils étaient revenus sur leurs pas.

Ils retrouvèrent la carcasse du chien. Louchka y choisit et en tira un long os parfaitement récuré. Puis, éclairé par le clair de lune qui tombait par l'ouverture de la voûte, il approcha l'os de ses lèvres. Il se mit à rouler des yeux au ciel tandis que ses doigts dansaient dessus. Au bout de dix minutes Pleskine finit par comprendre qu'il voulait en faire une flûte.

Ils regroupèrent trois ou quatre os près du mur et se mirent à y creuser des trous avec la boucle de ceinture d'un pantalon. Après plusieurs approximations, ils avaient réussi à tirer du troisième os, le plus petit, les six notes de la chanson qui les avait attirés jusqu'ici.

Mais comme ils ne pouvaient raconter tout cela, mon oncle reniflait l'os sans comprendre.

Il retourna auprès de Salomon pour lui expliquer qui étaient ces gens. Toujours tremblant, Salomon le regardait d'un air grave, avec la tronche d'accablement stoïque qu'il adoptait quand mon oncle lui soumettait une nouvelle idée de scénario.

Comment l'orchestre s'était-il retrouvé ici ? Voilà ce qui intriguait mon oncle et personne n'était en mesure de lui répondre. Dodelinant de la tête, montrant du doigt leurs lèvres bleuâtres, les musiciens étaient incapables d'articuler le moindre mot.

Tout en faisant manger à Salomon le restant glacé de soupe au faisan, mon oncle se mit à échafauder à voix haute un certain nombre d'hypothèses que son ami réfuta une à une, semblant retrouver un peu plus de force à chaque objection.

« Je me demande ce qu'ils vont bien pouvoir raconter quand la parole leur sera revenue », chuchota mon oncle en jetant vers les corps allongés un coup d'œil si brûlant de curiosité qu'il en devenait tendre. Puis il se dit que l'état misérable de la troupe exigeait qu'il aille leur chercher à boire et à manger.

Il remonta. Arden était désert, il était 3 heures du matin. Invités, employés, SS, tous étaient partis.

Mon oncle s'enferma dans la cuisine et entreprit de préparer un bouillon géant avec tous les restes de la soirée, sans oublier carcasses ni épluchures, et il y déversa un bon kilo de macaronis.

Ses mains tremblaient et pourtant il n'éprouvait aucune crainte. L'avalanche des événements faisait plutôt monter en lui cette ivresse qu'il éprouvait enfant au cirque quand, blotti dans son fauteuil pendant le numéro du trapéziste, il ne savait trop si son excitation venait de la certitude que rien n'arriverait ou du désir de tragédie.

Tout à l'heure, après le concert, porté par un vertige du même ordre, il avait présenté Esther aux habitués. « Voici ma charmante nièce », disait-il, et il allait jusqu'à inventer des souvenirs de famille qui lui faisaient monter aux lèvres un sourire d'attendrissement. Celles d'Esther se froissaient en une moue ironique qui donnait aux convives l'impression qu'elle les avait entendus cent fois. Quand tout le monde fut parti, il la raccompagna d'une démarche nonchalante jusqu'à sa chambre. Mais elle filait sur les marches sans l'attendre et, en un demi-tour qui fit froufrouter une dernière fois la grande robe noire, elle referma la porte de la chambre.

Mon oncle, déçu par la chute brutale de cette journée préparée avec tant de soin, accueillit le claquement de porte avec un petit sourire et un hochement de tête.

Pendant que mijotait le bouillon, il tourna et retourna dans la cuisine, en faisant sauter les basques de son habit, incapable d'une pensée un peu suivie. À la façon d'un homme qui après un accident ne sait s'il sent poisser sous ses doigts de la sueur ou du sang, il commença à se demander s'il éprouvait de l'ivresse ou de l'effroi.

Il s'effondra sur un tabouret, soudain accablé de fatigue et d'inquiétude. La vapeur du bouillon avait envahi la cuisine, se répandait dans l'obscurité. Sur la grande table, cachée derrière une bouteille de champagne à moitié vide, il aperçut une langue de cochon en gelée, ultime trace de l'existence terrestre de Josef, l'avant-dernier cochon d'Arden. Sous les fragments de la gelée opaque comme de l'ambre, l'oreille mauve, semblable à la feuille triangulaire de quelque plante étrange, mi-arbre mi-éléphant, lui fit monter l'eau à la bouche. Il la prit entre ses doigts, se leva et, debout, le dos appuyé à la table, il se mit à croquer mélancoliquement la chair onctueuse comme de la gomme.

Il se disait qu'il se retrouvait dans la nasse d'un piège mortel, puni par le sort au moment où il apercevait la terre promise de l'amour, l'unique quête de sa vie. Dans cette malédiction pourtant il voyait une preuve de plus qu'ils étaient destinés l'un à l'autre.

Dissimuler une dizaine de personnes dans la cave, il s'en rendait compte désormais, était impossible : il fallait les nourrir, évacuer et nettoyer chaque jour une batterie de pots de chambre, et sans se faire aider ! Seul, sous les yeux du personnel qui traînait encore quelques jours par semaine à Arden et de deux officiers SS qui débouchaient de temps en temps sans crier gare !

Il songea alors à fermer l'hôtel, qu'il leur abandonnerait, les laissant se débrouiller comme ils pouvaient. Mais Esther ? Que ferait-il d'Esther et de Salomon ? Au moment même où le succès d'Esther confirmait le caractère génial de son intuition : s'exposer aux regards est le meilleur moyen de se cacher.

Alors, au moment même où il se disait avec un sourire amer qu'on aurait pu tirer une bonne histoire d'une telle situation, il sentit courir sur son échine le frisson d'une autre idée. Une autre histoire, qui lui sembla devoir régler toutes choses d'une façon si prodigieuse qu'effrayé par la vision de ce cadeau trop somptueux il la replia dans son crâne.

Cela faisait près de deux heures que bouillonnait son brouet mirifique. De longues bavures mousseuses dégoulinaient le long de la cuve et il jugea que le moment était venu de la descendre à la cave. Mais il ne put la soulever du fourneau, le bouillon brûlant jaillissait en clapotis sur sa figure et son habit. La cuve était bien trop large et trop lourde pour qu'il la transporte seul, si bien qu'il fut obligé d'aller demander l'aide de Louchka et du petit Pleskine.

Quand ils remontèrent à la cuisine, ils furent enveloppés par les vapeurs du bouillon et son odeur épicée leur fit fermer les yeux. En les rouvrant, Louchka aperçut la bouteille de champagne. Il l'agrippa par le goulot et s'en versa une rasade au fond du gosier.

Goûte ça, mon gars, que la guerre t'ait au moins servi à quelque chose, pensa-t-il en la tendant au petit Pleskine qui, après un instant d'hésitation, la vida d'un mouvement si brusque que ses dents tintèrent contre le goulot.

Alors qu'ils s'apprêtaient à saisir la cuve, mon oncle tendit à Louchka une addition et un crayon et lui demanda d'y écrire ce qui leur était arrivé.

« On s'est tirés du pavillon vu que les Boches rappliquaient et on s'est perdus sous terre avant d'arriver ici où on aurait pu crever sans mon idée de jouer de la flûte avec l'os du chien. »

Tandis que mon oncle méditait sur cette épopée, Louchka et Pleskine saisirent la cuve par les anses et repartirent à petits pas. Le clapot du bouillon résonnait dans l'hôtel désert. Mon oncle sortit d'un buffet une dizaine de bols, les emboîta les uns dans les autres, se figeant dès qu'il croyait entendre, mêlée aux cliquetis de porcelaine, une porte de voiture qui claquait.

Toutes les nuits, il se retrouva à préparer une soupe géante. En épluchant les légumes, il tremblait que Schleiermeyer et Karpinsky ne fassent irruption dans la cuisine pour lui demander ce qu'il était en train de faire, ou, pis encore, n'apparaissent au bas du grand escalier au moment où Louchka et Pleskine transportaient la cuve à la cave. Les soirs où les deux SS venaient coucher à Arden, il tentait de calmer cette inquiétude en versant quelques gouttes d'un somnifère dérobé à ma tante dans la sauce de leurs plats. Mais il avait peur d'en mettre trop, ou pas assez. La nuit, craignant de les réveiller parce qu'il avait eu la main trop légère, il marchait sur la pointe des pieds en se rendant à la cuisine, immergeait avec délicatesse les navets dans le bouillon comme dans de la nitroglycérine. Mais le matin, angoissé à l'idée d'avoir eu la main trop lourde et de les avoir plongés dans un sommeil sans fin, il passait et repassait devant leur chambre en se raclant la gorge pour les réveiller, ou, s'arrêtant mains dans les poches, toussait trop fort comme un mauvais acteur. Ces quintes de cabotin tiraient de son sommeil Esther, qui les prenait pour une nouvelle imploration d'amour.

Au bout de quelques jours, l'orchestre reprit des forces. Barbes et cheveux avaient poussé. Dans le noir, Salomon ne voyait que le blanc de leurs yeux. Les lèvres et les langues dégonflèrent peu à peu. Un matin ils se mirent à chuchoter mais ils se turent bientôt, comme si la parole était un piège, et les journées à la cave s'écoulèrent dans le plus profond silence. L'interrompait seulement de temps à autre un ronflement emporté et pathétique comme une plaidoirie.

Salomon était bien obligé de constater, même si cela levait en lui une sorte de honte, que leur présence le gênait. Depuis leur arrivée, il s'était rétabli, avait fait un effort de toilette, s'était changé et rasé. Assis sur son lit, il se sentait dégoûté par leurs remuements, l'odeur qui en montait. Maintenant que lui ne dormait plus, leur sommeil sans fin lui paraissait répugnant comme un vice dont on s'est guéri. Il ne rêvait plus, victime désormais d'insomnies au cours desquelles il engloutissait des litres de faux café ou de chicorée. Cette veille perpétuelle, traversée de sommes si fulgurants qu'il doutait qu'ils aient eu lieu, entretenait en lui une énergie nerveuse de plus en plus intense.

Alors, comme des fleurs de printemps, l'anxiété et la jalousie resurgirent dans une chaleur où il vit la marque du retour à la vie.

La première fois que le petit Pleskine vint lui apporter son bol de soupe, Salomon ne put s'empêcher de trouver qu'il ressemblait à la caricature du Juif des journaux antisémites. Et il était furieux que cette réflexion jaillisse en lui avec la même spontanéité que dans l'esprit des persécuteurs. La vie lui infligeait le rôle de la victime mais des bribes de celui du bourreau lui montaient en tête. Il ne pouvait goûter la consolation du Juste, qui est d'avoir endossé le rôle le plus sublime de la pièce.

Louchka, qui avait rasé sa barbe et décrotté à grands coups de casquette son imper cacahuète, se sentait au contraire attiré par Salomon : le visage sévère aux lèvres fines, les yeux bleus de rêveur, la chevelure blanche et légère de prophète ou de chef d'orchestre, lui semblaient les attributs d'un homme à qui il pourrait confier les interrogations qui l'obsédaient. Car il ne pouvait s'empêcher de penser et repenser à la mort des chiens sous l'arbre. Et la charogne qu'ils avaient rencontrée, n'était-elle pas aussi celle d'un chien ? Ne leur avait-elle pas sauvé la vie ?

Apercevant le jeu d'échecs, il proposa à Salomon une partie mais, quand il eut accepté, Louchka appela le vieux Prokosh, le clarinettiste aux moustaches tombantes, pour jouer à sa place, craignant, dit-il, « de ne plus avoir tous les petits coups fourrés en tête ». Prokosh accourut, s'essuya les paumes sur le pantalon, serra la main de Salomon et s'accroupit devant le lit. Ils installèrent les pièces et entamèrent la partie, sous l'œil bienveillant de Louchka. Au bout de quelques minutes, il s'accroupit à son tour et se mit tout à coup à parler à Salomon.

« Salomon, je m'en vais avec votre permission vous raconter quelque chose afin de recueillir l'avis d'un homme intelligent et cultivé, libéré de la superstition et d'une méfiance excessive envers ses semblables. C'est une histoire qui m'a toujours tarabusté et que les hasards de la vie m'ont amené à garder pour moi, rapport aux milieux que j'ai fréquentés, où la discussion philosophique entre adultes consentants lève rarement la main pour manifester sa présence. Elle m'a été racontée par un certain Goloubchik, individu peu recommandable ayant eu affaire à la justice. L'accuser de tout n'aurait pas été se tromper de beaucoup, mais qui l'aurait soupçonné de croire en Dieu aurait commis la reine des injustices. Eh bien cet individu mécréant du nom de Goloubchik m'a assuré les yeux dans les yeux que dans son trou perdu de Pologne il avait vu une nuit un saint homme, un illuminé, poursuivi par des molosses de tendance antisémite grimper dans un arbre qui se trouvait là comme de juste et se mettre à prier dans les branches et quand le soleil s'était levé les deux clebs étaient toujours là, sagement crevés au pied de l'arbre dans un arrangement tout ce qu'il y a de symétrique. Comment interpréter ce témoignage de première main, voilà ce que je me demande depuis ce temps-là dès que la vie me donne le loisir de souffler. Quel profit aurait pu tirer le dénommé Goloubchik d'un bobard pareil je vous le demande Salomon, d'autant plus que pour vous dire toute la vérité il m'a fait cette confidence dans une cellule de la prison de Dresde quelques heures avant d'offrir son cou à la hache et qu'il n'avait pas besoin de ça pour attirer l'attention ? »

Et il se tut, prit un air rêveur.

Mais Salomon ne répondit rien. Yeux baissés sur l'échiquier, lèvres pincées, il semblait découvrir la plus répugnante configuration de pièces jamais sortie d'une cervelle humaine.

Ce fut Prokosh, courbé sur l'échiquier comme s'il cherchait à voir son reflet dans les cases, qui rompit le silence.

« C'était une autre époque, un autre temps. On ne reverrait plus de choses pareilles aujourd'hui, lâcha-t-il dans un soupir qui fit trembler l'extrémité de ses moustaches.

— Je ne demande pas l'avis d'un cordonnier jamais sorti de son trou à Juifs, qui avale un clou en sursautant sur sa paillasse chaque fois qu'une automobile égarée passe dans sa rue, royaume de la poule pelée, siffla Louchka en fermant les yeux, mais à monsieur Salomon, né sujet austro-hongrois de plein droit, instruit dans le respect des sciences et vacciné contre les calembredaines rabbiniques. »

Salomon resta silencieux. Apparut sur son visage le sourire qu'il arborait, mains dans les poches, devant la porte de sa boutique.

« Monsieur Abramowicz, de quand date cette conversation avec le dénommé Goloubchik ? » demanda-t-il enfin d'une voix douce, tout en empochant le fou de Prokosh qui frappa dans ses mains en se rejetant en arrière comme s'il s'y attendait depuis longtemps.

Louchka coulissa les lèvres à gauche, à droite.

« Qui peut le dire avec cette vie qui passe plus vite qu'une grasse matinée ? Quinze ans ? Vingt ans ?

— Et croyez-vous que vous vous souviendriez avec tant de force et si souvent du dénommé Goloubchik s'il ne vous avait pas raconté cette histoire ? susurra Salomon en regardant Louchka dans les yeux.

— Probable que non, reconnut Louchka qui voyait sa ruse s'agiter sur le sol les quatre fers en l'air.

— Eh bien vous avez la réponse à votre question. La plupart des hommes inventent des histoires incroyables pour qu'on se rappelle quand ils auront disparu la voix qui les a chuchotées, ajouta Salomon, citant avec satisfaction un vers du prologue de son grand *Poème maritime*, qui tombait dans la conversation avec l'élégance d'une jambe de pantalon bien coupée. Ou bien, reprit-il en se passant vivement la langue entre ses lèvres, peut-être que l'ombre de la potence a fait lever dans l'imagination de Goloubchik des ferments d'invention poétique qu'une vie de crimes avait étouffés. Ou peut-être la proximité de la mort conduisait-elle le dénommé Goloubchik à croire aux miracles. Et peut-être est-ce aussi votre cas, monsieur Abramowicz, enfermé comme un rat dans cette cave. Mais puisque vous me demandez mon avis, monsieur Abramowicz, je vous le donne : d'une manière générale, n'attendez aucun miracle. Que Yahvé vous ait fait croiser la route d'Alexandre de Rocoule et qu'il ait cru bon de lui donner une tête un peu fêlée doit déjà être considéré par vous comme une sorte de miracle », conclut-il avec un hochement de tête solennel.

Ne trouvant rien à répliquer, Louchka lança un regard mauvais à Prokosh dont le manque de répondant échiquéen rendait Salomon si sûr de lui.

Mais, au bout de quelques instants de méditation, il attaqua d'un ton décidé sur un tout autre sujet, comme si l'histoire des chiens n'avait été qu'un dérisoire apéritif.

« Justement, Salomon, rapport à ce que vous dites, je ne sais pas quelles sont vos relations exactes avec le petit Sacha, mais il ne m'inspire qu'à moitié confiance. Comprenez-moi, je ne dis pas qu'il nous livrerait, honte à moi de vouloir cracher sur mon sauveur et de ne pas rêver d'être le premier à baiser les pieds de son cadavre, mais enfin s'occuper des Juifs en ce moment ne semble pas indiquer que la prudence soit le signe distinctif de son caractère, et pourtant il n'a pas l'air de s'en faire plus que ça, ce qui confirme l'impression que j'ai depuis le premier jour qu'il est légèrement timbré. Il faut savoir se méfier des rencontres les plus chanceuses, monsieur Salomon, elles font vite leur temps. Comme disait Froïm le marieur, quand l'aveugle épouse la goitreuse les familles se tapent sur le ventre, mais qui consolera la malheureuse quand personne ne lui dira qu'elle a de beaux yeux ? C'est pour ça que m'est venue une idée qui pourrait arranger tout le monde car après tout le pauvre vieux passerait lui aussi un mauvais quart d'heure si on nous trouvait là. Alors qu'il nous refile des sacs à dos et du pain pour une semaine et je vous conduis par la forêt jusqu'à O. où les Russes doivent déjà être en train de faire frire les Allemands dans de grandes casseroles. Je suis même sûr qu'on peut y être en cinq jours. »

Prokosh, figé, n'osait même plus respirer ni bouger les yeux. Il avait l'air de craindre que le moindre mouvement ne fasse éclater l'idée que Louchka venait de souffler dans l'air, soit qu'il fût fasciné par sa beauté, soit qu'il craignît qu'elle ne libère des germes mortels.

Salomon, le regard fixé sur l'échiquier, s'empara de la tour de Prokosh en lâchant d'un ton dégagé :

« Et comment traverser la P. ? Avec tous ces orages, elle doit être énorme.

— On trouve toujours le moyen de traverser une rivière pour échapper à la mort, voilà ce que je pense.

— Conviction qui prouve que vous êtes plus juif que vous ne le croyez, monsieur Abramowicz, conclut Salomon avec un petit sourire.

— Je vais en parler au petit Sacha mais essayez de le convaincre, Salomon, pour son propre bien et le vôtre car même si vous restez là, vous y serez mieux sans nous », ajouta Louchka en se levant et chassant d'une chiquenaude sur son imper cacahuète une poussière imaginaire.

Malgré sa remarque ironique, l'idée de la fuite se mit à trotter dans l'esprit de Salomon. À certains moments, tout lui semblait préférable à cette réclusion dans l'obscurité en compagnie de l'orchestre, même la fuite dans les forêts avec ce même orchestre ! À d'autres au contraire, Arden lui paraissait le sanctuaire idéal et la fuite une espèce de trahison que le sort lui ferait payer. Mais s'ils partaient sans lui, il se retrouverait seul dans la cave. Et cette perspective lui apparaissait si désirable qu'il décida de soumettre l'idée de Louchka à l'oncle Alex.

Celui-ci, depuis le premier récital, traversait une période d'incertitudes. Contrairement à ses prévisions (c'est ainsi qu'il nommait l'agrégat informe des rêveries et du désir), il parlait moins avec Esther qu'à l'époque où elle ne sortait jamais de sa chambre. Il ne trouvait plus de motif pour glisser sous sa porte de petits mots ni d'occasion de se trouver seul avec elle le soir.

Les habitués revenaient dîner à Arden plus nombreux depuis qu'elle chantait. Souvent, ils arrivaient dès midi, apportant dans leur voiture la viande qu'ils s'étaient procurée au marché noir afin de retrouver le soir dans leur assiette leur plat préféré de la carte. Et pendant le dîner de longs sourires mélancoliques s'échangeaient d'une table à l'autre, comme s'ils étaient en train de déguster en silence leur passé.

Quand il l'accompagnait au piano, si elle ne le regardait pas il se disait que c'était à cause du trouble de la passion naissante.

Si elle le regardait, il sentait une caresse tendre.

Et si ce regard était dur, il reconnaissait la crispation emblématique des victimes de la Fatalité amoureuse.

L'imagination qui le rongeait, pourtant, n'était pas qu'Esther fût amoureuse de lui mais qu'ils étaient faits l'un pour l'autre. Cette conviction était aussi enracinée, dénuée de sentimentalisme que lorsqu'on sait que les deux morceaux d'une coupe qu'on vient de briser s'adapteront l'un à l'autre si on les rapproche. Qu'elle ne puisse manquer de s'en rendre compte lui semblait tout aussi évident. Mais le jour précis où surviendrait cette révélation demeurait incertain. Peut-être entendait-elle flotter autour d'elle les accents d'un air sans encore en saisir la mélodie. Alors il accentuait ses doux sourires, ses fines œillades, ses citations choisies d'opérettes, comme un pianiste pense réveiller l'auditoire en se lançant dans le rubato.

Un matin, après s'être épuisé la veille à transporter cuves de soupe et seaux de merdaille, mon oncle s'éveilla d'humeur amoureuse.

Il se sentait revigoré, la nuit un verre de vodka tout juste lampé. Plein d'un optimisme matinal (peut-être éclos au soleil qui de temps à autre transparaissait un instant derrière la brume comme dans une foule le sourire d'un prince en incognito), il se leva en sifflotant, se lava, se brossa, se pommada, monta quatre à quatre les escaliers, frappa à la porte d'Esther et chuchota une invitation à se promener dans la forêt d'Arden.

Peu de temps auparavant, elle avait jailli des draps, gagné la fenêtre pour tirer les rideaux, puis, retenant son souffle, aveuglée par la lumière, s'était jetée sur son lit en trois bonds (elle tenta le coup en deux mais fut obligée d'ajouter aux premiers sauts majestueux un petit frère grotesque et contrefait). Elle s'enfouit sous les draps, et se mit à peler la peau d'une grosse orange que le jeune homme au nez en trompette lui avait offerte la veille. Elle flairait dans le noir, cherchant les vapeurs invisibles du zeste, souriait en frissonnant quand de petits jets de jus couraient sur son bras, aspergeaient son cou.

Lorsqu'elle entendit la voix de mon oncle, elle leva les yeux au ciel. Elle rejeta le drap, la lumière ferma ses paupières. Elle attendit un instant puis s'amusa à les ouvrir avec la lenteur solennelle du rideau qu'on lève sur la scène. Le soleil caché dans le brouillard inondait la chambre d'une lueur blanche, aveuglante, où semblait tournoyer une touche de bleu.

Tandis que derrière la porte mon oncle défendait sa proposition de promenade à coups de sentences hygiénistes (et le ton ironique qu'il ne pouvait s'empêcher de prendre leur conférait une couleur lubrique), Esther fut subitement attirée par cette forêt où elle n'était jamais allée. Mais elle hésitait à accepter, prit tout son temps pour écraser entre ses mâchoires une énorme moitié d'orange dont le jus débordant lui piqua les lèvres. Et comme l'orange tardive était pleine de pépins, elle les mâchait, méthodiquement. Enfin elle avala le tout et lui cria de l'attendre dehors pendant qu'elle se préparait.

Une demi-heure plus tard elle descendit habillée comme elle l'était lors de son arrivée à la gare, imper transparent et souliers plats. Elle avait seulement ajouté le collier de perles qu'elle portait sur la photo, collier d'enfant trop petit pour elle qui enserrait son cou, *string of tears*, cordelette de larmes, se dit mon oncle. Il avait enfilé un col roulé noir qui le rajeunissait croyait-il; aux yeux d'Esther il lui donnait l'air d'un rat d'hôtel ou d'un moineau tremblant parce qu'il était trop fin pour le protéger du froid.

Ils se retrouvèrent sur le perron. Elle lui sourit comme on sourit à un convalescent. Lui comme lorsqu'on contemple quelque chose qu'on vient de fabriquer. Ils se mirent en route, escaladant le talus herbeux (mon oncle en profita pour lui prendre la main puis le bras) et s'enfoncèrent sous les chênes.

Ils marchaient en silence. Parfois le soleil perçait la brume, les gouttes sur les buissons se mettaient à scintiller, tout prenait l'air d'un songe qui revient à la mémoire. À cause du sol détrempé, leurs pieds glissaient dans la boue noire et pour reprendre l'équilibre ils se serraient l'un contre l'autre. Et mon oncle trouvait dans ces dérapages où l'on agrippait un bras, hanche contre hanche, où leurs cuisses se frôlaient, l'avant-goût émouvant des baisades à venir.

Lui qui avait pris tant de baisers dans ces bois restait sage. Pensait-il à Salomon ? Bien malin qui le dira. Peut-être s'abandonnait-il au sentiment qu'il éprouvait depuis sa rencontre avec Esther : que sa vie filait au courant puissant d'un scénario déjà écrit.

Quoi qu'il en soit, il ne trouvait rien à dire mais avait l'impression que l'amour le réconciliait avec tout ce qu'il regardait. Et ce sentiment lui fermant le clapet, il attendait que les mots lui viennent, montent en fumet dans son crâne comme la vapeur que la chaleur du soleil faisait lever de la terre. Il regardait autour de lui roches, ciel et forêt à la façon d'un cabot qui parade sur les planches en cherchant des yeux le trou du souffleur.

Esther ne disait rien non plus. L'air frais l'enivrait, elle fermait les yeux, levait son visage vers la chaleur du soleil et ne pouvait s'empêcher de sourire. Ses narines palpitaient, rosissaient. Elle sentait monter en elle le sentiment d'être plus forte et plus seule qu'elle ne l'avait jamais été de toute sa vie. Cette sensation rayonnait dans son ventre, entre ses côtes, l'emplissait d'une chaleur qui la faisait trembler.

Mon oncle n'osait plus jeter un coup d'œil vers ce visage tout proche du sien tant à la lumière du jour il lui semblait jeune. Il préférait regarder droit devant lui, la serrant néanmoins de plus en plus pour sentir la chaleur de son corps. Ses vêtements s'étaient imprégnés dans l'armoire d'une odeur de moisi d'où, parfois, surgissait un parfum d'orange. Mais très vite, il ne put s'empêcher de la regarder. Avec crainte, avec avidité, il cherchait sur la figure pâle, poudrée de plaques de craie, les marbrures de la maladie et dans les yeux l'éclat de la fièvre. Il éprouva alors l'envie irrésistible d'embrasser sa bouche, de sentir contre les siennes les petites peaux hérissées de ses lèvres, de les mordiller pour les faire lentement gonfler et éclater (imagination qui s'accompagna de ce qu'on appelait dans les romans de la Chotek « une subite et puissante réaction virile »).

Esther sortit de sa poche une cigarette et une grosse boîte bruissante, s'arrêta, lâcha le bras de mon oncle, mit la cigarette à sa bouche, sortit de la boîte une allumette qu'après deux petits mouvements avortés du poignet elle craqua d'un geste décidé. Elle alluma la cigarette, leva le visage vers le ciel, les yeux fermés, et, à intervalles réguliers, comme dans un rituel, souffla trois bouffées. Puis elle lui reprit le bras d'un geste doux et se remit en marche. Le sourire qui lui donnait un air cruel reparut sur ses lèvres. Il se transforma en grimace parce qu'elle plissa l'œil pour se protéger de la fumée.

Son exaltation s'était évaporée, elle sentait maintenant tourner dans son ventre une espèce de colère. Le vieux séducteur qui la serrait semblait sorti des cahiers jaunis de l'armoire. Ses entrechats lui faisaient penser à ceux d'un pantin et cette danse grotesque confirmait le sentiment qu'elle avait souvent éprouvé d'être frappée d'une malédiction qui la condamnait à une lassitude précoce de la vie. Avant même d'y avoir goûté, il lui semblait avoir compris la vérité de l'existence humaine, l'obstination à servir jusqu'à la fin des temps les mêmes vieux plats réchauffés.

Pendant ce temps, mon oncle, stimulé par le nuage de tabac hongrois enveloppant sa tête, réchauffait les vieux plats de sa mémoire, se souvenait de son premier baiser avec Marisa B., dans une chambre de l'Hôtel Dort à Budapest (en 29? 30? 31?) : elle venait de se jeter sur un sofa et d'allumer avidement une cigarette (et comme elle avançait la tête vers la flamme il revit la bretelle de satin noir de la robe tomber de son épaule). Il s'était alors penché vers elle, avait retiré la cigarette de sa bouche, et l'avait embrassée.

Un sourire niais se déploya largement sur ses joues, comme s'il écoutait l'encouragement d'un vieil ami. Il s'arrêta, serra la taille d'Esther et la tourna face à lui. L'ombre mouchetée des feuillages dansait sur ses narines, ses yeux, ses lèvres entrouvertes. Il vit les yeux s'agrandir, s'assombrir et il voulut retirer la cigarette d'entre les lèvres. Mais elle y resta collée, et comme il tentait de l'arracher elle poussa un cri perçant.

Un battement d'ailes claqua dans un buisson. Des gouttes rouges tombèrent sur les feuilles d'un arbuste et mon oncle sentit le sang chaud couler sur sa main. Instinctivement, il la porta à sa bouche et y lécha le sang avec l'avidité calme, docile, d'un malade. Sans s'en rendre compte il agitait en même temps son autre main qui s'était brûlée à la cigarette. Elle pendait toujours à la lèvre d'Esther, et les cendres auréolaient son foulard de petits trous qui s'agrandissaient à vue d'œil. Elle se retourna en se baissant, et, saisissant la cigarette avec précaution entre le pouce et l'index, elle arracha délicatement le papier qui collait à la lèvre. Elle jeta la cigarette dans un buisson mais resta collé à la lèvre inférieure un petit morceau de papier blanc bientôt imbibé, gorgé de sang, et mon oncle, d'un mouvement brusque qui fit s'entrechoquer leurs têtes et leurs dents, s'y précipita pour l'aspirer. Il pressa ses lèvres entre les siennes et sa bouche s'emplit de sang.

Puis ils rentrèrent à pas rapides, sans dire un mot, Esther levant la tête pour ne pas se tacher, mon oncle, embarrassé et muet, lui serrant la taille pour l'empêcher de glisser, tout en espérant, à la façon des amoureux indolents, que serrement de bras suffit à chanter la tendresse.

Lorsqu'ils furent arrivés au pied du grand escalier, elle s'enfuit en courant. En haut des marches, elle se retourna pour le regarder, le sentiment d'exaspération qui n'avait cessé de monter en elle disparut tout à coup et elle ne put s'empêcher de rire en voyant la stupide figure de mon oncle et son menton barbouillé de sang.

Toute la journée, il se demanda ce qu'il devait penser de cette scène et de ce sourire. Il avait l'impression d'être un acteur qui ne sait trop si le passage qu'on lui a fait jouer est tiré d'une tragédie ou d'une comédie. Si le personnage qu'il a figuré est le héros de la pièce ou un grotesque de passage.

Il arpenta seul les chemins d'Arden, retournant sur les lieux comme s'il avait pu mieux y comprendre ce qui s'était passé (à la façon de notre oncle Heinrich, historien militaire amateur qui dans de paisibles promenades sur les lieux des batailles napoléoniennes voyait flotter entre les sillons à betteraves les ombres des carnages). Il rechercha dans les branchages les gouttes du sang d'Esther. Lorsqu'il les eut retrouvées, penché sur les buissons, il les observa. Les marques brunes lui semblaient anciennes, les souvenirs d'une histoire qu'on lui aurait racontée. Il finit par s'y arracher et, après avoir longtemps erré (jusqu'aux étangs de Pizstina, à l'endroit où, au sortir de la forêt, on voit tout à coup scintiller les écailles des marais), il rentra, mélancolique, à Arden. Dieu merci, le restaurant était fermé ce soir-là et, après être allé saluer ma tante (qui se montra tendre et souriante, et chantonna même en faisant sa réussite l'air que chaque soir de récital elle attendait. Mais lui, assis pensif sur son petit siège en osier, ne le reconnut même pas), il descendit à la cave car depuis quelque temps Salomon lui avait demandé de préparer avec lui la soupe nocturne.

Ils se retrouvaient désormais toutes les nuits autour du chaudron bouillonnant dans la pénombre de la cuisine. Le vacillement de la bougie éclairait François-Joseph perdu dans la vapeur. Ils épluchaient en silence les patates, les carottes, les navets. Ils les découpaient avec précaution, l'oreille aux aguets, guettant le retour imprévu des deux SS. Puis penchaient lentement leurs planches vers la cuve pour y faire glisser sans bruit la légumade. Le nez dans la marmite, ils regardaient un moment clapoter le brouet les mains croisées dans le dos, comme s'il avait dû en sortir le golem.

Salomon proposa à mon oncle qu'Esther vienne leur tenir compagnie. Les absences de plus en plus longues des deux officiers allemands, qui téléphonaient toujours quand ils remontaient pour qu'on leur prépare leur repas, lui permettaient de passer plus de temps avec sa fille. Mon oncle, embarrassé par cette requête, ne trouva pourtant rien à objecter et le lendemain matin il glissa un petit mot sous la porte d'Esther. Il craignait un peu de la revoir après la promenade, et son billet n'y faisait aucune allusion. Cela lui paraissait plus délicat ; plus rusé aussi, le silence instaurant une sorte de complicité. Le mot lui plut, il ne cessa de se le répéter. Ne trouvant que cet os à ronger, il se mit à sucer ce mot, le mordiller, à le croquer pour en tirer tout le jus. À la fin de la journée, la promenade de la veille lui apparaissait comme un merveilleux souvenir, auquel il n'aurait rien changé s'il avait pu le mettre en scène à nouveau.

La sollicitude de Salomon fit reparaître le sourire amer sur les lèvres de sa fille. Quand elle pensait à son père, il lui semblait jouer avec un éclat de mica où scintillaient tour à tour la tendresse et le mépris et qu'elle ne savait pas dans quelle position immobiliser. Assise sur le lit, en faisant claquer un ongle à la pointe d'une incisive, elle se demandait pourquoi elle éprouvait ce sentiment. Et il lui sembla que si pendant toutes ces années elle ne lui en avait jamais voulu de l'avoir confiée à sa tante, c'était parce qu'il s'était laissé déposséder par incapacité et faiblesse, appartenant à cette race d'hommes destinés à être détroussés par la vie, comme le montrait bien la mort de sa mère. La main retombée sur la cuisse, la bouche entrouverte, l'admiration qu'elle éprouvait pour elle-même devant une analyse si lucide des choses de la vie leva le long de ses vertèbres un frisson qu'elle confondit avec un tremblement de tendresse.

Cette nuit-là, en attendant que mon oncle vienne la chercher, Esther, à la lueur de la petite lampe de chevet, se poudra longuement. Elle ne semblait jamais satisfaite. Elle agita aussi la houppe sur ses mains, dissimulant de fines veines bleues sous une couche si épaisse qu'elle ressemblait à de la farine. Sur sa lèvre écorchée, une croûte luisait comme un bijou noir mal taillé. Elle se leva et, en tendant le cou pour approcher son visage du miroir, elle appliqua à petites touches de pinceau du mascara sur ses cils, en prenant bien garde de ne pas respirer, le corps saisi soudain par un mélange d'intensité et d'absence.

Puis, se renversant sur le lit défait, elle leva la jambe et, sans la quitter des yeux, tira de sous les draps une paire de bas filés. Elle écarta la soie avec les pouces, plia le genou, captura le bout du pied blanc dans la nasse de soie, le cambra et tendit la jambe, contractant le muscle de la cuisse car elle aimait le voir saillir. Puis elle se mit à dérouler la soie brune, l'appliquant sur le mollet et la cuisse d'une caresse des deux mains, lente et attentive, comme si elle y étalait un enduit. Les bas fixés, elle se releva d'un coup violent des reins, secoua ses longs cheveux noirs à droite, à gauche, les empoigna et les attacha derrière la tête d'un geste brutal et précis, comme une paysanne tord le cou à un poulet.

Quand il vint la chercher, mon oncle fut surpris de son allure. Elle avait enfilé une robe blanche découverte dans l'armoire. Tandis qu'ils descendaient l'escalier, il cherchait un compliment, le sentait monter mais, de la même façon que son nez chatouillé par la poudre frémissait sans éternuer, le compliment ne sortait pas.

La cuisine, éclairée seulement par trois maigres bougies, ne prédisposait pas à l'idylle.

Les reflets cuivrés miroitant sur les murs, une écumoire couverte d'une mousse asséchée et verdâtre abandonnée sur une table, une mêlée de couteaux entassés sur la table, dont les pointes toutes orientées d'une façon si subtilement différente semblaient avoir été disposées avec soin, peut-être pour exprimer un message, les torsades des épluchures de navets, d'un blanc velouté et luisant comme du satin, les pelures corail de carottes jetées dans l'obscurité, l'odeur fade et écœurante des viscères de gibier, tout cela évoquait un atelier étrange (peinture et torture). Au fond, sur le fourneau, fumait déjà la cuve d'étain et Salomon, dans son complet marron fripé, debout sur une chaise, y déversait de gros quartiers de patates jaunes.

Embarrassé par la réunion du père et de la fille qui échangeaient baisers et interrogations sur leur santé, mon oncle releva ses manches et se mit à trancher à grands coups de couteau des quartiers de navets et de pommes de terre.

Esther s'assit sur un haut tabouret, jambes pliées, la pointe des pieds posée sur un barreau. Dans sa robe blanche, le cou dressé, elle faisait penser à l'un de ces grands oiseaux qui lorsqu'ils se posent sur un étang paraissent en repliant leurs ailes un peu déçus par le monde qu'ils découvrent. Mon oncle jouait l'indifférent, ne la regardait pas, mais le halo blanc ne quittait pas son champ de vision. Tout en expliquant à Salomon combien il devenait difficile de se procurer de la viande, il attrapait du coin de l'œil des éclats du corps de la bien-aimée : un sourcil noir chargé de poudre, les mains blanches reposant dans le creux de la robe, les longs doigts aux extrémités mordillées et roses courbés comme pour former un nid où il avait envie d'enfouir sa bouche.

Salomon, qui tenait toujours en main la longue cuillère de bois avec laquelle il tournait la soupe, lui paraissait un personnage d'une ancienne comédie languissante qui n'intéresse plus personne. Il appartenait à un ordre des choses dérisoire, légèrement grotesque mais par là même attendrissant, et avec lequel il fallait bien vivre. L'ombre d'un sourire aux lèvres, il regardait Salomon parler en agitant sa cuillère avec la tendresse qu'il éprouvait pour les personnages de leurs opérettes.

Salomon lui non plus n'osait regarder sa fille comme si cela devait empêcher mon oncle de la trouver belle. Même quand il s'adressait à elle, il regardait mon oncle et, le voyant sourire, il crut qu'il se moquait de lui. Une jalousie féroce s'empara de lui, et, comme saisi par une révélation, il fut convaincu que son ami avait séduit Esther. La respiration lui manqua, il resta un temps immobile, les yeux baissés. Il souffla par les narines et tout tremblant remonta sur sa chaise pour aller tourner la soupe. Fermant ses yeux qui pleuraient de fureur, il dit d'une voix enrouée :

« Le voyou slovaque a décidé de rejoindre les lignes russes par la forêt. Je pense que nous ferions mieux de partir avec eux. Rester ici est très dangereux pour tout le monde... Même pour toi », ajouta-t-il en se forçant à tourner la tête pour regarder en face mon oncle.

Celui-ci resta un moment sans réagir, un niais sourire étalé sur la face, agitant les poings dans ses poches comme s'il avait voulu répondre en faisant sonner des pièces. Il jeta un coup d'œil à Esther. Elle semblait n'avoir rien entendu, croquait un morceau de carotte, écartant lentement les lèvres afin de ne pas y écorcher la croûte. Chaque coup de mâchoire, impitoyable, précautionneux, grinçait et craquait. Elle finit pourtant par leur adresser à tous les deux son demi-sourire amer.

Salomon juché sur sa chaise le trouva émouvant. Sourire d'enfant abandonnée, trop vite grandie, se dit-il. La formule lui sembla une révélation, comme si la vérité surgissait ainsi, un ticket gagnant tiré de l'urne des mots. Quitter Arden lui parut alors le seul moyen de racheter sa négligence de père.

Mon oncle, comme toujours, trouvait que ce sourire avait quelque chose de cruel. Mais très vite il s'imagina qu'en réalité il le mettait au défi de répondre à cette menace de séparation.

« Ce serait une folie, dit-il. Les Allemands sont partout entre Arden et la Zledka. La forêt est pleine de tentes et de camions. Même de tanks », ajouta-t-il en fermant les yeux et haussant les sourcils, comme s'il y avait là une faute de tact ou de tactique. Un long silence suivit cette annonce. Le bouillon glougloutait avec fureur. Mon oncle éternua.

La nouvelle avait plongé Salomon dans une sombre méditation. Debout sur sa chaise, il remuait la soupe en grimaçant. Plus tard dans la nuit, quand ils se séparèrent dans le hall envahi par la nuit, il agrippa le bras nu de sa fille avec une telle force que ses doigts y laissèrent des marques.

Le mensonge qu'il avait lancé troublait mon oncle. Il se tourna et retourna toute la nuit sur le petit canapé vert. Il avait menti mais n'était-ce pas le sourire d'Esther qui l'y avait poussé? Était-ce d'ailleurs un mensonge? Ne s'agissait-il pas plutôt d'une conjecture, d'une spéculation de la prudence? Peut-être même d'une intuition prophétique à la Marfa?

Le lendemain, au sortir d'un mauvais sommeil, l'envie lui prit d'aller passer la journée à S. pour se remettre les idées en place. Qui sait s'il n'y trouverait pas la confirmation de ce qu'il avait affirmé la veille?

La matinée était radieuse, le vent d'est soufflait et, en arrivant près du Café Nicolaï, il s'étonna de voir tout à coup l'air envahi d'une neige légère, virevoltante, libérée de ce mouvement inexorable vers la terre qui est le sien d'habitude, la neige d'une saison inédite, d'un monde nouveau. Mais un flocon tiède, crémeux, se colla sur sa lèvre et il sentit que c'était le pétale d'une fleur de cerisier.

Sur le boulevard, les passants paraissaient marcher plus vite qu'à l'ordinaire, comme dans un film légèrement accéléré. Pour le traverser, ils se mettaient soudain tous ensemble à cavalcader, comme la foule sur un champ de courses. Les véhicules pourtant étaient rares, la menace pour les piétons se trouvant réduite à l'apparition épisodique d'une limousine décapotée de l'armée allemande dont le glissement silencieux et calme donnait l'impression qu'elle faisait prendre l'air à la Fatalité, et aux passages du vieux tramway jaune annoncé par tout un claquement de vitres tremblantes qui bringuebalaient dans leurs rainures. Sous ces vitres était cloué un panneau bleu, écaillé de fissures blanches, sur lequel on avait peint plus de trente ans auparavant d'opulentes fleurs roses de chrysanthèmes (réclame pour un parfum qui ne devait plus exister qu'à l'état visqueux et incolore au fond de quelques flacons poussiéreux mais dont mon oncle se rappelait encore le nom, *Aden*). À peine mon oncle eut-il éprouvé un pincement d'appréhension de l'apocalypse devant cette vieillerie qu'il se prit à en sourire, se souvenant l'avoir déjà ressenti dix ans, vingt ans auparavant, et même du temps de sa jeunesse, tant le tramway de S. avait toujours paru un fantôme du passé.

Comme il traversait la rue du Capitaine-Bardjenko, une petite rue fraîche et déserte, il aperçut une colonne d'hommes et de femmes qui s'avançait au milieu de la chaussée entourée de Gardes noirs en armes. Les gens étaient vêtus de manteaux ou de complets mais les hommes allaient tête nue et ne portaient pas de cravate. Sur leurs poitrines, mon oncle reconnut les grêles flammes jaunes carnavalesques.

Ils marchaient d'un bon pas et pourtant certains regardaient les trottoirs déserts, les perrons et les fenêtres vides avec curiosité, la curiosité intense, pleine de sérieux, des gens qui tentent de reconnaître des descriptions lues dans des livres. Au premier rang, un grand vieillard maigre au col de chemise boutonné mais fripé observait une façade en fronçant les sourcils d'un air sévère. Mais quand il s'approcha, mon oncle se rendit compte que ses yeux étaient vides, que cette sévérité était destinée à tromper ceux qui le regardaient ou, peut-être, quelque chose en lui. Seule une femme aux joues creuses, coiffée d'un turban, souriait, le regard fixe, en écoutant les propos d'un homme caché derrière elle dont mon oncle ne voyait que les lèvres, qui remuaient avec une vivacité extraordinaire.

Le premier moment de surprise passé, il fut terrifié à l'idée de reconnaître dans ce troupeau une tête connue. Il fit demi-tour, se glissa sous un porche et déboucha dans une cour inondée de soleil. Un drap y pendait à sécher, il se cacha derrière et attendit qu'ils aient passé (dans un bruissement de pas, un bourdonnement de paroles si léger qu'il lui sembla qu'il faisait nuit). Il quitta son drap, s'avança à pas de loup jusqu'au porche, pencha la tête et aperçut, plus éloignés déjà qu'il ne l'aurait cru, les derniers dos qui disparaissaient à l'angle du boulevard. Il regretta alors de ne pas avoir cherché à y reconnaître des visages.

Au Café Nicolaï, où il vint finalement s'attabler, régnait une grande animation. C'était l'heure où les gens arborent souvent en s'asseyant à leur table l'air satisfait de ceux qui s'installent dans le compartiment d'un train qu'ils ont cru manquer. Devant mon oncle, un nouvel arrivé, avant de s'asseoir, jeta d'un air négligent sur sa table un paquet de cigarettes en déboutonnant sa veste et lança un regard sur la rue comme pour voir si le convoi ne s'ébranlait pas. À sa gauche, une grande femme en voilette et robe fleurie, aux yeux à fleur de tête, aux mains énormes, recommença par trois fois son atterrissage sur la banquette de cuir, se relevant légèrement pour s'enfoncer toujours plus profondément et achevant ce rite de possession par un petit soupir de contentement.

Au fond du café, abîmés dans la lecture ou l'écriture, des solitaires attablés depuis longtemps, aux gestes rares et lents, levaient parfois sur le monde un regard si aveugle que leur station dans cet établissement semblait relever de l'expérience mystique (à la façon des ailes de papillon qui évoquent par leur splendeur le mystère de la création mais servent aussi à désorienter les oiseaux, ces regards extatiques présentaient également l'avantage de décourager les coups d'œil féroces que les garçons de café adressaient à ces anachorètes, installés à leur table comme dans l'éternité). Au milieu de cette gent rêveuse, mon oncle remarqua une femme en chemise amidonnée, à la figure pâle. Ses cheveux noirs, lustrés, fibreux, étaient tirés en arrière, ils étaient si épais qu'ils semblaient granuleux au toucher mais dans le reflet du miroir derrière elle mon oncle les voyait torsadés au contraire en un nœud délicat, sombre, intime, un autre secret qu'il ne connaîtrait jamais, une autre tresse qu'il ne dénouerait pas. Sur sa tasse vide avait coulé une larme de café, d'un brun de plus en plus clair, jusqu'à l'endroit où elle disparaissait dans un grain de beauté noir. À côté d'elle, un homme, les coudes posés sur sa table, se penchait sur un livre au point de presque toucher du nez une page qu'il ne tournait jamais, comme s'il s'abreuvait à une phrase, à un mot.

Les baies vitrées du café étaient grandes ouvertes, on avait voulu y attirer l'air, des reflets d'or se bousculaient sur les murs safran. Des fleurs de cerisier couraient sur les tables, faisant parfois éclore une tache rouge dans la mousse des demis de bière en attente. Accoudé au comptoir, mon oncle tendait l'oreille, cherchant à saisir des nouvelles sur les mouvements de troupes allemandes qui auraient pu confirmer ce qu'il avait inventé la veille, mais il ne pouvait rien tirer des conversations. Leur trivialité trompeuse avait l'air d'un code secret ou d'un piège, filé à mesure autour de sa curiosité comme la toile d'une araignée. Les phrases semblaient tirées d'un tel entrelacs de complications, évoquer un nombre si faramineux d'humains inconnus qu'il croyait entendre d'autres conversations lointaines, celles de ses lectures d'adolescent, quand, allongé dans les hautes herbes d'été, guettant la peau blanche des jeunes paysannes qui venaient parfois se baigner sur les bords de la Zledka, il ouvrait au hasard un des volumineux romans glèbo-aristocratiques de Tabor Karselennyi, le grand écrivain marsovien de la fin du siècle dernier, et tombait en plein milieu de l'un de ces interminables dialogues sous une véranda ou sur un char à bancs qui constituent l'essentiel de *Moissons et tourments*, *L'étang aux libellules* ou *Miranda von Pleistnitsky*.

Une faiblesse le prit, une espèce de faim. Il frissonna. La fraîcheur, l'éclat de la lumière lui faisaient tourner la tête. Il eut peur tout à coup que le visage d'Esther ne s'efface de sa mémoire. Sa tête, son ventre lui semblaient creux, comme ces cours désertes où s'engouffre et tourne le vent.

Il sortit du café et marcha sur le boulevard, son chapeau à la main. Le vent plaquait délicatement sa chemise amidonnée contre ses tétins et il frissonnait comme sous les doigts des amoureuses. Il marcha ainsi longtemps sans savoir où il allait, comme si la ville était un livre qui tôt ou tard fait apparaître du nouveau.

Il sortit de sa rêverie sous la marquise poussiéreuse et déchirée d'un cinéma. Devant lui, un peu plus loin sur le trottoir, un mendiant aveugle, le visage levé, la bouche grande ouverte, semblait hurler sans qu'on l'entende. Il se tenait debout, immobile, sur une grille d'où montaient des bouffées de vapeur. Comme toujours avec les aveugles de S., on ne sait quoi de faux dans l'allure faisait naître un malaise chez mon oncle. Les taches sur son manteau, les accrocs de son chapeau, la poussière crayeuse qui recouvrait ses chaussures semblaient l'œuvre d'un costumier habile mais conventionnel plutôt que les traces de mésaventures authentiques.

Tournant brusquement la tête, mon oncle aperçut dans une guérite les yeux écarquillés, les lèvres pincées de la caissière. Elle observait l'aveugle. Après une tentative simultanée d'invasion de son visage, la crainte et le mépris s'étaient partagé sa face. À la crainte les yeux, au mépris la bouche. Tout autour de sa cage de verre luisaient les photos du film qui passait actuellement, un film allemand dont les couleurs rappelaient la devanture des pâtisseries autrichiennes, où grincent le rose et le pistache. Ce film, tiré d'un épisode des guerres napoléoniennes, glorifiait l'héroïsme d'une petite ville allemande qui en 1813 résistait victorieusement à l'envahisseur. Sur l'une des photos, on voyait un groupe de jeunes hommes en gilets de velours marron et chemises blanches dont les mâchoires et les regards mimaient l'enthousiasme d'une façon si parfaitement identique qu'il en prenait quelque chose de bovin. Une autre photo les montrait en train d'élever des fortifications de barriques sous la conduite d'officiers en uniforme noir longs comme des pantins.

Mais le sourire d'ironie disparut du visage de mon oncle quand il crut reconnaître l'une des jeunes filles aux longues nattes blondes et aux robes fleuries qui se penchaient, un linge à la main, sur les corps gisants des jeunes gens aux gilets de velours (blessés, mais d'une façon si discrète que leur souffrance avait quelque chose de *gemütlich*.)

Pas de doute, il s'agissait bien, sous le travestissement folklorique, du visage, des yeux de Karlotta Karlopinsky elle-même (même si la couleur verdâtre de son regard avait viré au bleu foncé). Collant son nez sur la photo, mon oncle retrouva sous la clavicule la trace infime d'un grain de beauté englué sous une pâte rosâtre. Troublé, il se redressa, regarda autour de lui d'un air gêné. La perruque dorée à nattes pendantes, l'ample robe noire semée de grosses fleurs rouges, avaient quelque chose de mystérieusement obscène, le grotesque des poses et des costumes semblant cacher un double fond pornographique. Excité comme un jaloux, mon oncle alla acheter un billet (sans que la momie de la guérite dont les doigts agiles reconnaissaient les pièces au toucher lui jette un regard, ses yeux de chouette toujours fixés sur le vagabond).

Il pénétra dans l'antre en se glissant entre les pans d'un rideau poussiéreux. Aveugle, il suivit dans l'obscurité le rond de lumière d'une ouvreuse invisible qui saisit avec la dextérité d'un ange la pièce qu'il tenait entre ses doigts. Dans le papillonnement de lumière grise des actualités, il entraperçut en s'asseyant trois ou quatre spectateurs vautrés sur leur fauteuil. Ils scrutaient l'écran de cet air à la fois absorbé et condescendant des regardeurs d'actualités qui leur donne l'air de pensionnaires d'une annexe du purgatoire.

S'installant à tâtons dans le nid télescopique du fauteuil de velours râpé sans être sûr qu'il en avait bien déplié tous les éléments, il se mit à regarder les images de guerre qui défilaient au-dessus de son nez, patrouille aventureuse en quête d'ennemis dans un désert herbeux, artilleurs enthousiastes de la culasse, char russe solitaire et fumant, comme vandalisé, gros plans de cadavres carbonisés de soldats soviétiques, plus insistants qu'à l'ordinaire comme si l'on avait voulu convaincre le spectateur qu'ils ne se réveilleraient pas. Comparées à celles qu'on voyait quatre ans auparavant, ces images semblèrent à mon oncle suivre un cours étrangement décousu, anecdotique, les scènes de l'épopée wagnérienne métamorphosées en vignettes malhabiles et adolescentes d'un roman de Karl May. Puis tout à coup on se retrouva dans une rue, une grosse limousine ralentissait en coulant le long d'un trottoir et un groupe d'hommes en uniforme noir, dans le mouvement exactement inverse d'une troupe de moineaux qui au même moment s'égaillait sur la chaussée, se précipitaient pour en ouvrir les portes sans même attendre qu'elle soit tout à fait arrêtée. Il s'agissait d'images de la visite récente de Petrescu à Berlin, où il était venu affirmer, claironnait la voix, que « la Marsovie tiendrait toute sa place dans la défense de la civilisation européenne ». On voyait Petrescu dans son uniforme à toque de Garde noir surgir de la voiture, un autre plan le montrait arpentant d'un pas martial un couloir en jetant un petit coup d'œil au plafond, sur le suivant il débouchait dans une grande salle sombre, mâchoires serrées, regard inquiet. Il semblait ne pas trop savoir si les interlocuteurs qu'on voyait s'approcher de dos attendaient de lui le salut viril du frère fasciste ou la poignée de main et la courbette diplomatique du Premier ministre. Ses yeux, écarquillés, roulèrent un instant d'une façon pathétique, il avait l'air d'une chanteuse invitée dans le grand monde qui ne sait si l'on attend qu'elle prenne une tasse de thé ou se dirige vers le piano. Et comme chacun de ses interlocuteurs levait le bras ou tendait la main dans un ordre et une logique qui semblaient aléatoires, Petrescu, voulant dissimuler son hésitation, surjouait ses propres poignées de main et levers de bras d'une façon grotesque et si typiquement marsovienne que mon oncle et ses voisins ne purent s'empêcher de rire, saisis d'un accès de tendresse patriotique. Puis vint le dernier plan de la visite : Ribbentrop et Petrescu en contre-plongée se disant adieu d'une dernière levée d'avant-bras informelle mais paraphée d'un revers de poignet plein de détermination.

Le rire de mon oncle se glaça.

Il venait d'apercevoir sur la paume de Petrescu

une longue cicatrice et le sentiment du déjà-vu lui froissa le cœur.

Souffle coupé, bouche démontée, il ne percevait plus que le papillonnement des images. Il cherchait à retrouver le souvenir que Petrescu venait de lui montrer avant de le replier dans sa main. Il crut d'abord qu'il s'agissait du souvenir d'un rêve, peut-être d'un cauchemar, il lui semblait revoir la main ouverte d'un mort sur un champ de bataille. À l'écran les actualités s'achevaient sur un chœur de jeunes filles qui chantaient l'hymne marsovien.

Alors il revit le couvre-lit jaune de ma tante, la photographie de la main balafrée où était épinglée la réponse de la devineresse : « Il faut trouver la source d'où monte le chant qui gonflera d'espoir le cœur du peuple. »

Et c'est alors que l'idée lui vint.

Sa poitrine se souleva, sa bouche dessina des ronds comme celle d'un poisson sur le sable.

Échappant au claquement de mâchoires du fauteuil, il se rua dans le noir vers la sortie. Après avoir cogné son crâne contre un pilier creux qui résonna comme un gong, bousculé l'invisible ouvreuse et s'être enroulé dans une tenture poudreuse, il bascula par une fente soudaine dans le jour aveuglant.

Sous la marquise, l'aveugle avait disparu et la cage de la caissière était vide.

Remontant à grandes enjambées le boulevard, il enfouit dans les poches de son pantalon ses mains remuantes comme deux pipelettes qui parlent sans s'écouter et s'efforça de respirer profondément.

Ce soir-là, il fit monter dans la cuisine Salomon,

Louchka, Prokosh et le petit Pleskine pour une partie de cartes.

Ils se lancèrent dans un *shladka*, mixte monstrueux et marsovien de poker et d'écarté. Treize parties opposent en une suite de duels les deux membres de deux équipes sous la houlette d'un ponte, personnage ambigu et passif tenant du dieu tutélaire et de la dame des lavabos, qui remporte la mise si aucun des deux joueurs ne parvient à remplir son annonce. Une tradition pittoresque, et qui fait tout le sel du *shladka*, exige également que les deux équipiers qui ne jouent pas observent la partie en se répandant en lazzis (version populaire) ou en fines remarques ironiques (version bourgeoise), non sur les capacités de l'adversaire, mais sur celles de leur partenaire, moqueries qui peuvent néanmoins dissimuler des consignes, raison pour laquelle sans doute on offrait un jeu de *shladka* à tous les jeunes mariés.

Mais ce soir-là le cœur n'y était pas, et l'éclat d'agressivité qui accompagne d'ordinaire une partie de *shladka* n'illuminait pas les ténèbres de la cuisine. Ils jouaient à la lumière de deux bougies qui vacillait à chaque soupir, à chaque jetée. Sa carte tombée, chacun reculait sur sa chaise, se nichant dans l'obscurité pour méditer sur l'avenir. Seul le malheureux Prokosh, penché au-dessus de la table afin de garder en tête les points des levées, restait dans la lumière, et ses moustaches grises tremblaient, agitées par les comptes qui frissonnaient sur ses lèvres. De temps à autre, dans un recoin de la cuisine obscure, montait le pétillement d'une souris ou d'un cafard.

Mon oncle venait de déclarer que tout le monde à S. ne parlait que du déploiement des troupes allemandes dans la forêt d'Arden et sur les bords de la S.

Et maintenant il pensait à peine au jeu, se demandant quand il leur ferait part du plan génial jailli de la main de Petrescu.

Devait-il profiter d'un des rares moments d'excitation et de bonne humeur qui accompagnaient certains coups ? Ou au contraire attendre que l'atmosphère ait atteint cette qualité de morne qui indique que le fond du désespoir est en vue ?

Cependant Louchka (un maître du *shladka*, au point qu'il devait faire un effort pour ne pas tricher, même s'ils ne misaient que des graviers ramassés dans la roseraie), quand il regardait les visages qui l'entouraient, sentait la compassion submerger son cœur. Il avait beau essayer de penser à autre chose, il ne pouvait s'empêcher d'y voir des têtes de condamnés. Il éprouvait à la fois le pressentiment d'être capable de les sauver et le désespoir de ne pas savoir comment. Alors il ramassait lentement ses cartes, les disposait en éventail du bout du pouce en fixant les figures comme si leurs petites lèvres fines allaient chuchoter la solution.

Après la distribution, Salomon jetait un regard lugubre sur le nouveau jeu que le sort lui accordait. S'il était bon, il avait l'impression d'user sa réserve de chance. S'il était mauvais, d'y trouver une confirmation du malheur qui le poursuivait depuis la naissance.

Le petit Pleskine, allié de Salomon et adversaire de mon oncle, misait et jouait avec de petits gestes hésitants, les coudes serrés au corps, comme s'il était assis dans un buisson d'épines. S'il misait trop peu, il craignait de passer aux yeux de Louchka pour un paysan étriqué. S'il misait trop, pour un niais prétentieux à ceux de Prokosh. S'il jouait la mauvaise carte, il craignait le regard méprisant de Salomon qui lui semblait souvent regarder les autres comme s'ils ne méritaient pas d'être juifs. S'il jouait la bonne, il avait peur d'apparaître trop malin et de réveiller l'antisémitisme de mon oncle.

Prokosh, la tête penchée au-dessus de la table, voyait les cartes tomber l'une après l'autre et elles lui rappelaient les moments de son enfance où dans le cabaret d'un cousin à Chlominka (une pièce obscure, à l'odeur aigre et où les mouches tournoyaient si vite qu'elles heurtaient parfois les fronts avec un petit bruit sec) il s'approchait d'une table pour voir les joueurs de *shladka* jeter leurs cartes graisseuses. Et maintenant chacune de celles, toutes neuves, qu'il voyait tomber avait l'air du fantôme rajeuni d'une carte du passé, alors que lui était devenu l'un des vieux joueurs.

« Je crois qu'il existe un moyen infaillible d'échapper aux Allemands », lâcha tout à coup mon oncle, en déposant négligemment une carte et ramassant la levée alors qu'il ne l'avait pas gagnée.

Mais les quatre autres avaient déjà les yeux fixés sur lui, et, à des vitesses variées, leurs lèvres s'écartaient afin de mieux l'entendre.

« Une idée m'était venue il y a quelques semaines, une idée simple et logique. »

Il se tourna vers Salomon, peut-être pour rester en terrain connu, ou parce qu'il doutait de la capacité des quatre autres à juger de la simplicité et de la logique d'une idée.

« Comment cacher des Juifs quand tout le

monde les recherche ? Voilà ce que je me demandais nuit et jour, et tout à coup la réponse m'est venue. En les déguisant en Juifs ! » Il écarquilla les yeux, comme s'il y avait là une réaction physiologique qui accompagne l'excellence des idées.

Salomon, bouche bée, lui lança ce regard que mon oncle prenait pour une marque d'admiration, mais qui reflétait plutôt la stupeur qui s'emparait de lui quand renaissait le soupçon qu'un filet de folie traverse la cervelle des Rocoule. Mince, soit, mais d'un noir d'encre, et qui lézarde tout l'édifice.

Mon oncle poursuivait son explication.

Il s'était dit qu'au lieu de cacher l'orchestre il fallait l'exhiber.

Au lieu de chercher à donner aux musiciens l'air de péquenots slovaques, il fallait au contraire les faire ressembler à des caricatures antisémites.

« Les faire passer pour des faux Juifs déguisés en Juifs, vous me suivez ? »

Ils adapteraient une de leurs opérettes, *Café tzigane* (1935), remplaceraient les Tziganes par des Juifs, l'appelleraient *Café yiddish* et la joueraient dans la grande salle de l'hôtel, ou même, pourquoi pas, au théâtre de S. C'était une bonne pièce, pleine de quiproquos hilarants, qui remporterait sans doute un certain succès, et plairait aux autorités puisque, les personnages y étant tous plus voleurs et menteurs les uns que les autres, elle pouvait passer pour une charge antisémite.

Mon oncle exposait tout cela avec le plus grand contentement, souriant, paupières presque closes, semblable à un chat qu'on caresse sur la tête.

Il ne se rendait pas du tout compte de l'accablement de ses quatre auditeurs. Ils éprouvaient l'impression qu'on ne s'était jamais moqué d'eux avec tant de brutalité. Mais lui ne songeait ni à moquerie ni à cruauté. Peut-être la perspective de monter enfin une de ses opérettes lui faisait-elle oublier le danger. Peut-être l'ironie de son plan lui rappelait-elle aussi ces contes talmudiques que dans leur jeunesse Salomon racontait ou inventait sur les chemins de Zemlinka. Et, alors, qui mieux que des Juifs était à même de l'apprécier ?

Raconter une fable talmudique est une chose, se retrouver dans la peau de l'un de ses personnages en est une autre. Surtout s'il ne s'agit que d'une adaptation douteuse sortie du cerveau malade d'un goy. Salomon et Pleskine poussèrent des gémissements d'indignation, Prokosh crachait par terre de dépit. « Voilà ce que je m'étais dit, continua, imperturbable, mon oncle tout en ramassant les cartes d'un geste ample de prestidigitateur avant de les claquer en ordre et de les reposer sur la table d'un geste délicat, mais je dois reconnaître que cette idée n'était pas sans présenter certains inconvénients pratiques », soupira-t-il. Il prenait leurs cris et leurs crachats pour des objections de scénariste semblables à celles que Salomon et lui se lançaient sans cesse à la figure quand ils écrivaient leurs histoires. « Ce projet exigeait des qualités scéniques dont nos troubadours klezmers de la cave ne disposent sans doute pas. Sans compter qu'ils peuvent difficilement jouer à la fois dans la fosse et sur la scène », conclut-il, ouvrant grands les yeux et les paumes.

Il se leva et, dressant l'index, se mit à arpenter la cuisine.

« Alors une autre idée m'est venue. Elle m'a été inspirée, je dois le dire, par la beauté de la voix de Mlle Lengyel qui charme depuis plusieurs jours les habitués d'Arden. Pourquoi n'exercerait-elle pas ses charmes de sirène à une plus grande échelle ? me suis-je dit. Et j'ai alors reformulé mon idée initiale selon les mêmes règles implacables de la logique : comment mieux se cacher qu'en n'étant nulle part ? Et comment mieux n'être nulle part qu'en étant partout ? »

Louchka tourna lentement la tête vers Salomon. Il semblait avoir avalé une gorgée de vinaigre. Mais Salomon ne le regardait pas, il attendait ce qui allait sortir de la bouche de mon oncle avec le mélange de curiosité et de méfiance qui accompagnait depuis plus de vingt ans leurs échanges d'idées faramineuses pour l'acte III.

« Être partout, me demanderez-vous, qu'est-ce que cela peut bien vouloir dire ? Je me le suis demandé moi-même. Avant de trouver la réponse. »

Il arpentait la cuisine, s'arrêtant de temps à autre à la façon d'un auteur qui raconte sa pièce sur scène devant la troupe morose recroquevillée sur ses chaises.

« Car on peut être de nos jours partout en chantant, comme dans un conte de la Péri », dit-il en se dirigeant vers un recoin où luisait une sorte de buffet.

Il se pencha sur ce meuble et s'y livra à d'invisibles manipulations.

Puis le silence se fit. Après un petit clic tranchant, une lumière jaunâtre rayonna dans l'obscurité.

Un crachotis grésilla dans le buffet. Mon oncle,

avec le sourire et le mouvement de bras gracieux du dresseur d'otaries, leur montra un poste de TSF.

« C'est dans la TSF que nous allons nous cacher. »

Louchka, Pleskine et Prokosh, avec l'air de passants fixant le propriétaire d'un chien en train de pisser sur le trottoir, regardaient Salomon qui regardait mon oncle. Il tourna un bouton pour baisser le son, soucieux de rapetisser le tango tzigane émergé du crachin d'ondes en plaisante musique d'accompagnement, aux discrets accents de baladins dans les buissons.

« Nous allons enregistrer une opérette qui sera diffusée en feuilleton sur Radio Marsovie. Les studios sont réquisitionnés mais on peut enregistrer paraît-il un programme sur des disques de cire. Ce matin il m'est arrivé une chose extraordinaire et, sans entrer dans les détails, je puis vous assurer que je connais désormais un moyen infaill-ible d'obtenir l'aide et même l'appui des autorités. L'assurance d'être laissés tranquilles et d'échapper aux fouilles intempestives. »

Le silence accueillit cette déclaration enthousiaste.

« Moi je ne bouge pas d'ici, laissa finalement tomber Louchka d'un ton menaçant.

— Mais précisément! reprit mon oncle avec un grand sourire. C'est toute l'idée! Nous ne bougeons pas d'ici! Nous restons cachés! Grâce à l'appui des plus hautes autorités, nous ferons monter jusqu'ici le gros camion de la radio et nous graverons ces disques qu'ils diffuseront à la radio.

— Tout cela est ridicule, trancha Salomon sur le ton du juge qui fait l'aumône de quelques mots avant de claquer le maillet. Nous n'allons rien faire du tout et attendre ici le plus paisiblement possible la fin des événements.

— À S., les Gardes noirs perquisitionnent tous les hôtels, demandent les papiers des clients, fouillent les chambres », inventa mon oncle avec une simplicité, un calme qui le surprirent et l'émerveillèrent comme si c'était un dieu faufilé en lui qui venait de parler.

Cette annonce jeta un froid qui tua la conversation et la partie de *shladka* sans espoir de résurrection. Après quelques instants de méditation agrémentés de discrets concours de soupirs, les joueurs de cartes se levèrent lentement. Puis ils défilèrent un par un devant mon oncle, tête penchée, comme lorsqu'on abandonne le fossoyeur sur son gazon. Mais lui ne se décourageait pas. « Songez-y, dit-il. Si vous réfléchissez bien à la situation, vous verrez que mon plan est raisonnable. Notre seul espoir peut-être de salut. La passivité est la pire conseillère. C'est elle que nous devons craindre. » Et, tandis que se refermait la porte, il lui semblait que grâce à lui ils emportaient avec eux la vérité fondamentale de la vie.

Le lendemain matin, après avoir lampé trois vodkas, mon oncle s'assit dans le petit crapaud vert du bureau, saisit le téléphone et demanda à l'opératrice d'être mis en contact avec la résidence officielle du Premier ministre.

En attendant la liaison, il se racla deux ou trois fois la gorge, gonfla ses joues, lança de petits cris, claqua des talons.

Au bout du fil une voix grésilla.

« Quoi ? À vos ordres, qui parle ?

— Ici l'Obersturmführer Karpinsky, siffla mon oncle qui tentait d'imiter la voix de son ancien pensionnaire. Je voudrais parler au Premier ministre Petrescu. Sujet d'une extrême urgence.

— Le Premier ministre est absent, répondit la voix d'un ton neutre où l'on pouvait flairer défiance ou déférence.

— Où puis-je le joindre ? reprit mon oncle en une imitation parfaite cette fois de la voix de Karpinsky.

— Je ne sais pas. Il vient de déménager et...

— Je dois absolument le joindre, comprenez-vous. Il s'agit d'une affaire de la plus haute importance, clama mon oncle d'un ton agacé, presque douloureux car il ne savait plus s'il imitait la voix de Schleiermeyer ou de Karpinsky.

— Je vais me renseigner..., murmura la voix.

— Faites », ajouta mon oncle inutilement mais emporté par son élan comme lorsque dans ses entrechats autour d'une table, saisi par l'ivresse du mouvement, il surnappait de sauce une viande.

Attendant le retour de la voix, il battait rapidement le plancher du bout de la chaussure, lorgnant de temps à autre vers la photo de Göring rapatriée dans son bureau, afin sans doute de le prendre à témoin de tant d'incurie.

À l'autre bout du fil la voix se mit à corner « Allô, allô, allô » comme si c'était lui qui était parti se promener.

« J'écoute, dit mon oncle, outragé.

— SAR-04-36, chuchota la voix, semblant confier à regret un mot de passe.

— Merci », cria l'oncle Alex et il raccrocha précipitamment, dans l'exaltation d'avoir réussi son coup.

Mais il l'avait fait avec une telle rapidité qu'il ne se rappelait plus le numéro.

Il se pressa les tempes. Ferma les yeux. Rejeta la tête en arrière. Mais rien ne remontait. Alors il essaya d'imiter la voix de l'interlocuteur invisible et les quatre chiffres lui vinrent aux lèvres.

Il se précipita vers le bureau pour les griffonner rapidement sur un papier et se laissa retomber dans le petit fauteuil.

Il lâcha un grand soupir, passa la main sur son visage et, décrochant à nouveau le téléphone, demanda le numéro à l'opératrice.

Au bout de quelques instants, une voix se fit entendre, si nette, si proche qu'elle le surprit, celle de quelqu'un installé dans son cerveau.

« Qui est à l'appareil? » répétait la voix, haussant le ton, et il crut reconnaître celui de Petrescu. Il l'avait entendu plusieurs fois ces dernières semaines à la radio. Il lui semblait retrouver le ton d'admonestation solennelle qui lançait : « Qui aura le cœur de rester à l'écart du grand combat de l'époque? » ou bien : « Qui espère plus que tout le déferlement de la barbarie asiate? », mais transposé dans une tonalité délicate, intime, bémolisée, comme si, afin de préserver la puissance du chef entre deux tournants historiques, on conservait le grand chêne protecteur du peuple miniaturisé aux dimensions d'un arbre nain japonais.

« Monsieur le Premier ministre? lança mon oncle du ton de fausse surprise joviale des grands seigneurs et des placiers en assurances. Je suis heureux de vous trouver. J'espère ne pas vous déranger...

— Qui êtes-vous? Comment avez-vous obtenu

ce numéro ? » La voix déraillait dans le fausset, une voix de voisin dérangé.

« J'ai appelé à la résidence mais vous étiez absent. L'ambassade d'Allemagne vient de me communiquer votre numéro.

— Pourquoi ?... Qui êtes-vous ?

— Je suis Alexandre de Rocoule, le directeur de l'hôtel d'Arden, je ne doute pas que vous voyiez de quoi il s'agit...

— Si c'est pour une question d'impayé, il faut voir ça avec le ministre Zatory, je ne m'occupe pas de ce genre de problèmes, soupira Petrescu.

— Ah non, pas du tout, ce n'est pas de cela qu'il s'agit », protesta mon oncle avec un petit ricanement de théâtre. Il sonnait d'autant plus faux que la remarque de Petrescu laissait entendre qu'il n'arriverait pas à se faire payer les chambres et les repas, disons, réquisitionnés. « Vous n'y êtes pas du tout ! Non, c'est une idée que j'aimerais vous soumettre, une idée qui vise à relever, enfin disons à consolider, à renforcer même, le moral de la population. »

Il y eut un long silence.

« Quel genre d'idée ? lâcha enfin Petrescu du ton méfiant des gens à qui l'on essaie de revendre un objet qu'ils viennent de perdre.

— Je préférerais vous en parler de vive voix. S'il vous est possible de me recevoir ce matin, je serai chez vous dans un peu plus d'une heure », siffla mon oncle à toute allure, espérant noyer les réticences. « Vous pensez bien que si l'ambassade d'Allemagne m'a fourni votre numéro, c'est que mon idée plaît en haut lieu », ajouta-t-il avec une pointe de hauteur, un soupçon de menace. Il jeta un coup d'œil sur la photo de Göring qui le regardait s'empêtrer dans ses mensonges avec un sourire féroce.

« Passez avant midi alors », répondit rapidement Petrescu avant de raccrocher. Cette réussite soudaine, inespérée, stupéfia mon oncle, l'effraya même, et il resta un long moment la bouche ouverte dans le grésillement de la ligne.

Il se ressaisit vite et entreprit de se préparer pour l'entrevue. Il ne savait s'il enfilerait le frac et le pantalon rayé du diplomate ou la parka et le pantalon en velours de l'artiste, la proposition qu'il allait faire à Petrescu participant des deux univers. Il enfila finalement la tenue diplomatique car la réussite de sa ruse avait levé en lui un petit démon machiavélien.

Tandis que sa vieille auto à la carrosserie tremblante affrontait les bosses du chemin de terre dans un mugissement dont on ne savait trop s'il était de désespoir ou d'exaltation, mon oncle, bringuebalé, agrippé au volant, s'efforçait d'imaginer la scène à venir, forgeait de bonnes petites répliques ensorcelantes à lâcher avec un fin sourire, telles des citations d'œuvres classiques.

Petrescu logeait rue Barinkay, petite voie située sur l'arrière de la villa Tatiana, plongée dans l'ombre par les hauts murs de la demeure royale.

Deux Gardes noirs en armes se tenaient de chaque côté de la porte. Apercevant mon oncle du coin de l'œil, l'un d'eux sans bouger la tête l'entrouvrit d'un coup de reins.

Mon oncle pencha la tête dans l'entrebâillement et distingua une ombre assise à une table. Elle se leva, s'approcha de la porte, se transformant en un petit militaire coiffé d'une large casquette dont la visière lui descendait jusqu'au nez.

Il demanda à mon oncle son nom, puis retourna à sa table où il se pencha sur un grand registre ouvert. Son index suivit deux fois une ligne avec précaution, sans s'y poser, comme s'il craignait de l'effacer. Puis, revigoré d'avoir mené à bien cet exercice délicat, l'index en frétillant lui fit signe de le suivre.

Ils gravirent un grand escalier qui semblait ouaté. Sur certaines portes on voyait des scellés. D'autres étaient entrouvertes et on entendait derrière des bruits de pas. Pesants, solennels, ils rappelaient ceux des visiteurs pris au piège d'un musée. Sur le palier du troisième, un petit amas de verre cassé étincelait dans un coin. Sur celui du quatrième, une cage à oiseau vide était posée devant une porte. Une petite plume grise collée par une fiente sur un vieux journal y remuait, agitée par un courant d'air. Au cinquième étage, le petit militaire sans se retourner leva la main et mon oncle s'arrêta sur une marche. Le militaire frappa à une porte luisante de laque noire qui s'entrouvrit aussitôt. Il avança la bouche dans l'ouverture et cria : « Le rendez-vous *dèrocoule* » avant de plonger dans l'escalier, s'efforçant de ne prendre appui qu'une seule fois sur les marches de chaque palier, et faisant résonner tout l'immeuble du bruit de ses bottes.

Mon oncle entendit son nom répété de voix en voix comme sur un navire, puis la porte s'ouvrit tout à fait, dans un couinement gras et voluptueux. Un Garde noir avec des lèvres si charnues qu'elles semblaient retroussées apparut et lui fit signe d'avancer. Puis, une fois entré dans l'appartement, de se retourner et il se mit à appliquer de grands coups de paume sur sa veste et son pantalon de diplomate, comme s'il voulait en faire jaillir la poussière. Le dernier coup, plus fort que les autres, indiqua à mon oncle qu'il pouvait se retourner. Ses lèvres maintenant semblaient exprimer le dégoût de n'avoir rien trouvé, il poussa une porte vitrée et introduisit mon oncle dans une grande pièce aux persiennes closes.

On distinguait dans l'obscurité les ombres de plantes vertes innombrables, de toutes les tailles, dressées dans leurs pots, ainsi qu'une véritable collection de sièges et de canapés disposés dans tous les sens.

Petrescu se tenait debout au milieu de ce capharnaüm, à côté d'un palmier. Mon oncle trouva que, dans sa robe de chambre sombre à pois blancs, les mains sur les hanches, sourcils froncés, il avait l'air d'un mari trompé qui vient de manquer de peu le flagrant délit.

Sa figure en pain de sucre et son crâne chauve lui avaient valu un temps l'appellation de Mussolini des Carpates. Mais s'il s'en était naguère réjoui comme d'une bonne affaire ou d'un signe du destin, depuis que l'étoile du Duce avait pâli il était agacé par cette ressemblance. Elle provoquait désormais en lui ce sentiment agacé de malédiction qu'éprouvent les acteurs, dont il semble exister un exemplaire dans chaque pays du monde, qui à cause d'un succès lointain et d'ailleurs oublié de tous ne sont sollicités que pour incarner une apparition fugace de Napoléon.

Depuis que Petrescu portait en public l'uniforme des Gardes noirs, son port de tête et son maintien avaient pris une raideur si militaire qu'il donnait l'air de penser que sa robe de chambre était un uniforme et le mouchoir blanc qui cascadait de sa pochette la décoration d'un ordre exotique.

Mon oncle, comme sur la scène de l'une de ses opérettes, s'avançait d'un pas chaloupé, au rythme sans doute d'un orchestre jouant dans son crâne. Tendant la main, il se présenta, avec un sourire qui semblait dire : Eh oui, n'est-il pas amusant qu'Alexandre de Rocoule ne soit pas qu'une légende, et qu'en plus ce soit moi ?

L'air revêche de Petrescu ne le dérouta nullement et, bien qu'il n'ait pas été invité à s'asseoir, il se jeta dans un petit fauteuil, croisant les jambes tout en poussant de la pointe de la chaussure un pot qui l'empêchait de bien voir son interlocuteur. Celui-ci, sans le quitter des yeux, alla se poser dans une sorte de trône d'ébène à dossier sculpté. Il s'y tint cambré, comme sur un cheval. Seuls les bouts de ses doigts remuaient, caressant aux extrémités des bras du fauteuil de petites têtes de chats sculptées.

« Je suis déjà venu manger chez vous, susurra-t-il avec un sourire amer qui paraissait farci de sous-entendus, le symbole d'une collection de souvenirs qu'il préférait taire.

— Monsieur le Premier ministre, je me permets de solliciter votre aide afin de diffuser sur les ondes de la radio marsovienne un ouvrage musical, une sorte disons d'opéra à caractère patriotique. Dans ces temps difficiles, je pense qu'un tel ouvrage peut avoir un effet bénéfique sur les esprits. »

Petrescu regardait mon oncle, les lèvres entrouvertes, les sourcils de plus en plus froncés, au point qu'on ne voyait plus ses yeux.

Peut-être cela lui rappelle-t-il quelque chose, se dit mon oncle, qui le fixait sans pitié.

« Mais qui s'en chargera ? » demanda le Premier ministre d'une voix enrouée. L'orchestre de l'opéra, qui officiait aussi à la radio, n'existait plus puisque composé aux trois quarts de Juifs.

« Mais moi, monsieur le Premier ministre, moi. Je me chargerai de tout. Vous savez peut-être que je suis l'auteur de nombreux ouvrages qui ont été représentés sur les meilleures scènes, à Prague, à Vienne. Votre Excellence a peut-être entendu parler de *La révolte des Sandor*... Sachez que je dispose d'un orchestre à l'hôtel et, si Votre Excellence veut bien nous donner son appui, je me fais fort d'enregistrer en quelques jours l'intégralité de l'œuvre. Il serait bon, je crois, de la diffuser en feuilleton. Elle touchera ainsi davantage de monde. Par un phénomène de contagion bien connu des professionnels du spectacle radiophonique, ajouta-t-il en fermant les yeux.

— Mais de quoi est-ce que ça parle ? Le sujet convient-il bien à la situation présente ? demanda Petrescu en se tortillant.

— Eh bien, en deux mots, voilà », dit mon oncle et il claqua la langue.

Il fit une pause, censée figurer un lever de rideau, mais surtout parce qu'il n'avait qu'une vague idée de ce qu'il allait inventer. Encore une fois, un plan génial se trouvait en danger parce qu'à cause d'une étourderie monstrueuse, inexplicable, il avait oublié le plus important. Il se lança pourtant et se mit à broder sur la vague idée qui lui était venue la veille, un remake du film qu'il n'avait pas vu.

« Acte I : l'action se déroule en 1813, dans une petite bourgade de Galicie.

« C'est la nuit, le tocsin sonne car on vient d'apprendre que l'armée de Napoléon s'approche. À la lueur des flambeaux, on édifie des fortifications.

« Un jeune homme grimpe à la flèche de la cathédrale afin de voir s'il peut distinguer au loin les armées alliées.

« Tout à coup, alors qu'il observe l'horizon embrasé par les incendies, il aperçoit à la fenêtre éclairée d'une grande bâtisse la silhouette d'une jeune femme qui se débat contre des bras qui l'enserrent.

« La lumière s'éteint, et le jeune homme guette en vain un signe de vie dans la maison. »

Mon oncle craignait d'affronter le regard glauque de Petrescu et pourtant c'est en regardant sa figure que la suite de l'histoire lui venait.

« Le lendemain, les armées françaises entourent la ville. Un émissaire vient exiger la reddition mais le bourgmestre lui répond par un hymne à la résistance. Chœur patriotique des habitants tandis que tonnent les premiers coups de canon... »

Pendant qu'il racontait les yeux de mon oncle se promenaient dans la pièce comme si les personnages et les péripéties étaient des colibris qu'il y voyait voleter. Tout à coup, il aperçut, posée contre un mur entre une liasse de vieux papiers et des cartons, la photo encadrée d'une jeune femme et d'un vieil homme dont le visage lui sembla familier. Il reconnut le vieux Juif qu'il avait vu la veille dans la rue, qui faisait semblant de tant s'intéresser aux façades des immeubles.

Ce souvenir lui coupa un temps l'inspiration. Mais il repartit de plus belle :

« Pendant ce temps, notre jeune héros mène

l'enquête autour de la sinistre bâtisse et découvre bientôt qu'elle appartient à un riche marchand juif qui n'en sort jamais. Sa réputation est si détestable qu'il vit entouré d'une véritable garnison de serviteurs en armes. »

Il lui sembla que la pointe du nez de Petrescu se levait, tirée par l'hameçon.

« Sans entrer dans tous les détails de l'intrigue, sachez seulement que notre héros parvient à pénétrer par une cheminée chez le marchand et découvre la chambre où est séquestrée la jeune femme. Il s'agit de la propre fille du Juif qui a découvert que son père, vendu aux Français, s'apprête à les faire pénétrer par des souterrains qui aboutissent dans la cave de sa demeure...

— Pourquoi pas une simple mais ravissante servante issue du peuple, et objet des attentions d'un vieux Juif lubrique ? lâcha Petrescu d'un ton aigre.

— Bien sûr, bien sûr..., murmura mon oncle d'un ton pénétré, comme si Petrescu venait de lui révéler le fin mot d'un mystère depuis longtemps pressenti. Découverts, les deux jeunes gens s'enfuient dans les vastes dédales de la maison. Poursuivis par les sbires du Juif, ils sont contraints de trouver refuge dans les souterrains. Là, ils s'égarent dans une obscurité profonde. Ils finissent par découvrir un monde mystérieux, un lac où se jette une large rivière. Monde peuplé d'une horde de brigands, de mendiants, d'aveugles, troupe atroce de détrousseurs aux ordres du riche marchand qui viennent entasser là le fruit de leurs rapines.

— Les profiteurs de guerre, nota Petrescu.

— Nos deux héros parviendront, après bien

des péripéties, à leur échapper. Pour empêcher les Français d'emprunter le souterrain, ils provoquent une explosion qui les ensevelit. »

Petrescu fit la moue, remua les narines en se redressant sur son siège à la façon d'un homme qui vient de flairer une mauvaise odeur.

« Ensevelis, perdus, à demi étouffés, reprit précipitamment mon oncle, ils parviennent à chanter et ainsi à se rejoindre avant de se frayer un chemin jusqu'à la lumière au moment même où les troupes russes chassent les Français.

— Transformons les Russiens en Prussiens, voulez-vous, glissa Petrescu, abaissant les paupières avec un petit sourire.

— Le duo du retour à la lumière des deux amants et le chœur patriotique de la population libérée sont à mon avis des morceaux susceptibles de susciter l'émotion et l'enthousiasme populaires, conclut mon oncle de son plus bel accent de négociant de vin en gros.

— Et ne pourrait-on pas entendre un peu de la musique qui doit accompagner une si merveilleuse histoire, monsieur de Rocoule? » chuchota une voix de femme.

Mon oncle sursauta, tourna la tête dans tous les sens et à l'autre bout de la pièce aperçut debout dans l'embrasure d'une porte une femme revêtue d'une longue robe d'un autre âge.

Le grand chignon noir, le col dur de la robe, une figure livide lui donnaient l'air d'un fantôme de l'autre guerre. Un débris des jeunes veuves qu'il croisait dans le magasin des Lengyel au printemps 1916.

« Si vous voulez bien, cette idée me semble tellement belle, ces deux jeunes gens revenant à la lumière. Il y a ici un piano », dit-elle, et, s'avançant, elle montra un petit piano droit poussé contre le mur.

Orné de bougeoirs décorés de feuilles de vigne en cuivre, il était recouvert d'une couverture rose à petites boules blanches où dormait, lové, un chat de porcelaine.

L'oncle Alex, affolé, se tourna vers Petrescu qui, hochant violemment la tête, lui fit signe d'aller jouer. Mon oncle se leva lentement, tira sur ses manchettes, puis se dirigea vers le piano, évitant par de petits mouvements de tête les feuilles de deux ou trois plantes vertes.

La femme le regardait s'approcher avec un sourire de mère.

Arrivé devant elle, il s'inclina en claquant légèrement des talons. Mais elle ne lui tendit pas la main, s'affaissa et se redressa en une révérence de petite fille. Puis elle souleva d'une main légère le couvercle du clavier.

Mon oncle se gratta la gorge, agita ses doigts comme pour les dégourdir devant le nez de la dame, tourna le cou et lança un dernier regard désespéré à Petrescu.

Celui-ci, affalé maintenant dans son fauteuil, lâcha d'un ton aigre : « Mme Petrescu » en lançant un coup de menton.

Mon oncle dégagea les basques de son habit de diplomate, s'assit sur le petit tabouret et ferma les yeux. D'un geste brusque, il étendit ses mains au-dessus des touches, les y laissa suspendues un certain temps comme s'il attendait qu'elles s'imprègnent de certaines ondes. Tout à coup il les abaissa et bientôt monta du clavier un clapotis sombre, un maquis d'enchevêtrées broussailles parsifaliennes où il parut s'égarer. Il parvint à s'en extraire en y introduisant une valse de *Café tzigane* travestie en ländler dans un souci d'authenticité historique. Puis, encouragé par un regard jeté vers la Petrescu qui, appuyée contre le mur, souriait les yeux fermés avec un petit air d'extase, il se lança dans une improvisation de plus en plus échevelée, brasier où il jetait tout ce qui lui tombait sous les doigts en reconnaissant parfois avec surprise un objet familier depuis longtemps oublié. Surgit ainsi sous ses doigts un passage de l'air d'Elsa dans *Lohengrin*, d'où il parvint à rebondir sur le grand air de Mimi dans *Attention à la blanchisseuse!*. Il l'agrémenta d'effets charmants empruntés à *Myrtenblüten* puis déboucha par miracle sur un thème dont il s'enivra un long moment avant de se rappeler qu'il était de Schubert. Il reprit alors le chœur des marmitons de *Loth s'amuse* pour figurer le grand choral final du peuple libéré (qu'il eut du mal, emporté par son élan, à ne pas faire dériver vers *L'Internationale*). Il faisait gronder le petit piano bien au-delà de ses maigres capacités au point que ses cordes se mirent à grincer, vibrer, couiner, comme s'il tentait d'introduire une épopée dans une tabatière. Puis, la mélodie parvenue au paroxysme de l'enthousiasme patriotique, il lui coupa le cou par un brusque pianissimo où coula délicatement le thème des deux amants, la valse d'*Amour à louer* telle qu'Esther l'avait peu à peu modifiée lors de ses récitals.

Relevant les mains du clavier tout aussi brusquement qu'il les y avait plongées, à croire que les touches étaient devenues tout à coup brûlantes, il les laissa retomber entre ses jambes. Abruti par la réverbération du son ou par les tableaux entrevus, il fixait le mur jaune devant lui. Tout à coup, comme réveillé par le silence, il leva la tête vers la Petrescu.

Elle se penchait vers lui, et dans ses yeux semblaient être tombées deux gouttes trop grosses pour y tenir. Ses poings étaient plaqués contre sa poitrine. Elle serrait dans l'un d'eux, si fort que ses phalanges en jaunissaient, un petit mouchoir blanc dont deux pointes jaillissaient comme des oreilles de lapin. « J'ai bien reconnu le passage où les amants reviennent à la lumière », murmura-t-elle.

Mon oncle se leva, lentement, avec la dignité raide de ceux qui se sentent ivres et, jugeant que le destin lui présentait un plateau d'argent, se tourna vers Petrescu en lançant avec la voix solennelle d'un aboyer : « Voilà la source d'où monte le chant qui regonflera d'espérance le cœur du peuple. »

Il lui sembla que la tête de Petrescu rétrécissait.

Il contemplait mon oncle bouche bée, les yeux fixés sur le sommet de son crâne comme s'il y avait vu des assiettes empilées.

« Voilà en gros l'idée. Bien sûr, la transcription au piano gâche un peu l'effet. »

Un quart d'heure plus tard, le Premier ministre, qui s'exprimait désormais d'un air absent, comme s'il était occupé à replier dans son crâne tout un monde de méditations, l'avait assuré qu'il donnerait des ordres afin que la radio lui octroie toute facilité pour enregistrer son opéra. Mon oncle le remercia chaleureusement, gêné cependant par les yeux de son interlocuteur, qui ne le quittaient plus. Il se leva d'un bond (non sans avoir repoussé de la pointe du pied afin de le remettre à sa place le pot qu'il avait déplacé en s'asseyant), s'inclina devant le Premier ministre en claquant des talons si violemment que l'autre ferma les yeux, puis se dirigea vers sa femme, toujours perdue dans son recoin. Sans oser croiser son regard, il saisit sa main et la baisa en y collant toute sa figure, écrasant son nez contre les articulations. (Les longues mains glacées étaient enduites d'une crème dont le parfum floral se rehaussait d'une pointe aillée et dans la rue, rêvant à ce qui venait de lui arriver, mon oncle s'en pourléchait les babines de temps à autre.)

De retour à Arden, il courut chercher Salomon et ils s'enfermèrent dans le petit bureau vert. Il commença par raconter son entrevue avec Petrescu, s'efforçant de garder un ton détaché, comme si tout ce qui venait de se passer était parfaitement naturel.

Mais ses yeux baissés, son ton blasé donnèrent l'impression à Salomon que les choses ne s'étaient pas déroulées comme il le disait, qu'il n'avait peut-être même pas été reçu.

Osant regarder son ami en face, mon oncle conclut en annonçant que son projet d'un opéra patriotique se déroulant pendant les guerres napoléoniennes avait suscité chez Petrescu un tel enthousiasme qu'il s'était engagé à faire venir à Arden le camion d'enregistrement de la radio dès qu'on serait prêts.

Quand il voulut passer à un résumé de l'intrigue, il se mit toutefois à racler, toussoter.

L'argument antisémite, qui avait tant plu à Petrescu, lui restait coincé dans la gorge. Il hésitait à servir à Salomon une sauce qu'il aurait du mal à avaler même s'il y avait versé le philtre de l'immortalité.

Encore une fois, un projet génial se trouvait menacé par un détail, si ridicule, si évident, qu'il avait oublié.

« En somme, il ne nous reste plus qu'à écrire l'opéra », dit Salomon.

Mon oncle ouvrit les bras en inclinant la tête, confirmant que tel était bien l'état des choses.

« Nous n'avons encore jamais donné dans l'opera seria, reprit Salomon. À plus forte raison l'opera seria à tendance épico-patriotique. Sauf quand tu avais voulu transformer *Fidelio* en comédie : un type travesti en bonniche pour échapper à la police se retrouve dans une prison pour femmes.

— J'ai pensé à tout cela, répliqua mon oncle, qui sentait pointer l'assaut rabbinique. Ne crois pas que nous soyons obligés de nous conformer bêtement à ce que je lui ai raconté.

— Ah non ?
— Non.
— Le tyran n'est pas regardant », lâcha Salomon, roi des titres.

Entendant cette trouvaille, mon oncle sentit des larmes lui monter aux yeux.

« Ce qui compte, c'est le succès. Que les auditeurs en parlent le lendemain dans les escaliers, et pour ça je pense qu'on a intérêt à se débrouiller pour caser dans le feuilleton nos meilleurs morceaux. Mais tels quels. Car franchement, quand j'ai transformé la polka de *La bonne qui rit* en chorale patriotique, je n'ai pas trouvé la mutation particulièrement appétissante. Sans compter que, quand j'ai dit à Petrescu que je disposais de mon propre orchestre, il a eu l'air de s'imaginer que c'était le

Wiener Philharmoniker et il ne s'attend pas à entendre un ramassis de va-nu-pieds klezmers dont la moitié n'a même plus d'instrument. Et lorsqu'il va falloir distribuer les rôles chantés, je doute que la cave grouille de ténors verdiens. Alors voilà à quoi j'ai pensé : on commence par l'opéra 1813, mais tout à coup il s'interrompt ; une voix chantonne, tâtonne et l'on se rend compte que tout ce que l'on vient d'entendre sort de la tête d'un jeune musicien qui essaie de composer son premier opéra... »

Mon oncle se leva et se mit à arpenter le petit bureau en claquant des doigts. Il allait et venait à toute allure, tigre lâché dans la cage de l'inspiration.

« La scène se déroule à bord d'un paquebot de luxe. Notre héros est un passager clandestin. La nuit, il couche dans les toilettes pour dames. C'est là qu'il rêve et compose son opéra... »

Salomon, sourcils levés, le suivait du regard.

Tu y viens, se disait mon oncle en le guettant du coin de l'œil.

« La journée il se promène dans le paquebot. Il a dissimulé son baluchon derrière la chasse d'eau d'un des cabinets.

— Et si un matin il ne se réveille pas ? demanda Salomon de la voix enrouée de ceux qui parlent en rêve.

— Attends, attends, justement : comme le prince Nicolas dans *Hôtel tzigane* il est réveillé tous les matins par les voix des standardistes parce que leur local est juste à côté des toilettes pour dames.

— Des standardistes dans un paquebot ?

— Et pourquoi pas ? rétorqua vivement mon oncle, piqué au vif de n'avoir pas pensé à ce détail.

Elles s'occupent des appels intérieurs que se passent les passagers, ajouta-t-il en haussant les épaules. Tous les matins donc il entend leurs voix. Surtout une, qui chante toujours l'air d'*Amour à louer*, de façon si prenante que ses collègues l'écoutent et oublient de répondre aux appels. Et cette voix lui plaît tant qu'elle lui inspire le rôle féminin de son opéra. Mais, malgré tous ses efforts pour les épier le soir quand elles sortent de leur local, il n'arrive pas à deviner laquelle c'est.

— Comment la reconnaîtra-t-il? Voilà ce que j'aimerais bien savoir... », lâcha Salomon d'un ton ironique. Mais avec un sourire rêveur.

« Ce n'est pas encore clair dans ma tête. Je te laisse ça, tu es très fort pour ce genre de choses.

— Hmmm, reconnut Salomon.

— Elle de son côté le connaît parce qu'un jour elle s'est rendue aux toilettes et lui sont tombés sur la tête une brosse à dents, un blaireau, une flûte et un passeport. Tout ça ayant glissé du paquetage dissimulé, je te le rappelle, sur le dessus de la chasse d'eau.

— Je parie qu'elle découvre son portrait dans le passeport.

— Ou un jeu de photos d'identité. Pour rire, elle y crayonne des moustaches, des bandeaux sur l'œil, noircit les dents, avant de tout remettre en place. »

Ils se turent un instant. Le vent gémissait dans les arbres, ils ne l'entendaient pas.

« Et après?

— Après on greffe là-dessus l'histoire de *Bas en deuil* : une femme disparaît et le malheureux musicien se trouve accusé. Il est obligé de se cacher dans les coins les plus obscurs.

— Et la petite standardiste mène l'enquête pour découvrir le vrai coupable.

— Ça pourrait être les patrons de la compagnie, à la tête d'un véritable gang de kidnappeurs.

— Avec cabines à trappes et miroirs sans tain.

— Elle se déguise et découvre tous les différents mondes du paquebot, les cuisines, les duchesses...

— ... les femmes de chambre, les familles nombreuses à gouvernantes...

— ... marins, femmes entretenues.

— On collera un orchestre tzigane comme dans *Amour à louer*.

— Une douairière en chaise roulante comme dans *Loth s'amuse*.

— Une lettre d'amour dans le bec d'un corbeau comme dans *Attention à la blanchisseuse!*.

— Une mouette », corrigea Salomon en levant l'index. Il le baissa et soupira : « Il va falloir rapetasser tout ça.

— Vingt-cinq ans d'expérience, Salomon, vingt-cinq ans d'expérience... », murmura mon oncle sur un étrange ton d'exaltation, comme dans un galop victorieux on chuchote aux oreilles d'un pur-sang.

Mais ces retrouvailles artistiques du vieux couple de fabricateurs à la chaîne d'opérettes présentèrent pour mon oncle l'inconvénient d'interrompre le début d'intimité qu'il s'imaginait avoir noué avec Esther.

L'hôtel était désert, les deux Allemands définitivement partis, le personnel en congé, les rares clients ne venaient plus que le dimanche. Louchka et quelques musiciens se hasardaient parfois dans la cuisine ou le hall. L'oncle Alex et Salomon travaillaient des journées entières dans le petit bureau et y passaient souvent une bonne part de la nuit, dormant quelques heures sur le fauteuil ou le petit sofa vert. Mon oncle ne voyait plus Esther que lors des déjeuners qu'ils prenaient de temps à autre tous les trois dans le bureau. Ces repas devinrent une torture. Il se sentait épuisé, mal rasé. Des épis se dressaient sur son crâne. Honteux, il ne pouvait plus se repaître du regard d'Esther, se vautrer dans le pré de l'ivresse amoureuse. Il tentait d'expédier les déjeuners le plus vite possible, les seuls moments pourtant où il pouvait la voir. Il se forçait à ne pas trop la regarder, mais ne pouvait empêcher ses yeux de se jeter sur les mains, les doigts effilés, les bras nus laiteux qui resplendissaient dans la lumière. Et, quand il relevait la tête pour secouer l'ivresse, il découvrait les lèvres mordillées, saignant comme la pulpe d'une orange sanguine, toujours entrouvertes et légèrement relevées en une expression de méfiance ou de mépris. Ses yeux lui faisaient penser à des billes d'agate pleines de volutes grises. Comme elle ne parlait guère, se montrait même maussade, il pensa qu'elle ressentait le même malaise que lui et croyait reconnaître sur son visage la nausée de l'amour honteux.

Une nuit, Salomon, fuyant les ronflements de l'orchestre, alla coucher dans la chambre d'Esther. Il s'allongea sur le couvre-lit, tête-bêche avec elle, qui dormait dans les draps.

À l'aube, il s'éveilla. Les yeux grands ouverts, sans se rappeler où il était, il regarda le corps de sa fille endormie. Dans la lumière grise, son visage posé sur l'oreiller lui fit penser à celui d'une morte. Sa peau avait la couleur et la texture de la farine de froment. Ses lèvres étaient tirées en arrière, les arcs de ses sourcils noirs remuaient de temps en temps, imperceptiblement. Son bras gauche était étendu sur le drap, et dans la lueur pâle de l'aube sa main aux doigts écartés ressemblait à une étoile de mer qui a perdu ses couleurs.

Mais l'un des doigts était écarlate. Il approcha sa tête et découvrit qu'un anneau minuscule l'enserrait. Il reconnut la bague aux serpents.

Il se tâta le front, pensant y trouver la fièvre. Sa main essuya une sueur froide. Il toucha le doigt d'Esther, caressa les motifs de têtes de serpents, espérant y découvrir une autre forme, ou peut-être les transformer, comme cela arrive dans les rêves. Elle poussa un soupir et il retira sa main. Il se coucha et chercha à se rendormir.

Plus tard, Esther se réveilla. Elle sentait battre le sang à l'un de ses doigts. Elle leva sa main au-dessus de son visage et, pianotant dans l'air, comprit que son annulaire était trop serré par la bague ridicule que mon oncle lui avait passée au doigt le soir de son premier récital. Avec férocité elle la tordit, l'arracha, se leva brusquement, ce qui fit tanguer la tête de son père rendormi, et, entrouvrant la porte de la chambre, jeta l'anneau dans le couloir.

Elle se recoucha.

Quelques instants plus tard, Salomon se réveilla. Aussitôt il chercha à revoir le doigt. Esther s'était rendormie. Sa main gauche reposait paume ouverte sur l'oreiller.

Salomon se leva sur le coude, prenant bien garde à ne pas l'éveiller, et en se tordant le cou s'approcha du doigt. Il n'était plus rouge et la bague avait disparu.

Il se laissa couler dans l'édredon. Il fixa longuement le plafond.

L'hôtel fermé, mon oncle devait passer davantage de temps avec ma tante Irena.

N'entendant plus le brouhaha perpétuel, elle le regrettait. Privée de mobile, son isolation l'embarrassait. Elle avait l'impression d'être l'un de ces personnages de roman qui subsiste dans la version finale alors que tous les épisodes qui justifiaient son existence ont été supprimés. Elle pria mon oncle de passer ses soirées avec elle.

Après l'agitation des dernières semaines, se retrouvant en tête à tête avec sa femme, il se crut retourné dans un monde disparu. Le soir, quand, pour la rejoindre, il gravissait le grand escalier, puis les petites marches en bois du grenier, il ne lui semblait pas monter mais descendre, descendre vers ces brumeuses contrées où les héros de la mythologie vont retrouver des fantômes, et leurs visages apparaissent tout à coup à un détour du chemin semblables aux reflets de la lune dans une mare.

Ma tante en revanche se montrait toute ragaillardie, se déplaçant sur son lit par brusques sautillements de croupe, au point que mon oncle, qui jamais ne s'enquérait de sa santé quand elle se prétendait malade car il ne savait quelle figure afficher lorsqu'elle se mettait à débiter l'infini recensement des sournoises souffrances, douleurs mystérieuses et fulgurantes, épaisses vapeurs crâniennes à tourbillon, qui l'assaillaient, lui demanda cette fois comment elle allait, espérant étouffer une pétulance qui commençait à l'inquiéter.

Elle ne répondit pas, ferma les yeux avec un faible sourire, lueur du martyre.

« J'ai pensé que nous devrions partir, Alexandre, reprit-elle avec douceur, nous installer à Vienne ou à Budapest pour attendre la suite des événements. »

Elle le regardait en écarquillant les yeux, papillonnant des cils, avec un large sourire, comme si elle venait de lui annoncer qu'ils attendaient un enfant. Mon oncle, éberlué, ne savait pas quoi répondre.

« Nous pourrions sans doute trouver à nous loger chez les R., ou peut-être chez vos cousins W. »

Mon oncle, faute de mieux, tenta de soulever le lourd bouclier de la vérité.

« Pourquoi ne m'en avez-vous pas parlé plus tôt ? Je suis obligé de rester ici car figurez-vous, et je voulais justement vous en parler ce soir, figurez-vous que je dois enregistrer pour la radio une de mes opérettes. »

Il avait l'habitude si ancrée de mentir à ma tante pour se simplifier l'existence qu'il éprouvait une difficulté physique à lui dire la vérité à la façon d'un homme qui doit s'exprimer dans une langue qu'il n'a pas parlée depuis de longues années. À force, il avait fini par se persuader que la complication de la « vraie » vie ferait du mal à ma tante. Que c'était pour s'en protéger qu'elle jouait sa comédie de malade imaginaire, et que c'est par charité qu'on ment aux boiteuses.

Ma tante éclata de rire, un rire jeune et clair dégénérant en une quinte de toux phrasée avec une délicatesse musicale qui lui donnait l'air d'un rappel aux bonnes manières. C'était le rire qui lui servait à montrer qu'elle n'était pas dupe de ses mensonges, maigres buissons derrière lesquels, avec un mépris amusé, elle entrevoyait les ombres de la fornication.

« Je vous assure que c'est tout à fait sérieux. D'ailleurs nous allons l'enregistrer ici même. Vous entendrez tout si vous ouvrez votre poêle », ajouta-t-il en accentuant le dernier mot et en lançant en direction du poêle en question un petit coup de menton méprisant, comme à un familier ridicule de sa cour.

Ma tante fronça les sourcils, le regarda longuement. Puis elle éclata de rire à nouveau.

Une fois le rire tombé, mon oncle pointa le doigt vers le capharnaüm obscur du fond de la chambre.

« Vous pourrez même l'écouter à la radio.

— Mais, Alexandre, reprit ma tante en posant la main sur sa poitrine, mimant l'effort du mort de rire qui tente de reprendre un peu de sérieux, par quelle aberration vous a-t-on proposé cela ? » Son ton, parodie de compassion, laissait entendre qu'on s'était moqué de lui.

« Des relations qui apprécient ma musique ont convaincu certaines autorités qu'une œuvre raffinée et pleine de gaieté pourrait relever le moral de populations incertaines et menacées, murmura mon oncle d'un ton lugubre.

— Et qu'est-ce que vous avez choisi ? demanda ma tante soudain pincée.

— Une nouveauté. Je passe d'ailleurs mes journées à l'achever, ce qui excuse peut-être le peu de temps que je vous consacre.

— Ce pauvre Salomon ne vous manque pas trop ? Vous aviez déjà du mal à en achever une à deux... À moins que son absence n'ait libéré votre inspiration... »

Mon oncle ne répondit rien, se contentant d'ouvrir largement les mains avant de les laisser retomber et pendre sur les accoudoirs en osier.

« Eh bien, nous écouterons cela », conclut ma tante, royale, la cuillère déjà sondant les abîmes de sa soupe, indiquant par là que le temps de l'audience était consommé et que mon oncle pouvait partir si cela lui chantait.

Quatre jours plus tard, ils avaient achevé le premier acte et mon oncle appela la radio marsovienne.

Dès le lendemain, quatre techniciens arrivèrent à Arden dans un gros camion et entreprirent de transformer la salle à manger en studio d'enregistrement.

Ils déménagèrent les tables, transportèrent l'estrade où se tenait l'orchestre du hall jusqu'au fond de la salle à manger, près de l'escalier qui descendait aux cuisines. Ils décrochèrent les rideaux noirs, que mon oncle roula et alla ranger dans la cuisine, et fixèrent de larges plaques de liège sur les murs et les fenêtres avec de longs clous noirs. Enfin ils apportèrent du camion une caisse remplie de paille d'où ils sortirent comme s'ils présentaient le divin enfant un énorme micro dont la tête ressemblait à une râpe à fromage. Ils l'accrochèrent au plafond de sorte que, soutenu par un réseau compliqué de fils entrecroisés, il pendait au milieu de la pièce à la façon d'une grosse araignée sommeillante. À grands coups de marteau (ils effritèrent la peinture du plafond, et des flocons de poudre blanche éclatèrent sur les cabochons noirs), ils firent courir en haut des murs un câble couleur chocolat qui, passant par une fenêtre, reliait le micro au camion-son.

Quand ils eurent fini leur installation, pendant

laquelle mon oncle fureta autour d'eux en faisant sauter les pans de son frac de façon véritablement hystérique, ils lui expliquèrent que, comme l'enregistrement ne s'effectuait qu'avec un seul micro, les chanteurs devaient venir s'y coller pour qu'on comprenne ce qu'ils racontaient. Quant à l'orchestre, il fallait qu'il joue assez fort et, pour qu'on l'entende mieux, les chanteurs, leur air fini, devaient passer de l'autre côté du micro ou s'accroupir pour laisser passer les ondes. Tout cela fut expliqué par l'un des techniciens, un petit vieux tout ridé avec un mégot collé aux lèvres, jaunâtre, creux et sifflant comme un appendice de corne par lequel il aurait filtré l'air insipide de ce monde. Expliquer est beaucoup dire car il ne finissait jamais ses phrases, remplaçant tout à coup les indications finales par un clin d'œil. Afin de faire comprendre à mon oncle le principe, il se colla près du micro et d'une voix profonde entonna une chanson obscène. Puis il plia les genoux et pivota avec souplesse de l'autre côté du micro, se releva et tourna la tête vers mon oncle en lui adressant un clin d'œil.

Toutes ces simagrées techniques froissèrent un peu mon oncle car elles exigeaient une discipline qui gâchait son rêve d'improvisation miraculeuse. La crainte de rater l'enregistrement, qui ne lui avait encore jamais traversé l'esprit, se mit à le tarauder la nuit.

Tout était prêt. Il fallait maintenant que Louchka annonce à l'orchestre qu'ils devaient sortir de la cave pour enregistrer une opérette à la radio.

Debout autour de lui, ils le regardèrent un long moment sans bouger, puis se mirent à hurler en agitant les bras. Cris de révolte, lamentations, fusèrent. Se plantant devant Louchka, l'accordéoniste crachait et recrachait par terre comme un homme empoisonné qui veut vider sa bouche.

Louchka, brandissant le poing, criait : « Si vous jouez, les Allemands ne monteront jamais ici. Si vous restez dans votre trou, ils viendront vous en déterrer. »

Pleskine et Prokosh l'entouraient. Ils cherchaient eux aussi à convaincre leurs compagnons. Haussant les épaules en levant les yeux au ciel, ils montraient leurs paumes comme pour dire : Puisque le monde est fou, ne faut-il pas que nous aussi nous devenions fous ?

Plus Louchka criait, plus il se persuadait lui-même (car pense-t-on jamais crier sans raison ?). Au point qu'il imagina bientôt que l'idée venait de lui.

Ne tenait-il pas enfin le fameux stratagème qui sauverait tout le monde, qu'il cherchait depuis longtemps avec tant d'obstination qu'il avait fini par éclore dans la tête d'un autre ?

Cette idée d'opérette, il la considéra désormais avec la sollicitude discrète d'un père naturel, allant jusqu'à conseiller à mon oncle d'exiger un contrat en bonne et due forme avec la radio marsovienne.

« Vous laissez pas embobiner, patron, je les connais, ces imprésarios aux frocs usés, tous ces directeurs de théâtres de poche slovaques avec leur haleine de choux au formol, ils acceptent de monter n'importe quoi à condition que le malheureux compositeur aux mains tremblantes leur graisse la patte et accepte de fourrer dans la distribution la grand-mère édentée de la dame de leurs pensées. Essayez même d'en tirer un bon paquet, pas de raison de leur en faire cadeau, sans compter que si on ne demande rien, ça peut paraître suspect. » Et mon oncle, les mains enfoncées dans les poches, les yeux plissés, regardait Louchka en hochant la tête.

Louchka finit par convaincre les musiciens en leur laissant entendre que s'ils n'acceptaient pas mon oncle les chasserait dans la forêt. Un soir il s'y prit d'une façon plus en rapport avec le sentiment de sa mission.

« Si vous étiez de meilleurs Juifs, vos yeux se fermeraient et l'histoire de David vous reviendrait comme au Kino Palast. Comme quoi le David lui aussi a été musicien à une époque. Engagé par un roi qui passait ses journées vautré à grincer des dents. Alors le David arrivait avec son espèce de guitare et se mettait à lui jouer de petits airs maison et l'autre se retrouvait tout détendu et se mettait à sourire en regardant voler les mouches. Mais un jour David s'arrête de gratter la guitare sans crier gare et l'autre devient dingue, il se lève et se met à lui courir après tout autour de la chambre avec une lance à la main et il l'aurait embroché si David ne s'en était pas tiré d'une façon qu'il serait trop long de vous expliquer. Voilà les images qui passeraient dans votre crâne et vous vous diriez : Tout ce cinéma n'est-il pas comme qui dirait un signe pour me faire comprendre que ce n'est pas mon intérêt de lâcher le violon ? »

Mais les musiciens ne voulaient plus l'écouter, haussaient les épaules ou ricanaient. « Que les gars comme toi se mettent à citer le Livre, voilà le signe que tout va mal ! » dit une voix, et un ricanement d'approbation s'éleva de l'orchestre.

Deux jours plus tard, à 10 heures du matin, les techniciens revinrent pour procéder à l'enregistrement des premières cires.

Dans la salle à manger, mon oncle était déjà assis au piano depuis une heure, raide, narines frémissantes. Salomon, une liasse de papiers à la main, se tenait immobile sous le micro. De temps à autre, il se mettait à farfouiller dans sa liasse avec frénésie avant de retomber dans la prostration la plus absolue. Ils écoutaient le crin-crin de l'orchestre (une clarinette, un saxo, une guitare, deux violons, un accordéon) monter de la cuisine où ils répétaient la demi-douzaine de mélodies qu'ils avaient apprises à l'oreille les deux jours précédents.

Tout à coup, mon oncle lança un grand cri.

Les musiciens, empruntant le petit escalier en colimaçon qui montait de la cuisine, apparurent en file indienne, violon à la main, saxo au cou, clarinette sous le bras, accordéon en bandoulière, et, comme sur un gibet, vinrent prendre place un par un sur l'estrade.

Louchka ferma la marche, sifflotant la polka d'*Attention à la Blanchisseuse!*, les poings serrés dans les poches de l'imper cacahuète.

À 10 h 30 trente, le lundi 5 mai 1944, le petit technicien au mégot frappa deux coups à la fenêtre pour leur donner le signal de départ.

Mon oncle lança un coup d'œil de chef d'escadron sur l'orchestre recroquevillé qui le fixait, les dents serrées, les yeux exorbités, et il attaqua le prélude au piano.

Salomon, à côté du micro, se mit à battre la mesure d'un ample mouvement de bras.

Les deux violons attaquèrent en fermant les yeux.

Salomon commença à lire le texte du narrateur qui présentait l'histoire. D'une voix lente et ténébreuse, il écossait des petits mots tout secs qui tombaient dans la passoire du micro.

Ils devaient maintenant tous entonner le chœur nocturne des patriotes juchés sur les toits pour préparer la défense de la ville. Ils le chantèrent à peu près juste, le tremblement timide de leurs voix fournissant même un effet de lointain des plus réussis. Mais mon oncle et Salomon trouvèrent que l'accent des musiciens sonnait yiddish. Ils tentèrent de le couvrir en forçant tous les deux de la voix et leur chant prit quelque chose de formidable.

Peu après la fin de l'air, deux coups frappés à la fenêtre vinrent les avertir que la première face était terminée. Sans oser se regarder, ils se préparèrent à l'enregistrement de la seconde.

C'était le moment où l'on passait de l'opéra patriotique à l'opérette sur le paquebot.

Mon oncle plaquait de clapoteux accords, égrenait de rêveuses et microscopiques broderies, cherchant à mimer l'incertitude du jeune musicien en quête d'un thème.

La mélodie finissait par prendre forme dans un roucoulement de pipeau, modulé par Salomon à cinq centimètres du micro.

C'était l'instrument sur lequel le héros était supposé composer son épopée dans les toilettes pour dames.

En arrière-fond, mon oncle et les musiciens imitaient le bruit des machines en un soufflement rythmé de claquements de lèvres.

Louchka, dans le rôle d'un maître d'hôtel complice du jeune compositeur, devait entrer en scène et interrompre le doux chant du pipeau en lui demandant de faire moins de bruit.

Il s'approcha du micro en tonitruant et échangea quelques phrases avec mon oncle qui s'y était rué pour interpréter le rôle du jeune premier.

Louchka trouva bon d'insérer quelques fines répliques de son cru. Ricanant, les mains dans les poches, il adressait à mon oncle des clins d'œil dont on ne savait pas s'ils manifestaient une distance ironique par rapport au rôle ou figuraient au contraire les clins d'œil du maître d'hôtel. Dès qu'il avait ouvert la bouche, Salomon avait levé les yeux au ciel et il les y gardait.

Mon oncle retourna à toute allure sur son tabouret. Il devait conclure la séance par un petit air où son personnage présentait sa situation en couplets humoristiques. Il avait si souvent joué cette valse qu'à peine l'eut-il entamée, l'insouciance naquit sous ses doigts. Elle l'envahit si complètement que, lorsqu'il se souleva du tabouret pour loucher sur la grosse montre-oignon posée sur le bord du piano et vit qu'il restait du temps, il improvisa un couplet supplémentaire.

Les deux coups retentirent à la fenêtre. L'orchestre descendit vite à la cuisine afin d'éviter la curiosité des trois techniciens.

Ils débouchèrent dans la salle à manger et annoncèrent que tout s'était bien passé. Ils reviendraient le lendemain et enregistreraient toute la journée afin d'obtenir la matière de trois ou quatre épisodes. Ils repartirent aussitôt sauf le vieux au mégot.

Lui, tourna un long moment dans la salle, les bras croisés sur la poitrine.

Il demanda où étaient passés les musiciens.

« Partis étudier les partitions pour demain », répondit mon oncle d'un ton bref, secouant un amas de feuillets pour montrer quel travail les attendait encore. Le vieux finit par s'en aller, sifflotant du mégot.

Dès qu'ils n'entendirent plus le camion gémir sur le chemin d'Arden, même en tendant l'oreille, mon oncle et Salomon s'enfermèrent dans le bureau pour dresser le bilan de cette première séance.

Salomon exprima son inquiétude devant la couleur et le rubato klezmer de l'orchestre. « Ton opérette se balade sur les ondes avec l'étoile jaune », dit-il à mon oncle, les yeux dans les yeux, comme s'il lui disait du mal de la femme qu'il aimait.

Mon oncle, déçu du rendu un peu grotesque du prélude wagnérien qui lui avait paru si réussi sur le piano lugubre de Petrescu, cherchait à se consoler.

« Maintenant qu'on est sur le paquebot, ça sera moins gênant. On pourrait même faire de l'orchestre de la salle de bal une espèce d'orchestre tzigane...

— Non, réduisons l'accompagnement, deux, trois instruments pour chaque morceau et ton paquebot n'aura pas l'air d'un shtetl flottant ! »

Mon oncle vaincu, Salomon rejoignit la cuisine où les musiciens assis autour de la grande table croquaient mélancoliquement les carottes qu'ils déterraient la nuit dans le potager.

Quand il leur annonça qu'on n'aurait désormais plus besoin que de deux ou trois musiciens à chaque fois, il fut stupéfait de voir se lever vers lui des regards emplis de colère ou tremblant d'effroi.

Tout à coup, ils furent convaincus de la valeur prophétique de l'histoire de David et éclatèrent en protestations. Jamais ils n'avaient subi pareille humiliation ; on les avait contraints à quitter leur abri et maintenant on les y renvoyait avec mépris, les jugeant sans doute indignes de jouer.

Salomon, surpris, ne savait comment réagir.

Louchka remonta avec lui dans le bureau et tenta de convaincre Rocoule et Lengyel que tous les musiciens devaient participer, même en les faisant tourner, que sinon il ne répondait plus de rien. Il craignait des suicides car dans les conditions misérables qui étaient les leurs depuis de longues semaines une déception pouvait entraîner des crises de folie.

Il insista sur le plaisir qu'ils avaient à jouer une si jolie musique, la seule chose peut-être qui leur redonnait goût à la vie. Les braves gens ! se dit mon oncle — des larmes lui montèrent aux yeux.

Le lendemain, Esther fit son entrée dans l'opérette.

Elle portait un pull gris. (Drapée dans la bannière de tes yeux, *wrapp'd in the banner of your eyes*, se dit mon oncle, charmé de ces petits vers qui éclataient dans son crâne en français, en russe, en anglais, au moment où il la retrouvait.)

Elle avait noué ses cheveux en arrière avec un élastique rouge et il ne pouvait détacher le regard de ce fil écarlate. Elle ne le regardait pas, avançait les yeux baissés en effleurant les meubles du doigt, comme inspectant la poussière. Sans doute faut-il voir dans cette démarche bizarre, se disait mon oncle, la pudeur des retrouvailles.

Quand elle saisissait dans une assiette un bonbon et le faisait disparaître sans qu'on voie s'entrouvrir ses lèvres, quand elle s'asseyait et détendait-renouait prestement son élastique rouge, cambrant les reins et faisant jaillir sa poitrine, quand à table elle inspectait la peau fripée d'une vieille pomme avant d'y planter d'un coup sec l'incisive, mon oncle repérait un signe de la fatalité de leur appariement. Puisqu'il était le seul à voir la beauté de ses gestes, la justice voulait que cette femme lui fût offerte.

Pourtant, parfois, il sursautait, même en pleine marche, réveillé de la torpeur de l'idylle par un doute atroce. Alors il se mettait à chercher dans sa mémoire un mot, un sourire, un regard qui restaurerait sa foi et il le trouvait toujours. Le visage que son imagination inventait et qu'il prenait pour un souvenir n'était pas toujours le même mais chaque fois il semblait attendre douloureusement quelqu'un.

Esther faisait son apparition dans une scène où au milieu des standardistes elle chantait à ses collègues une vieille chanson, *Leben ohne Liebe kannst du nicht*.

Ils enregistreraient ensuite la scène où, découvrant aux toilettes la photo du compositeur, elle chantait un air tiré d'*Amour à louer* : *Drôle de frimousse, de qui portes-tu le deuil ?*

Elle répéta les deux airs une dernière fois avec mon oncle au piano. Elle chantait vite, sans chercher à mettre en valeur les paroles. Sa voix rauque paraissait dévider sans fin une raillerie amère.

La mise au point du chœur des standardistes se révéla délicate. Mon oncle et Salomon avaient pensé qu'il suffirait d'imiter de loin quelques voix de femmes, mais quand ils s'y essayèrent accompagnés de Pleskine et Louchka, ils s'arrêtèrent tout de suite, ne sachant s'il fallait en rire ou en pleurer.

La voix de tête de Salomon chuintait comme celle des vieilles baronnes de comédie jouées par des travestis, celle de Louchka faisait penser à une parodie de cantatrice hululée par un gamin des rues, celle de Pleskine au bégaiement d'une ivrognesse, celle de mon oncle aux trilles d'une fauvette mécanique.

Soudain silencieux, les musiciens dans la cuisine se recroquevillaient sur les chaises.

Mon oncle, assis à son piano, clignait des yeux. Le large front de Salomon s'emperlait. Esther, debout les bras croisés, les regardait avec un rictus.

Mais mon oncle, bientôt, trouva matière à satisfaction. Après tout il ne s'agissait que d'un bruit de fond. Une touche comique ne serait-elle pas la bienvenue ?

À ce moment on entendit la plainte du camion sur le chemin d'Arden.

Trois techniciens pénétrèrent dans la salle à manger. Ils tapotèrent le micro, soufflèrent dedans, reluquèrent Esther, finirent par annoncer qu'on pouvait commencer.

Leur air goguenard inquiéta Salomon tandis qu'eux étaient effrayés par ces têtes défaites aux yeux ronds qui épiaient leurs gestes.

Ils sortirent, les deux coups retentirent à la fenêtre et l'enregistrement commença.

Mon oncle préluda.

Il fit un signe de tête à Prokosh qui glissa jusqu'au micro et se mit à velouter du saxo.

Ses efforts de délicatesse faisaient rouler ses yeux, onduler son bassin, fakir et serpent.

Salomon, mon oncle, Louchka et Pleskine caquetaient en voix de tête, imitant le pépiement des standardistes en fixant le plafond car ils n'osaient pas se regarder.

Esther attaqua son air. Mon oncle eut encore une fois l'impression qu'elle s'adressait à lui. Sa gorge se noua, ses doigts enfilèrent les fausses notes.

Quand elle eut terminé, personne ne souffla mot.

Un silence atroce s'installa. Ils se lançaient des regards affolés, les têtes s'agitaient comme s'ils cherchaient l'enchaînement quelque part dans la pièce.

Louchka s'approcha du micro.

Imitant une voix de femme, il se lança dans un monologue improvisé. Il inventa une certaine Petzi, camarade d'Esther qui soupirait d'admiration pour les talents de chanteuse de son amie. Son sort à elle, en revanche, n'était pas enviable; elle comparait la vie de standardiste de garde au destin d'une vieille putain qui passe ses nuits à jeter trois mots à des ombres. Puis elle donnait la liste de ses amants où l'on trouvait un jockey boiteux, un cambrioleur neurasthénique, un boucher bigame. À la fin de son échantillon, Louchka se lança dans un couplet d'une chanson célèbre (*Kinder, heute Abend, da such ich mir was aus*) et Esther, riant aux éclats, l'accompagna pour le refrain.

Mon oncle les soutint au piano, levant de temps en temps du clavier une figure de noyé.

Salomon gardait le visage au fond des paumes.

Pleskine accompagnait à la clarinette, livide et ruisselant de sueur.

Mon oncle, regardant la montre posée sur le piano, constata que le temps imparti s'était écoulé. Il fit signe d'arrêter d'un petit geste dans l'air, comme s'il saisissait une mite.

Personne n'osait regarder Louchka qui, les mains dans les poches, se raclait la gorge en se balançant sur ses talons. Il adressa un clin d'œil à Esther qui mimait un applaudissement frénétique.

Salomon, les poings sur les hanches, regardait droit devant lui. Suffoqué, il n'avait pas vraiment écouté ce qu'avait raconté Louchka, mais la dérive vers l'improvisation le révoltait, lui qui pendant toutes ces années avait rêvé d'une immense scène brumeuse où il conduisait des marionnettes au bout de fils invisibles.

Mon oncle ne disait rien, un vague sourire aux lèvres, ne pouvant se résoudre à trouver mauvaise une initiative qui lui avait donné un tel plaisir d'improvisation.

On enregistra encore quatre faces, sans même s'arrêter pour déjeuner.

Entre deux prises, ils n'osaient pas se parler, ni même échanger un regard.

Quand ils reprirent, plus les envahissait la terreur à l'idée que tout cela passerait sur les ondes, plus leur jeu et leur chant s'enflammaient. Même Salomon chantait avec la gloutonnerie d'un pope.

Les deux violons et le saxo battaient la mesure en frappant l'estrade avec leur talon, Louchka se dandinait en imitant les déhanchements de Petzi la standardiste, s'envolant de temps en temps vers le micro pour y souffler un commentaire ironique.

Quand ils s'arrêtaient, ils ressemblaient à des filles au bal entre deux danses, leurs figures étaient rouges, leurs poitrines palpitaient, leurs yeux brillaient. Sans rien dire, respirant par la bouche, ils attendaient le signal de repartir. Alors ils replongeaient dans l'opérette comme des bêtes dans un terrier où elles creusent avec fureur.

Ils achevèrent ainsi l'enregistrement du premier acte, qui devait être diffusé le lendemain soir. Celui du deuxième commencerait deux jours plus tard, délai que mon oncle avait demandé en prétextant la nécessité de répétitions alors qu'en réalité c'était parce que seule la première partie était déjà écrite.

Ma tante n'avait entendu par le tuyau du poêle que de vagues bouffées des enregistrements, semblables aux échos de ces fêtes montant de jardins impénétrables qui paraissent les échos d'un autre rivage, d'une autre vie. Elle le dit d'ailleurs à mon oncle : « La musique m'est parvenue comme d'un autre rivage, d'une autre vie » en lui coulant un regard ironique et tendre, car c'étaient les paroles d'une romance qu'il lui chantait jadis. « C'est peut-être parce que ça se passe sur un paquebot », avait-il répondu sèchement, car les souvenirs du passé que sa femme brandissait sous son nez lui paraissaient toujours répugnants.

Lors du dernier enregistrement, une chose surprenante arriva, qui affecta prodigieusement ma tante.

Elle crut reconnaître, montant par le tuyau, la voix de Salomon.

Elle s'imagina que mon oncle lui avait caché sa présence dans la distribution. Mais comment s'était-il envolé de S. ?

Une voix de femme se mit à chanter et elle reconnut la voix d'Ottla.

Elle ne comprenait pas les paroles, mais la chanson semblait gaie, pleine de jeunesse et d'énergie. Et, bien qu'elle n'ait jamais été l'intime d'Ottla et n'ait presque jamais pensé à elle depuis sa mort, ma tante sentit les larmes lui monter aux yeux. Au même moment, les deux voix se mêlèrent, et il lui sembla entendre un message plein de colère qui montait de l'au-delà, signifiant qu'ils étaient désormais morts tous les deux.

Ils chantaient toujours, cette fois à pleine voix, et celle d'Ottla paraissait extraordinairement jeune et vigoureuse. Peut-être les morts acquièrent-ils avec le temps une sorte de vigueur. Comme je ne suis pas folle, se disait ma tante, je sais bien que ce ne sont pas Salomon ni Ottla qui chantent. Mais il n'était pas impossible que par un phénomène médiumnique leurs voix viennent hanter celles de deux inconnus. Voilà où m'ont conduite les comédies de prophétesse, se disait-elle en secouant la tête avec un sourire amer. Elle était bien punie, elle avait levé en elle un don sans le vouloir, comme on pousse une fenêtre en voulant l'essuyer. Appuyée sur son oreiller, elle sentait sous sa main son cœur qui battait si fort qu'il semblait se crisper tandis que résonnait dans le poêle la voix de ténor léger de mon oncle.

La stupéfaction finit par s'évaporer.

Il lui apparut que toute sa vie elle s'était attendue à une révélation de ce genre. Ses nerfs malades, ses humeurs, ses malaises, tout s'expliquait, enfin.

Cette découverte la troubla. Comme une femme qui vient d'apprendre qu'elle est enceinte, elle n'osait pas bouger, craignant de remuer en elle une réalité nouvelle, fragile, mouvante, et elle se demandait ce que lui réservait l'avenir.

Elle se leva avec précaution, ferma les rideaux et revint en boitant se pelotonner sous les draps où la lumière du jour la poursuivait. Si mon oncle venait, elle ferait semblant de dormir. Mais elle s'endormit pour de bon et tomba dans un sommeil agité.

Au milieu de la nuit dans un rêve Salomon vint la retrouver et se mit à discuter avec elle comme jadis il le faisait après le déjeuner. Il lui racontait une histoire à la façon d'un inventeur expliquant le fonctionnement d'un mécanisme qu'il vient de mettre au point, s'interrompant parfois et souriant pour lui-même, satisfait du travail accompli. Mais au moment où il semblait à ma tante qu'elle allait comprendre l'histoire qu'il lui racontait, elle s'éveilla.

Il faisait nuit. En face d'elle, accoudé à la fenêtre-hublot grande ouverte, sa silhouette se découpant sur le ciel plein d'étoiles, mon oncle fumait une cigarette et regardait la forêt.

L'attente atroce de la diffusion du premier épisode avait commencé.

Les musiciens passèrent les deux jours tapis dans la cave. Allongés, les yeux ouverts, ils n'arrivaient pas à dormir. Ils avaient repris trop de force et le printemps pénétrait dans le noir. L'odeur de salpêtre devenait plus fraîche et fruitée, et ce parfum de buanderie faisait penser aux prairies en train de renaître. Quand le soir venait ils entendaient les oiseaux chanter dans le grand chêne.

Louchka tournait dans le parc, les mains enfoncées dans les poches de l'imper, la casquette bleue rejetée en arrière. Ses lèvres s'arrondissaient en un muet sifflotis. De temps à autre il shootait dans quelque caillou d'un mouvement de jambe précautionneux d'approche et féroce d'exécution.

Toute la journée, les musiciens avaient répété qu'ils n'écouteraient pas la radio mais au coucher du soleil ils se ruèrent dans la cuisine.

Ils s'assirent en silence autour de la grande table (même Élie dont la barbe balaya de vieilles miettes). Là, le dos courbé, ils avaient l'air d'attendre un rendez-vous avec une voix. Louchka arriva le dernier, se posta près de la radio et, après un instant de recueillement, se pencha pour l'allumer.

Au même moment, dans la chambre d'Esther, Salomon alluma un vieux poste qu'on y avait transporté. Recroquevillé sur un petit fauteuil, il y colla l'oreille. Attendant que le son monte, il releva la tête et son regard croisa celui d'Esther assise en tailleur sur le lit. Bientôt ils entendirent une voix métallique débiter un bulletin d'information qui laissait entendre que l'avance inconsidérée de l'armée russe serait le collet qui se refermerait sur son propre cou. Le père et la fille se regardaient fixement, comme incapables de détacher leurs yeux l'un de l'autre. Le mouvement calme des paupières d'Esther donnait l'impression à son père qu'elle ne le voyait plus ; lorsqu'elles se baissaient, elles semblaient endormir une voix familière ; quand elles se levaient, être surprises par une voix inconnue.

Le temps avait passé depuis leurs retrouvailles et elle ne lui paraissait plus étrange, mais étrangère. Il avait cherché en elle sa mère, puis l'enfant qu'elle avait été, en vain, comme on croit reconnaître dans la rue une silhouette depuis longtemps disparue de notre vie, mélodie ancienne qui remonte à la mémoire jusqu'à la fausse note du visage qu'on croise et qu'on ne connaît pas.

Parfois cette étrangère faisait naître en lui un autre espoir, comme si dans un regard, dans un geste, il entrevoyait un être différent, dissimulé, un être qui l'aurait aimé et compris, à la façon de ce conte oriental où le regard d'une chienne noire est celui d'une princesse enchantée. Et Salomon regardait sa fille comme il aurait regardé cette chienne.

Le bulletin d'informations s'acheva et le speaker reprit la parole de son ton de majordome de l'éternité : « Et maintenant nous vous invitons à écouter le premier épisode d'un nouveau feuilleton musical sur un livret et une musique d'Alexandre von Rocoule. » En entendant ce « von », Salomon écarquilla les yeux, se demandant si cette idée était sortie du cerveau de mon oncle.

Le ton du speaker froissa celui-ci. Il crut y déceler une légère pointe d'ironie.

Il était assis dans la chambre de ma tante. Depuis plus d'une heure, la vieille radio répandait une lueur ambrée tout au bout de la chambre, dans l'obscurité où s'enchevêtraient les vieux meubles et les estampes tachées.

Dans la cuisine, trois musiciens s'étaient cachés derrière leurs mains.

Prokosh et l'accordéoniste sursautèrent. Ils venaient de s'apercevoir que la diffusion avait commencé. Que le tremblement de tôle ondulée qu'ils entendaient était l'introduction au piano.

À Esther et Salomon aussi la musique parut un peu étrange, comme si elle résonnait dans un tunnel. Quant aux voix, aux instruments, ils les reconnurent à peine : les premières étaient graves, les seconds aigres. Ils faisaient penser à un défilé de géants de carnaval sous la pluie.

Les musiciens furent soulagés de ne pas se reconnaître. Le châtiment retomberait sur ces fantômes qu'en toute bonne foi ils pouvaient prétendre ne pas être. Réconfortés, deux ou trois se mirent à rire en entendant le numéro de Louchka, et bientôt ils furent tous secoués par le fou rire. Ce n'étaient plus les oreilles ou les yeux mais les bouches qu'ils couvraient de leurs mains. Ils tressautaient sur leurs chaises, les épaules agitées, les yeux ruisselants.

Comme ils ne savaient pas trop s'ils pleuraient de joie ou de terreur, ils s'entre-regardaient pour en avoir le cœur net. En voyant leurs têtes ils riaient de plus belle. Côte à côte au milieu de la table, seuls les deux frères Abramowicz conservaient le plus grand calme : Élie, les yeux levés, avait toujours sur les lèvres son petit sourire mystérieux ; Louchka, la tempe posée sur le poing, paraissait juger avec une lucidité professionnelle son interprétation.

Salomon ne pouvait s'empêcher de trouver l'ensemble plutôt entraînant mais cette impression ne le rassurait pas : tantôt il se disait que ce charme n'existait que pour lui et mon oncle, le parfum éventé d'un pot-pourri de leurs vies. Tantôt l'aspect comique, et même bouffon, de la pièce, ses accents klezmers, lui semblaient la fanfare-prélude d'une marche au sacrifice. Au fur et à mesure que le père se recroquevillait dans son fauteuil, le sourire s'épanouissait sur le visage de la fille.

Mon oncle, lui, s'était assis près de la radio.

Penché en avant sur le petit fauteuil d'osier, mains pendantes, il avait l'air d'un pêcheur qui a laissé tomber sa canne dans l'eau. Quand il entendit chantonner la valse, il ne se reconnut pas tout de suite et fut accablé quand il comprit que c'était lui. Il avait interprété cette valse pendant des années mais il ne s'était jamais entendu. Et, la première fois que cela arrivait, il avait l'impression d'écouter un grotesque imitateur. Effaré, il se demanda comment Esther pouvait aimer un tel bouffon.

Mais, dans un grand soupir, il se dit que c'était l'enregistrement qui le transformait en parodie de lui-même.

Ma tante suivait le déroulement de la pièce assise toute droite sur son lit. Sur ses lèvres flottait le sourire d'une dame invitée chez des inconnus dont elle ne comprend pas tout à fait les manières.

Le feuilleton prit fin, personne ne bougea.

Ils écoutèrent un moment le début de l'émission qui suivait, espérant y noyer le souvenir de la précédente.

Puis chacun alla se coucher en silence.

Salomon et Esther se séparèrent sans un mot comme après le moment de recueillement qui précède un voyage.

Mon oncle se leva à contrecœur et quitta la chambre de ma tante sans la regarder. Assise contre son gros oreiller jaune, elle faisait semblant de dormir.

Elle savourait l'effroi d'avoir reconnu les voix d'Ottla et de Salomon de façon encore plus nette que la première fois.

Au petit jour, mon oncle fut réveillé par deux

hommes en imperméable qui entrèrent dans son bureau et le prièrent de s'habiller immédiatement.

Sans donner aucune explication, ils le firent monter dans une voiture et l'emmenèrent au commissariat central de S. Ils le conduisirent au sous-sol et le poussèrent dans une cellule sans fenêtre.

Là, mon oncle se mit à tourner en rond, les mains dans les poches, et entreprit de composer une lettre d'amour à Esther. Il tournoya ainsi longtemps avant d'être tiré de l'inspiration par un bruit de verrou. Les deux chapeaux mous vinrent se placer de chaque côté de lui et l'emmenèrent dehors. Sur le boulevard désert la voiture noire les attendait. La lumière chaude du soir la faisait ressembler à un meuble d'ébène. Ils s'engouffrèrent à l'arrière et ils le conduisirent à toute allure chez Petrescu. Mon oncle se retrouva dans le salon. Sur les murs les ombres des plantes s'enchevêtraient comme les jambes et les bras de marionnettes javanaises. Le *proudover* se tenait toujours debout au milieu du salon mais cette fois en grand uniforme avec toque de fourrure, les bras croisés sur la poitrine *benito modo* (paumes soutenant les coudes).

Sans un mot, Petrescu regarda mon oncle en face un long moment, pivota sur les talons de ses bottes et se dirigea lentement vers le coin du salon où à la place du petit piano se dressait désormais un poste de radio. Levant la tête vers mon oncle il le regarda droit dans les yeux et tourna le bouton. Mon oncle se souvint que c'était l'heure du feuilleton et son cœur se déchaîna dans sa poitrine.

Mais c'est une musique militaire qui sortit bientôt de la boîte. Petrescu monta le son, tapota sur le meuble et chuchota : « Voilà la source d'où monte le chant qui gonfle d'espoir le cœur du peuple. »

Avec une moue dégoûtée aux lèvres il s'approcha de mon oncle, si près que celui-ci se demanda s'il n'allait pas le frapper. Mais il fit jaillir un cigare de sa poche et le lui tendit, tandis qu'il en sortait un second d'une autre poche. Il tira d'une troisième une boîte d'allumettes, en craqua une, la porta avec précaution au bout du cigare de mon oncle, puis au sien et se mit à le déguster d'un air rêveur. D'une voix douce, presque inaudible, il annonça à mon oncle qu'il avait téléphoné à l'ambassade d'Allemagne où personne ne semblait connaître Alexandre *von* Rocoule, et qu'il se voyait donc dans la désagréable obligation de le jeter en prison en attendant de statuer sur son sort. Mon oncle remuait son cigare entre ses dents. Le sentant prêt à s'éteindre, il se mit à tirer dessus de plus en plus fort, comme si sa survie sur la terre dépendait de celle du cigare dans sa bouche, si bien qu'une épaisse fumée entoura la tête de Petrescu et finit par déclencher chez lui une quinte de toux. Le cigare entre les doigts, la tête penchée, le Premier ministre s'étrangla, racla, éructa. En couinant, il se précipita vers la fenêtre pour aspirer un peu d'air, suivi par mon oncle qui le poursuivait de ses volutes car il tirait de plus belle sur une espèce de comète en décomposition.

Debout devant le petit balcon, Petrescu reprenait ses esprits et ses yeux rougis lançaient vers le cigare qui l'enfumait un regard à la fois si féroce et implorant que mon oncle le cracha dans la rue.

À ce moment, on entendit le chant d'un violon. Mon oncle aperçut la silhouette d'un des violonistes aveugles de S. L'air lui était familier mais il mit un certain temps à se rendre compte qu'il s'agissait de la valse d'*Amour à louer*, le générique de leur feuilleton. Cela lui parut si extraordinaire qu'il craignit d'avoir sans s'en rendre compte volé cette mélodie aux musiciens de rues.

L'aveugle jouait au pied de l'immeuble et des passants s'attroupaient autour de lui. Des immeubles voisins s'envolèrent de petits cailloux qui brillaient un instant dans l'air avant de se briser en mille morceaux sur la pénombre des pavés. Mon oncle comprit qu'il s'agissait d'une pluie de pièces de monnaie, qui rebondissaient sur le trottoir, se croisaient, s'entrechoquaient. Des passants bienveillants allaient les récolter une à une avant de s'approcher de l'aveugle et de les faire cascader dans la boîte de fer-blanc posée devant lui.

Mon oncle craignait que Petrescu n'ait pas reconnu la mélodie, alors il se mit à accompagner le violon, chantant la valse à pleine voix.

L'aveugle, sournois, essayait de lui faire perdre la mesure. Mais il dut s'avouer vaincu car mon oncle avait chanté cet air tant de fois que rien ne pouvait l'empêcher de retomber sur ses pieds.

Quand il eut fini, les passants les applaudirent tous les deux, l'aveugle et lui, en se tournant tour à tour vers l'un et l'autre. L'aveugle se lança dans une série de courbettes rapides. Il leva même son chapeau pour saluer dans la direction de mon oncle qui se mit à son tour à l'applaudir, si bien que tout le monde s'entre-applaudissait avec de larges sourires, à la façon de ces congrès de bolcheviques lorsqu'on semble venir d'annoncer que la fin de l'histoire est dans l'escalier.

Mon oncle tourna la tête vers Petrescu, tendit le bras et dit : « Voilà la source d'où monte le chant qui gonflera d'espoir le cœur du peuple. »

Et il ouvrit tout grands les yeux dans la nuit, redressé tout assis sur le petit sofa vert, car ce n'était qu'un rêve.

En réalité, il ne se passa rien. Ils attendirent toute la journée. Ils ne pouvaient rien faire d'autre qu'attendre, pas même manger, mais il ne se passa rien.

Le second épisode fut diffusé le lendemain. Deux jours plus tard, le camion revint comme prévu pour procéder à la suite de l'enregistrement.

Un soir, mon oncle se souvint tout à coup de la lettre d'amour qu'il avait composée dans son rêve et se mit à l'écrire.

« *Mon amour, ma vie, ton image me poursuit jusque dans cette obscurité où j'attends la mort.* » Il supprima cette phrase puisqu'il n'attendait plus la mort. « *Tu t'avances vers moi telle que tu m'apparus le soir du premier concert dans la robe noire, tes épaules resplendissantes, tes cheveux dénoués, un astre en parade dans la nuit.* » Il posa son stylo et sans quitter sa lettre des yeux saisit son bol et y lampa une petite gorgée de thé brûlant, comme pour fixer la métaphore. Il s'en sentait assez satisfait. Mais il crut y reconnaître l'ombre de son poète préféré. Qui sait, se demanda-t-il, si tomber amoureux n'est pas obéir à une phrase ? Ou bien les phrases sont-elles des prophéties ?

Mais il referma vite la bouche. « *Toutes ces nuits j'ai rêvé de toi et en me réveillant m'avait abandonné le sentiment qui m'a tant fait souffrir depuis que je t'ai rencontrée : que tu étais entrée dans ma vie comme un souvenir de l'amour au moment où j'en quittais le rivage, comme lorsque le bateau s'éloigne du quai on aperçoit encore les chemins éclatants de soleil dont le vent agite les buissons et les fleurs, et où l'on sait que l'on ne se promènera plus jamais.* » Il écrivait, il écrivait, les mots coulaient de sa mémoire sur le papier comme s'ils avaient toujours été là, guettant leur heure, tels les cris du héros qui attendent toute une vie le peloton d'exécution. « *C'est toi que j'ai attendue toutes ces années sans te connaître, le rêve flottant autour de ma tête dans les bois, comme flottent désormais autour de moi l'odeur de tes cheveux, l'ombre du creux de ton dos, ton regard gris et terrible, tes fines narines que j'aimerais embrasser, ton visage adoré qu'il me semble toujours avoir senti autour de moi, comme les étoiles et les roses.* » À chaque comparaison, ses narines s'agitaient à la façon d'un lapin, il posait son stylo et ingurgitait une nouvelle lampée de thé, désirant peut-être humidifier les entrailles d'où tout ce feu jaillissait. « *Tous les obstacles, les remords ne me sont rien, le moment est venu de se débarrasser du passé comme d'un mauvais songe, et moi je me suis réveillé la nuit où tu es sortie de la forêt, auparavant je n'ai fait que rêver, ma vie est une suite de songes grotesques qui n'ont pas laissé je l'espère trop de marques sur ma figure, tel un homme endormi dans l'herbe qui porterait sur sa face l'ombre des nuages passés au-dessus de lui.* » Mais où vais-je donc chercher tout cela ? se demandait mon oncle, mi-inquiet, mi-admiratif. « *Mon amour, ma vie, ma joie, il m'aura donc fallu payer le prix fort de l'amour, la mélancolie de rencontrer trop tard ce que l'on aime.* » Et il broda encore quelques feuillets puis finit par s'arrêter, plus par décence que par épuisement, à la façon d'un vieux chevaucheur de bordel qui presse l'affaire par crainte de passer pour un homme qui en veut pour son argent.

Il saisit délicatement chaque feuillet entre le pouce et l'index, les couvrit d'un souffle délicat. Il les plia et se rappela qu'il n'avait plus d'enveloppes dans son bureau.

Il réfléchit quelques instants, serra les feuillets dans sa poche, sortit, grimpa, ombre légère, le grand escalier. Sur la pointe des pieds, il s'avança vers la chambre de ma tante. Il tourna lentement la poignée et se glissa dans la lumière du clair de lune qui inondait souvent la chambre car elle ne supportait ni rideau ni volet (tandis que mon oncle ne pouvait se livrer aux douceurs de l'endormissement qu'une fois les rideaux tirés sur les volets et la tête recouverte du drap). Il se pencha sur le lit pour regarder le visage de sa femme et vérifier qu'elle était bien endormie. Dans le clair de lune elle semblait sourire et mon oncle la fixa longtemps. Il craignait qu'elle ne soit en train de se moquer de lui. Rassuré, il alla sur la pointe des pieds ouvrir l'un des tiroirs de la commode où elle conservait une liasse d'enveloppes au velin crémeux. Dans ce tiroir transmuait un massif cristallin de bonbons décomposés, des pots-pourris cendreux et des sirops gluants.

L'enveloppe en tirait une odeur de fiel et de sucre qui peut-être la prédestinait à accompagner les lettres d'amour.

Puis, toujours sur la pointe des pieds, à légers entrechats, il sortit de la chambre, redescendit, fila jusqu'à son bureau et s'y enferma. Il sortit les feuillets de sa poche, les glissa dans l'enveloppe, la cacheta d'un grand coup de langue et y passa et repassa le poing à la façon d'une repasseuse.

Puis il se demanda comment il pourrait la faire parvenir à Esther.

Depuis le début des enregistrements, il ne se trouvait plus jamais seul avec elle. Salomon passait ses soirées dans la petite chambre. Il s'assoupissait dans le fauteuil en face du lit, tête renversée, clapet béant (mon oncle, collant son oreille à la porte, entendait ses ronflements méditatifs).

Pendant la journée, lors des répétitions ou des enregistrements, il devait se contenter de lui parler avec les yeux aux moments où dans l'histoire passait l'ombre de l'amour.

Esther évitait ses regards. Quand elle n'y parvenait pas, elle était saisie d'un accès de rage qui accentuait dans son chant le rauque qui plaisait tant à mon oncle. Parfois au contraire elle trouvait sa face énamourée si grotesque qu'elle ne pouvait s'empêcher de rire et mon oncle prenait ce gloussement pour un frisson de complicité, comme s'il venait d'effleurer sa hanche nue du bout des doigts.

Le matin, en travaillant à l'opérette, il la voyait parfois partir pour une promenade en forêt, et il enrageait d'être cloué au piano avec Salomon.

Il avait pensé jeter la lettre par la fenêtre de sa chambre ou la déposer sur le rebord où elle la trouverait le matin en tirant les rideaux. (Pour grimper il disposait de l'échelle qu'il avait cachée derrière les rosiers après sa chute nocturne, anecdote qui lui semblait tirée du premier jet d'un roman dont il était en train de rédiger la version définitive.)

Un matin une inspiration le saisit.

On se préparait à une répétition dans la salle à manger, Salomon mettait au net des pages de dialogue, mon oncle pianotait, rêveur. Esther, assise sur une table, fatiguée de tourner sur ses fesses le genou entre les mains de façon à faire voler ses cheveux, se leva, sortit et emprunta le grand escalier pour remonter vers sa chambre.

Aussitôt, sans réfléchir un seul instant, mon oncle se leva et, après quelques virevoltis bizarres destinés à mimer la nonchalance, il se rendit dans le hall, puis se précipita dans le parc.

Il courut jusqu'à la roseraie, saisit l'échelle et, indifférent aux griffures, la dressa contre le mur. Puis il repartit en courant vers la fenêtre de son bureau, lança son postérieur sur le rebord en un gracieux mouvement pivotant qui le fit atterrir de l'autre côté de la fenêtre. Il bondit vers le tiroir, l'ouvrit, saisit la lettre avant de repartir par le même chemin et dans le même mouvement (plus délicat à réaliser de ce côté, accompagné d'un coup de couteau dans le creux des reins). Il courut jusqu'à l'échelle mais comme au moment de grimper il s'aperçut qu'il n'avait pas de poche où fourrer la lettre il la prit entre les dents.

Il se dépêchait, craignant qu'Esther ne soit déjà redescendue, mais, au sixième barreau, il se figea.

Comment lui donner la lettre ? Que lui dirait-il ? Une fois de plus, une improvisation exaltée butait sur la question que tout être sain d'esprit se serait d'abord posée.

Tandis qu'il restait ainsi pétrifié sur son échelle, la lettre entre les dents, une guêpe se mit à tournoyer autour de sa tête, sans doute attirée par le baume de l'enveloppe. Mon oncle saisit la lettre et l'agita dans tous les sens pour la chasser. Elle disparaissait un instant mais réapparaissait toujours devant son nez, immobile et rebondissant comme une balle sur un jet d'eau. Pour lui échapper il mordit à nouveau la lettre et grimpa à toute allure.

Arrivé à la hauteur de la fenêtre, il s'arrêta et, tournicotant la tête dans tous les sens, n'aperçut nulle part la guêpe.

Les rideaux de la chambre n'étaient pas complètement tirés et il tendit le cou pour apercevoir ce qui se passait à l'intérieur.

La fenêtre s'ouvrit brusquement et la tête de Salomon en jaillit.

« Qu'est-ce que tu fabriques en haut de cette échelle ? demanda-t-il d'un ton las.

— Nid de guêpes », répliqua mon oncle en indiquant d'un coup de menton un trou au coin de la fenêtre.

Et, se hissant sur le dernier barreau de l'échelle, il entreprit de colmater la brèche avec la lettre qu'il plia et replia. « Donne-moi ça, tu es ridicule », dit Salomon. Il s'empara de la lettre et ne sachant qu'en faire la tendit à Esther qui venait d'apparaître.

Elle devait être en train de se peigner car elle tenait une brosse et, comme elle gardait la tête un peu penchée, lorsqu'elle regarda par la fenêtre sa chevelure noire effondrée d'un seul côté pendit et se balança dans le vide. Sur son long cou blanc tendu palpitait une veine. Tout à coup elle se redressa, chassant ses cheveux en arrière d'un mouvement violent de la tête. Puis, gênée par le soleil, elle regarda mon oncle en plissant les yeux comme si elle ne le reconnaissait pas. Elle fit une visière de la lettre et dans cette ombre ses yeux parurent violets à mon oncle. La matinée était chaude, elle se mit à s'éventer avec la lettre en fermant les yeux.

Mon oncle la regardait fixement comme si les mots d'amour risquaient de s'enflammer.

Elle rouvrit les yeux et il n'osa plus la regarder. Ses lèvres mordillées jusqu'au sang lui donnaient un air farouche et vulnérable et il lui semblait qu'il la reverrait toujours ainsi, que cette image le poursuivrait jusqu'à la fin de ses jours. Il planta son nez pointu dans l'antre des guêpes imaginaires. Il en montait une odeur pas désagréable d'humidité et d'argile onctueuse qui évoquait la consolation du tombeau.

Salomon réapparut et lui tendit un linge mouillé roulé en boule. Mon oncle le prit et se mit à l'enfoncer dans l'ouverture avec une méticulosité surjouée, pleine de microscopiques retouches et de délicatesses d'ajustement. Il considéra un long moment son ouvrage, plissant les yeux à son tour.

Quand il se retourna le père et la fille, la tête levée, le regardaient d'un air attentif. Il reprit place sur son échelle, Esther lui tendit la lettre et lui, ne trouvant rien à dire, la reprit. Il répondit d'un signe de tête à celui que lui adressa Salomon en fermant la fenêtre.

Il remit la lettre entre ses dents et redescendit lentement. Mais la guêpe voltigeante réapparut autour de sa tête et, tout à coup, se posa sur l'enveloppe avec un petit claquement sec. Au bout de quelques instants, elle se mit à avancer avec précaution, l'abdomen verni palpitant, en direction de son nez. Il la regardait en louchant et remua doucement la tête pour la faire s'envoler. Mais elle restait fichée à l'enveloppe, hochant sa petite tête de fureur ou d'extase. Il agita de plus en plus fort la tête à gauche et à droite, en haut et en bas, et, comme il s'arrêtait pour voir si elle était partie, une brûlure atroce éclata sous sa narine. Elle s'élargit en auréole jusqu'aux sourcils et il lâcha les barreaux, glissa le long du mur et s'effondra dans les rosiers. Là, à la façon d'un attentat bien préparé, des épines le percèrent de trois petits coups de stylet en trois temps bien rythmés : haut de la cuisse, gras de la hanche, épaule.

La lettre, échappée de sa bouche, voleta nonchalamment dans l'air, puis piqua vers le sol en rebondissant sur les branches du rosier, en caressant les feuilles, avant de se poser sur son front et de basculer sur sa poitrine. Immobile, hébété, il la regardait et, comme sa respiration la soulevait, il croyait voir palpiter une aile arrachée.

Son nez ayant démesurément enflé, il se sentit accablé de honte à l'idée de se montrer dans cet état à Esther.

Il décida d'interrompre un jour ou deux les enregistrements, prétextant la nécessité de mieux préparer le livret des épisodes suivants. Ils avaient assuré assez de séances pour que la diffusion du feuilleton ne s'interrompe pas.

La nuit, Salomon et mon oncle conféreraient à propos de la suite de leur scénario.

La rédaction de l'acte II commençait à leur poser problème : accusé à tort d'un crime, le jeune compositeur est obligé de se cacher dans les conduites d'aération du paquebot. La petite standardiste aidée de la truculente Petzi-Louchka mène l'enquête pour découvrir le vrai coupable.

C'était la première fois qu'ils se lançaient dans le genre policier, et mon oncle avait réussi à convaincre Salomon qu'il était inutile de trop préparer et de connaître par exemple l'identité du coupable à l'avance. Cela risquait de leur couper l'inspiration. Mais comme les péripéties les plus extravagantes commençaient à s'accumuler, l'opérette, qui passait déjà à la radio depuis près d'une semaine, menaçait de prendre le format Bayreuth. D'autant plus qu'ils ne pouvaient s'empêcher d'essayer d'y caser les morceaux favoris de leurs œuvres antérieures.

Mon oncle, qui ne pensait qu'à multiplier les duos d'amour avec Esther, tirait le scénario vers le lyrisme romantique et la comédie musicale sur paquebot commençait à ressembler au *Vaisseau fantôme*.

« Il pourrait se réfugier quelque part tout en haut du navire et évoquer la nuit étoilée et le destin qui l'enveloppe comme le sel de l'air marin », proposait mon oncle, assis à son piano où il concoctait de sombres mélismes, plaquait des accords, les yeux clos derrière sa narine gonflée. « Tandis qu'elle, devant son standard, évoquerait les voix des amants qui se cherchent sur les lignes du téléphone. Quel merveilleux air on peut en tirer ! Et à la fin, note ça pour la fin, note bien : alors que pour une raison ou pour une autre il s'apprête à se jeter dans l'océan, elle pourrait lui sauver la vie en lui chantant un air de son propre opéra. » Salomon ressemblait à un homme pétrifié par la nausée.

Il eut l'idée d'introduire une scène, tirée d'*Attention à la blanchisseuse !*, où le héros embrassait pour la première fois l'héroïne après avoir cueilli une cigarette sur sa bouche. Mon oncle n'osa pas critiquer cette idée.

Lorsqu'elle découvrit cet épisode, Esther ferma les yeux, comme si on lui avait montré une photo obscène.

Plus l'écriture avançait, plus Salomon voyait d'un mauvais œil la multiplication des duos érotico-lyriques. Les regards énamourés que son ami lançait à sa fille ne lui paraissaient pas relever d'un souci de vérité théâtrale. La jalousie rejaillit, fraîche et féroce. Alors il tirait l'histoire vers la comédie. « Non, il vaut mieux que pour échapper à ses poursuivants il soit obligé de se déguiser en comtesse polonaise lors de la grande réception. D'où scène comique. On pourra reprendra la polka d'*Amour à louer* en duo avec Louchka », suggéra-t-il d'un air lugubre.

Et chacun tirant à soi le tressage, l'étoffe du récit finissait par se consteller de rapiéçures multicolores arrachées à toutes les histoires qu'ils avaient inventées depuis l'hiver 1917. Parcourant le scénario, Salomon éprouvait la même impression que devant les chapiteaux sculptés des chapelles de la Zledka où l'on voit se mêler les oiseaux de l'enfer et ceux du paradis.

Ces incertitudes les plongeaient dès qu'ils se couchaient dans des affres terribles. Sans le savoir, ils faisaient le même cauchemar : un matin ils se retrouvaient incapables de continuer le feuilleton, le scénario ne pouvait plus avancer, et le lendemain on venait les arrêter. Chez l'un la peur enflait en désespoir. Chez l'autre elle rabougrissait en une sorte de honte d'auteur.

Après l'épisode de l'échelle, mon oncle était monté chez ma tante se soigner un peu, lui racontant qu'il était tombé en essayant de décrocher un essaim du toit. Elle s'était montrée compatissante, lui demandant de s'approcher de son lit afin qu'elle retire l'épine enfoncée dans sa hanche. Elle le fit de ses longs doigts aux ongles durs. D'abord presque gêné de se dévêtir devant sa femme, mon oncle éprouva bientôt un douloureux plaisir à se faire ainsi palper car ma tante partit à la recherche d'autres épines qu'il n'avait pas senties, enfoncées plus profondément. Elle désinfecta elle-même ses plaies et mon oncle, désireux peut-être de prolonger cet enchaînement de voluptés enfantines, décida de dormir dans un vieux canapé qui gisait dans le capharnaüm, bien qu'il fût un peu déçu que ce désir ne semblât pas enchanter ma tante — dès qu'il lui en fit part son sourire disparut d'un seul coup.

Il prépara sa petite couche, se déshabilla, suspendit bretelles, chemise et pantalon aux vieux fauteuils et aux tableaux de famille, tel un roi en exil, et s'étendit sous sa couverture à la lumière de la lune car ma tante avait déjà éteint sa lampe, comme impatiente de plonger dans le rêve.

Mon oncle, malgré la lueur d'argent qui inondait la chambre et faisait naître en lui une exaltation sourde qui le tenait éveillé, tenta de s'endormir dans l'odeur si spéciale de la tanière de sa femme. Enveloppé de parfums de médications et de friandises, il croyait parfois sentir un effluve du corps de ma tante, chaud et acide, qui lui rappelait le goût de sa sueur du temps où, les nuits d'été, il promenait sur son corps ses narines et ses lèvres en un va-et-vient enivré de bourdon. Et, cherchant brusquement à renifler le passé, son nez gonflé lui fit mal.

Il entendait les bruits de la forêt d'Arden. Soit qu'il fût particulièrement éveillé, soit qu'on les entendît mieux de la chambre de ma tante. Le hululement d'une chouette, appel rond et doux qui semble bercer une vieille malédiction paisible, le cri stellaire des crapauds, et aussi ce qui de tout temps lui avait semblé le chant d'un mystérieux pays natal, l'agitation des ramures lointaines qui fait penser à celle de l'océan.

Puis il s'assoupit, pour s'éveiller à ce moment, au cœur de la nuit, où il savait tout à coup qu'Esther ne l'aimait pas, qu'elle avait dix-huit ans et qu'il jouait un personnage ridicule, peut-être ignoble. Et cette vérité l'accablait et lui semblait en même temps étrange et lointaine, comme s'il avait ouvert un livre d'astronomie où l'on explique qu'un jour le soleil disparaîtra. Mais plus nous savons qu'une illusion est fausse, plus sa résistance dans notre cœur ressemble à un miracle. Il savait aussi, et cette certitude tantôt l'angoissait, tantôt le soulageait, que le matin venu l'amertume de cette vérité se diluerait dans la lumière, un fiel des cauchemars. Que, vers 10 heures du matin, il finirait par la considérer comme une chimère de la nuit.

Il se rendormit jusqu'au moment où il fut réveillé en sursaut par un cauchemar : il jouait du piano, s'arrêtait, et comme le silence s'installait autour de lui, il relevait la tête de son clavier et se trouvait environné de ténèbres. Il dut crier car ma tante se redressa en sursaut sur ses oreillers. Cambrée, les épaules jetées en arrière comme si elle montait le cheval de la nuit, elle resta immobile un long moment, regardant dans l'obscurité en clignant des yeux, car elle ne savait jamais très bien si elle venait de se réveiller ou de s'endormir.

« Alex, dormez-vous ? demanda-t-elle tout à coup.

— Non, répondit-il d'un air flottant, incertain.

— Alex, j'ai rêvé à un mort. »

Et mon oncle bizarrement pensa qu'elle voulait parler de lui, l'aveugle couché dans la salle commune d'Arden en 1914.

« J'ai rêvé à Salomon. »

Et elle se mit à raconter le rêve qu'elle faisait souvent : Salomon venait s'asseoir à côté d'elle autour d'une petite table ronde d'un blanc resplendissant. Autour d'eux, il y avait un jardin où un vent violent agitait des fleurs et des herbes. Sans dire un mot, il sortait des liasses de lettres de ses poches et se mettait à les lire.

« Et je comprenais qu'il s'agissait de lettres dans lesquelles il attendait de trouver une phrase. Mais il ne la trouvait jamais. Je comprenais aussi qu'il s'agissait d'une phrase qui disait comment devait finir son voyage, s'il trouverait enfin la terre qu'il cherchait. Car étrangement, même s'il était avec moi dans ce jardin, il semblait se trouver en même temps à bord d'un navire. Ou alors destiné à s'embarquer. Peut-être à cause de son poème, vous souvenez-vous, qu'il voulait faire, du temps de notre jeunesse... En tout cas, il ne trouvait pas sa phrase, et quand il lisait ses lettres il avait un sourire désagréable. »

Elle poussa un soupir, le soupir mélancolique et satisfait de celui qui ferme le roman qu'il vient d'achever. Puis elle reprit, avec un petit sourire et en fermant les yeux :

« Et cela m'a fait penser à quelque chose. Pourquoi ne pas lancer un jeu comme cela se fait à la radio de Vienne pour les paroles des chansons ? Une sorte de crochet où l'on demanderait aux auditeurs de proposer des scènes. Ou de donner leur avis sur la fin de l'histoire. Ou mieux encore : de deviner comment elle se terminera. Ce serait sans doute un excellent moyen d'attirer des auditeurs. »

Elle s'était laissé retomber sur son oreiller. Elle souriait avec un émerveillement tendre, comme si elle voyait flotter au-dessus d'elle les ombres d'une cité fabuleuse.

Mon oncle, accablé par cette proposition dans laquelle il vit une nouvelle marque de l'esprit dérangé de ma tante, ne répondit rien, lâchant même pour rompre la conversation quelques ronflements factices. Et, soupesant l'inextricable embrouillamini de nœuds qu'ils avaient peu à peu tressés, il lui sembla que leur opérette était devenue une arche de Noé, qui non seulement contenait un spécimen de chacun de leurs vieux ouvrages, mais même paraissait condamnée à abriter les bestioles les plus bizarres qu'y jetaient tous ceux qui passaient à portée. Et bientôt l'auditeur serait abasourdi et dégoûté de tous ces caquetages et rugissements.

Sans plus rien se dire, ils restaient tous les deux allongés les yeux ouverts, tandis que la lumière grise de l'aube envahissait la chambre et que le chant des oiseaux éclatait dans la forêt d'Arden.

Le lendemain matin, mon oncle réunit Salomon et Louchka pour décider du contenu de l'enregistrement du lendemain. Par plaisanterie, il évoqua l'idée de ma tante sans dire qu'elle venait d'elle.

La figure lugubre de Salomon s'illumina. Les yeux, depuis longtemps éteints, pétillèrent. Il se leva et se mit à arpenter le bureau avec de grands mouvements de bras en disant à quel point il trouvait l'idée extraordinaire. La preuve, une fois encore, que les Rocoule n'étaient sérieux que par hasard, et seulement quand ils croyaient plaisanter. Il expliqua que ce concours fournissait ce qu'il cherchait en vain depuis plusieurs nuits, un moyen d'assurer la survie du feuilleton.

Il s'assit au bureau et, bombant la poitrine, fermant à demi les paupières, il traça d'un mouvement ample et calme le message qui annonçait le grand jeu qu'organisait la radio de S. :

Vous aussi, vous composez depuis toujours des poèmes musicaux, des rhapsodies, des valses et des tangos qui se meurent dans vos tiroirs alors qu'ils pourraient chavirer les cœurs de vos prochains...

« Ridicule », chuchota mon oncle qui debout derrière Salomon regardait ce qu'il écrivait en tapotant de temps à autre son énorme nez.

Au prochain acte, nous entendrons le grand air d'amour composé par notre héros, celui où les amants sortant des entrailles de la terre reviennent à la lumière alors que la ville est libérée par les troupes du tsar...

« Malheureux ! » soupira mon oncle en agitant la tête.

... par les troupes du roi de Prusse. Envoyez-nous votre composition et retrouvez-la interprétée dans votre feuilleton favori sur les ondes de la Radio royale marsovienne.

« Pourquoi cet air-là ? C'est celui qui a fait fondre en larmes la mère Petrescu quand je l'ai improvisé.

— Mais tu m'as dit que tu ne savais plus ce que tu avais joué et que tu n'arriverais jamais à le retrouver. »

La nuque courbée, mon oncle se mit à son tour à arpenter le bureau, ses mains croisées derrière le dos s'agitant machinalement pour faire sauter les basques d'un habit imaginaire. Il alla se planter devant Louchka. Affalé dans le grand fauteuil en cuir, enveloppé dans son imper cacahuète, les jambes pliées sur l'accoudoir, la casquette à visière bleue baissée sur les yeux, il les regardait d'un air goguenard en se curant du bout de la langue la frontière incisive-molaire.

« Cette opérette devient l'arche de Noé où tous les canards boiteux de Marsovie viendront déposer leur œuf », lâcha l'oncle Alex avec un sourire amer.

Cette phrase sembla éteindre Louchka. Ses yeux devinrent vitreux, il croisa les bras sur la poitrine et se perdit dans la contemplation d'une rainure sur le parquet.

Mon oncle dépité par l'effet que produisaient ses remarques fit un petit geste de la main qui semblait vouloir attraper une mouche ou escamoter ses compères et sortit du bureau pour aller faire une promenade dans Arden.

Alors qu'il marchait à grandes enjambées vers l'étang de Z., il aperçut la fumée d'un mégot qui montait d'un tas de feuilles mortes.

Il se pencha, alla le pêcher entre le pouce et l'index et le reconnut de marque Akrobat, ces cigarettes de contrebande dont il avait donné plusieurs paquets à Esther.

Il se dit qu'elle aussi devait être allée se promener et il accéléra le pas, cœur battant, dressant le cou dans tous les sens pour tenter d'apercevoir une ombre entre les arbres. Parfois, il s'arrêtait brusquement, les yeux brillants, et humait l'air en écartant les narines, cherchant à repérer un effluve de tabac hongrois. Et de temps à autre il voyait monter dans l'ombre noire de la sapinière le fil de plomb d'une fumée bleue qui, à une certaine hauteur, se torsadait et disparaissait. Il imagina alors qu'elle jetait volontairement ses mégots afin qu'il puisse la suivre. Fine allusion à la cigarette de leur promenade dans Arden ?

Comme il arrivait sur la hauteur qui dominait l'étang de Z., il l'aperçut au loin qui entrait nue dans l'eau. Elle avançait d'un pas calme mais sans hésitation si bien qu'il ne fit qu'entrevoir le corps blanc avant qu'il ne disparaisse dans les flots, et ses cheveux noirs qui s'agitaient dans le vent comme une bannière. Tout juste s'il put remarquer que ses fesses étaient plus larges qu'il ne l'aurait cru. Cadeau de Vénus, songea-t-il, car ainsi appelait-il le détail qui le surprenait quand il voyait une femme nue pour la première fois. Peu importe qu'il pût passer pour un défaut, révélation rimait avec bandaison.

Sur l'herbe reposait en un petit tas bien disposé une robe noire pliée en deux sur laquelle un chapeau de paille avait été lesté de petits cailloux blancs répandus dans son bord.

Le soir tombait et quand elle sortit de l'eau dans la pénombre son corps paraissait encore plus blanc. Entre ses jambes ruisselait comme un nid d'algues noires. Elle courut et se pencha pour ramasser une couverture dont elle se drapa. Ses cheveux trempés ne volaient plus et leurs pointes reposaient sur ses épaules, semblables aux pointes de pinceaux gorgés d'encre. Elle fit glisser la couverture et alluma une cigarette. La fumée l'entourait et sur son visage apparut le sourire d'extase calme, royal, qu'il aimait tant voir naître sur le visage des femmes, lorsque derrière leurs yeux clos elles semblent contempler mille ans de tendresse à venir. Un insecte rouge s'était posé sur son dos rond au milieu de la colonne vertébrale, et mon oncle l'envia avant de comprendre qu'il s'agissait de la marque d'une agrafe. Elle se laissa tomber dans l'herbe. Il escalada avec difficulté un acacia pour mieux la voir, grimpant jusqu'aux plus hautes branches qui tanguèrent dangereusement.

Il finit par l'apercevoir, entre les mouvements et les papillotements de la ramée. Elle était appuyée contre une souche, un bras levé, et il ne voyait pas grand-chose : la courbe d'un sein se prolongeant en une fine ligne de muscle jusqu'à l'épaule, une autre ligne, jaillie du dos, enserrait en un demi-cercle délicat une aisselle glabre où mon oncle aurait désiré enfouir son nez et sa bouche. Sur l'aréole pâle, il distinguait à peine la pointe, délicate comme le bouton d'une bottine. Et il se laissait bercer par le balancement des branches, le chuchotement des feuillages et la caresse de ce frais coulis qui se lève à Arden en fin d'après-midi. Le temps passa en cet étrange assoupissement où il voyait dans la lumière tombante le corps blanc d'Esther disparaître peu à peu parmi les herbes au point qu'on aurait pu le prendre pour une grande pierre blanche. Quand elle se releva pour se rhabiller, il sursauta et sa branche se mit à balancer comme si un ouragan s'était mis à souffler, au point qu'il manqua tomber. Quand il put relever la tête et avant qu'elle ne plonge dans l'épaisseur de la forêt il n'aperçut que ses mollets blancs maculés de terre noire.

Selon certaines versions de la légende familiale, mon oncle après cette scène aurait arpenté pendant de longues nuits les chemins d'Arden dès qu'il y apercevait le rougeoiement d'une cigarette. Mais il ne parvenait jamais à rejoindre cette lueur. Elle se déplaçait avec une rapidité surprenante au fond des combes ou au sommet des sapinières, disparaissant aussi subitement qu'elle réapparaissait, là où l'on ne pouvait l'attendre. On racontait même qu'une nuit il s'était égaré et que, voulant rejoindre la pulsation rubis en haut d'un sommet, il était tombé dans un étang de vase où il avait manqué se noyer. Mais tout s'expliquait, disait-on, si l'on savait qu'Esther, au cours de l'une de ses randonnées, avait offert un paquet d'Akrobat à un groupe de petits Gitans réfugiés dans la forêt, et que ce que mon oncle avait pris pour une course incompréhensible et magique n'était que les traces des flâneries de gamins en maraude. (Dans l'un de ses récits, celui où il tombe dans l'étang, la lueur rougeoie au rythme de la respiration d'une vieille diseuse de bonne aventure édentée qui, assise sur une souche, médite en fumant.)

D'autres fois au contraire, on expliquait que c'était bien Esther qui se promenait la nuit dans la forêt, où elle s'amusait à attirer mon oncle en fumant. Elle se tenait contre le grand chêne qui dominait l'hôtel. Lorsqu'elle l'entendait s'approcher, elle écrasait sa cigarette contre le tronc en cascade d'étincelles et grimpait vivement dans l'arbre. Là, à demi allongée sur une branche, elle se plaisait à entendre les craquements du bois mort et des buissons d'épineux, les cris de rage de mon oncle lorsqu'il s'accrochait aux ronces, le bruit mat de son crâne heurtant le tronc du chêne. Elle ressentait une honte légère, qu'effaçait vite le sentiment de se livrer à une sorte d'expérience salutaire pour tout le monde.

On diffusa sur les ondes l'annonce du concours, lue par Salomon, qui même lorsqu'il ne jouait pas contrefaisait sa voix de peur qu'un habitant de la rue Tomashek ne le reconnaisse. Et trois ou quatre jours plus tard, en fin de matinée, on vit paraître au détour du grand chemin d'Arden une camionnette rouge frappée de l'enseigne dorée de la poste royale de Marsovie (un pélican en plein vol, au bec entouré d'un alphabet tourbillonnant).

Elle s'arrêta en cahotant, comme démantibulée par le voyage, et en émergea un postier hagard, transpirant, le képi de travers. Il se précipita vers l'arrière du véhicule, ouvrit la porte, en tira un énorme sac de jute qu'il vint jeter au pied de l'escalier comme une dépouille immonde avant de s'affaler au volant de sa camionnette et de repartir dans un tremblement de tôles.

Mon oncle descendit l'escalier d'où, les poings enfoncés dans les poches du pantalon, il avait observé le numéro du postier d'un air perplexe. Il eut du mal à soulever le sac et, appelant à l'aide Salomon qui se tenait caché derrière la porte, ils le portèrent jusque dans la salle à manger. Là, ils dénouèrent la ficelle et, soulevant le sac tous les deux par un coin, en déversèrent le contenu sur une table.

Des lettres s'en échappèrent, des monceaux de

lettres vomis en coulées de plus en plus abondantes, des dizaines et des dizaines de lettres, qui se répandirent sur la table, s'éparpillèrent sur le sol, avant de s'immobiliser en un massif compliqué, avec cols et vallées.

Parmi les enveloppes ordinaires, on en distinguait de gigantesques, qui paraissaient contenir l'histoire de centaines de vies.

Assis autour de la table, mon oncle et Salomon restaient cois, cachés l'un à l'autre par le tas.

Lorsqu'on fit le compte des lettres, on en dénombra trois cent soixante-trois (sans compter les six adressées à Marfa la Blanchisseuse). Elles contenaient des airs, des chansons, des scènes dialoguées vaudevillesques ou tragiques, des dessins ou des aquarelles présentant personnages et décors, et même deux ou trois véritables romans qui réécrivaient toute l'histoire d'une écriture galopante et peu lisible, marque sans doute d'une inspiration subite.

Quelques idées glanées ici et là parvinrent à relancer le feuilleton pendant tout le mois de juillet. Leur orgueil de créateurs les poussait cependant à modifier de façon perverse celles qu'ils daignaient utiliser. Ainsi, le poème symphonique de six cent douze mesures *Sur les rives de la Kalanga*, envoyé par M. Igor Kalinec, 26 rue Sliva, S., se trouva bien choisi et déclaré vainqueur de la cinquième semaine, mais passa sur les ondes adapté, concassé, riodelaplatisé en *Tango de la Kalanka* par Salomon. (Tango joué par l'orchestre du paquebot et au cours duquel le héros tente d'échapper en dansant aux tueurs lancés à ses trousses.) Mlle Irina Lopic du Mont-aux-Oiseaux ayant proposé que, dans l'opéra 1812, lorsque les deux jeunes gens s'enfuient dans les souterrains de la ville, ils traversent une rivière souterraine sur un pont de cordes « que viennent ronger des rats » (« Quelle source d'attente et d'excitation ! »), son nom fut bien cité à l'antenne et elle fut déclarée vainqueur de la semaine, mais son idée fournit la matière d'un épisode où le jeune homme, croyant sa compagne noyée dans la rivière souterraine, tentait de se pendre de désespoir. Un rat venait heureusement ronger la corde, ce qui provoquait sa chute dans une crevasse où il retrouvait sa bien-aimée. Enfin un certain Ignaz von Wleydnitz-Hekcstein de Troppau (et en découvrant ce nom, mon oncle et Salomon se regardèrent mâchoire dévissée : on les écoutait donc jusqu'au fond des déserts moraves !) ayant suggéré (sur un petit ton supérieur qui semblait ne pas devoir souffrir de réplique) que le jeune compositeur devienne aveugle au cours de l'acte III, « affliction qui ne manquerait pas de le précipiter dans mille dangers et de décupler son génie musical », mon oncle, toujours chatouilleux dans ce domaine, inventa un épisode où, le héros se faisant passer pour un braqueur aveugle de coffres-forts, la petite standardiste le croit réellement atteint de cécité.

Mais quelqu'un d'autre attendait impatiemment le moment opportun pour placer une idée dans le scénario, quelqu'un dont l'attitude changeait depuis quelque temps.

Louchka ne parlait plus, ne mangeait plus, ne dormait plus. Son interprétation de Petzi la standardiste s'était modifiée : les intonations devenaient sarcastiques ; les jeux de mots tombaient comme des gouttes d'amertume ; même les allusions salaces étaient assaisonnées d'un jus de mélancolie. Salomon, croyant que ce changement était dû à quelque extraordinaire travail de composition, se demandait si Louchka n'était pas un grand acteur.

Les musiciens se rendaient compte eux aussi de cette transformation. Quand il traînait dans la cave, Louchka n'adressait plus la parole à personne. Il restait assis jambes repliées, le nez entre les genoux. De temps à autre sur les yeux noirs éteints s'abaissait comme sur une scène abandonnée le rideau des paupières. Il demeurait des heures dans cette position, sa casquette à visière bleue enfoncée sur la tête. Il crachait parfois un jet de salive sur la terre noire où il l'écoutait grésiller comme s'il y entendait la voix des bien-aimées.

Son attitude frappait et effrayait les musiciens, qui le regardaient à la dérobée comme une casserole où bout le malheur. Yendl le goitreux le désignait d'un coup de menton et chuchotait : « Louchka sait quelque chose qu'il ne veut pas dire. Peut-être qu'il a entendu dire que le Salomon et le Rocoule vont nous planter là avec nos violons et nos trompettes pour qu'on se joue un petit air sur le chemin de la fosse. Ou qu'on a interdit leur feuilleton vu que personne n'y comprend plus rien. » Même Prokosh et le petit Pleskine n'osaient plus lui adresser la parole et chacun interprétait à sa façon cette mélancolie. Prokosh se disait que Louchka devait regretter l'extraordinaire carrière d'acteur qu'il aurait pu faire s'il s'était lancé dans le théâtre plutôt que dans le braquage. Il le voyait hanté par les images d'une vie qui aurait pu être. Pleskine, lui, s'imaginait que Louchka regrettait sa vraie vie de gangster, les flots de champagne moldave coulant entre les seins poudrés de filles en robe de lamé, les attaques de banques, les coups de flingue qui réveillent en sursaut le désir de vivre. Chacun d'eux respectait ce regret, en ressentait même l'amertume au point d'échanger un regard plein de compassion quand ils se croisaient devant lui.

En réalité, Louchka était hanté par une phrase. Dès qu'il s'arrêtait de marcher ou de parler, il la sentait monter, comme dès qu'on s'arrête la nuit près d'une rivière monte l'odeur de vase. Quand il allait et venait, ou même parlait, il la sentait toujours dans un repli de son cervelet, un diable couché dans un lit, avec les pieds qui dépassent des draps.

Quand mon oncle avait dit : « L'opérette est une véritable arche de Noé où chacun vient déposer son œuf », une flèche avait traversé sa cervelle : Élie et les découpages d'animaux qu'il traînait partout avec lui. Depuis qu'ils étaient arrivés dans la cave, il ne faisait rien d'autre que coller, dessiner, colorier, agrandir sa fresque de bêtes enchevêtrées. Cette coïncidence se mit à hanter Louchka jusqu'à lui enflammer le cerveau. Son frère était peut-être de ces illuminés dont il avait souvent entendu parler dans son enfance. Sans crier gare, dans les cours crasseuses de shtetls perdus, ils fabriquent avec de la glaise des pigeons ou font jaillir le vin des murs.

Il se mit dans la tête que la phrase était un signe. Celui que l'histoire qui était arrivée à Élie, le miracle des chiens crevés, devait trouver sa place dans l'opérette comme une bête dans l'arche. Que c'était la mission qui lui incombait.

Cette interprétation lui était venue tout à coup, comme un seau qu'on aurait déversé sur sa tête. Il passait son temps à attendre que l'un des innombrables virages du scénario lui permette de placer une allusion au miracle des chiens. Un épisode où le héros serait sauvé des crocs d'un molosse, qui tomberait mort tout à coup. Mais pourquoi crèverait-il ? Voilà ce que se demandait jour et nuit Louchka.

La diffusion du feuilleton avait désormais atteint son régime de croisière : les enregistrements se déroulaient le lundi. Le reste de la semaine, mon oncle et Salomon mettaient au point le scénario et répétaient avec l'orchestre. Les musiciens ne lisant pas la musique, ils devaient apprendre par cœur les airs que mon oncle leur jouait au piano. Parfois, déambulant seul dans le hall d'Arden, fermant les yeux et se frottant les mains, il se disait que la vie des occupants d'Arden était réglée avec la rigueur d'une maison d'opéra.

Le feuilleton était annoncé sur Radio Marsovie par un petit générique : la valse d'*Amour à louer* sifflotée par mon oncle, bientôt recouverte par la voix d'outre-tombe du speaker qui lisait la liste des interprètes : Esther était Catherine de Rocoule, Salomon Martin Splappenzel, Louchka Rudi Palshek et l'orchestre le Budapest Concertina. Masques imaginés par mon oncle pour de prétendues raisons de « sécurité-crédibilité », et qu'il avait saisis au vol, stylo dressé, yeux au plafond, comme des grives dans un filet.

Bientôt des lettres d'admirateurs vinrent se joindre aux suggestions du concours. (Le facteur ne passait plus, les sacs de courrier étaient acheminés par le camion-son lorsqu'il montait le lundi matin.) La plupart étaient adressées à Esther. Quand elle les ramassa la première fois pour monter les lire dans sa chambre, Salomon la regarda faire sans exiger d'y jeter un œil. Mon oncle lui jeta un regard mauvais. Quand elle revint et leur dit que presque toutes imploraient une photographie dédicacée, ils ricanèrent en jetant les bras au ciel.

Beaucoup s'adressaient également à Louchka et provenaient de jeunes filles qui demandaient aussi une photo dédicacée (« une photo dédicacée de vous, monsieur Palshek, mais en garçon ! »), ou de messieurs dont la nature et le style des déclarations laissaient penser qu'ils avaient atteint un âge respectable mais ne permettaient pas de dire s'ils avaient compris que Louchka était un homme.

Le jeudi de fin juin, alors qu'ils préparaient l'enregistrement du lundi sans savoir qu'il s'agissait du dernier, Louchka crut trouver l'occasion de placer son chien dans l'opérette.

Il faut expliquer quel tour avait pris le scénario au fil des enregistrements car les tisseurs eux-mêmes s'y embrouillaient quelque peu. Le héros musicien avait fini par découvrir qu'une bande internationale de malfaiteurs sévissait sur le paquebot. Dirigée par un mystérieux cerveau, scénariste génial dont les acolytes retrouvaient les instructions codées entre les coussins des divans du fumoir, ou pliées sous la cloche à fromage de la salle à manger, elle parvenait à manipuler les destinées des passagers les plus fortunés du navire en droguant leur nourriture (la bande ayant été recrutée parmi toutes les classes sociales, on la retrouvait partout sur le bateau, du serveur au baron). Elle disposait à cet effet de trois substances redoutables. La tristanite, créatrice d'hallucinations ou de délires amoureux. La désespérose, laquelle peu à peu conduit les victimes à perdre courage et appétit de vivre — tout les blesse, tout leur semble méchanceté, et ils finissent par mettre fin à leurs jours. Et enfin la borgianette, poison mortel, léger, délectable et indétectable, qui emporte la victime sur une aile plus légère que celle d'un moineau. (Louchka s'était une fois de plus taillé un franc succès dans un autre rôle féminin, celui de la vieille comtesse von Badura-Paskowitz qui lors d'une soirée mémorable, à cause de sa détestable habitude de picorer dans l'assiette des autres, ingurgite les trois drogues à la fois.) La logique du scénario avait poussé mon oncle et Salomon à emboîter ainsi leur récit : notre héros, accusé de l'un des crimes, doit se cacher et trouver de quoi se nourrir. Il trouve refuge dans les cabines vides des victimes. Il y engloutit les restes de leurs repas, leurs chocolats, leurs bonbons, avale leur thé et leur cognac. De sorte qu'il se trouve bientôt atteint de désespérose. Son enthousiasme amoureux, son ardeur d'enquêteur se muent en conviction de n'être pas aimé, source de quiproquos avec la belle standardiste, et de se tromper dans tous ses soupçons, alors qu'il était sur le point de démasquer le chef de la bande. Une belle nuit, sous le ciel constellé de la Croix du Sud, il tente de se pendre.

Arrivés là, les deux compères se regardaient, car ils ne savaient pas trop comment sauver le héros. C'est là que Louchka tenta de coller son chien.

« Et pourquoi ne pourrait-on pas placer... » Il bégayait et ses mains s'agitaient comme les ailes d'un oiseau qui crève dans un collet.

Mon oncle et Salomon le regardaient avec la mine de juges qui estiment que la potence est encore trop belle pour la fripouille qui se trémousse devant eux.

« ... un chien... un molosse affreux... baveux... sur lequel il est tombé en menant son enquête dans une cabine... qui a failli le mordre... Il se pend... La bestiole rapplique et aboie... La corde casse... Il tombe... Suspens... Et au moment où il va se faire bouffer, voilà que le clebs s'écroule raide mort... »

Mon oncle et Salomon scrutaient le visage de Louchka.

« Et pourquoi s'il vous plaît le foutu clebs crèverait-il ? laissa tomber mon oncle, impassible.

— Parce qu'il était empoisonné, répliqua Louchka en plissant les yeux.

— Tiens donc, reprit mon oncle, en plissant les siens à son tour. Et par qui ?

— Par de la nourriture. Le plat empoisonné qui a tué sa maîtresse. Il a pour ainsi dire bouffé l'arme du crime. Et on ferait d'une pierre deux coups. Le clebs meurt et le héros comprend qu'on drogue la nourriture des passagers ! Et même d'une pierre trois coups, si on arrive à trouver un moyen que si la corde casse c'est parce que le clebs l'a rongée dans une scène précédente ! »

Mon oncle s'esclaffa bruyamment, à la prussienne, rejetant brusquement la nuque en arrière comme une otarie qui saisit un poisson au vol.

« Louchka, intervint Salomon d'un ton froid mais plein de sollicitude, comme s'il s'adressait à un homme dont il venait de comprendre qu'il ne dépasserait jamais le stade de l'enfance, vous devez savoir que même dans une opérette un minimum de vraisemblance est indispensable. Et le concours de circonstances qu'il va falloir imaginer pour que votre chien s'empoisonne et s'en aille expirer à la seconde même où le héros tombe sous ses crocs est tout bonnement invraisemblable.

— Par contre, la corde cassée, on peut la garder », ajouta mon oncle, rêveur.

C'est toujours ça, se dit Louchka — son chien restait dans le tableau.

« Mais on pourrait remplacer cette histoire ridicule de corde bouffée par le chien par la ceinture fragile de son imper fatigué. Reprise d'un élément de présentation originelle : le jeune musicien sans le sou aux vêtements élimés », poursuivit-il du ton sec de l'ingénieur en fictions.

Adieu le chien ! se dit Louchka, et il sombra dans le désespoir.

Et c'est ainsi que le lundi suivant fut enregistré ce qui devait être le dernier épisode du feuilleton. Il s'achevait par la scène du suicide raté sous les étoiles. Le héros se pendait à la ceinture de son imper, accrochée à la cheminée du paquebot. Il sautait dans le vide au moment où surgissaient sur le pont la petite standardiste et sa truculente camarade. À peine avaient-elles le temps d'apercevoir avec effroi le corps qui se balançait comme un pendule que la ceinture craquait et qu'il tombait à leurs pieds.

Tandis qu'éclatait la valse d'*Amour à louer,* l'habituel générique de fin, Louchka, désabusé, les mains dans les poches, soupira en yiddish en abandonnant le micro : « *Der shtrik funem shlimazl tserayst zikh nokh eyder er shtarbt* » (la corde du schlimazl casse avant qu'il meure).

Deux jours plus tard, alors que mon oncle et Salomon déversaient un nouveau flot de lettres sur la table, une enveloppe attira leur attention.

Plus large que les autres, plus épaisse, elle rappelait par sa couleur et son velouté la crème anglaise. Dans le coin supérieur gauche, on distinguait le dessin d'une couronne posée sur une espèce de plante aquatique qui se révéla bientôt représenter deux K majuscules entrelacés en une calligraphie délicate. Quand ils la déchirèrent, un petit papier blanc s'en échappa en tourbillonnant et ils le regardèrent venir se poser délicatement au bord de la table. On y avait tracé cinq ou six portées, saupoudrées du vol ivre de petits papillons noirs. Une lettre accompagnait cette mini-partition, qui disait :

Messieurs,
Veuillez trouver ci-joint le manuscrit d'une valse qui trouvera peut-être grâce à vos oreilles. Je crois que, chantée par Mlle de Rokoules, elle ne déparerait pas trop votre charmant feuilleton (par exemple dans une scène où elle contemplerait le ciel étoilé au-dessus de l'océan).
Bien à vous,

F. Weizsacker-Palendinato,
Secrétaire particulier
de SMR Karol Ier.

Salomon et l'oncle Alex se regardèrent, ne sachant trop qu'en penser.

« Drôle de nom », finit par dire mon oncle.

Puis il saisit le feuillet avec précaution et se dirigea vers le piano. Là, après ce moment de recueillement qui laissait toujours croire qu'il s'apprêtait à plonger dans une sonate de Lizst, il joua le petit morceau. C'était une valse d'une vingtaine de notes, un simple thème.

« C'est joli, dit mon oncle au bout d'un moment.

— Il me semble avoir déjà entendu ça quelque part », murmura Salomon.

Un nouveau silence suivit ces deux remarques, comme si leurs auteurs tentaient d'en mesurer la portée.

En réalité, même s'ils ne le disaient pas, ils étaient tous les deux chavirés d'émotion : la lettre ne laissait-elle pas entendre que le compositeur de la valse était le roi Karol lui-même ?

Mon oncle la rejoua plusieurs fois, et ils essayaient de la juger, de l'apprécier à sa juste valeur, les yeux perdus au plafond.

Quand ils imaginaient qu'elle était l'œuvre du roi, ils la trouvaient véritablement enchanteresse, pleine d'une fraîcheur et d'une pureté qui déchiraient le cœur. Mais quand ils se disaient que ce maigre chapelet avait été enfilé par un Weizsacker-Palendinato, il leur semblait n'égrener que de l'insignifiance.

« Si elle est de lui, il faut absolument la mettre en valeur », lâcha mon oncle d'un ton décidé (ce ton précisément qui faisait naître chez Salomon l'envie de le contredire). « Quel triomphe, quel honneur, quelle protection ! ajouta-t-il en levant les bras à trois reprises.

— Méfions-nous ! dit Salomon. Quel nom allons-nous lâcher à l'antenne ? La valse n'est peut-être pas de lui. Et même si elle l'était, c'est une valse qui veut se faufiler à l'antenne comme qui dirait incognito. Et le pire crime de lèse-majesté, c'est de se précipiter pour baiser la main d'un prince qui ne veut pas être reconnu. »

Mon oncle sautilla sur le tabouret du piano. « On ne peut tout de même pas la laisser de côté !

— Non, mais il faut se méfier, répéta Salomon sur ce ton qui semble constater qu'être contraint à se répéter est la preuve qu'on a raison. Étant donné les rapports du roi avec Petrescu, je ne suis pas sûr d'ailleurs que son appui ne soit pas un danger. »

Mon oncle, une fois de plus, ne trouva rien à dire. Mais le soir même sa décision était prise et il annonça à Salomon qu'il « en aurait le cœur net ». Le lendemain 15 juillet 1944 il se prépara avec soin, gomina ses cheveux, essuya ses doigts encore gras sur sa fine moustache, enfila son meilleur frac, son gilet de diplomate, orna sa pochette d'un mouchoir blanc, saisit à pleines mains une paire de gants gris et, le chapeau à la main (il ne portait un chapeau que dans les cas de nécessité absolue, c'est-à-dire en général dans des circonstances où la politesse commande vite de l'ôter ; il trouvait qu'avec un chapeau sur la tête il avait l'air plus petit ou, comme le disait jadis son père, ressemblait à « un margoulin de champ de courses »), monta dans son automobile pour se rendre à S.

Mais au moment de démarrer, il repensa à la lettre d'amour qu'il avait laissée dans un tiroir. Il n'aimait pas la sentir loin de lui. Il descendit de voiture et, secouant la tête pour faire comprendre à Salomon qui le regardait partir que sa tête de linotte avait oublié une bagatelle, retourna dans son bureau, ouvrit le tiroir fermé à clef, alla y dénicher la lettre qu'il rangea contre son cœur. Une idée le frappa : puisqu'il n'arrivait plus jamais à voir Esther seul à seule, pourquoi ne lui enverrait-il pas la lettre par la poste de S. ? Il aurait au moins l'assurance qu'elle la lirait dans sa chambre sans que Salomon s'inquiète de ce courrier et y vienne jeter un œil.

Encore sous le charme de ce plan, il descendit dans sa voiture hurlante le chemin cahoteux d'Arden. Bringuebalé dans tous les sens, de la tête il heurtait de temps en temps la vitre ou le toit. Il faisait chaud et, quand il fermait la fenêtre de la voiture, il transpirait et craignait de tacher sa chemise. Mais quand il l'ouvrait, la poussière recouvrait ses épaules et se collait à ses cheveux gominés.

Au bout d'une heure, il décida de s'arrêter dans un petit café pour rafraîchir sa tenue.

C'était au tout début du boulevard Zek, à l'endroit où la campagne, maladroitement, sans finesse, se mue en ville : transformateur électrique, avortons de villas bourgeoises, bureau de poste à courants d'air, posés çà et là au bord des prairies, comme les jouets d'un enfant qui s'ennuie.

Un cabaret était installé dans un ancien relais de poste, une bâtisse basse au toit de chaume. Sur le seuil en pierre d'une salle obscure d'où émanait une odeur d'eau-de-vie si âcre qu'elle ressemblait à celle du sang, des poules rousses picoraient dans la fiente. Une porte cochère donnait sur une cour ensoleillée envahie par de hautes herbes resplendissantes couchées par le vent. À l'ombre d'un massif d'orties géantes virevoltaient deux papillons jaunes.

Or, qui mon oncle n'aperçut-il pas en pénétrant dans la cour du cabaret ?

Pepi, un des serveurs d'Arden, toujours affublé de l'uniforme et de la casquette noirs, transportait un seau qu'il était allé remplir à ras bord dans le puits. « Pepi ! » s'exclama mon oncle en agitant ses gants de chevreau gris, « Salut, patron ! » répondit Pepi en allant pêcher sa voix au fond de l'épigastre pour ne pas faire déborder l'eau.

Ils se mirent à discuter de choses et d'autres, Pepi évoquant Arden avec familiarité et nostalgie à la façon d'une Atlantide engloutie par le « malheur des temps » (expression qu'avait employée mon oncle lorsqu'il avait congédié le personnel et que Pepi réutilisait avec naturel, comme le nom d'une maladie, atroce sans doute mais dont il aurait été satisfait de connaître l'existence).

Et, secouant la tête en adressant à mon oncle un sourire triste, il semblait le plaindre de continuer à y vivre, maintenant que lui n'y était plus. Il avait l'air d'un matelot sur une chaloupe contemplant le cœur serré son capitaine debout sur le pont du navire au moment où les flots le recouvrent. « Vous vous souvenez du repas d'anniversaire du juge Kalopek ? Quand je revois les serveurs tournicoter autour des tables dans la grande salle, je sens mes mains trembler rien qu'à la beauté du spectacle », et il posa le seau, et montra à mon oncle sa main tendue qu'il fit trembler. « La beauté du spectacle », répéta-t-il en regardant mon oncle dans les yeux. « C'est donc pour ça que tu avais tendance à renverser la sauce sur les épaules de ces dames », observa mon oncle, ému. Pepi s'esclaffa et cligna de l'œil (mon oncle remarqua qu'il lui manquait quelques dents et se dit qu'après la guerre il conviendrait d'examiner avec attention la bouche des postulants valets). Mon oncle enleva sa veste, sa chemise, les tendit à Pepi, et se mit à se rincer le visage avec l'eau du seau. Et, en se rhabillant, sentant la lettre, une frayeur lui vint, la découverte d'une de ces évidences qu'il voyait toujours après coup. Elle était adressée non pas à Catherine de Rocoule mais à Esther Lengyel et il comprit tout à coup qu'il était dangereux d'envoyer à Arden une lettre dont le destinataire portait un nom qui pouvait passer pour juif. De plus, elle risquait à cause de cela d'être ouverte par Salomon. D'un autre côté, s'il l'adressait à Catherine de Rocoule, elle se confondrait avec les lettres d'admirateurs et cela lui déplaisait. Peut-être même ne la lirait-elle pas.

« Pepi, dit alors mon oncle, accepterais-tu de faire une course pour moi ? »

Il sortit la lettre. « Pourrais-tu remettre discrètement et en main propre, je dis bien en main propre, cette lettre à une jeune femme, que tu trouveras à Arden, dans le parc, elle s'y promène le matin, ou au premier, chambre 32 ? Mais surtout quand elle sera seule ! »

Pepi, la bouche ouverte, la main tendue, hésitait pourtant à saisir la lettre, intrigué par la mission, et attendant que mon oncle ait fini de l'agiter en tous sens dans les airs.

Finalement il la déposa délicatement entre les doigts de Pepi en même temps qu'il sortait de sa poche un billet de 20 zolotni. « Quand elle sera seule et en main propre, tu comprends bien, Pepi ? Et si ce n'est pas possible, tu me la rapportes. Et si on veut te la prendre, tu la manges.

Question de vie ou de mort. » Il cligna de l'œil et invita Pepi à boire une eau-de-vie de cerise.

Une heure plus tard, mon oncle, les mains croisées sous les basques de son habit, se tenait devant la grille de la villa Tatiana. L'air était vif et frais, le ciel azur, quand il levait le nez il croyait être aspiré vers les nuages, la tête lui tournait à cause de l'eau-de-vie de cerise. Les soldats emplumés qui d'ordinaire se tenaient là en faction avaient disparu et, comme il ne voyait personne, il passa la tête entre les barreaux. En la tordant dans tous les sens, il finit par apercevoir derrière un massif de lauriers un édicule à l'intérieur duquel un visage à casquette le fixait.

Ils se regardèrent assez longtemps et le corps, sous la casquette, finit par se déplier et se traîner jusqu'à l'extérieur. C'était un petit vieux pas très net en uniforme de gardien de musée, à la peau marbrée, dont la moustache avait l'air enduite de vert-de-gris. Il fixait mon oncle sans avancer. Celui-ci sortit de sa poche la lettre à l'en-tête royal et l'agita entre deux barreaux, glissant la tête entre ceux d'à côté. Le petit vieux qui ne semblait pas entendre ce qu'il racontait s'approcha de la lettre, si près qu'il semblait vouloir la renifler, puis, pivotant sur ses talons, retourna dans son petit abri en traînant les semelles.

Arrivé à sa table, il enleva sa casquette, s'essuya le crâne avec un grand mouchoir, décrocha un téléphone et se mit à y japper assez longtemps. Puis, pendant près d'une minute, il écouta en hochant vigoureusement la tête.

Il ressortit mais cette fois en tenant à la main un trousseau de clefs de formes et de dimensions médiévales qui le faisait gîter sur la gauche.

Revenu devant la porte, il s'agrippa à un barreau, puis, de son autre main, toute tremblotante, il entreprit d'enfourner une des clefs dans la serrure. Cette opération délicate lui prit un certain temps et sa réussite fit lever sur son visage une expression de contentement absolu. Remis de cette extase, il entreprit de tourner la clef. Il accueillait chaque claquement huileux d'un petit coup de menton satisfait, comme s'il jouait d'un instrument bizarre et compliqué dont il n'était pas donné à tout le monde de sortir des notes. Puis il lâcha la clef, s'essuya les paumes sur le pantalon et tira légèrement la porte vers lui. Il glissa la tête dans cette ouverture et, repoussant sans ménagement mon oncle, regarda à droite et à gauche pour voir si personne ne l'accompagnait.

Rassuré, il se redressa et, écartant à peine les lourds battants, se mit à écoper de la main une mer invisible, geste que mon oncle interpréta comme une invitation à entrer. Et, dès qu'il se fut glissé entre les battants, le vieux referma la porte violemment, comme s'il voulait la punir de s'être si facilement laissé ouvrir.

Il s'éloigna, le dos courbé, entre des allées de mélèzes gigantesques et mon oncle lui emboîta le pas, les mains dans le dos. Il suivit ainsi un long moment, à bonne distance, la silhouette fragile qui descendait sous les branches sans l'attendre ni le regarder. Le trousseau bringuebalait dans sa main et son tintement sous les arbres rappelait à mon oncle les sonnailles des chevaux lors des promenades en calèche de l'enfance. Il regardait autour de lui, comme s'il reconnaissait tout, fleurs, ciel et branches, sa bouche souriait, ses narines palpitaient, ses yeux s'embuaient, comme dans une scène de retrouvailles. Une question tout à coup le frappa : où étaient passés les paons de la villa Tatiana ? Il les cherchait partout des yeux et ne les trouvait pas. Il finit par en apercevoir un au loin en ombre chinoise, au sommet d'une croupe de gazon. Le cou penché, il tirait une traîne qui ressemblait à un long buisson d'épines.

Soudain, au détour d'un virage, il découvrit, entouré de hauts grillages, un court de tennis.

Le vieux était en train d'en ouvrir la porte avec une clef minuscule tirée de son trousseau. Jetant pour la première fois un regard derrière lui, il fit signe à mon oncle d'y pénétrer du même geste d'écopage, puis referma la porte avant de s'éloigner dans un tintement de métal dont mon oncle entendit longtemps, longtemps après qu'il eut disparu, le lointain cliquetis.

Ne sachant que faire, il attendit en regardant autour de lui le court de tennis désert.

Le filet, détendu et troué, faisait naître comme tous les filets détendus et troués la nostalgie de paradis perdus. Un moineau sautillait sur le ciment crevassé, semblant prendre plaisir à entendre le grattement de ses griffes minuscules.

Des moucherons voletaient autour du crâne gominé de mon oncle. Dans son habit de diplomate, les poings posés sur les hanches, il regardait le court comme un rébus. (Lors de cette méditation légèrement hébétée, il se rendit compte qu'il avait oublié son chapeau à l'auberge, près du seau.)

Tout à coup, la porte d'une petite cabane de bois située de l'autre côté du court s'ouvrit et il en sortit un long jeune homme aux dents de lapin et en tenue blanche de tennisman. Il tenait deux raquettes sous le bras et, posée au bout des doigts de sa main droite, semblable au globe d'un empereur, une balle grise en équilibre.

Arrivé devant le filet, il pointa le nez en l'air. Après avoir inspecté le ciel, il abaissa vers mon oncle un regard plein de bienveillance. Il le regarda un long moment avec un doux sourire; de petites mèches de cheveux blonds et fins palpitaient sur ses tempes dans le calme ondoiement des algues d'aquarium.

« Monsieur de Rocoule, soyez le bienvenu. Prenez la peine d'aller vous mettre en tenue. Un maillot et un short vous attendent au vestiaire. »

Le sourire et le regard fixe du jeune homme désarmèrent mon oncle, qui, ne sachant que penser, alla se changer dans la cabane en espérant qu'une fois en tenue il comprendrait tout. Quand il ressortit, il se sentait un peu ridicule, le polo lui semblait trop étroit, le short trop large, les socquettes trop hautes et, en voyant le jeune homme faire sautiller la balle sur les cordes avec nonchalance, il se souvint qu'il n'avait pas joué au tennis depuis le printemps de 1924.

Il s'approcha du filet et le jeune homme lui tendit une raquette en chuchotant sans presque remuer les lèvres : « Échangeons quelques balles, voulez-vous ? » Puis il gagna d'un pas décidé le fond du court et, d'un geste doux, envoya une balle si légère qu'elle semblait auréolée d'aimable délicatesse. Se précipitant dans une rafale assourdissante de claquements de semelles, mon oncle parvint à la renvoyer, mais l'expédia trop fort entre deux mailles du grillage d'où le jeune homme alla l'extirper avec philosophie mais non sans mal. Ayant sans doute compris à qui il avait affaire, il essaya d'envoyer les suivantes le plus près possible de mon oncle, et celui-ci, tempes battantes, honteux comme un invité qui ne sait pas se servir d'un couvert, tâchait de lui renvoyer la balle tout aussi délicatement, arrivant dessus tantôt trop tôt et serrant alors comme un bouclier la raquette sur son cœur, tantôt, surpris par une trajectoire plus rapide qu'il n'avait cru, se fendant désespérément de la jambe et de la hanche, du torse, du bras et du poignet dans une opération d'apparence chorégraphique et d'intention télescopique qui lui permît de l'atteindre. Et lorsqu'il y parvenait, soit la balle lui faisait tomber la raquette des mains, soit il l'expédiait à une quinzaine de mètres dans le ciel bleu d'où le jeune homme la regardait redescendre d'un air tout à la fois bienveillant et douloureux.

De temps en temps, il s'approchait du filet pour donner la balle à mon oncle, et bientôt il en profita pour lui chuchoter quelques phrases en battant ses grands cils : « J'ai une information importante à vous communiquer de la part de Sa Majesté. Pouvons-nous compter sur votre loyauté monarchique et patriotique, monsieur de Rocoule ? » Puis il repartit en courant pour attendre la prochaine balle. Mon oncle, stupéfait, en expédiait une si douce, si légère qu'elle semblait figurer une réponse affirmative, et l'échange reprenait jusqu'à ce que le jeune homme ramasse la balle et la tende à nouveau à mon oncle qui se précipitait au filet. « Il s'agit du petit morceau de musique que vous avez reçu. Il peut revêtir une importance politique capitale pour sauver le trône et la patrie. Êtes-vous prêt à nous aider ? » Mon oncle repartit au fond du court et envoya cette fois une balle si haut et dans une trajectoire si verticale qu'elle proclamait de toute évidence une acceptation héroïque.

Ce petit manège se poursuivit encore quelque temps, et il finit par apprendre que le roi se trouvait assigné à résidence, surveillé, épié par des agents fascistes et allemands qui avaient même infiltré le palais. Toutes les pièces de la villa étaient truffées de microphones, des espions traînaient dans les allées, se cachaient dans les arbres du parc jumelles vissées aux yeux, et ils n'avaient trouvé que ce moyen pour essayer d'entrer en contact avec lui sans risquer d'être entendus.

À chaque révélation, le coup de raquette de mon oncle se faisait plus violent, orné parfois d'un petit cri de rage, effet sans doute de l'indignation devant de telles manœuvres. Tant de violence contraignit plus d'une fois le jeune homme à sortir du cour grillagé pour aller chercher la balle dans un massif de rhododendrons ou sur la pelouse émeraude, ce qui retardait d'autant l'explication finale que mon oncle attendait pourtant avec une impatience tremblante.

Enfin, tandis qu'on se dirigeait vers la cabane (et lentement, car l'explication devait être terminée avant qu'on ne pénètre dans ce lieu peut-être infesté de micros ou d'oreilles sous le plancher), mon oncle comprit ce qu'on attendait de lui. Depuis plusieurs mois, Sa Majesté se trouvait en contact avec les Soviétiques, et, après de longues tractations, Elle avait décidé d'accéder en partie à leurs exigences : dans quelques jours, un coup d'État fomenté par le roi aboutirait à l'arrestation des principaux responsables des Gardes noirs et des officiers supérieurs allemands, le roi prononcerait à la radio une allocution solennelle demandant à ses sujets d'entrer dans la lutte aux côtés des libérateurs soviétiques. Car le matin même les blindés de l'Armée rouge auraient franchi la fourche des Carpates et la désorganisation provoquée par les arrestations devait faciliter l'avancée des Russes. Mais il se trouvait que l'agent de liaison qui permettait le contact avec Moscou avait disparu plus d'une semaine auparavant. Les communications du palais étant aux mains des Allemands, la radio dirigée par un fasciste, le roi ne disposait plus d'aucun moyen pour faire parvenir aux Russes le signal convenu, qui devait les alerter que l'action prévue et concertée débuterait le lendemain à 6 heures. Ici, le jeune homme s'arrêta et, soit qu'il ait voulu reprendre son souffle ou laisser à mon oncle le temps de bien mesurer tout le palpitant de la situation, soit par futilité pure (« car dans les affaires les plus sérieuses les têtes légères sont souvent les plus efficaces », *Le métier de roi*, Plon, 1954), il sortit un peigne de la poche de son short et entreprit de se recoiffer, rabattant ses longues mèches blondes en arrière, la tête levée, les yeux fermés.

« Voilà pourquoi, reprit-il, après avoir rangé son peigne et pris mon oncle par le bras, nous avons eu l'idée de nous servir du feuilleton pour faire passer le message. Il est contenu dans l'air que nous vous avons envoyé. Les Russes sont prévenus et le guettent nuit et jour à la radio. »

Un peu abasourdi, mon oncle se changea lentement, assis sur le petit banc en bois. Mélancoliquement, il leva l'un après l'autre les genoux pour enfiler ses chaussettes, tandis que le jeune homme en face de lui prenait sans gêne aucune une douche en chantant à tue-tête, avec cet entrain forcé typique du style de douche, à moins qu'à la façon d'un mauvais acteur il n'ait voulu convaincre par ce cabotinage vocal un éventuel espion de son innocence et de sa superficialité — qualités que son visage qui tenait à la fois du giton et du lièvre occis exprimait déjà, et où mon oncle crut distinguer le choix du rusé Karol.

Ce qui froissait le snobisme de mon oncle, c'était que la chanson ne semblât pas être l'œuvre du roi comme il l'avait cru, mais d'un « nous » mystérieux qui n'était sans doute que le masque pathétique du jeune homme qui, rhabillé et peigné à nouveau, se tenait devant lui en reniflant, les deux dents proéminentes posées sur sa lèvre exprimant la satisfaction placide du devoir accompli.

Il était chagriné de constater que le Palais ne voyait dans le feuilleton qu'un simple outil de politique, telles une boîte à double fond ou une fausse barbe. Que tant de rêves et de douces fantaisies soient ainsi jetés dans le marécage de la basse politique comme des entrailles de poisson le plongea dans un désenchantement hébété. Il pinçait entre le pouce et l'index ses petites chaussettes noires comme deux péchés mortels et le jeune homme fut obligé de lui secouer le poignet pour lui annoncer que, maintenant qu'il savait tout, le roi Karol en personne désirait lui parler.

Ils pénétrèrent dans la villa par une porte dérobée et montèrent à l'étage sur un monte-charge obscur. Un mur coulissa et mon oncle se retrouva devant le bureau immense du roi.

Comme ce bureau avait changé depuis la page 187 ! Et pourtant rien n'y avait été transformé, sinon l'humeur de son occupant. Mais cela suffisait à le métamorphoser, comme les parois d'une grotte marine lorsque s'est couché le soleil. Les hautes fenêtres étaient ouvertes (le roi pensait que le souffle du vent déréglait les micros invisibles), et les courants d'air gonflaient les immenses voilages, les faisaient flotter telles les voiles détachées d'un vaisseau fantôme. Des lampes, des statuettes que le vent avait renversées restaient couchées sur les guéridons ou les tapis (plus aucun domestique ne pénétrait dans le bureau). Des photos, des partitions que le roi avait sorties de ses archives jonchaient le sol, car il ne les rangeait pas, mais les laissait traîner sur le grand tapis. Parfois, à la façon d'une troupe de pigeons, elles s'envolaient pour tracer un cercle majestueux avant de retomber paisiblement. Le roi, renversé dans son fauteuil, les contemplait comme si les courants d'air recomposaient ses souvenirs. Tout ce qu'il avait sorti avait trait à son passé : mon oncle découvrait sous ses pieds, prenant soin de ne pas les écraser, des jouets ou d'anciennes parures de femme (un long gant noir gisait en zigzag sur le tapis, index pointé vers la fenêtre ; au sommet du globe terrestre un chapeau à voilette où était piquée une marguerite séchée). Il aperçut d'anciennes photos aux teintes mauves ou jaunes. La mère du roi, la reine Tatiana, y figurait à différents âges de sa vie et dans différents rôles (jeune épousée rêveuse, mère bienveillante mais épuisée, souveraine indomptable à tête de momie). Le vent feuilletait avec mélancolie ou avec fureur des partitions qu'elle avait composées tout au long de sa vie tantôt avec fureur, tantôt avec mélancolie.

L'humeur saturnienne du roi, sensible dès

qu'on pénétrait dans le bureau, devenait plus forte encore quand on le découvrait de près à moitié étendu dans son vaste fauteuil de cuir, le lorgnon scintillant, la figure blanche aux fines moustaches d'un noir de teinture penchée, index sur la tempe, pouce sous la mâchoire, une fine cigarette mal roulée oubliée entre ses doigts d'où montait à intervalles réguliers un fil de fumée. Sur son crâne chauve tremblait une lueur bleuâtre, reflet de l'océan Pacifique sur la grande mappemonde derrière lui. Il portait un frac, un pantalon gris rayé, et mon oncle s'aperçut avec terreur qu'ils étaient habillés de la même façon.

Le roi avait les yeux grands ouverts derrière un lorgnon démodé qui semblait sorti de son amas de vieilleries mais il ne paraissait pas avoir remarqué la présence de mon oncle. Il fixait quelque part sur le tapis un souvenir, une idée, un stratagème peut-être, dont il n'avait pas l'air de savoir s'il respirait encore.

« *Alors monsieur de Rocoule*, dit-il soudain en français sans lever la tête, *vous avez accepté d'entrer dans la cabale royale ? Et de soulever par une chanson le couvercle de la boîte de Pandora ?* » Et il releva la tête vers mon oncle, un sourire léger aux lèvres.

Mon oncle, ne sachant que faire ni que dire, ne trouvant pas le moindre bon mot dans son cerveau vide, s'inclina et claqua des talons, comme dans la salle à manger d'Arden.

Le roi se renversa un peu plus dans son fauteuil, tourna son regard vers le globe géant.

« Savez-vous que nous suivons tous les soirs les épisodes de votre plaisant feuilleton ? Et sur le globe le périple du... Mais d'ailleurs comment s'appelle le paquebot ? Nous avons eu hier au soir une discussion avec notre aide de camp à ce sujet : a-t-il un nom que nous aurions oublié ? Ou n'a-t-il jamais été nommé ? »

Mon oncle, qui n'avait pas songé à la question, ne sut que répondre, et puisque le ton du roi évoquait davantage la rêverie que la conversation, il ne répondit rien, mais, courbant l'échine et se retenant à peine de claquer des talons, sourit comme si le roi avait voulu plaisanter. Cette idée que les auditeurs ignoraient si le paquebot avait un nom ou pas lui sembla pleine de charme.

« Où se trouve-t-il maintenant ? Rio ? » et son index caressant le globe traça une impeccable ligne d'étrave dans l'océan cotonneux de poussière. « New York ? Le Cap ? Savez-vous, reprit-il après un moment de silence, que j'ai gardé un souvenir très net de la seule fois où nous nous sommes rencontrés ? »

Mon oncle, qui commençait à s'habituer et à prendre plaisir au rôle du muet, leva les sourcils en arborant un sourire niais et en clignant des paupières, mimique qu'il destinait à figurer en vrac la surprise, le ravissement et la nostalgie (ainsi qu'à dissimuler le fait que lui-même ne gardait aucun souvenir de cette rencontre; il animait bien avec son père beaucoup de réceptions à cette époque mais jamais à la villa Tatiana).

« C'était en 1913, le dernier été avant la guerre, et vous officiiez dans ces jardins mêmes en compagnie de votre père qui tenait le buffet. Champagne frappé. Clos des Goisses 1904. Vous teniez sur la paume un plateau couvert de coupes pétillantes, et vous vous promeniez dans les allées. C'est le mot qu'employa ma mère qui observait la garden-party de son balcon avec ses jumelles d'opéra. "Regarde, Karol, me dit-elle, le petit Rocoule a tellement l'air d'avoir oublié qu'il porte un plateau qu'il se promène dans le jardin comme chez lui." Et elle souriait en vous regardant. »

Le souvenir du roi plaisait si fort à mon oncle qu'il l'adopta de bon cœur : il lui allait si bien qu'il devait être vrai, ou méritait de l'être, ainsi qu'une veste trouvée sur un banc dont la coupe paraît avoir été faite sur mesure pour soi. Le sourire satisfait qui naquit sur sa face, un ronronnement de sourire, reflétait à trente ans de distance celui de la reine Tatiana.

« À un moment, vous avez même chassé en soufflant sur ses épaules une guêpe qui s'était prise dans les dentelles de la robe de la petite W. Sur l'omoplate », précisa le roi en fermant les yeux et pianotant des doigts sur son épaule.

Mon oncle à son tour ferma les yeux, soit par mimétisme courtisanesque, soit dans l'espérance de revoir un instant sous l'entrelacs de dentelle blanche l'épaule de la petite W. Mais bientôt il les rouvrit tout grands et lâcha, comme si un message de l'au-delà venait de lui traverser le cerveau : « En ce temps-là les femmes étaient bien belles. »

Le roi ne dit rien, puis sourit doucement, ouvrit les yeux pour regarder les photographies de sa mère dispersées sur le tapis. « Les toilettes. Les toilettes surtout étaient admirables », finit-il par murmurer en désignant les photos d'un petit coup de menton.

« Les voilettes. Les bottines. Les corsets », égrena mon oncle, hochant la tête avec une moue de connaisseur. La sainte trinité des rendez-vous.

« Ce n'était rien déjà auprès des toilettes de la jeunesse de ma mère. Vous trouverez quelque part sur le piano une photographie où elle porte une robe de soie de chez Worth achetée à Paris en 1868. Un chef-d'œuvre. Savez-vous qu'elle a conservé toutes ses robes jusqu'à la fin et qu'elle aimait les sortir parfois sur leur portemanteau et les suspendre un peu partout dans cette pièce même afin de les revoir?

— Et tous ces chemisiers empesés, à croire qu'on les gonflait en soufflerie, qui tombaient sur les planchers comme des carcasses, et les boutons en os ou en nacre si difficiles à défaire. » Mon oncle, encore outré, frottait son pouce sur l'index pour montrer au roi comment les tourner pour qu'ils glissent dans la boutonnière. « Et ces longues robes qui les forçaient à trottiner à petits pas mesurés. Je revois les trois sœurs K. passer sur le boulevard l'une à côté de l'autre en tenant le pli de leur robe entre leurs doigts. Leurs talons de bottines claquaient. On aurait dit qu'elles voulaient écraser les yeux qui les regardaient. Car nous les regardions, nous, les jeunes, à la terrasse du Café Nicolaï pour savoir qui avait gagné la manche ce jour-là. Car comme elles étaient toujours habillées de la même façon, dès que nous voyions pointer leurs trois silhouettes à l'extrémité du boulevard, nous prenions les paris pour deviner où étaient Magda, Helena et Élisabeth, puisqu'elles avaient la bonté de ne pas toujours adopter le même ordre. Moi je ne me trompais jamais. Pour Magda, ce n'était pas difficile, c'était la plus forte, mais Élisabeth et Helena avaient la même taille, marchaient au même pas. Je les reconnaissais de loin au mouvement de leurs épaules. Quand elles se rapprochaient, c'est aux mains que je les reconnaissais : celles d'Helena étaient les plus blanches. Mais souvent, elles sortaient gantées. Alors, un jour qu'elles se trouvaient à une réception chez des amis communs, j'étais allé la trouver pour lui dire : "Mademoiselle Helena, je vous vois souvent passer devant le café avec vos deux sœurs. Je vous dis toujours bonjour en moi-même et je me demandais si vous pourriez me dire bonjour à votre tour." Elle m'avait regardé avec ses grands yeux, elle était plus grande que moi, et ne savait pas trop comment réagir à une telle demande. "Oh, vous n'avez pas à me dire bonjour, bien sûr. Tendez seulement l'index de la main qui tient la robe." Cela me permettait de ramasser de belles mises même si elle ne tendait pas toujours l'index, vous savez comme elles sont. » Et mon oncle tendit l'index sur son pantalon rayé comme le faisait Helena K. en 1913. « Et puis avec la guerre le jeu a cessé parce qu'elles se sont mariées et sont devenues veuves presque instantanément. L'une était en noir, puis deux, alors il n'y avait plus grand mérite à les reconnaître. Et quand elles furent veuves toutes les trois, même moi je n'arrivais plus à les reconnaître car Helena ne tendait plus jamais l'index, conclut mon oncle d'un air mélancolique, comme s'il y avait là un autre grand malheur de guerre.

— La guerre est une malédiction, monsieur de Rocoule », trancha le roi qui semblait revigoré par la fin de cette interminable histoire, et, saisissant un crayon minuscule qui traînait sur son bureau, il traça ces quelques mots sur un morceau de papier qu'il tendit à mon oncle : « Et j'espère que ce que nous allons faire permettra de l'abréger. »

Mon oncle, tout à sa rêverie sur les veuves, hocha la tête en philosophe et claqua des talons avec réserve et gravité, comme dans une chambre mortuaire.

« Savez-vous que l'air que nous vous avons fait parvenir a été composé par ma mère ? Elle possédait un réel talent et toutes les partitions que vous voyez dans cette pièce ont été écrites par elle. » Tandis qu'il faisait parcourir à sa main un quart de cercle dans l'air, il l'ouvrit, comme pour semer des bénédictions. « Nous l'avons bien sûr orné de paroles adéquates, en collaboration avec les Russes. N'est-il pas plaisant d'imaginer que dans quelque soubassement du Kremlin des hordes courbées de fonctionnaires bolcheviques écoutent toute la journée Radio Marsovie, à l'affût d'une valse ? Mais je n'ai fait que la relire, et sa mélodie garde pour moi quelque chose d'un peu abstrait. J'aurais pu la pianoter moi-même mais entendre ce que l'on joue empêche les souvenirs de monter et je n'ai pas voulu risquer que ceux qu'elle contient s'envolent avant que j'aie pu les reconnaître. Alors seriez-vous assez bon ? » Et il tendit le menton pour indiquer à mon oncle le piano au fond lointain du bureau.

Mon oncle inclina le cou, s'éclaircit la gorge, cette guerre lui ferait donc jouer du piano pour la terre entière, et il se dirigea vers le petit tabouret où reposait la partition. Il la prit, la déposa au-dessus du clavier avec la componction du déposeur de gerbe, resta un moment debout au garde-à-vous comme s'il s'apprêtait à soulever devant le roi le couvercle du cercueil maternel, puis s'assit en faisant voler les basques de son habit. Là, après ce long instant de concentration qui donnait toujours l'impression qu'il s'apprêtait à entamer un récital de plusieurs heures, il égrena la petite valse. Son snobisme la lui fit trouver cette fois véritablement charmante, une mélodie de boîte à musique, dont la naïveté semble être le produit d'un artiste génial de la nostalgie. Il en chanta les paroles, croyant trouver à chaque vers le sous-entendu qui mettrait bientôt en branle l'Armée rouge. Et, puisqu'il fallait bien achever, il en ralentit le rythme, donnant l'impression que le mécanisme de boîte à musique s'épuisait. Il arrêta de jouer, reposa ses bras sur ses genoux et, contemplant les touches comme les yeux d'une maîtresse après l'amour, il écouta le roi pleurer.

Pendant ce temps, direz-vous, qu'était-il advenu de Pepi et de la lettre ? Eh bien Pepi avait pris la route d'Arden, la lettre enfoncée dans sa poche et protégée par le rabat, heureux de marcher vers la forêt et de retrouver l'hôtel, qui, depuis qu'il n'y officiait plus, lui semblait le seul endroit digne de lui. Il sifflotait en s'engageant sur le chemin pierreux qui grimpait dans la forêt. Depuis quelques semaines, les perspectives d'apocalypse qui terrorisaient tant de monde le rendaient tout frétillant de corps et d'esprit. À vingt ans, il espérait confusément quelque chose de tous les bombardements à venir, du grand battage de cartes qui s'annonçait. Campé dans sa jeunesse comme au sommet d'une tour, il pouvait cracher du parapet sur tout ce qui grouillait en bas. Contrairement aux vieux, il n'avait rien à perdre, la fin de la guerre, les massacres qui l'accompagneraient, il les voyait comme la condamnation de ceux qui possèdent quelque chose, dont la vie est encombrée de façon véritablement ignoble par les souvenirs ou les richesses. Et, sans remords ni ressentiment, cette perspective vaguement entrevue gonflait sa poitrine.

Il marchait de bon cœur et quand la fantaisie lui en venait s'allongeait dans l'herbe au milieu de fleurs jaunes à hautes tiges. Il fermait les yeux, appuyait la tête sur son bras replié et mâchouillait un brin d'herbe à la face du ciel. Souvent une envie lui prenait d'ouvrir la lettre. Par prudence, il l'avait transférée dans la poche intérieure de sa veste et, couché, il sentait sur sa poitrine l'enveloppe rigide où résonnait son cœur.

Il était près de midi, il venait de s'allonger encore une fois et, les yeux fermés, sentait qu'il allait s'endormir. Tout à coup la sensation de chaleur sur son visage disparut et il imagina qu'un nuage passait devant le soleil. Mais comme il ne revenait pas, il ouvrit les yeux et vit trois ombres, penchées au-dessus de lui. Il sursauta quand il reconnut trois têtes à toques de fourrure.

C'était trois Gardes noirs qui les gardaient sur la tête malgré la chaleur, mais d'une façon un peu fantaisiste : l'un rejetée en arrière, tandis qu'une mèche de cheveux noirs lui tombait sur les yeux, l'autre de travers, le troisième, qui se tenait un peu en retrait, comme s'il boudait, enfoncée jusqu'aux sourcils.

Celui à la toque de travers, un jeune à la figure osseuse, au menton en galoche mal rasé, le regardait avec un large sourire alors que celui à la toque en arrière, le visage fermé, donnait sans s'arrêter et à toute allure de petits coups de la pointe de sa botte contre les semelles de Pepi. Il voulut se lever mais le garde le repoussa doucement du pied. Le jeune au grand menton sourit de plus belle; il regardait Pepi avec une sorte d'admiration.

« D'où tu viens? demanda l'homme qui l'avait repoussé. Et où tu vas? Te promener dans les bois? »

Le jeune au grand menton arrêta de sourire et se mit à secouer la tête d'un air désolé, à croire qu'il n'y avait plus de bois au monde. L'autre, à l'écart, sous sa toque, les regardait à moitié endormi, comme si le monde ne méritait pas qu'il y posât les yeux.

« Tes papiers. Montre-nous tes papiers », demanda d'une voix calme l'homme à la botte, en regardant ailleurs, droit devant lui, peut-être quelque chose dans le ciel. Il posa la semelle de sa botte sur la poitrine de Pepi et se mit à la remuer tout doucement, comme pour le masser. Il la retira et Pepi se redressa avec peine, exagérant la difficulté. Une fois assis, il fit mine de chercher partout dans ses poches, même s'il savait bien qu'il n'y trouverait rien d'autre que la lettre. « J'en ai pas », murmura-t-il. Le garde baissa les yeux vers lui et, d'un petit geste vif de la main, lui fit signe de se lever.

Pepi se mit debout et le jeune au menton en galoche, hilare à nouveau, entreprit de le fouiller. Son haleine empestait l'eau-de-vie.

Il trouva la lettre et l'exhiba en gloussant. Celui à la toque en arrière la saisit et lut l'adresse à haute voix : « Mlle Esther Lengyel. Un nom de youpin. Où dois-tu amener ça? » Il parlait vite et en fermant les yeux, comme s'il essayait de ne pas dissiper une couche très mince de patience.

Pepi ne savait pas quoi dire. Il clignait des yeux, ouvrait et fermait la bouche.

Le Garde noir ouvrit l'enveloppe et se mit à lire la lettre. Ses yeux couraient sur les lignes et sa bouche, peu à peu, s'ouvrait. Bientôt il fronça les sourcils, on avait l'impression que la lettre parlait de lui de façon désobligeante. Le jeune approcha son menton pour lire et sa bouche aussi s'ouvrit, si ronde qu'on voyait luire la salive sur sa langue.

Tout à coup une douleur atroce au bas-ventre saisit Pepi. Il tomba sur les genoux, sa tête heurta le sol. Sa bouche devait s'élargir toute grande car il sentait les commissures de ses lèvres se déchirer. Mais aucun cri n'en sortait.

C'était l'endormi, l'indifférent, qui venait de lui envoyer un grand coup de genou dans le bas-ventre. Et maintenant il lui écrasait la main. La douleur s'épanouissait en nausée. Pepi se recroquevillait autour de la botte. Plus que la douleur, il était affolé par la sensation que les os de sa main se brisaient, s'enchevêtraient. « Tu vas parler maintenant. Tu vas parler », murmurait l'homme comme s'il décrivait quelque chose qu'il voyait.

Ils relevèrent Pepi, le tinrent sous les aisselles et se mirent à le gifler à tour de rôle. À chaque coup, l'un d'eux lui demandait où il portait la lettre. Parfois, ils échangeaient un regard amusé et complice, comme si les coups comportaient un élément ironique, parodique.

« Sur une île de la Vseralysa ! » cria tout à coup Pepi (il ne reconnut pas sa voix, tremblante, voilée).

Ils le lâchèrent et reprirent leur souffle, côte à côte. Ils regardaient Pepi avec un air d'animosité étrange. Cela le conforta dans son plan.

« Sur une île de la Vseralysa ! Il y en a toute une bande qui se cache là depuis des semaines. »

Les trois se regardèrent : ils auraient dû y penser plus tôt.

« Combien ils sont ? demanda celui qui avait donné le coup de genou.

— Six, huit, surtout des vieux et des enfants. »

Ils se regardèrent à nouveau. Le vent faisait claquer la lettre entre les doigts du jeune au grand menton. Il la replia et la fourra dans son manteau. Pepi remarqua alors qu'ils n'avaient pas de fusil mais des pistolets rangés dans des étuis noirs ressemblant à de petites boîtes en carton bouilli. L'indifférent poussa Pepi.

« Conduis-nous. Attention à toi si tu nous as menti » et il claqua la langue.

L'endroit où Pepi voulait les mener était assez éloigné, à près de deux heures de marche, et, craignant qu'ils ne renoncent à s'y rendre, il prit les devants :

« Mais c'est loin. Et il faudra marcher vite car on a dit que, s'ils ne me voient pas arriver à l'heure, ils doivent déguerpir.

— Alors marche vite. » Et ils le bousculèrent sur le chemin.

Pepi avançait d'un pas rapide, ne voyant d'eux que les ombres des manteaux et des toques. Ils avançaient de plus en plus vite, même dans les côtes. Il les entendait souffler et cracher derrière lui et de temps en temps sentait des relents d'eau-de-vie. Ils ne s'arrêtèrent qu'une fois et l'un d'eux sortit une bouteille de la vaste poche de son manteau. Chacun lampa une gorgée d'eau-de-vie et ils la tendirent à Pepi qui la refusa par dégoût (se tapotant la tête pour prétexter une migraine).

Il les mena sur les chemins d'Arden, dans la forêt de pins, sur les pentes cailouteuses où mon oncle avait découvert un violon dans une tombe et ils parvinrent enfin en vue de la Zledka, immobile et étincelante en plein midi.

Pepi la contempla un instant, puis tendit le bras pour montrer l'une des petites îles couvertes de saules qui en parsèment le cours. « C'est celle-là, leur dit-il. — Dépêche-toi, qu'ils nous voient pas », sifflèrent-ils, fronçant les sourcils en un bel ensemble, et ils semblaient gonflés d'une colère absolue, enfantine.

Une fois descendu dans la plaine, pour parvenir jusqu'à l'île il fallait traverser un bois épais. Les arbres y étaient si hauts, leurs branchages si enchevêtrés qu'on avait du mal à avancer, on devait sans cesse enjamber des souches, écarter des ronces, soulever des lianes. Pepi avançait prudemment, restant à la hauteur des trois Gardes noirs et bondissant parfois sur un arbre déraciné pour observer, devant eux, l'entremêlement de branches et de feuilles mortes.

Enfin entre les arbres ils aperçurent le scintillement de la rivière. Ils grimpèrent tous les quatre sur le tronc abattu d'un chêne et Pepi les arrêta de la main. « Plus de bruit, ils viennent rôder des fois par là », chuchota-t-il et il sauta sur un petit rocher qui jaillissait d'un tapis de feuilles mortes.

Les trois Gardes noirs sautèrent à leur tour mais s'enfoncèrent jusqu'à la poitrine dans une mare de vase cachée sous les feuilles. D'abord surpris, ils se mirent bientôt à hurler de colère, à insulter Pepi tout en cherchant à se dégager. Mais ils se turent vite, s'apercevant qu'à chaque mouvement la vase les avalait.

Celui à la toque jetée en arrière (il l'avait perdue en sautant, et on la voyait derrière lui, délicatement posée sur les feuilles, l'intérieur doublé de tissu bleu tourné vers le ciel), enfoncé jusqu'au menton, ne parlait plus; la vase lui entrait dans la bouche dès qu'il ouvrait les lèvres.

Les deux autres n'en avaient que jusqu'à la poitrine et ils ne disaient rien non plus. L'air sifflait au travers de leurs narines, sans se regarder ils essayaient de bouger le plus lentement possible. Ils remuaient à peine les jambes à droite, à gauche, en avant, en arrière, mais chaque fois ils s'enfonçaient davantage.

Pendant ce temps Pepi regardait autour de lui, cherchant un moyen de quitter son perchoir et de regagner la terre ferme. Quand il avait aperçu le rocher, il avait sauté d'instinct (son plan original entrevoyait vaguement de les faire passer devant lui, ou de les pousser). Mais maintenant il hésitait à sauter dans l'autre sens pour retourner sur le tronc, il craignait de manquer d'élan, d'autant plus qu'il lui faudrait bondir au-dessus de leurs têtes et ils pouvaient l'agripper au passage. Celui qui l'avait frappé ne le regardait pas, ses yeux furetaient sur la vase, vides, mangés par l'intensité que toutes les parties de son corps mettaient à sentir un courant, une direction où il pourrait se mouvoir sans être avalé.

Le jeune, lui, fixait Pepi. Ses yeux brillaient et il crachait dans sa direction une salive qui lui manquait et de petites boules blanches s'accrochaient aux poils de son menton mal rasé.

Pepi, voulant les contourner, sauta sur un autre rocher. Il était recouvert d'une couche visqueuse qui lui fit perdre l'équilibre.

Il donna un grand coup de reins pour atterrir sur le bord de la mare mais n'y parvint pas tout à fait et ses jambes s'enfoncèrent dans la vase. Mais ses bras avaient atteint la berge. Ses doigts agrippèrent une branche, il ferma les poings, tira de toutes ses forces et parvint à sortir de la mare.

Il resta allongé un moment, les yeux fermés. La terreur qui faisait battre son cœur avait éclaté, irradiait en une satisfaction mate, absolue.

Il bondit sur ses pieds et se retourna vers la mare.

Ils ne s'en sortaient pas. Celui qui le repoussait avec sa botte avait déjà disparu, il ne restait plus de lui que sa toque, et Pepi aperçut à l'endroit où il se débattait quelques instants plus tôt une empreinte semblable à celle laissée par un corps sur un édredon, un creux où glissaient de petites feuilles mortes racornies.

Celui qui l'avait frappé soufflait très fort par le nez, soulevant sur la vase des lentilles jaunes qui se collaient sur sa bouche, ses joues, tandis qu'il cherchait à s'allonger doucement vers le bord de la mare.

Pepi se précipita sans prêter attention aux bouts de bois qui lui blessaient les jambes et parvint à briser en la tordant dans tous les sens la branche à demi arrachée d'un pin. La tenant à deux mains, il s'approcha de la mare et en assena un coup de toutes ses forces sur la tête du Garde noir qui l'avait frappé. L'autre ne cria pas, il s'enfonça. Pepi lui avait aplati la toque jusqu'au nez et comme il craignit qu'elle ne le protège des coups, il se mit à le frapper sur les côtés, tantôt à gauche, tantôt à droite, cherchant à atteindre les joues ou la mâchoire.

Il fermait les yeux, de façon à frapper toujours plus fort. Il entendait de grands cris mais c'était le troisième, le jeune, qui les poussait, des cris d'outrage si perçants, si impudiques, que Pepi frappait encore plus fort pour qu'ils cessent. Et ils s'arrêtèrent enfin, ou plutôt se transformèrent en un couinement qui lui fit rouvrir les yeux.

Le jeune avait de la vase jusqu'au cou. Ses yeux étaient fermés; un hululement montait de sa gorge.

De l'autre ne restait plus qu'un grouillement rouge presque entièrement avalé par la vase. Un filet de sang coulait, écarlate, mais la vase le buvait et en s'y répandant il prenait peu à peu une teinte framboise, délicate. La toque avait été propulsée par un coup violent et pendait, accrochée à un arbre, de l'autre côté de la mare.

Le jeune sanglotait, les yeux fermés : « Aide-moi, fils de pute, aide-moi à sortir de là, chuchotait-il sans fin. — Alors redonne-moi la lettre », cria Pepi. Le garde ouvrit grands les yeux. « Tu vois bien que je ne peux pas bouger. Aide-moi à sortir si tu veux ta putain de lettre. » Tous les trois ou quatre mots, il soufflait pour écarter la vase de sa bouche.

Pepi allait et venait autour de la mare d'un pas rapide, courottant, sautillant par-dessus les souches. Il s'aperçut que ses mains tremblaient et qu'il ne pouvait les arrêter, même s'il les plaquait de toutes ses forces contre ses cuisses. Sans s'arrêter ni lever les yeux, tordant la bouche vers la mare, il cria : « Si je te sors, tu vas me tuer avec ton pistolet. — Non, si tu me sors de là, tu es mon frère, mon sauveur », chuchota le jeune homme, et à chaque mot il s'enfonçait. Pepi s'approcha,

s'arrêta mains dans les poches et dit doucement :
« Même si je voulais, je ne sais pas si je pourrais.
— La branche cassée. La grande. » Les yeux du garde s'écarquillaient et coulissaient sur la droite. Pepi chercha et aperçut dans l'enchevêtrement d'aiguilles d'un pin abattu une branche brisée qui pointait en l'air.

« Trop lourde, dit Pepi. — Va voir, va voir », siffla le jeune homme. Pepi trotta vers le pin, grimpa sur le tronc et se mit à secouer la ramée. Tout autour, les buissons, les ronces, les aiguilles, comme réveillés en sursaut, se mirent à crépiter. « On n'aura jamais le temps », cria Pepi mais il s'attaqua franchement à la branche à moitié arrachée, la hissa. Elle venait assez facilement. Elle se coinça soudain et il perdit l'équilibre, moulinant à toute allure des bras pour ne pas tomber.

Le garde ouvrit toute grande la bouche de terreur et avala une lampée de vase. Pepi reprit l'équilibre et, tournant et retournant le bout de bois, finit par l'extraire du fouillis de ramures avant de le balancer dans la mare où il manqua de peu la tête du garde. Puis il redescendit et empoigna à deux mains l'extrémité qui reposait sur la berge. « Accroche-toi, je tire. »

Le jeune sortit ses bras couverts de boue. Ses mains saisirent la branche, sa tête disparut sous la vase. Pepi tira la branche en reculant.

Le corps refit surface, recouvert de petits points jaunes, luisant de vase, semblable à celui d'un gros serpent. On ne distinguait pas son visage, pris dans un masque de sable noir. Seulement les doigts crispés sur la branche qui semblaient moulés avec art dans la vase.

Pepi continua à tirer jusqu'à ce qu'il soit entièrement sorti de la mare. Puis il le regarda, les poings sur les hanches. L'autre ne bougeait pas. Seule la couche de vase constellée de points jaunes se soulevait et s'abaissait doucement. Pepi ramassa le bâton avec lequel il avait frappé l'autre garde, le saisit dans ses deux mains et s'approcha lentement du corps étendu. Arrivé devant lui, d'un ton calme et doux il dit : « Donne-moi la lettre. » À ses pieds, il voyait le corps tressauter, secoué peut-être de frissons, ou de sanglots. « Donne-moi la lettre », répéta Pepi et il frappa un buisson avec son bâton.

L'autre redressa la tête. Sous les lentilles jaunes Pepi vit luire les yeux. Un bras émergea de la boue et une main apparut, noire, sculptée dans la boue avec une extrême délicatesse. Elle disparut dans une ouverture de la vareuse et quelques instants plus tard en tira la lettre couverte de petits points citron. « Jette-la-moi », ordonna Pepi. L'autre voulut la lancer mais la lettre mouillée lui échappa et tomba devant lui.

Pepi l'attira vers lui avec le bâton. Il la saisit et se mit à souffler dessus, comme s'il espérait la sécher, puis la secoua dans l'air. Sous les lentilles ruisselait l'encre myosotis. Il écarta sa poche et, pinçant la lettre entre le pouce et l'index, il l'y déposa lentement, comme un animal blessé.

Quand il releva la tête, il s'aperçut que le jeune s'était levé et tendait le bras vers lui. Dans son poing le gros revolver le couchait en joue. Des paquets d'herbe dégoulinant de sa vareuse tombaient sur le sol avec un bruit mou. Pepi contemplait le revolver tout couvert lui aussi de petits points jaunes ; il ne pouvait pas bouger, tenant toujours dans sa poche la lettre pincée entre ses doigts. Il ne ressentait aucune terreur, plutôt l'accablement d'un homme qui pendant une partie de cartes se rend compte que l'adversaire à qui on a si longtemps expliqué les règles abat son jeu en dépit du bon sens.

Un bruit assourdissant éclata, la tête de Pepi rentra dans ses épaules, ses yeux se fermèrent et se rouvrirent aussitôt. Le jeune hurlait, écroulé à genoux. Dans la vase près de la berge, trois doigts attachés à un morceau de main reposaient sur des feuilles. Le jeune, comme enivré par ses cris, aspergeant la poussière et les feuilles de sang, se rua vers la mare, y enfonça une jambe en se penchant pour ramasser ses doigts. Instinctivement il tendit d'abord la main mutilée et sanglante avant de se reprendre en mugissant et de tendre l'autre. Alors Pepi s'élança et d'un grand coup de pied le précipita tête la première dans les sables mouvants. Puis il se retourna et partit en courant, arrachant son pantalon aux ronces, escaladant à quatre pattes les troncs abattus.

Arrivé sur le plateau, il s'arrêta, se laissa tomber dans l'herbe et resta longtemps allongé, pantelant. Enfin, il sortit la lettre de sa poche. Elle était toujours trempée, le côté de l'enveloppe ouvert par le Garde noir avait même fondu en une sorte de pâte qui se désagrégeait dès qu'on la touchait. Il la leva au-dessus de son visage, déchira le coin du côté resté intact d'un ongle délicat et jeta un œil à l'intérieur. Mais ce qu'il découvrit dut l'effrayer car il rabattit le coin et fourra la lettre dans sa poche.

Il finit par se relever et, les mains dans les poches, il se remit en marche d'un pas lourd vers Arden.

Même si ses jambes parfois se mettaient à trembler si violemment qu'il était obligé de s'arrêter, Pepi ne pensait plus du tout à ce qui venait de lui arriver mais uniquement à la lettre. Il ne savait trop quoi faire. La remettre à sa destinatrice dans l'état où elle était avait quelque chose de ridicule, ne pas le faire quelque chose d'insatisfaisant, surtout après tout le mal qu'il s'était donné. S'expliquer était impossible. Et quelle excuse trouver qui ne le ferait pas passer pour un imbécile ? À cause de cette lettre, il soupirait sur le chemin d'un air déchirant, à fendre le cœur des rochers, oublieux du carnage. Mais une douleur entre les côtes, à un endroit où ils l'avaient frappé, sourde d'abord, puis de plus en plus forte, lui rappelait sans cesse ce qui s'était passé. Alors une frayeur le saisissait qui lui coupait la respiration.

Lorsqu'il arriva en vue de l'hôtel, il aperçut deux silhouettes près du perron : l'une, vêtue d'un imper et coiffée d'une casquette de cuir, allait et venait en donnant de temps en temps un grand coup de pied qui faisait s'envoler des paquets de feuilles mortes. L'autre, un grand homme aux cheveux blancs levés en houppettes par le vent, les bras croisés sur la poitrine, le contemplait, impavide.

Pepi repensa aux consignes de mon oncle et se dit que, s'il se présentait, on ne manquerait pas de lui demander ce qui l'amenait. Comme il ne voyait aucune femme, ni jeune ni vieille, dans la forêt autour de lui, il décida de pénétrer dans l'hôtel en cachette, et d'utiliser pour cela l'escalier de service dont une porte dérobée et vermoulue, toujours ouverte, donnait sur la roseraie.

Il fit un long détour pour éviter les regards des

deux hommes, se faufila dans la roseraie et, courant sur la pointe des pieds pour ne pas faire crisser les graviers, il se précipita sur la porte. Il s'engouffra dans l'obscurité. Là, comme lorsqu'on pénètre dans une église, il s'arrêta en levant la tête et huma l'odeur familière (poussière, feuilles mortes, soude à lessive), puis se mit à gravir les marches.

Il tourna et retourna dans le dédale de l'escalier, alternance de vastes paliers et de microscopiques tourbillons de marches si encastrées les unes dans les autres qu'on ne savait bientôt plus si l'on montait ou descendait.

Il avait du mal à distinguer dans la pénombre les portes sur les paliers. Il avait l'impression d'être monté trop haut mais n'osait redescendre, craignant de s'égarer tout à fait. Il continua à monter.

Bientôt les marches se mirent à trembler sous ses pas. L'escalier se transformait en une échelle de planches si raide qu'elle en devenait presque verticale, avec en guise de rampes une corde de chaque côté. Quand il y posait le pied, les planches tremblaient, les cordes se balançaient et il avalait une bouffée de poussière au goût de chanvre. L'escalier se mit bientôt à tanguer avec une telle violence que, projeté à gauche et à droite comme sur un manège, il fut forcé de se cramponner aux cordes. Projeté en avant, il donna de la tête contre une porte. Il agrippa la poignée et tomba en avant.

Emporté par son élan dans le noir, il se figea en apercevant une ombre qui se précipitait à sa rencontre.

L'ombre se figea elle aussi.

Immobile, Pepi attendait qu'elle se dissipe.

Mais, peu à peu, ses yeux s'accoutumant à l'obscurité, il se rendit compte qu'il s'agissait de son propre reflet dans un grand miroir posé à terre. Il regardait sans les reconnaître la bouche grande ouverte, les joues violettes, les cercles jaunes autour des yeux.

Une odeur étrange vint lui chatouiller les narines. Regardant autour de lui dans la demi-clarté, il découvrit des tapis et des chaises trouées, de vieux tableaux luisants. Sur sa gauche, tout au fond de la pièce, illuminée par un rayon projeté par un hublot, ma tante, assise sur son lit, penchée en avant, la tête hérissée de papillotes rouges, était lancée dans une réussite comme une cavalière de concours.

« La patronne ! » chuchota Pepi, tournant la tête vers le miroir comme un acteur de vaudeville s'adresse au public. Mais il ne vit que lui.

Le plus doucement possible, il essaya de regagner la porte mais ma tante dressa le cou et regarda dans sa direction. Elle le fixa un long moment, clignant des yeux, cherchant sans doute à apprécier si la tête souriante qu'elle découvrait, couverte d'ecchymoses, relevait du surnaturel ou du théâtre ordinaire de la vie. Mais elle se souvenait bien de Pepi et, jugeant qu'il y avait peu de chances qu'il ait été élevé au rang d'apparition, elle s'adressa à lui sur ce ton flûté et bienveillant qui lui venait si naturellement qu'en l'entendant elle s'imaginait une enfance de châtelaine.

« Oui, Pepi ? Que désires-tu ? »

Pepi, ne trouvant rien d'autre à faire, souriait de plus en plus.

« Commission du patron », dit-il en haussant les épaules et souriant de toutes ses dents.

Ma tante sourit elle aussi, comme la châtelaine sur son cheval.

Pepi s'approcha, louchant sur la réussite.

« Nous nous sommes rencontrés à S., se mit-il tout d'un coup à expliquer. Il y est venu quelques jours pour affaires et quand je lui ai dit que je comptais me marier, il m'a dit comme ça : " Va trouver ma femme, qu'elle te tire les cartes ! Elle ne se trompe jamais !" » Il regardait ma tante avec tendresse, à la façon d'un bon époux.

Ma tante lui adressa un clin d'œil et, pinçant la bouche de satisfaction, ramassa ses cartes et entama une autre réussite. Tandis qu'elle les disposait, elle se mit à siffler une vieille valse, *Le Schönbrunner*, au rythme un peu militaire, comme si elle alignait des soldats pour une revue. De temps à autre, d'un petit coup sec du genou ou d'un tremblement de cuisse sous l'édredon elle retournait une carte ou la remettait en place lorsqu'elle sortait du rang.

Pepi, ne sachant trop quoi faire, croisa les mains dans le dos à la manière d'un écolier et s'avança en se dandinant jusqu'au pied du lit. Pour mimer l'intérêt, il se pencha vers les cartes. Sous l'édredon, les orteils de ma tante s'agitèrent, effrayés ou ravis de sentir une visite. Et comme Pepi se penchait de plus en plus, courbant l'échine, la lettre, glissant de sa poche, tomba en plein milieu de la rangée de cartes.

L'adresse était illisible, une dégoulinade bleue constellée d'étoiles citron. Mais elle reconnut l'enveloppe sortie de sa propre commode, crème, en papier peau de pêche, provenant d'un paquet acheté à Vienne en 1928. Et les taches myosotis lui firent penser à mon oncle, cette encre ayant toujours été, parce qu'elle était de la couleur de ses yeux, celle des lettres d'amour qu'il lui envoyait du temps de l'autre guerre.

« Voici une lettre de mon mari », lâcha-t-elle d'un ton doux et calme, dont on ne savait dire s'il tenait de la certitude de la voyante ou de l'intuition de l'épouse. Elle la souleva d'un geste vif, entre deux doigts, comme si elle la tirait des flammes.

Pepi ne respirait plus.

Elle la tourna et retourna, la leva à la lumière, s'en éventa le cou d'un geste mécanique, une fois à gauche, une fois à droite, puis plongea son petit doigt dans l'ouverture qu'avait déchirée Pepi et ouvrit l'enveloppe en une série de coups secs. Ils firent jaillir une chaîne de dentelures et chacun de leurs hérissements perçait le cœur du messager.

Elle sortit la lettre et la déplia d'un grand coup sec de la main.

Pepi colla une main sur sa bouche.

Il ne restait de la lettre que des dégoulinures, et ma tante lança un regard interrogateur. Pepi leva puis laissa retomber un bras.

« Elle est malheureusement tombée dans l'eau. Au moment où je me penchais pour boire, je suis tombé dans un cours d'eau. » Rejouant la scène, il se pencha vers le lit. « Sur les pierres », ajouta-t-il, montrant sur sa face les ecchymoses que ma tante sembla excuser en fermant les yeux d'un air protecteur.

Pepi s'aperçut avec terreur que quelques mots restaient lisibles. Il ne savait pas ce que contenait la lettre mais se doutait bien qu'elle n'était pas destinée aux yeux de ma tante. Celle-ci pourtant ne semblait pas troublée par ce qu'elle voyait, elle fronçait le sourcil, approchait le papier de son nez pour mieux y lire, ou au contraire tendait le bras pour l'éloigner et la tourner en tous sens dans la lumière. Pepi aussi la suivait des yeux et tentait d'y lire des mots, comme si ç'avait été un moyen de les effacer.

« Pepi, voulez-vous être assez gentil pour aller me chercher du papier et une enveloppe dans la commode qui se trouve juste derrière vous ? » demanda ma tante sans le regarder, tout occupée à remplir le réservoir de son stylo, trempant avec précaution la vieille plume rouillée dans un encrier en équilibre dans une vallée de l'édredon.

Pepi se retourna pour ouvrir le premier tiroir de la commode, déjà entrouvert, mais, comme les autres, à son degré particulier, à la façon des clefs tirées sur un orgue. Chacun aussi exhalait une odeur particulière et il montait des profondeurs un remugle étrange, qui donnait l'impression de monter un escalier où viennent pisser les chats en tenant un bouquet de violettes contre son cœur. Ces senteurs intimidèrent Pepi, comme l'intimidèrent les bosses du bois de loupe détrempé, ainsi que son toucher légèrement poisseux, au point que le doigt qui s'y posait par mégarde, même de la façon la plus délicate, recevait instantanément un baiser vorace de poulpe, adhésif et pointu.

Pepi tira avec deux doigts le tiroir et découvrit dans la pénombre odoriférante une pile d'enveloppes crème effondrée sous un amas de colifichets et de rubans aux couleurs passées. Les sœurs de celle qui l'avait plongé dans le cauchemar. Il hésita avant d'en prendre une, craignant de réveiller le malheur.

« Pepi, Pepi ! » pépia ma tante en se trémoussant sous son drap, la plume pointée en l'air.

Pepi lui tendit enveloppe et papier et elle se mit à griffonner à toute allure un petit mot qui la faisait sourire au fur et à mesure qu'elle le déroulait sur le papier. La plume à peine levée, elle souffla sur la feuille, la plia rapidement en deux et la fourra dans l'enveloppe qu'elle cacheta à petits coups de sa langue violette. Elle leva les yeux vers Pepi, les ficha dans les siens, et, lui tendant la lettre : « Cher Pepi, apportez ce mot à mon mari puisque vous retournez à S. »

Stupéfait, ne trouvant rien à dire, Pepi rempocha la lettre, s'inclina lentement et s'en alla sans un mot accompagné par le froissement de draps que fit lever ma tante en se tortillant d'aise sur ses oreillers.

(En réalité, de la lettre de mon oncle, il n'était plus resté que quelques mots épars :

moment *se débarrasser* *la forêt*
prix fort,

si bien que ma tante avait cru que tout le reste devait consister en un long salmigondis visant une fois encore à la convaincre de vendre une parcelle de la forêt. C'était sans doute la raison pour laquelle il s'était rendu à S. pour affaires. Elle lui avait donc répondu :

Je ne comprends rien à ta lettre que Pepi a fait tomber dans l'eau, mais, s'il s'agit encore de l'histoire des parcelles, je te répète ce que je t'ai déjà dit cent fois : en matière forestière, ceux qui aiment trop les affaires rapides finissent toujours par ne plus s'y retrouver. Les titres de propriété sont si obscurs que leurs fameuses bonnes affaires ne le sont bientôt plus qu'en souvenir !

L'après-midi touchait à sa fin et à S. mon oncle errait dans les rues depuis qu'il avait quitté la villa Tatiana. Les pouces accrochés aux poches du pantalon, le nez baissé, il marchait lentement, et son cœur était empli de nonchalance. Le crépuscule venait, ou plutôt semblait s'être assoupi en soirée perpétuelle, comme si s'était bloqué le mécanisme des révolutions du ciel. C'était l'un de ces soirs de printemps où l'on peut s'imaginer à bon droit que la fin du monde est commencée, une fin du monde pleine de douceur, une paix dorée envahit les choses et il nous semble qu'avec l'effort le plus léger, si nous y consentions, nous pourrions entendre, comprendre, ce qui se chuchote dans le ciel.

Tout à coup il remarqua que les ruelles du quartier qu'il traversait étaient agitées d'une animation étrange.

Des pas claquaient sur le pavé ; de chaque coin de rue surgissaient des silhouettes penchées qui regagnaient en hâte la porte d'un immeuble où l'obscurité les avalait.

On dirait des gens frappés de dysenterie, se dit-il. Ou de typhus, qui fait, c'est bien connu, des ravages en temps de guerre. Effrayé par cette idée, il suspendit son pas et arrêta de respirer. Puis il redescendit à toute allure vers le boulevard Karol.

Passant devant des fenêtres ouvertes, il crut entrevoir à plusieurs reprises des ombres courbées comme des figurines de crèche, assises dans le halo de miel d'une radio.

Dans la ruelle les passants toujours plus nombreux le croisaient sans lever les yeux et certains remontaient si vite qu'ils le heurtaient sans paraître s'en apercevoir.

Retourné par le coup d'épaule d'un géant qui fonçait, le chapeau rabattu jusqu'aux yeux, mon oncle, titubant, aperçut au sommet de la rue plusieurs silhouettes qui filaient vers les façades blanches et y disparaissaient. Un chat noir, patte levée, dont le dos arqué semblait retenir un frisson, tendit sa petite tête vers une porte qui venait de claquer.

Au bas des ruelles, dans les petits cafés obscurs proches du boulevard, les rideaux de perles frissonnaient car on avait laissé portes et fenêtres ouvertes à cause de la chaleur, la première de l'année. Lorsqu'il passait devant, mon oncle, même en tendant le cou, ne percevait pas le moindre éclat de voix. Parfois, une volute de tabac s'échappait rêveusement d'entre les perles.

Tout à coup il entendit la valse d'*Amour à louer*.

Il agita sa tête dans tous les sens car la musique semblait sortir des soupiraux et des volets, lointaine comme les nuages, proche comme les pavés.

Il se mit au garde-à-vous, posture propre, lui semblait-il, à une parfaite compréhension des événements. Et la vérité lui apparut. Tout le quartier écoutait le feuilleton.

Les voix familières de Louchka et de Salomon, celle d'Esther, résonnaient dans l'air. Elles voletaient, invisibles, autour de sa tête comme des chauves-souris, couraient sur les murs comme des lézards. Mon oncle s'enfuit vers le boulevard. Son cœur battait sous sa chemise empesée.

Lorsqu'il l'eut atteint, il entra dans le premier

café et se précipita au bar pour commander une retzka (eau-de-vie marsovienne, orge et tulipe).

Tous les clients, ceux accoudés au comptoir le front penché, ceux assis à leur table bras croisés, droits comme des mannequins de cire, écoutaient le feuilleton. Il se mit à l'écouter lui aussi, et il reconnut dans les airs la voix de Salomon et celle de Louchka qui jouait la vieille comtesse. Il connaissait si bien les paroles qu'il ne les comprenait plus. À côté de lui, un client au visage large et luisant, au chapeau jeté en arrière, un de ces hommes dont les joues épaisses et flasques donnent le sentiment que leur viande absorbe trop facilement les fatigues et les chagrins, regardait la flaque de bière sous son nez. Il ne bougeait pas la tête afin de mieux entendre et, tandis que dégoisait Louchka, un petit sourire peu à peu apparaissait sur ses lèvres.

Après avoir ingurgité une seconde retzka, mon oncle se mit à examiner les visages. Mais personne ne voulait croiser le sien, comme si le moindre mouvement d'yeux avait menacé de leur faire tomber les oreilles. Un client pourtant lui jeta un regard courroucé, outré sans doute de l'indifférence que paraissait manifester mon oncle au déroulement des péripéties, au danger que courait le jeune musicien en haut de la cheminée du paquebot.

Quand il se rendit compte que la voix plaintive, mielleuse, qui susurrait la romance était la sienne, il se précipita hors du café.

Mais une fois dehors, il ne put s'empêcher d'entrer dans celui d'à côté. Et comme, dans tous les cafés, on entendait le feuilleton, il se mit à passer de l'un à l'autre, éclusant à chaque station une petite retzka. Il fit ainsi le café L'Étoile, puis le Stenka Razin, que fréquentaient plutôt les représentants de commerce ou les hommes d'affaires un peu louches; ils semblaient abîmés dans leurs jeux de cartes ou de dés, relevant de temps en temps la tête pour souffler la fumée de leurs cigarettes au plafond, et pourtant ils lançaient tout à coup des exclamations, approuvant ou désapprouvant bruyamment telle ou telle réplique de l'opérette à la façon d'une assemblée politique pleine de morgue. Puis il passa par Le Comte Ollin où se rendaient les couples de retraités, les vieux rentiers, où l'on trouvait aussi souvent, agglutiné à une table, quelque conglomérat de veuves. Les vieux suivaient les péripéties avec l'air attentif de ceux qui pressentent qu'ils ne vont pas tout comprendre tandis que les vieilles commentaient brièvement chaque événement d'un point de vue psychologico-moral ou pronostiquaient le suivant dans une perspective érotico-fatidique.

Il termina sa tournée au Café Nicolaï. Là, en accord avec la tradition de bonne tenue et d'ironie supérieure de l'établissement, l'attention semblait plus évanescente. Dialogues et valses surnageaient au-dessus des conversations et de la fumée, réfugiés autour des lustres, semblables aux échos d'un olympe oublié. Mais comme mon oncle était déjà passablement gris, affalé au bar après sa septième retzka, il trouvait que les rires, les gestes des clients, les entrechats des garçons se coulaient dans le rythme de sa musique. Elle lui semblait tirer les ficelles de ce monde de pantins. Et lui aussi se laissait porter par le courant; ses yeux se fermaient, sa tête dodelinait, le dernier accord allait tomber, il avait levé la main pour le marquer, mais au moment de la laisser tomber il entendit, chuchoté trop près du micro, un bruissement en yiddish, qui résonna dans tout le café.

« *Der shtrik funem shlimazl tserayst zikh nokh eyder er shtarbt.* »

Stupéfait, il clignait des yeux en s'accrochant au bar, se demandant s'il n'était pas victime d'une hallucination auditive provoquée par les vapeurs de la retzka. Mais les autres aussi avaient entendu la phrase ; un silence absolu régnait tout à coup ; on n'entendait même pas une cuillère tinter ; beaucoup de visages arboraient le même vague sourire figé. Certains avaient levé la tête vers le plafond, espérant peut-être y distinguer les lèvres d'où venait de tomber la phrase.

On entendait bruire les feuillages des arbres du parc, quelqu'un éternua, la voix grave du speaker annonça le programme suivant, « un charmant pot-pourri d'œuvres musicales qui chantent les fleuves et les plaines de l'Europe centrale ».

Mon oncle était déjà sur le boulevard. La nuit tombait, et il y filait avec volupté, la poitrine soulevée, prête à éclater. Car il longeait les terrasses des cafés où presque tous les violonistes jouaient la valse d'*Amour à louer*.

La tête lui tournait, et il pensa à Esther. Et comme toujours lorsqu'il ne l'avait pas vue depuis longtemps et songeait tout à coup à elle, il lui sembla étonnant de ne l'avoir pas encore serrée dans ses bras. Il croyait surprendre le destin endormi. Mais aussitôt il se disait qu'elle ne l'aimait pas et cette intuition brutale, sauvage, lui coupait le souffle et suspendait son pas.

La retzka l'emplissait cependant d'une énergie

si gaie, si enchantée, qu'il pensa pour la millième fois qu'il était impossible qu'elle ne l'aime pas un jour. Ses frayeurs lui parurent aussi tout à coup semblables aux élucubrations de ces philosophes aux yeux de qui rien ne prouve que le soleil se lèvera demain. Il repensa aux yeux gris sous les sourcils noirs, revit dans l'obscurité de la cuisine le pied blanc et la cheville où saillait un os minuscule. Puis, assailli d'une bandaison formidable, il décida de se rendre au bordel de la Malenka.

C'était une maison basse perdue dans les champs de tournesols qui bordent la ville. Mon oncle s'y rendit à pied, par des chemins poudreux. Tandis que la nuit tombait, il respirait l'odeur de paille et de boue avec avidité. Il avait l'impression de pénétrer dans un paysage d'enfance, où il aurait voulu s'égarer. Il s'y perdit d'ailleurs, dans ces prairies, ces champs, ces carrefours envahis par la nuit. Il les reconnaissait, mais ne pouvait plus les relier entre eux et il tirait de cette impuissance une volupté merveilleuse qui lui faisait fermer les yeux.

Tout à coup, alors que les étoiles apparaissaient dans le ciel, il se retrouva en face du bordel de la Malenka.

Une longue bâtisse sans étage blanchie à la chaux luisait dans le crépuscule, ancienne ferme au grenier transformé en chambres dont les cloisons étaient de simples planches de bois. Au-dessus du chemin de terre, une ampoule suspendue au milieu d'un câble répandait une lumière jaune sur les murs, verte sur les tuiles. Si l'on arrivait du côté opposé, par un sentier qui traversait les ténèbres d'un champ de tournesols, la clarté de la lune donnait à la bâtisse l'air d'un rocher de craie. Les figures des pensionnaires rappelaient les différents aspects de la maison : le soir, dans la grande salle illuminée, elles luisaient d'ocre et de mauve ; mais tôt le matin, si l'on passait la tête dans l'embrasure d'une fenêtre ouverte, on voyait trembler dans le noir des visages qui semblaient enduits de farine.

Souvent, de cabarets voisins perdus dans les champs montaient des cris, des rires, des mélodies qui faisaient s'envoler les corbeaux vers la Malenka où l'on n'entendait que le cliquetis des tournesols. On les voyait arriver de leur vol bas et lourd, accompagnés d'airs d'accordéon portés par le vent, comme des messagers funestes chassés de fêtes lointaines. Ils retombaient dans les champs tout autour de la Malenka, ou sur le chemin où, après avoir prestement replié leurs ailes, ils marchaient en se dandinant.

Quand mon oncle arriva, du côté du couchant le ciel était encore d'un bleu très clair ; une ligne jaune tendre barrait l'horizon. Le tabac brun de sa cigarette, qu'il protégeait de la paume, embaumait le chemin. Il aperçut la silhouette d'une femme accoudée à une fenêtre dans l'obscurité. À côté d'elle, sur le mur, remuait un laurier agité par le vent. La pièce où elle se tenait était plongée dans le noir et son profil au chignon apparaissait lorsqu'elle tournait la tête et se découpait sur la pâleur du mur.

En s'approchant, il entendit des bruits : un cliquetis de bouteilles, un violon qu'on accordait, une toux précautionneuse. D'une lucarne au grenier s'exhalaient les halètements honnêtes, réguliers, d'un client en besogne.

Il s'approcha de la femme et, bien qu'il ne distinguât pas ses traits, il reconnut sa voix car elle chantonnait tout bas. Une de ces voix de femmes qu'il aimait tant, qui semblent cacher une envie de moquerie. Mon oncle voyait maintenant le dessin de son nez et de son menton se découper sur le halo laiteux du mur.

« Olga, même dans la nuit, je reconnais ton profil », dit-il. Comme elle s'était tournée vers lui mais ne disait rien, il ajouta : « Comment vont les affaires ? » d'un ton de gaieté forcée car tout à coup il se sentait humilié et plein de tristesse. Elle ne disait toujours rien et le silence épais et doux de la nuit n'était coupé que du cri régulier d'un crapaud, dans un champ. Il voyait ses épaules se soulever quand il respirait et il cherchait à deviner le mouvement de sa poitrine. « Beaucoup de parloteurs, moins d'amateurs », lança-t-elle enfin en riant et mon oncle crut aussi reconnaître le rire. Il tendit le bras vers elle. Sa main toucha le cou, un sein qu'il sentit sous la laine ; elle se recula brusquement et une lumière qu'on allumait éclaira son visage.

Le sourire grimaçait, une dent d'argent luisait près de ses lèvres. Des yeux bleu de Delft tout ronds le regardaient.

Seuls les cheveux blonds rappelaient Olga. Le reste de sa face s'était métamorphosé, rajeuni, elle semblait ne pas avoir vingt ans. Le visage disparut ; des lumières s'allumaient aux fenêtres de la salle.

Mon oncle resta un moment près de la fenêtre, immobile. Puis il fit demi-tour et s'éloigna sur le chemin, les épaules voûtées. Trois heures plus tard il revint et entra dans la maison.

Elle n'abritait qu'une grande pièce qui faisait

penser à une salle de bal, éclairée de lustres où les ampoules étaient vissées sur deux imitations de branches peintes en noir, tordues comme des ceps. Comme jadis, des musiciens tziganes vautrés sur des canapés déchirés dans un recoin obscur faisaient semblant de dormir, attendant qu'on vienne froisser des billets à leurs oreilles. Alors ils se levaient et, aussi longtemps qu'on en coinçait entre les cordes des violons et du cymbalum, ils riaient, hochaient la tête et faisaient des courbettes, à la tzigane, le comble de la servilité enveloppant le comble de l'insolence. Dans la salle on riait, certains de leur servilité, d'autres de leur insolence. Le temps avait passé, mon oncle ne reconnut pas les musiciens, pas plus que le garçon qui se tenait derrière le comptoir et disposait les verres sur des plateaux, un grand jeune homme à la tête de cheval. Près de l'orchestre, on trouvait maintenant un phono et une pile de microsillons.

La salle était si longue qu'elle paraissait vide et pourtant quatre ou cinq groupes d'hommes en costumes, qui ressemblaient à des conspirateurs d'opéra ou à des plaisantins de funérailles, étaient parsemés sur le parquet étincelant qui avait l'éclat trop blond, écœurant, des lambris de cirque. Mon oncle entraperçut des figures connues, des clients dont il aurait pu vérifier le nom dans sa mémoire comme sur une feuille de réservation ; mais, à la façon d'un rêve, avant qu'il les ait reconnues tout à fait, elles baissaient les yeux et disparaissaient derrière une autre silhouette, avec cette discrétion, cette évanescence des maisons de passe qui leur confèrent la distinction du songe. Ils chuchotaient entre eux car les filles n'étaient pas encore descendues ou se trouvaient en main. Mais mon oncle, à la façon Rocoule, ne se joignit pas aux hommes ; il se glissa au fond de la salle, dans les coins obscurs, pour y chercher des filles.

Il en trouva deux sous l'escalier ; la blonde aperçue à la fenêtre qui le regardait en face avec un sourire dur et une grande brune qui, cachée derrière elle, reculait sa tête dans le noir.

La première portait une robe rouge ; l'autre avait l'air d'être enveloppée d'un drap blanc.

« Alors tu ne t'appelles pas Olga ? demanda mon oncle avec douceur.

— Non », répondit la fille, et elle avait l'air de se retenir de rire. La seconde, derrière, sautillait d'un pied sur l'autre pour l'apercevoir.

Mon oncle eut envie de monter avec toutes les deux. L'une parce que l'excitait la ressemblance qui en faisait un fantôme. Il désirait contempler et caresser le corps nu de cette fille si fort que son ventre se creusait. L'autre, qu'il ne trouvait pas jolie, à cause de ses cheveux noirs et lourds que de longues épingles avaient du mal à contenir. À chacun de ses mouvements leur masse tremblait, menaçait de se défaire et pourtant ne se défaisait pas. Les petits yeux noirs, le visage blanc en lame de couteau, il les trouvait attirants, le contrepoint acide de la chevelure opulente dont les pointes devaient toucher le plancher quand les épingles tombaient.

Il voulut les entraîner dans l'escalier mais elles hésitaient à le suivre, soit par pudeur, soit par crainte qu'il ne partage le tarif. Par gêne peut-être de décider laquelle lui demanderait un supplément et de combien. Elles chuchotaient rêveusement sous l'escalier, à la lumière d'une bougie, leurs têtes se touchaient presque et de temps en temps la blonde lançait vers lui un regard perçant.

Cinq autres filles étaient descendues et avaient formé une ronde blanche autour de ces messieurs car elles portaient les mêmes étranges chemises de nuit que la brune. L'odeur d'amidon qui en montait se mêlait à celles de leurs parfums douceâtres. Leurs faces peintes riaient aux billevesées de ces messieurs comme si elles voyaient des papillons s'envoler de leurs bouches.

La jeune femme blonde se glissa vers mon oncle et chuchota une somme en le regardant dans les yeux et mon oncle, enivré, rit de bon cœur tant il trouvait cette somme énorme, tant il trouvait cette somme dérisoire.

Ils montèrent, mon oncle menant la marche. Elles le suivaient en chuchotant et ricanant, discutant d'un pêcheur de brochets à qui il manquait un doigt. À l'étage, on marchait sur de grandes planches de bois poussiéreuses qui tremblaient à chaque pas. Les murs étaient enduits à la chaux et les portes entrouvertes laissaient entrevoir de petites chambres tout entières occupées par de vastes matelas recouverts de tissu orange, vert, rouge ou mauve. On respirait une odeur âcre de papier d'Arménie et, parfois, l'effluve d'un pot de chambre, insaisissable comme ceux d'une mer lointaine. Deux branches de lilas grillées pendaient dans un vase posé sur le sol et leurs petites fleurs noircies, recroquevillées et craquantes jonchaient les planches. Mon oncle alla jusqu'au bout du couloir, puis, d'un geste gracieux de maître d'hôtel, fit signe aux deux filles d'entrer dans une chambre.

Elle lui parut minuscule. La clarté cendreuse de l'aube semblait sortir des murs et des choses. Le matelas occupait tant de place qu'ils durent sauter à cloche-pied pour le contourner. Il défit rapidement ses chaussures noires couvertes de poussière (l'une avec la pointe de l'autre et l'autre avec l'orteil) puis s'avança sur le matelas où il s'assit en tailleur.

Il attendit un instant et, quand la tête lui tourna moins, il sortit de la poche de son veston quatre billets dont il fit deux paquets qu'il déposa de chaque côté du matelas. Puis il retira son veston, déboutonna et ôta sa chemise, les plia délicatement l'un sur l'autre. Puis, en souriant, il leur demanda de se déshabiller.

La blonde commença, sans le quitter du regard, les lèvres étirées dans un sourire aigre qui semblait le souvenir d'une colère. Elle dégrafa sa robe rouge si large qu'elle tomba à ses chevilles. Du bout du pied elle la fit voler contre le mur. Appuyant une cheville contre son genou, elle libéra la jarretière d'un bas noir troué ; pour garder l'équilibre elle sautillait sur une jambe et roulait le bas de plus en plus vite, dénudant une cuisse laiteuse et large, un genou à peine visible dans un nid de chair.

Mon oncle assis sur le lit découvrit avec avidité les petits seins ronds aux tétins rouges, la délicatesse de la taille au-dessus des cuisses lourdes qui tremblaient à chacun des pas qu'elle fit pour le rejoindre sur le lit. Son cœur battait comme au premier jour, lui semblait-il. Une fois de plus il s'émerveillait de l'extraordinaire diversité des corps de femmes ; de l'inventivité du Créateur, toujours à la limite de la tricherie tant elle opérait de combinaisons jamais imaginées dans ses rêveries et qui pourtant lui semblaient évidentes lorsqu'elles se dévoilaient. Que cet émerveillement, semblable à celui qui le faisait désormais s'arrêter sur les chemins pour béer devant le dessin des feuilles ou des fleurs, devienne plus fort à mesure qu'il vieillissait lui paraissait aussi une merveille. Son pubis, où il voyait toujours comme un blason de cette diversité, qu'elles arboraient quand elles se retrouvaient nues avec l'assurance de chevaliers qui ne doutent ni de leur pureté ni de leur valeur, d'une blondeur plus pâle que celle de ses cheveux, était peu fourni mais les poils y frisaient comme les spirales des coquillages, si délicats qu'en y portant la main il sentit immédiatement le gonflement de la peau ronde et chaude, et la fente. Elle se mit à genoux auprès de lui et il fit signe à la grande brune de les rejoindre. Elle avait l'air de les regarder sans les voir et tout à coup, croisant les bras et pinçant les bords de sa camisole entre ses doigts avant de la lever au-dessus de sa tête, elle découvrit son buste maigre où trônaient deux seins lourds, aux larges aréoles violettes, aux tétins mauves. « Les cheveux, les cheveux », chuchota mon oncle en frottant de chaque côté de son crâne ses pouces sur ses index. Elle retira les épingles et la chevelure noire s'effondra, se répandit sur les épaules étroites, coula, glissa le long des bras maigres et, comme si elle avait voulu se débarrasser d'un animal, elle lança sa tête en arrière et le flot chassé dans son dos réapparut entre ses jambes et suspendit sa chute à quelques centimètres du sol, sans balancer, comme un rideau de scène. Mon oncle lui fit signe d'approcher et quand elle fut arrivée près du lit il saisit ses cheveux à pleines mains et comme il l'avait souvent fait avec Esther dans ses rêves il y enfouit son visage. Ils étaient si drus et épais qu'il avait du mal à y respirer. Il passa les lèvres sur les bras couverts de chair de poule, sur les seins, les ferma sur les tétins, sentit sous sa langue leur consistance grenue, comme fendillée. Il cherchait l'odeur de sa peau, mais ne sentait que l'amidon de la chemise. Des cheveux qui inondaient son visage se dégagea peu à peu un goût étrange, celui du jus de l'herbe qu'on mâche. La main de mon oncle se perdait entre les cuisses si maigres qu'il lui semblait pouvoir les enserrer d'une seule main, pénétra dans le plus enchevêtré buisson. Tout y semblait fermé, il se contenta de le caresser comme on le fait sur une joue. Tout à coup, il sentit sous son doigt monter une chaleur et, avec la soudaineté et la douceur des paysages qui sortent de la brume, naître un monde caché de plis et de replis gorgés, humides. Mais elle se dégagea brusquement, ramassa avec son long bras sa part de billets et s'enfuit, la camisole à la main.

Mon oncle se tourna alors vers la petite blonde qui se tenait toujours à genoux à côté de lui. Elle le regardait fixement mais son sourire féroce avait figé. On aurait dit qu'elle dormait. Du dos des mains, il se mit à lui caresser les épaules, les seins, le ventre, et il regardait sa peau d'un air soucieux, comme s'il cherchait à y effacer quelque chose ou au contraire à faire apparaître un message. Puis il voulut l'embrasser mais elle détourna sa bouche et il ne fit que lui mouiller le menton et la joue.

Il la pencha sur le lit, la coucha sur le côté et,

sans enlever son pantalon, extirpa tant bien que mal sa queue tendue d'entre les boutons de braguette manquants. Il saisit sa cuisse et, la soulevant légèrement, l'enconna de côté. Elle ferma les yeux et entrouvrit les lèvres, comme si elle se réfugiait à l'écoute d'une voix intérieure.

Alors mon oncle se mit à aller et venir avec entrain dans un jus si abondant qu'un clapotis bien rythmé les entoura bientôt. Il vit les épaules de la jeune femme se couvrir d'une sueur légère qui faisait briller la blancheur de sa peau, donnait un goût acide à la moiteur entre ses seins. Mon oncle la coucha complètement sur le dos pour mieux voir son visage et se mit à chevaucher avec fureur, mais elle n'ouvrait pas les yeux, gardait la tête tournée de côté, se mordillant de temps à autre les lèvres en fronçant les sourcils comme si la voix chuchotait des choses de plus en plus difficiles à entendre. Jetant un coup d'œil sous lui, il aperçut les hanches qui se plissaient en se démenant, les mollets levés prêts à repousser un intrus invisible. Et alors qu'il tentait de reprendre son souffle sans mollir, il entendit la valse d'*Amour à louer* chantée par Esther.

La musique montait de la salle, et en un instant il comprit tout : il s'agissait d'un disque, on avait sans doute déjà gravé et vendu des microsillons d'extraits de l'opérette.

Il s'était arrêté, et, tandis que la chanson se déployait, il eut le pressentiment qu'Esther était morte, qu'il ne la reverrait jamais. L'idée qu'elle ne l'avait jamais aimé lui revint et il s'étrangla, une toux le suffoqua, qu'il alla cacher dans la salière de la petite blonde. Profitant de ce qu'elle prit pour un hoquet de plaisir, elle le fit déconner d'un coup de reins, bondit sur ses pieds, ramassa ses billets et disparut. Mon oncle resta longtemps allongé sur le ventre, la tête à moitié enfouie sous un coussin. Son œil libre scrutait le plancher.

Remontons maintenant dans le temps, pas trop, assez pour raconter ce qui s'était passé la même nuit à Arden.

Ai-je dit que le mois de juillet qui avait commencé dans le froid et la grêle était devenu brûlant ? Même la nuit n'apportait pas de fraîcheur et les feuillages ne bruissaient pas, immobiles comme ceux d'une forêt pétrifiée. Il arrivait alors que l'un des musiciens, ne pouvant trouver le sommeil, sorte de la cave pour se hasarder dans le parc où il se couchait dans l'herbe. Certains montaient le grand escalier et erraient dans les couloirs. Ils traînaient parfois leur violon avec eux et, assis sur une marche ou appuyés contre un mur, grattaient leurs cordes, pizzicataient avec mélancolie un air qui leur rappelait des temps anciens ou leur partie du lendemain. Parfois ma tante, assise sur son lit dans sa chambre, entendait grelotter ces musiques légères. Elle se levait alors et descendait arpenter les couloirs, désirant s'assurer qu'elles ne montaient que de son imagination.

Une nuit elle aperçut dans un recoin une figure maigre qui la fixait avec de grands yeux blancs. Elle fila sur les tapis, la main sur sa poitrine et, de retour dans sa chambre, assise sur le lit, elle tenta d'analyser la situation.

Le monde des esprits se manifestait avec de plus en plus d'assurance et de clarté. Sans doute la faculté médiumnique en elle parvenait-elle à une sorte d'épanouissement.

Deux ou trois fois encore, ma tante surprit de ces ombres nocturnes. Chaque nouvelle apparition confirmant son raisonnement, elle finit par les entrevoir avec une sorte de satisfaction. Les musiciens en revanche sortaient tétanisés de ces rencontres. Quand ils apercevaient la silhouette blanche dans les couloirs, leurs genoux se mettaient à s'entrechoquer, leurs cœurs bondissaient dans leurs poitrines, et ils se serraient contre le mur en fermant les yeux ou se précipitaient dans l'escalier pour se terrer à la cave. Comme ils ignoraient l'existence de ma tante, certains s'imaginaient avoir croisé un dibbouk, ou, peut-être, un démon de la forêt. Chacun étant assez superstitieux pour croire aux esprits mais pas assez pour l'avouer, ils gardaient pour eux le secret de ces rencontres. Étendus côte à côte dans la cave, immobiles, ils roulaient dans leurs têtes les mêmes terreurs.

Excitée par ses visions, ma tante ne dormait plus guère. Une nuit, elle se mit au piano et y plaqua des accords. Ils débouchèrent bientôt sur le *Traüme* de Wagner, qui lui montait sous les doigts par magie, à la façon lui aussi d'un envoyé de l'au-delà.

Et voilà que la mélodie descend comme une brume les escaliers, se répand dans les couloirs, pénètre dans la chambre entrouverte de Salomon et d'Esther. Elle y calme le sommeil agité de la fille et vient chatouiller les oreilles du père, dans sa jeunesse wagnérien passionné.

Ses oreilles tressaillent.

Ses narines frissonnent.

Il ouvre les yeux et entend la musique du lied, sans cesse répétée. Il l'écoute un long moment.

Puis il se lève, enfile sa veste, sort de la chambre et arpente le couloir.

Quelque chose de dur lui blesse la plante du pied. Il s'agenouille, passe les doigts dans les poils du tapis et finit par y sentir un petit objet qu'il tâte dans le noir sans comprendre ce que c'est. Il se relève, soulève la tenture d'une fenêtre et reconnaît aux rayons de la lune la petite bague aux têtes de serpents entrecroisées.

Il la serre dans son poing et se remet en marche. Arrivé au fond du couloir, il s'arrête un moment. Comme la musique lui semble venir de derrière une porte, il la pousse puis, dans le noir, commence à monter un petit escalier en bois. L'escalier remue, il s'accroche à la rampe de toutes ses forces et, à mesure qu'il monte et que la musique devient plus forte, les paroles du lied lui reviennent.

En haut de l'escalier, la chambre est ouverte. Salomon s'avance et voit ma tante assise au piano devant la fenêtre-hublot. La pleine lune y brille, seule inspiratrice, seul public.

Il entre dans la chambre et elle voit apparaître dans la vitre le reflet de son visage. Un sourire illumine sa figure.

Voilà ce qu'il fallait faire pour les faire apparaître ! se dit-elle. Jouer mon air favori !

« Bonjour Irena, chuchote Salomon. J'espère que je ne vous ai pas effrayée ? »

Ma tante se retourne et le regarde avec bienveillance. Devant elle, éclairé par la lune, il se tient comme la caricature parfaite de la façon dont il s'habillait lorsqu'il était vivant : une chemise fripée, verdâtre dans le rayon de lune, de larges pantalons marron ; ses cheveux d'argent sont ébouriffés comme si la mort était un lit d'où il venait d'être tiré.

Elle se trémousse sur son tabouret. Elle se trouve dans la situation de ces admirateurs d'un grand artiste qui, placés soudain en sa présence, cherchent la question profonde qu'il convient de lui adresser. D'autant plus que le grand homme n'est pas Salomon à proprement parler, mais, au travers de son ectoplasme, le monde des esprits lui-même. Mais après tout, n'est-ce pas les envoyés de l'au-delà qui délivrent les messages, notre rôle se limitant à essayer de les comprendre ?

« Salomon, j'ai toujours su que nous nous retrouverions un jour », dit-elle d'un ton calme.

Elle se lève en serrant sur sa poitrine son peignoir et s'assoit sur le rebord du lit, en face de lui. Son visage paraît à Salomon étonnamment jeune. Dans l'obscurité de la nuit, la lumière de la lune efface les rides, les taches sur ses joues, et il croit la revoir telle qu'elle était trente ans auparavant. Quand elle bouge, la mèche de cheveux blancs brille tout à coup au-dessus de son front.

« Irena, Irena, murmure-t-il. Vous n'avez pas froid ? »

Ma tante se demande si la question ne cache pas une signification secrète. Elle se met à se mordiller les lèvres.

Comme ses dents sont blanches et étroites ! se dit Salomon qui se met à trembler.

Sa question fait-elle référence à la dureté des temps ? se demande ma tante.

La face émaciée lui semble, à dire vrai, une face de fantôme légèrement décevante, un peu ahurie. Sa bouche ouverte, celle d'un chien servile qui attend quelque chose à mâcher.

« Pas depuis que nous nous parlons », répond-elle enfin.

Salomon a l'impression de sentir l'odeur surette de sa peau, ainsi qu'un autre parfum mystérieux qui flotte dans la chambre.

« Il y a toujours des places libres dans le train de nuit pour Vienne », dit-il (c'est la phrase d'une de leurs opérettes qui est montée toute seule sur ses lèvres, Rozimond la chuchote à la Comtesse au début de l'acte III d'*Attention à la blanchisseuse!* — mais ils n'atteignent jamais la gare parce que Orlik a saoulé le cocher).

Encore une énigme à interpréter, se dit-elle. Peut-être une allégorie que tout est toujours possible; ou, au contraire, que tout est dérisoire (le train de nuit étant réputé pour son inconfort, sa puanteur, ses arrêts surprise d'imprévisible durée).

Salomon n'ose pas bouger, il respire à peine; peut-être craint-il de se réveiller.

« Bien sûr, Salomon, on peut toujours partir », murmure ma tante.

Son visage se détend et il pousse un soupir qui exhale un délicat parfum d'oignon. Sa bouche s'écarte en un grand sourire silencieux.

Ma tante se creuse toujours la tête mais ne trouve rien à lui demander. De dépit des larmes lui montent aux yeux.

Salomon voit briller ses yeux et son cœur en est chaviré.

Ma tante n'a pas pleuré depuis plus de vingt ans. Les larmes qui roulent sur ses joues ramènent dans sa mémoire les visages de ceux pour qui elle a jadis pleuré, comme des fleurs piétinées renaissent sous l'averse. Son neveu Rocoule le disparu. Puis l'ami d'enfance Jerzy Onufry, le lieutenant polonais tué en 1920.

Si seulement c'était lui qui était apparu au lieu de Salomon! Elle se met alors à penser à Jerzy Onufry de toutes ses forces, elle ferme les yeux, mais quand elle les rouvre, c'est toujours Salomon qui apparaît. Peut-être Jerzy répugne-t-il à se glisser dans l'enveloppe d'un Juif? Alors pourquoi lui en envoyer un? Peut-être parce qu'il est le mort le plus récent parmi ses connaissances. Encore une conséquence déplorable de la brutalité sanguinaire des nazis, les visions de l'au-delà envahies par des hordes de Juifs.

Et avec sa bouche ouverte il la fixe comme si c'était elle l'apparition!

Salomon s'approche, il tend la main pour saisir celle de ma tante. Il ébranle sa carcasse avec difficulté, il frissonne à cause de la fraîcheur de l'aube, il claque des dents. Dehors les oiseaux se mettent à chanter.

Elle se lève d'un bond et court ouvrir la fenêtre-hublot pour chasser le fantôme.

Elle se retourne vers Salomon et ils se regardent en clignant des yeux jusqu'au moment où les oiseaux se taisent et qu'ils entendent au loin les aboiements des chiens.

Pendant ce temps Pepi avait été surpris par la nuit dans la forêt. Il s'était couché sous un amas de feuilles mortes pour dormir.

Les feuilles glissaient sur lui car il tremblait de peur. Le souvenir de la mort des Gardes noirs lui revenait avec une précision atroce. Il revoyait ses mains qui tiraient sur les branches, les bouches à la surface de la mare, le sang sur les feuilles, la vase couleur framboise. Les mêmes images revenaient sans fin, mais dans un ordre différent, comme si leur agonie était destinée à ne jamais finir, ou comme s'il n'avait pas tout vu, avait négligé un détail qu'il lui fallait maintenant découvrir. Mais Pepi ne découvrait rien, il agitait son lit de feuilles et la terreur s'emparait de son âme, la conviction que tout le monde connaissait son crime, qu'on le retrouverait et qu'on le massacrerait. Il avait beau réfléchir, se convaincre que personne ne pourrait jamais savoir ce qui s'était passé, cette évidence lui semblait si belle qu'il ne pouvait la croire.

Il ne voyait pas d'étoiles au ciel, les feuillages des grands arbres autour de lui étaient immobiles. On aurait dit que le monde s'apprêtait à l'étouffer. Il n'entendait que les cris des oiseaux de nuit et des craquements dans les ronces.

La peur se dissipa tout à coup, se transformant en une paix souveraine qui l'envahit doucement jusqu'au bout des doigts de pieds.

Quand il s'éveilla, il faisait jour et des chiens aboyaient partout dans la forêt.

Mon oncle, lui, passa encore quelque temps à la Malenka, accoudé au comptoir, lampant retzka sur retzka. Il chantonna les airs de l'orchestre tzigane sur lequel il fit pleuvoir ses billets, puis sa menue monnaie. Il prit congé en se jetant dans les bras de tous les musiciens, qui lui rendirent son accolade avec leurs habituelles effusions, tellement surjouées qu'elles se transforment en mépris royal. Quand il franchit le seuil les deux violonistes qui l'avaient accompagné tapotèrent doucement leurs archets sur son épaule.

Il se retrouva sur le chemin jaune. Le soleil était déjà haut et, les mains dans les poches, il repartit vaillamment vers Arden. Il avait tellement bu et chanté que sa gorge palpitait et sa migraine battait au rythme d'une chanson qu'il n'entendait plus.

Pourtant il marchait d'un bon pas sans penser à rien, l'esprit mort et léger et, lorsqu'une nausée lui montait aux lèvres, il la faisait disparaître d'un rot puissant, aigre, qu'il lançait dans l'air comme une formule de magicien.

Arrivé au pied de la montée caillouteuse qui gagnait la forêt de pins, il entendit les aboiements des chiens. Il s'arrêta, sa mâchoire tomba, ses mains sortirent des poches. Il avait l'air d'un vieux migrateur prêt à s'envoler.

Pepi, poursuivi par des aboiements qui éclataient dans les profondeurs de la forêt, s'enfuyait par le grand chemin de terre qui descendait vers Arden.

Au détour d'une longue courbe, il aperçut entre les branches, au-dessous de lui, les toques de Gardes noirs qui montaient. Il rebroussa chemin et, quand il se retrouva à l'endroit où il avait passé la nuit, il se jeta dans la descente rocheuse qui menait aux rives de la Z. Mais, une fois arrivé au virage d'où l'on découvre la plaine, il vit grouiller une myriade de points noirs, des hommes tenant en laisse des chiens hurlants qui s'égaillaient sur la pente comme s'ils pourchassaient les échos de leurs cris.

Il fit encore une fois demi-tour, courut atteindre un autre versant. Il s'engagea à toute allure sur un chemin pierreux et raide, qui descendait presque à pic.

Bientôt il ne parvint plus à contrôler ses jambes. Elles bondissaient, libres et folles. Une semelle claquait, prête à s'envoler. Ses bras se levèrent pour s'agripper à l'air, se protéger de l'éclatement de sa chair et de ses os sur les rochers. Ses jambes ne couraient plus assez vite, son corps était emporté, fendait l'air tête en avant, à peine ralenti par de légers entrechats sur les côtés. Il ferma les yeux, se couvrit le visage des bras. Il heurta violemment un obstacle, des pierres roulèrent autour de lui. Elles le blessaient, l'entaillaient comme pour le percer, chaque coup plus méchant que celui qui précédait. Enfin, après deux ou trois balancements, il s'immobilisa.

Les yeux toujours fermés, lentement d'abord, puis de plus en plus vite, il se tâta, retâta, sans pouvoir s'arrêter, jusqu'au moment où il se rendit compte que d'autres mains se mêlaient aux siennes pour le palper.

« Alors, Pepi, tu étais si pressé de m'apporter ma lettre ? »

Il rouvrit les yeux et découvrit en face de lui mon oncle allongé sur le chemin, souriant, le front sanglant. Sur sa poitrine reposait la lettre de ma tante, sans doute jaillie au moment du choc de la poche de Pepi.

Ils se regardèrent un long moment sans rien dire, clignant des yeux, comptant leurs abattis, écoutant leurs douleurs, doutant de la réalité des choses. Tout à coup mon oncle sursauta, porta la main à son front pour écraser un insecte avant de se rendre compte que c'était du sang qui y coulait.

Ils se donnèrent la main et se hissèrent l'un l'autre en trébuchant dans la caillasse. À peine debout, Pepi ramassa la lettre tombée sur les pierres. Mais mon oncle la lui reprit et la fourra dans sa poche en souriant. Il en profita pour tirer un mouchoir avec lequel il épongea le sang de son front, le nez en l'air, tentant de distinguer dans son mal de tête gueule de bois et fêlure de crâne.

Pendant ce temps, Pepi le regardait et se demandait ce qu'il pourrait bien inventer pour expliquer que, puisqu'il n'avait pas remis la lettre à la personne pour qui elle avait été écrite, la réponse n'avait sans doute rien à voir avec celle qu'on attendait.

Mon oncle, affolé par les ecchymoses mauves et jaunes qui couvraient la figure de Pepi, demanda tout à coup : « Pepi, dis-moi franchement : ma gueule est-elle aussi amochée que la tienne ? »

Pepi se pencha, fit semblant d'examiner le visage de son patron sous toutes les coutures puis secoua la tête.

« Tu me rassures », soupira mon oncle en tamponnant avec le mouchoir son front sanglant.

De toutes parts montaient des aboiements. En contre-bas, Pepi aperçut trois ou quatre Gardes noirs grimpant à grandes enjambées, tirés par des chiens hurlants qui caracolaient au bout de leur laisse.

« Vite, patron, les fascistes ! » cria-t-il et il prit mon oncle par le bras et l'entraîna vers le haut du chemin.

Ils se mirent à courir en claudiquant sur les cailloux, le cou dans la tête, comme deux vieux pourchassés par une guêpe. Pepi avait perdu sa semelle et les pointes des rochers s'enfonçaient dans la plante de son pied. Mais il ne sentait rien, porté par la terreur des crocs.

Une fois parvenus au sommet, ils obliquèrent vers un bosquet de pins afin d'éviter l'autre troupe de Gardes noirs qui devait s'approcher de la crête.

Ils s'enfoncèrent dans les ronces, cognant leurs têtes aux branches entrecroisées. Ils allaient droit devant eux, dans la seule direction où l'on n'entendait pas d'aboiements.

Au bout de quelques instants, ils ralentirent leur marche. Sans un mot, ils avançaient en essayant de ne pas trop faire craquer les branches et d'apaiser les battements de leurs cœurs. Mon oncle, toujours un peu ivre, ne marchait pas droit et de temps en temps heurtait un pin. Pepi, ayant repris ses esprits, repensait à la lettre. Il louchait sur la poche de mon oncle d'où un coin de l'enveloppe dépassait.

Il s'approcha peu à peu de lui et tout à coup il s'écria en levant le bras : « Regardez, patron ! Entre les branches ! » tandis que ses doigts tentaient de pincer la lettre. Mais mon oncle était déjà recroquevillé sous les feuilles mortes.

Pepi, effaré, s'accroupit lui aussi.

« Qu'est-ce que c'était ? siffla mon oncle. — Je ne sais pas, dit Pepi. J'ai cru voir quelque chose bouger... Peut-être un écureuil ou une pomme de pin qui s'est décrochée », ajouta-t-il, rêveur. Ses yeux coulissèrent vers la lettre et il vit qu'elle dépassait encore davantage de la poche.

Mais mon oncle, redressé, lâcha d'un ton qui n'envisageait pas même l'approbation : « Marchons bien écartés l'un de l'autre. On surveillera mieux les alentours. Et on ne leur donnera pas la satisfaction de nous tuer avec une seule balle. »

Il se remit en marche, faisant signe à Pepi de s'éloigner de lui.

Pepi avança, déconfit, sans parvenir à penser.

Et tout à coup mon oncle sortit la lettre de sa

poche, la soupesa, la renifla. Puis il parut méditer, au rythme de son hoquet d'ivrogne.

« Pepi, mon ami, es-tu sûr d'avoir remis la lettre à la bonne personne ?

— Bien sûr, patron, répondit Pepi en haussant les épaules.

— Et de quelle couleur étaient ses cheveux ?

— Noirs comme l'ébène », répondit Pepi d'un ton si tranchant que s'ils étaient blonds, sa réponse pouvait avoir l'air d'une blague.

Mon oncle triturait toujours la lettre. Il l'examinait, les yeux mi-clos, semblant douter de sa réalité, hésiter à l'ouvrir. Il finit par la remettre dans sa poche. Son visage livide luisait de sueur et cela donna une idée à Pepi.

Il se figea et tendit l'index.

« Patron, vous entendez les aboiements ? »

On n'entendait rien mais Pepi pourtant écarquillait les yeux, ouvrait la bouche, dressait le nez.

Affolé de ne rien entendre, mon oncle tournicota la tête dans tous les sens. Un vertige le prit, il porta la main à son front moite.

« Patron, vous avez trop chaud, enlevez donc votre veste, on croirait que vous allez tomber dans les pommes. »

Sans regarder Pepi, mon oncle ôta sa veste et la lui tendit du bout des doigts. Pepi la saisit, la plia avec soin et la déposa sur son bras.

Ils allaient se remettre en route quand mon oncle porta la main à son front en fermant les yeux.

« Pepi, tu as raison, chuchota-t-il, je me sens mal, je défaille. Ah, Pepi mon ami, porte-moi sur ton dos. Ou abandonne-moi ici à mon sort », ajouta-t-il après un temps de silence en rouvrant un œil.

Pour que tu lises la lettre ! pensa Pepi, indigné.

Mon oncle s'approcha de lui en chancelant, reprit sa veste et l'enfila. Puis il tapota sur l'épaule de Pepi et lui fit signe de se mettre à genoux.

Pepi, que l'obsession de la lettre rendait docile, obéit et mon oncle lui enfourcha le cou et s'assit sur ses épaules.

Ils repartirent ainsi tous les deux dans le sous-bois, mon oncle les poings posés sur le crâne de Pepi qu'il tambourinait de temps à autre afin d'attirer son attention sur une trouée dans les ronces. Ils ne savaient plus où ils étaient ni où les menaient les éclaircies de la forêt.

Pepi se maudissait. Que la meute me bouffe si j'ouvre encore la bouche, se disait-il.

Les mouvements de la marche faisaient tanguer mon oncle. Mêlés au restant d'ivresse, ils firent naître une nausée légère qui se transforma peu à peu en torpeur.

« Et ses yeux, Pepi, de quelle couleur étaient ses yeux ? balbutia-t-il.

— Patron, elle était si jolie que je n'ai pas osé la regarder dans les yeux », grommela Pepi.

Mon oncle sourit doucement. Sa tête dodelinait de plus en plus, et il finit par s'assoupir, le menton sur la cravate. Bientôt il se mit à ronfler, si fort qu'il faisait filer des bêtes dans les buissons.

Pepi tenta alors de lever un bras pour prendre la lettre mais le rabaissa aussitôt car il ne pouvait fouiller la poche sans faire tomber le cavalier. Et s'il s'arrêtait, il risquait de le réveiller.

Alors il reprit sa marche, et plus il avançait d'un bon pas, plus les ronflements de mon oncle étaient sonores. Et plus ils étaient sonores, plus Pepi enrageait de ne pouvoir en profiter pour prendre la lettre.

Ils débouchèrent près d'un ruisseau qui serpentait entre de grosses pierres au milieu d'une hêtraie. Pepi n'osa le traverser avec mon oncle sur les épaules et entreprit de le longer vers l'aval.

Comme le ruisseau s'élargissait en torrent, une idée lui vint.

Il s'approcha de l'eau et arpenta la rive en examinant le cours du torrent. Il s'arrêta à un endroit où le lit lui semblait devenir plus profond. Avec précaution il posa une chaussure à la semelle bâillante dans le courant, puis entreprit la traversée.

Au milieu du gué, il avait de l'eau jusqu'aux genoux. Il s'abaissa pour mouiller les jambes de mon oncle, peu à peu, afin de ne pas l'éveiller, puis se remit à avancer jusqu'au moment où l'eau atteignit sa poitrine.

Alors, fermant les yeux, il se laissa couler doucement et resta quelques instants la tête sous l'eau de telle sorte que l'oncle toujours ronflant se trouva baigné jusqu'au nombril. Puis il se releva, finit de traverser le torrent et une fois sur l'autre rive repartit. Mon oncle, trempé, secoué, se réveilla et, après quelques moments d'effarement, se mit à glapir en tapant sur le crâne de Pepi.

« Pepi, Pepi, que fais-tu, malheureux ? Ne vois-tu pas que je perds tout mon sang ?

— Patron, c'est pas du sang. J'ai traversé une rivière pour égarer une meute qui se rapprochait de nous. »

Mon oncle se retourna brusquement, s'agrippant des deux mains aux cheveux de sa monture.

Et comme il ne voyait rien, il se remit à l'endroit en tapotant le crâne de Pepi pour le féliciter.

Tout à coup il sursauta et, plongeant l'index et le médium en pince dans sa poche, il en tira lentement la lettre.

« Pepi, Pepi, qu'as-tu fait ? » se lamenta-t-il.

L'enveloppe était trempée, dégoulinante d'encre bleue.

Mon oncle la regardait couler sur les épaules de Pepi avec avidité, comme si chaque goutte était un mot qu'avec un peu d'attention il aurait pu entendre. Puis il se mit à souffler dessus. D'abord de toutes ses forces, puis délicatement, comme lorsqu'on veut apaiser une blessure. Méditant sur les épaules de Pepi, il se demandait s'il valait mieux l'ouvrir tout de suite pour essayer de lire à toute allure ce qui en restait ou bien attendre qu'elle sèche. Pepi se taisait, immobile, les yeux mi-clos, à la façon d'un mulet.

Mon oncle levait la lettre, tentant de reconnaître dans la pénombre de la forêt des mots au travers de l'enveloppe.

Devant eux un vague sentier grimpait vers une trouée où l'on voyait le bleu du ciel. « Monte là-haut, Pepi », ordonna mon oncle, piquant des deux, le bras tendu.

Arrivés au sommet, sortant de l'obscurité de la hêtraie, ils furent éblouis par le soleil qui faisait étinceler les étangs de Z.

Immobiles, les yeux plissés, ils restèrent là un bon moment ; ils avaient l'air de s'endormir sous l'effet d'un charme.

Mais tout à coup ils ouvrirent grands les yeux. Ils entendaient dans le lointain le bruit d'une mitraillade.

Une odeur amère tomba sur eux et leurs yeux se mirent à piquer. Tournant la tête vers le sud, ils virent une vague de fumée qui s'étalait sur la pierraille. Et plus loin en direction de l'hôtel, une énorme colonne de fumée noire qui montait dans le ciel. Mon oncle remit la lettre dans sa poche, leva haut la jambe au-dessus de la tête de Pepi, se laissa tomber à terre et sans un mot détala en direction d'Arden.

Il courait, courait, comme il n'avait jamais couru de sa vie, accrochant ses basques aux chardons, bondissant par-dessus les rochers, fendant les filets de fumée qui s'agitaient et s'entortillaient derrière lui. Pepi, interdit, tendait le bras vers lui.

Arrivé au sommet du versant, mon oncle s'écroula de tout son long. Exténué, il n'arrivait plus à respirer. Les veines de ses tempes battaient et lui restait là, la bouche dans la terre, n'osant plus bouger de peur qu'elles n'explosent.

Au bout d'un long moment, il se releva avec précaution, tout couvert de poussière et de fétus. Quand il s'époussta, des nuages s'envolaient de son frac comme du flanc d'un cheval.

Il entreprit de redescendre vers Arden. Il ne pouvait plus voir la fumée, mais son odeur était partout, cette odeur grasse que répandent certains incendies, qui semble la vomissure des beautés qu'ils dévorent. Mon oncle ne pouvait penser à rien d'autre qu'à avancer. La marche retenait ses pensées comme on retient dans un cauchemar une porte derrière laquelle se pressent des horreurs.

Au moment où il s'enfonçait dans un sous-bois, un coup de feu le fit sursauter.

Redressant l'échine, il découvrit non loin de lui

deux soldats allemands, le fusil à la main. Ils lui firent signe de descendre sur sa gauche, vers un petit vallon d'où monta un autre coup de feu.

Sur un monticule on avait creusé une fosse autour de laquelle se tenaient des soldats allemands et des Gardes noirs. Certains se tenaient parfaitement immobiles, les poings sur les hanches, les yeux perdus dans une rêverie, d'autres, les mains dans le ceinturon, allaient et venaient autour de la fosse à petits pas, solitaires comme des gens sur un quai de gare.

Les deux soldats firent signe à mon oncle de s'arrêter. L'un d'eux le poussa contre un arbre.

Ils le regardaient d'un air méchant, agacé. Le visage de celui qui l'avait poussé était rose, si bien rasé qu'il semblait imberbe, ses sourcils étaient presque blancs, duveteux. Sous l'uniforme, mon oncle imaginait un maçon, ou un boucher, un homme qu'il voyait souvent occupé à se frotter les mains sous un robinet. L'autre, un grand brun à calot, se transformait lui aussi en civil si on le fixait assez longtemps. Un mécanicien, se disait mon oncle, un de ces hommes qui semblent mal à l'aise quand il n'y a pas près d'eux une machine, un moteur, quelque chose qu'on puisse ajuster, démonter, graisser.

Cette impression ne le rassurait pas. De loin ils avaient l'air de militaires impassibles, mais de près ils ressemblaient à des civils furieux, méfiants, à des boutiquiers qui reniflent des voleurs dans la clientèle.

Des cris proches, lointains, résonnèrent; les soldats errant autour de la fosse se rangèrent en ligne, saisissant leurs fusils ou dégainant leurs pistolets.

D'autres soldats allemands sortirent de la forêt, s'arrêtèrent çà et là pour former une haie, nonchalants comme des garçons de cirque.

On entendit à nouveau des cris et au bout de quelques instants une demi-douzaine d'hommes débouchèrent dans la clairière en file indienne. C'étaient des Juifs des faubourgs, aux visages couverts de la barbe de la nuit. Tous portaient une chemise blanche. Certains avaient endossé un gilet noir, comme le premier de la file, qui avait mal enfilé le sien car tous les boutons étaient décalés vers le haut, jusqu'au dernier qui pendait, solitaire, au-dessus de la boutonnière. Ils trottaient, les bras pliés à la façon des coureurs. Certains avaient la bouche à peine entrouverte, comme soucieux de ne pas gâcher l'air. Leurs yeux ne cillaient pas, semblaient fixer quelque chose qui courait dans l'herbe. On ne voyait pas de crainte sur leurs visages, plutôt de la préoccupation ; le souci de ne rien perdre de ce que disait une voix qui parlait dans leur tête tandis qu'ils grimpaient avec prestesse la petite pente et sautaient dans la fosse.

Le dernier à peine disparu, les soldats épaulèrent leurs fusils ou tendirent leurs pistolets, choisirent leur cible et tirèrent presque en même temps. Puis ils se reculèrent, sauf un, un officier, qui longea la fosse en l'observant attentivement. À deux ou trois reprises, il s'y pencha avec précaution, le dos courbé, s'immobilisa un instant, le bras tendu, avant de tirer. Et chaque fois, le coup parti, il se redressait d'un mouvement vif des reins, comme un pêcheur.

Mon oncle restait appuyé contre son arbre dans son frac déchiré et poussiéreux et personne ne le regardait, chacun reprenant sa place, les soldats arrivés de la forêt y retournant en colonne. Le soldat à la figure rose appela l'officier qui descendait à grandes enjambées du tertre et lui montra mon oncle. L'officier s'arrêta et le regarda longuement, comme un homme qui a besoin de temps pour voir ce que voient les autres. Enfin il tendit le bras, toucha de l'index la poitrine de mon oncle et, d'une pichenette, comme s'il retirait une miette, lui fit signe de s'en aller. Son geste de la main et sa voix qui disait : « Allez, allez ! », calmes d'abord, se firent vite de plus en plus véhéments ; son bras tout entier s'agitait, il hurlait, et mon oncle se remit à courir, ses basques à voleter, et il détala dans la forêt sur ses jambes qui, de temps à autre, perdaient toute force, se pliaient toutes seules comme celles des clowns.

Craignant de retomber sur les soldats, il remonta vers le nord dans la futaie. Il espérait tomber sur le grand chemin de terre qui menait à Arden et il allait l'atteindre quand dans l'obscurité de la hêtraie il tomba nez à nez sur trois silhouettes.

Deux Gardes noirs se tenaient de chaque côté d'un homme plus grand qu'eux, vêtu d'un long manteau, qu'ils agrippaient par les épaules et voulaient forcer à se coucher ou à s'agenouiller. Mais il résistait, remuait des hanches et des épaules, ou peut-être n'arrivait pas à s'agenouiller car il gémissait, les yeux fermés, comme si ses genoux ne pouvaient plier. En apercevant mon oncle, les deux gardes le lâchèrent.

Ils regardaient mon oncle qui, effaré, les regardait.

Finalement, ils sortirent leurs pistolets et

l'apostrophèrent : « Hé ! le Juif, viens ici ! » L'un d'eux s'avança, le saisit par l'épaule et le poussa à côté du Juif qui, les yeux toujours fermés, gémissait en se balançant d'un pied sur l'autre. Les gardes se reculèrent et les couchèrent en joue. Puis ils baissèrent leurs armes, les relevèrent brusquement avant de les abaisser à nouveau, et ainsi de suite, recommençant ce petit manège comme par jeu.

Tout à coup l'homme à côté de mon oncle cessa de gémir et de se balancer. Il ouvrit les yeux et regarda droit devant lui, sans prêter attention à ceux qui l'entouraient. Ses traits tirés, ses yeux immobiles et calmes semblaient maintenant exprimer la fatigue, le dégoût d'être encore dans ce monde, avec eux.

Quand les Gardes noirs les couchèrent une nouvelle fois en joue, mon oncle lâcha : « Je ne suis pas juif. »

Les deux gardes se regardèrent, sourirent.

L'un des deux remua dans l'air son pistolet en disant : « Prouve-le. Enlève ton froc. »

Mon oncle sans hésiter se mit à déboutonner son pantalon. Mais ses mains tremblaient, il n'arrivait à rien et les gardes se mirent à rire. Et tandis qu'ils riaient, mon oncle tremblait davantage, au point qu'il n'arrivait même plus à saisir les boutons. Alors il se mit à les arracher et les Gardes noirs rirent de plus belle. L'homme à côté de lui demeurait immobile. Mon oncle lui jeta un petit regard de côté, et peut-être n'était-ce qu'une imagination mais il crut apercevoir sur la face impavide le fantôme d'un sourire.

Mon oncle tenait maintenant son pantalon à pleines mains et ne pouvait le lâcher. Il le voulait pourtant mais sa main ne lui obéissait pas, elle se crispait et le remontait tant qu'elle pouvait.

Tout à coup, prenant sa respiration et, tentant de prononcer les mots avec le plus de force possible, il lança en fronçant les sourcils comme un maître d'école : « Je suis Alexandre de Rocoule. Mon aïeule apprit le français au roi Frédéric. » Sa voix lui parut étrange, comme s'il n'avait pas parlé depuis des jours et des jours.

Les deux Gardes noirs se regardèrent un moment, la bouche grande ouverte. Puis ils éclatèrent de rire et se mirent à imiter de façon grotesque ses paroles, *König Fritz, König Fritz*, et sa grimace. Puis, montrant les dents, ils firent mine de bondir vers lui à plusieurs reprises avant qu'il comprenne qu'ils voulaient lui faire peur et l'inviter à déguerpir. Alors, tenant son pantalon à deux mains, il se retourna et courut vers le sommet en patinant dans les feuilles mortes. Deux coups de feu éclatèrent, il courba l'échine de crainte qu'après avoir tué le Juif ils ne tirent sur lui.

Arrivé au sommet, il courut, courut encore longtemps, tenant toujours son pantalon, mais, au fur et à mesure qu'il s'approchait d'Arden et retrouvait les sentiers familiers, il ralentissait le pas. Bientôt il se mit à marcher lentement, en claudiquant un peu, l'on aurait dit un flâneur.

L'odeur de brûlé devenait de plus en plus forte mais maintenant il osait la respirer, l'aspirait même par instants à grandes goulées comme si elle possédait des vertus consolantes.

À un carrefour de chemins, il se demanda par où il préférerait déboucher sur Arden et choisit la pâture à l'ouest qui lui offrirait plus vite une vue cavalière de l'hôtel. Et ce qui l'étonna, c'était de ne pas savoir s'il avait fait ce choix pour diminuer sa souffrance ou pour l'augmenter.

Il atteignit la pâture et marcha dans les hautes herbes effilées en y levant un sifflement voluptueux de lanières. Arrivé en haut d'un mamelon herbu, il découvrit les ruines fumantes d'Arden. De longs filets de fumée montaient encore dans le ciel bleu. La façade blanche, éclatante au soleil, était striée de langues noires. De larges auréoles d'encre y avaient éclos un peu partout. La plupart des portes et des fenêtres avaient disparu, ne subsistaient que des ouvertures béantes. Le toit avait dû s'écrouler car les rayons du soleil éclairaient à l'intérieur un amas confus de débris rougeoyants. Seule, au sommet, la fenêtre-hublot de la chambre de ma tante devait être intacte car le soleil la faisait resplendir d'un éclat d'or.

Devant l'hôtel tourbillonnait dans le vent un nuage d'oiseaux qui venaient s'abattre dans l'herbe ou virevoltaient dans les airs. Et tandis que l'oncle Alex descendait, les oiseaux volèrent au-dessus de lui, certains s'abattirent à ses pieds ou se collèrent à ses jambes, et il vit qu'il s'agissait des serviettes de la réserve. Elles étaient à moitié consumées, le linge damassé rongé de cendres noires.

Parvenu devant l'hôtel, il s'arrêta, le pantalon serré dans le poing, et aperçut à l'intérieur dans l'amas de braises et de cendres les souvenirs de l'homme qu'il était ce matin. Déjà, il le sentait bien, ils appartenaient à un monde aussi lointain, compliqué et factice qu'un rêve oublié qui revient nous hanter en plein jour. Et il éprouvait l'impression étrange que les ruines avaient en réalité toujours été là. Elles avaient seulement été dissimulées par le tourbillon des jours, des années, l'agitation d'un jeu qui ne voulait pas finir. De son piano, à moitié enseveli sous les plâtras et les briques, un flanc luisait encore, intact, noir et lustré, au point qu'on aurait pu croire qu'en y passant la main on pouvait se retrouver dans le passé. Çà et là, une chaise encore intacte trônait et ses courbes de bois noir, ses entrelacs Biedermeier de pampres et de grappes prenaient dans la lumière dure du soleil quelque chose d'étrange, de bien plus intéressant à regarder qu'hier, comme le caractère d'une personne qui vient de mourir. Et, derrière les pans noirs, dans l'obscurité des effondrements, on apercevait le grand escalier qui ne menait plus nulle part, parsemé de gravats mais toujours solennel.

En faisant le tour de l'hôtel, mon oncle se prit le pied dans une sorte de drap noir à moitié calciné. Le secouant du pied pour s'en débarrasser, il vit scintiller un instant les étoiles d'argent des grands rideaux de la salle à manger. Il trotta de plus en plus vite autour des décombres, jetant des regards à droite et à gauche, se mordant la lèvre de toutes les forces de sa férocité, comme si une solution en dépendait — mais à quel problème ? Autour de lui, les herbes, les plantes étaient agitées par le vent, mais il ne les entendait pas et les buissons remuaient sans bruit comme dans un film muet défilant trop vite. Il courait en tous sens, agrippant son pantalon les poings fermés, tantôt vers la forêt, tantôt vers les ruines, comme dans une foule où il aurait cherché une connaissance. À intervalles réguliers, il accélérait tout à coup, les basques de son frac se soulevaient, mais il n'allait nulle part et s'arrêtait.

Tout à coup, comme s'il venait de se rappeler quelque chose, il se précipita vers la forêt. Il entra sous les arbres et comme il ne trouva là non plus aucun cadavre, un mouvement d'excitation monta en lui. Il grimpa le chemin de terre à grands pas. Arrivé près du chalet, il hurla : « Salomon ! » Il hurla plusieurs fois, guettant chaque fois une réponse en plissant les yeux. Comme il aurait aimé que la voix d'Esther lui réponde, cette simple imagination lui faisait tourner la tête. Mais la forêt immobile ne réagissait pas et les grands arbres frémissants semblaient embarrassés du spectacle qu'il offrait.

Il redescendit alors lentement vers l'hôtel. Son esprit se remit à fonctionner et lui présenta les différentes interprétations à tirer de la situation : tout le monde avait été emmené vers les camps d'internement. Tout le monde s'était enfui dans la forêt. Certains avaient été emmenés tandis que certains s'étaient enfuis. Il ne voyait pas de variante à cela, sauf quand il imagina tout à coup avec terreur que ma tante était restée seule dans sa chambre et y avait brûlé. Mais aucune de ces possibilités ne s'imposait, ne lui semblait plus crédible qu'une autre, comme lorsque lui venaient plusieurs idées pour un acte III. Ce qui est sûr au moins, c'est que personne n'a été tué ici, se disait-il au moment où son attention fut attirée par un bourdonnement.

C'était un buisson, qui grésillait. Il s'approcha et sursauta, pris dans le jaillissement d'un tourbillon de mouches. Elles tournoyaient et vrombissaient autour de lui tandis qu'il découvrait, entre les feuilles et les branches, le visage de Louchka qui le regardait, la joue posée contre la terre noire. La casquette avait disparu et sa masse de cheveux bouclés répandue sur la terre semblait encore vivante, de la vie calme et secrète des plantes. Un œil trouble le fixait. Songeur, il semblait regarder au plus profond du cœur de mon oncle, y voir tout ce que lui-même ne verrait jamais, et cette découverte paraissait emplir l'œil d'une immense mélancolie. Le reste de la face était d'un jaune safran, enflé, les pommettes comme déboîtées. Le sourcil au-dessus de l'œil était fendu et des mouches revenaient s'y coller, de plus en plus nombreuses, semblables à de petits morceaux enchevêtrés et mouvants de jais.

Mon oncle ne pouvait détacher ses yeux du visage de Louchka, comme s'il devait se réveiller si l'on savait faire preuve de patience. Comme si sa bouche avait encore un mot à lâcher. Mais il finit par repartir, trottant à petits pas, serrant le pantalon.

Il revint devant Arden fumante et s'assit sur un rocher pour contempler le désastre. La tête coincée entre ses mains, il sonda le vide et l'amertume de son cœur.

Parfois il ne voulait plus vivre si Esther était morte. Parfois il pensait à ma tante et les larmes le prenaient lorsqu'il croyait sentir sa main sur son front. Il repensait à Esther pour faire fuir la main.

Mais penser à Esther faisait revenir la main, la consolante main, et tout ce train de larmes qui n'arrive jamais à s'ébranler. Et il aurait pu rester ainsi longtemps si tout à coup une sonnerie n'avait retenti. C'était le téléphone, il en reconnaissait le tintement grêle, et il se redressa, les yeux écarquillés. En s'approchant de l'entrée dévastée, il se rendit compte que sur le mur du hall le téléphone, préservé, frissonnait comme une sonnette de jardin.

Il pénétra avec précaution dans l'amas de cendres et de décombres fumants, enjambant bois carbonisé et murs effondrés, plongeant ses souliers abîmés par ses cavalcades dans un sable noir tantôt visqueux, râpeux, ou brûlant. Toujours retenant le pantalon. Il reconnut dans un coin le micro, tordu et fondu, semblable à une grosse vertèbre noire.

Le téléphone grésillait toujours mais, quand il arriva devant, mon oncle hésita à le décrocher. Il se décida enfin, se brûla la main et entendit dans le cornet la voix de ma tante qui enfilait les « Allô ? ». Lui aussi se mit à les enfiler un bon moment. Ils avaient l'air de deux aveugles qui se palpent la figure. Ma tante avait bien reconnu la voix de mon oncle, mais après un moment de silence elle lui avoua qu'elle n'était pas bien sûre que ce soit lui puisqu'elle se trouvait depuis quelque temps en proie à des sortes d'hallucinations. D'ailleurs, alors qu'elle avait fui Arden en flammes, n'était-il pas étrange qu'il lui réponde au téléphone comme si de rien n'était ? Son ton, comme d'habitude, était calme, réfléchi, ses propos pleins de ce bon sens qu'elle mettait jadis à parler de son somnambulisme. Mon oncle, enfoncé jusqu'aux mollets dans les gravats et les cendres chaudes, tentait de ne pas perdre patience. Il ne savait comment lui prouver qu'il était bien lui et ce petit manège dura une dizaine de minutes. Alors elle lui demanda de réciter les vers qu'il n'avait jamais voulu redire depuis le printemps 1915 et qu'elle avait oubliés. Mon oncle ferma les yeux, tira un soupir du fond de ses entrailles et murmura :

« C'est l'antique forêt aux enchantements.
On y respire la senteur des fleurs du tilleul ;
Le merveilleux éclat de la lune remplit mon cœur de délices. »

Ma tante demeura silencieuse un long moment, puis, d'une voix grave, lui demanda comment il pouvait lui répondre au téléphone puisque Arden avait brûlé. Mon oncle lui expliqua qu'il n'en restait que décombres fumants et lui demanda à son tour ce qui s'était passé. Elle lui raconta que cette nuit peu avant l'aube Salomon lui était apparu en vision. Et comme le matin se levait, des aboiements avaient retenti, puis des hurlements d'hommes, dans la forêt, et bientôt dans l'hôtel même. On entendait craquer les portes, exploser les fenêtres. L'ombre de Salomon avait disparu. La voix d'Ottla appelait son père sans relâche. Ma tante, affolée, avait jeté un manteau sur ses épaules et s'était réfugiée dans l'escalier de service. Les hurlements avaient duré longtemps, puis elle avait senti une odeur âcre, ses yeux s'étaient mis à piquer et elle avait vu une fumée noire monter autour d'elle. Elle avait alors dévalé l'escalier, ouvert la petite porte de la roseraie et s'était précipitée dans la forêt, où elle avait longuement erré en boitant, poursuivie par l'odeur de brûlé et l'épaisse fumée, avant de se décider à descendre vers S. Elle se trouvait actuellement dans un petit café des faubourgs, celui-là même où mon oncle avait rencontré Pepi, avec un simple manteau sur sa chemise de nuit, les pieds en sang. Elle avait bien tenté de joindre la baronne H., mais personne ne répondait.

Mon oncle lui enjoignit de l'attendre et se remit en route sans se retourner.

Il devait toujours tenir son pantalon, et se rendit compte que les jambes en étaient à moitié consumées par les braises, réduites à un fouillis de franges du plus bizarre effet.

Arrivé à peu près à mi-chemin de la route de terre qu'empruntaient les habitués, à l'ombre des sapins aux branches recouvertes de cire pistache, il s'arrêta soudain, resta un long moment immobile comme s'il pensait, ou reprenait des forces, puis plongea la main dans sa poche et en ressortit la lettre. Parfaitement sèche, elle se gondolait en ondulations rigides sur sa main.

Il l'ouvrit avec précaution, en décollant un coin avec l'ongle avant d'ouvrir lentement le reste à l'aide d'une brindille qu'il ramassa sur le chemin. Il extirpa la lettre avec douceur et la déplia lentement. Elle était toute maculée de bleu et les mots avaient fondu. Seuls quelques-uns surnageaient et il distingua surtout ceux qui formaient la suite suivante :

Ceux qui aiment finissent par se retrouver dans des forêts si obscurs que des souvenirs.

Que vous dirais-je de plus sur la vie de mon oncle ?

Il rejoignit ma tante et ils trouvèrent tous deux refuge chez les Hillberg. S. était désert. Les Gardes noirs, les Allemands, les Juifs des camps de regroupement avaient tous disparu. Le lendemain, à 5 heures du soir, les chars russes firent leur entrée dans la ville.

Les semaines suivantes, mon oncle arpenta la forêt d'Arden à la recherche d'indices qui auraient pu lui apprendre ce qu'étaient devenus Esther et Salomon, et l'orchestre. Mais il ne trouva rien. Seulement le corps de Louchka, déjà à moitié décomposé, qu'il fut obligé d'enterrer seul.

Un matin pourtant, alors qu'il marchait sur le chemin des étangs de S., il aperçut un paysan et une petite fille qui avançaient à sa rencontre. Le paysan portait une veste de bonne coupe mais couverte de poussière, et cousue aux épaules et à la taille de fils blancs. Mon oncle s'arrêta bouche bée, reconnaissant un des vestons inachevés que Salomon avait montés avec lui lorsqu'il était venu se réfugier à Arden. En le croisant, le paysan le regarda en coin, avec un petit sourire moqueur. Mon oncle, frappé de stupeur, resta pétrifié quelques instants sur le chemin puis se retourna et leur courut après. Tirant l'homme par la manche il lui demanda d'où il tenait sa veste. Mais l'homme ne voulut pas répondre, il se fâcha parce que mon oncle avait tiré trop fort et que la manche s'était décousue, cracha par terre, dit qu'il l'avait trouvée dans la forêt et ricana en ouvrant toute grande sa bouche édentée. La petite fille en robe blanche se serrait contre lui et tout en parlant l'homme lui caressait la tête. Mon oncle remarqua, derrière ses boucles noires, de grands yeux noisette qui le fixaient. Elle chercha la main de l'homme pour y mettre la sienne et mon oncle entrevit sur l'un des petits doigts un anneau de fer-blanc.

Après la constitution par le roi Karol d'un gouvernement d'union populaire, on parla de rebâtir Arden mais le projet n'aboutit jamais.

Mon oncle dut se contenter de diriger un restaurant que l'amitié du roi lui permit de récupérer dans l'ancien quartier juif. Il le nomma *À la forêt d'Arden* et commençait à y envisager des aménagements pharaoniques lorsque la prise du pouvoir par les communistes vint mettre un terme à ses projets.

Classé dans la catégorie des « parasites sociaux », il fut contraint de travailler de 1947 à 1948 à la buvette de la gare de S., puis, jusqu'en 1950, comme ouvreur à l'Opéra.

Ma tante et lui vivaient dans un appartement des faubourgs en compagnie de la veuve d'un concierge et d'un conducteur de tramway et de sa petite famille. Le soir souvent, l'un en face de l'autre, chacun faisait sa réussite les yeux baissés sur son jeu. Et parfois, quand leurs doigts retournaient d'un coup sec la même carte au même moment, ils levaient la tête et souriaient.

Ma tante reprit ses activités de voyante par correspondance et, des confidences intimes qu'il lui arrivait de raconter à mon oncle, il tirait parfois des rêveries d'opérette.

Pendant de longues années, mon oncle ne se sépara jamais de la lettre qu'il croyait d'Esther. Il n'y comprenait rien mais les mots lui paraissaient un signe et il lui arrivait de caresser le rêve qu'il la reverrait un jour. Peut-être n'était-elle pas morte ni à Auschwitz ni dans les bois d'Arden, mais vivait quelque part en Hongrie, en Allemagne, dans quelque sanatorium, voire en Israël, où elle songeait à lui, tentait de retrouver sa trace. Mais ces moments étaient rares, et brefs. Avec le temps, il l'imaginait souvent entourée d'enfants. Et, sans qu'il sût très bien pourquoi, une grande émotion l'étreignait alors, telle qu'elle lui semblait receler un secret.

À la fin des années cinquante, mon oncle redevint une sorte de personnage : il se retrouva premier garçon au Café Nicolaï et ses manières peu empressées, sa façon de rêver accoudé au grand comptoir le front dans la main, les anecdotes mondaines de temps révolus qu'il racontait volontiers aux étudiants hongrois qui fréquentaient l'établissement, sa façon d'entrer dans la salle le plateau sous le bras aux accents des valses de la radio, comme s'il était atteint d'une légère claudication, firent de lui une manière d'attraction toujours plaisante à voir. Sans compter que son état de garçon de café rendait enfin savoureuse sa tirade sur notre aïeule qui, au cas où cela vous aurait échappé, avait appris à parler français au Grand Frédéric.

En 1956, aux bains publics, il égara la lettre qu'il croyait d'Esther et, pour la dernière fois, y vit un signe du destin. Mais il ne savait pas très bien de quoi. Du temps qui emporte tout ? Du souvenir qui s'efface, ou qui demeure jusqu'à la fin au fond du cœur ? Car lui aussi se trouvait plongé en plein acte III, et ne voyait pas comment il aurait aimé qu'il finisse. Il essayait d'imaginer ce qu'il aurait pu en dire avec Salomon, les histoires de vieillards sur le départ qu'ils auraient pu inventer, mais il ne parvenait plus à entendre sa voix et versait des larmes amères.

Avec le temps, il pensa de moins en moins souvent à Esther mais se mit à la revoir en rêve. Trois rêves, toujours les mêmes. Dans le premier, il lui semblait qu'elle se penchait vers lui, comme sur une mare où elle aurait voulu se noyer. Elle portait une veste noire, un pull rouge qu'il ne lui avait jamais vus et il se réveillait en sursaut au moment où son visage allait s'unir au sien. Dans le deuxième, elle était à une table, au milieu d'une pièce inconnue. Il venait de la découvrir en tournant la tête et savait qu'elle était venue pour lui, pour le pardonner et l'emmener. Et de celui-là il s'éveillait le cœur lourd, plein de sanglots qui ne montaient pas. Dans le dernier, il se voyait dans un train, en compagnie d'une femme au visage qu'il ne voulait pas reconnaître et qui devait être une maîtresse. Et il éprouvait de l'accablement d'être lié à cette femme. Mais quand le train s'arrêtait et qu'il descendait sur le quai bondé, il voyait Esther dans son imper transparent, son petit chapeau noir sur la tête, s'avancer vers lui en souriant. Et, comprenant que l'autre femme n'avait été qu'un mauvais rêve, il s'éveillait le cœur battant, plein d'exaltation, comme si la vie ne faisait que commencer.

En 1961, à soixante-cinq ans passés, mon oncle décida de tenter de quitter la Marsovie et pour cela rédigea une lettre à l'attention de la baronne Hillberg. Elle résidait aux alentours de Francfort et il avait appris son adresse en lisant un article du magazine *Stern* (« Le domaine Hillberg : la tradition héraldique au service de la modernité viticole »). « *Ma chère amie*, lui disait-il, *Cette lettre d'un fantôme ne doit pas vous effrayer puisque le fantôme pense à vous avec tendresse et se trouve bien trop loin pour vous tirer les pieds. J'ai entendu dire que les démarches de membres d'une famille auprès de l'ambassade de Marsovie à Bonn pouvaient aider les ressortissants marsoviens à obtenir un visa de sortie. Ma chère, ma bonne, serait-ce trop vous demander ? (Vous pourriez nous prétendre cousins.) Je n'ose vous donner de nos nouvelles tant elles sont tristes. Nos conditions de vie sont déplorables.* » Mais là, craignant des ennuis si quelqu'un venait à ouvrir la lettre, l'oncle Alex raya l'expression, corrigea en « *sont un peu difficiles* », raya à nouveau et réécrivit : « *ont été meilleures* », qu'il supprima encore car à y réfléchir la formule lui sembla la plus dangereuse de toutes. « *Mais nous faisons contre mauvaise fortune bon cœur. Ma figure vous paraîtrait sans doute épouvantable et celle de ma pauvre femme ne vaut guère mieux. Les dents surtout manquent à l'appel. Je suis sûr que vous êtes encore charmante et fraîche comme à l'époque d'Arden, préservée des outrages du temps par les conforts du capitalisme.* » Il raya cette phrase en soupirant puis sa plume se mit à courir toute seule sur le papier et, les sourcils levés, il se vit écrire à toute allure : « *Ah, ma chérie, comme j'ai songé à vous toutes ces années, un rêve flottant autour de ma tête dans les bois, comme flottent encore autour de moi l'odeur de vos cheveux, l'ombre du creux de votre dos, votre regard bleu et terrible, ces fines narines que j'aimerais embrasser, votre visage adoré qu'il me semble toujours avoir senti autour de moi, comme les étoiles et les roses.*

Bien à vous,

Alex.

P.S. *Vous comprendrez que je ne montre pas cette lettre à Irène mais sachez que si je l'avais fait elle n'aurait pas manqué de vous adresser ses plus tendres souvenirs.*

P.P.S. *Bonjour au baron.* »

La lettre ne parvint jamais à Francfort. À vrai

dire, elle n'alla jamais plus loin que le bureau de la douane à la frontière hongroise où elle avait été ouverte, lue et rangée dans un dossier qu'on avait jeté au fond d'un tiroir. Parfois, quand sa bonne amie lui demandait des mots d'amour, un conscrit ouvrait ce tiroir, et, le nez au plafond, y fouillait de la main, cherchant à tâtons la lettre pour en recopier des passages.

DU MÊME AUTEUR

Aux Éditions Gallimard

ARDEN (Folio n° 5875)

COLLECTION FOLIO

Dernières parutions

5581. Paolo Rumiz — *L'ombre d'Hannibal*
5582. Colin Thubron — *Destination Kailash*
5583. J. Maarten Troost — *La vie sexuelle des cannibales*
5584. Marguerite Yourcenar — *Le tour de la prison*
5585. Sempé-Goscinny — *Les bagarres du Petit Nicolas*
5586. Sylvain Tesson — *Dans les forêts de Sibérie*
5587. Mario Vargas Llosa — *Le rêve du Celte*
5588. Martin Amis — *La veuve enceinte*
5589. Saint Augustin — *L'Aventure de l'esprit*
5590. Anonyme — *Le brahmane et le pot de farine*
5591. Simone Weil — *Pensées sans ordre concernant l'amour de Dieu*

5592. Xun zi — *Traité sur le Ciel*
5593. Philippe Bordas — *Forcenés*
5594. Dermot Bolger — *Une seconde vie*
5595. Chochana Boukhobza — *Fureur*
5596. Chico Buarque — *Quand je sortirai d'ici*
5597. Patrick Chamoiseau — *Le papillon et la lumière*
5598. Régis Debray — *Éloge des frontières*
5599. Alexandre Duval-Stalla — *Claude Monet - Georges Clemenceau : une histoire, deux caractères*

5600. Nicolas Fargues — *La ligne de courtoisie*
5601. Paul Fournel — *La liseuse*
5602. Vénus Khoury-Ghata — *Le facteur des Abruzzes*
5603. Tuomas Kyrö — *Les tribulations d'un lapin en Laponie*

5605. Philippe Sollers — *L'Éclaircie*
5606. Collectif — *Un oui pour la vie ?*
5607. Éric Fottorino — *Petit éloge du Tour de France*
5608. E.T.A. Hoffmann — *Ignace Denner*

5609. Frédéric Martinez — *Petit éloge des vacances*
5610. Sylvia Plath — *Dimanche chez les Minton et autres nouvelles*
5611. Lucien — *« Sur des aventures que je n'ai pas eues ». Histoire véritable*
5612. Julian Barnes — *Une histoire du monde en dix chapitres ½*
5613. Raphaël Confiant — *Le gouverneur des dés*
5614. Gisèle Pineau — *Cent vies et des poussières*
5615. Nerval — *Sylvie*
5616. Salim Bachi — *Le chien d'Ulysse*
5617. Albert Camus — *Carnets I*
5618. Albert Camus — *Carnets II*
5619. Albert Camus — *Carnets III*
5620. Albert Camus — *Journaux de voyage*
5621. Paula Fox — *L'hiver le plus froid*
5622. Jérôme Garcin — *Galops*
5623. François Garde — *Ce qu'il advint du sauvage blanc*
5624. Franz-Olivier Giesbert — *Dieu, ma mère et moi*
5625. Emmanuelle Guattari — *La petite Borde*
5626. Nathalie Léger — *Supplément à la vie de Barbara Loden*
5627. Herta Müller — *Animal du cœur*
5628. J.-B. Pontalis — *Avant*
5629. Bernhard Schlink — *Mensonges d'été*
5630. William Styron — *À tombeau ouvert*
5631. Boccace — *Le Décaméron. Première journée*
5632. Isaac Babel — *Une soirée chez l'impératrice*
5633. Saul Bellow — *Un futur père*
5634. Belinda Cannone — *Petit éloge du désir*
5635. Collectif — *Faites vos jeux !*
5636. Collectif — *Jouons encore avec les mots*
5637. Denis Diderot — *Sur les femmes*
5638. Elsa Marpeau — *Petit éloge des brunes*
5639. Edgar Allan Poe — *Le sphinx*
5640. Virginia Woolf — *Le quatuor à cordes*
5641. James Joyce — *Ulysse*

5642. Stefan Zweig	*Nouvelle du jeu d'échecs*
5643. Stefan Zweig	*Amok*
5644. Patrick Chamoiseau	*L'empreinte à Crusoé*
5645. Jonathan Coe	*Désaccords imparfaits*
5646. Didier Daeninckx	*Le Banquet des Affamés*
5647. Marc Dugain	*Avenue des Géants*
5649. Sempé-Goscinny	*Le Petit Nicolas, c'est Noël !*
5650. Joseph Kessel	*Avec les Alcooliques Anonymes*
5651. Nathalie Kuperman	*Les raisons de mon crime*
5652. Cesare Pavese	*Le métier de vivre*
5653. Jean Rouaud	*Une façon de chanter*
5654. Salman Rushdie	*Joseph Anton*
5655. Lee Seug-U	*Ici comme ailleurs*
5656. Tahar Ben Jelloun	*Lettre à Matisse*
5657. Violette Leduc	*Thérèse et Isabelle*
5658. Stefan Zweig	*Angoisses*
5659. Raphaël Confiant	*Rue des Syriens*
5660. Henri Barbusse	*Le feu*
5661. Stefan Zweig	*Vingt-quatre heures de la vie d'une femme*
5662. M. Abouet/C. Oubrerie	*Aya de Yopougon, 1*
5663. M. Abouet/C. Oubrerie	*Aya de Yopougon, 2*
5664. Baru	*Fais péter les basses, Bruno !*
5665. William S. Burroughs/ Jack Kerouac	*Et les hippopotames ont bouilli vifs dans leurs piscines*
5666. Italo Calvino	*Cosmicomics, récits anciens et nouveaux*
5667. Italo Calvino	*Le château des destins croisés*
5668. Italo Calvino	*La journée d'un scrutateur*
5669. Italo Calvino	*La spéculation immobilière*
5670. Arthur Dreyfus	*Belle Famille*
5671. Erri De Luca	*Et il dit*
5672. Robert M. Edsel	*Monuments Men*
5673. Dave Eggers	*Zeitoun*
5674. Jean Giono	*Écrits pacifistes*
5675. Philippe Le Guillou	*Le pont des anges*

5676.	Francesca Melandri	*Eva dort*
5677.	Jean-Noël Pancrazi	*La montagne*
5678.	Pascal Quignard	*Les solidarités mystérieuses*
5679.	Leïb Rochman	*À pas aveugles de par le monde*
5680.	Anne Wiazemsky	*Une année studieuse*
5681.	Théophile Gautier	*L'Orient*
5682.	Théophile Gautier	*Fortunio. Partie carrée. Spirite*
5683.	Blaise Cendrars	*Histoires vraies*
5684.	David McNeil	*28 boulevard des Capucines*
5685.	Michel Tournier	*Je m'avance masqué*
5686.	Mohammed Aïssaoui	*L'étoile jaune et le croissant*
5687.	Sebastian Barry	*Du côté de Canaan*
5688.	Tahar Ben Jelloun	*Le bonheur conjugal*
5689.	Didier Daeninckx	*L'espoir en contrebande*
5690.	Benoît Duteurtre	*À nous deux, Paris !*
5691.	F. Scott Fitzgerald	*Contes de l'âge du jazz*
5692.	Olivier Frébourg	*Gaston et Gustave*
5693.	Tristan Garcia	*Les cordelettes de Browser*
5695.	Bruno Le Maire	*Jours de pouvoir*
5696.	Jean-Christophe Rufin	*Le grand Cœur*
5697.	Philippe Sollers	*Fugues*
5698.	Joy Sorman	*Comme une bête*
5699.	Avraham B. Yehoshua	*Rétrospective*
5700.	Émile Zola	*Contes à Ninon*
5701.	Vassilis Alexakis	*L'enfant grec*
5702.	Aurélien Bellanger	*La théorie de l'information*
5703.	Antoine Compagnon	*La classe de rhéto*
5704.	Philippe Djian	*"Oh..."*
5705.	Marguerite Duras	*Outside* suivi de *Le monde extérieur*
5706.	Joël Egloff	*Libellules*
5707.	Leslie Kaplan	*Millefeuille*
5708.	Scholastique Mukasonga	*Notre-Dame du Nil*
5709.	Scholastique Mukasonga	*Inyenzi ou les Cafards*
5710.	Erich Maria Remarque	*Après*
5711.	Erich Maria Remarque	*Les camarades*
5712.	Jorge Semprun	*Exercices de survie*

5713.	Jón Kalman Stefánsson	*Le cœur de l'homme*
5714.	Guillaume Apollinaire	*« Mon cher petit Lou »*
5715.	Jorge Luis Borges	*Le Sud*
5716.	Thérèse d'Avila	*Le Château intérieur*
5717.	Chamfort	*Maximes*
5718.	Ariane Charton	*Petit éloge de l'héroïsme*
5719.	Collectif	*Le goût du zen*
5720.	Collectif	*À vos marques !*
5721.	Olympe de Gouges	*« Femme, réveille-toi ! »*
5722.	Tristan Garcia	*Le saut de Malmö*
5723.	Silvina Ocampo	*La musique de la pluie*
5724.	Jules Verne	*Voyage au centre de la terre*
5725.	J. G. Ballard	*La trilogie de béton*
5726.	François Bégaudeau	*Un démocrate : Mick Jagger 1960-1969*
5727.	Julio Cortázar	*Un certain Lucas*
5728.	Julio Cortázar	*Nous l'aimons tant, Glenda*
5729.	Victor Hugo	*Le Livre des Tables*
5730.	Hillel Halkin	*Melisande ! Que sont les rêves ?*
5731.	Lian Hearn	*La maison de l'Arbre joueur*
5732.	Marie Nimier	*Je suis un homme*
5733.	Daniel Pennac	*Journal d'un corps*
5734.	Ricardo Piglia	*Cible nocturne*
5735.	Philip Roth	*Némésis*
5736.	Martin Winckler	*En souvenir d'André*
5737.	Martin Winckler	*La vacation*
5738.	Gerbrand Bakker	*Le détour*
5739.	Alessandro Baricco	*Emmaüs*
5740.	Catherine Cusset	*Indigo*

*Composition CMB Graphic
Impression Maury Imprimeur
45330 Malesherbes
le 6 février 2015.
1er dépôt légal dans la collection : décembre 2014.
Dépôt légal : janvier 2015.
Numéro d'imprimeur : 195837.*

ISBN 978-2-07-046240-7. / Imprimé en France.

286096